有爱的青春陪伴者

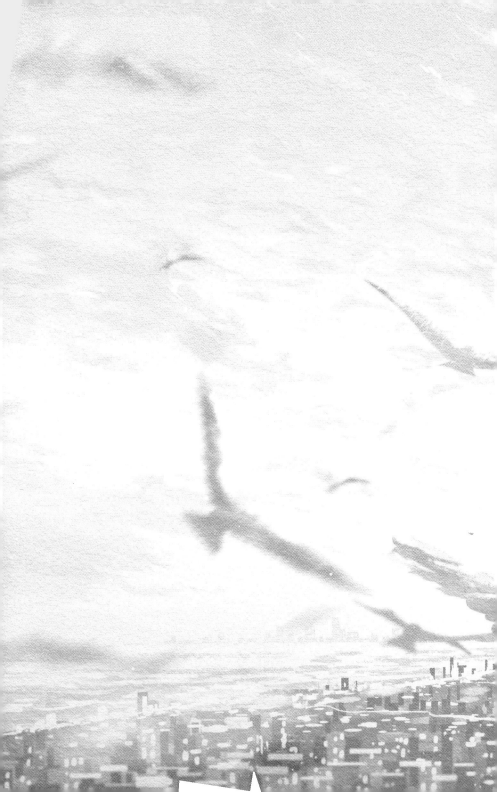

言言夫卡 ◎著

# 卿本峡谷少女

（全二册）

上

孔學堂書局

图书在版编目（ＣＩＰ）数据

卿本峡谷少女 : 全二册 / 言言夫卡著 . -- 贵阳 :
孔学堂书局 ,2024.6
ISBN 978-7-80770-485-0

Ⅰ . ①卿… Ⅱ . ①言… Ⅲ . ①长篇小说—中国—当代
Ⅳ . ① I247.5

中国国家版本馆 CIP 数据核字（2024）第 003652 号

**卿本峡谷少女 （全二册）**　　　　言言夫卡　著

QING BEN XIA GU SHAO NV（QUAN ER CE）

**责任编辑** : 胡 馨

**责任印制** : 张 莹

**出版发行** : 贵州日报当代融媒体集团
　　　　　　孔学堂书局
**地　　址** : 贵阳市乌当区大坡路 26 号
**印　　制** : 长沙鸿发印务实业有限公司
**开　　本** : 880 mm × 1230 mm　1/32
**字　　数** : 636 千字
**印　　张** : 18
**版　　次** : 2024 年 6 月第 1 版
**印　　次** : 2024 年 6 月第 1 次印刷
**书　　号** : ISBN 978-7-80770-485-0
**定　　价** : 65.80 元

# 目 录
*contents*

·上·

1

# 目录
*contents*
·下·

# ✦ 第一章
## 她想打职业

//
*QING BEN XIA GU SHAO NV*

　　落地窗户外，盛夏的烈阳几乎能让行人熔化。俞苑苑穿着一身淡黄色的真丝V领连衣裙，将裙摆下的小腿规规矩矩地摆向身体右侧，手里捧着一本《纪伯伦散文诗全集》，宛如弗兰克·布拉姆利画里岁月静好现世安稳的读书少女。

　　——如果忽略背景是人声嘈杂、满地小孩的百货商场一楼的肯德基的话。

　　恬静的读书少女其实一个字都没看进去，满脑子都是昨天晚上关闭《英雄联盟》客户端之前收到的信息。

　　AM.Cain：你好，有兴趣打职业吗？

　　俞苑苑愣了愣，手比脑子快地回复了两个字：骗子？

　　然后，她毫不留情地关了客户端。

　　过了好一会儿，她突然反应过来，自己已经不是当年那个人见人怕天天被举报的鬼见愁召唤师了，这两天她的rank（排位赛）已经稳稳地保持在了电信一区艾欧尼亚大区的前十，有人来找她打职业，其实好像……也挺正常的？

　　所以说，她活生生舍弃了自己游戏人生中的第一根橄榄枝？

　　"……俞小姐？"一道带着迟疑的低沉男声传来。

　　俞苑苑僵硬地转过头，发现自己面前不知何时多了一个男人，一个一脸挂着"你怎么还在这里？是我迟到的时间还不够长吗？"的表情的男人。

　　或者说男生更为恰当。

　　对面的男生身着白色潮牌T恤，浅灰色的修身长裤，脚上是一双限量版的

AJ（Air Jordan，篮球鞋品牌），一米八几的身材笔挺修长，鼻梁高挺，唇红齿白，目如含墨，表情……尴尬而不失礼貌。

满脑子烦躁的少女被这一声问候吵醒，疑惑地望向身边的男生，表情茫然地打量了对方好一会儿，才突然想起来。

哦，对，她今天不是来肯德基思考人生的，而是来……相亲的。

此时距离两人相约的见面时间已经过去了足足四十分钟。回过神来的俞苑苑不急不躁，瞬间收敛了自己茫然的表情，放下手中的书，双手交叠在小腹处，姿态优雅地打着招呼："楚先生，你好。"

很好，无论是从"约会地点是肯德基"，还是"迟到四十分钟"的劝退流操作来看，对方都明显比她没有诚意……得多。

第一次参加相亲项目的俞苑苑同学虽然不情不愿，但明显还是个不知相亲疾苦的实诚孩子，认认真真打扮了一番，比预定的见面时间早到了十分钟，还挂了一脸微笑。

然后，她很快就被现实啪啪打了脸。

好在昨晚的事情对她冲击力太大，她在"打职业"和"不打职业"的犹豫中发散了一会儿脑洞，分别想象了对方气急败坏的样子和自己从此走上职业道路巅峰抱着 S 赛（英雄联盟全球总决赛）奖杯的风采，然后沮丧地想起来，自己面前还有"家里大概率不会同意"这个深渊难以跨越。

楚嘉年在短暂的错愕后，拉开椅子坐了下来。他仔细地看了一眼俞苑苑，发现对方的脸上居然真的没有半点不耐烦。他皱着眉斟酌了一下，还是单刀直入道："迟到的事情我很抱歉，但我确实不想相亲。"

男生的声音非常诚恳而和煦，俞苑苑赞同地点了点头，非常欣赏对方的坦诚，正准备说一句"那我们现在也算是履行了家里的安排，不如就此别过好聚好散了吧"，就听见对面的人语气温柔地继续说了下去。

"不过你能等四十分钟都不放弃，不管你是为了什么，想来是能忍常人所不能忍之事，我也不想再被家里推出去相亲了，就你吧。"

被扣了"能忍常人所不能忍"大帽子的俞苑苑一脸蒙。

她收回自己刚刚冒出来的一丝欣赏，并且火速回忆了一遍自家母亲大人对相亲对象的描述：楚嘉年，男，二十一岁，汇胜集团小公子，难得没有富家子的骄纵气，待人接物彬彬有礼，性格温和，毫无恶习，遗传了其影后母亲林嫣岚的好相貌，仪表堂堂，人见人爱。

楚嘉年的人设其实保持得非常好了，他从神态到语气都带着小太阳一般和煦的气质，甚至还有几分儒雅之感，确实是"彬彬有礼，性格温和"。

俞苑苑并没有被楚嘉年激怒，她若有所思地看着楚嘉年的脸，突然改变了自己之前的想法。

其实对她来说，被这个家伙误会自己是自愿来相亲的并不是什么大事。她所在意的点是，如果她答应了对方，服从了家里的安排，那么家里是否会因此在游戏上对她作出一些退让呢？

于是，俞苑苑像是没听懂他话里话外的意思一般，露出了一个非常乖巧的笑容："好。"

楚嘉年对她的印象已经固定在了某个层面，觉得她的反应在意料之中。他再开口时声音都因为她的乖顺而更加温和了几分，甚至还开了个玩笑："自我介绍一下吧，我是软件工程专业毕业，目前从事电子类行业，尚未秃顶。俞小姐呢？"

"传媒大学播音专业，闲暇时候会做一些主持工作。"俞苑苑皮笑肉不笑地道。

正儿八经的主持人和老实巴交头顶茂盛的码农，很好，非常好。

话说到这里，其实也没什么好聊的了，楚嘉年看了一眼表，抬起过分漆黑的双眼，直直对上了俞苑苑的视线："我对俞小姐很满意，希望以后我们能多多接触。"

"楚先生谬赞了。"俞苑苑一脸受宠若惊，甚至站起身来牵起裙角，颇为浮夸却优雅地行了一个礼，"家父如果知道了，一定会非常欣慰的。"

这句话倒是实话。

十八岁刚满就急匆匆地被家里送出来相亲的美貌少女，想来屈指可数。偏偏她俞苑苑就不幸沦为其中之一。

家里这么着急的原因当然不是因为什么恶俗的"汇盛集团的小公子要选妃了"之类的新闻，更不存在"卖女求荣巴结 R 市最粗的一根大腿"，而是某天的酒会后，两位人至中老年却依然精神健硕的男人好巧不巧地站在了同一个窗台边醒酒，话题一来二去，不知怎的就从世界经济局势扯到了自家儿女身上。

两位各怀鬼胎的大叔对视一眼，不知到底有没有从对方沾染了浓浓酒意的眼神里接收到什么信息，反正最后的结果就是——今天两个年轻人在肯德基毫无诚意满嘴胡话地相亲。

起身的时候，俞苑苑才看到对方背起了放在一旁的书包，黑色书包上有一个黑黝黝的外星人小头像，里面装的自然是一台 Alienware（外星人）的电脑。

俞苑苑脱口而出："i7 还是 i9？"

"13900HX 的 i9，36MB 的旗舰。"楚嘉年一秒犹豫都没有，连语速都变快了，"月底才会上的白夜，我提前搞了一台，刚才迟到就是因为去提货了。"

俞苑苑双眼发光："哇哦……"

她声音突然变小，还没"哦"完就戛然而止。

紧接着，两个人都陷入了奇异的沉默。

他一个码农对电脑如数家珍也就算了，她一个主持人为什么一副很懂的样子？现在补救还来得及吗？

大约是急于维护自己坚持了整整一下午的人设，俞苑苑仔细思考了一下乖巧甜美小少女的最爱，在楚嘉年追问之前就开了口。

"我……爱看韩剧。"她弱弱地说道。

楚嘉年好似被噎了一下，半晌才幽幽道："现在看个韩剧都要追求电脑配置了吗？"

俞苑苑："现在撤回刚刚那句话还来得及吗？"

答案当然是来不及，所以她只能对楚嘉年回以尴尬而不失礼貌的微笑。

好在楚嘉年也没想要追根究底，他似笑非笑地看了她一眼，就将此事揭过了。

俞苑苑暂时将一颗心放回了肚子里。

该说的事情说完，就到了分别的时候。

虽说楚嘉年约了肯德基这么一个有炸鸡、汉堡、番茄酱的地方，开的车倒是十分符合他的身份，保时捷 911 无论在哪里都能让人眼前一亮。但纯白色的车身实在是太保守了一些，在俞苑苑眼里，鲨蓝或竞速黄才是最配 911 外形的颜色。

俞苑苑言笑晏晏地冲车里的人挥了挥手，目送对方绝尘而去，然后查了查自己这个月的直播时间，发现还差一些，于是转身就给闺蜜蒳瓶子发了条信息。

芋圆：晚上直播双排？

作为大二学生，俞苑苑当然还在住校，不过自从她开辟了直播副业以后，就偷偷摸摸在学校门口租了一个小房子。

蒳瓶子按捺了一下午了，这会儿看到信息，她终于忍不住打了电话过来："排。不过，你相完亲的感想就是晚上想双排？"

俞苑苑面不改色："是啊，召唤师峡谷使我快乐。"她顿了顿，又说，"昨晚有人问我打不打职业，我问是不是骗子，结果一看对方的 ID（名字）是

AM.Cain，可信度应该挺高的。我现在感觉自己与职业道路似乎擦肩而过了。"

蔺瓶子："……AM 战队没有叫 Cain 的人啊，远古大神里倒是有个叫 Cain 的，但是应该和 AM 没关系。就是骗子，你别想太多了。所以你现在是单身狗联盟的，还是已经退盟了？"

俞苑苑一想 AM 的现役队员名单，好像还真的没有这个名字，心里松了一口气的同时又有点空落落的，心想那自己刚才答应楚嘉年到底是为了什么。她不由得叹了口气："也对，十有八九是骗子。至于刚刚那个问题嘛，相亲结果就是我听从了家里的安排，不过也算不上退盟，只是应付一下。"

蔺瓶子："哦，懂了。表面夫妻？"

俞苑苑："'同九年（同样是九年义务教育）'，就你语文学得好？"

"高考语文 138 分了解一下。"蔺瓶子稳稳地接下俞苑苑的嘲讽，也明显感觉到了她的心情：毫无喜悦，并且对这件事情不想多说。

但俞苑苑越是这样，"八卦天后"蔺瓶子越是想要追问出个内幕来，锲而不舍地问道："他长得好看吗？"

俞苑苑打着电话已经走到了自己小房子的门口，正在输入指纹，听到这句话，突然抖了一下。

"嘀——指纹校验失败。"

蔺瓶子敏锐地听到了："你今天没回学校？"

"马上月底了，签约的时间还没播完，我要赶快补一下时间。"俞苑苑重新刷了一次指纹，终于顺利进了大门，"半个小时后开播。"

蔺瓶子点点头："行，那一会儿召唤师峡谷见。"

俞苑苑挂了电话，直接把自己扔到了床上，双目无神地盯着天花板开始发呆。今天相亲的时候，关于电脑的那个问题……还是她不够谨慎。

说起来，实在不能怪她神经紧张，而是她被家里推出来相亲的源头就在于电脑。准确来说，在于电脑游戏。

俞家世代都是本本分分的文人，往上倒数几百年，据说曾经还出过"一家三翰林"，家里飘满了浓浓墨香。就说近三代，家里随便哪个长辈的名字拎出来，都是华国文坛响当当的大人物，个个学富五车，满肚子的墨水，家里的奖杯都堆满了，出的书更是放了满满当当几个大书柜。

俞苑苑小时候也曾经被寄予厚望，抓周的时候据说不负众望地"左手抓毛笔，右手抓键盘"。在场的长辈满脸欣慰，表示这是传统文学与新时代文学的碰撞，华国文坛又要诞生一位女作家了。而俞苑苑也从小就展现出了她惊人的记忆力和文采,她在堆满了前辈们作品的大书柜里也开辟了一个小格子,专门放她发表过的文学作品。

俞家上下只觉得俞家有女初长成,小荷才露尖尖角,她的未来充满了希望。

然后……她就长歪了。

现在想想,她右手抓的键盘,根本就不是用来码字的,而是用来……打游戏。

当然,在俞苑苑眼里,普普通通的"打游戏"或者"电脑游戏"只是一个模糊不清的统称而已,她玩的,是电子竞技。

十五岁的俞苑苑迷上了一款名叫《英雄联盟》的MOBA(多人在线战术竞技游戏)类推塔竞技游戏,在召唤师峡谷里,敌我双方各操纵五名英雄,谁先打爆对方的水晶算谁赢。于是,俞苑苑驰骋峡谷,变成了峡谷人见人怕的鬼见愁。

当然不是她打得有多好,而是……她实在太坑了。

被无数队友一次次地骂哭之后,俞苑苑撸着袖子准备好好地学习一番,结果还没来得及发力,天天沉迷游戏的少女就被家人发现了。

俞家上下被集体惊动,家里白发苍苍的长辈怒斥花花绿绿的电脑游戏是"邪门歪道""误人子弟"。一开始俞苑苑还试图改变家人的观点,在被批判到体无完肤之后,俞苑苑只好回头是岸寒窗苦读,幸好高考的分数不错,还算对得起俞家门楣。

最终,在俞苑苑最后的倔强下,俞家同意她报考传媒大学,而非一早就规划好的华国大学中文系。而俞苑苑做出的让步则是同意到了年龄就接受相亲,为以后的生活重新打好基调,少去玩那些"乌七八糟"的东西。至于对象,就是后来俞家爸爸在酒会上巧遇的楚家爸爸的小儿子。

那边,俞家人松了一口气,决定严密监视小姑娘,让她不要再"误入歧途",重新引导她成为文艺少女。而这边,俞苑苑进了大学终于放飞自我,重拾自己当年在艾欧尼亚的账号,无师自通,一年时间就"唰唰唰"上分到了全服前十。

天赋异禀。

不过这些都不重要了,毕竟蔺瓶子说得对,AM战队没有Cain,也没有人来找她打职业。

至于相亲的事情……

答都答应了,她还能怎么办,就随他去吧。

在床上放飞了一会儿思绪,俞苑苑终于爬了起来。她先打开电脑,顺便点了一下客户端更新,才打开衣柜,抽了一套衣服出来,干脆利索地换上。

等她换好衣服,坐到电脑前时,客户端已经更新好,能顺利进入游戏了。

她想了想，直接切换了自己直播时用的小号，根本不想进大号去看那个伪装AM战队人员的家伙给她发的信息。

俞苑苑顺势开了直播。

目前国内最火的直播平台有两家，狸猫TV和鲨鱼TV，两家的待遇不分上下，俞苑苑选择的是狸猫TV，原因很简单，"狸猫"比"鲨鱼"听起来可爱。

大约也是同样的原因，狸猫TV的女主播确实比鲨鱼TV多一些。打开首页一眼看过去，有一大半都是颜值在线、唱跳俱佳的小姐姐。

俞苑苑的狸猫ID也很简单，就叫"芋圆"，目前有一两万粉丝，日常观众数量稳定维持在三四万的样子，完全看平台的心情，若给的推荐位靠前，数量就会多一点。

调整好摄像头，俞苑苑的大脸出现在了直播间。准确来说，是蜘蛛侠的大脸出现在了直播间。

再看直播间的名字——"猜猜今天是哪位超级英雄来打LOL（《英雄联盟》）"。

没错，俞苑苑小姐，是一位另辟蹊径的……搞笑型召唤师主播。

她才打开摄像头，弹幕就已经刷了起来。

有点激动，芋圆今天换蜘蛛侠了！之前都顶着神奇女侠的纸片脸，感觉自己快要对我女神盖尔·加朵审美疲劳了！

请问主播是什么版本的蜘蛛？初代的托比·马奎尔还是"荷兰弟"（汤姆·赫兰德）？

我是新来的，感觉主播这一手很厉害了，边吸LOL的粉，边吸漫威粉。这是艺高人胆大吗？

大家别慌，好戏还在后面。

随着一条类似于"前方高能预警"的弹幕刷过，俞苑苑终于调好了麦，试了试声音："大家好，我是彼得·帕克。"

她这一声出来，直播间瞬间爆炸。

等等，是我的错觉吗？怎么感觉这个声音有点耳熟。

我没听错吧？难道……

前面不是说模仿过神奇女侠吗？请问主播到底是男是女？

芋圆今天的"荷兰弟"模仿秀也很秀很逼真嘛！打赏了打赏了！

要打赏的是刚才提示大家前方高能的观众，俞苑苑看了一眼打赏，开口道："感谢金主'天明路边黑'送的飞机。"

明明"荷兰弟"说的是英语，为什么换成中文我还是一下子能听出来是"荷兰弟"的声音！是我的耳朵坏掉了吗？

感觉是"荷兰弟"在感谢"金主爸爸"！

主播好强！不行，我也想要被"荷兰弟"感谢！看我的飞机！

一时之间，新来的观众们都被她的变声操作惊呆了，直播间的人气瞬间往上涨了一大波，"飞机""潜水艇"满屏飞了五六分钟，俞苑苑捏着声音挨个感谢了以后，还不忘声明一声："该声音版权归'荷兰弟'所有，我只是个模仿秀。"

等说完这些，她终于点开了游戏。

她目前的段位在铂金二，游戏 ID 叫"我芋圆从不浪"。刚上游戏，游戏 ID 叫"糙汉端瓶水"的玩家就给她发来了游戏邀请。老粉都知道这是她的固定搭档，是隔壁直播间的"糙汉瓶瓶子"，两人的房间号只差几位数，一看就是前后脚一起开的直播。

一开始还有人以为这是两个糙汉的组合，毕竟俞苑苑从开直播到现在一直在玩变装秀，每次变装还连带变声音，根本雌雄莫辨，大家都在猜测能和她一样玩得开的八成也是个糙汉，结果有人在狸猫 TV 试探性地搜了一下"糙汉瓶瓶子"这个名字，还真找到了。

和这边皮上天的蜘蛛侠造型不一样，"糙汉瓶瓶子"竟然是个走抠脚大汉路线的少女，长相清秀的少女连个美颜都不开，偏偏貌似还是个"器材党"，买的高清镜头连她脸上的小雀斑都拍得清清楚楚，甚至有人怀疑她是不是连面霜水乳都一起省略了。别的女主播都精致到头发梢，这边的"糙汉瓶瓶子"伶牙俐齿，段子一个接一个，与狸猫 TV 排名前几的几位 LOL 男主播相比，不分伯仲。

这两位主播，在外形和个人形象塑造方面真是一个比一个不走心。

俞苑苑打游戏并不是来秀操作的，直播平台上面的大能太多，她另辟蹊径，专门讲新手入门教学。至于变装秀和变声秀……纯粹是害怕被人发现真身，俞家上下对电竞少女疾风骤雨一般的攻击，她并不想再经历第二次。

LOL 从出现到现在已经将近十年了，算是元老级的 MOBA 游戏之一，现在满网搜出的教学视频大多都是讲进阶和教你怎么秀操作的，讲零基础入门的反而很难找到。俞苑苑就是看到了这一点，并对症下药地开了直播。

如果说是一两年前，估计根本不会有人来看，但是近两年，随着电竞行业井喷式的发展，许多人的电竞梦又重新燃烧了起来，无数摸着石头过河的电竞人终于看到了眼前星星点点的希望。更何况，这一代年轻人，谁的青春里没有几款游戏的陪伴？

但是有电竞梦是一方面，有没有这个操作和技术，又是另一方面了。

除了那些 LOL 老鸟，还有大批的女孩子想要跨入 LOL 的大门，有些打惯了手游的妹子根本不能习惯键盘鼠标的操作，别说什么连招了，反向放大（大招）和闪现（召唤师技能的一种）送人头的操作比比皆是。但这并不意味着妹子们是故意这样的，多半情况下都是因为对鼠标指向性技能的不熟悉，或者干脆没有看懂描述宛如玄学的英雄技能。

这里当然不是要将端游和手游分个高下，而是受限于设备本身，两端的游戏都有各自的特色。比如端游就不可能像手游那样，能在碎片时间里随时开一把，它对于设备的要求也更高。

"糙汉瓶瓶子"是个猥琐发育的上单选手，一进来就秒选了"剑魔"，还带着霸天剑魔的皮肤，据说这款皮肤是参考了《环太平洋》电影里的危险流浪者机型做成的，非常硬核。

当然也和"糙汉瓶瓶子"的一贯形象非常搭。

俞苑苑犹豫了一下，她开口问了一句："大家今天想学什么英雄呀？"

简单好学还可爱的！

皮肤特别多能买一打着换着用的英雄！

带控制好逃命的！

有爆炸伤害能一套秒人的！

不要带位移技能的，不然经常找不到自己人在哪里！

弹幕唰唰地过去，俞苑苑看了一眼，轻松愉快地将鼠标移到了拉克丝上。"荷兰弟"的温柔少年音从她的嘴里流淌出来，简直是吸粉利器："符合各位小姐姐要求的就是拉克丝这个英雄啦。说起来拉克丝确实是最容易上手的中单英雄，如果打辅助的话，也是非常强的。打团的时候要注意一点站位，大多数情况下能 Q（角色一技能操作按键）中对面，我方 ADC（物理核心输出，俗称射手）就能杀一波血赚回来（指获得巨大对战优势）。"

她讲解得非常细致，顺便还展示了一波拉克丝的所有皮肤，最后选择了穿着粉色睡衣的星之守护者皮肤，并且解释了原因："拉克丝每次在技能打中敌方的时候，会在对方身上留下标记，这个时候普攻（普通攻击）对方，会有额外的加成伤害，这也是拉克丝的被动技能（无须手动操作便可以自动触发的技能）。选择这个皮肤的原因在于，皮肤特效的标记是非常明亮耀眼的星星，方便大家能够看得清楚。"

随着她的解说，队伍的另外几个人分别选了打野盲僧、ADC 女枪、辅助石头人的阵容。

游戏正式开始。

…………

楚嘉年当然不是一时心血来潮将人约到肯德基的。

R 市寸土寸金的闹市区里，有一片世外桃源一般的别墅区，里面的别墅数量并不多，一眼望去，十根手指头都数得完。而这个别墅区，就正好坐落在距离他今天和俞苑苑相约的那间肯德基的对街。

从这个角度来说，楚嘉年这次约会确实非常没有诚意。

楚嘉年进入别墅区，停好车，驾轻就熟地刷指纹开了门。

别墅的一楼大厅里，七八台电脑呈对桌排列，全都是顶级配置。最空旷的那面墙壁上，红黑配色的闪电状 logo（标志）——AM，最为吸睛。

但凡是对电竞有一点了解的人，都不会对这两个字母感到陌生。

AM 战队，全称 Administrator，也就是中文"管理员"的意思。说实话，这是看似随意而朴实，实则非常霸道的一个名字。目前，AM 战队虽然才参加了两个赛季的比赛，但是因为战绩一直很稳定，所以也挤入了国内排名前五战队的圈子里。

另外，AM 战队广为人知的一个特点就是……他们的赞助商非常有钱。从能把 R 市市中心的别墅拿出来当基地这件事就可以看出来，赞助商简直堪称慷慨。

此刻坐在电脑前一水儿的男生，正是 AM 的队员们。一楼的顶灯是全 LED 的射灯，显然已经调试到了最佳亮度，整个大厅明亮却不刺眼。

电脑屏幕明灭不定，队员们有的表情木然，有的紧咬下唇，还有几个碎碎念着，表情各异，但他们的瞳孔中却非常一致地闪烁着亮光，那是屏幕光亮倒映在他们的眼中。仔细看去，还能从不同的眼神中看出"不服输，上来战""不服来抓""呵，蝼蚁"之类的情绪。

楚嘉年走到靠窗边的位置，先开了机，再敲了敲桌子。

沉浸在游戏中的大家这才回过神。距离楚嘉年最近的是一个小胖子，这是 AM 的辅助牛肉酱，其实他的真名叫宁冉君，游戏 ID 一直是 AM.NRJ，由于和牛肉酱三个字的拼音首字母相同，再加上他讨喜的圆润体形，就被粉丝们爱称为"牛肉酱"了。

牛肉酱肉乎乎的脸上露出了一个接近谄媚的笑容："年哥回来带夜宵了吗？"

"控制一下你两百斤的体重吧。"对面的灰发男生一边飞快地敲着键盘，一边头也不抬地扔了一句，"年哥今天是相亲去了，不问问妹子漂不漂亮，就知道惦记你的夜宵，瞧你那点儿出息。"

灰发男生被粉丝们称为"新爷"，队友们自然不会叫他一声"爷"，更多情况下就叫他阿新或者小新。小新是 AM 的明星打野队员，以走位"风骚"、风格够"浪"、直播的时候嘴够毒三大风格驰名整个电竞圈。另外，小新还顶着一头非常亮眼的灰发，造型够酷炫。小新长得也不错，虽然十九岁的脸上的青春痘还没完全消下去，但这在粉丝的眼里根本不是事儿。

另一边的队员扎了个小辫子，听到这里，冷不丁冒了一句："搞电子竞技的人没有爱情，你们还是都闭嘴吧，给年哥留点面子。"

小辫子队员是 AM 的上单奥利奥，年纪更小一点的时候曾经是疯狂的摇滚键盘手，大约是那个时候就练出了让人震惊的手速，后来入了 LOL 的坑，手速依然是巅峰状态。奥利奥一直比较面瘫，但又非常爱吃甜食。粉丝们发现了以后，连连惊呼奥爷"反差萌"，连比赛现场举的灯牌上都写着"承包你一整年的奥利奥"。

紧挨着牛肉酱的还有一名队员，留着中规中矩的寸头，似乎天生长了一张笑眯眯的好人脸，笑起来眼睛眯成一条缝，是 AM 队伍里出了名的好脾气，也因此被粉丝戏称为"佛爷"或者"雪佛爷"。他是 AM 的 ADC，雪饼。

雪饼笑眯眯地听着，没有插话。

小胖子愣了一下，一时之间竟然不知道该问什么好，抬手挠了挠头，拙劣地安慰道："年哥，失恋不可怕，电竞路上没有失恋。"

楚嘉年："我被人说是骗子了。"

小新忍俊不禁："年哥别难过，我们还是单身狗的一家。"

雪饼乐呵呵地安慰道："那是妹子没眼光，不知道自己错过了什么宝藏。"

牛肉酱一愣，反应与别人截然不同："年哥，你骗人家什么了？财你是不缺，难道是色？"

楚嘉年："……你们怎么满脑子都是相亲和妹子。我说的和相亲没关系，我最近 OB（观看好友比赛，也就是观测者模式）了一个国服中单的操作，觉得还不错，顺口问了他一句打不打职业，结果人家说我是骗子。"

说来楚嘉年对相亲再有意见，以他的素养也不会这么草率地将人约到肯德基。纯粹是因为前一天晚上，他被"骗子"两个字砸了一脸，发了一长串解释过去后却石沉大海，然后今天又蹲守了一上午都没等来后续回复之后，他有点心态爆炸，相亲这件事恰好就发生在这个点上，让他连应付一下的心情都没了。

还好对方是个看起来听话也好沟通的妹子，没有再搞出什么幺蛾子来。

楚嘉年的脑中闪过俞苑苑巧笑倩兮的脸，然后很快被他塞到了记忆深处。

噼里啪啦敲键盘的声音终于停下了，男生们不约而同地双手离开了键盘："年哥你说什么？有人拒绝了我们 AM 的入队邀请？"

"我不想再说第二遍了。"楚嘉年目不斜视地开始输入开机密码，登录《英雄联盟》客户端，开始了新一波的蹲守。

牛肉酱第一个凑了过来："让我来看看是哪个胆大包天的家伙敢说我们年哥是骗子。"

楚嘉年没有正面回答他们的话，手下不停，娴熟地打开了直播间，戳开了23333 号房间，一张蜘蛛侠的大脸猛地出现在了屏幕上，然后才缩小到左下角，显示出来了正常的直播视角。

"哎，年哥你也在看这个搞笑主播吗？我刚刚没忍住也进去看了一眼，差点没笑出猪叫，这个年代还有人这么认真地讲新手操作的吗？讲就讲，穿蜘蛛侠的衣服不怕看不清小地图吗？"牛肉酱顿时被蜘蛛侠吸引，忘记了自己凑过来的初衷。

"这个主播挺有名的，至今贴吧里还有人在猜他的性别。要我说，肯定是个抠脚大汉。"小新虽然双手离开键盘了一会儿，但到底不敢一直观赏峡谷风景，此刻只想速推对面水晶，然后专心"吃瓜"，手下鼠标的点击速度快到看不清，"哎，不是，我说年哥你到底是被谁拒绝了，兄弟们这就组队去打爆他。"

奥利奥抬了抬眼皮，面无表情，手上操作不停："得了吧你们，年哥八成是开玩笑的，AM 不说别的，战队待遇在国内算是超一流了，爱玩游戏的应该都有职业梦，没谁能拒绝我们好吗？"

楚嘉年根本就没有在听他们说什么，而是悠悠地调出了另外一组数据展示在屏幕上。牛肉酱顿时怪叫了一声："我知道这个叫'对面大汉纳命来'的中单！之前我排位赛遇到过他！操作非常强，无论用的是强势英雄还是弱势英雄，把把三级单杀对面，带着我上过三次分！后面我没忍住去看了一眼他的排名，果然在电一的排名稳定在前三。不过我看他开游戏的时间一直都是大半夜……等等，年哥，你找的就是这个人吗？竟然没有被你忽悠进来，这人的实力我是服的。"

奥利奥愣了愣，没想到楚嘉年似乎是玩真的，随后他那边传来了爆点鼠标的声音，显然也在抓紧拆对面的家："这个ID我也有点印象。"

牛肉酱吧啦吧啦说了一会儿，突然感觉不对劲："不是，年哥，你刚刚还在看蜘蛛侠，怎么这会儿开始看这位大神了？"

楚嘉年："这应该是他大号，这两个号的IP（网际协议地址）是一样的。"

说话这会儿，小新的这局游戏已经取得胜利，飞快地绕到了楚嘉年的电脑后面，正巧楚嘉年开了直播间的声音，于是搞笑主播"荷兰弟"的仿声温柔地传了出来："大家看，预判对面的这个孤儿（指在游戏中不顾队友、单独发育的玩家）ADC艾希的走位，我往这边一个星光闪闪的E（角色三技能操作按键），对面艾希肯定要绕着走，我再机智地一个Q，控住，立马接R（角色四技能操作按键），再平A（普攻），最后挂个引燃（召唤师技能的一种），丝血ADC想闪现大我（指只有一丝血量的ADC选手想使用闪现技能并释放大招进行攻击），我们闪现跟上，她击中我们也不怕，距离太近晕不过半秒，这个时候我们E的CD（技能冷却）好了，补一个E，再来一个平A，看吧，稳稳的一次击杀。

"对了，CD的意思就是技能冷却时间，技能冷却好之前，是不能再次使用的哦。"

主播手下的动作比解说还要快一些，明明是快节奏的"杀人"推塔游戏，被这个主播娓娓道来以后，就像是幼儿园老师教小朋友怎么把自己的小手洗干净一样。

小新表情精彩："年哥，你确定这家伙是'对面大汉纳命来'？"

牛肉酱看了一眼右上角蜘蛛侠主播"22-2-8"的战绩，再看看场上两队"40-12"的战绩，咂了一下嘴："这主播是在低分段虐菜教学吗？举报了举报了。"

终于推完水晶，奥利奥双手插着口袋溜达过来，原本好奇的神色突然一变，半晌才幽幽说道："哦，原来这货的大号是个王者。这下实锤了，贴吧里都在讨论这个主播的性别，既然是个王者，那这蜘蛛侠主播绝对是个真糙汉没跑了，专门来低分段带妹上分的。"

正说着，拉克丝带着队友们攻上了敌方高地，趁对面敌军没复活，一波推掉了水晶，游戏获胜。

牛肉酱扫了一眼主播队友的ID，分别是"不响丸辣""执笔青魔""孤单寂寞来做伴"以及"糙汉端瓶水"。犹豫片刻，牛肉酱忍不住问道："这三个哪个是妹子？"

奥利奥："糙汉端瓶水。"

牛肉酱："糙汉？糙汉妹？"

奥利奥想到了什么，点点头："就是糙汉妹。"

雪饼疑惑："你怎么知道的？"

奥利奥的声音毫无波澜："因为这个糙汉端瓶水，是我的前女友。"

AM 的基地陷入了集体沉默。队内生活向来除了训练就是打比赛，电竞人的快乐除了来自赢了比赛，就剩偶尔的豪华版夜宵了，谁能料到在这样毫不起眼的一天出现了"年哥招揽队员被怀疑是骗子"和"奥利奥居然有前女友"两个超级大新闻，队员们的心都是颤抖的。

信息量实在太大。

刚刚出来准备上个厕所的二队某成员正好听到了奥利奥的话，小孩吓得浑身一抖，感觉自己无意中撞破了什么秘密，又默默地退回了训练室，打算再努力憋一会儿。

奥利奥这句话的杀伤力太大，一时之间大家根本没有注意到楼上的那点儿小动静，就连楚嘉年都难得地愣了一下。

牛肉酱举起颤抖的手："我们'母胎单身'的队伍竟然混入了卧底……年哥出门相亲前途莫测，你居然惊现前女友……"

"奥哥，没想到你这么……深藏不露。"小新的表情有如五雷轰顶，"我连女孩子的手都还没碰过，没想到你连前女友都有了。"

奥利奥其实从那个 ID 出现起就已经一阵烦躁了，但是人心可以躁，人设不能崩，是以他一直板着脸，但是短短一会儿，他已经往嘴里塞了三颗糖了，战队里大家已经很熟了，谁还不知道他的习惯。

吃糖越多心越烦。

烦躁起来的奥哥通常有个习惯，就是拉着队友上"灵车"。

大家想象了一下自己的号疯狂掉分的画面，不约而同转了话题。而小新更是敏锐地感觉到了什么："……队里是有招新中单的打算吗？说起来可乐昨晚就没回来，下午打完训练赛就又没影子了，现在都这个点了，今晚应该又看不到他了。你们知道他去哪里了吗？"

AM 的首发中单一直是可乐，大家都还记得可乐刚来基地的时候是个腼腆的大男孩，不过再腼腆的人跟同龄人混混也就放开了。没想到这一放开，直接变成了开放。可乐的人设一路从内敛自持持续跑偏，到现在差不多崩了一半。

之所以说崩了一半，而不是全崩，是因为大家看在几个赛季并肩作战的份上，不想和他内斗。战队是一个整体，一荣俱荣一损俱损，只要他一天还是 AM 的成员，大家就会把他当家人看。

楚嘉年拿着鼠标的手顿了一下，稍微压低了声音："这两天媒体手里捏着他的料已经开始明里暗里威胁队里了，所以我确实有考虑换人。"

虽然楚嘉年的年纪和队里这些队员相差不大，甚至老牌上单奥利奥还要比他大一岁，但在整个电竞圈子里，都找不到第二个和他一样年轻的经理人了。在 AM 战队里，无论是首发的一队还是二队乃至青训营，大家都会发自内心地叫他一声"年哥"。

无他，实在是年哥为 AM 尽心尽力，而且有难得的好脾气，AM 战队内部的和谐在整个电竞圈内有目共睹。况且，楚嘉年虽然是 AM 战队的出资老板，却从来不摆"金主爸爸"的架子。

但这些都不是最重要的原因。

最重要的一点是，楚嘉年的游戏 ID 是 Cain——这是让人闻风丧胆的远古大神 Cain。

当这些同龄队友还在埋头解二元一次方程的时候，Cain 就已经站在了 LOL 赛道的最顶端，那个时候国内甚至没有一支像样的战队，但 Cain 硬生生以一己之力，带着队伍走上了世界赛的舞台。现如今哪个选手当年不是仰望着 Cain 的光辉，一步一步努力前进的？

电竞世界，实力为王。楚嘉年年纪轻轻就退居二线，成为 AM 战队经理人的事情在圈里并不是什么秘密，但是楚嘉年为了不让自己曾经的名声给队里的小孩造成太大的压力，活生生把这个新闻压了下去，所以圈外知道的人确实不多。但是队里的队员们在刚发现年哥的游戏账号的时候，还是疯了一样激动了整整一周。后来，楚嘉年干脆下了封口令，有些二队的新队员都不知道他的这一层身份。

是以此刻楚嘉年说要考虑换掉可乐，其他几个队员对视一眼，并没有什么异议，而且大家心里都明白，换人这件事情，应该是八九不离十了。

也没什么好意外的，虽说对外要维护自己队友的形象，但是在队伍内部，大家其实对可乐的印象早就崩了。

电子竞技的世界，需要的是职业精神，需要的是刻苦认真上进的竞技态度，而不需要可乐这样有了成绩，有了粉丝，就开始狂放不羁爱自由的人。

随着电竞选手的明星化，电竞圈的风气也越来越浮躁，大量粉丝的涌入提高了电竞选手的曝光率，但是同时，也有把持不住的电竞选手开始沉迷于灯红酒绿的世界，忘记了自己最本职的工作。

AM战队在圈内的名声一直很好，队员与粉丝的关系一直保持着恰到好处的距离，从未传出过半点黑料。这一次，看来要被可乐打破了。

这边AM战队内部因为楚嘉年的一番话陷入了集体沉默，那边蜘蛛侠主播操着熟练的"荷兰弟"声音再度感谢了一波打赏的"金主爸爸"。据眼尖的牛肉酱不完全统计，打赏的人里80%都是妹子，要么是感谢主播之前的详细解说，要么是为了听"荷兰弟"念自己名字。

而蜘蛛侠主播明显能够非常清晰地辨别这两类粉丝，针对后者，她还会像模像样地用英语秀一波。

弹幕齐飞了一阵子，蜘蛛侠主播又开了一局游戏。这一次，她用的是小法，上手相对容易，算是《英雄联盟》的法师里非常适合新手的英雄了。

牛肉酱和小新面面相觑了一会儿，还是牛肉酱没忍住，打破了沉默："可乐再怎么样，总感觉比这个主播……靠谱一点？虽然之前和他排位的时候，他的操作确实很牛，但是总觉得他把《英雄联盟》当幼儿园大班培训基地？"

奥利奥没说话，用眼神表达了对牛肉酱的肯定和支持。

楚嘉年不置可否地看了牛肉酱一眼。小新立马反应过来，年哥虽然看似温和好说话，但是他决定了的事情一般都不会轻易改变，别看他说是"顺便问了一句对方打不打职业"，其实肯定是蓄谋已久且势在必得了！

"有你说话的份吗！"

小新戳了戳牛肉酱的肥肉，牛肉酱顿时惊叫一声："你戳我干吗？"

小新："……"

楚嘉年："总之，等他晚上上线，我再试试看。"说完，他也没关直播，直接上三楼回房间了。

连打了三场以后，蜘蛛侠主播看了眼表，声音温柔地说道："今天的教学就到这里，没赶上的朋友也不用担心，明天我们同一时间峡谷再见哟。"

牛肉酱目瞪口呆地看着黑掉的直播间，竟然奇怪地有一丝失魂落魄的感觉。

这个蜘蛛侠主播的解说是能让人上瘾吗？

那边雪饼一直没出声，不停地敲打键盘和滚动鼠标，牛肉酱探了个头："雪饼，你开排了吗？"

"没，我总觉得这个蜘蛛侠，这个对面大汉……"他连着换了几次称呼，也不知道到底叫什么合适，"这个人的账号有点眼熟，不是因为他是国服第一中单，我总感觉在哪里见过他，所以我一直在找他的战绩记录。"

也不知道雪饼憋了一股什么奇怪的劲头，牛肉酱这边刚刚排到队友，选了个妖姬辅助，正准备吹一波自己的辅助妖姬天下无敌，就看到向来佛系的雪饼猛地一拍桌子，站起身来。

"还真是他！"

奥利奥原本打算好好儿在游戏里发泄一下自己的怨气，结果这会儿被雪饼吓得手一抖，直接空了一个大（空大指英雄释放大招时，未命中目标），然后英雄就被对面秒掉了，奥利奥呆滞两秒，拍桌子的声音比雪饼还要大了一个分贝。

"雪饼！你发什么疯！"奥利奥骂了一声，他本来就拿的输出位，此刻因为操作失误送了人头，队友已经开始在频道里疯狂打问号了。

雪饼根本没有理会他，原本永远都带着一股喜气的脸上露出了难以抑制的恐惧表情，颤抖着指着电脑屏幕："这个家伙……这个'对面大汉纳命来'就是在我上中学的时候统治了 LOL 低分和中分段的坑王！那会儿我才刚刚接触 LOL 不久，刚找到点儿手感，颤颤巍巍地去排位，结果就是他让我知道了排位赛的残酷！

"关键他还特别喜欢拉着我上分，我跟你们说，他真的是峡谷的噩梦！亏我信了他那个时候'哥哥带你上分'的瞎话，心想歹比我高出一个大段位，怎么着也不会太坑。结果……结果导致我整整卸游了一个暑假，第二个假期才装回来，还专门换了个号！

"耽误了老子大半年的罪魁祸首，就是这个家伙！"

雪饼敲着屏幕："我就说这个家伙肯定不止坑了我一个人，群众的眼睛是雪亮的，贴吧里果然有人截图哭诉过！"

难得看到雪饼有这种表情，大家心中虽然升起了淡淡的同情，但更多的还是看好戏的状态，小新甚至反向助攻了一波："这么说来，他进步很大啊。从坑王走向国服第一，简直可以拍一部励志连续剧了。"

"屁！就因为这个货！这个世界上差点少一个世界级 ADC！"雪饼激动到难得爆了粗口，"我至今还记得那个时候我连着一周做噩梦都是在'灵车'上飘荡，从黄金一路反向冲到塑料，梦里面还有个纸片段位，我就生生走到了悬崖边！"

"世界级 ADC？谁？"依旧沉浸在打击中的奥利奥非常刻薄，"顺便恭喜你，这个赛季真的有黑铁段位了，祝你早日圆梦。"

终于反应过来并没有人同情他的雪饼心想：……现在退队还来得及吗？为什么没有一个人安慰被昔日魔腾支配的他？好冷，抱紧孤单寂寞的自己。

…………

俞苑苑下播以后，赶快扒掉了蜘蛛侠的皮。为了防止家人 gank（偷袭、抓人），她绞尽脑汁才想出这一招。虽说亚洲邪术化妆外加美颜也可以解决她的问题，她也有几分把握把自己化到别人认不出来，但是化妆一时爽，卸妆火葬场，她还是宁可自己稍微难受一点，直接披一层爹妈都不认识的皮，再加上变声器做双层保险。

当然了，单纯靠她自己，是不可能真的实现各种超级英雄的声音都能模仿的，想要卡准每个超级英雄说话的特点特别难。

不过对于俞苑苑来说，这也不是什么太复杂的事情。被家里禁止打游戏以后，她迷上了漫威电影，二三十刷都不在话下，甚至保存了自己剪辑的每个英雄的单独台词，简直能倒背如流，模仿声调什么的，本来就是她的爱好之一。

如果不是太爱打游戏，说不定她能成为非常优秀的配音演员。

也多亏于此，她的英语特别好，而在播音方向的选择上，她也有意无意更偏向英语一些。

蜘蛛侠的一身皮看起来有趣，其实根本不透气。两三把游戏下来，她早就一身汗了。她正准备去洗澡，蔺瓶子的电话又打了过来，她有气无力地按下接通键："有什么明天再说吧，我要去洗澡了，这身蜘蛛侠的衣服是真的劣质，就没有质量稍微好一点、不是胶皮质地的吗？明天我要换回纸片脸了。"

"等等，别挂！我只有一个问题，你今天相亲的那个人到底帅不帅？"蔺瓶子显然对这个问题念念不忘，非要有个回应。

"人模狗样吧。"俞苑苑已经准备走进浴室了，这会儿身上可以说不着片缕，语气更多了三分不耐烦，"人不都是两只眼睛一张嘴吗？还能长出花来吗？"

偏偏蔺瓶子有着不一样的看法："都是两只眼睛一张嘴，但有的人脸上就是有花，不然为什么大家都盯着狸猫首页的女主播扔航母，而不给你扔？"

"……谁能透过蜘蛛侠的塑胶皮看到我开花的脸？"俞苑苑对空气翻了个白眼，"都市异能透视眼吗？"

"最后一个问题。"蔺瓶子按捺不住八卦的心，"你的男朋友对你好吗？"

什么男朋友啊，这三个字好端端怎么变得这么奇怪。

俞苑苑本来想说"才一天能看出来什么"，结果又想到了什么，面色复杂地道："约会地点定在肯德基，还晚来了四十分钟，你说得对，这就是表面夫妻……啊呸，表面朋友。"

蔺瓶子："那我只能祝你幸福了……晚上别打游戏打到太晚。"

俞苑苑应下，终于挂了电话。

蔺瓶子算是直播界唯一知道俞苑苑真实身份的人了。俞苑苑和蔺瓶子是在高三出国做交换生时认识的。在机场的时候，蔺瓶子自带高冷气场，一个人坐在一边看手机，谁也不理。俞苑苑向来对于这种浑身写着"生人勿近"的人敬而远之，无奈领队老师非要大家坐在一起，而她正巧坐在蔺瓶子旁边候机。

交换生来自天南海北，俞苑苑谁也不认识，也并不想到处打招呼，加上当时正好是 LPL（英雄联盟职业联赛中国大陆赛区）夏季赛的末尾，她干脆掏出手机开始看直播，结果她和旁边人音量都开得过大的耳机里同时飘出了解说声嘶力竭的一声："这应该是 LPL 最有希望的一年！让我们恭喜 LM 和 CMCG 晋级全球总决赛！"

然后，两人同时转过了脖子，在对方眼中看到了闪烁的星光。

两个人欢呼一声，抱在了一起。

俞苑苑吹干头发，从浴室里走出来，娴熟地切换了《英雄联盟》的账号。蔺瓶子之前之所以叮嘱她不要打到太晚，就是知道她但凡在校外小房子开直播，一定会打几把深夜王者局。按俞苑苑的话说，深夜就没有"混分巨兽"和"直播嘤嘤怪"了，一般都是"真·电竞人"的天下，而且大概率会遇见高分段职业队员。

"对面大汉纳命来"的头像点亮，她一直用的都是奥拉夫流鼻涕的初始头像，倒不是她一个中单选手有多喜欢奥拉夫这个英雄，纯粹是因为她觉得这个头像……贱中带萌。

右下角有提示信息冒头，俞苑苑已经信了蔺瓶子的话，一看还是昨天那个叫 AM.Cain 的人在发送消息，看都没看一眼就点了叉。

王者分段排位的时间要等很久，俞苑苑平时也会看看别人的直播。最近她最心仪的就是 AM 战队现役队员小新的直播，带着几颗青春痘的灰发男生妙语连珠，手舞足蹈，特别放得开。俞苑苑顺手打开了小新的直播间，准备在等待的间隙里看一会儿。

小新这把拿的是酒桶打野，对面正在偷龙，他在龙坑上方准备瞅准机会来一波团，结果刚刚按了一个 W（角色二技能操作按键），英雄咕噜地喝了一口酒，他就眼尖地看到了一行字飞过，吓得他放在 R 上的手不自觉地错了位，闪现进了龙坑。

与咆哮巨龙面面相觑的小新："……"

还好他反应快，将见势不妙后撤的敌方中单妖姬炸了回来，爆炸输出收掉了妖姬人头。与此同时，从旁边包抄的 ADC 卡莎疯狂输出了一波，再次收下了两个人头。对方打野见势不妙疯狂后撤，辅助机器人突然一个精准漂亮的草丛盲 Q，稳稳当当地把对面打野拉了出来，酒桶毫不犹豫跟上收下人头，打了一波漂亮的 0 换 4。

小新提到半空的心这才放下，战战兢兢地开始打龙。如果不是顾及着自己还在开直播，估计他这会儿已经要跳起来了。

对面大汉纳命来已进入你的房间。

是的，做事滴水不漏的俞苑苑看直播从来不用自己的大号，而是暗戳戳注册了个与自己《英雄联盟》同名的狸猫 TV 小号。

受了一晚上这个 ID 洗礼的小新根本没过脑子，顺口就是一句："欢迎'对面大汉纳命来'朋友的观看。"

他这句话刚说完，他的直播间立马爆炸。

小新虽然会和粉丝互动，但大部分时间是有一搭没一搭地回复一下弹幕内容，多半还是贱萌风格，像这样摇旗呐喊地点名欢迎还是第一次。

这个对面大汉什么背景？能让新爷专门来欢迎一波？

是我的错觉吗？新爷的声音里带了一丝奇怪的情绪？

不是，我也听出来了，请问这个大汉是……我有个大胆的猜测！

这 ID，是纳命爷本尊吗？

无知迷妹让让，国服第一中单纳命爷了解一下。

纳命爷也看直播？难道是也准备开房间了？我要第一个收藏！

小新清了清嗓子："是纳命爷本尊吗，双排吗？"

他的本意只是顺着之前弹幕里粉丝的话头调侃一下，没想到过了几秒，鱼龙混杂的弹幕里突兀地混进了一个字。

对面大汉纳命来：来。

小新："……"天可怜见！他只是说说而已！

怀疑年哥是骗子的国服第一中单，热情地想要和他双排，他要怎么办才好？这简直就是对年哥赤裸裸的打脸！

他不想明天坐在替补的冷板凳上搓手！

这边，俞苑苑不知道且不能体会小新的心情，顺手退出了排位等待，然后输入了小新直播号的 ID，等待好友申请通过。毕竟在她的意识里，她这个风骚的"纳命大汉"号只有蔺瓶子一个人知道，没有人知道纳命爷的背后是直播教授新手入门的芋圆，就算知道了，八成也猜不到她是个女生。从男生的角度来说，她的这一波操作其实没什么问题。

所以她毫无心理负担，甚至还有点期待。

毕竟作为一个没有朋友的"孤儿"中单，她还是挺希望能有人和她一起打排位的。

但是小新这边可就不一样了，在纳命爷发出那个"来"字以后，他的酒桶就像是喝醉酒的莽汉，东倒西歪，打团从来赶不上，除了上赶着抢人头一无是处。气得 ADC 卡莎在泉水挂机了三分钟，然后开始故意走位失误。

弹幕也对他非常不友好。

新爷这是被纳命爷的死亡注视吓到了吗？

哈哈哈哈哈哈，新爷你别手抖啊。

这水平，AM 今年要完。

楼上黑子麻烦离开直播间，管理员封号了。

于是好好儿的优势局就这么被对面面了盘。小新一退出这局游戏，就看到了"对面大汉纳命来"发来的好友请求。

对面大汉纳命来 ✓ ✕

还有一行字幕。

对面大汉纳命来：稳住，我带你飞。

小新：……以前上奥利奥的"灵车"都没这么难受过，真的。

弹幕还在催促小新通过好友请求，小新已经眼疾手快地关了麦，顺便碰倒了摄像头，毫无痕迹地营造出了手误感，再回头冲着楼上大喊了一声："年哥！救我！"

楚嘉年早就去了三楼，毫无动静。另外的三个人莫约是一晚上受了太多刺激，小新的大吼对他们饱受创伤的心灵造不成任何冲击，牛肉酱甚至连眼神都没给他一个："别喊了，喊破嗓子年哥也不会救你的。"

"不……不……不是。"小新着急到话都说不清楚了，"是大汉，是拒绝了年哥的大汉！加我排位！双排！"

牛肉酱一只耳朵插着耳机，里面放着震耳欲聋的摇滚音乐，另一只耳朵只听到了"双排"两个字，根本不知道发生了什么，随口回道："排啊。"

大约真的是急疯了，眼看着弹幕上满屏的取关，小新迸发出了前所未有的力量，一把拉过了两百多斤的牛肉酱，扯掉他的耳机，让他看屏幕："你看这个 ID！他加我双排！"

牛肉酱愣了一会儿，声音中带了一丝兴奋，比小新还要再高几个分贝地喊出来："年哥，年哥你快来看啊！小新要背着你和对面大汉双排啦！"

听到这里，雪饼和奥利奥都惊悚地转过了头，用一种"没想到你是这样的小新"的眼神向小新发出了心灵的拷问。

小新："……"

救命啊，再这样下去他要被管理员警告了！

楚嘉年似笑非笑地从楼上走下来，正好听到了牛肉酱的惊呼。小新眼前一亮，像是看到了救命稻草一般扑了上去："年哥，你说吧，你让我拒绝我立马二话不说就……"

一只修长的手越过他的身体，操纵他的鼠标点了接受。

小新："……"

双排组队邀请很快就发了过来，楚嘉年稳稳地点了钩，顺利进入了双排等待环节。

做完这一切，楚嘉年收回手，在小新的肩上拍了拍："迟早是队友，可以中野联动一下，提前培养培养默契。"

小新："年哥，我心理压力好大，我怕输。"

楚嘉年回了他一个意味不明的微笑，连奥利奥都向他投来了"亲切的"死亡注视，意思是对于这种带他前女友上分的大汉，就应该抢他人头，气死他。

小新：……我看懂了，这场我不 carry（带动节奏，控制全场大局）的话就要以死谢罪了。

面如死灰的小新扶起摄像头，重新开了麦："大家好，刚刚设备出了点故障，在这等待的时间里，我给大家唱首歌赔罪吧。"

　　　　我太外向所以内伤
　　　　一边开朗一边绝望
　　　　一想到你所有阳光
　　　　都变成泪光

不好好打游戏，为什么鬼哭狼嚎，取关了取关了。
我怎么觉得刚刚不是一场意外？
新爷的声音里有哽咽！我学心理学的！信我！我没胡说！

*新爷和纳命爷之间绝对有故事，我赌三包辣条！*

*我赌十包！*

一波"新爷与纳命爷之间不得不说的故事"瞬间被带了起来，小新第一次发觉自己的弹幕简直无法直视，抛出来的哏他根本没法接，只好硬着头皮打哈哈道："没什么故事啊，就是双个排，你们看我快掉到钻一了，队友们的'灵车'根本不敢上，好不容易有个能 carry 的纳命爷稻草，我当然要抓住了。"

鉴于来自楚嘉年和奥利奥的双重压力，小新一边嘴上胡扯，一边认认真真地 ban（禁用）了英雄，选了赵信。

这边俞苑苑看了一眼阵容，选了快乐的加里奥。

最后确定下来的阵容是：上单阿卡丽，打野赵信，中单加里奥，ADC 卡莎，辅助锤石。

对面阵容：上单船长，打野魔腾，中单佐伊，ADC 卢锡安，辅助酒桶。

进入游戏以后，小新才发现中路加里奥用的是限定的炸鸡大厨皮肤，居然还是辣眼睛的炫彩亮粉鸡，就是俗称的……死亡芭比粉。最让人无法忍受的是，这鸡还踩着荧光绿的鞋和戴着同色手套，如果仔细观察的话，还能看到一双心形眼睛向你发来嘲讽问候。

这纳命大汉到底是什么十八线审美？到底是想拿谁的命！

我们队里是要迎来穿花衬衫戴金链子的老哥了吗？

小新瑟瑟发抖地走出泉水，大气都不敢出。

从两边的阵容来说，对面船长打阿卡丽是非常有优势的，所以俞苑苑毫不犹豫地在频道里发了条消息：赵信多帮上。

小新本来也是这么打算的。他出门就换了个真眼，英雄升到三级以后，非常自信地在下路河道走了一圈。结果刚刚向着河蟹交出 EQ 二连的攻击，就被对面蹲在草里的魔腾扇了一巴掌。对面的下路二人组也莫名其妙不在线上，从河道下方冒了出来，把小新吓了一跳。他转身就走，最后丝血闪现才得以逃脱。

阿卡丽：呵呵。

小新莫名被蹲又被嘲讽，反而来了脾气。四级的时候，他收了上路河蟹以后就蹲在了对面上路外塔后方的草丛里，想要支援一波上路。俞苑苑正好压完中路的线，看到以后晃晃悠悠地跟了上来，蹲在了小新旁边。

小新莫名地出了点手汗。

阿卡丽看到蹲守的两个人，正好推一波兵线到对方的塔下，于是毫不犹豫地 E 进塔，小新和俞苑苑立马跟上。结果还没进塔，对方的魔腾已经赶到，俞苑苑秒开 W，瞬间嘲讽到位。而赵信也在同一时间 E 中了对方，外加了两下普攻。阿卡丽瞬间跟上 QE 二连，稳稳收下船长人头。魔腾此时也已经是残血，刚准备跑，俞苑苑一个 E 冲到了魔腾头上，再收下一个人头。

一波漂亮的 0 换 2。有了人头和助攻的阿卡丽又喜提一波兵线，压了对面接近二十个小兵，对线船长丝毫不虚。

抗了塔出了力却只收到了两个助攻的丝血小新："……"

纳命爷好样的！

小新心道："你们到底是谁的粉啊？对着这么辣眼睛的粉鸡居然还能吹得下去？"

中路方面，佐伊本来就打不过加里奥，再加上此刻加里奥喜提人头加助攻，收了一波兵线回家补了装备，已然是中路大腿。

八级的时候，局面已经来到了压倒性的 5-0。

小新提着枪乐颠颠地路过龙坑的时候，发现对面排了眼后竟然没走，而是选择了直接暗戳戳地偷火龙，他没有着急上前，而是给了视野后从龙坑后面绕了一圈，下路卡莎和锤石立刻逼了上来。小新一边蹲在草里等待机会准备上攻，一边还在注意对面魔腾的动向，防止对方突然关灯 gank 时，突然看到敌方下路野区，加里奥的影子一闪而过。

下一秒，屏幕右边就出现了加里奥单杀魔腾的信息。

小新感觉简直不要太爽，一边小声喊着"纳命爷好强"，一边挥舞着长枪就捅了上去，又是一波梦幻般的 0 换 2，对方只跑掉了一个残血的酒桶。

此刻小新俨然是纳命爷的新粉了。

加里奥亮粉色的身躯慢悠悠地从野区逛了出来，完美接应开始打火龙的小新，两个人毫无压力地收了火龙，美滋滋。

局面一片大好，二十八分钟他们就拆了对面水晶。

小新不动声色地松了一口气，再也不想承受弹幕和队友的双重洗礼，嚷着"下播了下播了"关了摄像头，回头就被楚嘉年拍了拍肩膀。

"年哥，我这把还行吧？没给你丢人吧？"小新谄媚道。

"你私信问他一下，为什么不回我的信息。"楚嘉年面无表情地说道。

小新颤颤巍巍地按照楚嘉年的指示输入并发送以后，对面久久没了音信。

俞苑苑瞪大眼睛，看着 ID 为 AM.Xin、刚刚和她排位完、被狸猫 TV 官方认证是 AM 战队打野小新本尊的账号发来的信息。

我们经理托我问你，为什么不回他信息？

她愣了一会儿，还是不敢乱猜，于是装傻回道：什么信息？求带飞的吗？

对面很快回复了两条信息过来。

我们经理的账号是 AM.Cain。

他想问你有没有兴趣打职业。

小新想了一会儿，又发了一句。

刚刚跟你的配合打得很舒服，如果你有兴趣的话，请随时联系我们的战队经理，他人很好的。

俞苑苑看着屏幕上的这几句话，只觉得心跳越来越快，确认自己没看错后，一跃而起，冲到洗手间用凉水拍了拍脸降温，这才有了一点清醒过来的感觉。

不是骗人的……

真的有人邀请她打职业！还是 AM 战队！刚刚拿到春季赛冠军的 AM 战队！AM 战队来邀请她打职业了！

各种以 AM 战队为主语，以她自己为宾语，以邀请打职业为动词自由组合的句子在她脑中像放烟花一样砰砰砰地炸开。

她的脑中浮现了《灌篮高手》里面三井痛哭流涕地跪在安西教练面前，声嘶力竭的那句经典台词——

"教练，我想打篮球。"

从十五岁有了游戏梦到今天站在国服第一中单的位置，俞苑苑看着镜子里眼睛亮晶晶的自己，忍不住自语：

"教练，我想打职业！"

她想打职业！

## 第二章

### 我们订婚吧

//

QING BEN XIA GU SHAO NV

激动归激动，激动之后，还是要回归现实。

神采奕奕的少女逐渐冷静下来，镜子中反射出的那双眼睛也慢慢地失去了原有的星光。

她和职业之间的距离，不是一声"好"，然后欢呼雀跃地签下一纸合同这么简单的。

所爱隔山海，山海不可平。更何况，这山海是她俞家祖祖辈辈都沉溺于书籍而不太通人情世故的脑袋。若是她胆敢以打游戏为职业，放在古代，想必是要跪在列祖列宗的牌位前忏悔思过的。

屏幕还亮着，那边小新并没有催促她回答，但是没有再开游戏，也没有下线，就这么平静地等着她的回复。

俞苑苑又仔细看了一遍小新的话，输入了好几次回答，又删掉。

夜深，小新约莫是等不住了，终于又发来了一条信息：AM 的基地在 R 市的 ×× 小区 ×× 号，如果有兴趣，你可以先来参观一下环境和情况，再做决定。

说完这句话，小新的头像从彩色变成了黑白。

俞苑苑看了一眼表，已经凌晨两点半了。

这一晚上，她躺在床上心绪难平，翻来覆去都睡不着，干脆刷了刷贴吧。本来只是想要了解一下电竞职业选手的生活状态，或者说有关 AM 战队的帖子，结果不看还好，她刚刚戳进贴吧，就在黑暗中猛地坐起身来。

她是被吓的。

贴吧上居然有人扒出了她的身份！

我好像发现了什么不得了的事情！国服第一中单开幼儿园教学班了？呵呵哒。

然后帖子里有理有据地列了各种图文并茂的证据，比如"两人从未在同一时间上线过"，再比如走位和插眼习惯过于相似，甚至还深扒了两个《英雄联盟》账号登录的IP，以及狸猫TV的ID登录的IP，赫然是同一个IP。帖子最后言之凿凿地下了结论：

国服第一中单"对面大汉纳命来"和狸猫TV《英雄联盟》幼儿园教学主播"我芋圆从不浪"就是同一人。也不知道这位国服第一中单穿着蜘蛛侠的衣服闷不闷，明明能走技术流的主播居然走这种博人眼球的路线，莫不是脑子"瓦特"了？

俞苑苑抽动了一下嘴角，心想都说人红是非多，难道自己这是要红了？

红不红她不知道，但是她突然转念想到了今晚收到的AM战队的邀请。

这两件事情发生在同一时间，让她不由自主地产生了一些别的想法。

比如……会不会就是AM内部泄露了什么信息。

她刚刚冒出这个念头，就给了自己一巴掌。应当是自己小人之心了，就算AM真的知道她开了一个搞笑主播号，也没必要专门把这件事情爆出来。又不是宫斗小说，难道他们以为这样就算是捏住了她的把柄，要逼她入队消灾？

更何况，如果她真的有意进战队，那么她在直播间的搞笑形象其实是有损战队形象的。

如果AM战队真的对她有意，说不定还会帮她找管理员删帖呢。

她从被发现的惊惶中冷静下来。

这件事反而减弱了打不打职业问题带来的纠结，俞苑苑翻了个身，非常心大地睡着了。

职业战队的男生们是没有早上的，但这并不代表楚嘉年没有。作为战队经理人，在整个基地都还在沉睡的时候，他就已经完全进入工作状态中，仿佛睡美人童话故事里面，荒芜宫殿中孤身奋战的勇士。

楚嘉年很快就发现了这个爆料纳命大汉身份的帖子，他没什么表情地看完，然后点了个举报不实信息，再打了个电话。

电话响了一会儿才被接通，话筒里传来的声音里还带着浓浓的睡意："祖宗啊，又怎么了？有什么事儿不能下午说吗？电竞人没有早上……"

"你算哪门子的电竞人。"楚嘉年嗤笑了一声，"帮我删个帖子，顺便把相关词条的内容都压一压。"

"删个帖子你找管理员啊，找我干吗？"对面的人虽然不情不愿，还是应了下来，"什么帖子啊，这么让你上心，链接发给我吧。"

楚嘉年没挂电话，直接把链接分享了过去。

那边的声音停了一会儿，显然是在浏览帖子内容。前一天夜里才发的帖子现在热度已经被顶得蛮高的了，尤其是回复里还出现了几张前一天晚上俞苑苑和小新打双排的截图。两人虽然毫无交流，但是在脑补能力堪比宫斗剧的粉丝心里，大约已经码出了五十万字剧情"狗血"、内容奔放、有血有泪的"那些年纳命爷与小新不得不说的故事"了。

楚嘉年："就是这个，魏遇，你挂了电话就赶紧给我把事儿办了。半个小时以后要是帖子还在，我就亲自带人来砸你家的门。"

楚嘉年语气平淡沉静，魏遇在那边却打了个寒战，显然明白楚嘉年是一位说得出做得到的主。他瞬间清醒，然后结合了一下 AM 战队近来最大的问题，明白过来："这是打算要引进新中单了？行行行，我帮你封，挂了啊。"

楚嘉年挂了电话后，又重新点开了自己从各种渠道收集来的视频，一个一个仔细看了过去，一边看还一边在手边的笔记本上写写画画。仔细看去，每一局比赛虽然都是不同的英雄在满场晃悠，但是每一次都有一个共同的 ID，叫"对面大汉纳命来"。

是的，自信的楚嘉年对于挖到这位新中单可谓势在必得，甚至已经开始分析他战术的优缺点了。

楚嘉年写写画画了一会儿，又盯着这个账号的 IP 地址微微皱起了眉。

对方也是 R 市人，而且这条街道，似乎在传媒大学的对面？

楚嘉年开始仔细回忆传媒大学的对面是一片什么小区，顺便开始琢磨自己有没有认识的人，可以在现实中接触一下这位纳命大汉。

想来想去，他脑中突然浮现了一个人。

俞苑苑当然不知道楚嘉年在背后默默地"付出"。她刚下第一节课，就给蔺瓶子打了个电话过去，还神秘兮兮地压低了声音："我跟你说，我好像火了！"

"做你的春秋大梦吧。"蔺瓶子的声音没精打采，显然是刚醒，"幼儿园大班主播和糙汉主播都要有自知之明好吗？"

"我憋了一晚上了！昨晚我有点失眠，就逛了逛贴吧。"俞苑苑根本不在意蔺瓶子的话，声音中还带着几分兴奋，"你猜我看到了什么？居然有人火眼金睛发现了我两个号之间的联系！这届网友是真的慧眼识金！"

"……你暴露了不仅没有一点危机感，居然还不忘趁机说自己是'金'？"蔺瓶子愣了愣，回过了点儿神，"俞苑苑你是真傻还是假傻？"

蔺瓶子开了免提，一边说，一边手下不停地开始在贴吧寻找俞苑苑所说的帖子："别人知道你是王者，rank（排位赛积分）那么靠前，还跑去铂金段位做教学，指不定怎么骂你……"

她说着说着，声音突然停了片刻，才重新开口："俞苑苑。"

俞苑苑："啊？"

"你是不是昨晚做梦梦见自己火了，一大早来骗老娘。"蔺瓶子的语气有几分冷笑，"我是傻了才会相信你说的话。我把贴吧翻烂了都没看到你说的什么破帖子。"

俞苑苑："哈？"

俞苑苑火速挂了电话，在贴吧用各种关键字搜了一波，结果无论是哪个关键字，都找不到那个帖子的痕迹，甚至一夜之间连之前几个说她是搞笑主播的帖子也没了踪迹。

俞苑苑甚至开始怀疑自己是不是真的做了个梦。

她正在怀疑人生，突然有电话打了进来，号码赫然是已经被她遗忘的"男朋友"。她皱着眉头看了一会儿手机，才清了清嗓子，按下了接通键："楚先生，你好。"

那边的人应了一声，声音一如俞苑苑记忆中的温和，只是今天似乎少了一丝冷淡感："我记得你说过，你是传媒大学的学生？"

俞苑苑摸不着头脑："是啊。"

楚嘉年的声音很快传了过来："我今天正好在传媒大学附近办事，有时间一起吃个午饭吗？"

不知道为什么，对方明明彬彬有礼，俞苑苑却硬是从他的语气中听出了几分屈尊纡贵的感觉，于是下意识地拒绝道："我下午还有课，中午休息时间很短。"

楚嘉年："我在传媒大学西门门口的心岸咖啡厅等你，十二点半见。"

俞苑苑还没反应过来，电话就已经被挂断了。

她并没有答应啊！

这个家伙为什么话里话外都是一副她绝对会去的自信样子！

去，还是不去，这是一个问题。

她虽然不像哈姆雷特那样面临生存还是毁灭的抉择，却也顿住了脚步，进退维谷。

十二点半，进退维谷的人面无表情地推开了心岸咖啡厅的大门。

上次一口气迟到了四十分钟的楚嘉年竟然一改往日风格，提前抵达了咖啡厅。俞苑苑在他面前坐下的时候，他面前的咖啡喝了过半。

楚嘉年今天穿了一件浅灰色带暗纹的衬衣，将袖子挽到了手肘处，米色的休闲裤包裹着修长的腿。整个人靠在咖啡色的皮沙发上，长腿微微蜷起，一只手虚搭在咖啡杯的把柄上轻敲，视线透过旁边的落地窗，不知道落在了何处。心岸咖啡厅因在大学门口，自然少不了学生顾客，不少女生的目光已经在他身上驻足了好一会儿，此刻见到俞苑苑落座，女生们不由得带了几分失望地收回了视线。

迟钝如俞苑苑当然没有察觉到那些目光，她没有客气，径直拿起了菜单，点了一杯拿铁和一份奶油培根蘑菇意面做午餐。她和服务员说话的工夫，楚嘉年回过神来，熟练地接过菜单，点了一份经典的番茄意面。

"无事不登三宝殿，你不如直说找我有什么事？"俞苑苑等服务员走开，率先径直问道。

她今天不如相亲那日刻意打扮，随意扎了个马尾，穿着简单的蓝色T恤，拎着一只装满了书的敞口手提包，短裤加长了大白腿的视觉效果。只是一米六身高的少女，腿再美，在一米八的少年面前到底还是少了几分气势。

少了连衣裙的拘束，少女此时的坐姿绝对和俞家家风里的"端庄风雅"沾不上边。少女的神色更是镇定中带着警惕，手指也在不经意地摩挲着放在一边的包带，显然是对他的突然到访有所提防。

楚嘉年稍微改变了对俞苑苑的印象，心想大约也不是纯然的拜金无脑女，慢条斯理道："想托你找个人。"

俞苑苑挑挑眉，心想果然是无事不登三宝殿，他这样直截了当地说了，她反而松了口气，顺带着连坐姿都更加放松了一些："是我们学校的？"

"不一定。"楚嘉年摇摇头，开始面不改色地合理改编剧情，"我的初创电子公司正处于扩张阶段，最近我看上了一个程序员，他的坐标显示在传媒大学附近的荣华园小区里，但我不确定他是不是传媒大学的学生，所以想拜托俞小姐帮我打听一下，传媒大学通信工程和相关专业里，有没有以手速快著称的学生……游戏打得非常好的那种也算。"

初创电子公司＝刚刚打了两个赛季的 AM 战队；坐标在传媒大学附近的程序员＝对面大汉纳命来；手速快是国服选手的标志性象征；最后补充的那一句混杂在前情提要里面，并不算突兀。楚嘉年的这段剧情改编可以说是功力深厚，令人叹服。

就算俞苑苑足够聪明，也无法从他这段叙述中抓住能关联到自己身上的蛛丝马迹，更何况她压根儿没往这个方向想，或者说她根本懒得深究楚嘉年这段话背后的心思。想了想，她点头应下来："我试着打听一下。"

她顿了顿，看楚嘉年似乎没有别的话要说，于是展开了自己来之前就想好了的话题："说起来，我这里也有事情想要拜托你。"

楚嘉年有点意外，但还是礼貌地点了点头，示意俞苑苑说下去。

俞苑苑在此之前已经打了无数次的腹稿："是这样的。想必楚先生很清楚我家里的情况，俞家上下都还活在"万般皆下品，唯有读书高"的世界里，我恐怕是家里唯一的一个特例，所以他们并不太支持我做想做的事情。不妨和你直说，他们同意我考传媒大学而非华大中文系，交换条件就是我同意和你相亲。

"我家人非常认可你，以我对他们的了解，他们应当是对楚家的家风和人品非常赞赏和认同。所以我冒昧来请求楚先生，可否帮我……说服我的家人。请放心，我想做的绝非伤天害理之事，而是去从事家人不太能接受的职业而已。"

打游戏当然不伤天害理，但不仅仅是家风古板的俞家接受不了，其实大部分的家长都对打游戏这件事情抱有偏见，其中包含了舆论导向作用，更有一部分原因是出于人们对于内因和外因的混淆。在家长看来，是游戏先引诱了孩子，所以游戏就是原罪。

而事实上，在俞苑苑眼里，每个人对于自己所喜爱事物的态度才是影响这件事情的关键。人贵有自制力，贵有意志力，因为玩游戏而影响到生活或学业的那些人不从自己身上找原因进行反思，反而将失败怪罪到游戏身上，这才是本末倒置。

俞苑苑答应相亲，其实就是希望在她想要做自己喜欢的事情的时候，楚嘉年能够出于两人"互帮互助"的表面友谊，帮她一把。

在俞苑苑看来，这只不过是举手之劳，对于楚嘉年自身的利益没有丝毫的损害，所以楚嘉年于情于理应当都不会拒绝她。

然而，楚嘉年却微微扬起了笑容："恐怕要让俞小姐失望了，我不太想蹚这潭水。"

只是说"这潭水"，而不是说这潭"浑水"，已经是很给俞苑苑和俞家面子了。

俞苑苑没想到他竟然拒绝得如此干脆，甚至没有问一句她到底想要做什么，看来是真的丝毫不感兴趣，且毫不在意了。

她一直保持的完美微笑终于出现了一丝裂痕。

服务员端来了热气腾腾的两盘意面，放在两人面前。蒸腾的热气在空调房里袅袅升起，微微使俞苑苑的面容氤氲。

她满怀希冀和星光的眸子一点一点地暗淡了下去。

那一刻，楚嘉年突然在想，如果她再坚持一下，再求他一下，他可能就勉为其难地再重新考虑一下。

俞苑苑垂下眼睛，盯着面前的意面看了几秒，然后慢慢站起身来。虽然眼中满是失落，但她的脸上已然恢复了之前的笑容："既然楚先生不愿意，不如我们一别两宽，各走各的路。至于找人的事情，先预祝楚先生如愿以偿，喜得人才了。"

说完，她拎着包，头也不回地走了。临走之前，她还在吧台把这一桌的单买了，这才迤迤然推开门，消失在了楚嘉年的视线里。


楚嘉年不以为意地耸了耸肩，但眼前却突然闪过了少女暗淡下去的眸子，和眼角隐约闪过的一丝水光。

俞苑苑走得很快，R市的五月已经是盛夏的气温，她不一会儿就出了一身的汗。她没想到他居然是这样小气的人，自己之前打好的腹稿才刚刚开了个头就胎死腹中。俞苑苑叹了口气，走进冷气弥漫的教学楼，浑身蒸腾的热气终于消散，她心头的怒气也缓缓降了下来。

她突然觉得自己的怒气来得有点莫名。

自己为何笃定他会帮忙呢？他们不过是见过一面的陌生人，这件事情本就与他无关，不是吗？

这天晚上，俞苑苑难得地不想直播，甚至干脆没有去她的小房子，她在宿舍里用笔记本电脑登了号，自暴自弃地选了孤儿亚索。在队友的一片问号中，她怀着怒气，硬生生用亚索打出了"9-1-8"的战绩，在对面的一片问号中，点爆了对面水晶。

俞苑苑看着在风中旋转跳跃的小亚索，竟然有了一种独孤求败的萧瑟心情。

她觉得自己大约是膨胀了。

为了抑制自己的膨胀心理，俞苑苑第二把拿了提莫打中路，并且告诉自己，如果这样都能赢，那这一定是命运的安排，自己明天就去 AM 的基地报到！

提莫，号称召唤师峡谷里的"提百万"，有道是"团战可以输，提莫必须死"，是峡谷里最容易被针对的英雄。

结果，俞苑苑有如神助，随手埋的蘑菇，不管多偏，总能被对面精准踩中。

俞苑苑看着对面又一次被爆掉的水晶和自己"10-0-6"的战绩，陷入了沉思。

半晌，她戳开了和 AM.Xin 的对话框，输入了一句话。

明天下午三点，基地有人吗？

小新秒回：有！约吗，纳命爷？

俞苑苑气沉丹田，眼带杀气地敲打键盘：约！

此时此刻的俞苑苑，正沉浸在自己要为了梦想，孤身一人对抗家人和世界的心情中。

而小新欢呼一声，他大声炫耀着自己约到了纳命爷。全 AM 基地都沉浸在一种"来新中单宛如要过年了"和"万一纳命爷真的是金链大汉怎么办"的矛盾气氛中。楚嘉年一高兴，专门在点夜宵的时候给小新多加了两个鸡腿。

大家都在憧憬着明天的到来。


明明约的是下午三点，俞苑苑却从凌晨三点就开始紧张了。

已经在床上翻滚好几个小时的少女一跃而起，城市的夜空没有星光，周围只有舍友轻微的鼾声。宿舍窗帘的遮光性不太好，隐约有路灯的光芒洒进房间，空气中带着微微的清凉，混合着深夜的寂静气息劈头盖脸地打在了俞苑苑身上。

俞苑苑望着虚空中不知名的点，眼神空洞而迷茫。

她以"托儿索"（亚索）和"提百万"（提莫）两个英雄的胜利作为赌注而下的决定，是不是太轻率了呢？说到底，不管她自己想不想承认，她其实还是被楚嘉年昨天中午的话和行为刺激到了。

他让她认清楚了一件事，自己想要的东西，只有自己伸手去拿，别人没有义务帮助你。

可是又有什么能支撑她伸出手呢？

是她对游戏的真心喜欢，是为了自己这份喜欢而心甘情愿的一腔孤勇。

一腔孤勇的面前是独木桥，背后是悬崖。她独自一人伫立在那里，进退维谷。

跳下悬崖多么容易，可是一旦跳下去，她就再也没有可能爬上来了。

山顶的风景那么美，她怎么甘心在有希望靠近山顶的时候转身退缩。

俞苑苑坐在床上，却只觉得自己置身于浩瀚夜空、无尽宇宙，周身群星环绕，却渺无一人，前方有路引，她只有前进，再前进。

她忧心的是家人的不支持和不理解。可是她总觉得，做自己想要做的事情，将自己喜欢的事情做到极致，做到无愧于心，才算是真正地活着，就像是为了人生、为了发出最耀眼的光明而燃烧。

她突然想起来看过的一句话。

"蚂蚁变成大象的时候，就会发现当年横在你面前怎么也过不去的石头，不过是脚下的一粒沙。"

她低下头，缓缓地捂住了自己因心潮澎湃而加快跳动的心，问了自己最后一个问题——"你愿意为了自己的这份喜爱，而对抗你的家人吗？"

她郑重地想了想，然后给出了自己的答案。

"我不想伤害我的家人，但是我愿意。因为我没有错，我的喜欢没有错，我喜欢的对象没有错，我去做我喜欢的事情，也没有错。所以，我愿意。"

静默的黑夜中，少女又重新直挺挺地躺了回去，片刻前的一切仿佛一场梦。只有第二天早上的黑眼圈告诉她这是真实的。

俞苑苑趁着舍友们都不在，把自己所有的衣服都从衣柜里搬了出来。连衣裙太淑女，运动服太随便，短裤短裙不够庄重，红色太热烈，黄色太鲜艳，蓝色太忧郁……俞苑苑从来不知道自己也有这么"龟毛"（吹毛求疵）的一天。

下午两点，俞苑苑终于绝望地拨通了蔺瓶子的电话。

"救命啊！救救你的姐妹！"

蔺瓶子因为前一天俞苑苑的"诈和"还在生闷气，冷冰冰道："我红透半边天的姐妹不会自救吗？"

沉浸在自己思绪里的俞苑苑根本没感觉到蔺瓶子的别扭，她径直道："你还记得我前两天跟你说过，有人找我打职业的事儿吗？"

"记得，不是骗子吗？"蔺瓶子好奇问道。

"不是骗子！是真的！AM的小新跟我双排以后又问了我一次，还说之前那个家伙是他们的经理人！"俞苑苑语速极快，半宕机的脑子直接过滤了蔺瓶子的阴阳怪气，"总之我答应了下午三点去他们基地参观一下，你快告诉我这种场合我应该穿什么好？"

蔺瓶子沉默了足足半分钟，俞苑苑已经对着话筒开始呼唤："喂喂，信号不好了吗？"她才带着一丝异样的声音回应道："真是 AM 战队啊？"

"对对！就是春季赛冠军的黑马战队 AM！"俞苑苑压低了声音也难掩其中的激动，"我之前就很看好他们，没想到居然是他们给我发了邀请！"

蔺瓶子长长地"哦——"了一声，然后慢条斯理地道："去这种全是男性激素气息的地方，作为唯——个女队员，可不能打扮得太女性化，要从技术、外表和气场上全方面无死角地打败他们，让他们匍匐在你脚下大喊'女王再爱我一次'。我记得上次我们逛街，你买了一套黑色套装？"

"……女王就算了，不过你说得有点道理，我还考虑过要不要女扮男装，毕竟我的 ID 形象和真人形象相差有点大。"俞苑苑目光停留在蔺瓶子建议的那身丝质半袖西装和同质的短裤上，有点犹豫，"我找到你说的这套衣服了，这个……会不会有点太过了？"

"你要在气场上压垮他们，这样以后才不会被他们小看！我这就打车去你学校门口，你换好这一身，穿那双一字黑色高跟凉鞋，在你们学校西门门口等我。"蔺瓶子信誓旦旦的声音带着几分咬牙切齿，话筒那边同时传来了她噼里啪啦找东西的声音，"给你三十分钟时间化一个和衣服配套的妆，一会儿见。"

电话挂断的时候，俞苑苑还没反应过来。

是她的错觉吗？为什么感觉蔺瓶子比她还激动？

疑惑归疑惑，在穿衣打扮方面毫无经验的俞苑苑还是听从了好友的话，换上了黑色套装和高跟凉鞋，照了照镜子，感觉自己气场瞬间两米八，其中两米还都是大长腿。然后，她用上了自己的十八般武艺，化了一个十分冷酷到底的妆容，还特意拉长了一点眼线，夹翘了睫毛，仔仔细细地刷好睫毛膏，满意地照了照镜子。

很好，感觉自己是仙女。

等她出宿舍楼走到学校西门时，刚好半个小时。蔺瓶子从出租车上下来，一眼就看到了一身黑色、气场肃杀、红唇白肤的少女。

蔺瓶子一边向前走，一边马不停蹄地从包里掏出一副茶色带细链的无度数眼镜，稳稳地架在了俞苑苑的鼻梁上，然后她后退两步，从头到尾仔细打量了俞苑苑一番，满意地点了点头。

俞苑苑皱了皱鼻子："这个就不用了吧？戴了隐形眼镜还戴这个，是不是有点过分？"

蔺瓶子冷冰冰地飘过来一个眼神，里面带着莫名的杀气。俞苑苑吓了一跳，乖乖闭了嘴，被蔺瓶子塞进了出租车。

莫名其妙、杀气蓬勃的蔺瓶子在关上车门之前，突然笑了笑："对了，如果你见到一个叫奥利奥的队员，帮我告诉他一声，蔺瓶子向他致以诚挚的问候。"

等等，你还认识 AM 的队员？奥利奥可是 AM 的首发啊！

俞苑苑一肚子的疑惑还没说出口，出租车门就被蔺瓶子大力合上。出租车司机大约也感受到了杀意，一脚油门就轰了出去，断绝了俞苑苑追问的机会。

大约是气氛太过诡异，出租车司机轻咳一声："小姑娘穿得这么有气场，是要去见前男友吗？"

俞苑苑：？

出租车司机："我这些年拉过的客人多了，什么人没见过，上次见到穿成你这样的小姑娘，还扛了个花圈直奔前男友结婚的酒店呢！那气势真是没得说。"

司机边说还边竖了个大拇指，啧啧称赞。俞苑苑目瞪口呆地低头打量了自己一次，终于知道哪里不对了。

这一身黑压压的，她……还真不好反驳司机大叔。

到了地方下车的时候，司机大叔还握拳给她鼓了个劲："小姑娘，别因为前男友住在别墅区就没底气，你这一身，气场两米八，妥妥的！"

俞苑苑："……承您吉言。"

于是，俞苑苑就这么杀气腾腾地走进了别墅区，一边僵硬地往前走，一边心想自己这样过去敲开门万一真的吓到人怎么办。

于是，她决定要笑容甜美一点，努力弥补一下。

AM 战队的各位队员并没有因为纳命大汉答应要来参观基地而做出任何改变，保洁阿姨例行公事地收拾完整个基地，电竞人这才一个两个睡眼惺忪地出现在一楼。小新因为晚上要直播，还特地洗了个头，雪饼和牛肉酱就顶着鸡窝头穿着花花绿绿的宽松大裤衩坐在电竞椅上，奥利奥的小辫子还是前一天编的，睡了一晚上以后，歪歪扭扭地搭在脑袋后面。

只有经理人楚嘉年一如既往的清爽干净，这大约就是早上八点起床呕心沥血工作的经理，和下午两点打着哈欠趿拉着拖鞋上班的电竞队员之间的区别了。

小新看了一眼电脑右下角："纳命爷应该快到了。"

快下午三点了，大家的精神也七七八八地回来了一点，脸上多少带了些期待和好奇之色。楚嘉年站起身来，拍了拍手吸引大家的注意力："一会儿我们的新中单要来看基地，都是大老爷们儿的，大家都友好一点，争取能让他今天就把合同签了，下周就来训练，这样还能赶上下个赛季。"

大家都赞同地点了点头，简单收拾了一下乱七八糟的桌子。牛肉酱为表诚意，还专门跑了趟冰箱，乐颠颠地拿了两罐冰可乐放在了手边，准备一会儿用来联络感情。

宅男之间的友谊，用一罐"肥宅快乐水"就可以建立，如果一罐不行，那就两罐——牛肉酱如是想道。

雪饼拍了拍脸，告诫自己要友好，要和蔼，要佛系。

奥利奥不知道从哪里摸过了一顶帽子扣在了头上。

绿色的。

小新刚准备站起身，仗着自己和纳命爷打过两场排位的交情一起和楚嘉年去门口迎接，就看到了奥利奥绿油油的帽子，顿时"撕心裂肺"地笑了出来："我说奥利奥，人家指不定就是打两把游戏，何况你那都是前女友了，你还戴个绿帽子是什么意思啊。"

奥利奥眼神如刀："你不懂就闭嘴。"

俞苑苑站在门口，听到了鬼哭狼嚎一般的笑声，她先是感慨了一下队内气氛大概是真的好，一边忐忑地按了门铃。

很快有脚步声传来，俞苑苑深呼吸压住越来越快的心跳，露出了事先想好的甜美微笑。

门开了，俞苑苑面带微笑，抢先一步仰起头，准备自我介绍："你好，我是……"

一张熟悉的脸带着熟悉的谦和微笑出现在了门口。

俞苑苑自动消音。

门内门外两人相顾无言，同时愣在了原地，头上冒出了整整齐齐的一排问号。

楚嘉年皱了皱眉，收敛了脸上的笑容，面无表情地关上了门。

俞苑苑的后半截自我介绍根本没有机会说出口，硬生生地被关在了门外。

她退后一步，看了一眼门牌号，确定自己没有找错地址。

楚嘉年为什么会在这里？路过？"金主爸爸"？来找朋友？

这出租车司机可真是……见多识广、神机妙算、料事如神、当代诸葛。她刚刚的那句"承您吉言"的的确确是没白说。

俞苑苑看着面前紧紧关着的大门，盘算着自己是要再接再厉继续敲门，还是转身走人。

毕竟如果开门的还是楚嘉年的话，她的自我介绍可就真的要改一改了。

难道要说，你好，我是你相亲相来的……前女友？

小新脸上的微笑还没彻底成型，就被楚嘉年坚决果断的关门打断了。

"年哥，什么情况啊？怎么把门关上了？"小新比楚嘉年矮一点，刚好被楚嘉年挡在身后，只看到了一个小小的身影，还有点……像个女孩子？这两天基地大门的监控坏了，看不到外面的情况，小新一边怀疑自己看错了，一边急得抓耳挠腮，"不是纳命爷吗？"

楚嘉年的眉头皱得更深，心里还有一种不妙的感觉蔓延开来，虽然门口少女的打扮和之前两次见面的时候相差非常之大，堪比楚楚可怜的小白兔和白雪公主心狠手辣的后妈，但他还是一眼认出了对方。

这女人，分手了还能找上门来，倒是有几分本事。

再开口的时候，他摆了摆手，向沙发的方向走去，语气里带了一丝罕见的不耐烦："是 stalker（跟踪者），别理她。"

"哈？"小新一愣，脸上竟然露出了兴奋的表情，"谁的 stalker？是不是我的？咱们队里就我的女性粉丝最多，我刚刚好像看到了是个女孩子。年哥你可别拦我，我小新别的不行，宠粉一流！"

楚嘉年还准备说什么，小新已经快乐地上前一步，打开了门。

门口站着的果然是一个女孩子。

而且还是一个让人惊艳的女孩子。

少女一身黑衣，双手抱胸，双腿笔直修长，过肩的茶色中长发微卷，衬得她的侧脸白皙精致。少女原本是侧身对着门口，这会儿听到门又开了，慢慢转过头来。她戴着琥珀色的眼镜，微微斜仰起头，眼神从镜片后面冷冰冰看了过来，眼镜的细链垂在她弧线优美的下颌上，红唇微启，倨傲中莫名带了几分凉薄的杀气。

如果她手里再加一把镰刀，活脱脱就是一个末世女杀手。

小新被她这一眼扫过，活生生起了一身鸡皮疙瘩。

然而下一秒，眼神带刀气质凛冽的少女突然冲着小新扬起了一个娇俏的笑容。

小新心想：妈耶！女杀手对我笑了！看来真的是我的 stalker！我的'私生饭'！我的 stalker 小姐姐这么漂亮又有气质，笑起来这么好看！感觉人生到达了高峰！我要稳住，要端庄！

漂亮小姐姐忐忑地望向小新的眼睛，茶色眼镜片也挡不住她眼中闪烁的星光。小新挺胸抬头，表情严肃正经，艰难地吞下一口口水，努力将目光从小姐姐的红唇上移开，仔细分辨她一张一合的嘴里说了一句什么话。

"你好，小新！我是对面大汉纳命来，很高兴认识你！"

小新："……"

他听错了吧？

"纳……纳……纳……纳命爷？"小新还没从内心的狂喜中脱离出来，就获知这一消息，犹如晴天霹雳，一时之间连话都说不清楚了，甚至还因为面部表情突变而有点脸疼。他结巴着后退一步，不敢置信地看着俞苑苑。

纳命爷？不是穿花衬衫戴金链子的大汉，居然是个女孩子？

现在的女孩子都是什么脑回路，起这种抠脚大汉的名字一点心理负担都不会有的吗？

开门的不是楚嘉年，俞苑苑松了一口气的同时，努力让自己的笑容更诚恳了几分。

艳阳如火，透过树荫间的缝隙照在俞苑苑身上，小新的心扑通扑通直跳，连脸上的青春痘都变得更鲜艳了一点。他回过神以后，第一反应竟然是，还好他早上洗了个头！再想想大厅里与他对比鲜明的鸡窝头、绿帽子、花裤衩，小新死死地按住了自己胸腔里的尖叫，不动声色地露出了一个微笑，侧让一步："欢迎参观 AM 基地，快请进。"

小新：快请进来看看里面这群糙汉、粗犷邋遢鬼！相比之下我小新的形象是多么伟岸高大！

俞苑苑疑惑地看了一眼目露兴奋的小新，然后重新将视线移向了 AM 基地的大门。

她抬腿、迈步，鞋跟与地面碰撞出清脆的响声。

——AM 基地，我来了。

这边，楚嘉年眼看拦不住小新，虽然俞苑苑的突然出现让他感到措手不及，但是队里之前也不是没处理过这种"私生饭"事件，小新作为老队员，应该知道怎么处理这种状况。正好，就由小新出面，赶快把这个家伙赶走……

他正如此这般镇定地想着，门口就传来了清脆的高跟鞋的声音。小新亦步亦趋地走在对方侧面引路，目露兴奋，宛如一个跟班。

什么情况？

队里是绝对不允许未经邀请的粉丝直接上门的！难道是这个女人在门口对小新胡说了什么导致涉世未深的小新让她进来了？

楚嘉年皱了皱眉，站起身来准备处理意外状况。

电脑面前的三个人闻声转过头，就见身材娇小瘦弱、气场却有两米八的黑衣少女在众人面前站定。她扶了扶眼镜，微微抬起下巴，谦和地勾起一抹笑容，声音甜美礼貌地向大家介绍道："大家好，我是对面大汉纳命来。"

双手捧着两罐可乐的牛肉酱第一次感觉，自己稳如铁臂的双手有点拿不稳手里的可乐。

雪饼双手离开键盘，呆愣地望着俞苑苑，感觉眼前的一切都恍恍惚惚，他甚至冒出了一个念头：原来当年把自己坑出心理阴影的是个女孩子？竟然一下子觉得好受了许多呢，我是病了吗？

戴着绿帽子的奥利奥："女……女的？"

他现在换个帽子还来得及吗？

一时之间，AM 基地寂静到只有水冷机箱里的潺潺流水声。

楚嘉年僵硬在了原地，阻止俞苑苑继续前进的手停顿在半空中，活生生摆出了一个"尔康手"的造型。

小新站在俞苑苑的旁边，从一开始他就用手捂住了自己狂笑的脸，快乐地围观了在场所有人的表情，心满意足。

他完全忘了自己片刻前的惊讶根本不亚于其他人。

俞苑苑轻咳一声："那个，有人可以带我参观一下吗？"

现场五人集体回魂，牛肉酱还保持着自己傻乎乎的惊讶表情："纳命爷，你……你居然是个女生……"

俞苑苑不好意思地挠了挠头："当年女生玩这个游戏很容易被喷，所以我就起了这个名字。玩了这么多年，对这个号也有感情，而且皮肤、英雄都全，所以就顶着这个马甲到现在了。另外，我叫俞苑苑，大家可以叫我芋圆。"

"我知道我知道，你的直播 ID 就是'我芋圆从不浪'，不过我觉得还是纳命爷更适合你！"牛肉酱一边点头，一边疑惑地递出了手里的冰可乐。

俞苑苑多年混迹游戏圈，当然知道牛肉酱递过来的不是可乐，而是友谊的桥梁，毫不犹豫地接了过来，顺势打开喝了一口，然后被冰得一哆嗦："你这是从冷冻柜里拿出来的吗？"

牛肉酱一脸憨厚："那……我给你焐焐？"

俞苑苑：……你是认真的吗？

早就知道 AM 的辅助牛肉酱是队宠，没想到真的这么可爱！

牛肉酱刚刚说完，头上就被拍了一巴掌，楚嘉年不知何时走到了牛肉酱身边，那面无表情的神色让牛肉酱吓了一跳，他大气也不敢出："年哥，你们谈，你们谈。"

俞苑苑挑了挑眉，将目光落在了楚嘉年身上，似笑非笑。

哟，年哥？

之前两人相处时的一幕幕如同走马灯一般在她脑中掠过。

能被牛肉酱称呼为"哥"的，肯定是队内前辈。

电子行业大约指的就是电竞。

上次找她，说是要找"荣华园小区里的优秀程序员"，难道就是她？

难怪在最后要加一句"游戏打得非常好的那种也算"。

这可真是不是冤家不聚头。绕了一圈，她的事，貌似还得他管。

楚嘉年好不容易才控制住了自己眉梢的抽动。

他心里彻底打翻了对面前少女的所有印象，并且迅速回忆起了两人两次见面的情形和沟通的点滴。

主持人四舍五入等于主播。

听到 i9 双眼放光，是因为她真的喜欢。

家人不能赞同的职业，是来战队做职业玩家。

她诚恳地请求他帮忙的，是说服她的家人，加入他的战队做中单。

然后，他说了什么来着……

哦，对，他说，他不想蹚这潭水。

楚嘉年望着俞苑苑意味深长的眼神，人生第一次知道了什么叫脸疼。


AM 基地，经理人办公室。

俞苑苑将友谊的冰可乐放在了一边的茶几上，焐了焐自己快要被冻成冰块的手，不动声色地环顾了四周一圈。

楚嘉年的办公室陈设非常简单，AM 字样如闪电般盘桓在办公桌后的墙上，线条硬朗，是典型的后现代风格。除了……整整齐齐摆在窗台上的一排可爱的……多肉植物。

俞苑苑眯了眯眼，收回目光，重新打量了一眼坐在办公桌后的楚嘉年。

楚嘉年注意到了她的目光，原本就不太平静的内心顿时又一个咯噔。

他突然有点后悔自己刚才为什么不把她带去会议室。

楚嘉年捏了捏眉心，率先打破了沉默："重新自我介绍一下，我叫楚嘉年，是 AM 战队的经理人，之前联系你的 AM.Cain 就是我。"

面对这样的开诚布公，俞苑苑点了点头，提及了一件不相干的事情："之前贴吧有一个扒我身份的帖子，是你帮忙删掉的吗？"

楚嘉年承认道："无论你是否答应战队的邀请，只要有成为 AM 队员的可能性，所有可能造成负面影响的帖子都会做必要的公关处理。"

作为一名主播，最需要的就是曝光率和数据，无论是正面还是负面的新闻，只要有人讨论，就能成为引流的手段。他正在暗自猜测俞苑苑是不是在嫌他多管闲事，就听到俞苑苑慢悠悠地来了一句："帖子里把我扒得很清楚了，我其他的个人信息楚先生应该也很清楚，想必我不用再多此一举做自我介绍了。"

她的坐姿一如第一次相亲见面之时的优雅，微微扬起的下巴还透着几分倨傲，但是楚嘉年却硬生生地从她的姿态中找出了几分如她语调一般的漫不经心和……不耐烦。

少女的语调随性，语意却意有所指。帖子里扒了她的游戏身份，而楚嘉年在相亲之前必定拿到过一份她的"官方"个人简历。换句话说，楚嘉年应当已经从里到外对她了解得非常透彻了。

大型"掉马"（指身份被曝光）现场里，大家都已原形毕露。有话就直说，没必要再藏着掖着了。

楚嘉年深吸了一口气，索性不再绕圈子，连带着语气也带着几分严肃："想打职业吗？"

刚才还假装高冷的少女原本随意搭在一旁的手不经意地蜷缩握成了拳，楚嘉年眼看着少女一瞬间收起了之前的心不在焉，重新坐直身体、表情严肃，眼神坚定而璀璨。

那个眼神，楚嘉年再熟悉不过。他在无数拼尽全力追逐自己梦想的人身上都见过。那是深思熟虑后，愿意为梦想奋斗和付出一切的坚定，是一想到可以从此为自己的热爱奉献一切时的激动。

那是世界上最珍贵的，不容任何人践踏的，属于年轻人的光芒。

"想。"

俞苑苑郑重点头。

楚嘉年目光沉沉地看了她半晌："先试试？"

俞苑苑点头："好。"

俞苑苑知道楚嘉年的"试试"说的是什么，但是少女非但没有露出半点恐惧，反而瞬间收起了之前的漫不经心，显现出了异乎寻常的跃跃欲试和战意。

AM 战队迎接新人的方式是整个圈里公认最为变态的。无论是从哪个渠道进入 AM 大门的新人，都要和 AM 的所有队员进行一遍"solo（单挑）赛"。

没错，包括一队和二队的所有队员。

solo 赛是最考验玩家水平的，虽说一把 solo 赛的时间并不长，但是车轮战对于任何一个人来说都是非常大的压力。据 AM 内部表示，这样的安排一方面是为了提前考验队员有没有打满 BO5（五局三胜制）的体力和能力，另一方面当然是为了锻炼队员的抗压能力。

据说之前有好几个人在这一环节被虐到心态全崩，甚至有一个直接当场掀桌卸游了。毕竟 solo 赛和在召唤师峡谷里打排位是不一样的，操作细节上的一点点小失误都会被无限放大。输一次还好，连输的话……真的很难调整心态。

楼下的几个人早就摩拳擦掌，心态就和室内的大二生看烈日下军训的大一新生一样兴奋。

二队的小孩子们也被叫了出来，在沙发上坐了整整一排。小孩子们虽然都已经听说了新来的中单是个漂亮姐姐，但是大家都觉得约莫有几分夸张。

结果大家期待值太低，现实又太美好，是以俞苑苑从经理室走出来的时候，二队全员都倒吸了口气，还有人轻轻"哇"了一声。

肤白貌美大红唇，腿长腰细气质佳。这是哪里来的会打游戏的神仙姐姐？

楚嘉年一个眼风扫到了出声的队员身上："你第一个。"

被点名的男生叫瑞格，是二队的 ADC，平时就是二队里最会来事儿的一个。此刻被点了名，瑞格还有心思吹了个小声的口哨，顺便吹起了自己额前的刘海，如果不是一队的前辈都在，估计他还能给俞苑苑抛个媚眼。

瑞格这会儿还不知道俞苑苑的来头，虽然知道能被年哥看中，对方的实力肯定不容小觑。但小伙子看到俞苑苑是女生，有几分轻敌。

楚嘉年一眼就看出来了瑞格的状态，但他并没有出声提醒。一队的见年哥没发话，也都坐稳了准备看戏。如果瑞格这次被打哭，也算是给小孩子长个记性。

AM 的 solo 赛制完全参照全明星 solo 赛，但是去掉了其中的 ban 英雄环节，某种意义上来说算是给了双方更大的发挥空间。

俞苑苑和瑞格在两台斜对桌的电脑面前坐好，电脑桌面背景是 AM 的队标。俞苑苑登了"对面大汉纳命来"的号，因为要再单独一个个地加好友太麻烦，所以另一台电脑直接登了小新的账号。

瑞格上来就直接锁了杰斯，二队队员都知道他最近一直在练这个英雄，手感也不错，而杰斯在 solo 对线中比较强势。瑞格锁了英雄，然后偷偷瞄了一眼对面的俞苑苑，暗搓搓地换个皮肤。

牛肉酱戳了戳小新："我猜她会用发条，杰斯手长，发条还算能克制。"

小新："我见过她打辛德拉，我赌三包辣条，她肯定选辛德拉。"

两个人正小声说着，就看到俞苑苑鼠标一移，点了亚索。

小新："'哈撒 K'？这是选着玩吧？"（"哈撒 K"是亚索出招时候的台词发音，因为太过标志性，所以有人直接用"哈撒 K"这个发音指代亚索）

小新的声音不大，但还是准确地传入了俞苑苑耳中。她微微一笑，然后大家就看到亚索被锁定了。

其他人：这么秀的吗？

峡谷单行道的 solo 赛规则其实很简单，俗称为"一血，一塔，一百刀"，也就是谁先拿到游戏中第一次击杀，或先推掉第一座塔，又或者一方先补兵补到一百刀，这三个条件达到任意一个都算是获胜。

杰斯带了虚弱和引燃两个召唤师技能，而亚索则带了一个引燃和一个闪现。

瑞格操纵着杰斯，第一时间跑到了塔下，然后……跳起了舞。

大家这才发现这家伙居然用了蔷薇绅士这个皮肤，高大的杰斯身着白礼服棕马甲，胸前还别着一朵红蔷薇，站在塔下。

过了半天，亚索才慢慢悠悠地扛着刀，和兵线一起出现在了塔下，压根儿没看见杰斯刚才的一波搔首弄姿。

而且，俞苑苑用的还是亚索蓝围巾蓝裤子的初始皮肤，压根儿没换。

瑞格："……"

小新没忍住，"噗"的一声笑了出来。

别人都是从皮肤上压倒对方，俞苑苑倒好，她是从皮肤上鄙视对方。

杰斯率先上前开始补兵。亚索在塔边小步摇摆了几下，混在自家兵线里稳步向前，两人试探性地一边走位，一边补兵。杰斯仗着自己手长，很快就把第一波兵线推到了亚索的塔下。

局势看起来像是杰斯压住了亚索，但雪饼垫着下巴，悄声分析："瑞格的补兵有点问题啊，太着急压人了，这波过去以后，亚索的补兵应该能够反超。"

说话间，亚索稳稳地补了一波塔刀，一个兵都没丢，甚至还夹在小兵缝隙中平 A 了杰斯一下，稳步到了三级。

"三级了，亚索应该要出来换一波血了。"小新观察着场上局势。

果然，他话音刚落，亚索就抢出了风墙，灵巧地从风墙后面穿出来给了杰斯一套连招。瑞格的反应也非常快，给亚索挂了虚弱加引燃，追上去 A 了两下，亚索瞬间变成了岌岌可危的残血。

大家都提了一口气，牛肉酱微微皱眉："亚索这样有点危险啊。"

亚索举刀补了凑过来的两个兵，到达了四级，头上等级变幻的同一时刻，E 向了杰斯，又瞬间在杰斯身上挂了引燃！

杰斯反应很快，反手打了亚索一下，转身就想拉开距离。

此刻两人的血量已经达到了持平的丝血状态，就在大家猜测两边都会回塔下发育等六级有大招的时候，亚索突然又转手挥出了风墙，闪 Q 到了准备回塔下的杰斯身前，将杰斯卷了起来！杰斯还在半空，他倏然又接了一个斩钢闪！瑞格拼命敲着键盘想要在临死前点亚索一下，起码也能同归于尽。没想到亚索早有所料，打完一套就立马 E 回了兵线旁边，正好出了杰斯的攻击范围！

First blood!（第一滴血！）

杰斯落地的同时倒地。

是被引燃烧死的。

整个比赛的过程没超过三分钟。

小新猛地一拍桌子："天秀啊，纳命爷！"

瑞格愣了一下，心服口服地站了起来，主动走到俞苑苑面前，竖了个大拇指："小姐姐厉害，打不过打不过。"

俞苑苑淡淡一笑："下一个。"

黑衣少女镇定自若地坐在那儿，屏幕的光芒照亮了她的面容，她眼波流转地望过来，坐成一排的男孩子纷纷捂住了自己的心口，感觉自己遭到了暴击。

"年哥，我有预感，官宣的时候我们队肯定能上头条。"牛肉酱喃喃道，"就是酸气与嫉妒齐飞，红眼共羡慕一色的那种。"

楚嘉年眯了眯眼，不置可否。

刚刚俞苑苑的操作中细节其实非常多，从对英雄血量的控制、伤害的计算和把握，到补刀的基本功力……单从这一局来说，楚嘉年就已经想跟她直接签合同了，但是 AM 入队的规矩不能破，该比还是得比。

二队剩下的六个小伙子被俞苑苑的亚索惊艳到，反而被激起了战意，一个个摩拳擦掌排队上去挑战俞苑苑。结果无论对面拿出了什么英雄，俞苑苑都没有换英雄，一个亚索挑战了整个二队，除了有一局和对方同归于尽，但因为对面引燃挂早了0.1秒而判定为亚索赢，所以可以算是连赢六局了。

整个二队被她一个亚索收拾得服服帖帖，站在旁边戾成了一排鹌鹑。俞苑苑站起身来，活动了一下手腕。短时间里连打七盘精神高度紧张的solo赛，手腕酸痛是难免的，但她稍微活动了一下，就重新坐回了电脑前，喝了一口"肥宅快乐水"，淡定的语气中含了一丝进入状态的兴奋："继续。"

一队的队员们互相换了个眼神，最后还是小新开了口："纳命爷，不用亚索，我们还是好朋友。"

俞苑苑挑了挑眉："怎么，怕了？"

她秀美的脸随着挑眉的动作，带了一身的杀气和英气。小新一戾，又突然想到不行，怕谁都不能怕亚索，于是梗着脖子胡说八道："我们要对你进行全方位的考察，接下来每一把你都要换一个英雄。"

俞苑苑长长地"哦"了一声："亚索可是我压箱底的英雄了，既然你们不想看我的绝活，那我可就不客气了。"

她话音刚落，基地的门口响起了一个突兀的声音："怎么，我才两天不在，你们就找了个中单亚索不给就送的女选手？"

"女选手"三个字咬得极重，话中满是戏谑和轻视。

一队的队员们齐齐变了脸色，二队的队员不知道发生了什么，其中一个还惊喜地唤了一嗓子："可乐哥！"

站在门口的人挂着一脸玩世不恭的表情，他一步一步走近聚在一起的队友们，冷笑了一声："哟，我不在，这么热闹啊？"

这下连二队的小孩子们都感觉到了不对，瑞格率先开了口："年哥，我们这边也结束了，就先上去继续今天的训练了。"

楚嘉年暂时也不想二队的小孩子们因为队内风波分心，点点头放他们离开，然后才看向了一身戾气的人："好久不见。"

战队经理对队员说"好久不见"，简直就是打脸现场。

可乐果然被楚嘉年毫不留情的回讽噎住，但他很快就冷笑一声，精准地将目光投在了俞苑苑身上。刚刚站在门口被人群挡住没看清，这一眼过去，可乐：……哪儿来的美女，我刚刚想说啥来着？

俞苑苑当然认出了可乐。虽然可乐的表现一直算不上突出，但毕竟是中单位，俞苑苑在看比赛的时候难免会多关注一些。其实刚才她进门的时候就注意到了可乐的缺席，这会儿感受到可乐的出现带来的迷之气氛，多多少少猜到了一点什么。

如果不是可乐出了问题，AM应该也不会这么着急地找上她。

但她装作什么都不知道，言笑晏晏地站起身来，主动上前打了个招呼："是可乐哥吧？你好，我叫俞苑苑。"

可乐有点别扭地转开视线："你是谁啊？"

俞苑苑面露羞涩，连声音都哆了几度："我是新爷的迷妹，正巧抽中了基地开放日活动，之前的几个粉丝都已经先走了，只有我厚脸皮留到了现在，还不自量力地和新爷玩了一把。"

小新："……"

奥利奥：……这家伙果然和葡萄瓶子是朋友。呵，女人的嘴、骗人的鬼。

所有人都没料到俞苑苑这么快就给自己找了台阶下，一时之间都目瞪口呆，竟然没有人接话。

俞苑苑一点包袱都没有，眼中顺势带了几分湿漉漉的疑惑："新爷？是不是我打得太菜了？"

刚才天秀的操作闪现在大家脑海里，听到"菜"这个字，被点名的小新简直把头摇成了拨浪鼓："不不不，纳命……咳，你打得很好。"

俞苑苑眼中的神色太诚恳了，可乐不疑有他，脸色缓和了一些，颇有心情地提点了俞苑苑一句："少玩亚索吧，那英雄还是有点上不了台面。平时没事也可以看看我的视频和直播，既然是小新的迷妹，有空我可以带你玩两把。"

众人脸色古怪，俞苑苑却低低地惊呼一声，眨巴眨巴眼睛，喜悦之情溢于言表："真的吗？太好了！以后有可乐哥罩我，我就可以在峡谷横行了！"

活脱脱一个涉世未深、天真无邪的迷妹。

牛肉酱捂住了眼睛，表示没眼看。

很显然，可乐非常吃俞苑苑这一套，连手机都掏出来了，准备扫俞苑苑的微信，再继续发展。他刚刚准备开口，楚嘉年终于忍不住打断了两人的对话："队里要开始训练了，开放日活动也要结束了。我送你出去。"

说完，楚嘉年不由分说地圈过了俞苑苑的肩膀，他走得又急又快，俞苑苑只来得及给小新他们挥挥手，就被楚嘉年带到了门口。

门后，小新压低声音："奥利奥，你有没有感觉年哥哪里不太对？"

奥利奥："对于骗人的鬼，不能心慈手软。"

小新：我们说的是同一件事吗？

楚嘉年顺势关上了门，隔绝了基地里面的声音。

俞苑苑终于收起了之前的迷妹状，揉了揉脸，问道："是可乐出问题了吗？"

既然准备和她签合约，楚嘉年自然不会瞒着她："对，他最近问题很大，队里准备和他解约了。"

"直接解约？"俞苑苑皱眉，如果是直接解约，那可乐的身价可能会直线下降，职业生涯也会受到很大的影响。她想了想，"毕竟是队里的老人，说伤病会不会更好一些？"

楚嘉年闻言轻笑了一声："你这是在以 AM 队员的身份思考问题了吗？"

俞苑苑一惊，愣在了原地："我……"

"该给他的体面我们会给的。"楚嘉年打断她，他的声音依然带着笑意，但那笑意不达眼底，"但他接不接受，就是他的事情了。"

俞苑苑下意识想问可乐到底犯了什么事儿，又想起了楚嘉年刚刚说她已经在以 AM 队员自居，于是活生生把问题憋了回来，换了另一个问题："所以我入队就要首发吗？"

"你不愿意？"楚嘉年反问。

"我……"俞苑苑本来想坚定地说"愿意"，但是刚刚发了一个音，突然感觉到了这个回答背后沉甸甸的责任。

她顿了顿，冷静下来，重新望向楚嘉年："上次我想拜托你的事情，现在可以再拜托你一次吗？"

"如果我答应了你，我们还用一别两宽吗？"楚嘉年勾起嘴角，看向她的眼睛。

"这两件事情之间有什么必然联系吗？"他太过目光灼灼，俞苑苑下意识地避开了他的视线。

"当然有。"楚嘉年露出了一个人畜无害的笑容，"如果我和你毫无关系，我要以什么身份去见你的家人？"

俞苑苑叹了口气："好吧，那我们就继续假装男女朋友吧。"

楚嘉年眯了眯眼："不，还不够。"

俞苑苑：？

她愕然抬起头，正想问什么不够，就看到男人勾起嘴角，露出了一个明媚耀眼又莫名宠溺的微笑。他抬手摸了摸她的头发："我们订婚吧。"

俞苑苑："……"

本以为楚嘉年是正经从不乱搞的小霸总，结果发现楚嘉年是个脑回路奇特的人——他和她订婚，就是为了让她进自己的战队。

## 第三章

AM.Naming

//

QING BEN XIA GU SHAO NV

"订……订婚？"俞苑苑结结巴巴地反问。

楚嘉年气定神闲地解释道："如你上次所说，伯父伯母应当对我家的情况非常了解，由我出面去说服他们确实是一条可行之路。如果有必要的情况下，我也可以请我的父母出动。但是这件事情毕竟事关你的未来和前程，如果仅仅是男朋友的话，未免会显得我的手伸得太长。但如果订了婚，这件事就顺理成章了。"

有理有据，让人无法反驳。

俞苑苑好不容易才从"订婚"两个字的冲击里回过神来，就瞧见了楚嘉年一脸势在必得的表情。她倒吸一口气，心想这家伙一开始相亲就说自己能"忍常人所不能忍"，现在竟然又拿订婚来做筹码，实在是太可恶了。她沉吟片刻，开口婉拒道："楚经理，虽然我确实很想进战队，但是也并不需要将订婚这样的人生大事当作进战队的手段。"

"那可真是可惜了。"楚嘉年并没有流露出半分失落，微微一笑，神色温和地陈述了另一件事情，"对了，下周就是MSI（英雄联盟季中冠军赛）了，如果你这周可以签合同的话，应该还能赶上。"

俞苑苑瞬间就绷不住表情了，她目瞪口呆地捂住心口："……MSI！首秀就在这么大舞台的吗？好想去！这不动声色的威逼利诱真是过分了！"

楚嘉年当然看到了俞苑苑眼神中的动摇，趁热打铁地递上台阶："不如你再考虑一下？"

刚才还义正词严拒绝的俞苑苑此刻溃不成军，她眼神慌乱地"哦"了一声，不敢直视楚嘉年的眼睛："那……那我再考虑一下。"

她说完这句话，不等楚嘉年反应就落荒而逃。

少女的脚步又急又快，快要消失在楚嘉年视线里的时候，似乎还不小心崴了一下脚，身影一个踉跄。

楚嘉年面带微笑地目送她离开，心里打得一手好算盘。这么好的苗子竟然就是自己前几天相亲来的女朋友，他作为战队经理，当然要想尽办法把这个 LPL 历史上第一个女选手留在队里。试问有什么比婚约更加牢靠的手段吗？再加上合同的双重保险，这波生意稳赚。

他在心底为自己的机智点了个赞，坦坦荡荡地回到了基地里，丝毫没有注意到自己的心情异乎寻常的愉悦，甚至在见到可乐那张不省心的脸时都没那么烦躁了。


这边，俞苑苑连滚带爬地跑到小区门口，立马拨通了蔺瓶子的电话："姐妹！老地方见！我要爆炸了！"

蔺瓶子迤迤然应道："早就猜到你会爆炸，我已经在老地方了。"

俞苑苑大惊失色："你知道 AM 的经理是楚嘉年？"

蔺瓶子："啊？楚嘉年是谁？"

俞苑苑："……那你怎么知道我会炸？"

蔺瓶子一脸问号："你要签战队了，还是春季赛冠军的 AM 战队，爆炸不是应该的吗？"

俞苑苑："……"

两个人的对话根本不在一个频道上，俞苑苑有气无力地回了一句"见面再说"，抬手拦了出租车。

"老地方"其实是两人学校直线距离取中心点的大悦城海底捞。俞苑苑十万火急赶到的时候，蔺瓶子刚刚涮好第一波菜，还给她调了个油碗。

俞苑苑："你还给我调油碗？这是过年了吗？"

蔺瓶子："我这是提前巴结好未来的 LPL 第一中单，以后我就要靠你罩了。"

俞苑苑连让她滚犊子的力气都没了，直入主题地描述了一遍今天发生的事情，唉声叹气道："我可能真的要牺牲终身幸福去打游戏了，姐妹，请为我点根蜡。"

"这不是很好吗？"蔺瓶子听完来龙去脉，非但不慌，反而从容地开始分析，"这本来就是你家里给你指定的男朋友，你顺势订了婚让他们称心如意，等他们反应过来，你说不定已经拿到S赛的奖杯了，那会他们再骂你也迟了。再说了，这个楚嘉年不是汇盛集团的小公子？人设这么好的富家子当未婚夫，分手的时候说不定还能拿一笔分手费，无论从哪个角度来说你都不亏。"

俞苑苑顺着她的话开始认真思考，震惊地发现她说的好像句句在理。

"对了，让你帮我给奥利奥带的话，你带到了吗？"蔺瓶子问道。

俞苑苑一愣，慌乱地拿起手机，手下不停地给楚嘉年发了一条短信过去："这就带！"

蔺瓶子一个眼刀飞了过来："你是忘了吧？"

俞苑苑大气都不敢出，埋头猛吃虾滑。

楚嘉年正在盯着队员们训练。可乐的状态是真的不如从前了，一波兵线居然能漏两个。他在心里暗自摇头，顺便盘算着怎样才能让俞苑苑快点点头，然后手机就振了一下。

俞苑苑的名字赫然其上。

这么快就妥协了？他表面风平浪静心底美滋滋地点开了信息，一行字映入眼帘。

俞苑苑：走得太急忘了一件事情。麻烦帮忙转告奥利奥，蔺瓶子向他致以诚挚的问候。

冒头的喜悦被浇了个透心凉，楚嘉年面无表情地看向奥利奥，一板一眼地转述："蔺瓶子向你致以诚挚的问候。"

奥利奥刚刚摘了绿帽子没多久，才平复了心情，正在稳稳地补兵，就听到楚嘉年来了这么一句，吓得直接手指痉挛，连漏了五个兵："年……年哥，你……你说啥？"

楚嘉年念完以后皱了皱眉："蔺瓶子是谁？"突然，他又想到了什么，"难道是那个糙汉端瓶水？"

这两个名字对奥利奥来说都是暴击，连声音都稳不住了："年哥，你……你从哪儿听来的这个名字？"

楚嘉年："俞苑苑让我转告你的，她说今天她临走的时候忘了说。"

奥利奥：……该来的总会来！自己提心吊胆了一天，还是没有躲过！

其他几个人还没跟着起哄，倒是可乐想到了什么，他拍了拍奥利奥的肩膀，吹了声口哨："可以啊兄弟，我知道这个主播，我们几个兄弟私下里讨论过，别看这个糙汉不化妆不美颜以素颜上岗，其实真人八成比首页的那几个主播更漂亮。我一兄弟还准备约她呢，没想到你先下手了。得，我去跟他说一声，朋友妻不可欺。"

他话音刚落，正准备摸手机发个信息，还没反应过来，就整个人连凳子被一脚踹翻了在地上。

"哐"的一声巨响，所有人都震惊了。

"奥利奥你干什么！"可乐坐在地上，奥利奥猝不及防的这一脚踹得极狠，他连人带凳子飞了出去，头磕在了地板上不说，两只手也有不同程度的擦伤。

还没等大家反应过来，奥利奥已经气势汹汹地弯腰揪住了可乐的领口，恶狠狠地说道："可乐，你要是敢碰她一根指头——"

"你神经病啊！我对她没兴趣好吗！"可乐一巴掌拍开奥利奥的手，"我好心帮你提醒别人，你还来打我？"

奥利奥气得眼睛都红了："她是我前女友！我要等拿了S赛的冠军再把她追回来的！"

可乐闻言反而露出了一个讥诮的笑容，从地上爬起身来，拍了拍手，斜眼看着奥利奥："S赛的冠军？就你？我看你还是做梦比现实一点。另外，既然都是前女友了，那大家公平竞争，谁有本事谁……"

"给我都闭嘴！"楚嘉年怒喝一声，打断了他的话，"可乐，你一天到晚交的都是些什么垃圾朋友？你以为你出去干了些什么我们不知道吗？还有你，奥利奥，凳子踹坏了是要赔的！"

牛肉酱："……等等，年哥虽然在发火骂人，但是怎么感觉哪里不太对？"

小新："年哥这话的意思……是骂奥利奥为什么不直接踹在可乐身上？"

雪饼："啧啧啧，年哥可真是，杀人不用刀。"

果然，可乐这下彻底黑了脸："年哥，你什么意思？"

楚嘉年似笑非笑地看着他："可乐，你现在本事是真不小，自己好好想想吧。"

可乐表情阴鸷地看了一眼奥利奥，再将目光转向楚嘉年，一言不发地转身就走，狠狠地摔上了基地的大门。

雪饼把被奥利奥踹翻的凳子扶起来，再给二楼探头探脑的二队队员使了个让他们赶快滚回房间的眼色。出了这种事，谁的心情都不会好。可乐是并肩作战了两个赛季的队友，眼看他变成如今这个样子，大家心里都知道距离分别的那天不远了。

只是谁都没有想到，这一天竟然来得如此之快。

就在可乐摔门而去的第二天，微博上突然有一个电竞大 V 号发了一条带九张图的长微博，标题非常醒目。

栗子朱 V：求锤得锤，电竞渣男打假赛实锤来了。

照片证据分为两个部分，照片里有渣男也有女孩子，为了保护女孩子，给女孩子打了重码，但渣男是谁，在熟悉一点的人眼中，简直一目了然。

另一个部分里，打假赛的聊天记录，事成之后的转账记录，事实如何，清清楚楚、一目了然。

这种爆料帖子本来就博人眼球，而栗子朱不愧是混迹微博多年的大 V，此事明显是有备而来，短短的九张图就实锤了她所说的话，爆点十足。半个小时过去，各大营销号纷纷转发，总阅读量分分钟破了百万，转发和评论量也瞬间爆炸，事情变得一发不可收拾。

短时间内，几乎所有的新闻客户端都无一例外地推送了这条新闻，这下别说电竞圈里的人，连圈外的路人都忍不住戳进来吃瓜。

AM 基地的电话瞬间被打爆了。

俞苑苑是在当天下午上课的时候知道这件事情的。下午是大课，她刚坐下没一会儿，就听到了身后的声音。

"欸，你看新闻了没，我以为这种事情只有钱多没道德的男明星才会做，现在打游戏的都能有粉丝了？"

"你懂什么啊，现在从事这个行业的可有钱了，有工资拿不说，开个直播就更赚了，游戏打得好，声音好听点儿，只要不是长得太难看，都能有大批大批的粉丝。"

"讲真的，这个行业从业门槛也太低了吧，我就觉得玩游戏的这些人啊，别的本事没有，搞这种事儿的本事还挺大，真是狗改不了那啥。"

"打假赛严重违规了吧？这难道还能洗白？不处分加禁赛加罚款大套餐伺候，还等着过年吗？"

参与议论的窃窃私语越来越过分，俞苑苑乍一听还有点愤怒，她带着满心疑惑划开手机，刚刚准备查一下到底怎么了，这条新闻就直接被推送到了手机桌面上。

经过大半天的发酵，新闻的标题已经写得非常露骨又难看了。

电竞大 V 爆圈内丑闻！职业道德何在？做人底线何在？电竞渣男疑似……

俞苑苑心底一跳。新闻里头头是道地分析了一波栗子朱的微博原文，并且在最后意有所指地写了一段：说起 LPL 的清流，大家的第一反应就是刚刚博得春季赛冠军的 AM 战队了。也有人说，栗子朱爆料的照片上，男主确实和 AM 战队的中单可乐十分相似。栗子朱在这里所说的究竟是哪支队伍我们目前还不得而知，但这样的形容真是让人不由得对 AM 战队产生怀疑。

媒体如此有导向性的话语当然将大家的目光一窝蜂地聚焦在了 AM 战队身上，AM 战队中单可乐很快被人揪了出来。更可怕的是，栗子朱的爆料发酵后，又有三四个粉丝或私信了不同的情感大 V，或身披马甲站出来，指名道姓地再度实锤了更多关于自己被骗的故事。

热门话题的前十条里，原本就有四条是关于这件事情的，分别是"电竞选手私生活混乱""栗子朱手撕渣男""为小 A 讨回公道""贵圈真乱"，每一条的热度都居高不下。小粉丝们的爆料一出，瞬间又多了第五和第六个话题。

"可乐滚出电竞圈"。

"LPL 假赛"。

虽然当事人和当事战队都还没有发表任何声明，但是所有吃瓜群众的矛头已经鲜明地对准了 AM 的中单可乐。AM 战队的粉丝在自家队伍的官博下拼命抵御漫骂，但是已经开始有一部分粉丝旗帜鲜明地表示要将战队和个人划分开来，也有一部分粉丝在疯狂地刷屏等待 AM 的官方回应。

事情发展成这样，肯定是不可能简单地压下去了。栗子朱的微博句句诛心，不仅隔空喊话了中单选手，更是意有所指了选手所属的战队。

无论如何，AM 战队声誉受损是板上钉钉的事情了，如果公关做得不好，那么这支战队的声誉恐怕会被彻底毁掉。

俞苑苑其实多少也猜到了可乐的情况，但是没想到竟然会如此不堪。她的脑中又浮现了那日见到可乐时的场景，春季赛时意气风发、朝气蓬勃的男生眼下有着一圈明显的乌青，原本带着单纯腼腆微笑的男孩子被纸醉金迷、灯红酒绿的花花世界啃噬，只剩下了一张单薄的皮支撑着躯壳。

形销骨立。

俞苑苑说不上讨厌，也说不上可怜。更多的，是一种惋惜，隐约还有一些愤怒。

对他不爱惜自己的天赋，不珍惜自己的梦想，忘记了自己走上这条路的初心，最终迷失了自我感到惋惜。对他作为公众人物却不注意自己的形象，明明是一个人的举动，却搅烂了整个电竞圈的风评感到愤怒。

俞苑苑摩挲着手机，犹豫半响，还是发了一条短信出去。

你……还好吗？

信息石沉大海。

俞苑苑并没有意外，想来身为 AM 的经理，此刻楚嘉年应当是焦头烂额、手忙脚乱，没有时间理她也很正常。

她戳开微信，准备和蔺瓶子吐槽一下可乐的事情，才看到自己有一个好友申请。

竟然是楚嘉年。

好友添加成功以后，俞苑苑对着对方的头像发了一会儿呆，然后眼睁睁地看着对方的名字变成了"对方正在输入中……"。

片刻后，楚嘉年发送了一个定位过来。

这定位……不就是传媒大学的教学楼 B 楼吗？

楚嘉年到她学校来了？

因为是公共课，俞苑苑坐的位置本来就比较靠后，趁着教授转身的空当，她猫着腰跑了出去。到教学楼 B 楼楼下的时候，果然看到了楚嘉年站在楼前的树荫下。

很少能有人把衬衣穿得像楚嘉年这么好看，浅灰色的布料勾勒出了他挺拔的身形，宽肩窄腰，活脱脱一个衣架子。楚嘉年低着头，手指不停地在手机上打着字，眉头微微皱起，侧脸俊秀，有阳光透过树荫细碎地洒落在他的身上，微风吹过，那细碎的光芒也随之微微抖动，好似翩跹的蝴蝶摇曳的翅膀，好看到不像话。

俞苑苑不由得放缓了脚步，下意识地想要多看一会儿。

过往的人都注意到了外形优秀的楚嘉年，他却好似只感受到了俞苑苑的视线，向着她的方向看了过来，微微一笑。

俞苑苑的心瞬间猛跳了一下，震得她胸膛微疼，她同手同脚地走了过去："你怎么来了？"

"你们大二还军训吗？"楚嘉年盯着她。

俞苑苑一脸问号："啊？大一就军训完了，而且哪有这个季节军训的？"

楚嘉年："都过去这么久了，军训后遗症作用这么大？"

俞苑苑："……"

片刻前冒出来的些许情愫和气氛荡然无存，俞苑苑被噎得哑口无言，半晌才找回自己的声音："楚经理，你来这儿就是为了看我笑话？"

楚嘉年没说是也没说不是，语气轻松地换了个话题："陪我走走？"

俞苑苑还想说什么，却突然瞧见了他眉间的一抹疲惫和焦躁，于是到嘴边的拒绝又咽了回去。她看了眼四周："你想去哪儿？传媒大学里面其实也没什么好逛的，不然还去上次那家咖啡店？"

没想到楚嘉年摇了摇头："就在校园里随便走走吧，多看看朝气蓬勃的年轻人，我心情也会好一点。"

多看看朝气蓬勃的年轻人？您是七老八十了？

俞苑苑没敢说出来，默默地跟在满身低气压却故作没事的楚嘉年旁边。

一路上她不说话，楚嘉年也在一路看风景，甚至还到食堂里参观了一圈。食堂的大妈大叔们也算有见识的，多少从传媒大学出去的明星都曾经是他们的顾客。此刻见到楚嘉年这张潜力无限的脸，明明不是饭点，大妈们热情的浪潮还是一波接着一波地扑到楚嘉年脸上。

"楚经理，考虑一下出道吧。"俞苑苑没忍住笑出声来。

楚嘉年哭笑不得地加快脚步走出食堂大门。不过经过这么一闹，他反而放松了不少。

食堂不远处就是操场，两人并肩坐在了看台的台阶上，操场上有不少男生顶着烈日奔跑在绿茵场上，虽然射门技术惨不忍睹，但该挥洒的汗水却是一滴没少。

楚嘉年静静地看了一会儿，期间他的手机一直在响动，他干脆关了静音扔到一边，对俞苑苑说了一声"等我一下"，就走出了操场。

再回来的时候，看起来温和自持的男生竟然拎了一兜冰啤酒。

俞苑苑目瞪口呆："你这是要借酒消愁吗？大白天的，我被抓住可能会被罚学分……"

楚嘉年眼皮都没抬一下，一屁股坐在她旁边。他的腿很长，微蜷起来还能搭到下几层台阶上，语气漫不经心："我又不是这儿的学生。"

俞苑苑：……你不是我是啊！

楚嘉年抓起一罐啤酒打开，递给俞苑苑："放心吧，我掩护你。要不要来一罐？"

俞苑苑颤颤巍巍地接过，手指在不经意间碰到了楚嘉年的手，她这才发现他的手格外修长好看，纵使她不是手控，也没忍住多看了几眼，而那只手的温度竟然比冰啤酒还要更冷几分。

两人就这么望着操场，听着男生们在球场上的喧闹声，喝完了第一罐啤酒。楚嘉年捏着空啤酒罐，手指一点一点用力，直到将啤酒罐捏扁，发出了清脆的咔嚓声。俞苑苑惊悚地看向啤酒罐，心想他这是把啤酒罐当成可乐的人头了吗？

楚嘉年微微垂下眼睛，终于打破了沉默："打职业其实并不轻松，没有想象中的美好。

"职业选手里不存在天赋的较量，所有的成绩都是背后的努力和汗水堆积出来的。打职业这条路就像是走独木桥，如果不向前，哪怕只是原地踏步，都会被推到河里。还会被怀疑、指责选手状态下滑，多有懈怠，然后就会有无数的网络暴力和攻击迎面而来，直到连你自己都怀疑自己的能力。这份压力，不是所有人都能承受的。

"AM 的队员都是我一个个选出来的。奥利奥在 LDM 战队坐了整整三年冷板凳，上场的机会少得可怜；小新在青训营里一直打 ADC，但是这个位置一直是 LOL 的修罗场，他发挥得并不出彩，想要换位置，却没有人支持；雪饼的性格太慢热，别人都说他身为 ADC 少了血性，但我知道，那是因为他的血性没有被激发出来；牛肉酱是我从城市赛里挖出来的选手，这孩子的全局意识强得可怕，不打辅助实在是可惜了。

"还有可乐。"

他的声音停顿了一刹，似乎在提到那个名字的时候有一丝颤抖，随即又恢复了镇定："可乐是我在网咖发现的，那天我朋友新开了一间网咖，我去捧场，听到全网咖的广播声，说艾欧尼亚大陆最强王者在某包厢登录了。我出于好奇过去看了一眼，没想到这家伙的操作是真的不错，然后他就成了 AM 的中单。这家伙的玩心虽然大了点儿，但对待游戏确实是认真的。

"我的眼光没有错，AM 只在 LSPL（英雄联盟甲级职业联赛）里打了一个赛季，就升到了 LPL。LPL 的第二年，AM 拿到了春季赛的冠军，敲开了 MSI 的大门。再加上这两年，国内对电竞的关注度越来越高，我本来觉得自己可以带着这个阵容继续前进，却没有想到，这才一个 LPL 的冠军，就有人……"

楚嘉年随手将捏扁的啤酒罐扔在一边，又重新开了一罐，咕噜地喝了下去。他很少说这么长的话，可乐出事，他的心里是真的难受。他是整个 AM 的脊梁骨，谁倒了，他都不能慌。只有此时，他才些微地露出了自己真实的感情。

直到此时，俞苑苑才第一次感觉到，面前的这个家伙，其实也不过二十一岁。可是他却要背负着整支队伍砥砺前行，不能低头。

"人都是会变的，这不是你的错。"俞苑苑听懂了他想说什么。

她犹豫了一下，按住了楚嘉年想要继续开啤酒的手，对上他的眼睛，轻声道："大家都是成年人了，要做什么都是自己的选择。"

楚嘉年垂下眼睛，看向俞苑苑叠在他手背上的手，突然挑了挑眉，轻笑一声："这是女朋友对男朋友的宽慰吗？"

一时之间，俞苑苑只觉得自己的手收回来也不是，留在那儿也不是。

这个家伙，为什么每次气氛刚刚变得微妙，他都能成功地让画风走向另一个不可控制的方向？

俞苑苑叹了口气，加重了手上的力道，语重心长道："不，这是小朋友对于老年经理人身体健康的担忧。"

楚嘉年："……"

成功扳回一局，俞苑苑只觉得通体舒畅。她抽回手，顺便抽走了楚嘉年手里的啤酒，递到自己嘴边，正准备来一口，就被楚嘉年握住了手腕。

"太凉了，你还是少喝点儿吧。"楚嘉年没看她，也没松开手。俞苑苑的手腕很细，楚嘉年握在手里感觉到少女纤细的腕骨，一时之间又收了几分力，生怕弄疼了她。

得，这啤酒看来是喝不成了。俞苑苑把酒放在一边，楚嘉年这才松开她。眼看还剩好几罐，俞苑苑打算拿去小卖部看看能不能退了，她站起身来活动了一下身子："说起来可乐出了这种事，你不是应该忙着给他收烂摊子吗？怎么还有闲心来找我？"

说完刚才那些话，楚嘉年的神态明显放松了许多，他双手撑在台阶上，微微仰头看向俞苑苑，眼神专注而明亮："因为我需要你。"

他的声音很平静，像是在说一件再普通不过的事情。俞苑苑的心却不可抑制地狂跳起来，她努力遮掩住自己内心的波澜，却根本不敢看楚嘉年的眼睛："距离 MSI 还有五天，这么短的时间里我根本没法和队员们磨合好。不然 MSI 还是让可乐先上……"

"可乐这次事件的影响太恶劣了，赛方已经对他下了禁赛通知，只是还没有公布而已。"楚嘉年打断她的话，"二队打中单的小孩子是今年才进来的，经验和意识方面差得还有点远。这个关头，临时去买队员的可能性也不大……"

俞苑苑明白他想说什么，但她还是摇了摇头："就算我愿意，我家人也不会同意的。"

楚嘉年却突然站了起来，他特意多下了几层台阶，正好能够平视俞苑苑的双眼："你愿意？"

他目光太盛，期待和惊喜都太过强烈，俞苑苑仿佛被钉在了原地，连脖子都不敢转，结结巴巴地说着心里话："我……我当然愿意打职业了……"

楚嘉年突然绽开了一个灿若烟火的笑容，他眉眼弯弯，抬手摸了摸她的头发："我只要听到你说愿意就够了，你的家人，我来搞定。明天就来基地报到吧。"

俞苑苑呆呆地看着他，头顶还留着对方的手抚过的温度，半晌才反应过来："等一下，你要怎么搞定我家人？"

"基地里已经收拾好了你的房间。"楚嘉年说完，低头看了一眼表，"这个时间点，想必我们的父母已经谈妥了。"

俞苑苑："？"

什……什么父母谈妥？难道是他上次说过的……订婚？

她还没有正经谈过恋爱，她不要这么快就把自己交出去啊！

她惊恐的表情似乎极大地取悦了楚嘉年，也许是因为俞苑苑进队的事情已经八九不离十，缓解了他一整天的焦虑，他起了一丝逗弄她的心思，故意向她的方向倾斜了身体，目露疑惑："是我哪里不好吗？还是你已经有别的喜欢的人了？"

俞苑苑被他的突然凑近吓了一跳，还没来得及回答他，她的电话就响了起来，屏幕上赫然是"母后大人"四个大字。

她手忙脚乱地接了起来，走到一边："妈妈？怎么了？"

电话那边传来了一片笑声，俞母的声音带了三分醉意和七分高兴："苑苑呀，你的事情我和爸爸都知道了。我们都很信任嘉年，你们想要合作什么项目，就放手去做，爸爸妈妈都是你们坚实的后盾！"

俞苑苑一脸问号："什么项目？"

俞母笑得很开心："你楚叔叔都跟我们说啦，你也是成年人了，以前管着你不让你打游戏，都是过去的事情了。现在你都这么大了，又有嘉年在旁边照看你，我们也没什么不放心的了。"

俞苑苑这下听懂了，她的眼睛一下亮了起来，虽然不知道楚家父母到底给自己爸妈灌了什么迷魂汤，但是听电话那边的意思是……他们同意她打职业了？

"妈妈，你的意思是……我可以去当职业选手了吗？"她害怕妈妈不懂，又直白地解释了一次，"职业选手就是职业打游戏的选手，你们真的同意吗？"

"我跟你爸爸虽然传统了一些，但是并不迂腐。你楚叔叔说得对，年轻人的世界应该由年轻人去闯荡，以前爸爸妈妈是对你管得多了一点，今天你楚叔叔来和我们聊了许多，我们也想开了。所以苑苑，你想做什么就去做吧！"俞母的声音带着温柔的笑意。

俞苑苑得到了确认，心跳得越来越快，她压下自己心头的尖叫，对着电话毫不犹豫地"mua"了一声："爸爸妈妈！我爱你们！"

她挂了电话，终于抑制不住地尖叫了出来，转身就蹦到了楚嘉年身上，抱住了他的脖子："啊啊啊啊啊啊——他们同意了！楚嘉年，我可以打职业了！"

楚嘉年僵硬着身体，生怕一跳三尺高扒在自己身上的少女摔下去，犹豫着伸出手托住了她。

俞苑苑还没从高兴劲里回过神来，她双手撑着楚嘉年的肩头，眼睛亮晶晶地看向他："楚嘉年，我误会你了！你是个好人，我明天早上八点一定准时站在 AM 基地的门口！"

被发了好人卡的楚嘉年高兴不起来："很好，不过你能先从我身上下来吗？"

俞苑苑这才发现——她刚刚发力过猛，直接跳到了楚嘉年的身上，她的双手圈着对方的脖子，大腿还缠在他的腰上。而他为了防止她掉下去，稳稳地环住了她的腰。此刻大眼瞪小眼的时候，两人鼻尖之间的距离甚至没有超过一厘米。

操场边，散落的啤酒罐，姿态亲密紧紧相拥的两人，再配上楚嘉年那张脸……

俞苑苑涨红了脸，赶快松开了楚嘉年，后退一步，摸摸鼻子："楚嘉年，不管怎么说，我还是要谢谢你。"

她没有生气楚嘉年的先斩后奏，如果不是有意向打职业，她前两天就不会去基地参观并且接受入队挑战了。而他已经帮她解决了后顾之忧。

平心而论，自己面前的这个人，是真的很好。

楚嘉年犹豫了一下，还是补充了一句："把订婚当戏言是我的不对，但是男女朋友还是要伪装的。"

俞苑苑还沉浸在害羞和感动双重交织的情绪中，阳光下圆溜溜的眼睛里流光溢彩，茶色的半长发衬得她的肌肤更加白嫩，她就用这样亮闪闪的眼神盯着楚嘉年："我会为 AM 战队鞠躬尽瘁，死而后已的！"

楚嘉年："死而后已就不用了，明天早上直接来基地签约和报到吧。"

他看了看表，虽说可乐的事儿都交给了副手去做，但是他出来的时间也够长了，是时候回去做最后的处理了。

俞苑苑看着他转身准备走，忍不住又说了一句："楚嘉年，一开始我说你是骗子，是因为你和我的男神 Cain 重名。他是 LOL 的远古大神，我以为你想冒充他。"

顿了顿，她又补充道："不过我想，你能和我男神重名，肯定也是很好很好的人！我……我会努力打游戏，不会给你丢人的！"

她的声音不大，在说到"男神"两个字的时候更是软绵绵的。楚嘉年停住脚步，挥了挥手，表示自己听到了，然后头也不回地走了。

谁也没有看到，阳光下，他逐渐红透了的耳根。

楚嘉年回到基地宣布了已经搞定新中单的事情，队里原本因为可乐的事而低迷的气氛一下子被点燃了。小新直接从座位上跳了起来，灰毛在半空中飞出了一个兴奋的弧线："我的天！我们队要火了！"

"LPL第一个女性职业队员！"牛肉酱猛地灌了自己一大口可乐，"天哪，我都能想象出来别的队投来的羡慕目光了！"

雪饼乐呵呵地整理起了自己旁边的桌子，原来是可乐坐在这里，现在已经空了出来。他先是仔仔细细地擦了一遍，又喷了一遍消毒水。小新眼尖地看到了雪饼的动作，奓毛一般跳了过来，抱住桌子："哎，不行，小姐姐必须坐我旁边，中野联动杀穿峡谷，谁跟我抢我跟谁急啊！"

AM基地一队的训练室重新布置了一番，面对面地放了两排电脑，一共六台。目前的座位是这样安排的：雪饼和牛肉酱身为下路天团，当然是肩并肩地坐在一起的，可乐坐在雪饼的旁边，三个人一排。小新和奥利奥坐在雪饼和牛肉酱对面的位置。而可乐对面的位置原本是打算留给替补的，但是因为暂时还没有合适的替补，所以是空着的。

也就是说，不出意外的话，要么俞苑苑坐在雪饼旁边，要么坐在小新旁边。

小新自认为是第一个和俞苑苑搭上线的人，再加上中野联动这么好的借口，俞苑苑说什么也应该坐在他旁边。

他正在和雪饼抢人，那边楚嘉年已经带着后勤的人过来安装新电脑了。

牛肉酱"咦"了一声："年哥，怎么一次拿了两台电脑？还要进一个替补吗？"

楚嘉年指挥着后勤将空出来的两台桌子平转九十度，然后并在一起。后勤在安装电脑这事儿上已经很娴熟了，三下五除二就调试好了电脑，鱼贯着拎着工具包出去了。楚嘉年这才慢悠悠地回答了牛肉酱的问题："好久没玩了，这几天我正好想练练手。"

四个人同时慢慢张开嘴，缓缓转过头，露出了惊惧的表情。

半晌，牛肉酱猛地一拍手，表情僵硬地努力岔开话题："对了，我们一队还没逐个和新人交手呢，明天她来了这个流程可不能少！"

小新立马接上："对对对，我还没和小姐姐一对一切磋过呢！"

自从听说要签俞苑苑后，奥利奥就一直有点神思恍惚，这会儿终于回过神来，努力附和："我会拿出我珍藏的剑魔的！"

楚嘉年不为所动，拉开电竞椅坐下来，垂手摸了摸新键盘，露出了一个意味不明的微笑："我也有份。"

奥利奥和小新："……"

牛肉酱缩回脑袋嘀咕："怎么连年哥都要亲自出手了？真就这么重视？我们当时来的时候没这待遇吧？"

雪饼的声音压得更低："你这一说，好像真的没有……这是什么特殊对待吗？"

楚大经理其实将两个人的对话听得一清二楚，但他假装没听到，十分镇定地开始指挥："今晚八点约了训练赛，先让二队的补上中单位。在此之前，你们都上楼帮忙给新队员收拾房间。"

是的，虽然不久之前楚嘉年信誓旦旦地告诉俞苑苑，基地已经为她准备好了房间，但其实……并没有。

时间虽然很紧张，但是毕竟有钱能使鬼推磨，得知自己小儿子的女朋友要去打比赛以后，楚父大手一挥又拨了专项资金，林嫣岚女士更是远程指挥着买了家具，是以几个人哼哧哼哧地爬到三楼的时候，房间已经布置得差不多了。

小新率先感觉到了不对劲："不是，年哥，虽然新来的队员是个小姑娘，但是这区别对待得有点太明显了吧？"

其他几个人光顾着惊讶了。

AM 的基地一直以来都是国内 LOL 战队里最豪华的基地，没有之一。当初搬进来的时候，整个别墅就做了大改造，一楼二楼分别做成了一队和二队的训练室和休息厅，别墅里甚至专门开辟了一间带小游泳池的健身房——目前都在落灰。二楼的另一侧是二队队员的卧室，而整个三楼都做成了一队队员的卧室，每一间都带独立的卫浴，私密性可以说非常好了。

而此时，留给俞苑苑的，就是楚嘉年的房间旁边一直空着的那间，比其他房间都要大，还带落地窗。整个房间此刻已经装饰完毕，奶白色的小吊灯和同色系法式公主大床，奶咖色的双层窗帘垂落在地面，甚至连梳妆台都准备好了，整个房间都宛如一个浪漫的少女之梦。

对比一边忘了关门的牛肉酱的房间：没叠的深蓝色被子有一半落在地上，

桌子上放了几个没洗的盘子和杯子，床头的凳子上更是堆满了脏衣服……

牛肉酱注意到了大家的视线，急急忙忙地去关了门："没眼看没眼看，都散了吧。"

"年哥，你叫我们上来帮忙，是想向我们炫耀一下女队员的福利吗？"雪饼摇摇头，痛心疾首地指控。

楚嘉年其实也没料到自己母亲大人的动作这么快，短暂的错愕后，微微一笑："知道还问？"

雪饼："……感觉自己坐在高高的柠檬山上。"

小新受不了这刺激，一拍手，恶狠狠道："我好酸，明天必须搞点事情。"

几个人露出了同仇敌忾的眼神，是以在晚上八点的训练赛上，直接把对面打了个3：0。二队的小孩子被几位哥哥的超常发挥吓了一跳，结束以后怯生生地问了一句："咱们队这是约了LDL（指英雄联盟发展联赛）的队伍打训练赛吗？"

牛肉酱还沉浸在那股气势中，顺口回了一句："是OPE。"

二队的小孩子露出了惊讶的神色，临走的时候崇拜地看了几人一眼，心想：OPE可是老牌强队，三次蝉联S赛八强，还拥有公认是LPL第一打野的灭爹，今天怎么会被一队打成这样，这么看来今年拿冠军……稳了！

小新准备补一波月末直播时长，明天新队友来了估计就要进入密集训练阶段了，结果他一打开直播页面，熟悉的蜘蛛侠大脸就露了出来。

巧了，俞苑苑也在直播。

趁着楚嘉年这会儿去经理室处理事情，四个人对了个眼色，开着大号就进了俞苑苑的直播间。

**AM.Xin** 已进入直播间

**AM.NRJ** 已进入直播间

**AM.Xuebing** 已进入直播间

**AM.Oreo** 已进入直播间

直播间的观众们正看蜘蛛侠主播看得高兴，就看到狸猫认证过的、披着金色外框的四个前缀名字一模一样的人齐刷刷地在屏幕上方飘过，直接占据了直播观众的前四名。

俞苑苑没开弹幕助手，正在专心地打游戏，这一局她拿了一个大眼，正在一边慢条斯理地捏着嗓子讲解英雄技能，一边快乐地用生命形态瓦解射线唰唰地将对面做成了烤串，根本没注意到突然爆炸了的弹幕。

AM战队全员？！今天早上AM还出了这么大的事儿，他们这是组队来找快乐来了吗？

啊啊啊啊啊啊啊啊啊啊，表白我奥爷！奥爷看我！

是真的新爷吗？新爷我要给你生猴子！

佛爷也来了？天哪，佛爷也会看直播的吗？是我眼花了吗？

我不信这是偶然！能请到这四位，主播是什么背景？家里有矿还是有山？

恭迎AM观光团！

主播你快别打了！快看看弹幕啊！

不一会儿，直播间就涌入了两万多观众，直接把俞苑苑刷到了狸猫TV的第一位。

牛肉酱盯着弹幕看了一会儿，皱起眉头："等等，为什么没人提起我？我是真空的吗？"

他刚说完，被刷成万紫千红的屏幕中滚过了一条加了荧光的弹幕。

酱哥求你减肥……我和"基友"（关系好的男性朋友）打赌你的体重输了五百块了……救救孩子吧……

牛肉酱：是人吗？

关键这个人好像还怕牛肉酱看不到，连着刷了十几条，条条都醒目耀眼，牛肉酱气得差点亲自下场手撕粉丝了，却被笑得颠三倒四的奥利奥和小新联手压住，只能盯着那个连名字都叫"酱哥今天减肥了吗"的ID，狠狠撂话："你给我等着！你酱爷爷记住你了！"

俞苑苑刚刚拆了对面水晶，一看密密麻麻的弹幕和骤升的人气吓了一跳，还来不及对AM战队观光团的到来感到惊讶，就先看到了这条弹幕。

"噗！"

俞苑苑没忍住，直接笑破了音。

观光团其实没待多久，大约十分钟后，就纷纷撤离了现场。原因当然是因为楚嘉年发现了他们在集体搞事，镇压了。

楚经理坐在自己的新电脑前，感觉自己为这群熊孩子操碎了心，语重心长道："咱们队里刚刚出了事，大家少制造点话题，给我省省心好吗？你们一时爽，我事后跑断腿，再有这种事情我可就要骂人了。"

四个人坐成一排，大气都不敢出，除了被气得哼哧哼哧还没缓过来的牛肉酱。

楚嘉年又叮嘱道："之前我也没想到可乐的事情会这么快被捅出来，MSI

报的还是他的名字，现在这个情况，赛方也理解我们临时加人。明天俞苑苑要先去拍定妆照，然后就开始集训，这么短的时间磨合起来不容易，能磨一点是一点吧。咱们也是第一次打 MSI，成绩好不好，大家心里都要看得开。就算不好，所有人也都能理解的，大家压力都别太大。

"另外，队里第一次来女孩子，大家还是要多照顾着点，尤其是你们光着膀子出来乱晃的习惯都改一改，嫌热了把空调调低两度，都绅士一点。另外，明天队里会官宣，大家该点赞该转发的，都自己留心点儿。到时候舆论不一定会好，游戏环境对女孩子有多不友好大家多少也知道，所以什么该说，什么不该说，你们心里都要有数。"

他说了这么一段话，大家也都从刚才的兴奋中冷静了下来，最后还是牛肉酱犹犹豫豫地问了一句："年哥，可乐的事最后怎么办？"

"我正要和你们说这件事情。"提到可乐，楚嘉年微微皱了眉头，"出了这种事情，他的职业生涯算是彻底完了，就算你们几个和他有交情，私底下也不要再来往了。我和管理层那边前几天就已经出过预案了，明天各平台也会出官方解释。另外，我今天联系了他一整天都没有回音，他有私下联系你们吗？"

几个人都摇了摇头，楚嘉年稍微松了口气："他如果联系你们了，无论是要做什么，都第一时间通知我。"

俞苑苑当天晚上激动到睡不着，第二天六点就迫不及待地爬了起来，坐立不安地等到了七点半，正准备出发前往基地，楚嘉年的电话就打来了。

"你在学校还是小区？"

"昨晚开直播了，现在在荣华园。"俞苑苑老老实实应道。

"五分钟以后小区门口见。"

俞苑苑一边感慨楚经理人真好，一边拎着包赶快下楼冲向了小区门口。

她还在四处张望之前那辆白色 911，一辆纯黑的迈巴赫就停在了她面前，车窗降下来，楚嘉年偏了偏头："上车。"

行吧，总是一不小心就忘了这个家伙有多豪。

结果一上车，楚嘉年多看了她两眼："你近视？"

俞苑苑想着到了基地肯定要打一整天游戏，戴隐形眼镜不舒服，所以戴了框架眼镜。她反问道："你见过哪个电竞少女不近视？"

无法反驳。

楚嘉年收回视线，没再说什么，递给她一沓 A4 纸，发动了车子。

第一张纸上是她这几天到 MSI 的整体行程，俞苑苑被密密麻麻的字惊呆，正在凝神阅读，楚嘉年的声音就响了起来："学校那边已经帮你请好假了，除了比赛日，该上的课还是要去上，考试肯定是不能缺席的，这也是当初和叔叔阿姨达成的协议之一，实在有冲突的时候，队里会让替补上，这些在补充条款里都写清楚了。"

俞苑苑点点头，拿开行程表，下面厚厚的一沓就是合同了，她第一眼望去就敏锐地看到了一个加粗的数字，然后倒吸了一口凉气。

"一年一百二十万元？赢比赛还有奖金？"俞苑苑捂着被凉气酸到的牙，"这么'豪'无人性的吗？"

"你这种名不见经传的小中单也就能拿到这个价格。"楚嘉年目不斜视，"现在不是 S2 的时代，那个时候 LPL 的主力队员月薪也就五千块。现在 LCK 那边身价上千万元的选手都有，你不要看到一百万元就被冲昏了头脑。"

俞苑苑连连点头，表示接受教诲。

楚嘉年接着说："今天队里就会官宣你，你记得改好微博名字，顺便想好自己的 ID。另外……发完微博你就关博吧。"

俞苑苑瞪圆了眼睛："啊？为什么？"

"我怕你被喷到自闭。"楚嘉年的声音带了几分历经沧桑后的洒脱自嘲，"长这么大，还没被全网喷过吧？进队以后多经历几次网络暴力，你就懂了。"

俞苑苑打了个寒战，但很快振作起来，握了握拳：我芋圆不能认输。

趁着等红灯的空当，楚嘉年歪头看了她一眼。

俞苑苑今天穿得清爽利落，茶色的头发扎成马尾，白色 T 恤黑短裤，袖子都不用卷，给她键盘鼠标就可以直接开始游戏。

楚嘉年早就和摄影那边约了当天最早的档期，两个人到的时候，俞苑苑被摄影棚里的阵势吓了一大跳，化妆师、摄影师、摄影助理站了一排，一见到她，二话不说就开始干活。

所有人都知道时间实在太紧迫了。摄影团队和 AM 从开始合作到现在，都是 AM 的粉丝，这会儿巴不得一分钟都别耽误，让俞苑苑赶快去打训练赛。

事发突然，来不及给俞苑苑专门做队服，还好二队有一个年龄小发育慢的队员身高和俞苑苑差不多，先借出来凑合拍个定妆照还是没有问题的。

俞苑苑赶快换好了衣服，化妆师一句闲聊都没有，手脚麻利地开始给她上妆。

摄影师看了一眼小姑娘，一边调着光，一边问楚嘉年："真要招个女队员了？"

"我看过她的操作，目前 LPL 能比得上她的还真没几个。"楚嘉年压低声音，害怕俞苑苑听到以后骄傲，"一会儿最好拍得杀气四溢，能让黑粉们直接闭嘴的那种。"

"你当是给关二爷拍照呢？"摄影师被他逗笑，"怎么，怕小姑娘被黑？我们的 Cain 神什么时候学会会心疼人了？"

"怕她承受不了，比赛给我打崩了。"楚嘉年给了他一个"你可闭嘴吧"的眼神，转身看向俞苑苑。

俞苑苑那边已经快要化好了。她本身底子就好，除了常年熬夜产生的黑眼圈需要遮一下，没有任何化妆师眼中的疑难杂症。此时她正微微仰着莹白的下巴，半闭着双眼让化妆师给她刷睫毛。

刷完最后一层，做了定妆，化妆师解开她的辫子，拿起卷发棒准备给她卷一下发尾。俞苑苑感受到了楚嘉年的目光，转过头向他看去，微扯了一下嘴角。

她的头发披散开来，随着转头的姿势，有几缕正好飘在了半空，眼线拉长上挑，这一眼望过去，竟是十足的挑衅。

楚嘉年的心猛地跳了一下，出声阻止了化妆师进一步的动作："就这样。"

他又重复了一遍："刚刚那样就很好。"

于是，俞苑苑最后的定妆照出来，几乎完全还原了让楚嘉年心底悸动的那一幕。

少女身穿黑红双色的 AM 队服，半侧着身子，双手插在口袋里，含颔抬眼，茶色的半长发遮住了她的小半张秀美的脸，而她的眼神如极北荒原上的寒冰，冰冷而坚韧，黑白分明，微微上挑的眉毛和嘴角的一丝笑意却又带了戏谑和挑衅。

一眼望去，英姿飒爽，意气风发，舍我其谁。

中午十二点，战队正式官宣。

**AM 电子竞技俱乐部 V**：首先对 MSI 赛前临时换人致以诚挚的歉意，也希望大家能够在接下来的赛事中支持我们的新中单。@AM.Naming

# ✦第四章

## 欢迎来到《英雄联盟》

// 
*QING BEN XIA GU SHAO NV*

时间拉回官宣前。

两个人刚回到基地，定妆照就出来了。另外的四个人啧啧称赞了一番，尤其是小新，多次暗示小姐姐如果有需要，他可以从此住在中路。

俞苑苑拒绝："我能 carry，我叫你你再来，让你混个助攻。"

小新捂住心口：……怎么有种被富婆包养了的感觉？

牛肉酱眼睛一亮："苑苑，我也想要助攻！"

俞苑苑："来，我管饱。"

大家都在嘻嘻哈哈地熟悉新队友，此时的俞苑苑一边感慨专业电竞队伍的设备真是太顶级了，双手不断爱抚鼠标键盘，一边眉头紧皱，在"Yuyuan"和"Naming"两个 ID 里面犹豫不决。

眼看距离官宣时间十二点还有十分钟，楚嘉年拎着手机过来问她："ID 想好了吗？"

俞苑苑犹犹豫豫："不然我抽签决定吧……"

牛肉酱探了个头："我投 Naming 一票，以后粉丝都叫你纳命爷，总比叫芋圆爷要有气势得多。"

"别瞎闹，苑苑一个小姑娘，就可可爱爱地叫 Yuyuan，多好。"雪饼按回他的探头探脑。

小新是个天秤座，此刻看起来比俞苑苑还要纠结，在旁边细数两个名字的优缺点："芋圆的话，比较软萌可爱，而且可以让人直接联想到你的真名，缺点就是稍微少了点儿气势，而且因为你的直播你还可能会被黑。纳命的话，会直接透露出你大号的真实身份，比较有气势，唯一的缺点就是和你的外表……相差比较大。唔，真是难以抉择啊，选哪个好呢？"

距离十二点只有几分钟了，俞苑苑还是决定不了，干脆折了两个签递给了楚嘉年："还是抽签决定吧。"

楚嘉年："……我抽？"

俞苑苑一手一个签伸到他面前，闭上眼睛转过头，已经入乡随俗地改了称呼："年哥，我以后叫什么，就看你这一抽了！"

小新："左手！左手！"

牛肉酱："右手！年哥！抽右手！"

奥利奥："我压左手！"

雪饼："实名投右手一票！"

楚嘉年叹了口气，罕见地犹豫了一下，感觉自己的手重若千斤，平心而论，他其实也觉得叫芋圆比较符合小姑娘的外表。但是两个签折得很严密，根本看不出来内容，他干脆拿了左手的签。

小新："这是左手军团的胜利！这是历史性的一刻！让我们看看苑苑最终的名字是……"

楚嘉年展开纸团，眉梢不经意地抽动了一下，随即才沉声念出："纳命。"

俞苑苑的 ID 就这么定了下来，她登了自己的大号，盯着陪伴了自己好几年的 ID "对面大汉纳命来"看了几秒钟，依依不舍地告别："再见了，大汉。"

小新拍了拍她的肩："别难过，虽然不是大汉，但你还是纳命爷。"

俞苑苑点点头，拍了拍脸，将名字改成了 AM.Naming，然后分别加了其他几个人的好友，进入了房间。

整整齐齐的一排 AM。

直到这个时候，俞苑苑才真正感觉到，自己确确实实是 AM 战队的一员了。

"大家以后就是一家人了！"她盯着屏幕，小声说道。

她的胸膛里仿佛突然燃起了一团火苗，那样的热流骤然覆盖了她的五脏六腑，再蔓延至四肢。她低头看向自己的双手，白嫩的双手并不纤细，还带了一丝婴儿肥，指甲修剪得很短，也没有涂指甲油。然后，她缓缓地将手握成了拳头，在心底暗暗地告诉自己："要加油啊，俞苑苑。"

她的声音虽然小，但是其他几个人都听见了。都是过来人，他们哪能不知道俞苑苑此刻的心情，大家带着笑意互相对视了一眼，一时间心里都暖洋洋的。

这会儿已经是午饭时间了，基地里有专门的阿姨做饭，俞苑苑吃饭不挑，边吃边夸阿姨手艺好。平时队里只有清一色的男孩子，今天乍一见到漂漂亮亮的女孩子，嘴还这么甜，做饭阿姨开心得不行，表示明天开始给大家多加两个菜。

一顿饭吃得热热闹闹，队里非常开心。

MSI 毕竟是国际比赛，虽然 AM 拿了春季赛的冠军，但是所有人都知道 AM 最大的问题：第一是缺少大赛经验，第二则是一路走得太顺，没有遇见太大的挫折。

现在又出来了第三点，新中单缺乏磨合。

别说 AM 的管理层了，连赛方现在都对 AM 的状态捏了把汗。

为了让 AM 战队在 MSI 上打出好成绩，整个 LPL 战区都非常配合地和 AM 战队约了密集的训练赛，而且全部按照 MSI 淘汰赛的 BO5 赛制来打。

换句话说，这是用整个赛区为 AM 做陪练。

不得不说，LPL 赛区是一个非常团结且爱国的赛区了。

今天下午约的是和 XG 战队的训练赛。

XG 这支队伍有些年头了，成绩一直很稳定，几年前拿过 MSI 的亚军和德玛西亚杯的冠军，春季赛和夏季赛的成绩虽然都还算不错，但是距离 S 赛一直都差了一点，每次都是擦边而过。但不管怎么说，XG 都能算是 LPL 的老牌强队之一。

吃完午饭，休息了没一会儿，全员就重新坐在了电脑面前，等着 XG 那边就位。

雪饼看出了俞苑苑的紧张，主动找话题："苑苑，你擅长用哪些英雄？"

结果，俞苑苑根本没有领会到他的本意，搓着手缓解情绪，也不敢把话说得太满："擅长的英雄……中单那些都还行吧。"

雪饼锲而不舍："我的意思是，你有没有特别喜欢的，类似本命英雄的那种？比如小新就挚爱剑圣。"

"……我什么时候挚爱剑圣了！"小新一拍桌子，"我最拿手的明明是赵信好吗！给我一个赵信，我一个人杀穿整个野区！"

"没有没有。"俞苑苑连连摆手，一脸大义凛然，"看团队需要我选什么，我就选什么！"

这位新队友，你的思想觉悟很高嘛！

楚嘉年鼓励式地摸了摸她的头发，拉开俞苑苑身边的椅子坐下，低笑了一声："你们要是有她一半的觉悟就好了。"

其余四个人目瞪口呆地看着年哥。

半晌，小新讷讷开口："苑苑，我也想摸……"

被夸奖了的俞苑苑脸上还有害羞的笑容："摸什么？"

小新小心翼翼地探出左手伸向俞苑苑的头顶，楚嘉年一个眼刀飞了过去，吓得小新嗖地收回了手："左手可是按 QWER 几个键的宝贝，不能断，不能断。"

俞苑苑这才反应过来：她又被楚嘉年摸头了？内心居然有一丝窃喜。

不等她多想，XG 那边的队员也都就位了，《英雄联盟》的背景音乐响起，瞬间拉回了她的思绪。

其余四个人也立刻进入了状态。

楚嘉年连本子都没拿，直接点了点下巴："先 ban 了他们的杰斯。"

奥利奥二话不说就 ban 了。XG 上单的杰斯一直很强，值得一个 ban 位。

轮到 XG，对面中规中矩地 ban 了一个洛。

这时，屏幕左下方出现了一行字：恭迎 LPL 史上第一位女选手！

俞苑苑：谢谢！

妹子需要我让人头吗？

这句话可就不怎么友好了。AM 的五个人顿时都沉下了脸，小新刚刚蹦出一句"你……"就被楚嘉年拍了拍肩膀，顿时消了音。小新转头对俞苑苑说："一会儿我多来中路抓几次，教他们重新做人。"

俞苑苑没说话。

她想过自己会因为性别被针对，只是没想到来得这么快。

牛肉酱也被气到了："剩下四个全 ban 中路吧，我看他玩什么！"

"你都 ban 掉了，苑苑打什么。"雪饼摇了摇头，虽然也气，但到底还算冷静。

"把法师全部放出来，一个都不 ban。"楚嘉年冷笑了一声，"他不值得一个 ban 位。"

年哥杀人不用刀，用嘴。

这句话极大地安抚了俞苑苑的内心，她逐渐平静下来，调整好了心态。轮到她选的时候，她看了看对面已经选了的维克多、加里奥和盲僧，鼠标在佐伊上停留了三秒，然后移到了丽桑卓身上："我用这个。"

楚嘉年点点头："可以。"

最后 XG 的阵容是：上单维克多，打野盲僧，中单加里奥，ADCEZ，辅助布隆。

AM 这边则是：上单剑魔，打野螳螂，中单丽桑卓，ADC 卡莎，辅助牛头。

五个英雄出现在泉水里。

熟悉的女声响起：

欢迎来到《英雄联盟》！

两边一进来，并没有开一级团，双方在河道打了个碰面，就各自回到了线上。俞苑苑蹲在草里，看到对面加里奥过来，稳稳地往他身上扔了一根冰矛，然后向前走了两步，躲开了加里奥的 Q，顺势还 A 了对方一下。

如果她没猜错，加里奥就是刚才发弹幕的人。

果然，加里奥回头走了两步，头上冒出来了一个点赞。

俞苑苑挑了挑眉，不卑不亢地回了他一个点赞。

小新这把蓝开（先打蓝 buff 所在的野区），一边挥舞着利爪招呼蓝 buff（增益），一边还看了一眼中路的情况，顿时气不打一处来："等到三级我就过来。"

"先不用。"俞苑苑冷静地补着兵线，期间，对面加里奥一直绕着走位想要 Q 她，反而丢了几个兵，让她的丽桑卓率先到了三级。

就在英雄到了三级拥有了 E 技能的一瞬间，俞苑苑猛地 E 到了加里奥旁边，秒接 W 将加里奥冻在了原地。加里奥猛敲着 W 想要嘲讽她，却被丽桑卓提前一步躲开了。

一波无伤换血。

眼看着加里奥也到了三级，补兵补得好好的俞苑苑突然转身准备往塔下走，小新正好在往中路赶，连着点了两个"正在路上"的标记："哎等等，别走别走，我来了……"

他话音未落，一道来自盲僧的天音波从草里朝俞苑苑冲了过来，但是俞苑已经在前一个瞬间回到了塔下，走之前还在原地留了一个冻，正好冻住了闪现上来想要嘲讽她的加里奥。

此刻小新正好到了草里，而加里奥原地挨了一下塔，只剩下了半血，小新毫不犹豫地跳了上去，准备收割……

一根冰矛从侧面插了过来。

First blood!

收了一血的丽桑卓并没有离开，而是往小新脸上扔了个 E，刚刚离开两步又回来了的盲僧再次扔出了 Q，从草丛里跳了出来！

就在盲僧落地的同时，丽桑卓也到位了，又一次冻住了盲僧！

小新毫不犹豫地挥舞着利爪："这个人头我就……"

Double kill！（双杀！）

俞苑苑在盲僧还有最后几滴血的时候悠然普攻了一下，收下了他的人头，然后回到塔下开始回城："我缺蓝。"

小新举着"爪子"，挂着两个助攻，看着脚踩红蓝双圈的丽桑卓，站在原地愣了两秒，干脆也按了回城。

被包养的感觉，真是又喜悦，又失落。

牛肉酱羡慕得哼哼唧唧："雪饼哥哥，我也要助攻，我也要人头！"

雪饼吓得一抖，漏了一个兵："两百斤的胖子，叫谁哥哥呢？"

牛肉酱："说好ADC、辅助一路走，ADC先死我是狗。我把你保护得这么好，你不爱我了吗？"

雪饼："……"

俞苑苑："噗！"

她买好装备再次来中路。开场就收了两个人头，少女扬起了一个微笑，再回到塔下的时候，当头就给了加里奥一个点赞。

加里奥："……"

小新没拿到人头，但有两个助攻在手，胆子已经壮了起来，直接蹲到了对面上路一二塔之间的草里。奥利奥挥舞着大剑心领神会地砍了上去，故意站在了维克多的重力场里被晕住（短暂被控制后不能进行操作的眩晕状态），维克多转身准备再A一下，小新的螳螂已经越了一塔张牙舞爪地向他冲了过来！

半秒钟后，维克多躺在了地上。

奥利奥："谢了。"

抗了塔，秀了操作，喜提第三个助攻的小新满脸问号。

俞苑苑中路的优势非常大，基本上每一波兵线都在逼加里奥补塔刀，哪儿也去不了。她甚至还有心情充当了解说："只见新爷在野区左劈右砍，气势凶猛。盲僧虽然比螳螂还高了一级，但是见到新爷，转身就走。"

楚嘉年在她头上弹了一下："别皮，好好打。"

俞苑苑顿时坐直身体，老老实实向下路走去，结果走到半路，正好遇见了在偷偷摸摸打河蟹的半血盲僧。

牛肉酱有了视野，毫不犹豫地抛弃了苦苦补兵的雪饼，掉头就往这边赶。俞苑苑扔Q逼了盲僧一个走位后紧跟着E了上去，同时牛头的冲撞正正地卡在了盲僧身上！盲僧被撞飞在空中的同时被丽桑卓的大招命中，然后软绵绵地倒在了地上。

俞苑苑："我说的吧，管饱。"

牛肉酱哼着小调，快乐地捧着助攻往下走，结果刚走了两步，屏幕上就出现了雪饼被击杀的信息。

牛肉酱："？"

雪饼咬牙："狗娃，还知道回来呀？"

放出"ADC 先死我是狗"豪言的牛肉酱快要哭了："雪饼哥哥，我错了。"

"滚，谁是你哥。"雪饼冷哼一声。

此时对面的 XG 已经有点炸了，打野的人游戏屏幕黑掉的同时，猛地捶了一下桌子："你行不行啊？一个妹子都压不住？"

加里奥被对面压了三个人头，明明是支援型的英雄却哪儿都去不了，还遭了俞苑苑点赞嘲讽。此刻他更是烦躁："你行你来压。"

比赛进入第十五分钟，双方人头差已经拉大到了八个，打成了一个"10-2"。小新拿了一个峡谷先锋，AM 开始了中路团战。

XG 的五个人都开始往中路赶，盲僧刚刚复活，晚了一步，正在喊"等我等我"，就看到 EZ 一个走位失误，被 AM 的牛头一次控制住了三个人！

丽桑卓此时的伤害高得吓人，E 闪跟上接 W，直接留下了三个人，反手就点了金身（无敌但自己也不能动的状态）！

螳螂也立刻跟上，直接跳到了 EZ 脸上。卡莎在旁边疯狂输出，等盲僧终于赶到的时候，EZ 和维克多都已经被带走了。

此时，还有一丝血的加里奥开着嘲讽技能，命中了刚刚金身结束的丽桑卓："上上上！杀她！杀她！"

盲僧咬着牙跳到丽桑卓身上，心想团战可以输，丽桑卓必须死！

结果，他刚刚跳过去，牛头闪 W 过来挡在了丽桑卓面前，直接把他撞飞到了剑魔的怀里！

剑魔的冷却刚好结束，奥利奥干脆利落地收下了盲僧的人头。

卡莎早就点死了残血的加里奥。而丽桑卓此时也只剩下了十一滴血，俞苑苑狂点鼠标，转头就跑。布隆拼着最后一点血，向她跳了过去，俞苑苑被吓了一跳，转头给布隆扔了一个 Q，布隆还没落地就被插死在了路上。

ACED!（团灭！）

这下连楚嘉年都忍不住拍了拍手："Nice（打得漂亮）！"

二十五分钟的时候，AM 开始拆 XG 的水晶，俞苑苑顶着"8-0-8"的数据，在 XG 的泉水门口跳起了舞。

同时，屏幕左下方出现了一行字。

【所有人】AM.Naming：加里奥需要我让人头吗？

楚嘉年眼疾手快地按住了准备对这句话进行复制粘贴的其他四个人，语气严肃，眼底却带着笑意："你们几个少添乱，还想不想打训练赛了？"

水晶爆掉的那一刻，大家的心里都感觉到前所未有的舒爽。一方面当然是俞苑苑用实力教对面做了人，另一方面则是在游戏过程中大家的配合都很不错，开场就这么顺利，整个磨合的过程也会轻松很多。

小新呼出一口气："可以啊纳命爷，说 C（carry 的简称）就 C，大仇得报，求仁得仁。"

"哟，小新，打了把游戏，成语一串一串的，连文化水平都提高了？"牛肉酱笑嘻嘻的，显然也非常开心，"苑苑，Nice！"

赢了一场，俞苑苑也没有刚才那么紧张了。她转头看向楚嘉年，小声问道："我打得还行吗？"

她的眼睛亮晶晶的，渴望被夸奖。楚嘉年忍住了自己想要摸她头发的冲动，带着笑意点了点头。

俞苑苑的眼睛更亮了，在座位上得意地晃了晃身子："我说了，我能 C。"

楚嘉年眼里的笑意更浓了，整场比赛俞苑苑的表现可圈可点，虽然对队友的风格还不太熟悉，但是会主动沟通和及时打信号弥补这些不足，团战的时候意识也很好，该上的时候绝不尿，被嘲讽了心态也没有崩。

他暗自点了点头，顺便在心里夸了自己爸妈一波，觉得自己是真的捡了个宝。

接下来的训练赛里，XG 那边没有再在公频说话，而 AM 这边则保持着第一场的势头，最后打了个"3:1"的比分。

连着四场打下来，大家脸上都有了倦色，纷纷站起身来舒展身体，小新却仍歪在沙发上，牛肉酱站在空地上甩手臂，雪饼掰着手指，而奥利奥……站在墙壁拐角处，一边玩手机，一边左一扭右一扭地开始蹭后背。

俞苑苑："？"

小新有气无力道："那是奥哥独家的放松方式，别理他。"

俞苑苑观察了一会儿，偷偷举起手机，录了一小段视频，发给了蔺瓶子："我发现你关注的奥利奥选手有个怪癖。"

蔺瓶子不知道在忙什么，没理她。她放下手机，坐在椅子上，一时之间不知道自己应该做什么。

楚嘉年刚刚和 XG 的经理发完信息，虽然在游戏里剑拔弩张，但是在现实里还是要友好往来，商业互吹。他放下手机，看到俞苑苑手足无措地坐在原地，这才想起来，因为日程太紧，他还没来得及带她熟悉基地环境。

他想了想，把晚上和下一个战队约的训练赛时间往后推了一小时，站起身来对俞苑苑说："我带你去看你的房间。"

"房间？"

天啊！她竟然忘了！她以后要住在这里了！

她猛地捂住脸，尖叫一声："我的水乳、面霜、精华液、肌底液、面膜、洗面奶，还有防晒、遮瑕、隔离、粉底液、口红都没带！"

直男五人组一脸问号地看向她，雪饼懵懂开口："……你是在报菜名吗？"

牛肉酱觉得自己好像听懂了她的意思，试探着问道："不然……我的大宝SOD蜜先借你用？我双十一抢的，一瓶十几块呢！"

小新也反应过来，不甘示弱："我的郁美净也可以给你？我妈给我买的，可香可好闻了！"

奥利奥："都几岁了，还用郁美净，真男人都用隆力奇蛇油膏！"

俞苑苑："……"

最后在俞苑苑的坚持下，楚嘉年在四十分钟之内将她拉了个来回，让她从她的直播小房子里打包了自己的东西，再重新回到了基地。

牛肉酱看着拿了四个大行李箱的俞苑苑，咽了口口水："这……这么多？"

俞苑苑满身是汗，一半是累的，一半是被楚嘉年一脚油门踩到底的速度吓的："实在是来不及了，只能先搬一部分日常用的。房间在几楼来着？快快快，帮我搬一下。"

四个钢铁直男面面相觑，在对方眼中看到了同样的感慨：女孩子真是一种神奇的生物。

大家很快把箱子搬到了三楼，俞苑苑毫无预期地推开了被精心布置过的房间，愣了两秒，后退一步砰地关上了门。

楚嘉年正拎着大箱子准备进去，被突然的关门声吓了一跳："怎么了？"

俞苑苑此刻的表情可以用震惊来形容："一定是我看错了。我是来打比赛做苦行僧的，不是来享受人生的！"

这下楚嘉年听懂了，敢情是自己母亲大人把房间装饰得太豪华了？

他镇定地重新推开门，把行李推了进去："基地第一次有女队员，如果有照顾不周的地方，还请看在这间房间的面子上，多多担待。"

哦，这样啊。

俞苑苑重新打量了一下四周，一边倒吸了几口凉气，一边喃喃："我的天，AM 真的不愧是赞助商的亲儿子，这家具牌子我知道……标签上一串零……"

不是因为 AM 是赞助商的亲儿子，而是赞助商把你当成了亲儿媳。

楚嘉年在心底默默吐槽，指挥着其他几个人把行李箱放进来，冷不丁地回头问了她一句："喜欢吗？"

俞苑苑正在偷偷照化妆台上的镜子，看自己脸上的妆花了没，楚嘉年的声音突然砸过来，吓得她一下站直了："喜欢！"

不知道为什么，自从签了合同以后，俞苑苑就自动进入了 AM 全体队员的状态，完全把楚嘉年当成了 leader（领导）。她感动地吸了吸鼻子，转过身来："楚经理……年哥，我一定好好打比赛！不会辜负你的期望！"

楚嘉年闻言耳尖可疑地红了一下，向她摆了摆手："你能保持刚才的比赛状态就行。你在这儿收拾一下就下楼吃饭吧，我先出去了。"

他头也不回地急匆匆出去了，还贴心地为她关上了门。俞苑苑盯着关闭的房门，这才露出陶醉的表情，不再掩饰内心的激动和兴奋，连着"哇"了好几声，在房间里回旋转圈，最后将自己砸在了柔软的公主床上。

太幸福了！有比赛打，有好吃的，队友一个比一个可爱，还有这么漂亮的房间！

这里是天堂吗？

手机连着响了好几声，她拿过来一看，是蔺瓶子回复了她的信息。

瓶瓶子：哦，他一直这样，不用理他。

芋圆：你和奥利奥……很熟？

蔺瓶子在那边沉默了一会儿，然后才开始输入。

瓶瓶子：我忘了跟你说了，他就是我前男友。

芋圆：哈？

俞苑苑目瞪口呆。

她是知道蔺瓶子有个前男友的，只是她俩认识的时候，蔺瓶子就已经和他分手了。她还记得蔺瓶子第一次提及这件事的时候是在纽约的街头，少女撩了撩刚刚染成了粉红色的头发，脸上写满了"老娘不在乎"，语气中全是嘲笑："前男友？哦，是个打游戏的。就当他死了吧，我反正不会去给他烧纸的。"

熙熙攘攘的大街上，少女昂着高傲的下巴，眼中不经意间露出了落寞，那一刹那，她周身所有的颜色仿佛都失去了色彩。

俞苑苑站在她旁边，想了半天，冒出来一句："要是让我见到他，我一定帮你打爆他的狗头！"

蔺瓶子含笑转头看了她一眼，把她的头发揉成了鸡窝："一言为定！"

谁都想不到，几年后，她居然和蔺瓶子的前男友成了队友？那她……还要打爆他的狗头吗？

俞苑苑暗自对比了一下奥利奥和自己的体形，心里打着退堂鼓。

这是什么现实主义魔幻故事！

还好那边蔺瓶子似乎不想多说，也没有提及俞苑苑当年的豪言壮语，换了个话题：对了，官宣的照片拍得不错，不过我劝你先别上微博。

俞苑苑早就被楚嘉年提醒过，她的微博是新注册的，干干净净，只发了一条"大家好，我是 AM 战队的新中单 Naming"，配上自己的定妆照，发完后就老老实实地删掉了 App。

蔺瓶子不提还好，看到她也这么说，她突然就有一点好奇。

芋圆：楚嘉年提醒过我了，我把微博删了。我是不是被喷得很惨？

瓶瓶子：别提了，简直是惨绝人寰，你别理他们。话说回来，你这是答应了楚嘉年的订婚提议？我现在是不是应该尊称你一声楚夫人？

俞苑苑盯着"楚夫人"三个字，打了个寒战，脑子里突然出现了自己那天跳到楚嘉年身上，与他四目相对的场景。楚嘉年的睫毛很长，眼神澄澈而专注，鼻梁高挺，嘴唇……嘴唇……

她到底在想什么！

俞苑苑只觉得自己脸上的温度慢慢升高，她猛地回过神来，飞快地回了信息。

芋圆：别胡说，我们没订婚。他爸妈出面帮忙说服了我家里人。

瓶瓶子：哦，双方家长见过面了啊，那距离叫你楚夫人也不远了。

俞苑苑的脸涨得更红：我要去打训练赛了！再见！

她想了想，又报复性地发了一条信息。

芋圆：对了，还要帮你问候奥利奥吗？

蔺瓶子回复的时候，俞苑苑已经用凉水拍了拍脸，换了一身宽松的居家服回到了楼下，美滋滋地啃着做饭阿姨特意为她多烧的猪蹄，手机正好扔在了奥利奥那边。

"奥哥，帮我拿一下手机。"她指了指手机，口齿不清地说。

手机屏幕本来就是向上的，奥利奥拿起来的时候不经意间扫了一眼。

瓶瓶子：不用，我过两天亲自来……

奥利奥手一抖。

用脚指头想都知道，这个瓶瓶子肯定是蔺瓶子。后面没有显示出来的内容到底是什么？这个家伙要亲自来干什么？

他故作镇定地递过手机，偷偷观察着俞苑苑的表情。俞苑苑解了锁，看了一眼蔺瓶子的回复内容，然后同情地看了奥利奥一眼。

奥利奥敏锐地捕捉到了俞苑苑的情绪，伸出去的筷子一僵——完了，看来蔺瓶子是要亲自来提他的项上人头。

他放下筷子，突然问道："年哥，咱们哪天出发？"

"这次要去欧洲打比赛，我们要提前两天过去倒时差。"楚嘉年看了眼日期，"也就是后天走。"

奥利奥稍微放下了一颗心，今天已经过去，明天不属于"过两天"的范畴，而后天他就要去欧洲打比赛了！

"……欧洲？哪儿？"俞苑苑这才后知后觉地反应过来，"我们要出国？等等，我签证还没办呢！"

"这届 MSI 在德国法兰克福办，你的护照昨天就拿去加急签了。"楚嘉年看了她一眼，顺手抽了一张纸巾递给她，"慢点吃，擦擦脸。"

俞苑苑接过纸巾，擦了擦脸，突然有点沮丧："我是不是特别没用？"

埋头苦吃的小新被她这句话惊动："你要是没用，XG 的中单就应该去切腹谢罪了好吗？"

"我都入队打了四把训练赛了，还连 MSI 在哪儿打都不知道。"她的声音越来越小，"明明来了基地还没有带行李，办签证也要靠年哥……"

楚嘉年看着她皱起来的脸，心想这个小姑娘打起游戏来气势汹汹的，平时怎么又呆又傻，难怪她家里人会不放心，拉着他妈妈的手左叮咛右嘱咐的……他喝了口水，逗了她一句："那你签合同之前看过自己签了几年卖身契吗？"

俞苑苑果然一愣，然后露出了惊悚的表情，猛地坐直了："啥？我的合同是卖身契吗？早上在车上太过匆忙了，我签了几年？"

这下连牛肉酱也没话说了，他默默地伸出一只手，给她当面点了个赞："苑苑，你是真的牛。"

只有楚嘉年看着俞苑苑投向他的充满信任的目光，心底莫名颤动了一下。

怎么办，逗她好像有点好玩。

当天晚上的训练赛是和 OPE 打的，前几天那场训练赛打了个 3:0，本来 AM

气定神闲，结果对面一上来就坦白了，说上次他们的打野大灭去医院吊水了，是替补上的，整队配合不太好，今天不会再放水了。

俞苑苑看到"大灭"两个字，忍不住有点手抖。她之前打排位的时候排到过这位OPE的打野，无论是操作还是意识都非常棒，只要来抓她，基本上没有失手过，确实不愧被称为"LPL第一打野"。只是大约那天大神在带人，她那把基本上感觉在五打四，最后大灭也无力回天，被她拆了家。

但是这次可不一样了，凑齐了OPE全体队员的灭爹，简直是如虎添翼。

大灭显然也认出她来了，看着她的ID，试探着问了一句。

【所有人】OPE.Damie：对面大汉纳命来？

俞苑苑被点名，顿时坐直了身子，恭恭敬敬地给大灭请安。

【所有人】AM.Naming：见过灭爹，灭爹好。

小新顿时不愿意了："都是打野，为什么见到人家就一口一个灭爹好，见到我就变成了小新，辈分差了这么多？"

他插科打诨的话没有人回应，小新微微歪头，余光往俞苑苑脸上一扫，心里暗暗喊了一声不妙。

少女绷着嘴角，满脸掩饰不住的紧张。

抓死中单一直是大灭的特色招牌，抓不死就往死里抓的那种。这样紧凑的抓人节奏下，他们团队之间配合磨合得不够好的问题一下子全部凸显出来了，连输了两把。

之前和XG打的时候赢得太顺，这会儿又输得太惨，基地里的气氛骤然低落了下来。小新和奥利奥的脸都紧绷着，显然是想骂，又碍于俞苑苑是个女生，硬生生憋住了。

"那个……是我的错。"俞苑苑小声打破了凝重的气氛，双手放在膝盖上，认认真真向队友做起了检讨，"我之前和大灭排过，被抓得太惨了，所以这次见到他还是有点怕，该上的时候没上，多次临阵脱逃，贻误战机。"

小姑娘的眼睛有点红，抿着嘴，一脸"我知道错了，我是组织的叛徒，你们快来骂我吧"的表情。

"临阵脱逃"和"贻误战机"这两个词儿用在这里……好像有哪里怪怪的……

楚嘉年心里一软，但该说的还是得说，于是板着脸开始训她："大灭抓人是厉害，但是有几次小新就在草里，小新刚上，你转身就跑是什么意思？还有在河道，你一个硬控上不去控，缩手缩脚的，打到最后你还是满血，你对得起队友吗？团战的时候你都在想什么？非要对面嘲讽你，你才能好好打？要不是之前看了你和 XG 打的那几场表现还不错，我现在肯定直接把你扔到门外闭门思过去。"

楚嘉年的声线其实一直是非常温和而沉稳的，就算像现在这样板着脸说着重话，声音也还是如潺潺流水，俞苑苑坐得笔直，一边听一边连连点头，满脸沮丧："我愿意把自己的检讨书贴在大门口，接受群众的监督。"

思想觉悟倒是挺高。

"你有时间写检讨书，我没时间看。"楚嘉年叹了口气，"有那个时间，不如多看几遍刚刚的战局回顾。一个大灭就把你吓成这样了，到了 MSI 遇见韩国的 BBG，再碰见 Vision 来抓你，你是不是得原地爆炸？"

韩国的 BBG 算得上是全球顶级的 LOL 电竞俱乐部了，足足拿了四个 S 赛冠军，现役的打野 Vision 神出鬼没，凶到不像话。

俞苑苑垂下头，不敢说话。

楚嘉年说得有道理，她刚刚的表现是真的很差劲，就因为大灭以前抓过自己几次，她就搞乱了自己的节奏，直接让整个比赛变成了四打五。换成她遇见这种事儿，估计她能直接掀键盘。

如果想要打职业，就要先学会接受失败，并且面对所有的阴影。

楚嘉年去外面打了个电话，回来的时候宣布："剩下的一场比赛我推到明天了，你们这个状态再打下去还是输。苑苑这把是有问题，你们四个也没有好到哪里去，中路崩了第一把，第二把你们还是任它崩？上下路你们打出来一点优势了吗？奥利奥，俞苑苑打得已经够菜了，你第二把还能勇送一血？自暴自弃吗？"

奥利奥到底头铁一点，直言不讳："中路的狐狸连发条都压不住，发条来上路游走，再加上一个大灭绕后断我，我一对三能换一个已经是极限了，不丢塔就不错了，还想要打出优势，根本不可能。"

他这么一说，大家也都说开了，小新跟着点了点头："第二把我的扎克其实一开始挺有优势的，去了中路两波就血本无归了，说好的助攻也没了，还白送了两个人头，简直有去无回。"

俞苑苑的头埋得更低。

牛肉酱叹了口气："我们下路也被抓得很惨啊。你们也别说苑苑，灭爹是真的挺厉害的，在中路把自己养肥了以后，我们下路往前多走两步就被他夺命连环杀，再来两次，我都快有心理阴影了。"

大家你一句我一句，气氛好了很多，俞苑苑诚恳道歉，态度认真，也没有输了比赛就哭，反而让大家松了一大口气。

不哭就好，他们对自己的认知非常清楚：电竞直男，根本不会安慰女孩子。

接下来的时间里，其他几个人各自开了排位练手，俞苑苑仔细回顾了刚刚的三场比赛，拿着本子密密麻麻地记录了自己的失误和大灭每次来抓人的时机，除此之外，她还翻了大灭以前抓人的视频集锦，在心里仔细模拟，做好各种应对。

等她再抬起头时，整个训练室只剩下她一个人了。

她一看表，已经凌晨一点半了。

"找到自己的问题了吗？"楚嘉年从后面走了过来，他拿了一杯石榴汁，放在俞苑苑面前。

迎着俞苑苑诧异的眼神，他解释道："阿姨专门跟我说了你睡前有喝石榴汁的习惯，还送了十箱到基地，说别的牌子你喝不惯，还让别人也尝尝。不过你也看到了，这群电竞人没一个……"

他话还没说完，俞苑苑就把杯子举到了他面前："你尝尝？超好喝的。"

楚嘉年咽回了自己的话，着魔了一样接过杯子，喝了一口。

真甜。

他转头又给俞苑苑倒了一杯新的，拉开椅子坐在了她旁边，顺手开了机："今天输了也挺好的，问题越早暴露出来，越好修正。"

俞苑苑喝了一口石榴汁，抿抿嘴："我明天一定克服恐惧，好好打。"

楚嘉年娴熟地打开了《英雄联盟》的客户端："上号，我陪你打两把。"

俞苑苑惊呆了，像看外星人一样看向他："你？你也会打？"

楚嘉年没解释，直接开了个房间："solo 试试？"

俞苑苑将信将疑地进了房间，心想自己要怎样才能不露痕迹地放水。

结果，她犹犹豫豫先选了凤凰，楚嘉年也跟着秒选了个凤凰。

俞苑苑："？"

她配好符文，偷看了一眼楚嘉年。屏幕的荧光照亮了他的脸，他轻轻抿着嘴，神色非常专注，侧脸好看到不像话，修长的手指搭在键盘上，着实养眼。

俞苑苑的脑子里冒出四个大字——美色误人。

她赶快转回头，喝了口石榴汁，清了清嗓子："还是一塔一血一百刀？"

楚嘉年"嗯"了一声。

两只扇着翅膀的凤凰从塔底下飞出来，楚嘉年像是试技能一样向俞苑苑扔了一个 Q，距离都没够，根本打不到她身上。俞苑苑本着陪好老板、让老板高兴的人道主义精神，也不动声色地故意扔歪了一个 Q。

俞苑苑在原地转了两圈，兵线这会儿刚刚过来，她回头走了两步准备拉开距离开始补兵，没想到楚嘉年不依不饶地跟了上来，非常精准地穿过歪歪扭扭的小兵 Q 到了她的背上！

她猝不及防地被冻住，然后挨了一下平 A。

哦，还是有操作的嘛，看起来起码有钻石水平吧。

她还是没把楚嘉年当回事儿。

楚嘉年转过身，勤勤恳恳地开始补兵，俞苑苑随便碰了几下兵线，扭动着身体想找机会 Q 他，结果一个不注意，就被楚嘉年压成了塔刀，但她也找到机会 Q 中了对面的凤凰，刚准备扔 E，突然发现楚嘉年刚好站在了 E 技能的攻击范围之外！

这应该不是巧合，而是算准了距离的。

这下她终于收敛起了几分轻视之心，开始认真补兵。

转眼两个人都来到了三级，她瞅准机会又冻住了楚嘉年，一套连招下去，解了冻的楚嘉年虽然只剩下了三格血。但丝毫不怯，转身回了她同样的一套连招，又往旁边一扭，正好吃到了旁边的血！

而俞苑苑这才发现自己因为太靠前，不仅吃到了楚嘉年的技能，还被小兵打了一波血线！

更为致命的是，因为她前期比楚嘉年多放了几个 Q 出来，她的蓝已经见了底，而楚嘉年那只凤凰的蓝条还有足足三分之一。

她扇动翅膀正准备往回飞一点，那边的楚嘉年就直接闪 Q 到了她的脸上，E 打出成吨伤害，然后反手给她挂了个引燃。

First blood!

看着屏幕上的这行英文，俞苑苑半天没回过神来。

不是，AM 的经理人都是隐藏的王者吗？

"再来？"楚嘉年的声音从旁边传来。

俞苑苑回过神，点了接受。

第二把双亚索对线。俞苑苑撑了四分钟。

第三把双辛德拉对线。俞苑苑撑了三分钟。

第四把，俞苑苑心一横，拿了一个刀妹。结果这把最惨，楚嘉年在补到第九十九刀的时候，同时击杀了她和小兵。

俞苑苑：……是人吗？！她打游戏以来就没这么憋屈过！

"还来吗？"楚嘉年的声音又幽幽地传了过来。

俞苑苑直接摘了耳机扔在桌子上："不玩了不玩了，失敬了大佬。"

楚嘉年也摘了耳机，靠在电竞椅上，双手抱胸："你发现自己最大的问题了吗？"

"我最大的问题就是没看穿你王者的伪装。"俞苑苑闷闷说道。

"我没有伪装。"楚嘉年静静地看着她，"这就是你最大的问题。"

俞苑苑没懂他的意思，疑惑地歪了歪头。

"我从一开始就没说过自己到底是什么水平，是你自己给我想象定义的，然后你就在和自己想象的这个水平对战。

"一开始你觉得我可能不会玩，所以故意对我放水，技能也放歪，直到被我单杀。这个时候，你才发现我和你一开始想象的不一样，然后一直在不断调整对我想象中的预期值。"

楚嘉年一针见血地指出了俞苑苑的问题："换句话说，你在打游戏之前，先给自己想象了一个敌人的强度，而当对方与你的判断不符的时候，你就会崩。

"和 OPE 打的那几场也是这样的，你给大灭套了一个你想象中的水平，而这个水平明显是你一个人无法克服的，所以你不敢往上冲。

"从头到尾，你都是在和自己的想象对线。你想象中的对面比较弱，你就压着对面打；想象中对面比较强，你就猥琐发育；想象中打不过，你就干脆不上了。你这是孤儿当久了，不知道如何与队友协同作战了吗？

"小新很强，雪饼和牛肉酱很强，奥利奥也很强，你 C 不了，还有别人。我们的目标是推塔拆水晶，这不是杀人游戏，也不是单机游戏，你要信任你的队友。"

俞苑苑双手交握，抠着自己的手心，低着头，半晌没有说话。

楚嘉年也知道自己的话有点重，但是 MSI 赛事在即，他只能一次性把话说透，能不能领悟就看俞苑苑自己的了。她操作不差，意识也不差，唯独在信任队友这一点上差了一点。

明显是多年孤儿排位惹的祸，自己不能 C，就觉得这把要完了。

"去休息吧。"楚嘉年叹了口气，看着俞苑苑垂头丧气地站起来的样子，他脑中自动浮现了一双耷拉下来的小白兔耳朵，忍不住还是安抚了一句，"别难过，OPE 毕竟是进了三次 S 赛的队伍。"

结果，俞苑苑突然抬起头来，她的眼睛亮晶晶的："年哥，你打得这么好，为什么不打职业？"

"别跟着他们乱喊，叫我名字就行。"楚嘉年没有接她的话茬，"快去睡。"

俞苑苑蹑手蹑脚地往楼上爬，爬了几层台阶又小步跑了回来。

楚嘉年："又怎么了？"

俞苑苑不好意思地挠了挠头发："那个，有点黑……"

大家都睡了，俞苑苑也不想开灯打扰到别人。楚嘉年站起身来，跟在她身后送她上去，走到房间门口的时候，俞苑苑突然转过身来，给楚嘉年深深鞠了一躬。

"楚嘉年，谢谢你，你说得对，我明天不会再输给我想象中的影子了。"

楚嘉年被她吓了一跳，听到她的话以后还想说什么，就听到黑暗中，小姑娘的声音变得轻灵起来。

"不过，你是真的真的打得很好！你不然别当经理人了，来给我当替补吧！"

楚嘉年怀疑自己听错了：替补？

他还没来得及回她，俞苑苑就已经进了房间关上了门。

不到一秒，房门又开了，暖黄色的灯光从房间里透出来，俞苑苑探出了半个头："所以……我到底签了几年的卖身契？"

"你自己回去看。"楚嘉年神色复杂，啼笑皆非地小声道，"快去睡，晚安。"

"哦。年哥晚安。"


第二天，俞苑苑下楼的时候，队友已经全部都挂着黑眼圈坐在自己的电脑前打哈欠了，训练赛安排得密集，由不得他们像平时一样睡到十一点半再起床吃午饭。

小新看到俞苑苑左手拿油条、右手拿豆浆，坐在电脑面前，他打了个哈欠："昨晚你是不是忘了关机了？还有你旁边这台电脑是年哥要用的，怎么屏幕也亮着？"

没想到俞苑苑点了点头："我昨天晚上临睡前和年哥打了几把。"

整个训练室里突然出现了死一般的寂静。

"你……你和年哥打了？"牛肉酱颤抖着问，"怎么样？死得惨吗？"

"晚上做噩梦了吗？"雪饼关切道。

高冷男孩奥利奥喝了口水，掩饰自己内心的慌张。

"所以……在场的各位，难道都……"俞苑苑将大家的表情尽收眼底，试探着问道。

"没错，在场的诸位，都是年哥的手下败将。"小新语气沉痛，"我刚入队的时候，年哥打得我怀疑人生，感觉自己玩的是个假英雄。"

原来大家都跟楚嘉年单挑过，难怪大家都变成了年哥的狗腿子！而她就是新晋的那一个！

"我觉得苑苑应该是最惨的，毕竟年哥是个中单。"牛肉酱叹了一口气，眼中的同情之色更浓了几分，"昨晚是不是你用什么英雄，年哥就跟着选什么英雄？"

俞苑苑颤抖着点了点头："你怎么知道？"

"这是年哥的习惯啊，你没看过他的比赛？"牛肉酱疑惑道，"年哥的经典操作视频可是被誉为 LOL 的教科书啊。"

俞苑苑眼睛一亮："年哥打过职业吗？昨天我就感觉他不简单，还认真建议他来给我打替补！我一会儿再问问他！"

这下不仅整个基地都安静了，连空气都凝固了。

牛肉酱感觉自己脖子转动的时候发出了咯吱咯吱的响声，他僵硬地转头看了一眼俞苑苑，又僵硬地转回了脖子，盯着自己的屏幕，哆哆嗦嗦地看起了召唤师技能："我什么都没听到！"

"我也是。"

"+1。"

"……"

俞苑苑："我说错什么了吗？"

"你说什么了？"楚嘉年端着一杯咖啡边喝边走了过来，"OPE 那边已经就位了。"

经过刚才的事，大家早就被俞苑苑吓醒了，精神抖擞地登录游戏。俞苑苑抓紧时间吃掉了最后几口油条，仰头看向楚嘉年，口齿不清锲而不舍地道："年锅，你真的不要打职业吗？"

楚嘉年波澜不惊地挑挑眉："什么时候你能 solo 过我了，我就给你打替补。"

俞苑苑的眼神一亮，又一暗，吞吞吐吐道："哦……那……那我加油……"

其他四个人被楚嘉年嘴里冒出来的"替补"两个字吓得大气都不敢出，年哥明显不想"掉马"，他们也不好提醒俞苑苑，只敢用眼神交流。

牛肉酱转过头，对着空气连着比了三个口型。

小新扯了扯自己的领口，感觉空调可能开得还不够低，他有点喘不过来气。

还好房间开好后，两边很快进入了游戏，开始 BP（Ban&Pick，双方轮流挑选和禁用英雄的环节）环节，这才让大家从"让年哥打替补"的恐怖话题里脱身。

出于对灭爹的"尊重"（恐惧），他们连着 ban 掉了青钢影、酒桶和皇子，对面则 ban 了剑魔、卡莎和阿卡丽，显然是对小新、雪饼和奥利奥也充满了忌惮。

OPE 一手选了瑞兹，小新眼皮跳了跳："一手瑞兹？苑苑不然来个大眼还能克制一下？"

"别着急，瑞兹不一定是走中路。"楚嘉年拿着本子，"先把下路锁了，试试你们最近练的塔姆和韦鲁斯。"

对面随即也锁定了寒冰和布隆的下路组合。

奥利奥拿出了一个压箱底的纳尔："我主带线。"

俞苑苑二话不说，帮他锁了。

第二轮 BP，OPE 那边 ban 了魔腾和赵信，把最后的两个 ban 位都放在了小新身上。雪饼想了想："我总感觉瑞兹不一定是中，ban 个辛德拉吧。"

"可以。诺手也 ban 了，如果瑞兹中，对面再来个诺手的话，开团能力太强了。"楚嘉年点头敲定了所有 ban 位。

下一秒，对面的四五楼就秒选了千珏和加里奥。

果然瑞兹是上路。

其实打野英雄被 ban 得差不多了，还好小新英雄池还算深，他想了想："我玩巨魔吧，最近打这个手感还不错。"

俞苑苑犹豫了一会儿，把鼠标移到了璐璐身上，有点犹豫："年哥，你觉得璐璐怎么样？"

楚嘉年看了一眼俞苑苑，突然明白了她的意图。

他昨天说她不信任队友，是个孤儿，所以她今天挑了个非常需要团队配合的璐璐出来。这个英雄清线能力还不错，虽然有点儿吃等级，但是前期和打野配合得好的话，是可以拿人头的。

他点点头："就璐璐吧。"

小新也大概明白了俞苑苑的意思，转头冲她挑了挑眉："别怕，中野联动，让他们有来无回！"

俞苑苑咬住下唇，心底涌上了一阵暖流。昨天她让小新有去无回，而小新今天还愿意继续来中路帮她，这就是队友。

你状态不好，没关系，我来 C。

你这把超神，我就把人头全部让给你。

这是一个应该放心将后背交给队友的团队游戏啊。

她嫣然一笑，冲着小新狠狠点了点头："嗯！"

最后，AM 这边的阵容是：上单纳尔、打野巨魔、中单璐璐、ADC 韦鲁斯、辅助塔姆。

OPE 这边则是：上单瑞兹、打野千珏、中单加里奥、ADC 寒冰、辅助布隆。

欢迎来到《英雄联盟》！

伴随着熟悉的开场音乐，五个英雄的身影出现在了泉水里。

一级按惯例在河道互相试探，俞苑苑和下路双人组一起蹲在河道草里，对面的寒冰和布隆一胖一瘦的身影也晃晃悠悠地走了过来，好巧不巧就在韦鲁斯的攻击范围内徘徊。

俞苑苑毫不犹豫地 Q 了上去！

雪饼反应极快，当机立断先选了 E 技能，喷出带有减速的箭雨，塔姆庞大的身躯窜到两个人面前，抵挡寒冰翻身反打的伤害。

寒冰迎面挨了璐璐的 Q，又被韦鲁斯追着一顿点，转眼间已经掉了接近二分之一的血线，哪里还敢反打，毫不犹豫交了闪现转身就走。布隆追在她身后帮她挡技能，眼看三个人凶猛地追了上来，无奈地交了一个治疗（召唤师技能的一种）。

逼了对面一个闪现一个治疗，还让寒冰原地回家，下路开场就已经打出了优势。

转眼两边就到了四级，俞苑苑一直没有见到来 gank 她的千珏，她向后撤了一波，转身往上路野区走去："小新，过来。"

小新刚刚蹲了一波上路无果，从龙坑绕了进来。小新刚刚走了两步，璐璐就一个眼插到了石头人的坑里，正好插出来一个残血偷野的千珏！

被入侵了野区的小新怒意勃发，抢着大冰棒子就往前冲。

但是巨魔这个英雄，回血强，伤害也不错，虽然跑得快，但是亏就亏在没有位移。灭爹知道自己已经暴露了，往后退了两步，刚准备放 Q 跑，就见璐璐直接从墙后面闪到他身前，给了他一个 WQ 二连击！

灭爹瞬间变小变可爱。

前有巨魔，后有璐璐，如果换成是别人，可能最多努力再换一波血就束手就擒，但灭爹毕竟是灭爹，这种情况下还能走位准备闪现跑路。

砰！

小新稳稳地朝他闪现的方向扔了一个寒冰之柱！

灭爹一头撞在了柱子上，被终于赶到的小新一波利齿撕咬，稳稳击杀。

First blood！

"厉害啊，新爷。你这柱子插得可以夸一年了。"俞苑苑夸道，心里美滋滋地捧着助攻回了线上。

虽然只拿到了一个助攻，但那可是击杀了灭爹的助攻！

"这会儿知道叫新爷了？"小新收下人头，心满意足。

拿到一血，AM所有人的心中都像是吃了一颗定心丸，尤其一血是中野配合拿下的。

开局时大家虽然嘴上没说什么，但是对俞苑苑的状态还是非常忧心的，尤其在她选了一个非常需要配合的璐璐的情况下，队员更为担心。现在看中野两个人的第一波配合就这么顺利，顿时对这场比赛重新有了信心。

放宽了心的雪饼和牛肉酱精神一振，刚刚到六级，就一改之前苟在塔周围的作风，直接压了一波线去对面塔下。结果没想到灭爹正在草里蹲他俩，寒冰放出一个大招，牛肉酱被吓了一跳，还好他反应快，站在了韦鲁斯前面，本来还想抗一波，结果灭爹从草里翻滚而上，逼得塔姆交了净化（召唤师技能，可解除英雄负面状态），击杀了韦鲁斯后，牛肉酱就连滚带爬地跑回了塔底下。

目睹了全部过程的楚嘉年：虽然这波操作没什么问题，但是不知道为什么，看着就觉得……真尿。

他拍了拍两个人的凳子："别刚，稳住。"

灭爹蹲下路的时候，小新反了对面的蓝，扔给了璐璐。而灭爹蹲完下路，也去换了AM的蓝。

这时OPE最大的问题就暴露出来了。

他们太依靠LPL第一打野的灭爹了，红蓝buff能给灭爹就给灭爹，而灭爹似乎也习惯了这种节奏，并没有想要把蓝让给加里奥。

这就导致有了蓝的俞苑苑在对线加里奥的时候，技能像不要钱一样地扔出去，逼得加里奥跟她对线换血，偏偏她手比加里奥长，还有护盾，就这样几次下来，加里奥蓝量见底，不得不回家，而俞苑苑稳稳地压了对面三十个兵。

灭爹当然也很快意识到了问题所在，来中路抓了两次，但要么被璐璐提前跑了，要么他刚刚蹲好，巨魔就提着棒槌在旁边虎视眈眈露了头。

OPE的中单补着兵，点了点头："这个Naming调整得不错嘛，我还以为昨天被打得哭鼻子，今天心态全崩了。"

"毕竟是Cain神看中的人。"大灭脸色不变，转身回了野区，"要是这么容易就被打崩，也别去MSI了，不如回妈妈怀里哭。"

拿了峡谷先锋的AM开始在中路逼团，除了奥利奥在边路清线，其余四个人都到齐了。

峡谷先锋一头把 OPE 的中一塔撞成了丝血，韦鲁斯跟上想要平 A 几下把塔推掉，结果被赶来的寒冰用一个大招定身在了塔下！

"塔姆吃我！吃我！"

牛肉酱还在等他解冻，璐璐率先给他身上套了一个盾，挡了一下塔的伤害，塔姆随即舌头一卷，带着韦鲁斯就往后撤。

另一边，小新的大招命中了千珏，瑞兹就突然从他身后的草里冒了出来，抬手就晕住了他！

"怎么还有个瑞兹！撤撤撤！"

"我来了我来了！"奥利奥从边路开始传送，但是好巧不巧，他 TP（传送）的点正好选在了瑞兹面前的眼上！

这下小新连闪现都没法交，他如果躲开了，纳尔过来肯定会暴毙当场！

成吨的伤害迎头砸在了小新身上，眼看他就要完蛋，璐璐冲过来给了他一个保命大招！

有了血线的小新击飞了贴脸点他的寒冰和千珏，同时纳尔终于赶到了！

"杀千珏！"小新话未落，身上已经多了一个璐璐的加速，而千珏的 Q 正在冷却，再加上被璐璐的大招叠加了减速效果，根本打不过冲过来的巨魔！

收下千珏的人头后，小新已经只剩下丝血了，被赶过来的寒冰收下人头。

这时双方的血线都已经非常残了，瑞兹还想再绕后一波，结果被韦鲁斯和塔姆同时点中。他正想后退，璐璐已经闪现上来冲着瑞兹的脸扔了一个 Q！

瑞兹倒地。

团战还没有结束，布隆和加里奥同时向着残血的璐璐和韦鲁斯跳了过来，璐璐没了闪现，只能转身就跑，却跑不过对面两个人跳过来的速度。

轰！

跳过来的布隆和加里奥被闪现过来的纳尔一巴掌扇到了墙上！

"Nice!"俞苑苑和雪饼同时狂喊，两人一起回头，韦鲁斯三两下就把布隆点成了残血，最后一下正好被璐璐点到。

AM.Naming 击杀了 OPE.VQ

Double kill!

屏幕上出现了璐璐两连击击杀的头像。

加里奥走位躲开了塔姆的伤害，还准备跑，雪饼一个 Q 穿过草丛，稳稳地再收了一个人头！

一波一换四！

这波团战过去，AM 的经济已经领先了 OPE 七千块。三十三分钟的时候，AM 打爆了 OPE 的水晶。

屏幕上出现"胜利"两个字的时候，大家都长长地舒了一口气。

俞苑苑有一瞬间甚至感动得想要流泪。

这一把，她没有 C，但是她站在队友背后，信任地把技能全部扔到了他们身上。而他们，也没有让她失望。

有团队的孩子像个宝，她再也不想当孤儿中单了！

楚嘉年敲了敲桌子，开始做赛后分析："这一把开场的时候，璐璐的开团非常果断，对对方位置的预判也很好，和下路打了非常好的配合，把气势打出来了。对线的时候还知道根据时间判断对面千珏的位置，中野联动得还不错，比昨天强多了。

"但是后期团战的细节问题还是不少，如果一开始瑞兹站的草里有眼，那波团战应该不会打得这么伤，巨魔也不会死，比赛也能结束得更早一些。在做视野方面，大家还需要加强。"

楚嘉年拿着比赛记录本，又分别指出了下路二人组的问题和一些奥利奥的细节操作。

大家都非常认真地听着，时不时还和他讨论两句。

"昨晚被压着打了两把，这把能赢，我感觉自己高兴得跟过年了似的。"小新伸个懒腰。

"今天塔姆不错。"雪饼拍了拍牛肉酱的肩膀，"我有种感觉，你玩和自己体形相近的英雄好像都挺上手的。"

"……我谢谢你啊。"牛肉酱已经对体形玩笑免疫了，眼皮都没动一下，"你酱爷爷的塔姆，能抗能输出，关键时候还能救你小命。"

"奥哥的纳尔也是真的牛。"俞苑苑以脚为支点，左右乱晃着椅子，笑嘻嘻地插了一句，"野区那波团战我都以为自己肯定要交代在那儿了，没想到奥哥闪现过来拍人。还有最后一波，如果不是奥哥把千珏扔在了墙上，大家可能打得更艰难。"

"你给大的时机也不错。"奥利奥感觉自己老脸有点红，夸了回去，"昨天训练出现的问题今天很好地克服了，一晚上时间就能想明白问题的症结所在，并及时调整好心态，不错。"

俞苑苑得意扬扬："多亏了年哥昨晚教得好！"

其他几个人："……"

"昨晚，难道不是年哥单方面吊打你？"小新一脸问号地眨了眨眼睛，"苑苑你……"

俞苑苑一脸"狗腿"，故意压低了声音，神秘道："不，年哥还与我深入浅出地进行了灵魂的碰撞！"

"停停停！"牛肉酱拼命摇手，"我还是个孩子……"

偏偏俞苑苑热情地扯住了牛肉酱的椅子："别嫉妒我，酱酱，抱好年哥的大腿，很快你也可以和年哥……"

"不不不！不不不！"牛肉酱惊恐地后退，"你放开我，我……我真的还是个孩子……"

嬉闹声还在继续，楚嘉年默默地合上本子，走向了经理室，然后悄悄关上了门，平复了一下自己的表情。

等楚经理从办公室走出来的时候，他的表情比平时更严肃了一点："下午和 LDM 的训练赛，谁的人头最少，罚他晚上补一千个兵。"

辅助牛肉酱："我……我一个辅助我……我难道要去抢 ADC 的人头？"

雪饼冷笑龇牙："你试试？"

## ✦ 第五章

这是最美好的时代

//

QING BEN XIA GU SHAO NV

　　当天晚上，俞苑苑拿到了自己的护照和机票。她躺在床上，先是发消息给了蔺瓶子，告诉她自己要出国比赛一事，然后犹豫了一下，又将消息发到了家族群里。自从她来打职业以后，家里人似乎也听说了比赛很紧的消息，这几天一直都没有打电话给她。

　　蔺瓶子很快就回复了信息：你明天就走？

　　芋圆：嗯……

　　她还没点发送，手机就响了起来，是母亲大人的来电。

　　俞母显然也是才知道俞苑苑要出国："怎么这么着急就要出国了？你签完约到现在都还没回过家呢。"

　　俞苑苑："不瞒你说，我也是昨天才知道这件事的。"

　　"你从小就迷迷糊糊的，要不是嘉年在，我们也不放心你到处跑。"俞母叹了口气，"身上的钱还够吗？"

　　"够够够。"俞苑苑忙不迭地应道。AM战队的年薪是按"三三三一"的形式发放的，即签约发十分之三，年中发十分之三，年末发十分之三，剩下的十分之一来年和奖金一起发，是以俞苑苑的账户上一下子多了好几个零。"战队有工资的，还挺多的。"

　　"那就好。没钱你就和爸妈说，别花人家嘉年的钱，不要占这些小便宜。"俞母细细碎碎地嘱咐，"还有，你毕竟是女孩子，到底要心细一点，平时嘉年没注意的，你都要帮他盯着点儿。"

"是是是。"俞苑苑听得心惊胆战，不敢打断母亲大人的话，只好胡乱应下，"回来给你带礼物！"

"别。"俞母赶快阻止，"我最近听人说，带礼物就等于输比赛回家，你还是拿着奖杯来见我吧。"

俞苑苑被她逗笑了："你都在哪里看到的这些乱七八糟的说法，而且我第一次参加大型比赛，还挺紧张的。"

"从微博啊，现在年轻人说话还挺有趣的。"俞母声音轻快，"你要是不介意的话，帮你爸去趟歌德故居，买一本带印章的《浮士德》回来。上次你爸去的时候没买到，他心心念念快一年了。"

俞苑苑的爸爸隔几年就要去法兰克福书展做特邀嘉宾，她小时候也跟着跑过两趟，然后很快就被书展的漫画区和cosplay（角色扮演）吸引了，等到俞父再找到她的时候，小姑娘头上扎不知道哪儿来的蝴蝶结，穿着一身乖萌的粉白洛丽塔小裙子，正在帮展台做模特。

古板的俞父：你们对我女儿做了什么乱七八糟的事情？

俞苑苑听到"微博"两个字，心里一紧，赶快问了一句："对了，爸爸他……最近……"

俞母一下子就懂了："那天吃饭的时候他已经答应好了的，现在还能反悔不成？你好好打比赛，嗯……打不好也没关系，反正，妈妈等着给你接风呢。"

俞苑苑的眼眶有点红，声音小小的："嗯，谢谢妈妈。"

俞母又嘱咐了几句，挂了电话。

挂了电话后，她才看到葡瓶子连着发了好几条信息过来了，其中一条是一张微博截图。

AM电子竞技俱乐部V：MSI确认出场人员名单如下。

图片是几个人的定妆照，背景色是菱形的红黑两色交织，再配上了每个人擅长的位置。除了他们五个人，还有二队的瑞格和另外一个队员，两个小伙子一个单手插兜，一个抱胸侧身看向镜头，精神满满。

再往下看，热评第一名：虽然很想祝福，但是看完OPE打AM的视频以后我就觉得，你们还是原地退赛，别去MSI丢人了。【真诚.jpg】

热评第二条的语气比第一条还要冲一点。

瓶瓶子：你们和OPE打比赛的片段被放在网上了，你还好吗？

瓶瓶子：？？？

不知道为什么，俞苑苑没有想象中的难过。

芋圆：刚刚接了我妈妈的电话。没事，第一天打比赛心态不太好，第二天我就打回来了。

然后，瓶瓶子又发了一张截图。

截图上赫然是丽桑卓站在 XG 的泉水面前跳舞的样子，左下角还有那句嚣张的"加里奥需要我让人头吗？"。

虽然图片做了一点特殊处理，对她的 ID 进行了马赛克处理，却直接 @ 了她的微博账号。

热评说得就更难听了，什么"素质低下，打得好就嚣张，被 OPE 打成狗时就一句话都不敢说了吧""还纳命，纳自己的狗命去吧""对 AM 粉转黑了，真是什么人都招""这一届职业选手素质这么低的吗"。

芋圆：我把微博卸了，等我下一个。

瓶瓶子：别，你还是别看了，小心影响过两天的心态。我给你发这个就是想跟你说，MSI 上你好好打，打好了把成绩扣在黑子脸上，让他们闭嘴。

俞苑苑乖乖回了一个"好"，关了手机，仰面躺好。

过了十分钟，她又蹑手蹑脚地从床上爬了下来，偷偷开了门，看了一眼隔壁。

她今晚刚刚知道，楚嘉年的房间与她只有一墙之隔。

他房间门缝下面的灯还是亮着的。

俞苑苑缩回来，翻到了楚嘉年 AM 战队队标的头像上，戳进去。

芋圆：睡了吗？

楚嘉年：还没。怎么了？

过了两分钟，楚嘉年听到自己的门被轻轻地敲了两下。

门哗啦一声被打开，穿着一身鹅黄色短袖睡衣的女孩子站在门口，扬了扬手机，声音里带了一丝不确定："楚经理，我……能看微博了吗？"

楚嘉年也已经换了睡衣，看上去像是刚刚洗完澡，发梢上还有水珠，深蓝色的丝质宽松半袖和长裤穿在他身上，松松垮垮，迎面扑来的男士沐浴露味道，俞苑苑不自在地红了脸。

这哪里是沐浴露的味道，这明明就是男性激素的味道！

楚嘉年侧过身："进来说吧。"

俞苑苑僵硬着走了进去，楚嘉年顺势关了门，下巴向着床尾的方向点了点。

他的床尾放了一组灰色布艺沙发，围着一个长条形的小茶几，墙壁上挂着的电视正在投屏放着北美几支队伍的比赛。俞苑苑大气都不敢出，老老实实地在单人沙发上坐下，用余光打量了一圈楚嘉年的房间。

他的房间和他的办公室一样，非常简洁干净，而窗台上同样放着整整齐齐的一排可爱多肉。

"是谁给你发了什么吗？"楚嘉年在她面前放了一杯石榴汁，自己也端了一杯，在她对面的沙发上坐下，非常自然地将左脚搭在了右膝盖上。

"我妈刚刚说她看微博了，我就想看看她有没有看到什么不好的话。"俞苑苑喝了一口石榴汁，"然后我听说我们的比赛视频被截图放在网上了，好像OPE那边是视频，XG那边是虐泉的截图，所以就想看看……情况到底怎么样了。我是不是闯祸了？"

俞苑苑语气轻快，像是好奇，但楚嘉年还是从她紧紧握住杯子的手上看出了她内心的紧张。

"这些事情我来处理，你安心训练。"楚嘉年挑了挑眉，"既然招你入队，这些情况队里都有预案，不用担心。至于阿姨那边，我妈今天还和她去喝下午茶了，根据朋友圈情况来看，阿姨精神很好，你也不用担心。"

自从入了队，俞苑苑只有晚上睡前玩一会儿手机，她的朋友圈常年充斥着各大代购的信息，基本上就是个商城，所以她一忙起来或者穷起来，就不会去看朋友圈了。

她这会儿手忙脚乱地去翻朋友圈，这才发现自家母亲大人果然发了九宫格，一水儿的迈森茶具、精致西点，配字：现世安稳，岁月静好，只差苑苑的奖杯点亮生活。

俞苑苑：感觉自己连赞都不敢点！

楚嘉年喝了一口石榴汁润了润嗓子，又开口道："除这件事之外，倒是有另外的事情我正好想要和你谈一谈。"

俞苑苑放下手机，正襟危坐，仿佛一个老实听课的小学生。

楚嘉年没有看她，眼神飘向了一边："队里都是男生，平时说话都不太注意。现在你来了，我虽然叮嘱过他们了，但是大家有时候还是会说一些不该说的，你就自动过滤了吧。"

他顿了顿，又补充了一句："你也一样。"

如果俞苑苑观察够细致，就可以看到此刻楚嘉年红透了的耳根，但是她显然没有这么敏锐的洞察力，且心思全部都放在了"你也一样"四个大字上面。

"没什么事儿就去休息吧，明天的飞机是半夜的，明晚应该睡不好了，趁现在好好补眠吧。"楚嘉年站起身来，明显是送客的姿势。

俞苑苑端着石榴汁走了出去，直到坐在自己的床上，还在思考楚嘉年的话到底有什么深意。

她也一样？说话要注意一点？

她说什么了？

…………

回忆起来后，俞苑苑的脸腾地红了。

她都说了些什么！

她一口喝光了手里的石榴汁，想要平复一下情绪，这才发现自己好像还拿着楚嘉年的杯子。

杯子是蓝色的马克杯，上面画了两只小白猫，可爱得不像话。

俞苑苑觉得自己手里握了一个烫手的山芋。

挣扎再三，她还是脸红红地把杯子洗干净放在了桌子上，心想明天再还给他吧，反正楚嘉年那儿肯定也不缺这么一个杯子。


这件事的后遗症就是，第二天全天俞苑苑都没脸看楚嘉年，还好没有影响到训练赛。吃完晚饭，大家就集体拖着行李抱着外设包上了去机场的大巴车。

他们的航班是凌晨十二点多的，因为时差问题，这样睡一觉过去，飞机降落的时间刚刚好是法兰克福第一簇阳光出现在地平线的时候。

小新他们还不知道俞苑苑昨晚被年哥单独谈话了，只觉得前一天还在活跃的小姑娘今天突然惜字如金了，每次说话之前还要斟酌两秒，跟外交部发言人酝酿发言似的。

大约是知道今天就能走，不用面对蔺瓶子，下车的时候，奥利奥难得轻松地拍了拍俞苑苑的肩，安慰了一句："别太担心，出国没什么可怕的，有我们罩着你。"

他们走的是贵宾通道，又是商务舱，月黑风高的，一路上也没遇见什么粉丝，直接到了机场的贵宾休息室，大家这才松了口气。

虽然知道年哥在问题公关处理上很有一手，但是大家都看了微博，还是有点害怕会有一些极端的粉丝在机场闹事。是以刚刚在下车过安检的时候，几个人都有意无意地把俞苑苑护在了中间。

俞苑苑当然也感觉到了，心里暖暖的，同时也从大家的举动里大约知道了网上的言论有多激烈，脸上却装着什么都不知道。

贵宾室里已经有几个人了，俞苑苑刚把外设包放下，正准备坐下，就听到一声熟悉的呼唤："苑苑！"

俞苑苑愣了一下，震惊地转身："妈妈，你怎么来了？"

向她挥手的正是俞母，她旁边还站了一个一身刺绣旗袍优雅美丽的中年女人，俞苑苑一眼就认出来了，那是昔日的影后林嫣岚。

楚嘉年也难得愣了一下，脱口而出："妈，你怎么来了？"

全队的人顺着两人的声音望去，一时有点蒙。

"等等，谁在叫谁妈？"牛肉酱压低声音。

"难道年哥和苑苑是兄妹？"小新偷偷猜测。

"长得不像啊。"雪饼拉着几个人一起站起来，毕竟是长辈到了，他们也要过去打招呼的，"说不定只是两家认识？我看苑苑也不像是普通家庭出来的。"

只有奥利奥半天没吱声，小新歪头看了他一眼，只见高冷辫子男生正手忙脚乱地准备把帽子再压低一点。

下一秒，俞苑苑惊喜的声音就响了起来："天哪！瓶子你怎么也在！"

"我本来想来送个机，没想到在门口碰见了阿姨。"蔺瓶子笑眯眯地迎了上来。

两个女孩亲密地抱在了一起，而蔺瓶子因为个子高，越过俞苑苑的肩头，很快锁定了正在压低帽子的某个人，嘴角勾起了一抹微笑。

小新突然明白了什么："奥利奥，那个……那个是不是你的前女友？"

奥利奥：……我选择原地死亡。

俗话说怕什么来什么，刚刚下车的时候还兴高采烈、觉得自己逃过一劫的奥利奥切身体会了一把什么叫作乐极生悲。

说悲也有点过分了，更多的可能是惊。

乐极生惊。

奥利奥颤抖地抬起手，准备黏出去跟蔺瓶子打个招呼，没想到蔺瓶子再也没看他一眼，站在俞母旁边，和俞苑苑说话去了。

就好像她根本就不认识他。

奥利奥伸到一半的手僵在了空气里。

小新还有点人道主义精神，憋着笑拉住了奥利奥的胳膊，嘴里小声唱了两句："说分咱就分啊，水里火里不回头啊。"

是《好汉歌》的调子。

奥利奥：……感觉全世界都在针对我！

这边俞苑苑是第一次见林嫣岚，楚嘉年其实也是第一次见俞母，两位母亲对视一眼，相互表达了十分满意的信号。

俞苑苑虽然好奇蔺瓶子和奥利奥之间的互动，但是长辈在前，她还是先露出了一个甜甜的笑容："林阿姨好，我天天听我妈妈和嘉年夸您，今天终于见到真人了！"

俞苑苑从小就擅长讨长辈欢喜，三两句就把林嫣岚逗得高高兴兴。林嫣岚拉着她的手，一边嘘寒问暖地闲聊，一边顺带抖落了几件楚嘉年小时候的糗事。还好她们坐在角落里，还有两个保镖挡住了其他人好奇的视线，这些话才没有传到别人的耳朵里。

纵使如此，楚嘉年还是觉得耳根烧得快要着火了，忍不住打断了林嫣岚的话："妈，你不是一直想要看看我的队员们吗，我让他们过来见你。"

言罢，他也不等林嫣岚的反应，抬手就让大家过来。

大家都知道楚嘉年的背景，包括知道他有个曾经是影后的妈，恭敬中都带着点好奇。牛肉酱还从包里翻出来一个本子，小心翼翼地递到了林嫣岚面前："阿姨，我妈妈是您忠实的粉丝，可以请您给我签个名吗？我带回去给我妈，她肯定特别高兴。"

林嫣岚给他签了，夸了他两句，还主动和他合了影。小胖子高兴得原地起跳，跑到一边跟他妈妈打电话去了。

奥利奥排在最后一个，步伐非常沉痛，背影充满了悲怆，但他妈妈也是林嫣岚的影迷，此刻见到真人，奥利奥也硬着头皮递上了签名本。

他不是不好意思开口要签名，而是他总觉得旁边有一道似笑非笑的视线落在他的身上，弄得他惴惴不安，全身僵硬。

林嫣岚在演艺圈叱咤风云这么多年，这两个年轻人之间的暗潮涌动逃不过她的眼睛。在和奥利奥合影的时候，她笑容可掬地向蔺瓶子挥了挥手："不然瓶子也一起来吧，我看你在旁边也等久了。"

突然被点名的蔺瓶子："我等什么了？"

她还没反应过来，就被林嫣岚抓着手腕带了一把，背后隐约还有俞苑苑的一只手做了一把推动助力。

于是，楚嘉年按下拍照键的时候，画面里呈现的是优雅美丽的林女士，林女士左手边是尴尬僵硬的奥利奥，右手边是仓皇入镜刚刚来得及扯开一半笑脸的蔺瓶子。

楚嘉年面不改色地点了点头："不错。"

后来拿到照片的奥利奥和蔺瓶子："哪里不错？"

不管照片效果怎么样，奥利奥反正是不想再来一遍了，他也想学牛肉酱，假装要去和自家母亲大人分享要到签名的喜悦，结果被一道轻飘飘的声音定住了脚步。

"刘君伟。"

刘君伟是奥利奥的真名，在场所有人里面，会这样喊他的，只有蔺瓶子。

还有十几分钟就要登机了，蔺瓶子站在他的身后。今天她穿了一身深蓝色的连衣裙，妆容更是精致得体，红唇鲜嫩欲滴，她本来就有一米七几的身高，这样站在那儿，竟然一时间让奥利奥不敢直视她。

蔺瓶子的目光牢牢地锁住了他的视线。少女白肤红唇，面无表情地看了他半晌，突然勾唇一笑："比赛要加油啊。"

然后，她垂下眼，坐回了自己一开始坐的位置，仿佛刚才什么都没有发生过。

奥利奥站在原地，愣愣地看着她，想说什么却半天都没有动作，直到小新拍了拍奥利奥的肩膀："奥哥？醒醒，回魂了。"

奥利奥垂着眼睛，似是失魂落魄地跟在小新的身后，不知道在想什么。

另一边，眼看快要登机了，两边的母亲都各有单独的话要嘱咐，于是俞母把俞苑苑拉到一边，林嬷岚把楚嘉年拉到一边，分别压低了声音。

俞母："之前该说的都在电话里说了，虽然你说你不缺钱，但妈妈还是担心你去了受委屈，专门给你换了些欧元，你先拿着。要是赛场吃得不习惯，就去外面开小灶，法兰克福火车站正对面那条大街就有不错的中餐厅，我去吃过，味道不错。另外，你爸还订了那家米其林，地址发你邮箱了，就在比赛的第三天晚上，到时候和嘉年好好约个会放松一下。"

俞苑苑："妈，我都说了不缺钱，而且打比赛挺紧张的，估计也没时间出去放松。"

俞母："你拿还是不拿？"

俞苑苑："……拿拿拿，你怎么高兴怎么来。"

另一边的林嬷岚："你们战队训练也太辛苦了，好端端一个小姑娘，黑眼圈都出来了。这张卡你拿着，到法兰克福了给苑苑买点护肤品。就蓝瓶子那个，我经常用的鱼子酱眼霜，多买几瓶，别舍不得你那点儿钱，具体图片我一会儿发给你。打完比赛带她去外面多吃点好吃的，法兰克福有家米其林餐厅不错，你带她去试试，看合不合胃口，位置我都订好了，回头我把地址给你。"

楚嘉年："妈，我都跟你说了，打比赛日程很紧的……"

林嬷岚径直打断："还有，你和苑苑怎么回事？看起来一点都不像男女朋友。我跟你说，我看苑苑好得很，要是你领不进我家家门，你也别进来了。"

楚嘉年："……妈，别这么敏锐好吗！"

俞苑苑临走前还来得及给蔺瓶子使个眼色，小声问道："姐妹，见到你老情人了，怎么样？还有感觉吗？"

蔺瓶子："说了亲自来见他，我说到做到。看把他吓得跟孙子一样，我的目的就达到了。你好好打比赛，我跟他的账，等你们回来再说。"

俞苑苑回了她一个"了解"的眼神。

过安检的时候，楚嘉年和俞苑苑留到了最后，楚嘉年看着队员们走到五米开外，想起来刚才母亲大人关于"不够亲密"的谆谆教诲，于是单手搭在了俞苑苑的肩上，状似亲密地一起过了安检口，回头向送机的长辈们和蔺瓶子告别。然后，一人握一沓紫色欧元，另一个人手握一张黑色的卡，面面相觑。

俞苑苑半靠在楚嘉年身上："你妈给你塞钱了？"

楚嘉年低头看了一眼她手里："俞阿姨不也给你塞了？"

紫色欧元是欧盟现发行货币的最大面额，也就是五百欧元，平时基本上不会用到，老百姓平时的生活里也很少见到，所以德国人称为"geheimnisvoll lila"，也就是神秘紫的意思。此刻俞苑苑手握一沓，连空姐都忍不住多看了两眼，吓得俞苑苑赶快塞进了外设包里。

俞苑苑和楚嘉年的座位刚好在同一排，两人刚刚坐下，小新的头就从后面冒了出来："年哥，苑苑，难道你们是素未谋面的兄妹吗？"

"少看点家庭伦理剧。"楚嘉年抬手给了他头上一个栗暴，"只是正好认识而已。"

小新"哦"了一声，坐了回去："总感觉气氛很微妙。"

送走小新，牛肉酱又贼兮兮地凑了上来："年哥，我觉得阿姨看上去不像是会催你相亲的家长啊，阿姨那气质，简直像个不食人间烟火的仙女！"他说完，顿了顿，又向着俞苑苑眨了眨眼睛，"苑苑啊，你还不知道吧，年哥前几天去相亲了！"

俞苑苑："……"

楚嘉年："……"

牛肉酱觉得既然都是一个队的队友了，有什么八卦情报都应该分享给新队友，免得他们以后说起来俞苑苑不知道："但是据说妹子没理他，年哥当天失魂落魄地回到了基地，当天晚上就找到了你。要我说，这就是柳暗花明又一村，要是年哥沉迷恋爱去了，哪有今天的纳命爷啊。"

失魂落魄?

柳暗花明又一村?

俞苑苑一言难尽地转头看了一眼楚嘉年,而后者已经招手叫来了空姐:"请问后面的经济舱还有位置吗?"

空姐礼貌地绽开微笑:"楚先生,经济舱的最后一排还有两个位置。"

"很好。"楚嘉年点点头,指了指背后的小胖子,"给他降舱去经济舱吧。"

牛肉酱:"……年哥我错了!我闭嘴!你就当我什么都没说!告辞!"

送走连滚带爬的牛肉酱,机舱里终于恢复了安静。

飞机平缓起飞,这两天的训练量确实不轻,飞机还没到达平流层,几个男生就盖好毛毯东倒西歪地睡了过去,奥利奥和牛肉酱的位置都响起了此起彼伏的鼾声。替补的两个小孩子稍微精神一点,或许是因为他们是第一次出国,有点兴奋。

俞苑苑开了面前的小电视,戴上耳机,熟门熟路地戳进了《钢铁侠3》。几乎是同时,楚嘉年拿出了iPad和熟悉的黑皮本,准备做比赛分析。

楚嘉年看了一眼俞苑苑的屏幕:"准备模仿钢铁侠的声音?"

俞苑苑正要回答,全身的动作却突然一顿。

楚嘉年:"怎么了?"

转过来的俞苑苑露出了一个比哭还难看的表情:"完了完了完了,我忘了我还要直播……你说我对着平台直播以死谢罪有用吗……"

楚嘉年用难以言喻的表情盯了她三秒,才缓缓开口:"你才想起来自己还签了个直播平台?还想在这个平台直播蜘蛛侠之死?你是想被平台上门追杀,还是想被漫威粉喷死?"

他的声音和机舱里的嗡嗡声形成了某种奇妙的共振,有点低哑,因为是问句,所以在句尾又带了点儿放松后的慵懒,像一把上扬的小钩子,俞苑苑感觉自己听到的简直是立体环绕声,撩拨得她心里痒痒的。

俞苑苑移开视线,心里慌慌的:"完了完了,怎么办,我记得违约金还挺高……"

"现在国际航班都能联网了。"楚嘉年边说边弯腰从储物袋里抽了一张连接指南放在俞苑苑面前,"你可以现在查查狸猫平台的违约惩罚,看看自己还有没有救。"

俞苑苑惴惴不安地摸出手机,按照指示连上网,然后打开了狸猫平台的信息栏。

她越看眉头皱得越深，过了好一会儿，她缓慢转过头来，满脸不可置信："楚嘉年，狸猫 TV 是汇盛集团的？"

楚嘉年挑挑眉，好整以暇地看着她："还不算笨。"

"所以你是在故意耍我吗？"俞苑苑咬牙切齿。

眼看俞苑苑恼羞成怒，他又轻笑一声，收敛了神色，声音温和："自己的事情还是要多上点心，不要无缘无故就信任别人。合同都不看签几年就按了手印，你不怕被人卖了吗？"

俞苑苑一愣，刚刚才积蓄起来的气势瞬间垮了："我……我还不是看在你是我爸妈给我挑的相亲对象，我们两家又认识的份儿上，觉得你再怎么样也不会害我，才会信任你的。而且作为 AM 这么大一个战队的经理，应该不会太黑心吧？"

楚嘉年看着垂头丧气却坐得端正的小姑娘，突然想起了他们第一次相亲见面的场景。

那天，她坐在人声嘈杂的肯德基里，低着头，也是坐得这样笔直。

那时，他态度看似有礼，实则恶劣又傲慢，他从小到大遇见过太多怀着各种目的接近他的男人女人，所以下意识地将俞苑苑也当作那一类人，而且还觉得她手段高明，竟然搭上了他父母这条线，于是更加看低了几分。

他一眼就看穿了她的惺惺作态和装乖卖萌，他先以为她拜金求荣，又拒绝了她鼓足勇气的诚恳，他以最大的恶意揣测她，又因为懒得应付父母，所以连嘲讽带挖苦地答应了她。

结果却没想到，对方居然就是他要找的人。

楚嘉年静静地看了俞苑苑一会儿，他本来就遗传了林嫣岚那双被称为"深邃又深情"的眼睛。被他这样注视着，俞苑苑感觉自己的脖子都在发烧，并且温度缓慢向脸部蔓延着，她连刚刚飘起来的一点不满情绪都没了，偷偷转过脸，避免被他看出自己的异样："你……你看我干吗？我哪里说错了吗？"

他摇了摇头，突然问道："我们第一次见面的时候，你为什么要答应我？"

俞苑苑愣了一下，咬了咬下唇。

飞机在平流层非常平稳，A380 画出一条优美的微曲线，声音甜美的空姐给商务舱的每个人都发了 Ben&Jerrys 牌冰激凌。俞苑苑像是逃避一般握住了冰激凌的杯身，然后被冰到微微哆嗦了一下。

"我……要说实话吗？"俞苑苑垂下眼睛。

"我想听实话。"楚嘉年的声音里听不出什么情绪。

俞苑苑深吸一口气："我那个时候，是希望能借助你和家人达成协议——我答应相亲，他们答应我打游戏。我承认，我存了利用你的心，我向你道歉。"

楚嘉年突然想起来，那天的前一天，他给她发送了打职业邀请。

"回去以后我会和双方父母说清楚的。"楚嘉年沉默片刻，他眼底仿佛有凝固的墨色盘踞，"你不必道歉，该道歉的，其实是我。"

"说清楚什么？"俞苑苑愣了一下。

"想打游戏就应该正大光明地打，电竞不是什么不光彩的事情，没必要非披一层男女朋友的伪装。我们之间的关系，不需要藏着掖着。我是战队经理，你是队员，我们的目标只有一个，就是赢。"楚嘉年睫毛微颤，突然笑了起来。

俞苑苑见过他公事公办的微笑，明明生气却勾起的嘴角，却唯独没有见过他这样从眼底弥漫出来的笑意。那抹笑意让他眼睛弯弯，眼中仿佛盛满了星光，他抬手摸了摸她的头发，低声道："更何况，卿本电竞少女，何必装乖卖萌。"

"俞苑苑就是俞苑苑，不是我楚嘉年的女朋友，你能站在这里，是因为你有能够站在这里的实力。"楚嘉年忽地抬眼，看向她的眼睛，"你说呢？"

那一刻，俞苑苑说不出自己心里是什么感觉，她听着楚嘉年的一字一句落在耳中，双手不自觉地握紧成拳。她的指甲修得很短，但是因为握得太紧，所以依然还有一丝扎入肉中的微微刺痛。

他说得没错，她空有梦想，却总想曲线救国，从来不敢直接面对梦想面前的阻碍。这也是楚嘉年一直不让她看微博的原因之一吧，她连亲人这一关都跨不过去，更何况网上那些来势汹汹的恶言恶语？

她突然明白了楚嘉年这么做的用意。

她当然可以在他身后一直躲着——于公，他是她的战队经理；于私，他是她的男朋友。可是她不会打一辈子职业，男朋友也是假关系，她终究要自己站出来面对这个世界，无论腥风血雨，还是海浪滔天。

可要怎么击碎这些阻碍呢？

当然是……用实力，碾碎它们！

她的眼神越来越亮，仿佛一直禁锢她的无形链子突然破碎，连日来的高压训练让她的脸上有了一抹倦色，但丝毫不能掩盖她周身的光彩。俞苑苑郑重地点了点头："你说得对，我不应该逃避。我和你一起去和他们说清楚，大不了写一万字的检讨书。"

她挥了挥拳头，小声给自己打气："我芋圆，绝不认输！"

楚嘉年歪头看着她，笑容慵懒和煦，却带了几分宠溺："你也别太慌，我还是会罩着你的。"

言罢，他伸出一只手："重新认识一下，我是楚嘉年，AM 电子竞技俱乐部的经理和投资人，嘉年网络科技有限公司董事长。欢迎你加入我的战队。"

俞苑苑眼睛亮亮地握住了他的手："你好，我是俞苑苑，AM 战队现役首发中单，ID 纳命。此去季中赛，定不辱使命。"

她说得豪气万千，壮志凌云，楚嘉年忍不住勾了勾嘴角。

真是个可爱的小姑娘啊。

两只手一触即分，俞苑苑偷偷把手藏到了身侧，楚嘉年的手心干燥温暖，有一种别样的感觉。她只觉得心里卸下了一块大石头，心情舒畅的同时，却又莫名其妙变得空空的。

楚嘉年那边也是一样，但两人都不动声色地按捺住了这份奇异的感觉。他滑动了一下 iPad，突然又想起来了什么："米其林吃吗？"

俞苑苑皱了皱眉毛："我爸也约了……这是家长们的共同爱好吗？说实话，我觉得吃一顿米其林还不如一盘辣子鸡丁，作为一个爱喝快乐水的电竞少女，我是真的享受不了米其林大餐。米其林的话……不如当作庆功宴，和大家一起去？"

楚嘉年笑了笑："好，我去和他们改约时间和人数。"

俞苑苑放宽了心，这下连电影都不想看了，只觉得困意滚滚袭来。她换了拖鞋，简单地洗了把脸，就戴上眼罩睡了。

楚嘉年歪头看了她一眼，眼神顿住——毛毯裹住的少女歪歪斜斜地坐在座椅上，脸上戴着一个银魂冲田总悟款眼罩，半张脸都在炯炯有神地望着前方。

楚嘉年忍不住举起了手机，然后顺手把这张照片设成了俞苑苑的来电显示。


就在 AM 战队全员奔赴欧洲的同时，被楚嘉年找魏遇压下去的那个帖子，又悄然出现在了 LOL 贴吧的首页。

如果我没看错的话，AM 战队中单 Naming，好像是当年贴吧里扒过的那个人？

帖子里不仅重新提醒了大家 ID "对面大汉纳命来"与 ID "我芋圆从不浪"是同 IP、疑为同一人的关系，还直接放了一个网盘链接，里面存了俞苑苑所有直播场次和部分王者场次的比赛记录，当然还有与 OPE 比赛的视频，最后以那张经典虐泉 GIF 图像为结语。

可以说是以陈列事实的方式，不动声色地往死里黑了一波俞苑苑。

作为参加 MSI 的战队，AM 的受关注程度本来就达到了历史新高，更别提临时换队员，新晋队员还是 LPL 历史上从未有过的女生这种事情了，如今有了她的料，网上瞬间就爆炸了。

一时之间，别说是 AM 的微博整体沦陷，就连正在直播的 LPL 选手们的直播间都被这条新闻刷屏了。

大部分选手都对这条新闻露出了点儿"不可说"的表情，包括那些曾经和 AM 打过训练赛的队伍。于是网友们就开始疯狂解读这些表情，事情几乎发展到了不可收拾的地步。

只有正在拿着皇子插旗的大灭在看到弹幕以后，静静地点了一支烟，突然冷笑了一声。

"有本事你们上，没本事，就别在那儿瞎嚷嚷。"大灭歪了歪头，向来冷清的表情里多了一丝鄙夷，"骂纳命爷的，少说是我大灭的粉丝，我丢不起那个脸。"

说完，他面无表情地掐了烟，从钱包里掏了三百块钱出来，按在了桌子上。

OPE 有条队规，在直播间抽烟，罚两百。说脏话，说一次罚五十。

他重新看向了镜头，游戏也不打了，微微扬起下巴："你们继续骂，也让我开开眼界，看看你们这群专业喷子还能对着一个职业选手说出多难听的话来。"


九千米的高空上，楚嘉年揉了揉酸涩的眼睛，抬手为睡得不怎么安稳的俞苑苑拉了拉毛毯，然后自己也调整了一个比较舒服的姿势，侧身闭上了眼睛。

机舱的舷窗外一片漆黑，翻滚的云层被掩盖在这样的黑暗中，伪装成了近乎宁静的祥和，唯有当第一缕太阳将光亮送入这片黑暗之时，被压住的涌动才会显露出自己最狰狞的一面。

东一区，凌晨五点四十八分。

A380 滑行在法兰克福机场，最后趋于静止。大家睡眼惺忪地取了行李，坐上了早就等待在机场的大巴车。

MSI 季中赛一共有十四支队伍参赛，比赛一共有四个阶段，其中韩国赛区（LCK）、中国大陆赛区（LPL）、欧洲赛区（LEC）以及北美赛区（LCS NA）四大赛区因为历史成绩比较好，所以可以直接进入小组赛的六强，六强的剩余两个位置则由其他十个赛区的队伍通过两轮入围赛争夺。

换句话说，LPL 可以跳过入围赛的环节，直接打小组赛。小组赛的赛制是单组双循环的 BO1（一局定胜负）赛制，LPL 将直接在这个环节进入六进四的赛程。

对于LPL赛区来说,六进四的环节是必须赢的。因为如果未能成功进入四强,那么在S赛上,LPL赛区的二号种子队伍将无法直接进入S8小组赛,而是要从入围赛打起。从入围赛打起往大了说,会导致LPL整个赛区的降级。

这是关乎整个赛区的比赛,由不得大家掉以轻心。

一般来说,LPL都能进入四强的淘汰赛阶段,这个阶段的赛制就变成了BO5,这也是为什么之前AM在集训的时候都采取了这个方式。

为了适应时差问题,AM战队特意早到了两天,并没有惊动赛方,而是另外安排了大巴车,住在了离赛方安排的酒店不远处的另一间酒店。作为战队的老妈子,楚嘉年同时也给大家准备好了欧服的满级全英雄账号,以及整整齐齐的一排电脑,和AM基地里大家的惯用款一模一样。

大家揉着眼睛在宾馆登记好入住信息,结果电梯门一开,面前就是一字排开的电脑,上面甚至还有AM的队标,一时之间只觉得自己穿越了。

牛肉酱偷偷捏了一把奥利奥,奥利奥疼到原地起跳:"嘶——你干吗!"

"我要看看这是不是做梦。"牛肉酱神游一般转头看向楚嘉年,"年哥,请问你是直接把基地的电脑搬过来了吗?"

"都是按照基地的电脑新配的。"楚嘉年扬了扬下巴,"你们把设备连好,然后去休息一下,饿了就叫餐厅服务。下午五点集合开始训练。"

大家欢呼一声,按照比赛的座次分别冲向了自己的位置。一直守在旁边的、站得笔直的中年男人这才走向楚嘉年,楚嘉年向他点点头,露出了标准的社交微笑:"陈叔,麻烦您了。"

陈叔笑了笑,恭敬道:"小楚总说的是哪里话,我在汇盛这么多年一直受楚家照拂,这么点事儿,小楚总就别跟我客气了。接下来的日程我们都安排好了。怕大家吃不惯,我这边还专门联系了一家中餐馆……"

他说到这里,突然顿住了,愕然地望着前方——站在最中间位置的、全队唯一的女队员快乐地打开外设包开始往外掏键盘和鼠标,然后鼠标线带出了一把紫色的钱,在半空撒出了一片漂亮的弧线,洋洋洒洒地飞在了半空中。

全是五百欧。

"哇哦,苑苑你这是在撒钱给电脑开光吗?"小新被钱砸中,夸张地笑了起来,挥舞了两下胳膊。

大家都惊呆了,笑嘻嘻地看向俞苑苑的外设包。

我不是,我没有。

出门不露财，一露就露了个精光的俞苑苑也惊呆了。

其他几个人放下手里的东西，满地帮她捡钱。牛肉酱挪动着身躯，艰难地从电脑桌的桌腿下面小心翼翼地抽出一张，嘴里哼着小调："今年过节不收礼呀，收礼就收五百欧呀，五百欧呀，呀嘿！"

就这么忙乎了一会儿，大家才捡完所有的钱。俞苑苑涨红着脸站在一边，几个人挨个儿过来给她钱，嘴上还都不怎么老实。

小新一脸郑重："苑苑，这是迟来的入队欢迎费，请拿好。对面打野抓我的时候，请多帮帮忙。"

牛肉酱叹了口气，语气沉重："苑苑，这是我积攒了这么多年的老婆本，你帮我收好，哪天遇见合适的，请帮我用钱砸到我的电脑桌面前。"

雪饼笑眯眯的："拿去买点好吃的好玩的，就当雪爷爷给你发的压岁钱了！"

奥利奥面无表情地憋了一会儿："……对瓶子好一点。"

俞苑苑握着钱："？"

她掉了一次钱，突然就身负了帮小新防 gank、帮牛肉酱找对象、对瓶子好一点的重任，甚至还多了个雪爷爷？

替补的两个小孩子里，瑞格更开朗一点，拿着两个人一起找到的钱，给了俞苑苑最后一击："纳命姐姐，如果你还单身的话，要不要考虑一下内部消化？这点聘金不成敬意，我……"

他还想说什么，已经被楚嘉年提着耳朵拎到了一边，俞苑苑啼笑皆非，赶快把钱重新收到了一个合适的地方。

闹归闹，坐了十多个小时的飞机，大家还是很疲惫的，其他几个人都是两人一间，俞苑苑则被分到了一间大床房。

牛肉酱掏出手机："这儿的 Wi-Fi 密码是什么？我赶紧给家里报个平安。"

雪饼一僵，也想到了什么："年哥，就我们这种初中英语，能叫来餐厅服务吗？"

陈叔露出了了然的笑容："大家放心，这几间房间的客服都已经给你们转接到了中文台，有什么需要就直接问他们。欧洲这边的 Wi-Fi 密码一向比较复杂，所以都贴在每个房间的门后了。"

"有劳陈叔了。"楚嘉年回道。

大家鱼贯回了自己的房间，此时法兰克福的天际线逐渐明亮起来，楚嘉年在一侧的沙发上坐下，拿出了一直响个不停的手机。

是魏遇。

　　他皱了皱眉，魏遇是他发小，他家里的生意涉及媒体相关行业，所以一般有什么公关方面的事情，魏遇看见就直接处理了，像这样连着打了三个电话过来的情况少有，想来一定是国内出了什么突发事件。

　　他不动声色地坐在那儿，直到确认大家都已回房关好了门，这才接起了电话。

　　"出什么事了？"

　　德国此时是夏令时，与国内正好差了六小时，国内正是中午一点半。魏遇的声音透着焦急："上次你让我删的那个关于你们新中单的帖子，又被人曝出来了。曝的时间是大半夜，我那会儿早睡了，值班的那几个不顶事的发现的时候，帖子已经炸了。"

　　"现在是什么情况？"楚嘉年一边说，一边掀开了笔记本电脑，向陈叔点了点下巴。陈叔会意，飞快地帮他输入了 Wi-Fi 密码。

　　"这次的帖子比上次还要更详细一点，除了扒皮，还放了她之前打排位的视频，当然，和 OPE 的那几场也在里面。贴吧已经全部沦陷了，微博热搜前几名也都是关于这件事情的。这个背后肯定有推手，不然不可能一下子发展到这个地步。"

　　说话间，楚嘉年已经大致浏览了一下情况："好，我知道了。"

　　"别你知道了，你倒是跟我说我现在该怎么办？"魏遇的语速很快，"彻底删掉是不太可能了，这事儿已经闹到没法调和的地步了。不然我把手上捏着的那两个明星外遇的料扔出去，把这个事儿压下去？"

　　"一码归一码，你别胡来。"楚嘉年神色镇定，"如果有上升到她具体的个人信息，或者家人信息的帖子，你注意删帖和跟踪 IP。另外，派两个人保护一下她的家人吧。"

　　魏遇答应下来，挂了电话。

　　走廊的寂静只维持了十来分钟，给家里报完平安的队员们在躺平之前都有翻手机的习惯，于是关上的门又依次打开，个个都神色慌张。

　　小新是第一个握着手机冲出来的："年哥，你看……"

　　"我知道了。"楚嘉年坐在沙发上，对着蜂拥出来的队员们比了一个"少安毋躁"的手势，"我来处理，先别告诉她。"

　　一道突兀的女声响起。

　　"别告诉什么？"俞苑苑提着一箱土特产站在大家身后。她刚刚把俞母临走前塞给她的各种小吃整理好，准备先放在电脑桌附近，结果看到原本去休息了的大家居然都在。

"没……没什么啦。"小新扯开一个僵硬的笑容，"我们这不是来关心一下赛程嘛。"

雪饼很快接上："就是，也不知道是哪两支队伍会出现，这会儿正准备讨论一下积分情况。"

"对对对。"牛肉酱猛点头，"要说数据，年哥这儿应有尽有，我们……"

"你们是不是瞒着我什么？"俞苑苑打断了他的话，将几个人故作镇定的眼神尽收眼底，她直直地看向了楚嘉年，"到底发生了什么？你说过的，我要学会自己面对，不能一直躲在你们身后。"

楚嘉年看着她，小姑娘的双眼倔强而坚定。见他沉默，她又补充了一句："你们不说也可以，我自己去下载微博看。"

"别别……别别……"牛肉酱大惊失色，赶快去拦。

结果楚嘉年一个眼刀飞过来，他才突然意识到自己的反应正意味着俞苑苑的猜测是对的，顿时停住了所有的动作，像只鹌鹑一样往后缩了缩。

楚嘉年看向俞苑苑："要看也可以，不过你要答应我，不能影响比赛的状态。"

俞苑苑的手指不经意间缩紧，她沉默半响，点了点头："好，我……努力。"

她一步步走向楚嘉年，在他旁边坐下，然后将视线投向了楚嘉年的电脑屏幕。

等她看清楚内容，脑中终于"轰"的一声，变得空白一片。

俞苑苑其实想过网上的言论会有多难听，她过去十八年并不是生活在玻璃温室里。年龄小一点的时候，她也曾经在网上手撕过当年"爱豆"（偶像艺人）的喷子，与人大战过八百回合，是以内心做了非常多的准备，来迎接网上的腥风血雨。

但她没想到，当自己的名字和那些不堪入目的话连在一起的时候，自己受到的冲击竟然有这么大。

她呆呆地坐在那里，停住了所有动作。

牛肉酱只觉得于心不忍，刚刚上前一步，准备说点什么，就被奥利奥拉住了。奥利奥摇了摇头，压低声音："电竞选手哪个不是被一路喷过来的？她迟早要面对的。"

俞苑苑沉默了片刻，从楚嘉年手里接过了笔记本电脑，两根指头在触控板上缓慢滑动。

她一条一条地向下浏览。

女选手打电竞本来就是最大的笑话了，这种踩着队友去虐泉的……当笑话都不配。

XG 收钱了吧？收了多少？我看我出得起不？

楼上，谁知道收的是钱还是什么别的？毕竟女选手，圈子多乱，大家自己想。

……………

这是关于她对 XG 的那把，对加里奥虐泉截图的。

战绩 0-5-3 的狐狸是在召唤师峡谷网恋吗？这姑娘是来搞笑的吧？

这操作……哈哈哈哈妈妈我也要打职业。

演员都不敢这么演的吧，这是奥斯卡影后？

求求你原地退役吧，AM 的哥哥们够辛苦了，放他们一条生路好吗？

……………

这是针对 OPE 那场训练赛视频的。

什么玩意儿？还直播？求你别来辣我眼睛了。

真逗。

这姑娘是不是脑子不太好？

已给基地寄刀片，漫威女孩觉得自己受到了侮辱。

王者来铂金局就打个 8-2-5？

……………

这是针对她开小号直播的。

说实话，看到这里，她虽然心中难受，但觉得还算是在意料范围之内。但是紧接着，她就看到了贴吧里竟然还有人扒到了她的真实身份、所在学校，甚至还贴出了她家人的某度百科资料。

她的父辈乃至祖辈全都是文人，百科上当然资料详细，甚至有过一些是编进中小学课本里的。网友们发现以后直接惊呆了，这下参战的就不仅仅是关注电竞圈的人了，往日里看不惯别人打游戏的人也都加入了这场全网黑俞苑苑的活动，高呼着"俞家家风不保""俞家败类、耻辱"一类的标语，简直想要亲手把她钉上耻辱柱。

俞苑苑心里"咯噔"一声。

她最怕的事情还是发生了。

她做好了自己被骂的准备，却唯独不愿意扯上家人。

俞苑苑脸色惨白，不自觉地咬住了下唇，眼中也逐渐浮上水汽，手下滑动的动作却没有停，而眼中积蓄的泪珠也始终没有掉下来。

就这样足足过了五分钟，她突然抬起了头。

大家的神色一紧。

俞苑苑微微向上仰了仰头，逼回了差点流下来的眼泪，声音轻快："你们怎么还在这儿？快去休息吧，下午还要打训练赛呢。"

小新犹豫道："苑苑，你……"

"我没事。"俞苑苑的眼眶泛红，脸上却露出了一个笑容，"这届网友不太行，连我韩服的号都没挖出来。再说了，被黑得越惨，以后我用实力打他们的脸，不是就越疼吗？"

谁都看得出来她是故作坚强和镇定，只有牛肉酱傻乎乎地顺势问了一句："苑苑，你韩服的号叫什么呀？"

"哦，nibaba111。"俞苑苑把电脑还给楚嘉年，站起身，伸了个懒腰，"我先回去休息了，大家下午见呀。"

言罢，她头也不回地消失在了走廊尽头。

再慢一点，她可能就要撑不住了。

她一把关上了门，然后贴在了门板上，一寸一寸滑了下去。

厚重的门板将她与外面世界隔成了两边，也隔绝了所有声音。

"嘶——她就是 nibaba111？"牛肉酱倒吸了一口凉气，"她要是愿意亮出这个 ID，谁还敢乱喷？"

"她就算亮出来，说不定还有人说她是买的号呢。"雪饼从震惊中回过神来，摇了摇头。

"谁卖韩服王者号啊，老子去买一沓。"小新掏出手机，"我用小号去帮苑苑声援一波。"

"黑一个人的时候，网友是没有脑子的。"楚嘉年抬手制止了小新的动作，"别添乱，都去休息吧，也别去打扰俞苑苑。这一关，她总是要过的，谁也代替不了她。"

大家沉默地回到了自己的房间，楚嘉年这才把视线重新放回电脑上。触控屏上还残留着俞苑苑刚刚的指纹，他鬼使神差地将手指与她的指纹重合，然后再松开。

她居然就是那个韩服的神秘王者 nibaba111？

为什么她总是那么让人……喜出望外。

nibaba111 这个 ID 在电竞圈算是非常出名了，有心人去查过这个账号的记录，是一年多以前才注册的新账号，然后一路单排上了王者，一度被称为韩服路人王。因为 ID 发音问题，很多人都怀疑过这是个中国人，国内几家战队也都曾经加过她好友，结果无一通过，所以除了职业队员们偶尔正好排到她的对局，连一个 OB 记录视频都没有。

没想到，这个人，居然就是俞苑苑。

他可真是捡到宝了。

只是电竞之路并不好走，打得好的时候，所有人都会把你当成神，夸着你，捧着你，可一旦操作出现失误，就会瞬间被骂到一文不值。曾经有很多电竞选手都因为受不了网络暴力而选择了退役，而他们的失误，有时候可能仅仅只是因为团战早上了一秒钟而已。

谁又能保证自己这一辈子，不犯一点错误呢？

而电竞的大环境对于女生来说其实非常不友好，因为性别原因，她会遭受比别人更多的关注，无脑黑粉更会把所有的责任都推到她身上，她打游戏以及平时言行的所有细节都会被放大，哪怕是训练赛上的一点失误。

想到这里，楚嘉年的眼神慢慢变冷。

XG 的截图不是意外，OPE 的视频也不是意外。

俞苑苑的家世被扒出来，只怕也是有心人所为。

俞苑苑作为新选手，无论是 LPL 第一名女选手的身份，还是其他方面，其实都不至于被针对到这个地步。如果他还看不出来这一切的背后另有推手，他就枉为楚家人了。

他拨了一个号码出去："我回国之前，把背后的人给我找出来。顺便转告我哥，让他最近小心身边的人。"

挂了电话，他犹豫了片刻，还是站起身来，轻轻地走到了俞苑苑的房门口，顿住了脚步。

俞苑苑背靠着门板坐在地上，面前是一整面的落地窗，不经意间，她甚至觉得自己回到了基地的房间。窗户从上面开了一个缝，有风倒灌进来，吹起了两侧的纱帘，布幔上的流苏微微摇曳，有罗勒和柠檬的香气随着风飘荡在空气中。

她捏着手机，一忍再忍，最终像是下定了决心似的，猛地锁了屏。

不行，她不能在这个时候打电话回家。

临走前，俞母来送行分明是为了让她安心。

妈妈她……想必早就看过了网上的那些言论，所以才放心不下，特意来看看她是不是还好。

俞苑苑浑身颤抖着咬住下唇，将自己缩成一团。

她知道不需要去在意那些无脑黑粉的言论，她知道要打职业的话，必然会面对这些事情，也知道自己不应该被那些言论影响，就像她给楚嘉年保证的那样，她更知道，所有人都很担心她，比赛不是她一个人的事情，她有值得信任的队友，还有楚嘉年，他说过，他会罩着她的——可是，真的好难啊。

面对这样铺天盖地的质疑、谩骂和人身攻击，还要勾起嘴角微笑，真的好难啊。

要把这一切都当作没有发生过，真的、真的好难啊。

她终于忍不住，发出了一声低低的啜泣。

她的哭声细碎地隔着门板传到了门外，楚嘉年顿住了想要敲门的手，静静地站在原地。

半晌，他轻轻地靠坐在了门口，一言不发地听着门内少女的哭声。

走廊的穹顶上是繁复的浮雕，楚嘉年微微抬起头，出神地望着那些线条，从神创世的第一天，看到第七天，最后将目光停在了上帝创造亚当的那一天。

那是模仿西斯廷小教堂米开朗琪罗《创世纪》的雕像，被誉为世界上最美的两只手指微微触碰。楚嘉年出神地看着那两只手，似乎想到了什么，然后向着穹顶伸出了自己的左手。

那是一只指节分明、手指修长、漂亮得近乎完美的手，灯光从吊顶洒落，有阳光从走廊尽头的窗户折射过来，照亮了他的手腕——一道极浅极浅的伤痕蜿蜒在他的手腕内侧，贯穿了他的整个腕骨。

门板两侧，一边是少女压抑的啜泣，一边是男生默不作声的陪伴。空气并不凝固，远处的教堂敲响了钟声，有鸽群被钟声惊起，拍打着翅膀掠过。法兰克福迎来了五月极为少见的艳阳天，草地上出现了大批晒太阳的学生和老人，金融街的商人们端着咖啡穿梭于各大银行，美因河上有游船载着第一批客人出发，飞机在空中划出长长的白色拖尾。

这是最美好的时代。

是属于他们的时代。

# 第六章

护好俞苑苑

下午五点不到，包括替补在内的几个队员都整整齐齐地坐在了电竞桌前，唯独中间的那张桌子是空着的。

一时之间谁都没有说话，队里气氛有点凝重。毕竟早上发生了那样的事情，大家都有点担心俞苑苑能不能撑住。

牛肉酱一觉从早上睡到这会儿，还一口饭没吃，此刻胃里翻滚起了燎原一般的饿意，这会儿大家一片寂静，他更觉得饿得难挨，只好东瞅瞅西看看地转移注意力，然后一眼看到了早上俞苑苑提出来的那袋土特产。说是土特产，其实里面就是一大堆乱七八糟的零食，辣条、牛板筋、大辣片、坚果套装、瓜子、饼干、薯片……

牛肉酱一边看边咽了口口水。

他偷偷往后滚了滚椅子，伸长手，想要去够。

"牛肉酱，你在干吗？"小新突然转过头，敏锐地捕捉到了他的动作。

牛肉酱闪电一般收回手："啊？哦，我……我就是看这袋子放得不太整齐，想收拾一下……"

他话音未落，肚子就先戳破他的谎言，一阵咕噜咕噜的声音响彻了整个大厅。

"等等，刚刚那个声音，好像不是我？"身为一个胖子，牛肉酱从来不会因为饥饿而感到脸红，反而很快意识到了问题所在，"你们也饿了对不对？"

回应他的，是又一阵咕噜咕噜的声音。

奥利奥面不改色地站起来，从桌上拎起零食，给每个人的桌子上都扔了几包："都别一脸苦大仇深的，谁还没被喷过。你们被喷的时候，大家还不都是该吃吃该喝喝，该干吗干吗，别搞特殊化。"

到底是职业生涯时间长一点，奥利奥经历过的也比大家要多，是以更成熟一些。他这一说，大家都觉得在理，牛肉酱率先掀开了薯片的盖子，还给每个人都分了几片："欸，你们说，苑苑的妈妈怎么这么有先见之明，我刚刚看见里面好像还有拌饭酱。"

他一开始吃，大家也都不绷着了，凝滞的气氛逐渐活跃。

于是，俞苑苑出现的时候，看到的就是这么一幅画面——

"你个死胖子少吃点，别抢我辣条！"小新一把抢走牛肉酱手里的辣条，直接叼了两根在嘴里，还没咬稳，辣条又被雪饼眼疾手快地拿走了。

"你们吃不吃辣都莫得关系，照顾一下我这个四川人。"雪饼一着急，连方言都冒出来了，"趁着年哥不在，我得多吃两根。"

牛肉酱嘴里咬着辣条，手里拿着饼干，耳朵里插着耳机，身体跟着音乐摇摆。小新压低身体，拼命把刚刚抢的两根辣条塞进嘴里，还要注意别把油弄到衣服上。奥利奥嗑着瓜子看比赛录像，两个替补小孩子一人捧了一袋坚果，坐在奥利奥身后。

大家并没因为她而摆出一副沉重担忧的样子，也没因为那些网上的言论而对她产生任何别的想法。

俞苑苑鼻子一酸，险些又哭出来。

小新最先看到她："苑苑睡得怎么样？这宾馆的床太软了，我睡得浑身疼。"

"你还敢说，你睡着的时候说梦话了你自己知道吗？"奥利奥转过头来，脸上写满了嫌弃，"苑苑，你要珍惜你的大床房。"

她吸了吸鼻子，压下心头的涌动，有点害羞地笑了笑："帮我看看，还行吗？"

这是她第一次正式穿上 AM 的队服。

俞苑苑穿的是和男选手一样的短袖长裤，纯黑的布料上有暗红色的云纹花样，AM 闪电队标印在胸口位置，刻意拉长的字母拖尾巧妙地勾勒出了她纤细的腰身。五月份的德国天气并不美好，是以俞苑苑在短袖外又穿了一件外搭。外套的配色斜分成了两大色块，红色色块上是黑色的 A 字母，黑色色块上则是红色的 M 字母，两个字母几乎占据了外套的整个背部，张牙舞爪，极尽招摇。

小新没忍住，吹了个口哨："可以可以，气势一下就出来了！"

俞苑苑走了出来，站定，认认真真地向着大家鞠了一躬。

"让大家担心了。"她压着身子，"之前我不成熟的行为让战队声誉受了损，以后我不会这么菜了，也不会再这么莽撞了！"

"所以你关着门思考了一下午，就得出来这么个结论？"楚嘉年不知何时到了门口，他走上前来，把弯着腰鞠躬的俞苑苑拉了起来，"我 AM 的队员，只在赢了比赛的时候鞠躬，其他时候，不用弯腰。"

他一来，所有人的心就像是定了。

俞苑苑站直身体，侧过脸看向他。他的脸上依然挂着惯有的笑容，仿佛天塌下来也不是什么大事儿，他顺手撸了撸俞苑苑的头发："想跳舞就跳，全队陪着你一起跳，没必要赔礼道歉。"

小新用力点了点头："对，年哥说得对，跳个舞算什么，看老子下次在泉水里杀了他们，告诉他们什么叫完美虐泉。"

"年哥霸气！"牛肉酱使劲鼓掌。

雪饼慢条斯理地擦了擦粘了辣子的脸："ADC 虐泉还是挺容易的，被我虐过泉的人还少吗？不过 MSI 是国际赛事，我们还是收敛一点，跳个舞意思一下就行了。再遇见跟上次加里奥那种不会说人话的，咱们再虐也不迟。"

雪饼平时虽然佛系了一点，一脸笑眯眯看起来人畜无害的，但是打起游戏就像变了个人似的，凶悍程度在出道的第一个赛季就被列入了 LPL 赛区前三，被他虐过泉的人，确实数不胜数。

他当年也因为这个被喷过，但雪饼遇事都是正面刚，有理有据地把每一次虐泉的前因后果连人证物证全部都摆在了大家面前，网友们都哑口无言。后来只要雪饼虐泉，人人都知道这八成是对面先招惹他了。只是现在时间长了，故意招惹雪饼的人也少了，是以大家一时之间都忘了 AM 战队里还有这么一号虐泉选手。

奥利奥点点头："雪饼那会儿虐泉确实虐得凶，看来这是咱们 AM 一脉相承。"

俞苑苑"扑哧"一声笑出声来。

"你家人的事也不用担心，网上的信息都被压下去了，这段时间也会有专人保护他们的安全。"楚嘉年拍了拍俞苑苑的肩膀，"登游戏吧，今天约的是拿过 MSI 冠亚军的 CMCG，大家都给我打起精神来。"

大家都转过身开始登游戏，俞苑苑也走向自己的那张桌子，没走两步，她又退了回来，小声对楚嘉年说："谢谢你。"

CMCG 的训练赛一向难约，他们的经理人向来高傲，一般都更倾向和 LCK 打训练赛。所以除了在春季赛赛场上和 CMCG 打过，私下里，这还是 AM 第一次和他们碰面。

五个人整整齐齐进入了房间，小新掰了掰手指，有点惊讶："对面还是春季赛老阵容啊，我还以为他们会让替补上呢。"

"毕竟春季赛我们是冠军，他们是亚军，拿替补出来被我们打哭就不好看了。"雪饼接道，"而且我估计他们也存了几分试探苑苑的意思在里面。"

楚嘉年站在俞苑苑身后，连黑本子都没拿，先给大家提了个醒："CMCG可不像 XG，他们拿到录像以后认真研究过苑苑的英雄池，说不定今天会针对苑苑 ban 英雄。"

入队的时候，俞苑苑填过一张长长的表，里面写过自己擅长和不太擅长的英雄。听到楚嘉年的话，她开始掰着指头想自己到底有什么英雄值得 ban："说实话，我狐狸真的不错的，虽然那天被打崩了，但是让我自己 ban 自己的话，我肯定先 ban 个狐狸。还有妖姬，你们还没见我玩妖姬吧，真的优秀，不信哪次我秀给你们看……哦对，我最秀的其实还是亚索了，你们见过，快乐亚索，值得拥有！"

她一本正经地分析着，反而把大家都逗笑了，七嘴八舌地吹了会儿自己什么英雄最牛。说到这里，牛肉酱突然一拍大腿："我想起来谁的英雄池最牛了？"

大家纷纷转头看向他。

"年哥啊！那几年我记得年哥一个人就值四个 ban 位，对面花样 ban 他，没想到年哥那根本就不是英雄池，是英雄海。我记得有选手公开表过态，希望能把年哥直接 ban 掉。"牛肉酱一边笑，一边从雪饼身后探过头来看向俞苑苑，"要加油向年哥看齐啊，纳命爷。"

俞苑苑不是第一次听说楚嘉年打过职业了，之前日程安排太紧，她没空想这个事情，这会儿被重新提起来，她立马来了兴致："上次你们就说过年哥的比赛是教科书，年哥当年的 ID 是什么，我也要学习一下！"

她转头看向身后，结果双手插在口袋里的楚嘉年一脸波澜不惊："我就是打着玩。不打打职业，当不好职业赛队的经理人。几年前的打法对于现在来说已经过时了，不值一提。"

"年哥你要是打着玩玩儿，那我们……唔。"小新说到一半，被奥利奥猛地捂住了嘴。

气氛一时之间有点凝固。

"苑，对面上单在问候你。"雪饼及时带开话题。

"问候我什么？我也问候他全家。"俞苑苑顺口回了一句，也多少感觉到了这件事不对，她暗暗记了下来，心想要挑个时间问清楚到底是怎么回事。她把视线转回屏幕，就看到了屏幕左下方的字。

【所有人】CMCG.Haven：纳命还好吗？别被网上那些喷子影响，好好打比赛。

紧接着，CMCG 的其他几个人也纷纷打起了字。

没被喷过的职业生涯是不完整的，调整好心态。

人红是非多，纳命爷您这是要火了，我先跟您道声喜了。

MSI 上找回场子，喷子就闭嘴了。

加油。

俞苑苑鼻子一酸。她暗暗在心底对自己说了一声"加油"，然后迅速回复了信息。

【所有人】AM.Naming：你们放心，苟富贵，不相忘。

CMCG 全体：？？？

我们到底是安慰了个小姑娘还是个汉子？

其实 CMCG 内部本来是商量过的，上来先安慰一下 LPL 唯一的女选手，也没别的意思，就是看她被喷得太惨了，大家都想起了自己曾经状态不好被骂的时期。

在至暗时刻，哪怕只是一点微不足道的支持，都可以抚慰心灵。

CMCG 的经理人是傲气了一点，但是不代表就支持黑粉这种没有下限的网络暴力。事情刚出来的时候，CMCG 的经理人还私下里向队员表示过他对于 OPE 泄露比赛视频的嗤笑，所以对队员们的行为也就默许了。

结果没想到对面反手一个"苟富贵，不相忘"，直接让 CMCG 全队哑口无言。

谁要和你不相忘啊！

上单 Haven "噗"地笑了出来："这个纳命，可以嘛。"

看来是没什么好安慰的了，CMCG 又重拾了春季赛被 AM 打败的不甘心，一头黄毛的中单木兮活动了一下手指："让我来看看这个纳命小姑娘到底怎么样。"

进入 BP 环节，果不其然如楚嘉年所说，CMCG 上来就 ban 了妖姬，还在一楼抢了丽桑卓。

俞苑苑乐了："这么说我还真的上 ban 位了，这可真是历史性的一刻，可喜可贺。"

"恭喜恭喜。"牛肉酱皮了一句，"愿 ban 位长青。"

结果，他才说完没多久，对面就连着 ban 了他的塔姆和布隆。

卿本峡谷少女（全二册）

这下牛肉酱也乐了："哟，这么看得起你酱爷爷。"

这会儿 AM 这边已经锁了雪饼最近练的卢锡安、上单厄加特和打野奥拉夫。楚嘉年看了看对面已经锁了的丽桑卓、青钢影和锤石，沉吟片刻："我猜对面要选薇恩。"

"哟，这是要秀一波吗？"牛肉酱挑挑眉，"年哥，你觉得加里奥辅助怎么样？"

加里奥有硬控，能打先手，配合卢锡安，再加上奥拉夫打野，算是非常好拿人头的了。楚嘉年点了头："可以，前期能压住薇恩就果断压，莽一点也没事。"

薇恩要是起来了，后期是真的可怕。

就剩最后的 counter（克制）位了，这一局 AM 是故意把 counter 位留给了俞苑苑，间接表示"我们中单很猛，你们小心"。

CMCG 最后一个位置选了鳄鱼。

"奥哥，这个鳄鱼是真的针对你啊，不能忍。"俞苑苑看着对面的阵容，心里已经大概有了数，"是时候让你们见识见识我的英雄海了！"

然后，她点了个飞机。

飞机这个英雄，配合 AM 目前的阵容刚好，手长不说，和卢锡安正好配合形成双 C 阵容。但这个英雄最大的问题就在于比较冷门。

就是冷门到路人局都无人问津的地步。

"你多久没玩飞机了？"楚嘉年回忆了一下她之前填的那张擅长与不擅长英雄表单，确定没有飞机，"手生了没有？"

"不瞒你说，其实我还有个小号，钻一的那种，谁都不知道。"俞苑苑嘿嘿一笑，"前几天我偷偷玩了几把飞机，我感觉自己还行。"

这年头，谁还没几个小号了。

小新没忍住，问了一句："你这个小号叫什么？"

大家都已经准备好要再听到一个大汉的名字了，结果俞苑苑说："精致的猪猪仙女。"

大家：？？？

"怎么了？我是不精致，还是不仙女了？"俞苑苑转头看到大家难以言喻的表情，冷哼一声，"这算什么，我还有个叫'声萌人软小喵喵'的铂金小号呢，谁还不是个小可爱了？"

大家：……画面太美，不敢想，不敢想。

披马甲这事儿，就服俞苑苑。

最后，CMCG 这边定下来的阵容是：上单鳄鱼，打野青钢影，中单丽桑卓，ADC 薇恩，辅助锤石。

AM 这边则是：上单厄加特，打野奥拉夫，中路飞机，ADC 卢锡安，辅助加里奥。

三级之前，大家都很谨慎，在各自的位置上补着兵，偶尔丢一两个技能试探一下对面。尤其是下路组合，对面锤石试探性地套了好几次圈，角度还都挺刁钻，然而卢锡安躲得深，没中招，加里奥反打能力又太强，根本不怕对面，直接压着薇恩连着补了两波塔刀。

但奥利奥这边显然就没有那么好受了。对面选鳄鱼这个英雄，本来就有点克厄加特，而 CMCG 的意图很明显是想要发育出一个"鳄鱼爸爸"来，于是青钢影频繁从草里露头，逼得奥利奥一直在塔前补刀，让鳄鱼抢先四级。

为了不补塔刀，奥利奥的站位一直比较靠前。他刚刚 Q 中了鳄鱼一下，正准备接着 A 几下，俞苑苑的声音突然响了起来。

"奥哥，往后走。"

奥利奥稍微迟疑了片刻，A 了一下才转身。刚刚走到塔下，推进来的小兵身上就出现了一个 TP 标（传送标记）！

"丽桑卓过来了，青钢影肯定在后面绕你。"俞苑苑切视野看了一眼，"奥哥别慌，放心退，丽桑卓失误了。"

丽桑卓确实是失误了，她 TP 的时机没问题，思路也没错，问题就在于——鳄鱼刚刚急着做假动作让厄加特放松警惕，漏了四个小兵，是以此刻她传送到塔下，直接扛了塔。

这下塔是没法越了，青钢影蹲在草里连头都没冒，转身直接打起了野怪，丽桑卓转身往回撤，一时没了视野，结果厄加特试探性地往草里喷了一下，居然一下子喷出了青钢影和丽桑卓两个人！

"小新，你后院失火了！"奥利奥一惊，"这波能打！能打！"

小新在看到丽桑卓 TP 的时候就已经在往上路走了，这会儿本来就在野区里，而俞苑苑这边吃完塔皮以后，正好刷出来一个弹药包！

"放着我来！"俞苑苑拎起弹药包，飞行速度急剧变快，正好赶上厄加特给了丽桑卓一个过肩摔，而青钢影正上了墙准备往厄加特身上跳！

拎着弹药包的飞机，简直就是战斗机，俞苑苑开着轰隆隆的高速战斗机，炸出了一道战壕！

青钢影刚落地，正好站在了飞机的战壕里，而奥拉夫的斧头同时也飞了过来！而刚刚被过肩摔的丽桑卓也正好被赶到的飞机突了一脸！

两个人的血量槽瞬间只剩下了一丝。

俞苑苑往丽桑卓身上扔了炸药，两下平 A 带走，而青钢影的人头则由厄加特收下。

两人美滋滋地掉头回了中上，小新一边刷野怪，一边觉得这一幕似曾相识："不是，我来得最早，跑得最远，结果又没人头？"

"你总共就扔了一斧头，还想要什么人头？"奥利奥丝毫不客气，"看你没扔歪，赏你两个助攻。"

捡了斧头的小新：……这游戏啥时候能朝队友身上扔斧头？

拿了一血和助攻，还有两层塔皮，俞苑苑回家就把飞机的三件套给出了，有了小三件，俞苑苑现在就是中路势不可当的大腿。

对面丽桑卓当然也知道他现在处于劣势，一直躲着没出来。于是，飞机拎着弹药包，上下支援。转眼到了十一级，小新在河道里刷河蟹，她还跑去排了对面草里的眼。

结果刚打了两下，丽桑卓往下走了两步，给了己方青钢影俞苑苑的视野！

青钢影刚从红坑出来，俞苑苑看到她的身影，转身就开始往后退，结果青钢影一个大招冲着她的脸就轰了过来！

小新扭着身子躲开青钢影的攻击，骂了一声，但他和俞苑苑反打的速度很快，几下就把青钢影逼成了残血！

青钢影秒开了金身，而锤石和丽桑卓也走了过来。

"轰！"

加里奥一个大招，从下路飞了过来，正正地落在了两人身前！

"你酱爷爷来了！"牛肉酱大加嘲讽，直接将丽桑卓定在了原地！

转眼间，青钢影金身结束，转身后撤，被飞机闪现追上去几下扫死，但对面的鳄鱼又 TP 了过来！

"苑苑救我，救我救我！"牛肉酱威风不过两秒，这会儿一边往前跑，一边狂喊。

俞苑苑收了人头转过身，只见丽桑卓、鳄鱼和锤石的技能五光十色地砸在了加里奥身上，而加里奥皮糙肉厚，血量槽还剩小半条血，正不要命地向她跑来。

俞苑苑："救不了！卖了卖了！我们在草里蹲一下！"

小新静静地蹲在距离牛肉酱半个身位的草里，一动不动。

牛肉酱一个急刹车：？？？

加里奥在夹缝里求生存，硬是左扭右扭地多苟了两秒！

就是在这两秒钟的时间里，CMCG 下路的薇恩到了，但是 AM 的卢锡安和厄加特也到了！藏在草里的飞机和奥拉夫立马跟上，结果俞苑苑刚露头就被锤石套住了！

"别管我！我有净化！"俞苑苑秒解了控，跳上去直接开了大！

丽桑卓先倒地，接下来是锤石。鳄鱼虽然输出爆炸，但是耐不住几个人一哄而上。最后，薇恩极限秀了一波，换走了卢锡安。

ACED!

一波二换五，舒服！

打完这波团，AM顺势拿了一条火龙，两队经济差直接拉到八千块。

比赛毫无悬念地结束，看着CMCG的水晶爆炸，屏幕上出现了"胜利"两个字，AM的全体队员都松了口气。

包括楚嘉年。

看来俞苑苑确实没有被影响，这把虽说飞机没有什么大秀操作的镜头，但是和团队整体配得很好，意识也很好，该上的时候不尿，该卖队友的时候……也很果断。

照这个状态保持下去，打MSI时她起码不会出现心态问题，团队配合也明显比刚开始的时候有了很大的提高，只要不出现太大的失误，MSI赛上最起码打个四强是没什么问题了。

楚嘉年正这么想着，就看到俞苑苑一推桌子，转身就跑回了自己房间。

大家还在想她是不是喜极而泣了，就看到她又风风火火地跑了回来。小姑娘的手上捧了一罐拌饭酱一样的东西，恭恭敬敬地递到了牛肉酱的面前。

"酱爷爷，这是刚刚卖了您给您的赔罪！请您消消气！"俞苑苑语气诚恳。

牛肉酱冷哼一声，不客气地接了过来："还算你有点眼色。"

结果，他转过玻璃瓶子一看，上面写了三个字——牛肉酱。

俞苑苑眼神狡黠，嘿笑一声："原汤化原食，江水煮江鱼。酱爷爷您吃点自己的徒子徒孙，消消气儿。"

牛肉酱："我……"

AM众人："噗！"


MSI小组赛的前一天，楚嘉年没有再给队里安排训练赛，直接给他们放了一天假。

大家也不是没出过国，但是到欧洲来打比赛确实是第一次，前段时间的集训确实都累坏了，大家都嚷嚷着要去刷景点。

尤其是有家里人在股市跌宕起伏的下路二人组，嚷嚷着非要去那个著名的法兰克福证券交易所转一圈，去摸摸那儿的世界名牛雕像，再合个影，转转运。结果小新和奥利奥一听，也觉得转运这事儿靠谱，纷纷要跟着去。

只有俞苑苑表示自己得去一趟歌德故居，帮家人捎带点儿东西。

她这么一说，大家才想起来网上扒出来的俞苑苑的来历。牛肉酱小心翼翼地问了一句："苑苑啊，没别的意思，我就是好奇一下，初中课本上那篇文章，真是你爸爸写的？"

"是啊。"俞苑苑从小到大被问多了，并不会多想，对牛肉酱翻了个白眼，"我中考的时候，考阅读理解的那篇文章是我爷爷写的，有一问是'作者想要通过这篇文章表达什么思想感情'。标准答案是，这篇文章饱含了作者对于时光飞逝的惋惜，以及对于年轻人的鞭策，告诫大家寸金难买寸光阴，要珍惜时光，不要虚度生命。我感觉不太确定，就拿着原题去问我爷爷，结果你猜他说啥？"

"啥？"

"我爷爷想了半天，一拍大腿，说那篇文章饱含了他被编辑催稿的焦虑感，是在编辑的死亡注视下写完的。"俞苑苑面无表情，"从此以后，我就再也不相信那些阅读理解题了。真的，作者都不知道该怎么答。"

大家笑成了一团。

最后，楚嘉年让翻译、后勤以及陈叔那边的人跟着"摸牛四人组"，叮嘱他们转一圈就早点回来，他陪着俞苑苑去歌德故居。

法兰克福老城区其实不大，两个地方相距不远。因为是出去转转，大家都放松了心态，没有坐大巴车，一起上了S-Bahn（轻轨）。

大家都没穿队服，一群人嘻嘻哈哈地上了车排队刷票，小新一路都在咋咋呼呼地开着直播，这会儿算算时差，时间大约是国内的深夜。直播间人并不多，但小新才不管这些，他乐得高兴，以后翻出来看视频回放，也是一种乐趣。

眼看录视频的小新像是乡下进城的穷亲戚，大家脸上都有点挂不住。牛肉酱拉了拉旋转跳跃的小新："你收敛点儿，咱们这是在国外，代表了国家形象。"

这会儿也已经九点多了，因为是工作日，所以轻轨小火车里人不多，大部分都是上了点儿年纪的爷爷奶奶，另外还有一些年轻人。

其中一个穿着帽衫拎着滑板的金发男生看着小新，吹了声口哨："Erstmal in Deutschland?"

小新傻笑两声，小声问道："他说啥？"

"他问你是不是第一次来德国。"俞苑苑弯了弯眼睛。她倒是觉得小新这样没什么，只要不给别人添麻烦，不用到了异国他乡就压抑自己的本性。全世界的人都是一样的，谁到了新环境都会感到好奇。德国人第一次去中国，估计比小新还要惊奇。

更何况，这些年来德国的中国人越来越多了，大家也不会像以前那样见到中国人就觉得新奇了。

小新亮着眼睛："Yes! Yes! Yes! Beautiful! Cool!"（是！是！是！漂亮！酷！）

他总共也就会说几个全世界都能听懂的英语词汇，金发男生吹了声口哨，主动凑到了他的镜头里，还回头招手让另外一边的几个滑板兄弟一起过来。小新一看，乐了，把手机塞到俞苑苑手里，跑过去跟他们勾肩搭背地做了个大大的鬼脸。

"China! Gut!"（中国！棒棒！）

俞苑苑笑着录了下来，几位被惊动的爷爷奶奶也转过头来，冲着这群朝气蓬勃的年轻人慈眉善目地笑了笑。小新别的听不懂，滑板大兄弟指着他的灰毛说"Cool"他还是懂了的，于是立马用肢体语言和几位新认识的大兄弟交换了INS（社交软件），这才快乐地回到了座位上："我小新，走到哪里都是万人迷！"

牛肉酱上一秒还跟他翻着白眼，下一秒已经欢呼着冲过去，表示自己也想要和国际友人合影。

倒是楚嘉年有点意外，他侧头看向俞苑苑："你会德语？"

"小时候我爸经常来德国参加书展，所以跟着他学过一点。"俞苑苑笑了笑，"不过不多，也就是能日常应付一下，不至于迷路而已。"

说话间，大家共同的目的地到了，俞苑苑向着直播的小新挥了挥手表示告别，这才和楚嘉年一起并肩走了另一条路。

欧洲老城区的路大多都是由石块堆砌的，歌德雕像背后幽静的小巷里，连绵的小楼蔓延成一条缤纷的色彩线。俞苑苑突然开口："两百多年前，歌德也走过这条路。这些石头虽然不是当年的那些了，但路还是那一条，目的地也只有那一个。"

楚嘉年深深地看了她一眼："怎么，你这是做了两天电竞少女有点累，想要回忆一下文艺少女的人设？"

"凭什么电竞少女就不能文艺了？"俞苑苑翻了个白眼，觉得自己刚刚营造的气氛全没了，"我通宵，我打游戏，我虐泉，但我还是好女孩！"

楚嘉年被她逗笑："是是是，你是好女孩。"

"楚嘉年，当经理人累吗？"俞苑苑却突然转了话题，"你才二十一岁，以你的技术，完全可以上职业赛场，而不是站在战队身后默默奉献。你不缺钱，也不缺名声，虽然我不知道你有什么别的隐情。但我总觉得……有点可惜。"

小巷幽静却并不幽深，俞苑苑停下了脚步，推开了木质的大门。

欧洲的门都很重，她心中早有预料，但第一次还是没推开。楚嘉年走上前，从她的头侧伸过手，替她推开了门。

男生的腕骨在她面前一闪而过。

楚嘉年跟在她身后走进了歌德故居："我第一次来，进去看看？"

俞苑苑刚刚一瞥之下看到了他手上一道长长的疤痕，还在怀疑自己的眼睛，没怎么在意地点了点头。

买好票，两人也没买解说器，直接向楼上走去。俞苑苑本以为楚嘉年会避开她刚刚的问题，却没想到楚嘉年的声音从她的身后响了起来："其实也没什么特别的原因，不能打了，就不打了。但是不太甘心，所以只能……退居幕后。"

俞苑苑猛地停住脚步，转身看向楚嘉年。

他们刚刚走过一个玄关，玄关旁边有扇窗户，楚嘉年正站在玄关旁边，单手点着窗棂，看到俞苑苑转头，他回了她一个满不在乎的笑容。

俞苑苑的心底一颤，声音也带了几丝颤抖："什么叫……不能打了？"

楚嘉年没有避开她的视线，笑得更加漫不经心，上前两步，揉了揉她的头发："就是不能打了、手废了的意思。"

俞苑苑看着他越过自己，单手插兜向前走去，心底的疼越来越尖锐。她压下那种奇怪的情绪，快步追了上去："怎么会？上次你和我 solo 的时候不是还很厉害吗？明明……明明很能打的……"

楚嘉年皱了皱眉，又很快舒展开，他耐着性子勾了勾嘴角："只能打半个小时，多了的话……"

他举起左手摇了摇："我的手就要废了。"

阳光从窗棂照射进来，正好打在楚嘉年随意晃动的手上。俞苑苑的视线随着他的手晃了两下，一时之间竟然觉得有点刺眼。

眼看楚嘉年就要把手收回口袋里，她猛地冲了上去，一把拉住了那只手。

楚嘉年的手比她的大得多，俞苑苑像是捧着什么宝贝一样，仔仔细细地翻看了一遍他的手。

殊不知楚嘉年在心里感慨她的手怎么好像有点肉，就像他养在窗台上的那一排多肉植物，总感觉稍微使使劲就可以掐出汁。这么一双手是怎么打游戏的？能按准键盘吗？

下次他一定要好好儿观察一下。

楚嘉年正在短暂地走神，俞苑苑已经开始仔细打量他的手了。

手心掌纹清晰，线条利落，五指修长，指甲被修剪得很短，五个小月牙整整齐齐，手背隐约有青色的血管，是一只漂亮完美的钢琴手，并没有一丝伤痕。

俞苑苑顿了顿，试探性地碰了碰楚嘉年的袖子。

她明显感觉到楚嘉年的手僵硬了一下。

"可以吗？"她抬起头，小声问道。

除了当年的医生和自己亲妈，楚嘉年还真没被谁这么碰过手。但是俞苑苑的眼神太过纯粹，毫不掩饰的关切更是写满了整张脸，让他一时之间竟然忘了说拒绝的话。

俞苑苑等了一会儿，没等来拒绝，就当他默许了，于是轻轻拉起了他的衣袖。

疤痕已经很浅了，但依稀可以想象当年的伤口是多么狰狞。俞苑苑小心翼翼地用指尖抚摸上了那道疤痕，然后沿着那道伤一路向前。

有点痒。

楚嘉年低头看着她，却只能看到她的发旋和小半张脸。

她的手指一点一点前进，楚嘉年感觉到手臂传来的痒，随着她的手指，一寸一寸传进了心里。

直到一滴水珠突兀地滴在了那道伤疤上。

她……哭了？

楚嘉年保持着被她握住手腕的样子，歪头俯身，好奇地凑近俞苑苑："你哭什么？"

他不问还好，一问俞苑苑的眼泪更多，她透过蒙眬的泪眼，也不在乎自己哭起来丑不丑，抬起头凶巴巴地瞪他："谁干的？我……我去杀了他！"

"你以为你在召唤师峡谷吗？"楚嘉年啼笑皆非，收回手，看着俞苑苑气鼓鼓的样子，一时觉得有趣，捏了捏她的脸，"别哭了，妆都花了。"

俞苑苑大惊失色，立马仰起头憋住眼泪，一边在包里翻镜子："妆容花得严重吗？"

敢情他的手伤不如她的妆重要。

偏偏俞苑苑一边补妆，还一边继续红着眼圈瞪他："楚经理，你到底怎么搞的？职业选手的手那么重要，你怎么不知道爱护？"

真像兔子。

楚嘉年心底的几分郁气突然就散开了，他挑着眉："怎么，高兴就叫我'楚嘉年'，在队里的时候跟着大家喊'年哥'，不高兴的时候就是'楚经理'，你这称呼变化倒是挺随心随意。"

俞苑苑被他的话噎住："跟你说正事呢！"

"我也在跟你说正事啊。"楚嘉年又恢复了平时的笑容。

他抱胸斜倚在门框上，看着俞苑苑拿着粉扑，瞪大眼睛在眼底拍来拍去，笑道："我这不是让位给你吗？我要是还在中单位置的话，有你什么事儿？"

他明明是逗她，结果俞苑苑补完妆，沉吟了片刻："我觉得你口气大得像我男神。"

"你男神是谁？"楚嘉年明知故问道。

他莫名就是想听她再说一次。

"Cain呀。"提起男神，俞苑苑的眼睛亮亮的。

楚嘉年满意地点点头："乖。"

俞苑苑白了他一眼："你代入感还挺强。"

楚嘉年不置可否，只是嘴边的笑意更深了。

逛完歌德故居，楚嘉年提了两包歌德咖啡店里印着歌德头像的咖啡豆，刚结完账，正准备去提袋子。结果，俞苑苑抢先一步，把袋子拎在了手里。

楚嘉年没理解她的意思："你也想要？"

"不是。"俞苑苑瓮声瓮气，"你的手不能提这些重东西！"

楚嘉年扫了一眼咖啡袋右下角"500 g"的标识，啼笑皆非地看着俞苑苑。

小新半夜直播也就是一时兴起，直到他们握着牛角傻乎乎地拍照，小新就掐了直播，高高兴兴地玩去了。

回来的时候，大家都提了大包小包的东西。俞苑苑推开门眼尖地看到了几个熟悉的大牌logo，她也没多想，毕竟大家的年薪都摆在那儿，平时吃穿住行都由队里负责，现在好不容易来一趟欧洲，给家人带点东西也是应该的。

结果，奥利奥别别扭扭地过来，小声问了一句："苑苑呀，你帮我看一眼我买的这些跟瓶子现有的撞了没。"

俞苑苑惊呆了，指了指地上的袋子："这些都是你买的？"

奥利奥没敢吱声。

"奥哥，你是不是还喜欢我们瓶子？"俞苑苑再傻也能看出来，"你是想复合还是什么意思？"

一提及姐妹，俞苑苑的气势一下就上来了，她双手抱胸，下巴微扬，眼神中带了几分故意刁难。

奥利奥也有点心虚，不敢说是也不敢说不是，高冷男孩难以启齿，硬着头皮说："就……就想着，先给她赔礼道歉吧。"

"等等……赔礼道歉？"俞苑苑挑眉，"合着当初是你对不起她？"

这可真是万万没想到，蔺瓶子人美心冷嘴毒，居然还有被人甩的一天？难怪每次提起前男友，她都直言不讳地祝他原地去世。

队里的其他人都悄悄地竖起了耳朵。

奥利奥半天没说话。

"你如果不告诉我真相，我可没办法帮你。"俞苑苑心里好奇，故意加重了语气。这个瓜其实她想吃很久了，但是要从蔺瓶子那儿撬出真相，太难了。

"那会儿年轻气盛，就容易说傻话。"奥利奥终于开口了，眼神游移不定，"反正……总之，是我的错。"

"你说了什么傻话？"楚嘉年坐在沙发上，饶有兴趣地追问道。

楚嘉年发话，奥利奥心一横，交代道："那是好几年前的事情了，那个时候我刚刚准备放弃学业，走职业这条路。我……我就对她说……"

奥利奥咽了咽口水，显然是再重复一遍自己当时的话让他感到很为难，他像是念台词一样一板一眼地复述了出来："电子竞技没有爱情，我要好好打游戏去了，我们分手吧。"

俞苑苑目瞪口呆。

不只是他，全屋的人都惊呆了。

雪饼一口饮料喷了出来，还好他反应快，设备都没有遭殃。

"以往我都以为网上说的是段子。"俞苑苑终于回过神来，慢慢道，"没想到……居然真的有人……"

楚嘉年也哑口无言，只好默默抬起手，给奥利奥鼓了个掌。

他一带头，此起彼伏的掌声顿时响彻了整个大厅。仔细听去，其中还混杂了几声憋笑声。

奥利奥当然知道这个眼是他这辈子过不去的深渊了，他难得地有点脸红，站起来："你们想笑就笑呗，憋着干吗，最起码我还有过女朋友。"

掌声戛然而止，遭到无差别群嘲攻击的大家都转过头各玩各的去了。

就连楚嘉年都不自觉地抽动了一下眼角，他下意识看了一眼自己的"前女友"俞苑苑。

俞苑苑并没有感受到楚嘉年的月光，吃好了瓜以后，她终于懂了为什么蔺瓶子每次提起奥利奥都会露出一言难尽的表情，但是想到后来蔺瓶子也开始打《英雄联盟》，她心里又有了别的猜测，于是坐在了购物袋旁边，准备一个一个帮奥利奥把关。

她刚准备拆第一个盒子，就被拎了起来。

"别坐在地上，凉。"楚嘉年边说边准备给她拉把椅子过来，结果他才刚刚伸出左手，就被俞苑苑眼疾手快地一把拉住了。

"我自己来！"她一把捞过椅子坐了上去，整个动作行云流水，一气呵成。

楚嘉年没什么异样地收回了胳膊。看到两人的这一系列配合，雪饼压低声音："我好像闻到了一点酸臭味？"

牛肉酱没听见，倒是两个替补小孩子听到了他的话，瑞格没敢接话，另一个小孩子茫然地转过头来："啊？难道是谁昨晚没洗脚？"

雪饼和瑞格："……"

俞苑苑认认真真地帮奥利奥看了起来。只是有一两个包的款式稍微有点成熟，俞苑苑建议奥利奥送给自家长辈比较合适。

"对了，你是怎么想到要买包的？"在俞苑苑的认知里，玩电竞的十个有九个是直男，还有一个……是钢铁直男。

通过刚才奥利奥的分手宣言，俞苑苑坚定地将他判定为钢铁直男。

奥利奥默默地拿出手机，翻到蔺瓶子的微信，然后戳进了朋友圈。

很显然，他早就被删除了，只能看到蔺瓶子朋友圈的封面图，上面赫然是一个 Q 版葫芦娃小人，小人摆出了一个大女散花的姿势，旁边全是各大牌子的小 logo。

配字：LV 当垃圾袋。

俞苑苑："……"

她望了一眼地上的橘色包装袋，偷偷地拍了一张照片发给蔺瓶子。

芋圆：奥利奥送你的垃圾袋。

瓶瓶子：？？？

楚嘉年将她的小动作尽收眼底，正觉得好笑，他的手机就响了起来，是魏遇。

这两天，他看到魏遇的电话就头疼，八成又出事了。

"兄弟啊，我说你这小破队，怎么一有女生就开始各种被爆料。"魏遇的声音有气无力的，"昨天半夜你们队员搞直播，有人截到你了。"

"认出我是谁了吗？"楚嘉年皱了皱眉。

"认出来了啊，谁不认识汇盛集团的小公子啊，截图里面你和那个女队员站太近了，我好不容易才把热度压下去了，但贴吧还是有点爆，具体就是说女队员倒贴你入队什么的。"魏遇那边有打火机的声音响起，"明天比赛可得好好打，不能失误啊，不然可真不好压了。"

说话间，楚嘉年已经走到了外间，听到魏遇的话，明白自己当年的身份还没有被爆出来，微微松了口气，顺口道："那没事，她本来就是我女朋友。"

电话那边瞬间安静了，魏遇受到了惊吓，烟掉到了腿上，烫得他一个哆嗦。

他回过神来，瘫软在沙发上的坐姿一下子变得笔直："那……那嫂子她——"

"哦，不对，前段时间刚分手。"楚嘉年突然又想起来前几天他们在飞机上说的话，悠然补充道。

魏遇顿了顿，感觉自己在坐过山车："前嫂子她……"

刚刚走到走廊，偷偷摸摸准备抽根烟的小新听了个满耳，他僵硬地贴在墙壁上，又蹑手蹑脚地回去了。

晚上虽然没有安排训练赛，但是因为第二天就要打比赛，大家还是商量着开两把排位，顺便补一补直播时间。俞苑苑那个假扮超级英雄的直播间被停掉了，新的直播合约还没出来，所以暂时不用直播，干脆登上了自己韩服"nibaba111"的那个号。小新嚷嚷着要中野联动多配合一下，也跟着登上了韩服的号。

他是想直播的时候用"nibaba111"这个ID给俞苑苑拉点儿好感，俞苑苑看出来了，心想反正这个号迟早要曝光的，提前出去预热一下也没什么。

她冲着小新感激地笑了笑，结果小新触电一样转过了脸。

俞苑苑：？？？

小新趁着等排位的时间，开了一把斗地主，他一边心不在焉地胡乱出着牌，一边给俞苑苑发了个微信。

新爷本爷：苑苑，你相过亲吗？

俞苑苑看着手机，愣了一会儿，转头看了小新一眼。但他正在直播，她也不好凑过去问，于是默默回复道。

芋圆：嗯，相过。怎么了？你家人逼你相亲了？

小新觉得自己大概猜出事情的真相了，他深吸了一口气，把手上存着的四个八和王炸全扔了出去，炸了另外两个人一个底朝天，一把收了几十万的金豆，心里这才平静了点儿。

新爷本爷：是啊，愁死我了。

结果，他眼神朝下摆弄手机的样子被观众捕捉到了，弹幕顿时又热闹了。

新爷，你早上拍到的是汇盛集团的小公子吗？据说女中单是靠他上位的？

前两天我灭爹也帮她说话了，一想到有内情，我简直要脱粉了！

新爷你在给谁发信息？不会是也恋爱了吧？别啊，电子竞技没有爱情啊。

脱粉 +1。

脱粉 +2。

…………

小新根本不想开弹幕助手，也懒得看，排到了以后就直接进入游戏。等大家看到他是韩服双排，另一个人还叫"nibaba111"的时候，另一堆弹幕冒了出来。

女粉别吵，新爷拉了nibaba111！

韩国路人杀人王了解一下，看在111的份儿上，今晚我不黑小新。

我新爷好友池真深！

弹幕安静了一会儿。等到开局看到"nibaba111"操纵着一个卡特琳娜在人堆里神出鬼没地秀出第三次三杀的时候，弹幕重新沸腾了起来，一整片一整片的"厉害厉害厉害"刷满了整个屏幕。

我有个疑问，这个人是中国人吧？为什么不找他打中单？

这个弹幕道出了所有人的心声，大家都在等着小新回复。没想到小新一共开了三把排位，竟然一眼都没看弹幕，径直打着游戏，随便解说了两句战局，连平时的那些闲话都没了。

打完了以后，小新才对着摄像头抛了个媚眼："今天的直播就到这里啦，明天的MSI请期待AM的表现，给大家比心！"

然后，屏幕唰地一下黑了。

还在等着小新回复的观众一脸蒙。

因为第二天大家就要搬去赛方统一安排的酒店了，所以都很早就回去收拾行李，第二天还要早起，大家互道了晚安就各自回了房间。

期间，小新故意留到了最后，好几次想和俞苑苑说些什么，欲言又止，最后还是什么都没说。

俞苑苑看出来了，心想相亲这种事情确实不太好启齿，也就没放在心上，回了自己房间。

那天刷了微博遭到暴击以后，俞苑苑虽然及时调整了心态，但是短时间内也不想再去看了。回到房间以后，她把自己的队服整整齐齐地在床头摆好，想了想，拍了一张照片，发了朋友圈。

芋圆：明天也要加油。

第二天十点多，大家就整整齐齐地去了赛方安排的酒店。

通过入围赛最后争夺到进入小组赛名额的分别是来自大洋洲的IO和来自越南的QU。而直接进入小组赛的队伍除了AM，另外三支队伍则是韩国传统豪强BBG、北美LEW9以及欧洲新秀队伍VXX。

小组赛将持续五天的时间，每天欧洲时间下午五点开始第一场，一直到晚上十点开始最后一场。每支队伍每天进行两场比赛，五天一共要打满十场，最后选胜场最多的四支队伍晋级世界四强。

换句话说，每支队伍都要互打两场。

赛方今年依然大手笔，订的房间全部都是美因河的河景房。而俞苑苑作为今年 MSI 唯一的女选手，赛方特地为她安排了大床房，但由于之前她还没有正式上场比赛过，再加上目前处于全网黑的状态，赛方一时之间也没有在她身上做太多的爆点。

反而是其他几个赛区的人，听说 AM 来了，都跑到了大堂围观。

除了有偶像包袱的 BBG，其他几支队伍的人在大厅齐聚首。

"神秘的东方女选手"一进入大厅，就有人小声吹了声口哨。

等到办完入住，赛方的接引小哥带着众人去放行李的时候，没忍住，用蹩脚的中文问俞苑苑："纳命，需要我帮你提行李吗？"

俞苑苑还没说话，楚嘉年先一步拦在了她面前，面带微笑："不用了，我们队里男士很多。"

碰了个软钉子，接引小哥摸了摸鼻子，也没太在意，带着大家往里走了两步，就看到了大厅里的"观光团"，他故意冲大家打了个招呼："你们都是来看女队员的吧？"

大洋洲和北美的两支队伍起哄得尤其厉害，欧洲的队伍在自己的主场上，稍微注意了点儿形象，而越南的那几个队员眼神里更是写满了玩味，直勾勾地盯着俞苑苑看。

本以为大家是来欢迎的，结果大家不用听懂接引小哥的话就都明白了状况，还没黑脸，就听到俞苑苑用德语冷静地说了一句什么。

接引小哥的脸顿时涨红了，显然是没有料到电竞少女居然会德语。欧洲那几个没起哄的队员更是一脸尴尬。

"苑苑，你说了个啥？"牛肉酱不动声色地小声问道。

"没什么，我就是亲切地问候了一下大家。"俞苑苑笑眯眯地应道。

接引小哥心想你那哪里是问候，用"挑衅"这两个字来形容应当更加贴切。

只有楚嘉年听懂了，他看了一眼俞苑苑，她可能真的很适合去说赛前垃圾话。

她说的是："你们是提前来看今年的冠军队吗？欢迎。"

等到其他几支队伍问清楚她到底说了啥的时候，AM 的身影已经消失在了电梯里。

大家放好东西，稍微休息了一下，就到了午饭时间。

赛方为了表示欢迎，特意安排了自助餐，并且明确表示了自助餐会全过程录像，然后做一个三分钟左右的快剪视频在赛前播放。

于是大家去吃饭的时候都穿上了队服以示身份。

经过早上的观光事件，小新他们各自对了一个眼神，暗自决定要护好俞苑苑。

这是俞苑苑第一次和大家一起穿上队服，尤其还是胸前印有五星红旗的特制版，一时之间，俞苑苑感觉自己的爱国情绪和团队精神涨到了顶峰，她看着镜子里的身影，竟然有点热泪盈眶。

大家其实也都是第一次代表国家出征，队服一上身，整个队的精气神都不一样了。

连楚嘉年都难得地穿上了队服，他走出来的时候，AM全体都愣了一下。

都是队服，为什么穿在年哥身上就这么帅！

俞苑苑偷偷摸了摸自己猛地漏跳了一拍的小心脏，转过脸，有点不敢看他。

牛肉酱的反应最大，他特地上去捏了捏楚嘉年队服的质地，然后龇了龇牙。

AM全体走进餐厅的时候，两边轰然炸响了两声礼花，还有专门的介绍环节，七个人的MSI海报被投屏在了大屏幕上。俞苑苑吓了一跳，偷偷往楚嘉年旁边凑了两步："怎么回事，这群欧洲人怎么也玩起形式主义了？"

"年年MSI都要搞这么一出，习惯就好。"楚嘉年并不震惊，也没有刻意为俞苑苑去挡那些各式各样的目光，她既然要站在舞台上，就要学会习惯所有的非议，然后再用实力去证明自己。

这是每名职业选手的必经之路。

"Cain，你真的是AM的经理人？"倒是VXX的经理人一脸惊喜地走了过来，与楚嘉年抱了个满怀，两个人握着手去了一边交谈。而俞苑苑在再一次听到"Cain"这个名字的时候，眉心不自觉地跳了跳，有点狐疑地向着楚嘉年的方向看了一眼。

不出所料，赛方在开头就来了这么一出，整个午餐环节更是安排了好几个小游戏，其中有一项就是让各个战队派出代表上台做一个简短采访，说说对这次MSI的期望。

算是变相的垃圾话环节了。

"今年的赛方还挺能搞事情。"奥利奥捻着下巴，"往年我记得没有这个录像。"

俞苑苑没说话，不知道为什么，她感觉这个环节隐约是在针对她。

上场顺序是由主持人现场抽签决定的，金发碧眼的帅气男主持第一个就抽到了韩国的BBG队。

派上场的代表毫无疑问是BBG的团队核心打野Vision，向来面瘫话少嘴毒的Vision单手插兜走上去，接过话筒："大家好，我是BBG的Vision。今年的BBG比往年更强，反正你们也没有什么carry的能力，别哭鼻子就好。"

说完，他就把话筒塞回了主持人的手里，大摇大摆地回了队里。

虽然知道他是无指向性地向全场开大，而且知道 Vision 的垃圾话在整个 LCK 赛区都是排第一的，但俞苑苑还是觉得胸口遭到了重击。

"也太狂了吧。"俞苑苑小声感慨。

"冷静。"雪饼眯着眼睛提点她，"今天有全程录像，小心自己变成表情包。"

俞苑苑顿时收敛了脸上的震惊，勾起了一抹不屑的笑容。

第二个被抽到的是北美的 LEW9，相比起亚洲选手的含蓄，北美区的选手可以说是非常直白而嚣张了。

足有一米九身高的 LEW9 上单选手直言不讳："我已经准备好其中两场是五打四了，今年的比赛在我眼里不是六强角逐，而是五进四。"

从他说出这句话开始，全场的氛围就变得微妙起来。

赛方乐得现场气氛紧张，这样就会有更多的爆点和黑点可以拿出来，摄像头几乎快要戳到俞苑苑的脸上了。

俞苑苑当然知道这句话的含义，经历过黑粉的洗礼以后，她居然觉得这太小儿科了，连表情都没有变，甚至还翘了翘嘴角。

一直在和 VXX 的经理人说话的楚嘉年余光一直落在俞苑苑身上，此刻见到她的反应才稍微放下心。

看来多经历两次就百毒不侵了。

提前哭一场还是有好处的。

紧接着上去的是大洋洲队伍 IO 的中单选手，因为直接是和俞苑苑对位的，所以这位中单说话更为直白："昨天我听到有一位女选手说他们队已经预定了冠军位。怎么说呢，现在叫一声好哥哥，我就考虑不在你的尸体上跳舞了。"

这话说得过分，赛方的主持人努力往回圆了圆。雪饼担心地看了一眼俞苑苑，却看到她脸上的笑容更深了。

大约是经理人和楚嘉年认识的关系，VXX 的发言倒是非常中规中矩，没有什么针对性。而越南的 QU 队是亚洲队伍，说起垃圾话也比较含蓄，虽然也含沙射影了俞苑苑，但没有那么明目张胆。

最后才轮到 AM。

一般来说 AM 的赛前采访都是小新上的，这会儿小新被群嘲出了一肚子的火，撸着袖子正准备上，却被俞苑苑拉住了："我来。"

小新看了一眼楚嘉年，对方点了点头，小新这才止住了脚步。

俞苑苑站在台上，中文字正腔圆："大家好，我是 AM 的新队员纳命。你们的愿望我都收到了，希望这几天在召唤师峡谷相逢的时候，大家都别跑，好好坐下来跟我谈谈心。"

AM 的几个队员都没忍住，"噗"的一声笑了出来。

只有被击杀才能好好坐下来谈谈心。

气氛僵硬成这样，等到赛方的活动都结束，AM 的队员连饭都没吃就回了房间。楚嘉年当然不会亏待自己的队员，比赛期间的饮食要格外注意，所以前一天楚嘉年就已经安排人手去请了中国阿姨来做饭，这会儿已经从私家厨房里送了热气腾腾的饭菜过来。

大家心里都憋了一口气，吃饭吃得格外卖力。

还是楚嘉年打破了寂静："下午开场照例是 BBG，今年第一场对 LEW9，我们六点对 IO，九点对 LEW9。"

俞苑苑嘴里塞满了土豆丝，点了点头，口齿不清："很好，第一天就能把这两队喷子打爆炸了。"

赛前 AM 针对这几支队伍已经做了不少选手分析和战术针对模拟了，但毕竟是第一次站在国际赛事上，大家不免还是带了一丝紧张的情绪。

这丝紧张里还混杂了一点"万一苑苑打ов失败怎么办"的担忧。

俞苑苑初生牛犊不怕虎，大力拍了拍忧心忡忡的牛肉酱："慌什么，你可是联盟第一牛肉酱！"

牛肉酱听到"第一"就觉得是夸自己，顿时眉开眼笑地点了点头，然后才反应过来。

得了吧，联盟里不就他一个牛肉酱吗？

呵呵哒。

不过俞苑苑这样插科打诨了一下，大家轻松了不少，到赛场休息室后，大家坐在沙发上你一言我一语地开始乱聊。

此时距离开始第一场比赛还有一段时间，楚嘉年专门叫了俞苑苑出去。

俞苑苑跟着楚嘉年左拐右拐，结果直接进了演播室。

因为一晚上五场战事，所以两组主解说交替着上，另外还有几个来现场看比赛的解说，是以一时之间，国内 LOL 最著名的几位解说齐聚一堂。这会儿直播还没开始，解说们正在闲聊和预测战局，见到楚嘉年进来，都站了起来。

大家正笑着准备说点什么，就看到了楚嘉年身后跟着的俞苑苑。

谁都知道最近网上这个女选手的风评，但是电竞选手都是被骂过来的，只要小姑娘能在 MSI 打出成绩，说不定会比男选手更圈粉，提前和她打好关系也是好的。

再加上网上还有这位选手和楚嘉年的传言，不管是真是假，反正今天看到楚嘉年专门带她来演播室转一圈，大家也都心里有了数。

都是混圈子的老人了，大家对年哥的身份心照不宣，无论是从汇盛集团小公子的身份还是身为LPL神话选手Cain的角度来说，大家都愿意相信他的眼光。

是以俞苑苑受到了解说们史无前例的热情欢迎，解说们本来就能说会道，个个都拐着弯鼓励了她一番。等到她晕晕乎乎地跟着楚嘉年从演播室出来的时候，她还有点没回过神来："我感觉我要被夸膨胀了，你快打醒我。"

楚嘉年果然毫不犹豫地给了她头上一个栗暴。

"嘶——"俞苑苑捂着头，倒吸了一口凉气，"楚嘉年，你真打啊？"

"你去满足其他队伍的愿望，我来满足你的愿望。"楚嘉年笑了笑，拉开了队内休息室的大门。

他带她去演播室转一圈的意思很明确，就是让解说们不要乱带她的节奏，也不要太针对她。

以那几个人的本事，想要为俞苑苑拉点人气，还是容易得很。

倒不是不相信俞苑苑的能力，只是他觉得不能只让她一个人在电脑前努力。

她到底是怎么努力的，怎么carry的，还是要靠解说添枝加叶地给大家讲一讲才好。

到了预定的时间点，随着劲爆的MSI主题伴奏音乐响起，今年的MSI季中冠军赛终于拉开了帷幕。

### ✦ 第七章

想不想打爆 IO 的中单？

// 

QING BEN XIA GU SHAO NV

　　"拳头"（开发《英雄联盟》的公司，其英文的中文翻译）的音乐一直做得很棒，之前甚至有人开玩笑说"拳头"其实是音乐大厂。这一次 MSI 的配乐也维持了"拳头"一贯的高水准，原本还在状态外的观众们立马被这段音乐吸引回了注意力。

　　之前午餐的快剪视频也出来了，开场音乐以后，赛场的大屏幕上同时开始播放视频。

　　MSI 当然早就出了宣传片，一般来说这个环节是要先放一下宣传片的，结果陌生的片头曲一响起来，大家才发现，这好像不是宣传片，顿时睁大了眼睛。

　　很显然，赛方对于这个快剪视频早有预谋，连 BGM（背景音）都是用了一首全新发行的 MSI 赛曲，节奏点很密的鼓声中，闪过了六支队伍进场的画面，他们穿着整齐的队服气势汹汹向前走的画面本来就已经很燃了，再加上后期鬼斧神工的特效和剪辑，电竞选手们的王者气势都被完完全全地展现了出来。

　　台下专门赶来看的华人观众们也沸腾了，开始拼命挥舞国旗和 AM 的应援牌。弹幕也是刷了一片"加油"和"感动哭"之类的字幕，毕竟 AM 是代表国家出场的，所以整个弹幕除了几个不和谐的"黑子"之外，其他的留言都很整齐。

　　然后画面一转，Vision 先扬了扬下巴，面无表情、目空一切地扔了一句："反正你们也没有什么 carry 的能力，别哭鼻子就好。"

　　弹幕瞬间炸了。

　　Vision 实在太强了，脸又长得很好，全世界都是他的粉，而他这个表情配上又燃又炸的 BGM，效果一下子就出来了，弹幕直接刷到看不清人脸。

我老公！我的妈，我老公太帅了！我喘不过气了！

让开！是我老公！！

今年的 V 神还是这么霸气！

你 V 神还是你 V 神！

想嫁！！！

+1！

画面短暂定格的同时，Vision 的身后出现了其他几个队员的肖像和队标，全场的尖叫声从头持续到尾。随即屏幕一闪，转到了下一个画面。

LEW9 的上单一脸高傲："今年的比赛在我的眼里不是六强角逐，而是五进四。"

说完这句话，他还冷笑了一声，然后对着镜头眨了一下眼睛。画面定格后，LEW9 队员的身影逐一浮现。

弹幕静默了一秒。

是我多心吗？

我感觉我们的女选手已经丢人丢到国外了？

我心情有点微妙，我们的女选手我们能骂，你们算哪根葱？

要不是她丢人，别人能骂？前面的别白莲花！

说这个话过分了吧？我们还有新爷、佛爷、奥哥和酱酱呢！

随即是 IO 的中单选手，金发碧眼的男生出现在了镜头里，大家还没来得及刷"颜值爆炸"，就看到男生灿烂一笑，说："现在叫一声好哥哥，我就考虑不在你的尸体上跳舞了。"

我赌五块她叫了。

我感觉有点过分侮辱了？

你太小看她了，叫好哥哥算什么，直接留房间号啊！

没别的意思，看别的国家的人欺负我们的女生，你们真的不生气？反正我炸了。

太恶心了吧，这确定不是骚扰吗？对方放这种话出来？

连着两个队都非常针对 AM，纵使全网都在黑俞苑苑，但是在这种国际舞台上，大家的心还是比较齐的，不少人开始跳出来骂这两支队伍，甚至还有人准备发帖细数一下，那些年这两支队伍的过分垃圾话。

赛方要的就是这种争议性的效果，一时间涌入直播间的人更多了，都是来围观垃圾话的。

也许是因为 VXX 和 QU 都比较含蓄，所以接下来就直接到了 AM 的画面。

只见俞苑苑站在那儿，眼神坚定，语调却带了几分漫不经心，似乎之前所有人的大放厥词和挑衅对她来说都不值一提："希望这几天在召唤师峡谷相逢的时候，大家都别跑，好好坐下来跟我谈谈心。"

然后，少女歪了歪头，露出了一个自信且带着不屑的笑容，画面定格。

直到 AM 的队标戳在上面，画面转到下一帧，弹幕才反应过来。

第一次在屏幕上见到真人，气势有点强？

声音好好听！！！

算是没丢人吧，黑转路了。

虽然不喜欢她，但是作为一个女生，我还是觉得她挺勇敢的。

我也是女生，平心而论，我被当面喷成这样以后，肯定会哭。

嘴强王者？有什么用哦。

等会儿可别被打哭。

弹幕还在刷个不停，解说的声音已经及时切了进来。前两场的解说是观众们都非常熟悉的"消炎组合"，原因是一个解说的昵称叫阿莫，另一个叫西林，合起来就是阿莫西林，又因为他们经常搭档，所以被大家戏称为"消炎组合"。结果这两个人似乎对这个名字也十分认可，连微博的认证都改成了"消炎组合"之阿莫，和"消炎组合"之西林。

阿莫冲着大家比了个心："观众朋友们，各位峡谷召唤师们大家好，我们'消炎组合'即将为您解说本年度 MSI 季中冠军赛小组赛第一天的比赛。"

西林接上了另外半个心，两个大老爷们油油腻腻地活跃着气氛："相信各位观众老爷们已经非常期待了。刚刚我们看到了 MSI 赛方公布的一段快剪视频，据说是在今天中午午餐上抓拍的画面。今年的赛方依然是创意无限啊。"

阿莫点了点头："不得不说选手们的垃圾话水平又进步了一大截。AM 的中单纳命的第一次公开发言可以说很霸气了，我感觉自己要变成她的小迷弟了。"

西林立马接上："是哦，不过还是要看纳命选手的表现，期待 AM 全队都能在 MSI 的赛场上有好的发挥。那么接下来就让我们来看一下小组赛六进四的第一场比赛……"

牛肉酱蹲在电视前，有点愣："苑苑，这两个主持人怎么对你这么温柔？"

俞苑苑这会儿才反应过来刚才楚嘉年带她走那一趟的用意，也不好说破："温柔吗？"

牛肉酱使劲点头："我刚入队的时候，他们集体嘲笑了我的体重，还说什么欢迎 LPL 史上最重量级的选手……还当场针对我的体重打了一个赌！虽然事后他俩专门来给我道了个歉，但是道完歉，阿莫还是没忍住问了我的体重！"

他这一说，俞苑苑突然记得自己好像看过那一场的直播："所以是阿莫老师赢了，还是西林老师赢了？"

"西林……等等，你是不是知道什么？"牛肉酱一个不注意说漏了嘴，赶快补救，"我现在比那个时候瘦多了！真的！"

俞苑苑恍然大悟，没什么诚意地安抚了一句："嗯，是瘦了，瘦了起码五十斤。"

牛肉酱："你胡说，我瘦了八十斤！"

俞苑苑露出一个嫌弃的表情："你这个牛肉酱，'胖滴很'。"

牛肉酱：……说他"坏滴很"他都认了，说他"胖滴很"是什么意思。

雪饼注意到小新比平时都要沉默，凑过去问了一句："紧张了？"

小新摇了摇头，又点了点头："第一次参加国际赛事，紧张肯定还是有的，不过好好发挥就完事儿了，也还好。"

俞苑苑听见了，转过头来附和道："对对对，好好发挥就完事儿了！"

小新一看到她就有点心虚，自从听到楚嘉年说"已经分手了"以后，他就生怕自己一不注意，对着俞苑苑露出同情的眼神，所以此刻难得地没有接话，转过了头。

还好比赛很快就开始了。

开幕赛的比分并没有什么太大的悬念，BBG是几届S赛的冠军，实在是太强了，Vision更是全程贯彻了他当年的名言"二级的时候随便抓一抓就完事儿了"。

到了后期，只要屏幕一黑，LEW9的ADC和中单就自动双手离开键盘了。尤其是团战的时候，两个人的站位稍微有一点点失误，就会被一秒带走。

三十六分钟的时候，BBG拆了LEW9的水晶，游戏结束时，BBG比LEW9多了十五个人头。

不过LEW9那边虽然失落，但是面对BBG，他们早就有心理准备，还是笑嘻嘻地起身和BBG那边过来的队员握了手。

BBG也觉得比赛毫无悬念，所以谦逊地握手后，就平淡地收拾好外设离场了。

距离下一场比赛还有二十多分钟的时间。

俞苑苑抱紧了自己怀里的外设包。

"消炎组合"带着大家回顾一下上一场比赛里的精彩镜头，顺势夸了一波Vision一如既往的精彩操作以后，话锋一转。

阿莫故作夸张地看了看表："说起来也快要到时间了。"

西林装模作样地凑过去看了看他手上用签字笔画的卡通手表,煞有介事地点了点头:"是的,我们即将迎来 AM 战队在 MSI 的首秀!说起来,这也是 AM 战队第一次走出国门打大型赛事。"

阿莫:"是啊,虽然春季赛冠军的成绩已经证明了 AM 战队的实力,但我们还是会情不自禁地为 AM 多操点心,可能这就是我们熊熊燃烧的爱国之心吧。"

西林捂了捂胸口:"感觉自己胸膛火热。说起 AM 这几名队员,其中的奥利奥选手大家应该是最熟悉的,他做上单的这几年,整条上路一直都很稳,基本没有出过太大的失误,奥利奥应该也是整个 AM 资历最老的队员了。"

阿莫接上了介绍队员的话题:"另外打野小新当然也是 AM 的一大亮点了,我不是说他的发型——当然,他的发型也很酷。小新的打野风格我个人觉得还挺难总结的,感觉他是一位非常灵活的选手,拿不同的英雄能打出不同的效果。"

西林翻了个白眼:"你这不是废话吗?英雄特效不一样,打出的效果当然不一样了,收起你大乱斗水平的发言。其实我个人还挺喜欢下路组合的,我们小眼睛星人可能比较能够互相吸引。"

这是在说下路的雪饼眯眯眼,以及牛肉酱被肉挤到看不见的眼睛了。

阿莫接上了哏:"不知道大家还记不记得牛肉酱出道那年我和西林打的赌,我在这里可以透露一下,是我输给西林。"

西林装模作样地想要阻止他的发言,两人哈哈笑了一会儿,正准备不动声色地避开介绍纳命选手,以免带节奏,就看到镜头里 AM 的队员们整整齐齐地走上了比赛台。

镜头果然从一开始就给到了俞苑苑脸上,少女正在那儿仔仔细细地检查外设,一脸认真。

这下避不开了,阿莫只好硬着头皮上:"那么最后一位呢,就是我们 AM 新来的中单选手纳命了,说起来一个小姑娘起纳命这个名字,我还挺惊讶的。"

西林很配合地笑了几声:"网传外号'纳命爷'了解一下?虽然网上有一些纳命的对战视频流传,但是她毕竟还没有参加过一场正式赛事,纳命本场的表现让我们拭目以待。各位稍事休息,我们马上回来。"

俞苑苑并不知道演播室里两位主持人的话,也不知道弹幕刷了什么。她抱着外设从休息室走出来的时候,全身心都陷入巨大的紧张中,之前她虽然放话放得狠,但是真到了这么多人的舞台上,还是有点发抖。

她正陷入自己万一打得不好的想象中时,楚嘉年的声音就响了起来:"想不想打爆 IO 的中单?"

"想！"她下意识地点了点头。

"很好，你就想象满场观众全都是那个中单，别紧张，你只需要打爆他们。"楚嘉年拍了拍她的肩膀。

俞苑苑调整好外设，看着舞台下方的观众，自动代入了楚嘉年刚刚的话。

俞苑苑原本还有点紧张的脸上慢慢恢复平静，取而代之的则是掩盖不住的杀气。

"今天好像是年哥亲自下场指导BP？"小新调整好耳机，靠在椅背上往后看了一眼。

其他几个人也有点吃惊，虽说一般BP环节都是教练上，但在AM内部，楚嘉年其实就是半个教练。在训练赛的时候，一般也是以他的意见为主，但是在国内打比赛的时候，他似乎一直都不愿意出现在镜头前。

兴许是因为对国际赛事的重视，这是从AM战队组建以来，楚嘉年第一次从幕后走到了台前。

但无论是哪种原因，他走上台的瞬间，AM的五个人本来还有点紧张的心态一下子稳定了不少。

楚嘉年戴好耳机的时候，正好听到了"亲自下场指导"几个字。俞苑苑毕竟第一次上赛场，好奇心比平时更多一点："以前不是年哥指导的吗？我就说以前没在赛事视频上见过他。"

"年哥是我们的定海神针，不是重要场合不会出场的。"牛肉酱一本正经地胡说八道，"讲真的，年哥一来，我感觉我们从BP开始就要赢了。"

"赛时有录音的，你们收敛一点。"楚嘉年在几人身后站定。

俞苑苑没忍住回头看了他一眼。

赛事场合，双方BP指导都会穿正装。这是俞苑苑第一次见到一身笔挺西装的楚嘉年。

他本就身材挺拔，纯黑色的西装更是衬得他肩宽腰细腿长。他里面穿了一件暗红色带银纹的衬衣，没有打领带，但是戴了衬衣同色系的口袋巾，西服上衣只系了中间的一个扣子，红黑配色正好呼应了AM的队标和队服的配色。他明明工工整整地扣好了扣子，但又莫名带了几分"骚气"。

俞苑苑呼吸一滞，偷偷摸摸地扫了一眼他的脸。楚嘉年难得地拿了本子，大约是因为对IO这支大洋洲队伍不太熟悉，正在低头看对手分析，额发微微挡住了一点眼睛，反而显得鼻梁高挺，她甚至还能看到他的睫毛。

她猛地收回视线，赶快把自己的思绪拉回比赛，心想美色是真的误人，她一时之间竟然完全忘记了紧张。

再这样下去，以后但凡她紧张了，只要楚嘉年衣冠楚楚地往那儿一站，保证她药到病除。

这会儿镜头虽然没有专门给楚嘉年，但也是一直对着 AM 这边的，观众们何等眼尖，一眼就看到了楚嘉年。

我的妈呀那是谁！怎么这么帅！

前两天截图的男主角？ AM 这是要走偶像路线吗？

真人也太帅了……没有对比就没有伤害，这颜值简直直接秒杀在场所有队员。

万人血书求镜头拉近一点！

不是说他是金主吗？看这个架势是要指导 BP？

感觉 AM 这是自暴自弃了？彻底走向炒作？

阿莫和西林两位解说虽然面上不显，但其实一直在关注弹幕的动向，方便及时引导舆论。这会儿他们看到楚嘉年亲自上场，其实心里也是一惊，但是莫名又带了一丝激动。

虽说楚嘉年正式站在镜头前必然预示着他不打算再继续隐藏身份了，但是楚嘉年事先也没给他们特别打招呼，两个人一时之间也不知道应不应该直接戳破楚嘉年就是当年的远古大神 Cain 的这层窗户纸，只好含糊其辞地卖起了关子。

西林："我们看到场上的队员们都已经就绪，双方 BP 指导也已经就位了……咦？ AM 这边的 BP 指导好像换人了？"

阿莫故作惊讶地打量了一番："啊，天哪，竟然是楚经理亲自上了台，可见 AM 对于 MSI 赛事的重视了。说起来，看到他再次站在 LOL 的赛场上，阿莫我还是有一点热泪盈眶的感觉。"

西林也露出了带着追忆的表情："也不知道当年的那些旧友，还有几个能像我们'消炎组合'一样还在一起。流水的比赛，铁打的消炎二人组，一直陪伴在大家身边。"

"哇，我发现西林你自吹自擂的功夫又上了一层楼。"阿莫笑嘻嘻地接上，"那么接下来，我们进入本场比赛的 BP 环节的较量。"

画面一转，回到了赛场上。

随着耳机里的提示音，比赛正式开始。

这一场比赛，IO 是在蓝色方，AM 则拿到了红色方。

俞苑苑搓了搓手缓解紧张，然后重新把手放在了键盘和鼠标上。

"先 ban 掉阿卡丽和酒桶，第三个位置 ban 杰斯。"楚嘉年的声音不疾不徐地从耳机里传来，"IO 就是靠这几个英雄从外卡打到六强的。"

IO 方面则是 ban 掉了奥拉夫和卢锡安，然后 ban 了一个辛德拉。

"我没怎么玩过辛德拉啊。"俞苑苑有点震惊。

"他们一选肯定是中。"楚嘉年一眼就看穿了对面IO的意图，"不是针对你，只是ban一个克制英雄。"

果然，他话音未落，IO就锁了佐伊。

"IO可能是要走玄学流。"楚嘉年不动声色地嘲讽了一句，因为佐伊这个英雄的胜率一直在60%，然后道，"先把下路组合拿了。"

奥利奥和小新会意，锁了下路二人组的完美搭配：牛头加卡莎。

阿莫点了点头："这是下路经典的二人组合了，牛肉酱在前一个赛季里面的牛头发挥非常出色，而雪饼的卡莎更是凶得可怕。让我们看看IO要选什么英雄来克制这个双人组。"

西林惊呼一声："哇哦，IO很自信地直接锁了加里奥，这个版本的加里奥大招被削了一把以后已经成了最热门的辅助，等等，薇恩？这么自信？我们雪饼允许了吗？"

果然，镜头扫过AM的时候，大家都看到了雪饼和牛肉酱脸上挂着的笑容。

谁都记得春季赛的冠军就是雪饼用薇恩打出来的，基本上算是雪饼的一个招牌英雄。敢在雪饼面前拿这个英雄，也难怪雪饼会笑了。

队内语音是这样的。

一看到对面选了薇恩，牛肉酱低呼了一声："这是看不起我酱爷爷，还是自暴自弃打算给我雪哥送人头了？"

"前两天刚打了薇恩，我现在手感还在那儿呢。"雪饼笑开了花，"感谢训练赛，感谢年哥的栽培。"

"少贫。"楚嘉年阻止了两个人毫无顾忌的话，"麻烦后期剪辑把这两句去掉。纳命，中路想玩什么？"

他很少这么正式地叫她的游戏ID，俞苑苑很快冷静下来："如果小新能拿到皇子的话，我觉得我用丽桑卓比较好。"

牛头加皇子再加一个丽桑卓，光是控制技能，都够对面头疼。

楚嘉年点头："可以。"

第二轮BP，针对上路和打野两个位置，IO分别ban掉了盲僧和波比，让小新顺利拿到了皇子。最后奥利奥则用了一直偷偷练，但是还没来得及拿出来用过的牧魂人，正好配合皇子。

最后两边的阵容分别是——

AM：上单牧魂人、打野皇子、中单丽桑卓、ADC卡莎、辅助牛头。

IO：上单吸血鬼、打野青钢影、中单佐伊、ADC薇恩、辅助加里奥。

镜头一分为二，从两边的教练开始，分别闪过了所有位置的队员。

俞苑苑的面前和背后都出现了丽桑卓的原画，冰霜女巫丽桑卓的深色画卷将她的皮肤衬得更加雪白。她没忍住，又搓了搓手，楚嘉年一看见她的动作就知道她大概是又紧张了，于是在摘耳机之前最后鼓励了一句："别紧张，打他们比打训练赛要容易，加油。"

说好了要收敛一点，结果为了安慰俞苑苑，导致他先破了戒。楚嘉年自嘲地在心里笑了笑，摘下耳机，走去台中央和对面的教练不咸不淡地握了握手，心想说就说了，反正他也没说错什么。

"这句话我想说好久了。"牛肉酱瞬间被鼓舞，"今天就是酱爷爷在国际赛场发光发热的第一天！"

大家难得地没有嘲笑他，一时之间都心潮澎湃。熟悉的召唤师峡谷出现在大家面前，俞苑苑娴熟地买了出门装，这才出声："出道第一战，我们的目标是——打爆对面！"

牛肉酱附和："打爆！"

雪饼和小新的声音同时响起："打爆对面！"

最后，奥利奥大约是大势所趋，也平平稳稳跟了一句："打爆对面。"

开局大家按惯例在河道互相冒了个头，倒是没有太大的摩擦，就安安稳稳回到了线上。

"纳命，你小心，他们应该到二级就会来抓你。"小新一边打三狼，一边切视野看了一眼。

说话间，青钢影果然冒了头，俞苑苑不慌不忙向身后扔出魔爪，回到了塔下。

青钢影刚走，小新就默不作声地摸了过来，蹲在了下河道的草里，稍微蹲了一下中路，蹭到了三级。

"小新，去对面F6（野区的六个野怪）蹲打野。"俞苑苑压了一波兵线过去，边说边点了信号。

小新毫不犹豫地转身向着对面的下路野区走去，果然看到了正在打F6的青钢影！

这一波，俞苑苑压了兵线到对面塔下，就跟着小新往前走了几步，小新Q上去加惩戒（召唤师技能的一种）抢掉了对面的F6。而俞苑苑的站位正好卡了个视野，青钢影往前走了两步突然上了墙，显然是想要和小新拼一波血线。

他刚刚从墙上跳下来，结果小新的皇子像是算好了一般同时在他落地的位置插了个旗！他正准备往皇子身上扔W，一团魔爪就猛地冒了出来！

青钢影还没反应过来，下一秒，丽桑卓就站在了他的脸上打满了伤害！

佐伊这才开始往下路走，已经来不及了。青钢影的血线本来就不够健康，这一波之后直接被打残，他开了闪现转身后撤，结果俞苑苑毫不犹豫地跟了闪，几下普攻直接带走了青钢影！

　　First blood！

　　耳机里一阵此起彼伏的赞："开门红啊纳命。"

　　"先杀一个打野练练手。"俞苑苑笑嘻嘻道。

　　一血拿得这么干脆利索，两个解说也有点惊了，导播室赶快切了镜头回放，阿莫长长地"哇"了一声："纳命的意识确实不错，如果我没看错的话，刚刚是她先给小新打 F6 点的信号的。"

　　"这波细节其实很多。"西林一开始还是受了楚嘉年之托，稍微夸一夸纳命，这下是真的对她有点刮目相看，眼中满是赞赏之色，"最后闪现得这么果断，上去跟两下普攻直接带走青钢影，这是算好了青钢影的冷却和自己普攻的伤害，这波操作真的很厉害。"

　　弹幕也炸了。

　　小姐姐这个意识和操作真的厉害！

　　路转粉了！纳命爷是真的有实力！！

　　Nice！Nice！

　　恭喜纳命拿下职业生涯第一个正式人头！

　　才一个一血，你们吹捧得是不是太快了？

　　一时之间有夸奖，也有不屑，但难听的话确实是顿时少了一半。

　　平稳发育到六级的时候，IO 其实已经很难受了，下路的牛头和卡莎组合把薇恩和加里奥压得死死的，拿了一血的丽桑卓比之前更强势，甚至在青钢影在上路抓牧魂人的时候，跟着小新在对面野区里转了一圈，然后一起蹲在了中路的草里。

　　佐伊跳来跳去地补着兵，对中路草里的大汉们一无所知。

　　"搞？"小新挑挑眉。

　　"搞！"俞苑苑话未落音，已经 ER 一连，直接将佐伊稳稳地冻在了原地！

　　皇子紧跟着旗子一插，直接跳脸，佐伊连技能都没来得及放出来，就直接倒在了地上成了尸体。

　　人头依然是俞苑苑的。

　　"嘶——不给让一个？"小新龇牙咧嘴。

　　"下一个给你。"俞苑苑笑得没什么诚意，"中路的我就先全部收下了。"

　　说完，她在佐伊的尸体旁边左右来回地走了两步，然后……开始跳舞。

弹幕静默了两秒。

我不管，我转粉了！纳命爷跳得真好！！教他们说话做人！！！

前面看赛前采访片我就很生气！现在终于笑出来了！纳命爷好样的！

女孩子打职业有什么不好！

一时之间，"黑子"也没有冒出来说话。

毕竟俞苑苑的打脸来得实在是干脆彻底又舒服，被挑衅的怒气都随着丽桑卓的舞蹈发泄了出来。

镜头很懂地给了 IO 的中单一个镜头。金发碧眼的男生坐在那儿，口型很明显地说了一句"Respect!（尊重！）"。

结果没想到这还没完，佐伊复活，刚刚从青钢影手里拿了个蓝回到线上，还没补两个兵，皇子和丽桑卓再一次从天而降——佐伊又倒下了。

这次的人头是专门留给俞苑苑的，有了人头还拿了蓝，这两波下来，俞苑苑压了对面整整三十五个兵。

小新拎着三个来自中路的助攻，闷闷不乐地去下路抓人去了："雪饼，给我个人头啊，我简直饥渴难耐！"

"助攻给你，人头不给！"雪饼根本不理他那一套，对着走位小失误的加里奥就是一顿猛点。

"看来 AM 这把是真的打算抓死中路了，这两轮下来丽桑卓的经济已经领先了对面……三千块了？"阿莫看了一眼数据，也是一惊，然后感慨道，"IO的中单这样下去简直毫无游戏体验感。"

"这个故事告诉我们，赛前挑衅要不得啊。"西林看得也很舒服，"你永远不知道自己挑衅的是一只绵羊，还是披着羊皮的狼。纳命爷明显是后者，而且是非常记仇的那种。"

中线优势拉到这么大，下路又被压得那么惨，俞苑苑吃了塔皮以后回了趟家买装备。

"你不是吧？杀人书（指装备梅贾的窃魂卷，俗称杀人书）？"牛肉酱看见了以后倒吸了一口气，"纳命啊，来下路帮一把？"

俞苑苑扬了扬嘴角："好。"

牛肉酱才说完，下路就开了一波团战，蹲在草里的青钢影瞅准机会跳了上去，显然是觉得中路已经崩了，打算来下路看看有没有突破点，眼看小新还在上路帮奥利奥，俞苑苑果断开了 TP ！

"我大好了！这波可以打！"俞苑苑的 TP 点在了草里的眼位上，但是她还没来得及传下来，青钢影就直接大中了卡莎！

雪饼骂了一声。

牛头挡在卡莎前面，边开 E 回血，边咆哮着砸起了上前输出的薇恩和青钢影，薇恩和青钢影才刚刚落地，终于赶到的丽桑卓直接闪现上来开了大，大中了对面三个人！

雪饼这个时候已经是丝血了，他毫不犹豫地转身一顿狂点，直接在三个人身上打满了伤害！

Triple kill!（三杀！）

雪饼残血拿了三杀，美滋滋地在草里回城，这波下来血赚，能让他直接出无尽之刃。俞苑苑帮他补了兵线："我以为好歹能给我叠个五层？"

"送你一队兵，不能更多了。"牛肉酱也混了三个助攻，跟着雪饼回了城。

俞苑苑福至心灵地开装备栏一看，得，雪饼也出了一本杀人书。

"你们这样搞，我很没面子的。"小新非常郁闷，"我也想要杀人书，我也想要人头！"

IO 原本以为能稳稳抓死下路两人组，结果白送了三个人头给 AM，比赛打到这里基本上没有悬念了。

比赛进行到第二十二分钟，AM 拿下了大龙，拆掉了 IO 所有的高地塔，团灭了 IO 以后，带了三路超级兵逼近对方水晶。

"还记得中午他们的话吗？"俞苑苑边点门牙塔，边问了一句。

眼看第一局就要赢了，大家脸上都有抑制不住的笑意。经她这么一提醒，所有人都回忆起了来自 IO 中单的挑衅。

跳舞是吧？

于是拆完门牙塔以后，五个人站在泉水面前，同时按下了键盘上的Ctrl+3。

牛肉酱大约还嫌不够刺激，头上冒出了一个点赞。

IO 电脑全黑，脸色铁青看着自己的水晶被小兵拆掉，最后画面静止在五个人跳舞点赞的一幕。

Victory!（胜利！）

AM 身后的大屏幕整版变成了红色，大大的胜利字样带着 AM 的队标一起出现，伴随着阿莫和西林大声的呐喊——

"赢了！让我们恭喜 AM 战队顺利拿下在 MSI 的首场比赛！"阿莫的声线都放大了好几个分贝，"这一场比赛 AM 打得是真的行云流水！太漂亮了！有了新人的 AM 没有让我们失望！"

"不知道大家有没有注意到一个细节，最后纳命的杀人书叠到了整整二十五层，雪饼的也叠到了十八层！一场比赛两本杀人书，AM 这场真的是杀红了眼啊。"西林激动地道，"两队人头差竟然拉到了整整二十个！这可是MSI！"

"我们都知道，AM 赛前换人的事情引起了非常大的争议，网上也有许多人唱衰。"阿莫大声道，"但是今晚！AM 用实力证明了自己！AM 没有衰！甚至比以前更强！"

"对，没错。"西林应和道，"本场的 MVP（最有价值团队成员）给纳命当之无愧。"

他话音未落，赛后的数据就放了出来。

AM.Naming，参团率 80%，数据"9-0-15"。

配图依然用的是那张官宣图，身穿队服的少女微微抬起眼帘，向着荧幕之外传了自己神挡杀神、佛挡杀佛的眼神。

当初看这张照片觉得小姐姐在耍帅，现在看来，小姐姐是真的帅！！！

女生打职业怎么了！打得比你们这群喷子还要好！！

之前你们骂她，现在怎么不骂了？快把脸伸出来让小姐姐打啊，哈哈哈哈哈！

要去握手了！好希望看到 IO 的表情！

按惯例，比赛赢了的一方要主动去和输的一方握手。俞苑苑大概是第一次上赛场，忘了这一茬，已经手脚麻利地收拾好了外设，准备往怀里抱。

"还要握手呢！"小新看到她的动作，眼角狠狠一跳，"别急着走啊。"

俞苑苑愣了愣，把外设放下，跟在小新身后小声问："啊？还要握手？不好吧？"

"哪里不好？"小新没懂。

"我怕他们捏断我的手。"俞苑苑有点紧张，"他们不会借机报复吧？"

小新还没回答她，俞苑苑已经走到了 IO 的上单面前，她顿时换了一张洋溢着热情和谦逊的笑脸，一边握手一边鞠躬，嘴里还一路说着："谢谢，谢谢。"

目睹了俞苑苑变脸全程的雪饼目瞪口呆。

握到中单的时候，俞苑苑反而不怕了，她浅浅地握着金发碧眼男生的手，真挚地盯着对方的眼睛，笑得格外真诚，声音也格外大一点："谢谢支持！"

IO 中单：……笑不出来。

观众看到两小时前还嚣张到不行的 IO 中单此刻只能黑着脸假笑，心里都爽翻了！

打脸我只服纳命爷。

喷子的下场只有一个——脸疼！

笑死我了，哈哈哈哈哈哈……但是我一点都不心疼这个小哥哥，哈哈哈哈哈。

楚嘉年早早地就等在后台了，俞苑苑眼睛亮亮地看向他："怎么样，还行吗？"

她简直满眼都写着"夸我夸我"。

楚嘉年本来就没觉得 AM 会输，而且刚刚的比赛里其实有很多细节俞苑苑还可以处理得更好，而俞苑苑有几个地方也太莽了点儿……但是她眼里的期待太盛，于是楚嘉年带着笑意点了点头，顺势摸了摸她的头："夸你。"

俞苑苑瞪他："这么敷衍？"

楚嘉年："……夸你夸你。"

俞苑苑："……"

怎么办，刚刚拿了一血、超了神的喜悦竟然一下子没了一半！

AM 赢了第一局，纵使知道大部分原因是 IO 确实比较菜，大家还是难免有点膨胀，一路互相吹捧着回了休息室。只有俞苑苑被楚嘉年泼了"夸奖"的凉水，有点蔫蔫的。

"拿了职业生涯第一个 MVP，感觉怎么样？"牛肉酱挤过来，用手做了一个采访话筒的样子。

俞苑苑垂头丧气："没有年哥的夸奖，MVP 拿得并不完整。"

"奖杯的边都还没碰到呢，还想要夸奖？"楚嘉年站在一边，单手握着赛事记录本，正在思考要从哪里开始分析刚刚的比赛，顺口回道。

与此同时，小新心里先是一惊，嘴快道："苑苑，你别难过，年哥肯定还是爱你的！"

众人：我听到了什么？

"啊？"俞苑苑先是一惊，然后瞬间红了脸，"……小新你说啥？"

楚嘉年也愣住了，耳尖迅速红了起来。几个人都诧异地盯着小新，一脸震惊。

小新：……我说了啥？

他这一句话没头没脑地冒出来，自己也有点后悔，但是话都说了，他也憋了这么多天了，干脆直接摊牌："那天年哥去打电话，我不小心听到了……你们也别瞒着我们了，我要难受死了。"

俞苑苑小心翼翼问道："你……你听到啥了？"

"年哥说……说你是他女朋友，目前你们已经分手了。"小新闷闷地道，"虽然我从来都没看出来年哥有恋爱的迹象，但是据说分手以后都是女生更难受，你……"

休息室里一时寂静无声。

"我刚刚做了个梦。"牛肉酱不自觉地抱紧了还没放下的外设，喃喃道，"梦见我们赢了，然后小新说苑苑是年哥的女朋友。"

雪饼早就看出来这两个人不对劲，虽然此刻不是正确的时间和地点，但是既然已经被戳破了，所以他也干脆直说："苑苑第一次来队里的时候，我就感觉年哥不太对。"

奥利奥一脸严肃："年哥，我早就想问了，你那次去相亲，对象是不是苑苑？"

俞苑苑从小新莫名地爆料开始就进入了惊惶状态，她根本不想让任何人知道自己曾经和楚嘉年有过一段相亲经历，尤其是在网上有帖子说她是靠楚嘉年上位的情况下。虽然这一切都只是巧合，但是真的要说起来，她觉得自己有十张嘴可能也说不清楚。

更何况，非要算起来的话，确实是楚嘉年挖的她，两人也确实一些说不清楚的关系，虽说在飞机上已经决定了要结束这样的伪装，坦坦荡荡说个明白，但这不是还没来得及回国解释……所以两家的家长至今还在互称"亲家"。

这个世界上的事总是这般天不遂人愿，只要你做了，总会留下各式各样的痕迹。越想要隐瞒，反而越容易被发现。

俞苑苑有种"掉马"的惊慌感，不打自招："你……你们是怎么知道的？"

大家还没来得及回答，休息室的门就被敲了两下。大家这才想起来，每一场赛事之后都会有短暂的赛后采访，都有点不太自然地暂时放下了这个话题。

做赛后采访的是国内高人气《英雄联盟》主播小姐姐琶弥，琶弥算是圈内口碑很好的女主播了，游戏水平也是实打实的钻石段位。虽然也会穿萌系衣服和大家互动，但是从来都不会故意博眼球。这次官方特意邀请了她来做赛后的采访嘉宾，也是为了拉一波主播的流量。

拿着话筒进来的琶弥穿了一身干练的职业装，笑容亲切甜美，大家精神一振，尤其是爱看琶弥直播的牛肉酱。结果，琶弥小姐姐给大家打了个招呼，就直奔楚嘉年去了。

楚嘉年没换衣服，只是把衬衣的袖扣解开了，稍微撸起了半截袖子，隐隐约约露出了左手的伤口。俞苑苑眼尖地看见，心里一凛，在镜头对准楚嘉年之前就拦在了他面前，神色虽然是笑着的，但明显带着一丝戒备："不知道小姐姐想采访我们可爱的牛肉酱？还是高冷的奥利奥？"

楚嘉年垂下眼睛打量了一下自己的手，明白俞苑苑为什么要突然冲过来。他手伤了这么多年，其实早就不那么在意了，只是此时被这样照顾，他的心底微颤，不动声色地把袖子拉回了手腕。

"没关系的。"他本就是半靠坐在沙发扶手上，俯下身就可以靠近俞苑苑的耳朵。

他清浅的呼吸打在俞苑苑耳后，她刚刚红透还没平息的脸又开始发烫。只是此时摄像头就撑在她脸上，她不敢乱动，只求镜头不要将她的窘境拍得太明显。

芭弥本来确实是想要先采访楚嘉年，刚才整场比赛里他露脸时刻的热度仅次于最后爆掉水晶的时刻的热度。之前大家也知道他的存在，但是他从来都不走到台前，所以也没有机会近距离接触他。这是他第一次走到台前做 BP 指导，芭弥当然想要先和他拉近一点距离。

看到俞苑苑挡在了她面前，芭弥愣了愣，但反应也很快："今天的比赛可以说是 AM 新中单纳命的首秀了，我们也有幸在赛后第一时间见到了纳命选手和 AM 战队人气超高的经理人年哥。纳命选手是第一次打正式比赛，年哥也是第一次做 BP 指导，请问两位有什么想要对观众说的吗？"

俞苑苑回头飞快地看了一眼楚嘉年，结果楚嘉年向她微微抬了抬下巴，意思是她先说。

两人的互动被直播出来，弹幕里的画风瞬间走偏。

刚刚纳命爷是在护年哥吧？

年哥是不是对纳命爷说什么了啊，纳命爷好像脸红了！这两个真的是一对吧？

女选手一来，好好的 AM 变得满天绯闻，现在又要开始谈恋爱了？告辞告辞，这气我忍不了。

天哪，年哥看纳命爷的眼神好甜！这对我嗑了！

都说了纳命是靠年哥上位的，现在你们信了吧？

支持和反对的人都有，就在大家快要在弹幕上吵起来的时候，俞苑苑清了清嗓子，一脸严肃地开了口。

她本来就是学播音主持的，一开口就见功底，字正腔圆不说，声音也比芭弥要更好听几分："谢谢各位观众老爷对 AM 战队的关注和支持，这只是我们在 MSI 的第一战。之后还有许多硬仗要打，我们不会被一时的胜利迷惑心智，固守现有成果，我们会在年哥的带领下，积极总结战时不足，争取在今后的每一场比赛里都能保持今天的劲头，勇往直前，开拓进取，做敢担当、不逃避、打硬仗的好选手！"

观众们惊呆了，整个 AM 战队惊呆了，琶弥和扛摄像机的小哥也惊呆了。

画面明显晃了一下，摄像小哥一时之间竟然扛不稳镜头了。

我刚刚以为自己打开了中央一台？？？

哈哈哈哈哈，我不行了谁来救救我。

这思想觉悟，哈哈哈哈哈，绝了绝了。

这下我是真的相信她根正苗红了，哈哈哈哈哈……我的肚子。

见过纳书记，哈哈哈哈哈哈，年哥都惊呆了好吗，哈哈哈哈！

楚嘉年还算是最先反应过来的，他本来想说点别的，结果大约是红色的光辉太耀眼，他一开口也跟上了她的节奏："每一支队伍的发展都不可能永远一帆风顺，但我们有攻坚克难的勇气，无论外界环境如何，我们都会百折不挠地去面对这些困难。"

有了开头，之后其他四个人也跟上了节奏，胸腔一片火热。

牛肉酱："攻坚克难！锐意进取！"

小新："迎难而上！斗志昂扬！"

雪饼："不骄不躁！砥砺前行！"

奥利奥："……同上！"

画风一片红彤彤，连弹幕的颜色都自动变成了红灿灿，还有人直接刷了一整片的国旗。琶弥万万没有想到这次采访竟然变成了这个风格，回到镜头面前的时候，神思还有点恍惚，开口就是："让我们继续期待 AM 战队接下来的表现，希望他们能够继续团结拼搏，克难奋进，走上健康发展的快车道！"

哈哈哈哈哈，红旗飘飘，纳命书记！

节奏大师，哈哈哈哈哈哈哈，整个房子都红了！

哈哈哈哈哈哈，心疼琶弥小姐姐。

只有我觉得纳命爷声音真好听吗？粉了粉了。

恭喜 AM 战队喜提"LPL 第一红"，哈哈哈哈哈哈。

离开的时候，琶弥的脚步明显比来的时候快了几分，颇有一种落荒而逃的感觉。

等他们走了，AM 休息室才从刚才的氛围里缓过来，喊了口号的几个人都有点蒙。牛肉酱捏了捏自己的脸："我突然感觉自己变得有文化了。"

"初中军训的口号真是永不过时。"小新拍了拍胸口，"刚刚好怕自己接不上话。"

用"同上"蒙混过关的奥利奥脸不红心不跳："感谢祖国的栽培。"

大家从突然采访的风波里走出来，又回想起了之前的话题，欲言又止。俞苑苑也感觉到了，她探出头看了一眼门外无人，又缩了回来，叹了口气："实话实说吧，我……确实和楚经理相过亲，但是那个时候，我不知道他就是 AM 战队的经理。因为害怕之后家里人再安排麻烦的相亲，所以我们达成协议，假装相亲成功了。后来，我来了基地，我们才知道彼此的身份。再后来的事情，你们也都知道了……"

"总而言之，我们没有真正交往过，说分手也是前几天才商量好的，觉得不能欺骗双方家长。"俞苑苑挠了挠头，有点不好意思，"因为也不是真的，所以就没有告诉大家，让你们担心了，实在是不好意思。"

大家听懂了来龙去脉，纷纷对了个眼神。楚嘉年不等大家回应，就直接站起身来："刚刚比赛的问题还有很多，我一个一个来说。小新，你有两波开团的入场还是早了，还有奥利奥，你捏着 TP 打团不用，是打算让 TP 再生一个 TP 出来吗？"

他今天难得穿了正装，气场本来就强，此刻冷着脸，大家被他训得一个个都不敢出声。俞苑苑垂着头，莫名觉得楚嘉年突然生气了。

可是他生气什么？生气自己告诉大家他们假装男女朋友的事，让他没面子了吗？还是别的什么她没考虑到的原因？

她正胡思乱想着，就突然被点了名。

"还有你，纳命。"楚嘉年垂眼看着本子，"两次团战牛肉酱草都没探完，你就上去了，你怎么知道草里有没有人？既然是优势局，身为 C 位，还出了杀人书，按你这种打法，也就因为今天对手是 IO，如果换成是 OPE 或者别的队，绝对能因为你的失误输掉！"

后期俞苑苑确实杀红了眼，往上冲的时候眼睛都不眨一下，虽然团战都赢了，但是楚嘉年说的确实没有错。

她老老实实低着脑袋，不敢反驳，默默告诫自己要沉稳，要脚踏实地，认真做人。

大家倒是没有想那么多，虽然敏锐地感觉到了楚嘉年似了比平时更加严厉，只觉得毕竟是 MSI 赛事，年哥认真一点是应该的，比赛最忌看轻对手，他们第一局赢得太轻松，是应该被好好敲打敲打。

楚嘉年说完上场赛事，又重新给大家强调了一遍 LEW9 的习惯和情况。在他略显冷清的声音里，大家缓缓回过神来，俞苑苑也不再胡思乱想，认真听他安排下一场赛事。

于是第二场对 LEW9，AM 战队果然如他们自己所说，不骄不躁，锐意进取，斗志昂扬，顺利拿下了比赛。

这一场俞苑苑拿了一个发条，打的是支援型中单，比起第一场比赛她表现得中规中矩，虽然配合依然还在，也有亮眼操作，但是 MVP 最后还是给到了雪饼身上。大家照例在泉水面前跳了舞，点了赞。俞苑苑一路都在告诫自己要沉稳，要低调，结果在和 LEW9 的上单握手的时候，还是没忍住。

俞苑苑："反正是五进四，别太难过。"

她这一场一共只拿了五个人头，其中有四个都是上单的。

LEW9 上单：……突然能够体会 IO 中单回去路上骂了一路的心情了。

至此，第一天的比赛圆满结束。

打比赛的时间里，楚嘉年已经让人把电脑全部搬到了选手的房间。虽然不会再安排额外的训练赛，但是打比赛期间手感其实比平时更重要，大家都会习惯在晚上排两把再睡，更何况第二天的比赛下午五点才开始，白天除了做前一天的赛事分析，当然也要再练练手。

只有俞苑苑那台暂时没有搬，因为她是女生，所以大家不好进她的房间，特意在大厅里等她。

他们是倒数第二场，回来的路上一直在看最后一场的直播，今天的最后一场是 VXX 对阵 IO。虽然大家觉得 VXX 毫无悬念会赢，而场上局势确实印证了这一点，但是因为第二天 AM 要对战 VXX，所以大家还是看得很认真。

而俞苑苑因为在车上看手机会晕车，所以一直靠听的，时不时在大家的议论里插两句进去。

小新："IO 要赢，只能抢大龙了，我感觉他们大概率抢不到。"

俞苑苑："就 IO 那个技术，抢大龙是不可能了，我觉得他们在整个 MSI 都拿不到一条大龙，充其量偷个小龙。"

她说得有点尖锐，但也是实话。大家嘻嘻哈哈了一会儿，终于到了宾馆。

在房间调试电脑的过程中，俞苑苑想了想，终于打开了好几天都没看的微信。

蔺瓶子一连串的微信轰炸，简直是网上战况的现场直播，其中还有她一个人开了五个小号奋战在各个"黑子"留言下面的光辉身影。大约是知道俞苑苑这两天忙，她不回复，蔺瓶子也不生气，兢兢业业地做现场转播，保证俞苑苑不上网冲浪，也能及时掌握"浪"里的每一条动向和细节。

俞苑苑打开对话框的时候，蔺瓶子正现场直播到大家夸她的发言，甚至已经有人做了表情包，命名为"红旗飘飘，AM 不倒"。

发言的时候没觉得，这会儿回顾起来倒是格外搞笑，俞苑苑自己也忍不住笑了，顺手把【攻坚克难牛肉酱.gif】【迎难而上小新.gif】【不骄不躁雪饼.gif】，以及【同上奥利奥.gif】的表情包扔进了群里。

牛肉酱第一个看到，快乐地把自己的头像改成了表情包，不仅如此，他还让大家都跟上队形。

当然没人理他，反而是小新反应过来：等一下，怎么只有我们四个人的？年哥和苑苑的呢？【迎难而上小新.gif】

大家俨然已经在娴熟地使用自己的表情包了。

俞苑苑回了他一个"蜜汁（谜之）"微笑。

当然有她的，但是她才不会发到群里呢。至于年哥的……

她又点开看了一遍【百折不挠年哥.gif】。

暗红衬衣黑西装的男生脸上挂着淡淡的笑容，纵使是画质极低的表情包，也被他的颜值加持到仿佛是 1080p 的高清，他的眼瞳仿佛黑曜石一般，透过屏幕看向她。

他明明是带着笑意的，眼神却很冷清，但是俞苑苑却觉得那双冷清的眼睛非常勾人。

"您的电脑已经调试好了。"后勤的小哥打断了她的思绪。

俞苑苑瞬间反应过来，做贼心虚一般把手机猛地倒扣在了床上。

俞苑苑向他们道了谢，等到后勤的人走了，她立马反锁了房门，跑去洗了个脸。

冷水的凉意通过肌肤渗透上来，她才一点点冷静下来。

就算再傻，她也知道自己现在这样不太对劲了！

看别人的表情包她只想笑，但是看【百折不挠年哥.gif】，她竟然会看到脸红！

连这种搞笑表情包她都会这样，更别提蔺瓶子发的那几张网友截图了！

其实她今天挡在楚嘉年面前对着镜头胡说八道的时候，她自己心里就隐约感觉到了什么。扪心自问，她不仅仅是因为不想让别人看到他的手，更有几分不想让琶弥接近他的心思。

她心底直跳，不敢相信那个若隐若现的答案。

最后一场比赛的直播已经接近尾声，她看着 VXX 毫无悬念地拆了 IO 的家，本来想开两把排位练练手的，结果每次都发呆错过了确定排位。

排队的时间有点长，她干脆不打了。

她想了想，不敢问蔺瓶子，自己偷偷打开了某乎，搜索"喜欢上一个人是什么体验？"。

她一条一条看下去，有说自己爷爷奶奶相恋六十多年的故事的；有说自己和恋人从校服到婚纱的；有欲跨山海然而山海不可平，恋人不可期的；有暗恋后的黯然神伤；也有爱过恨过大梦一场却言不悔的。

俞苑苑屏息凝神地看着，心怦怦直跳。

她一开始不明白自己为什么看别人写的回复还会这样紧张又脸红，直到她又向下翻了一页，一行简单的字赫然映入她的眼里。

我在看这里每一条回复的时候，想的都是你。我想这大概就是喜欢吧。

俞苑苑愣了一会儿，猛地扔了手机，翻身而起。

她在房间里原地绕了两圈，越绕心越烦，等她好不容易下定决心打算和蔺瓶子谈谈心的时候，却发现对方的现场直播在十几分钟前就已经结束了。

瓶瓶子：老了，熬不动夜了，先去睡了，祝你们明天继续全胜。

她这才想起来两边有时差，夏令时六小时的时差算过去，国内已经凌晨四点多了。

芊圆：晚安。感谢直播，明天我会加油的。

窗外又有教堂的钟声传来，一声一声撞得她心烦意乱，她干脆换了身衣服出了门。

五月的法兰克福还有点微凉，晚上十点，除了酒吧还人声鼎沸，餐厅几乎全部打烊了。商场的橱窗亮着灯，有三三两两的德国人站在橱窗面前打量着里面陈列的衣服，这是德国特有的"橱窗消费"。不仅仅每天晚上能看到这样的场景，周日休息日所有的商店也都不开门，出来游荡的人群也会这样趴在窗户上。

酒吧她肯定是不能去，整个大街冷冷清清的。她随便走了一圈，街角的咖啡店也早就打烊了。她也不敢乱跑，干脆坐在了酒店门口的台阶上，呼吸着夜里清凉的空气。

她……好像真的有点动心。

可是，他会喜欢她吗？

她又想起白天她向队员们解释他们关系的时候，楚嘉年刻意地带开话题和若有若无的生气。

他……应该是不喜欢的吧。

俞苑苑愁眉苦脸地坐在那儿，正在想队内合同里到底有没有禁止恋爱这一项规定的时候，身后突然冒出来一个声音。

"苑苑？"

一听到这个声音，她浑身一颤，根本不敢转头。

她现在最害怕见到的人就是楚嘉年。

楚嘉年走到她旁边："你在这里干什么？"

"我……"俞苑苑开了开口，正在想要怎么编一个理由，就看到楚嘉年的眼里带了罕见的怒意。

"你的手机呢？"

俞苑苑一愣，才想起来自己刚刚把手机扔在了床上。

"敲你的门也没人开，打电话没人接，这里是人生地不熟的欧洲！明天还要打比赛，你大晚上跑到外面来发什么疯？出门不知道带手机吗？"楚嘉年的眉眼间带了几分罕见的凛冽，他声音不大，显然是不想把事情闹大，却足够严厉，"你知道我把服务员叫来开门，发现里面没有人的时候，我已经准备报警了吗？"

俞苑苑张大了嘴，没想到自己只是出来透透气，竟然惹出了这么大的风波，但她实在不是故意的，又因为刚才的那些说不出口的心绪，她欲言又止，却又无从解释，心头不由得涌起了一股的委屈。

那些委屈越来越盛，如同海底涌上来的泡泡，她默默站起身来，垂着头，小声道："对不起。"

她的眼眶已经慢慢红了。

楚嘉年没有多说什么，显然是余气未消，一路无言地跟在她身后。

其他几个AM队员也被惊动了，看到她垂头丧气地回来，大家也都松了口气。俞苑苑本来还以为楚嘉年是小题大做，此刻看到大家真的都在找她，心里更加愧疚，深深地给大家鞠了一躬："让你们担心了。我……我就是出门透透气。"

"欧洲这两年治安不好，别乱跑。"奥利奥拍了拍她的肩膀，"年哥可是急坏了，刚刚差点要翻窗户了。"

俞苑苑心里又是一酸，愧疚和委屈一起涌上来，她默默地走回房间，拿起手机一看。

楚嘉年整整打了二十四个电话，发了四十多条信息，群里也一直在给她发消息。

她看着整整一排的"楚嘉年"三个大字，难受的心底又莫名其妙地升起了一丝欣喜。

他……这么着急找她，至少证明他是在乎她的吧？

就算因为她是他的首发中单而在乎，她……好像也很高兴？

想通这一点，俞苑苑有点绝望地把自己砸在了床上。

喜欢一个人真可怕，她感觉自己变成了一粒尘埃，对着随处可见却遥不可及的星星。满足于现有的一切，却还想要更多。

于是，俞苑苑就这么数了一晚上星星，不怎么安稳地睡着了。

第二天的两场分别是对战 VXX 和韩国的 BBG，其实大家心里都有点紧张，VXX 高价引入了韩国教练以后，实力确实提高了一大截。而韩国 BBG 战队更是压在所有人心头的一座大山，BBG 连拿了四个 S 赛的冠军，虽然从去年开始，曾经的老队员们都因为伤病和年龄陆续退役，但 Vision 还在。只要 Vision 在，BBG 就永远是大家心目中那座不可逾越的高峰。

AM 第一次打入国际赛，因为战队的资历尚浅，平时的训练赛根本约不到韩国的队伍。虽然看了无数遍视频，但是大家的对战经验还是少了点，不免内心都有点慌。

俞苑苑从房间走出来的时候，发现大家都和她一样挂了黑眼圈。

奥利奥算是最为镇定的一个了，他一边往吐司上面抹酱，一边认真道："大家不要慌，心态放稳，其实也就是一场训练赛而已。"

牛肉酱："先不提我们到底能不能约到韩国的训练赛这种令人伤感的话题，就算我相信你说的话，但是……你为什么要把那个黄黄的酱抹在面包上？"

奥利奥愣了一下，定睛一看，顿时抽了两下嘴角。

在一大堆草莓酱、蓝莓酱、千岛酱、酸奶酱……里，他精准地选择了 senf 酱（黄咖喱酱）。这种酱不同于印度式咖喱，口味更温和一些，有微微的咖喱辣，但更多的则是它有一种奇特的香料味，一般都是用来配咸肉肠的，配吐司那味道可真是……

奥利奥当然不愿此时出丑，硬着头皮将吐司送到了嘴边，咬了一口，然后猛地站了起来，一言不发地走了。

是厕所的方向，而且脚步越来越快。

大家不动声色地把 senf 酱向着奥利奥的方向使劲推了推。

雪饼有点感慨："其实也不用这么悲观，我有种预感，MSI 之后，我们的训练赛肯定会被约满。"

"虽然很想赞同你，但是我害怕你这句话变成什么毒奶（反向加油），所以我决定闭嘴。"小新左右看了看，"话说年哥怎么还不来吃早饭？"

俞苑苑的心漏跳了一拍，却听到雪饼回了一句："我来的时候正好碰见年哥了，好像是已经吃过了，要去处理别的事情。"

俞苑苑这才稍微放下了心。

但随即，她就感觉到了不对劲。

她现在的状态，似乎太容易被楚嘉年影响了。

趁着大家还在吃饭，她借口要回房间拿东西，赶快给蔺瓶子打了一个微信语音通话。此时是国内的下午时分，蔺瓶子很快接了语音："怎么了？晚上要打BBG紧张了？"

"紧张是肯定的，但是我这边有个更要紧的事情。"俞苑苑不自觉地压低了声音，"我好像有点稳不住了。"

"纳命爷也有稳不住的时候？第一把打得很有气势啊，喷子们都闭嘴了，打脸打得啪啪啪，简直大快人心。"蔺瓶子没怎么在意，随意笑了一声，"难不成你是恋爱了？"

俞苑苑有点脸红："也……也没有。"

她一结巴，蔺瓶子就感觉到了不对劲，又想到自己看到的赛后采访，瞬间坐直了身体，语气笃定："你肯定是恋爱了！"

"真的没有！"俞苑苑加重语气，"就是，我有一个朋友，她想问问，如果说她不想让别的异性接近一个男生，看到各种关于恋爱的段子都会想到这个男生，哪怕是他对自己发火，都觉得有点甜蜜，听到这个男生的名字也会心跳加速……你说这个情况，吃止痛药有用吗？"

蔺瓶子：……有个朋友、止痛药，她以为自己傻吗，听不出来这就是最拙劣的"我的朋友就是我"系列故事吗？

蔺瓶子冷笑一声，特意在"朋友"两个字上加了重音："止痛药应该作用不大，根据我的推测，你的朋友可能已经病入膏肓了，建议直接入土为安，眼不见心不烦。"

俞苑苑被她噎了一下："可是我的朋友，还有很重要的事情要做，不能这么快就入土。"

"是要拯救世界吗？"蔺瓶子的声音带了几分戏谑，"还是要去打比赛呀？"

"要……要打比赛。"俞苑苑的声音更小了。

"那你的朋友喜欢的，是不是她战队的经理人呀？"蔺瓶子谆谆不倦。

俞苑苑："……好了好了，我承认。我的朋友就是我，你快说怎么办吧。他现在是BP教练，我上场避不开他的，你说我万一心神不宁，发挥失误了怎么办？"

"MSI这种比赛，你要是小失误还好说，如果出现反向技能或者空大了，你就等着告别职业赛场或者直接被粉丝鞭尸吧。"蔺瓶子的声音严肃起来，"事情真的已经严重到你控制不了自己了？这才几天啊，他做了什么就把你迷得这么神魂颠倒了？"

俞苑苑开始怀疑自己给蔺瓶子打这个电话是个错误："这些都不重要好吗？我下午就要去打比赛了，我现在连他的眼睛都不敢看，我感觉自己要完，你快给我想个办法！"

蔺瓶子沉默片刻，缓缓道："我有两个办法。第一，你申请休赛一场，让替补上，先把自己的心态调整好；第二，向楚嘉年坦白从宽，给自己一个痛快。如果我是你，我选第二条路。"

"……行吧，我再考虑考虑。"俞苑苑有点颓丧，她挂了电话，仰面朝天躺在床上发了会儿呆，然后冲进卫生间，用凉水洗了洗脸，让自己回过神来，然后重新下楼去了餐厅。

她回来的时候，牛肉酱他们还没吃完饭，因为酒店都在一处，他们桌不远处就是其他几支战队，所以大家当然不会在这里讨论战术问题。经过昨天的一轮交手，大家对彼此的实力也都有了更清楚的认识，是以没有之前那样集体群嘲的事件发生。

VXX那边时不时会飘过来几道意味不明的眼神，而BBG的队员们照例比较高冷，安安静静地坐在靠窗的位置吃饭，仿佛全世界只有他们面前的分餐盒，彼此之间也不说话，气氛肃穆冷清，方圆五米杀气弥漫。

牛肉酱向着BBG那边打了个眼神："你说他们现在是不是也在对晚上和我们的比赛感到紧张。"

"如果这么想能让你晚上辅助超神的话，是的。"雪饼笑眯眯地应道。

牛肉酱连忙摆手："不不不，我是有职业操守的，不能抢你人头。"

他说得认真，俞苑苑忍不住笑出了声："我才是最紧张的那个，你们要稳住，不然我肯定会更慌。"

"你不说我们也知道。"岂料小新露出了一脸"我早就知道了"的表情，"昨晚你就紧张到离家出走了，今天的黑眼圈更是比平时还要浓，我们又不是瞎子。"

俞苑苑：……不是，你误会了。

她想了想，还是决定问一问职业队友们的想法："说起来，你们之前打比赛，有过心态不稳的时候吗？都是怎么调节的呀？"

说到这个话题，大家可太有经验了，连奥利奥都加入了话题："我刚被年哥从LDM挖过来的时候，当时想着千万不能辜负年哥的心意，结果上场太紧张，反而没发挥好。也不是说失误了，就是那种……没有展现自己应有的水平，当时还挺挫败的。心态也没调整好，之后的好几场比赛我都有点颓丧。"

"然后呢？"

"然后年哥跟我solo几局，给我上了一堂生动形象的思想教育课，我就被打醒了。"奥利奥眼神悠远，"从那以后，每当我觉得我状态不好的时候，都会想到年哥当时说的话。"

涉及个人隐私，俞苑苑不好追问楚嘉年到底说了什么，又转向别人。结果没想到所有人在挫败的时候，都是由楚嘉年一手拯救的，提起这件事，全都变成了楚嘉年的无脑吹，总结起来就是一句话：没有年哥，就没有他们今天的成就。

小新敏锐地发现了问题所在："怎么突然问这个，你是不是心态出了什么问题？包括昨天突然不带手机出走，我一直想问你到底是怎么回事来着？"

俞苑苑有点羡慕他们可以毫无顾忌地找楚嘉年，她脑中又出现了蔺瓶子的话——向楚嘉年坦白从宽，给自己一个痛快。

她喃喃道："好吧，那我也去找他试试，大不了就是一个痛快。"

吃完饭，大家把电脑搬出来整整齐齐放了一排，小新为了缓解情绪还开了直播。俞苑苑坐在他旁边，自己开了训练模式开始练补兵。

"塞拉斯？"楚嘉年不知道什么时候回来了，站在她身后，皱了皱眉头，"练英雄？"

从刚才开始，俞苑苑就一直在想怎么才能给自己一个痛快。此刻楚嘉年的声音突然响起来，吓得她一个激灵，她一时之间不太敢看他的眼睛，有点局促地点了点头："之前手感不错，今天想再练练来着。"

楚嘉年没再多说什么，反而是小新那边直播录入了他的声音。

塞拉斯，新英雄真的猛！期待今天比赛出场！

前面别搞笑了，塞拉斯在整个MSI就没出场过，春季赛上面的胜率也低得可怜，可别乱毒奶。

现在练总觉得在暗示着什么？

我年哥声音美如画！

小新看到弹幕，忙着打了个圆场："塞拉斯本来就很猛啊，不信我来一把给你们看看，不猛我以后就是新弟，不是新爷了。"

弹幕果然被他吸引了注意力，一片"哈哈哈哈哈"声。

俞苑苑有点感激地看了一眼小新，然后站起身来，走到一边："年哥，我有点事情想和你聊聊。"

楚嘉年有点意外，不过想到昨晚的事情，心里大约有了一个猜测。

难道是心态问题？或者是家里人看到了微博情况联系她了？说起来俞母好像是玩微博的，会不会是看到了网上的过激言论，所以产生了什么想法？

楚嘉年的房间是个套间，外间是小会客室。俞苑苑在沙发上坐下，楚嘉年不知从哪里变出一盒石榴汁放在她面前，看到她望向石榴汁的眼神不太对劲，这才解释了一句："刚才出去正好看到旁边的超市有卖，就买了几盒回来。"

俞苑苑神色复杂地盯着石榴汁，觉得真的应该给自己一个痛快。

"楚嘉年。"她下定决心，开口道，"昨天……对不起。"

结果话到嘴边，还是转了个弯。

"昨天是怎么回事？"楚嘉年给自己倒了一杯白开水，喝了两口，"是看到什么了，还是听到什么了？"

"都没有。"俞苑苑摇摇头，心里却想起了之前奥利奥说的话。奥利奥失误之后，楚嘉年和他 solo 了几把，然后讲了一串人生哲理。

自己之前和楚嘉年 solo 过后，楚嘉年其实也说了很多啊。

"那是怎么回事？"楚嘉年在她对面坐下来，静静地看着她。

俞苑苑看着他的眼睛，却发现他的眼中没有她所想象的生气或失望，而是一片平坦的深潭，仿佛能够包容万象。而她原本在对视的那一刻就开始狂跳的心，在这样的视线之下逐渐变得平缓，仿佛得到了某种宁静的力量。

他那个时候说什么来着？

哦，对，他说……她最大的问题在于，自己在和自己想象中的敌人对战。当她觉得自己不能战胜自己想象中的那个对手的时候，她就会变得束手束脚。

此时此刻的她，不也正是这样吗？

俞苑苑沉默片刻，开口道："我觉得我可能会心态不稳，所以从现在就开始慌张了。我可能还是没有办法克服我想象中的障碍。"

"第一次对阵 BBG，谁都会紧张，这是难免的。"楚嘉年颇为理解地点了点头，"一回生二回熟，今天的比赛，以找到对面的节奏和套路为第一目标，之前开会的时候，我不是已经说过了吗？更何况，MSI 是积分赛，积分够四强就好，我也没有强求你们全胜。"

俞苑苑抿了抿嘴，低声道："可我还是会害怕失败。"

害怕失败后让你失望，害怕失败后会让 AM 的粉丝失望，更害怕在这样大的舞台上一点失误被粉丝无限扩大。

"我当年打比赛的时候，其实在打每一场之前，都会告诉自己，就当这场比赛已经输了。"楚嘉年似是回忆起了什么，笑了笑，"然后我发现，如果你连输了的前提假设都能坦然接受，那么其实……你就不会输。"

不害怕失败，才能迎来胜利。

俞苑苑觉得自己心头的郁气被缓缓舒展开来，她深吸一口气，站起身来点点头："我明白了。"

喜欢一个人，不应该因为他而失去自我，更不应该因为喜欢而患得患失，甚至担忧起失败。

她喜欢的，是最优秀的战队经理人，是她可以信任依靠的存在。而她，不应该因为喜欢这样优秀的他而让自己变得畏首畏尾。

　　这是对喜欢这件事情的侮辱。

　　"摆好心态，比赛是用来享受的。"楚嘉年抬手摸了摸她的头发，"别害怕，有我在。"

　　俞苑苑站定，她眯起眼睛，侧头冲他笑了笑，重重地点了点头。

　　喜欢，本来就是一件美好的事情呀。她确实应该摆好心态，好好享受这样的一份喜欢。

　　她选择，为了喜欢的人，变成更好的自己。


　　很快到了下午五点，今天他们是第一场对 VXX。

　　经过昨天的比赛，弹幕一片火红，一转之前的唱衰，不少人都在给俞苑苑加油。今天第一场的解说依然是阿莫和西林组合，两人看到弹幕的转变，非常欣慰地感慨了两句。

　　转眼到了 BP 环节，楚嘉年换了一身暗银色的西装，站在大家背后。他比昨天更亮眼，俞苑苑偷偷看了他一眼，又飞快地转过了头，感觉自己有点呼吸不畅。

　　楚嘉年的声音一如既往温和而镇定："前三手 ban 妖姬、吸血鬼和亚索。"

　　"亚索？"俞苑苑有点蒙，"确定吗？"

　　"欧美战队确实爱打这一手，和 LPL 不太一样。"雪饼解释道。

　　俞苑苑将信将疑地 ban 了亚索。

　　阿莫也愣住了，到底是看惯了 LPL 的风格，乍一看到亚索出现，还是比较惊讶："这一手 ban 真的非常针对 VXX 了，亚索虽说在 LPL 很少出现，但无论是北美还是欧洲赛区，出场率其实还是挺高的。"

　　"第一眼我还以为是纳命手抖了。"西林皮了一下，"说起来这是这几年第一次见到亚索出现在 ban 位上吧。现在现场的尖叫声已经快要掀翻房顶了，我们可以请导播切到现场让大家感受一下。"

　　画面如期切了出去，阿莫和西林松了口气，对视了一眼，同时看到了对方眼中的惊疑。

　　现场的嘘声和欢呼声都很大，VXX 紧接着就锁了牛头卡莎的阵容，楚嘉年沉吟片刻，问道："纳命，你白天练塞拉斯手感怎么样？"

　　其实白天她根本没练几下，但是塞拉斯这个英雄是真的强，她看了看阵容，大概明白了楚嘉年的意思："我觉得可以拿。"

塞拉斯的头像出现在屏幕上的时候，现场掀起了比 ban 亚索时更热烈的呼声。

阿莫"哇哦"了一声："这是一手……塞拉斯！塞拉斯这个新英雄其实还是很强的，这一手应该算是中上摇摆位。今天小新直播的时候，我还听到纳命在练这个英雄，所以很有可能是走中路，不过也说不好最后到底落到谁的手里。啊，VXX 这边选了剑魔，塞拉斯打剑魔的话，我感觉还蛮有看头。"

西林赶快调出来塞拉斯的出场率，结果三个 0% 出现在屏幕下方，西林疑惑道："AM 可能是真的研究了什么新的阵容，我有点期待。"

最后确定下来的阵容是——

AM：上单厄加特，打野奥拉夫，中单塞拉斯，ADC 卡莉丝塔，辅助加里奥。

VXX：上单剑魔，打野赵信，中单璐璐，ADC 卡莎，辅助牛头。

"对面明显是四保一阵容。"楚嘉年最后叮嘱了两句，"虽然是第一次用塞拉斯打比赛，但是都别慌。不管你拿哪个英雄，都是第一次。"

俞苑苑目瞪口呆，她竟然无言以对。

"记得我跟你们说过的话，比赛是用来享受的。"楚嘉年摘下耳机之前，又多说了一句。

BP 环节结束，楚嘉年转身去和对面教练握手，然后下了舞台。

俞苑苑定了定神，咬着下唇开始搭配符文。选中塞拉斯她是真的有点慌，这种慌并不是来源于技术层面，而是经验。其他英雄她的练习场次都在三位数接近四位数，甚至有一部分是超过两千把的，就算没有上过比赛场，她也不慌，但是塞拉斯这个新英雄，出来的时间短，之前还有过 bug（漏洞），修复之后猛是猛，但她练习的场次比不上其他英雄。

"纳命别慌，塞拉斯还是猛的。"雪饼看出了她的不安，安慰了一句，"年哥这是要用比赛磨你的心态，这说明年哥信任你啊。之前出新英雄的时候，我们也都是这么过来的。"

"训练赛训练赛，就是一把训练赛。"牛肉酱也说了一句，"纳命别慌，稳住稳住。六级偷一波赵信大招，抢无敌。"

"英雄池要深不见底，懂吗？"小新边配符文边说，"实在不行我就住中路，没什么大问题，别慌。打爆他们，我一个奥拉夫就够了。"

大家七嘴八舌地安慰她，俞苑苑又感动又内疚："我……我会加油的。"

下午五点这一场换算到国内时间就是晚上十一点，弹幕里还非常热闹。

小新打奥拉夫是真的有一套，直接从对方的蓝开，等到赵信打完红过来，虽然成功换了一套血，但牛肉酱及时赶到接应，让奥拉夫顺利逃脱。

这样小新开局就拿了四分之三的野区，顺利到了四级，然后卡了对面中路的视野，准备在中路埋伏一下。

俞苑苑正在和璐璐对线，看到小新过来，她故意走位失误演了一下，璐璐上来 Q 她的同时，闪现接 E 准备拴住璐璐！

小新跟着往前走了几步，顿了一下，又退了回去。

没拴中。

俞苑苑"嘶——"了一口气，这种失误在她身上并不多见。

小新边走边说："没事没事，我一会儿再来。"

结果他没走一会儿，俞苑苑突然骂了一声。

璐璐刚在她身上甩了一个变羊技能，赵信就从草里跳了出来！璐璐还给她挂了个引燃！

**First blood!**

俞苑苑被击杀。

"走位失误了。"俞苑苑尬笑一声，"见笑见笑。"

她一边往外走，一边深吸了一口气。

不能被自己内心的恐惧打败。她觉得自己用不好塞拉斯，所以才会在操作上出现迟疑，刚才的链子没拴中也是因为她上得不够果断，才让对面逃脱。

对方似乎是看出了她的不稳定，她才刚刚上线，还没到六级，赵信就又绕了过来。

璐璐一边稍微后撤，一边往她身上扔了一个变羊技能，结果没想到塞拉斯也后撤两步，走出了变羊的范围。就在璐璐以为这波打不起来的时候，塞拉斯突然原地转身连着 E 了两段，直接把自己砸在了璐璐身上！

璐璐的血线开始飞速下降，赵信及时从草里跳出来，挡在了璐璐面前，塞拉斯和赵信稍微换了两下血线就开始后退，赵信的技能打在塞拉斯的身上，塞拉斯的血线也开始往下掉。

但是塞拉斯却不慌不忙地收了两个小兵的人头，扭身躲开璐璐打过来的 Q 技能，同时吃下了旁边的炮车兵，瞬间来到了六级，然后准确地偷到了璐璐的大招！

一切都仿佛发生在同一个瞬间，阿莫和西林都没反应过来，就看到塞拉斯原地把璐璐和赵信同时击飞，身材高大的塞拉斯挥舞着铁链，冲向了残血的璐璐，用 W 弑君突刺技能收下了璐璐人头的同时回了血，然后在赵信向前追来的同时，回头反打了几下，硬是一路逃到了下路的蜂蜜果附近，打爆了一地的治愈果实！

"救命，救命！"残血的俞苑苑一边七扭八转地吃着果实，一边狂喊。

小新这会儿刚刚回城，根本来不及接应她，而牛肉酱在她往下走的时候就已经蹲在草里准备接应了。赵信看到冒头的加里奥，准备跑，没想到加里奥直接闪现向前并向他使用了嘲讽技能，瞬间将他定在了原地。俞苑苑毫不犹豫地回身，已经冷却好的技能全部都招呼在了赵信身上——赵信倒地。

Double kill!

"Nice！"在看到她极限收下两个人头的时候，队内的欢呼声顿起，其中奥利奥的声音最大，他玩塞拉斯最多，这会儿他看到这种操作，也是非常激动。

收下人头，俞苑苑开始原地回城，她松开鼠标拍了拍自己的胸膛，表示心有余悸："吓死宝宝了。"

现场都被她的操作秀翻了，此刻屏幕上正好切了她小拍胸脯的镜头，大家都辨认出来了她的口型，一时之间尖叫声和笑声充满了整个演播大厅。

中路在丢了一血的大前提下，能反杀，还是直接双杀，简直是可以被列入教科书的神级操作了。

小新帮她收了中路兵线，转身去支援下路。下路对面的牛头和卡莎虽然是强势组合，但是雪饼和牛肉酱手上的操作都非常细腻，前期就一直在压着对面打。这会等到小新来了，他们立马扑上去硬生生抢了两个人头。

小新第二次去蹲的时候，对面看出来他们大概是准备抓死下路了，赵信早早就蹲在了草里，上路剑魔也 TP 了下去！

牛肉酱死顶在雪饼前面，被逼到原地开大砸人，雪饼命悬一线！

眼看蹲人不成要反被蹲，危急时刻俞苑苑终于赶到，不知道她什么时候偷了赵信的大招，冲着一路追雪饼的赵信和卡莎就开了大！

被自己的大打了一脸的赵信："……"

卡莎和赵信瞬间成了残血，反打的技能全部扔在了塞拉斯身上。雪饼躲在她身后拼命输出，终于把残血的两个人点死，然而俞苑苑也已经成了丝血，被赵信临死前的一枪击杀。

"这波不亏，赶紧抢龙！"俞苑苑躺在地上呼喊着。

三十分钟，VXX 开始冒险动大龙，没想到小新闪现进龙坑抢了大龙，而加里奥在龙坑里大中对面四个人，再加上塞拉斯上来就晕住了卡莎，以一换二，直接用自己带走了卡莎和璐璐两个人。

俞苑苑躺在龙坑里，看着自己的四个队友所向披靡，终于在对面复活的前三秒拆掉了水晶。

"victory"字样显示在屏幕上的时候，俞苑苑一直悬着的心终于缓缓落地。

她跟着其他四个人站起身来，长长地舒了一口气。

和 VXX 握完手，与队友们一起在台上鞠躬的时候，俞苑苑的心头有点触动。楚嘉年用一场比赛教会了她在心态不稳的时候要怎么办。

信任队友，也要信任自己。因为这里是自己梦想的赛场，不仅仅是自己的梦想，她的身上，还承载了许许多多的信任，粉丝的、队友的，以及楚嘉年的。

她抬起头来，向台下展颜一笑。

与 BBG 的比赛毫无疑问地输了。大家对于这个结果都有心理准备。在回程的车上，气氛倒是没有太沉重，大家都在反复推演今天的比赛过程，前一天的比赛太过顺利，今天的比赛反而让大家沉下了心，知道了自己与 BBG 的真实差距。

俞苑苑一反常态地坐在角落里，不知道从哪里掏出来一个本子，一边看着手机，一边在上面写写画画，记录着什么。

第二天，大家醒来的时候，俞苑苑已经坐在电脑桌前了。看到他们出来，她回头跟大家打了个招呼。

楚嘉年扫了一眼她的屏幕，看到她正在看比赛，也没说什么。

转眼又到了比赛时间，AM 今天的第一场是对战来自越南的 QU。这些年来，越南的电竞行业发展得很不错，队伍也越来越强，尤其是 QU 这支队伍，高薪聘了一个韩国教练。他们在比赛时经常会出现一些出其不意的操作，特别是在 BP 环节，非常能玩摇摆。前两天的比赛里，QU 已经赢下了与 IO 和 LEW9 的两场比赛，可以说很让人惊喜了。

俞苑苑一言不发地坐在了最中间的位置上，开始调试设备。

今天的解说换人了，相比起阿莫和西林的"消炎组合"，这两名解说的风格则是以尖锐和一针见血著称的。两人专门针对昨天 AM 和 BBG 比赛的失败说了两句，弹幕反而觉得解说有点带节奏了，也有一部分人觉得解说说得没错，AM 在遇见真正的强队的时候，问题还是挺多的。

很快进入了 BP 环节。

QU 的中路算是明星选手，肯定要针对他 ban 英雄。楚嘉年直接指定 ban 了辛德拉和妖姬，为了防止出现卡莎牛头阵容，又 ban 掉了牛头。

QU 则根据俞苑苑上场的比赛 ban 掉了丽桑卓，然后又 ban 掉了版本强势英雄阿卡丽和卢锡安。

"一选中。"楚嘉年看了一眼本子，"纳命，你打什么？"

"佐伊。"俞苑苑毫不犹豫，"妖姬没了，中路佐伊没有天敌。"

奥利奥帮她锁了。

对面选了蛇女。

"这是摇摆位啊。"小新皱了皱眉，"蛇女打佐伊，有点勉强吧？"

"蛇女肯定是下路。"俞苑苑声音平静，"虽然在 MSI 上还没用过蛇女，但是对面 ADC 很擅长用蛇女打下，我猜他们第二手是塔姆。"

小新有点诧异地侧头看了她一眼。

俞苑苑神色平静，盯着屏幕，身上战意极浓。

果然，QU 二楼锁了塔姆。

针对塔姆，牛肉酱照例拿了加里奥。雪饼想了想："蛇女如果走下路，我想用 EZ。"

这是想打 AP 的 EZ 了（指英雄伊泽瑞尔使用魔法加成装备，主要进行魔法输出）。

对面三楼选了厄加特，又是一手中上摇摆。

"对面中路以前是打上路的，厄加特是他的拿手英雄。"俞苑苑的声音响起，"这个厄加特应该是中路。"

"我们中路选佐伊的话，打野我想拿赵信或者凯隐。"小新斟酌了一下。

"凯隐吧。"楚嘉年点头。

这个阵容的输出已经非常足够了，奥利奥最后拿了一手峡谷开团老司机塞恩。

QU 那边犹豫了一下，在最后一个位置选了武器大师。

果然，蛇女打下，厄加特是中。

"料事如神啊，纳命。"牛肉酱没忍住，感慨了一声。

俞苑苑一边配铭文，一边面不改色地应道："应该的，我昨晚收集了他们过去五十场的数据，很容易得出结论。"

楚嘉年摘下耳机前听到了这句话，愣了愣，顺口问了一句："你昨晚几点睡的？"

"电竞少女，不需要睡眠。"她勾了勾嘴角，"昨天和 BBG 的比赛让我辗转难眠。"

"佐伊打厄加特不占优势，加油。"楚嘉年顿了顿，还是说了一句。

"好。"俞苑苑没回头看他，郑重应道。

这一场，选到拿手英雄的俞苑苑比以往更凶一点，佐伊在中路的彗星几乎达到了 100% 的命中率。厄加特的手本来就比她短，血线一直被她压在三分之二以下，连吃了两个血瓶，还连佐伊的发梢都没够着。

前期没有什么太激烈的对抗出现，大家都在说这一场 AM 打得保守，就看到镜头切到了中路！

只见在小兵之间穿梭的佐伊向身后扔了彗星，然后开了 W 向前加速走了两步，此时厄加特和佐伊都还在五级，眼看佐伊进入了攻击范围，厄加特根本不慌，一边稍微后撤，一边往佐伊身上突突了几下。

佐伊的彗星飞过来，厄加特巧妙避开。

观众正在嘲讽她技能歪到了十万八千里之外，就看到 Q 在击杀了旁边小兵的刹那，佐伊瞬间到了六级！

下一刻，佐伊就出现在了厄加特的侧面，直接上了 E 技能催眠！而刚刚击杀小兵的效果正好让她在前进路径上捡到了碎片。一瞬间，她就在厄加特身上打满了一整套伤害，然后还顺手挂了引燃！

解说已经跟不上她的操作了："我们看到佐伊这一瞬间到了六级！E 中了厄加特然后接平 A！W 技能的法球全部命中厄加特！厄加特想要反打，但是佐伊已经回到了原地！厄加特还想走！佐伊 Q 技能冷却已经好了，但是厄加特已经出了攻击范围！佐伊闪现跟上厄加特！佐伊的 Q 技能打中了厄加特！打中了！这是什么神级预判！六个法球两次平 A，佐伊足足打出来八次被动！"

厄加特挂着引燃往塔下走了两步，然后轰然倒下。

First blood!

"AM.Naming 即将接管比赛，请各单位做好准备。"俞苑苑眼底肃穆，嘴边却挂起了一抹笑容。

到了六级以后，佐伊越发神出鬼没。

厄加特丢了一个人头，走位比刚才更谨慎了一些。看到己方打野盲僧在蓝区徘徊，这才探出身子准备补兵。结果他才走到河道的位置，佐伊又从地底下冒了出来，给他脸上扔了气泡又退了回去！

厄加特心道不妙，赶快往盲僧的方向跑，但是没走两步就被气泡定在了原地，果然凯隐从草里跳了出来。

"盲僧也在！牛肉酱，牛肉酱！放大招！"俞苑苑看厄加特跑的方向就知道打野肯定在附近！

盲僧果然 Q 到了小新身上，配合着厄加特反打一波，直接把小新打成了残血！

眼看小新就要完蛋，加里奥从天而降，撕开了河道上厮杀的四个人！

对面塔姆也甩着舌头赶了过来，小新拖着残血的身躯转身就走。盲僧看到一下来了三个人，转身就想退出战局，然而没想到 AM 杀意已决，塔姆护送着残血的厄加特往下路走，蛇女还在接应的路上，EZ 已经先一步到了战场，两下点死了厄加特！

"追！"俞苑苑闪现黏住了想继续走的塔姆，大家的技能全部招呼在他身上，瞬间塔姆也变成了残血。路过蓝区草丛的时候，俞苑苑往草里插了个眼，奥利奥顿时会意，直接顺着眼TP了下来！

加里奥的风卷中了在三角草里向前挣扎的塔姆，俞苑苑一道彗星结束了塔姆的性命，于是四个大汉围住了在塔下瑟瑟发抖的小蛇女，狰狞一笑。

蛇女开了大，但是转头就看到对面的四个人一拥而上！

"这个人头我就继续收下啦！"雪饼刚刚给蛇女身上套了个环，准备再点一下收下她的人头，结果回了一波血的凯隐开着隐步穿墙而过，挥着镰刀收掉了蛇女的人头！

"不用谢。"小新笑眯眯地转身飘走。

雪饼："……你这个人头狗！"

优势已定。

几波团战下来，上中下三路都已经很肥了。拆完中二塔，复活了的QU队员们在他们拆高地塔之前终于将AM拦下，团战一触即发。俞苑苑突然跳起来，向着反方向扔了一个Q！

怎么还有反向Q这种失误？这女的神经病吧？

弹幕才刚刚发出来，那道彗星稳稳地落在了没有视野的草里，炸出来一个刚刚顺着眼位TP下来的武器大师！

弹幕被这波打脸打得猝不及防，一波喊"神仙Q"的弹幕气势汹汹地刷掉了之前骂神经病的喷子。

武器大师屏幕黑掉的时候都还没反应过来。

跟上来的四个队友本来准备趁AM刚刚放完技能，来一波团战，结果蛇女才扭着身体走了几步，佐伊又从她身侧冒了出来"睡到了她"（使她陷入了沉睡状态）。

团战里被控就是死，厄加特见势不妙，准备后撤，没想到俞苑苑放着残血的蛇女，再次反向放了Q的同时，闪现往前追了两步。

彗星从天而降砸死了蛇女，而佐伊也再次睡住了厄加特。

EZ穿梭过来跟上一波输出，收了厄加特的人头。盲僧跳上来还准备挣扎一下，结果还在半空，就被开车过来的塞恩直接撞飞！

第二十八分钟，AM连大龙都没拿，就直接拆了QU的水晶。

第二场是AM和VXX的比赛。俞苑苑毫不犹豫又选了佐伊，昨天VXX是怎么击杀她的，她今天就怎么杀回来。

VXX 的中路屏幕第四次黑掉的时候，没忍住骂了一句："这和昨天是一个人吗？"

昨天俞苑苑虽然发挥没有问题，甚至还一对二，秀到飞起，但到底不是她最拿手的英雄，而 VXX 在六级之前连抓了她几波，给中路缓解了许多压力，所以今天 VXX 轻敌了。

是以 VXX 想要故技重施，结果没想到拿着佐伊的俞苑苑凶到不像话，直接让 VXX 崩了中路和野区两条线。

打野来抓一次死一次，小新随便路过蹭两个助攻都能肥得流油。

第三十六分钟，AM 带着一万八千块的竞技优势势如破竹地攻上了 VXX 的高地，拆掉了水晶。

"victory"的字样亮出来的时候，俞苑苑深吸了一口气。

到了惯例的握手环节，俞苑苑抬头冲着 VXX 的中单笑了笑。结果对面中单是个德国小伙子，看到她的笑容，顿时满心真诚地握住了她的手，用力一握。

俞苑苑努力让自己的笑容不要垮掉。

回到后台的时候，她颤颤巍巍地拿出了自己的右手，上面赫然五个红印子。

牛肉酱惊叫一声："这谁干的？这是要你命啊！"

电竞选手的手就是命。

"不是，德国人握手就是这么大力……大力出奇迹。"俞苑苑倒抽着冷气，一边甩手，"疼死我了。"

"我看看。"

她眼前一花，楚嘉年已经拿起了她的手。

楚嘉年的手指修长笔直，和她惨不忍睹的肉手形成了异常鲜明的对比。她的手很白，几道粗粗的手印便显得更加明显。

"中单握的？"楚嘉年挑挑眉。

俞苑苑的心猛地漏跳了一拍，整个人都愣了一下，才假装咳嗽了一声："年哥，你这样握我的手，是要收钱的。"

楚嘉年给她头上一个栗暴："奖金还想不想要了？"

俞苑苑缩了缩脖子，递出双手："您随便摸！"

被她气笑，楚嘉年放开她的手，笑了笑："心态稳住了？"

俞苑苑愣了愣才反应过来，楚嘉年其实一直都在关注她的状态，而她确实是直到这一场才确定自己的心态不会再受困扰，而他……居然这么快就感受到了。

她咬住下唇，点了点头。

楚嘉年笑了笑："行，只要你能稳住，其他的事情我来搞定。"

俞苑苑站在他身后，看着他抬手搂住小新的肩膀，几个人嘻嘻哈哈地向前走去，突然鼻头一酸。

这个人……怎么这么好啊。

他明明也才只有二十一岁，却一个人扛起了整个队伍。他不怕骂名，不怕污水，他愿为整支队伍挡下腥风血雨，让大家在避风港里安安心心地打比赛，其他的事情，都有他。

难怪只要年哥在，整个 AM 就有了灵魂。因为大家都知道，年哥愿意为他们、为这支队伍做到何种地步。

她想通了。

她喜欢这个舞台，享受打比赛的过程，更珍惜身边这些能够信任的队友们。她还是喜欢楚嘉年，但是这份喜欢不应该成为让她患得患失、心态失衡的阻碍，这份喜欢应该如楚嘉年这个人一样光风霁月，坦然可观。

所以她决定将自己的感情埋在心底。

喜欢他，是她一个人的事情。

电子竞技不是没有爱情。只是感情归感情，电竞归电竞，成年人却总是贪心，两个都想要。

但是她俞苑苑就不一样了，她只想赢，她想站在最高的那个舞台，举起那个所有电竞人梦想的奖杯。

然后……把奖杯捧到意中人的面前，只为博他一笑。

她笑嘻嘻地跟上了前面几个人的脚步。

…………

接下来的第三天比赛，俞苑苑再也没有拿到过佐伊，结果连打了两把辛德拉以后。第四天，她连辛德拉都拿不到了。第五天，对面的 QU 直接连 ban 了三个法师。

楚嘉年当机立断让俞苑苑坐 counter 位，于是俞苑苑眼睁睁地看着对面 ban 了第四个法师。

"可以可以。"小新夸赞道，"纳命你放心地往前冲，这把我们拿到了顺手英雄，喂都能把你喂得胖胖的。"

结果，俞苑苑冷笑一声："四个 ban 位就想把我限制住？天真。"

然后，她就掏出了当初和楚嘉年 solo 过的那只凤凰。

打完这场的结果就是，最后一场和 BBG 的比赛中，BBG 上来就 ban 了她的凤凰，放出了佐伊和辛德拉。

无他，纯粹是她的凤凰实在太恶心了，打又打不死，无限复活，只要她自己不按回城键，没人能送她回去。

但 BBG 到底是老牌强队，而且喜欢打运营，最后活生生在线上拉了 AM 八千块的经济，顺利拿下了比赛。

五天的比赛下来，除了在对战 BBG 的两场输了，AM 保持了极高的胜率，以总积分第二的成绩顺利进入了四强赛，然后迎来了为期两天的休赛期。

俞苑苑终于有机会喘一口气了。

在去威斯巴登泡温泉和去格林兄弟的故乡哈瑙小镇转一圈的选项里，几乎所有人都选了前者。连着打了五天的比赛，泡温泉放松一下实在是非常享受，更何况是德国最著名的威斯巴登温泉。

只有俞苑苑似乎想起来了什么，犹犹豫豫没有举手。

"你不喜欢泡温泉吗？"小新已经在提前憧憬了。

"不……不是……"俞苑苑仔细回忆了一会儿，还是觉得记忆有点模糊，"我只是记得威斯巴登温泉最有名的是……是……"

她有点说不出口。

"是什么呀？"牛肉酱好奇，"水特别热？水有味道？"

"不是。"俞苑苑咬咬牙，还是说了出来，"是……男女混浴。"

大家眼睛莫名一亮："真会玩。"

"而且要求所有人都……全裸。"俞苑苑弱弱地补充道。

…………

小新震撼到无以复加："这……这……"

"这得见识一下啊！"牛肉酱猛地一拍大腿，脸上闪烁着不正常的红晕。

俞苑苑：你们？？？

## ✦ 第八章

哥哥

//
QING BEN XIA GU SHAO NV

　　直到上车，俞苑苑都没有机会参与到男孩子们的对话中。大家的话题越来越歪，声音越来越小，说话的时候和她的距离更是越拉越远。俞苑苑抽动了两下眼角，假装自己什么都不知道。

　　但是队里第一次集体活动她又不好不参加，只好默默地坐在了大巴车最后排的角落里。

　　虽然那天拿塞拉斯其实没有什么太大的失误，但是她回想起来总觉得自己的操作出现了很大的问题，比如那个一血，她觉得自己实在是不应该丢掉。这样思前想后，再加上念及自己当时的状态，竟然让她有点羞愧。所以这几天，她对自己的要求比平时训练的时候更加严苛，除了睡觉的几个小时，她要么是在研究其他几支队伍的数据和打法，要么就是在练习补兵和排位。

　　华灯初歇，她在补兵；别的队友还在睡，她已经在排位了。这样对自己近乎严苛的训练，再加上这几天打比赛，她的神经一直都是紧绷着，生怕自己再出现任何失误。是以这会儿一放松下来，车子还没发动，她就不知不觉睡着了。

　　这算是她这几天来睡得最安稳的一觉了，甚至还做了一个甜甜的"狗血"梦。梦里楚嘉年变成了她的哥哥，全方位无死角宠爱她的那种哥哥。无论她有什么要求楚嘉年都会满足她，甚至连她摔倒了都不用自己爬起来，楚嘉年会直接将她抱起来，然后她就赖在他怀里。结果这样梦幻美好的日子突然到了头。梦里，在她成年的那一天，楚嘉年告诉她说，他们不是亲兄妹。

　　俞苑苑被自己的梦吓醒，刚刚睁开眼还有点蒙，但是隐约感觉自己好像是靠在谁的身上。再抬起眼睛，一张梦里刚刚出现过的脸映入她的眼帘。

"哥哥？"她下意识地脱口而出。

楚嘉年并未发现她醒了，正戴着一只耳机在手机上看比赛，冷不丁听到了这样一声"哥哥"。她的声音又软又甜，头发微乱，眼中更是一片迷迷糊糊的乖巧。楚嘉年侧头看向她，心头一颤，鬼使神差地应了一声："嗯？"

俞苑苑盯着他的脸看了好一会儿，这样近的距离看过去，楚嘉年的皮肤实在是好得让人羡慕，毫无瑕疵，她就这样在梦境与现实中穿梭一会儿，缓缓回过神来，悚然一惊。

她……好像离他太近了一些！

她眼中终于恢复了清明，这才发现自己半个身子都靠在楚嘉年身上，整辆大巴车上只剩下了他们两个人，连司机都不在了。

"到……到了吗？"她慌忙坐直身子，心想自己睡着之前好像身边都没有人的呀，怎么醒来世界都不一样了。

"嗯，我让他们先进去了。"楚嘉年从容地收起手机，仿佛刚才那声低低的"嗯"不是他发出来的，楚嘉年的心底隐约有点失落。

"那你怎么不叫醒我？"俞苑苑急急忙忙地想要站起来，"我们也快去吧。"

"你……要去吗？"

楚嘉年问得平淡，但话语之间带了一丝微妙的停顿，听起来十分促狭。

俞苑苑愣了愣，才想起来他这话的意思。

嗯，温泉，混浴，不穿衣服的那种。

她的脸腾地红了，结结巴巴反问："那……那你去吗？"

"你听过这样一句话吗？"楚嘉年似笑非笑。

"什……什么？"

"来都来了。"楚嘉年展颜一笑，率先站起身来。

俞苑苑忐忑地抱着包，跟在他的身后，满脑子胡思乱想，来都来了的意思……就是他也要去？

那……那可是不穿衣服的地方！

俞苑苑偷偷瞄了一眼楚嘉年的背影，脑子里顿时充满了各种各样的豆腐渣画面。

大巴车的德国司机大叔正在旁边抽烟，看到他们俩从车上下来，露出了一个暧昧的笑容，冲着俞苑苑打趣了一句："男朋友不错啊，小姑娘。"

俞苑苑还沉浸在脑补里，背对着她的楚嘉年刚刚转过了半个身子，她猛地回过神来，原本就涨红的脸顿时更热了，尬笑一声，赶快向司机解释："不不，他不是我男朋友。"

结果大叔还没回话,楚嘉年却先转过头:"不是就不是,你流什么鼻血?"

俞苑苑:???

她赶快抬手一抹,真的是……鼻血。

这下丢人丢大了,她赶紧翻包找纸,楚嘉年已经先她一步递了一张纸巾过来,顺势帮她擦了擦鼻子。

被暗恋对象擦了鼻子的俞苑苑:……我选择死亡。

进了大厅,俞苑苑想着再怎么样也得先买个泳衣,她进去做做样子晃一圈就出来,反正大家肯定都已经泡在温泉里了,谁也看不到谁。没想到,她满大厅找了一圈,竟然没有找到泳衣售卖点。她只好红着脸去问了前台,结果德国阿姨一脸诧异地看向她:"我们的温泉池里面不允许穿衣服,你要泳衣干吗?"

俞苑苑这才彻底慌了神。

楚嘉年晃晃悠悠地走过来:"愣在那儿干什么?"

俞苑苑颤抖着转过身:"我……不然我在这里等你们吧……你看我都流鼻血了,再进去说不定会把温泉弄脏……"

楚嘉年歪头看了看她:"怎么,现在知道害怕啦?"

"怕……怕什么!"俞苑苑死鸭子嘴硬,"就是我今天身体不适,不能泡温泉而已!"

楚嘉年一脸了然地点了点头,向她摆了摆手,意思是让她在大厅里等着,他转身朝男更衣室走去。

俞苑苑看着他的背影,突然意识到一件事。

如果她不进去,那么楚嘉年就……就要被别人看光了!

呜,那她岂不是亏大了!

"等……等等!"她终于冲了上去,拦住了楚嘉年,根本不敢看他,"不然,你先陪我买件泳衣?"

两人在距离温泉几百米的地方发现了一家泳衣店,俞苑苑红着脸走进去,没想到楚嘉年也跟了进来。

"你来干吗?"俞苑苑紧张地回头。

"看看男士的泳裤,有什么问题吗?"楚嘉年表情坦然。

俞苑苑无法反驳。

如同其他所有泳衣店一般,这间店里挂着的大部分都是女式泳衣,男士的无非就是短裤,全部都在一个角落里。俞苑苑的余光看到楚嘉年真的走了过去,这才放心大胆地开始翻看女装。

这家店里的女式泳衣大多数都是让人面红耳赤的比基尼。俞苑苑好不容易找到了一个带花边、能稍微多遮挡一点的，正在犹豫，身后就响起了一个声音。

"这个不好看。"

俞苑苑：？？？

"哪里不好看了？而且你不是在看男士款吗？"她压住自己瞬间想要把泳衣藏在身后的冲动，并在心里不断告诫自己：这就是件衣服，是件衣服，没什么大不了的……

"反正就是不好看。"楚嘉年从她手上拿过衣架，顺手挂在了她够不着的高处货架上。

俞苑苑：……行吧，我重新找。

结果一连四五件，都被楚嘉年否决。俞苑苑气不打一处来，连害羞的情绪都没有了，干脆说："你觉得哪个好看？"

"我觉得……穿什么都不好看。"楚嘉年冲她眨了眨眼。

俞苑苑被他突如其来的眨眼迷了眼，脱口而出："……不穿最好看？"

"这可是你说的。"楚嘉年一本正经地转过了头。

俞苑苑：……我还是个孩子！

"你快来看这个，这个适合你。"楚嘉年的声音在几个货架之外响起。

俞苑苑同手同脚地走过去，然后看到楚嘉年站的位置上方写着大大的几个字——儿童区。

楚嘉年指着的那件泳衣是非常保守可爱的连体式泳衣，颜色非常粉嫩，上面印着迪士尼公主们的拼贴图，胸前的位置画的是美女与野兽，下摆还很细心地做了一个波浪裙边。

俞苑苑："……"

我俞苑苑就是死，也不会穿这么幼稚可笑的泳衣！

半个小时以后，穿着美女与野兽泳衣的俞苑苑裹着浴袍，犹犹豫豫地站在了温泉区的门口，不敢踏出那一步。

浴袍实在是太大了一点，她穿着几乎要拖到地上。领口因为太大，所以露出来了俞苑苑半边肩膀，乍一看就像是偷穿了大人衣服的小朋友。

"你站在这儿干吗？吹冷风？"

是楚嘉年的声音。

脚步声渐近，俞苑苑却尿得像只鹌鹑。

楚嘉年并没有给她逃避的机会，径直站在了她面前，伸手在她眼前晃了晃：

"傻了？"

白花花的一片进入了视线范围，俞苑苑吓得后退了一步，然后踩到了自己浴袍的边，脑中还在一片空白，就现场表演了一个原地平摔。

楚嘉年被她吓了一跳，伸手准备扶她，结果他一把拉过去只抓住了浴袍，根本没有碰到俞苑苑！

于是，楚嘉年拎着浴袍愣在了原地，乍一看仿佛是从浴袍里摔出来了一个小姑娘。

好在这一片的地面铺了软垫，俞苑苑摔到地上也感觉不是很疼，她坐在地上看着楚嘉年，更加面红耳赤。

楚嘉年的小腿肌肉结实，再向上则是浴袍的边儿和松松垮垮系在腰间垂落的腰带，整个领口大开，半遮半掩地露出了他赤裸的上半身，俞苑苑只觉得鼻子一热。

她吓得赶快捂住了自己的下半张脸。

还好这次没有什么不明液体流出，俞苑苑正准备爬起来，眼神又是一顿。

大约是因为刚才想要伸手拉她一把，他动作太大，直接扯松了自己的腰带。俞苑苑眼睁睁地看着腰带颤颤巍巍地松开，然后滑落。

啊啊啊啊啊啊——

俞苑苑心底发出了土拨鼠尖叫，急忙伸出另外一只手捂住了自己的眼睛——偷偷露出了一条缝。

一条宽松的沙滩裤映入眼帘。

一时之间，俞苑苑不知道自己内心到底是松了口气，还是充满了莫名其妙的遗憾。她一边感慨着刺激刺激，实在是太刺激了，一边故作镇定地爬了起来。

完全不知道楚嘉年其实也是愣在了原地。

俞苑苑的穿衣风格一向都是宽松风，队服更是遮盖得严严实实，第一次穿这样紧贴在身上的泳衣，纵使是这样幼稚保守的儿童风格，也足以显现出她原来是一位……腰细腿长的少女。

贝尔公主和野兽叔叔的头部图案都有了微妙的变形。

楚嘉年感觉自己的耳根开始变得火烧火燎，他猛地把浴袍抖开，将俞苑苑裹了个严严实实。

俞苑苑："又怎么了？"

楚嘉年："这个不好看。"

口气和刚才在泳衣店的时候一模一样。俞苑苑气了个半死："不是，你给我说清楚，这衣服是你选的，哪里难看了？"

楚嘉年用浴袍把她仔仔细细地裹好，感慨道："实在是太暴露了。"

俞苑苑：？？？

这件泳衣连她的脖子都遮了个严严实实，裙摆更是直接遮住了屁股，请问哪里暴露了？

她满脸问号，温泉区的方向突然传来了一阵躁动。

一道带着惊惶的声音平地而起。

"不要啊，救命，谁来救救我！"

是牛肉酱的声音。

牛肉酱"啊啊啊啊"地尖叫着冲了过来。俞苑苑模糊看到了两百斤胖子抖动的肉，也尖叫着猛地捂住了脸！

温泉区出来的人！肯定不能看！

然而楚嘉年的动作比她更快，她还在尖叫，就已经被一双手臂带得原地一转，眼前一黑——俞苑苑的头被浴袍的帽子扣住了。

但帽子的下方还是透光的，俞苑苑可以从缝隙里看到楚嘉年正站在她的身前，腹肌距离她不到二十厘米。

都是电竞直男，大家每天都宅在房间里，为什么这个人还能拥有腹肌！

"怎……怎么了？他们没穿衣服吗？"俞苑苑盯着帽檐下方若隐若现的腹肌，在心里继续尖叫，表面上却小心翼翼问道。

楚嘉年的声音从她上方传来："没我好看，你不用看了。"

俞苑苑：他怎么知道自己能看见什么？

牛肉酱一口气跑出温泉区，这才停下脚步，站在了他们俩面前，大口大口喘着气，一脸惊魂未定。

他还没来得及说话，其他几个人也跟在他身后从温泉区冲了出来。

"这也太刺激了吧！"小新心有余悸地捂着胸口。

"年哥？苑苑？"奥利奥和雪饼跑得慢一点，反而先看到了站在那儿的两个人。

年哥胸膛大敞，线条硬朗，腹肌诱人。苑苑虽然被包成了粽子，但面向年哥站着，乍一看仿佛埋首在年哥胸前。

"你……你们在干什么！"牛肉酱感觉自己连着受了两拨刺激，心脏乱抖，"你们不是分手了吗？"

俞苑苑一个激灵，下意识准备回头解释，结果被楚嘉年死死地按住了。

"非礼勿视。"

牛肉酱扭过头：行行行，你们继续，我不看我不看。

俞苑苑乖乖定住身子：好吧好吧，我不转头。

半个小时后，大家换回了便服，重新在温泉附近的咖啡厅见了面，除了俞苑苑和楚嘉年，其他几个人的头发上都挂着水珠，脸上还有红晕，也不知是热气蒸出来的，还是因为别的什么原因。

俞苑苑端着一杯拿铁，眼睛里写满了好奇，直勾勾地盯着几个人看。

雪饼脸皮薄一点，老脸一红："苑苑，你别这么看着我们，我们……我们没脱泳裤。"

"啊？"俞苑苑一愣，然后迅速扫了楚嘉年一眼，心想：那你刚刚为什么把我的头蒙住。

楚嘉年当然不会理她。

雪饼开了个头，大家也终于打开了话匣子。俞苑苑听了一会儿，终于七拼八凑地弄明白了刚才发生了些什么。

到底是二十岁左右的小伙子，又是纯粹的东方教育体系长大的，几个人虽然兴奋又好奇，但还是不约而同地穿了泳裤，想着先进去打探一番虚实。

几个人在门口扭捏了一会儿，还猜拳定胜负谁先进，磨蹭了好久，才忐忑地鱼贯走进了温泉区。

刚刚进去的时候，大家都是穿着浴袍的，水雾氤氲，他们可以看到池边零零星星靠着十来个人，看不清什么。

变故就发生在几个人脱了浴袍放在一旁的躺椅上，扭扭捏捏准备穿着泳裤下温泉的时候。距离他们最近的一个人突然站直了身体，愤怒地指着他们叽里呱啦地说了一通！

牛肉酱的胖腿刚刚碰到温泉水，一脸茫然地看向了声源处，然后猝不及防地看到了一位约莫六十岁的德国奶奶的正面、高清、赤裸全身像！

跟在他身后的几个人当然也看到了，大家动作瞬间僵硬。

牛肉酱没抓稳，直接掉进了温泉。

"扑通"的水声吸引了更多的人，等到牛肉酱狼狈地爬起来，眼前已经站了好几个德国奶奶和德国爷爷，大家都用一种不悦的眼神看着他。牛肉酱已经被面前的盛况惊呆了，哪里还能注意到大家的神态。

没想到老奶奶们发现自己比画了半天也没有获得回应，出奇的愤怒。其中一个看上去就最为泼辣的老爷爷三两步就跨到了牛肉酱面前，指了指他的短裤，然后做了一个"脱"的动作。

这下牛肉酱看懂了。

跟在他身后的几个人也懂了。

眼看牛肉酱还没动作，一位老奶奶也走了上来，顺手拍了拍牛肉酱肥嘟嘟的屁股。牛肉酱再也受不了这个刺激，尖叫着从温泉里爬了出来。

在牛肉酱屁滚尿流地跑出去以后，大家的目标自然而然对准了剩下的几个人，是以其他几人都跟在牛肉酱身后面红耳赤、心跳加速地跑了出来。

接下来的事情大家都知道了。

俞苑苑笑得上气不接下气。

德国的爷爷奶奶们对于威斯巴登裸浴温泉名誉的维护可以说是非常到位了。

这一次的温泉事件给大家留下了难以磨灭的心理阴影，以至于在回去的车上，大家都异常沉默，大约是想要逃避现实，不多时几人就全都睡了过去。俞苑苑出来一趟，温泉没泡到，收获了一件幼稚可笑的泳衣和一肚子笑料，也不知道自己到底是赚了还是亏了。

回程的路上，楚嘉年还是坐在了她的旁边，他换了一件枪灰色的衬衣，半挽着袖子。

"咦，你刚刚穿的好像不是这件？"俞苑苑有点诧异。

"那件沾了某人的口水。"楚嘉年盯着手机屏幕，头也不抬。他只戴了一只耳机——朝着俞苑苑的那边是没戴的。

俞苑苑万万没想到刚刚自己居然流口水了，一时之间只觉得形象全毁了，呆若木鸡。

半晌，她才找回自己的声音："那……那我赔你一件。"

楚嘉年看了她一眼，笑了笑："好。"

俞苑苑见他不是很介意的样子，这才松了口气，凑过去看他在看什么，本以为应该是其他几支队伍的比赛，结果……居然是她用塞拉斯那一场比赛的回放。

俞苑苑一下子红了脸，嗖地缩回了身子。

楚嘉年递给她一只耳机："不敢看？"

俞苑苑硬着头皮重新凑了过来。

耳机里是阿莫西林组合解说的声音，这几天虽然她一直都在看各种比赛视频记录数据，但一直都没有勇气打开这一场。

虽然赢了，但是她觉得自己的发挥确实不太行。

这是她第一次看自己操作塞拉斯。

"一直没有问你，你那天到底怎么了？"楚嘉年突然问道，"那天虽然你专门找了我，但是我总觉得事情没有这么简单，但是因为马上要比赛，所以我也不好多问。你最近是不是出了什么别的事情？"

俞苑苑心底一顿。

她不愿意骗他，却也开不了口，半晌才讷讷道："不是，是我自己的问题。"

"当初要打比赛的时候那么坚决，连相亲也同意，订婚也差点让步，我倒是想不到还能有什么事情能让你心态崩掉。"楚嘉年垂眼看了看她。从他的角度，正好能看到小姑娘翘挺的鼻尖和小半张白皙莹润的面颊，大约是这两天熬夜过火，上面并排起了两个红红的小痘痘，格外显眼。

楚嘉年突然想起来临出国前林嫣岚女士的嘱咐。

"楚经理，你有喜欢的人吗？"俞苑苑突然问道。

楚嘉年一愣。

什么意思？

这家伙，在自己眼皮子底下……恋爱了？

他回过神来："没有。"

然而这两个字刚出口，他的目光又在俞苑苑的脸上顿住了。

"那……楚经理谈过恋爱吗？"既然问了，俞苑苑干脆咬牙再问了一个问题。

刚刚那个问题只是个猜测，但她这个问题抛出来，楚嘉年觉得自己应该是猜对了方向。

"没有。"他声音平静中带着僵硬。

俞苑苑眼睛亮了亮，抬头看向他，带着笑意："也是，是游戏不好玩，还是比赛不好看，干吗要去谈恋爱。"

楚嘉年一时之间竟然琢磨不透她到底想说什么。

"我们队里……禁止恋爱吗？"她又问道。

楚嘉年心里"咯噔"一声。

看来是真的在他眼皮子底下恋爱了！

可是……是什么时候呢？她既然答应来相亲，那会肯定是没有男朋友的。之后的日子到入队的整个过程都紧锣密鼓，他想不到她有什么接触外人的机会，他也没有看出她有任何的恋爱迹象。

那么真相就只有一个了。

她恋爱的对象是队内的某个人。

"合同里没有明文禁止恋爱，但前提是不能影响状态。"他脑中思绪飞转，面上却不显，甚至握着手机的手也没有一丝晃动。

他自己都没意识到自己在心里暗骂了一句脏话。

楚嘉年等着她的下一个问题，但是她却没了声音，看起了比赛。楚嘉年心里仿佛被什么堵住了，让他呼吸不畅。半晌，他状似无意地开了口："怎么，你谈恋爱了？"

没想到俞苑苑的头转得飞快："不不不，没有没有。"

楚嘉年眯了眯眼，想到了某种可能性："单相思？"

俞苑苑表情一僵，不敢看楚嘉年的眼睛："……算是吧……"

两人一时之间沉默了下去，气氛有点尴尬。俞苑苑得到了想要的答案，心里有点雀跃的同时，更多的则是忐忑。

她觉得自己这样算是变相告白了。

却不知道此刻楚嘉年的心里正在翻江倒海。

牛肉酱比她还小半岁，现在体重还有将近两百斤，满脑子只有游戏，傻乎乎还没开窍，今天还差点被老奶奶扒了裤子。奥利奥虽然年纪合适，性格成熟，但是他有念念不忘的前女友，还是俞苑苑的好朋友。二队的小孩子就更不用说了，年龄实在太小了一点。

剩下的人里……她喜欢的是雪饼还是小新？

楚嘉年陷入了沉思。

威斯巴登和法兰克福的距离并不远，此时差不多已经是晚餐时间了，所以大巴车直接把大家拉到了餐厅门口。

小新刚下车就惊呆了，翻出手机开始拍照："感觉自己穿越了！"

"怎么了？"牛肉酱跟在他身后跳下车，然后也张大了嘴。

矗立在大家面前的建筑和北京著名世界文化遗产一模一样，赫然是异国他乡的另一座天坛。

雪饼感慨道："现在开个中餐馆都已经要这么扬我国威的吗？"

"上车睡觉，下车拍照，一会儿你们是不是还得进去尿个尿？"奥利奥看他们的眼神像是在看一群没见过世面的小孩，然后他抬起头——有种要去天坛吃饭的奇妙刺激感。

刚才一路上的风景都没让大家这么兴奋，乍在异国他乡见到本国场景，大家都嚷嚷着要合影发微博。

俞苑苑本来没想拍，但是看到楚嘉年耐心地站在一边等大家，又存了点儿私心，眼疾手快地开了美颜，凑到了楚嘉年旁边："来自拍一个！"

楚嘉年还没反应过来，就被她拽低了身子，按下了拍照键。

镜头里的少女笑得露出了一排白白的牙齿，男生的眉眼间是一贯的温和但眼神呆滞。

呆滞在俞苑苑眼里四舍五入就是可爱，美颜镜头下，她脸上的小红痘痘也不是那么明显，她心满意足地按了保存，然后楚嘉年却皱了皱眉头："这照片里我怎么女里女气的？"

"我觉得挺好的啊。"俞苑苑不服气地给他看，"你看你的皮肤简直好到没有毛孔，眉毛很英气，眼睛也很漂亮……"

楚嘉年猝不及防迎来一波"彩虹屁"，心里有点美滋滋，却还是板着脸开了前置摄像头，然后重新凑近了脸，扬起了一点笑容。

纵使是堪称照妖镜的前置摄像头下，楚嘉年的颜值依旧耐打，尤其是扬起的嘴角，平白给他那张温和无害的神仙脸添了几分邪气，一双眼睛更是直直地透过屏幕看过来，深邃又动人。

反观俞苑苑的脸，那两个痘痘鲜红碍眼，黑眼圈也很明显。

嘤，感觉自己根本配不上楚嘉年！

她默默地点开了编辑栏，把自己的脸直接裁掉了。她刚裁掉一会儿，又觉得楚嘉年在照片里一个人孤零零的，又把照片复原了回来，然后开始手动给自己磨皮，直到看不见那两个痘痘，黑眼圈也遮了大半，这才松了口气，顺手把照片给楚嘉年发送了一份。

虽说楚嘉年特意请了厨子，但比赛日里大家都吃得比较匆忙，有一段日子没有这样一桌子人热热闹闹地坐在一起吃饭了，还是这种一看就很有食欲的中餐。

包厢是早就订好了的，大家进去的时候，外面大厅里已经坐了一些人，本来以为异国他乡不会被认出来，没想到突然有一道声音喊了出来："天哪！是AM 吗？"

大家顿住脚步，向着声源方向看去。靠近角落的一桌人已经站起来了，是一群年轻的女孩子，她们发现自己没认错人以后，都有点激动，你推我搡地跑了过来："我们……我们都是 AM 的粉丝！"

俞苑苑的心猛地一跳，偷偷向后躲了躲。

在网上被人骂得多了，她总觉得自己还见不得光。

说不清是什么心态，无论是身为 LPL 唯一的女选手，还是她不够完美的操作表现，她都觉得自己还不足以被粉丝喜欢。

是以此刻见到粉丝，她的心跳骤然加速，一方面害怕自己会被当面指责，另一方面也有点担心自己的存在会不会给粉丝添堵，毕竟在曾经的评论里，她见过类似"看到 AM 的阵容里有她心里就很难受"的评论。

没想到几个小姐姐冲回去拿了纸和笔，第一个就从人群里点名找她："纳命爷也在！我们都超级喜欢你！你可以给我签名吗？"

俞苑苑愣了愣，心里像是被什么火焰包裹住，一时间有点没反应过来，木讷地接过了签名本和笔。

小姐姐眼睛亮亮的："纳命爷，我们都超级超级喜欢你，虽然网上有很多人在黑你，但是你的实力和努力我们都看在眼里！骂你的人我们都会帮你骂回去，你好好打游戏，我们永远支持你！"

另一个女生也应和道："是啊是啊，我们都超级为你骄傲，女生又怎么样，女生也一样能打职业，纳命爷加油！"

刚刚升起来的那团火焰熊熊燃烧，又酸又痛，从心底直冲眼眶，但更多的则是温暖和被救赎的感觉。

她忍着眼眶的酸涩，郑重地一笔一画写下了"AM.Naming"几个字母。她曾经练过花体字，是以写得宛如一幅艺术品，然后将签名递到了小姐姐手上，展颜一笑："谢谢你们，我一定会继续努力的。也希望你们以后能继续支持AM战队。"

这是她写的第一个签名。

原来……她也是有粉丝的吗？

陆续拿到了全队的签名和合影照片后，几个小姑娘七嘴八舌地小声讨论着跑了回去。俞苑苑隐约听到了几句"近距离看年哥也这么好看""纳命爷是真的漂亮""牛肉酱太可爱了，好想摸摸他的肚子"，忍不住又"扑哧"一声笑了出来。

直到进了包厢，俞苑苑都有点踩在云上的感觉，飘飘然。

"楚嘉年，我也是有粉丝的人了，"俞苑苑抓住楚嘉年的袖子，"他们……不讨厌我。"

楚嘉年还没接话，小新就笑嘻嘻地凑了过来，刚刚那一幕落入大家眼里，所有人都能感觉到她的情绪波动，都在为她高兴："是呀，我们纳命爷这么可爱，当然是人见人爱啦。"

俞苑苑看着他，眼角还有刚刚努力憋着的泪珠，嘴角却依旧绽开了大大的笑容。

楚嘉年心里有点不是滋味地看着两个人的互动，暗暗思考：……所以暗恋的对象，是小新？

结果吃饭的时候，无辣不欢的雪饼突然发现俞苑苑也是一位凶猛的吃辣选手，似乎是找到了知音，雪饼频频用公筷帮俞苑苑夹菜，两人热火朝天地讨论着基地附近哪家餐厅的辣子鸡好吃，哪家的麻婆豆腐一流，还顺势约好了回去一起吃。

楚嘉年：……还是雪饼？

好像看谁都有可能，看谁都不太顺眼？

楚嘉年按捺下眼底的汹涌，岔开话题："明天晚上定淘汰赛顺序，你们想和谁打？"

淘汰赛阶段的赛制是 BO5，也就是五局三胜。具体的对战顺序今年是这样定的，在小组赛中积分最高的两支队伍有权利抽签选择对战队伍，但是因为总共只有四支队伍，而第一名毫无疑问是 BBG，第二名就是 AM 了。

所以按今年的情况来看，其实就是 BBG 抽一支对战队伍，剩下那支队伍和AM 打。

进入淘汰赛的队伍分别是韩国的 BBG、欧洲队伍 VXX 和北美的 LEW9。

俞苑苑一下子被拉回了思绪，她认真地想了想："虽然在对线的时候感觉LEW9 稍微弱一点，但我还是想和 VXX 打。"

大家都有点懂她的想法。

楚嘉年若有所思地看着她："你最近是不是偷偷在练塞拉斯？"

"你怎么知道？"俞苑苑有点吃惊。

从哪里跌倒，就要从哪里爬起来。俞苑苑一直对塞拉斯这个英雄耿耿于怀。之前她的操作其实没有完全把这个英雄最厉害的地方发挥出来，技能命中率也不如别的英雄。

中路英雄很多都带控，而能不能控住通常会成为团战的关键。技能命中率高一直都是俞苑苑引以为傲的点，是以看到自己的塞拉斯东倒西歪地扔链子，俞苑苑实在是无法忍受。

所以这几天她一直都在苦练塞拉斯，还给自己定了训练计划表，包括明天，她也打算继续自己的安排。

"是我看见的。"牛肉酱老老实实道，"你韩服的 nibaba111 上有个好友，叫 nonofat，你有印象吗？那是我……有天晚上我睡不着，登游戏发现你在，就OB 了一下。"

俞苑苑对这个 ID 有点印象，不过已经忘了是怎么加的好友了。

"nonofat？"因为牛肉酱是一个字母一个字母拼着说出来的，所以俞苑苑还想了一下拼写，"不不胖？酱酱你知道双重否定等于肯定吗？"

牛肉酱震了："我……我回去就改名！再加一个 no ！"

雪饼慈爱地看了他一眼："胖点好，能挡伤害。"

牛肉酱听到"挡伤害"三个字就来劲，感觉雪饼的话听起来有点道理，又开始继续埋头苦吃。

"想用塞拉斯把场子找回来？"楚嘉年挑了挑眉。

俞苑苑有点心虚地点了点头。其他拿手一点的英雄，她都打了上千把，纵使苦练了塞拉斯，之前的训练和这几天的时间加起来也才打了三位数的场次而已，她不会因为自己再拖累全队了。

"胜率怎么样？"

"我用的是韩服的号。"俞苑苑小声道，"目前胜率是82.9%左右，但是因为场次基数小，所以这个数据也不一定准确。"

"明天我约了两场训练赛。"楚嘉年突然说。

俞苑苑的眼睛一下就亮了："年哥宇宙第一好！"

听到"年哥"这个所有人都在叫的称呼，楚嘉年却突然想到了早上她迷迷糊糊叫的那一声奶声奶气的"哥哥"。

他鬼使神差地俯下身，在俞苑苑耳边轻声说："叫声哥哥，明天训练赛阵容允许的话，就让你试试塞拉斯。"

俞苑苑一下子坐直了。

她脸红红地看向楚嘉年，一下子回忆起了自己今天早上做的那个梦。

万万没想到，原来楚嘉年喜欢这一口！

俞苑苑当然没能在众目睽睽之下说什么，楚嘉年说完那句话，自己也有点脸红，人生第一次调戏女孩子，业务还不太熟练。好在之后的话题一直都和比赛相关，大家讨论得热情高涨，也没有人发现他和俞苑苑的耳语。

俞苑苑心跳得比平时更快一点，甚至有点坐立不安。好不容易吃完饭，她故意等到大家都出去了，才慢慢悠悠开始穿外套。

楚嘉年作为经理人，早就养成了最后一个走、顺便再看一圈自己的马大哈队员们有没有什么东西忘拿了的习惯，俞苑苑早就发现了这一点。

等到所有人都走了，她才慢慢凑过去，拉了拉楚嘉年的衣角。

楚嘉年默不作声地把小新忘了的打火机握在手里，心想自己要找时间和小新好好就戒烟问题谈个话了，结果一歪头就听到俞苑苑的一小声"哥哥"。

他的动作顿时僵住了。

和早上没睡醒的奶里奶气不一样，她的这一声明显捏了点儿嗓子，还拖了一点尾声，娇声娇气的。

见他转过脸来，俞苑苑心想有戏，再接再厉："年哥哥，让我试试嘛……"

还是刚刚捏起来的语调，一声一声打在他的身上，她本来就是学播音主持的，拿捏自己嗓子的本事一流。她这两句说出来，自己先被哆到，偷偷摸了摸自己小臂上的鸡皮疙瘩，心想这个效果应该可以了吧？

楚嘉年盯着俞苑苑扬起的脸，她的皮肤一直很白皙，眼中因为有期待而盛满了小星星一般亮晶晶的光芒，她的双唇不自觉地微张着，因为刚刚吃了太多辣而显得格外殷红水润，就像是沾染了露水的樱桃，鲜嫩欲滴。

他的目光在那双唇上停留的时间格外多一点。

然后，他猛地收回了视线。

他……好想亲她。

楚嘉年微微闭了眼，他的脑子里又响起了俞苑苑白天问他的话。

她有喜欢的人了。

他掩去眼底的暗涌，抬手摸了摸她的头，转身向包厢门口走去。

俞苑苑莫名被撸了一把狗头，还没有得到自己到底能不能打一把塞拉斯的答案。她疑惑地跟在他身后，还没从刚才的状态里出戏，轻轻又喊了一声："哥哥？"

快要走到门口的楚嘉年猛地停住了脚步，深吸了一口气。

这谁受得了？

俞苑苑没料到他突然停顿，头轻轻撞在了他身上，还没来得及问他怎么了，就看到楚嘉年突然抬手把包厢的门关上了。

下一秒，她就被抵在了门背后。

楚嘉年单手撑在门上，另一只手还护着她的后背。

俞苑苑看着自己面前的胸膛，一时之间忘了呼吸。

楚嘉年俯下身，表情冷静，唇边一抹云淡风轻的微笑，唯有那双眼睛里压抑着汹涌的波涛："我后悔了。"

俞苑苑的心狂跳，愣愣地看着近在咫尺的这张脸，这么近的距离，她能感觉到他轻轻吹拂在她鼻尖的呼吸，可以闻见他身上散到了尾调的木质香水味，甚至可以数清楚他的睫毛，看清他眼瞳深处自己的倒影。

真是越看越喜欢。

"你……后悔什么了？"俞苑苑紧张地咽了咽口水，自己也不知道在说什么，"叫哥哥也不让玩塞拉斯吗？那……那我……"

"小新的脸上有青春痘，雪饼的眼睛太小。"楚嘉年打断了她的话。

"啊？"俞苑苑一愣。

"我后悔和你分手了。"他顿了顿，终于还是说了出来，眼底汹涌的神色几乎要溢出来，却又被他死死压住，"你别喜欢他们了，喜欢我吧。"

俞苑苑彻底呆住了。

楚嘉年的眉眼遗传了他母亲林嫣岚的，深邃多情。

此刻俞苑苑被这双眼睛这样盯着，只觉得勾魂摄魄，自己的半条命都快没了。

她还没来得及说什么，准备收拾盘子的服务员过来敲了敲门："你好？请问里面还有人吗？"

随之而来的是牛肉酱呼唤他们的声音："年哥，苑苑，快走啦！"

响起的声音仿佛就在耳侧，俞苑苑吓了一跳，下意识地一把推开了楚嘉年，低着头掩饰自己内心疯狂的尖叫和红透了的脸，给服务员开门："不好意思。"

楚嘉年站在一边，眼底的光芒一寸一寸熄灭。

他面无表情地站在打开的门后，扫了一眼牛肉酱："来了。"

牛肉酱感觉自己像是被刀子刮了一下，浑身一个哆嗦，心想年哥这是怎么了？谁惹他生气了吗？

楚嘉年已经默认自己被拒绝了，正在心底疯狂嘲笑自己的冲动，一分钟都不想再在这个包厢里多待，他抬腿就准备走出去，结果一只手伸出来，拉住了他的胳膊。

他带着几丝愠怒地看过去，却看到俞苑苑眉眼弯弯地看着他，眼睛里的笑意多得快要溢出来。

"本来……就是你啊。"

她恢复了自己原本的声音，脆生生的、清甜的。

楚嘉年睁大眼。

他第一次感觉自己好像听不太懂字与字的排列组合了。

"你再说一遍。"他的语气很平静，却仿佛极力压抑着什么。

俞苑苑却已经放开了他，蹦蹦跳跳地跑了出去，抢在大家前面上了大巴车，一个人坐在最后一排的角落里，用尽了全身的力气才没笑出声来。

楚嘉年先是数落了小新和雪饼莫须有的缺点，然后让她喜欢他？

敢情他以为自己喜欢的是别人吗？

所以……所以，他也是喜欢她的！

此刻的俞苑苑觉得自己可能是全世界最幸福最幸运的人，她埋着头缩在座位上，整个上半身都趴在自己的大腿面上，连兜帽都滑了下来，直接扣住了头。但她觉得还不够，自己嘴角的笑意和内心快乐的土拨鼠尖叫依旧快要突破重重障碍溢出来了！

身边突然一沉，显然是坐了一个人。

俞苑苑嘴角的笑意僵了僵，心想楚嘉年这么快就来了吗！她还没想好要怎么面对他呢！

她忐忑地侧过头，露出半个眼睛，然后对上了另一双凑过来的眼睛。

俞苑苑吓得猛地直起身，头重重地撞在了车柱上。

一声巨响。

"嘶——你在这里干吗？"俞苑苑捂住头，疼得抽气。

来的人不是楚嘉年，是小新。灰毛男生先是问了句"你没事吧？"，听到俞苑苑的话以后，愣了愣，不服气地反问道："我怎么就不能在这儿了？我看你好像不舒服的样子，所以来看看你呀。"

刚刚那一下撞得有点猛，俞苑苑捂着头，眼泪汪汪："那你倒是直接叫我啊，吓死我了……"

小新还准备说什么，楚嘉年已经走了过来，他刚上车的时候正好看到俞苑苑猛地抬头，那一下撞得挺猛的，头估计得起包。见到他来，小新下意识乖乖站起了身，绕到了前一排的座位，从上方探出身。

结果，他刚准备再来关怀一下俞苑苑，就看到楚嘉年的手覆在了俞苑苑捂住头的那只手上，另一只手半环住了俞苑苑的肩膀，一边帮她揉头，一边温声道："不疼了，不疼了。"

小新："……"

不是说分手了吗？

俞苑苑是怎么和这么温柔的年哥分手的？他一个男的看到这样的年哥心底都扑通扑通的好吗！

而且……为什么这一次又是他第一个发现？

他默默缩回了头，在前座上保持了一个双腿跪在座位上、头抵住后靠背的奇特姿势开始思考人生，生怕自己再有什么动静打扰了后面两位，顺便还有一丝想要听墙根的心思，大气都不敢出。

俞苑苑本来只是疼，结果楚嘉年的气息此刻全方位无死角地包裹住了她，她感觉自己浑身都变得晕乎乎的。

"还疼吗？"楚嘉年低声问道。

"还……还好吧。"俞苑苑抬起头看向他，脸上红扑扑的，表情还有点呆滞，"就是……就是感觉自己可能发烧了，头晕晕的，有点喘不过气。"

楚嘉年的表情变得严肃起来，他站起身，准备去前排取随身带的温度计，结果刚走了两步，又顿住了，回头看了一眼。

"你怎么还在这儿？"

偷听墙根被抓，小新只得慢慢地爬了起来，换了个位置，一本正经地坐好，四十五度角仰望窗外的天空。

楚嘉年拿了温度计回来，给苑苑一测。

39℃。

俞苑苑看着温度计，也愣住了。

真……真的发烧了？

她……她这是幸福到"自燃"了吗？

# ·第九章

他的电竞少女天下无敌

//

QING BEN XIA GU SHAO NV

　　俞苑苑身体一直很好，都快忘了生病是什么感觉了。这次大约是因为水土不服又连续熬夜，再加上精神一直紧绷着，内部和外界的压力都沉甸甸地堆在她肩上，好不容易放松了一下，这短短一天之内情绪波动又有点太大，是以一下子就……"自燃"了。

　　小新他们四个人带着两个替补小伙子围在俞苑苑的房间里，虽说是酒店的大床房，但欧洲的酒店就算是上了星级的，面积也比国内同级别的酒店缩水了好几圈，是以一下子进来这么多人，顿时就填满了整个房间。

　　更何况他们统一都距离床边两米远，仿佛脚下画了楚河汉界一样，不敢逾越一步，甚至连大气都不敢出。

　　小新到底知道的比别人多一点，神色虽然复杂，但是少了几分惊讶。牛肉酱就不一样了，这个两百斤的胖子快要抖成筛子了，拼命用眼神向床边示意，眼里写满了"我是不是看错了""快给我一拳让我醒过来"。

　　然而没人看懂，也没人想理他。

　　因为大家心里五彩纷呈。

　　俞苑苑正平躺在床上，身上压着厚厚两床被子，头上压着一块毛巾降温，双颊泛着不太正常的红晕，嘴里还叼着一根温度计。

　　陈叔早就请了医生过来，是楚家老爷子每次到欧洲的时候都会专门拜访的那位国医大师孟老。孟老早年是给领导人们服务的，退休之后跟着儿女定居在了欧洲，享享清福，偶尔出山也是看在老朋友的面子上。

楚爷爷和孟老是世交了，楚嘉年也算是孟老看着长大的，孟老一直把他当半个孙子，头一次见到这个年轻人这么火急火燎地给他打电话，他还以为是出了什么紧急状况。

结果，他老胳膊老腿地跑了一路，身后新收的小弟子捧着几十斤的药箱赶过来，累得满头大汗，最后看到了一个躺在床上发烧的小姑娘。

孟老刚准备把拐杖扔到楚嘉年脸上，眼神一顿，就看到坐在床边的楚嘉年丝毫不避讳地握着小姑娘从被子里垂下来的一只手。

期间好几次小姑娘的手都想要缩回去，结果被楚嘉年一把拉住，仔仔细细地重新握住。

孟老的怒气一消。

哦，敢情是给自己的孙媳妇看病。

小弟子都不用看孟老脸色，率先找出全新的温度计，仔仔细细消了毒，这才送到了俞苑苑的舌头下面。而孟老打量了一圈，问得直截了当："谈女朋友了？"

楚嘉年点了点头。

围着的队员们呼吸一窒。

这……这是实锤了吧！

牛肉酱感觉自己的呼吸都一下子变粗重了！他转着眼珠子，想要和身边的谁对视，互相安慰一下各自躁动的心，结果只有楚嘉年用余光看到了他的动作。

"牛肉酱，你怎么了？让孟老顺便帮你看看？"楚嘉年挑了挑眉。

骤然被点名，牛肉酱一愣，还没反应过来，孟老已经顺着楚嘉年的视线看了过来，一双眼睛像是 X 光一样上下扫视了他一番："小伙子没什么病，就是这体重再不控制可能就要高血压了。哎，对，我刚刚还想问来着，你们搞什么竞技的还收这个体重的小胖子？老楚提过一嘴，年龄大了记不住事儿了。"

牛肉酱：……要哭了。

楚嘉年收回了目光，重新将视线落在了俞苑苑身上："电子竞技。说直白点儿就是打游戏。"

"打游戏能把手打断？"孟老看了一眼他的胳膊，"恢复得怎么样了？"

俞苑苑一顿，猛地捏紧了楚嘉年的手。

那个"断"字仿佛狠狠地砸在了她的胸口，让她有点喘不过气。

楚嘉年没什么表情变化，依然带着笑意，微微回握了一下俞苑苑安抚她的情绪，还主动掀开袖子给孟老过目："挺好的，没什么问题。"

孟老点点头，看出来楚嘉年不想多提。他年龄虽然大了，但也不是老古板，反而开起了玩笑："这一屋子的小伙子一个个都是熬夜过度的样子，身上没二两肉——"他眼睛扫过牛肉酱，顿了顿，"哦，除了你——"

大家：……无法反驳。

孟老眼神一转，落在了俞苑苑身上："这个……不会是电竞少女吧？"

电竞少女俞苑苑叼着温度计，烧得昏昏沉沉，但还算有点意识，冲着孟老咧了咧嘴，温度计发出了"嘀"的声音。

小弟子兢兢业业地取出来，报了数："38.5℃。"

发烧这种事情，小弟子一个人就够了，孟老和俞苑苑聊起了天："小姑娘叫什么呀？多大了？跟这个浑小子在一起多久了呀？"

俞苑苑有点哑，乖巧地一一答了，回答最后一个问题的时候顿了顿，她有点茫然。

在一起多久了？

他们……算是在一起了吗？

应……应该还没有吧？

楚嘉年挠了挠她的手心，替她答了："这几天在打比赛，还不能算正儿八经谈恋爱。"

俞苑苑眼睛里的光芒微微一熄。什么叫不能算正儿八经谈恋爱？正儿八经的反义词是什么来着？吊儿郎当？他……什么意思？

他说得义正词严，孟老抽了抽眼角，心想我虽然七十多了，但眼睛还没瞎，你当我看不见你握着人家小姑娘不放还乱挠的爪子吗？

说话间，小弟子已经整整齐齐挑好了药，写好了用法用量。孟老摸了摸俞苑苑的脉搏，多叮嘱了几句以后少熬夜注意作息和饮食规律之类的话，就带着小弟子走了。

大家借口要送一送孟老，跟在孟老身后鱼贯出了房间。楚嘉年送到门口："孟爷爷，多谢您啦，要是明天她还不好，少不得还得叨扰您。"

孟老脚步一顿："烧成这样，你还指望明天就好？"

"孟爷爷，我后天就要打比赛了，明天必须好。"一个脑袋从楚嘉年身后钻了出来，"不然您给我上点猛药吧？"

孟老没办法，直接给她打了退烧针。

药效上来，俞苑苑昏昏沉沉地睡了过去。她睡得不太安稳，但是居然又神奇地续上了之前的那个梦。

十八岁生日那天，楚嘉年告诉她，他们不是亲兄妹。她惶惶不安以为两个人要就此分道扬镳只是最熟悉的陌生人了。没想到楚嘉年却俯身凑近她，轻轻摸了摸她的头。他的手很凉，正好覆盖住她的额头，而男人的脸在梦里依然精致而帅气："苑苑，我不想做你的哥哥，我想……"

俞苑苑猛地睁开眼睛。

他想什么？

天已经微亮了，她这才意识到自己刚刚是在做梦，想要动一下，却感觉自己的手好像被什么压住了，她转了转头，这才看到趴在床边的楚嘉年。

他就这么守了她一夜？

她目光复杂地看向床头柜上的两块毛巾，显然是楚嘉年在她睡着的时候换了好几轮，难怪她会梦见自己额头冰凉……

楚嘉年静静地趴在床边，闭着的眼下是眼睫毛投出来的一片阴影，鼻骨线条挺拔，连睡觉都这么赏心悦目。俞苑苑轻轻坐起身来，静静地欣赏了一会儿他的睡容，偷偷拍了一张照片。

突然，楚嘉年扔在一边的手机亮了一下，俞苑苑下意识地看了一眼，然后眼神顿住——手机屏幕是她的定妆照。

楚嘉年刚刚告白完，她就发烧了，之后两个人都没有什么独处时间，她虽然烧得晕晕乎乎的，心里却还是有无数个念头冒出来。

比如楚嘉年是真的喜欢她吗？从什么时候开始喜欢的？会不会又是家里的任务？尤其是刚才孟老的问题，他避重就轻的回答更是让她忍不住心里一空。

直到此刻看到他的手机，悬着的心缓缓落了下来。

俞苑苑抿了抿嘴，心里扑通乱跳，大着胆子俯下身，做贼一样在楚嘉年的脸上轻轻亲了一下，然后悄悄地后退，再后退——楚嘉年的眼睛突然睁开了。

他笑意盈盈地趴在那儿，眼中有点血丝，却依然黑白分明："亲完就想跑？"

"我……"她还没说什么，就被起身的楚嘉年重新按在了床上。

楚嘉年一条长腿半跪在床边，一只手按着俞苑苑的肩膀，另一只手撑着床头。他俯下身，一动不动地看着她的眼睛，离她越来越近……

这个姿势太过暧昧，而他的眼神又太过炙热，俞苑苑的心狂跳，一边心里止不住地冒出了浓浓的期待。

然后，她突然想起另一件事，一手撑住了楚嘉年的胸膛。

"等等！我……我还没刷牙！"她抬手捂住了自己的嘴。

"你在想什么？"楚嘉年轻而易举地拿开了她的手，用自己的额头碰了碰她的，"我是看你烧退了没。"

面红耳赤的俞苑苑一秒变身恼羞成怒的俞苑苑。

他一晚上的努力没有白费，俞苑苑的烧退了。

训练赛安排在下午，一个早上加中午，她除了上厕所的时候亲自下了床，连饭都是在床上吃的——楚嘉年不知道什么时候弄来了病房专用的小桌子，撸起袖子，准备给她喂饭。

"我可以自己来，已经好得差不多了。"俞苑苑觉得有点羞，小声抗议道。

楚嘉年吹着粥，眼皮都没掀："省点力气，一会儿还要搓键盘呢。"

俞苑苑眼睛一亮："那我能打塞拉斯吗？"

还没忘了这个话题。

楚嘉年一勺粥塞进她嘴里："做我女朋友就让打。"

这个人，前一秒还让人叫哥哥，这一秒就要做人家男朋友了，得寸进尺，蹬鼻子上脸。

俞苑苑义正词严："这几天在打比赛，我还不能正儿八经谈恋爱。"

他昨天堵孟老的话又被俞苑苑原封不动地还了回来，俞苑苑的本意是想看他吃瘪的样子，不料他挑了挑眉："怎么，忍不住了？"

"……你才忍不住了！"俞苑苑气急，顺手抄起床头的抱枕，冲他砸去。

没想到楚嘉年一手端着粥，另一只手稳稳地接住了抱枕，然后，他顺势握住了她的手，俯身在她手心轻轻吻了一下，抬眼看向她："是啊，我是忍不住了。"

被再次撩得小鹿乱撞的俞苑苑：呜，再这样下去，好担心自己的心脏超负荷运转！

俞苑苑的烧来得快，去得也不算太慢，就是还有点头疼。她趁着楚嘉年去自己房间洗澡换衣服的时候，偷偷吃了两片布洛芬，又在床上躺了半个小时，感觉止痛片的药效上来了，这才去洗了个澡。

洗完澡，整个人都清爽了。

酒店里的温度适宜，她随便穿了一身短袖长裤就出去了。她重新坐在电脑桌前的时候，竟然莫名其妙地产生了一点恍若隔世的感觉。昨天的经历太过波澜曲折，而她也一夜之间从年哥的小队员升级成了年哥的女朋友。

有点刺激。

距离约的训练赛还有一个多小时，俞苑苑先开了一个房间想要练一会儿补兵，生怕自己一会儿手生。结果，她发散了一会儿思维，打开客户端，才感觉到自己身边的气氛好像有点不太对劲。

她左右看看，就看到了四人组复杂而欲言又止的表情。

小新清了清嗓子，身为第一个知道真相的人，他觉得自己有责任和义务挺身而出，率先打破一下这个氛围："苑……嫂子……呃……"

出师未捷身先死。

俞苑苑："……"

是应该给出生入死的队友们一个交代。反正大家都已经知道了，也没什么好藏着掖着的。

她这边还在组织语言，洗完澡的楚嘉年已经气定神闲地站在了她身后，他顺手转了一下椅子，直接把她从背对他的方向转成了面对他。

俞苑苑被原地转了一百八十度，有点蒙："你干吗？"

楚嘉年捏了捏她的脸，伸手探了探她的额头，确定她不发烧了，又把她转了回去。

不是，她是陀螺吗？

俞苑苑脸上的问号快要变成易燃易爆的感叹号了，楚嘉年终于开了口："给大家介绍一下，这是我女朋友。私下里你们可以叫一声嫂子，但是公众场合，该怎么样就怎么样。"

小新得了指令，这下终于把舌头捋直了："苑苑，你们这是旧情复燃吗？"

俞苑苑一本正经："不，这是死灰复燃。毕竟我们之前的旧情都已经被烧成了灰。"

因为根本就没什么旧情。

母胎单身的小新和牛肉酱都没听过这么残酷的形容，互相对望了一眼，都从对方眼里看出了"还是游戏好玩"的神色，只有奥利奥神色变幻莫测："死灰也能复燃的吗？"

向来高冷的男孩用双腿滑动椅子的滚轮，凑到了俞苑苑身前，脸上还有点不自在："你看能燃的话，帮我问问瓶子什么时候愿意理我？"

兴许是之前在网上被骂得太狠，这段时间俞苑苑都没怎么用手机，这两天心态终于调整了过来，她也才想起来自己恋爱还是要和蔺瓶子报备一声的，她这会儿心情好，笑眯眯地胡诌："瓶子说了，等一个你的奖杯。"

奥利奥的眼睛瞬间亮了。

俞苑苑也不算乱说，她对蔺瓶子了解得很深，奥利奥用"电子竞技没有爱情"这种理由和蔺瓶子分手，如果不切切实实地打出点儿成绩来，指不定会被蔺瓶子怎么冷嘲热讽。

这事儿说开了，队里的大家也都喜闻乐见，雪饼感慨道："当年我见到年哥拼命三郎沉迷工作的样子，还以为他要'注孤生'（注定孤独一生）了。没想到这才没两年，年哥就将工作和恋爱一锅端了。"

俞苑苑的耳朵悄悄竖起来，心想这家伙撩起人来无师自通，炉火纯青，居然还能被别人误会会"注孤生"？

结果，雪饼并没能顶住楚嘉年飞过来的眼刀，转了话题，跟大家一起嚷嚷着敲诈了楚嘉年好几顿大餐，这才回到了电脑桌面前。

这次的训练赛约的是OPE，早上她刚知道的时候心里还有点不爽，毕竟上次的训练视频就是OPE泄露出去的，直到楚嘉年给她看了大灭的直播视频。

俞苑苑惊呆了。视频里的男孩子掷地有声，表情不可一世，她忍不住感慨了一声："这也太帅了吧，他是怎么在OPE这个队伍里待下去的？这简直是出淤泥而不染啊。"

楚嘉年收回手机，挑了挑眉："比我还帅？"

俞苑苑真情实意："你知道那天我为什么心态不稳吗？其实原因就是你穿西装太帅了，我有点喘不过气来。一时之间心神不宁，感觉自己下一秒就要窒息了。"

楚嘉年："……"

一时之间分不清俞苑苑这是要扔锅还是在夸他。

进房间以后，两队都非常沉默。虽说大灭帮俞苑苑说话了，但是其他几个队友在开直播的时候完全是另一个风格，尤其是训练赛上被俞苑苑压制到自闭的那个中单。俞苑苑自己没看直播，但是这个"仇"大家可都记在心里。

因为下一把不是打LEW9就是VXX，所以大家仔细研究了整个LEC和LCS赛区的风格，针对他们选取率最高的组合分别进行了阵容的调整和练习，这场训练赛也是想要用新研究的阵容来试试效果。

虽然没有特别打过招呼，但是OPE那边正好锁了塔姆和EZ这一组LEC最常见的下路组合，雪饼和牛肉酱眼睛一亮，跟着锁了希维尔和锤石。

牛肉酱乐呵呵的："塔姆你吃啊，吃进去我给你一钩子连皮带毛地钩出来。"

俞苑苑想象了一下那个场景，感慨道："画面太恶心了。"

结果，牛肉酱被她这么一说，脑子里的画面顿时活灵活现了起来，自己先打了个寒战："完了完了，我按Q的手指有点颤抖。"

说话间，对面已经干脆利索地锁了所有英雄，而AM这边只剩下了说好要留给俞苑苑的counter位。

OPE阵容：上单瑞兹，打野魔腾，中单佐伊，ADCEZ，辅助塔姆。

俞苑苑舔了舔嘴唇，说："不然……我来一把塞拉斯？我感觉魔腾的大有点诱惑。"

大家一合计，感觉能行，打团应该很凶。

于是，AM这边的阵容如俞苑苑的愿变成了：上单凯南，打野皇子，中单塞拉斯，ADC 希维尔，辅助锤石。

"看到这个阵容，我感觉自己脱亚入欧了。"牛肉酱感慨道。

"要不你掏出你的抽卡游戏试看？"雪饼看了他一眼。

牛肉酱苦了苦脸："你以为我没抽吗？踏上欧洲大陆的第一天我就试了，结果……呵呵。"

塞拉斯拖着自己身后的两条铁链子往前走，其实塞拉斯对线佐伊并不占优势，但俞苑苑想要的就是这种效果——如果她能够在这种有英雄压制的情况下还能打出优势，说明这个英雄她玩得很到位了。

结果，她选了塞拉斯，一进游戏，对面的中单就满脸疑问。

塞拉斯？

那天的失误局外人看不出来，内行人还是能看出来几分不对劲的。这三个字再加一个问号甩了俞苑苑一脸，她脑补都能脑补出来 OPE 中单挑着眉一脸诧异加嫌弃的样子，顺便额头还写了"你没病吧"几个大字的样子。

她没理他。

前期大家都在平稳发育，期间也有小换血，但总体没有爆发什么太大的冲突。直到五级的时候，小新摸进了对面蓝坑，锤石也悄悄向上移动了几步，准备随时有情况去接应。结果，小新刚刚摸了几下蓝，对面的魔腾就飞了过来，锤石上去准备跟着多摸几下，对面的下路组合已经从草里露了头。

两人当机立断，转身就走，连血都不打算换。

"哎哎哎，别走别走，来都来了，蹲我草里。"俞苑苑边说边在中路河道草里打了个信号。

牛肉酱和小新依言在草里蹲好了。

佐伊正在收兵，看到塞拉斯左右扭了两下，几乎是秒懂了她正在演——演技堪忧的那种，毫不犹豫地交了闪想要回塔下。

没想到塞拉斯几乎是同一时间跟了闪，两条铁链子一并拴住了他！然后一面旗子从天而降——这时佐伊距离塔非常近，他觉得自己挣扎一下应该能逃走，没想到他刚刚转过身扭了两步，锤石的链子稳稳地套在了他的身上。

半秒钟后，佐伊躺在了地上。

First blood!

OPE 的中单屏幕一黑，他有点暴躁地推了推键盘："最近这小姑娘天天苦练塞拉斯吗？准备雪耻还是什么？拿我练手？"

大灭勾了勾嘴角："你在对面的眼里估计就是个中路反派。反派死于话多，懂？"

OPE 中单：……行吧，是自己开场没忍住。

而 AM 这边，牛肉酱愣了愣："一血是我的？"

"不是，你一个辅助拿一血有什么用？"小新快要气炸了，"不知道让？"

"酱爷爷也没想到自己这么猛啊。"牛肉酱陷入了一种扭曲的快乐，"我扔了个钩子然后全程站着没动，人头就掉到我头上了。"

大约只有俞苑苑沉浸在闪 E 终于没空的兴奋里，觉得自己重新拾起了控制技能百发百中的自信心。

这边牛肉酱和小新还在互相看不对眼，就听到俞苑苑语气轻快道："我，塞拉斯，从现在起，就是全场唯一的神！"

不用看都知道塞拉斯到六级了。

AM 这套阵容最厉害的就在于开团。所以在峡谷先锋出来的时候，小新毫不犹豫地开了团，其他几个人都不动声色地开始向他移动。

OPE 早就在峡谷先锋那儿插眼，第一时间都开始往龙坑赶，但 AM 这边早早就埋伏在了草里。

"拉魔腾，让我偷一个大。"看着对面杀气腾腾地过来，俞苑苑果断道。

牛肉酱："好的，纳命爷！"

话未落音，他的链子已经稳稳地拴住了魔腾的脖子！魔腾来不及动作，就被塞拉斯突脸上来偷了大，然后电脑屏幕变成黑白。

等到 OPE 的视野重新亮起来的时候，峡谷先锋没了，魔腾、EZ 和佐伊的尸体整整齐齐摆了一排，瑞兹茫然地站在空无一人的龙坑里，而塔姆张开大嘴，又合上了。

总不能吃尸体吧。

"撞中路，撞中路！这下我们起码能拆两个！"俞苑苑一边说一边点了点小龙坑，"小新你们去拿小龙，我和雪饼拆塔。"

果然如她所说，峡谷先锋一头半个塔，连撞到了第二个，复活的魔腾开了大招，直接跳到了她和雪饼脸上。

雪饼躺在了塔边："牛肉酱，你满血跑是认真的吗？"

牛肉酱其实也只有半管血了，但是看着自己的 ADC 躺在那儿心里也很不是滋味："NOC（魔腾又名 NOC）灯一关我就是个瞎子……"

"瞎子能突脸，你能吗？"雪饼冷哼一声。

牛肉酱决定夹紧尾巴，重新做人。

于是后半场就看到牛肉酱紧紧护在希维尔面前，寸步不离，魔腾再也没能顺利切死希维尔，而塞拉斯皮糙肉厚还有控，时不时就复制他的大招，再还给他，简直烦人到了极点。

爱关灯的魔腾被人关了灯是什么体验？

大灭表示这个问题他不想回答。

第三十五分钟的时候，AM全员攻上了OPE的高地，塞拉斯特意在佐伊的尸体旁边绕了一圈，头上又冒出来了一个熟悉的点赞手。

OPE的中单："……"

大灭看到他抄起手机，直接伸手按住了："你有病吗？打不过就去网上撕？几岁了？"

中单没想到被抓了个现行，气不打一处来："我拿手机看个信息怎么了，你连这个都要管？"

"你到底想干什么，你自己心里清楚。"大灭的眼神中带着厌恶，"上次泄露比赛视频的事情已经很过分了，你差不多行了。"

虽然大家都心知肚明，但被这样冷不丁直接戳破，中单的脸上还是闪过了一丝难堪。他盯着大灭，发狠道："呵，不知道灭爷您到底为什么这么护着那个女的，难道是看上她了？据我所知，灭爷您有一个恩爱的女朋友吧？准备出轨？女朋友知道你这么护着别人吗？"

大灭松开按着他手机的手，眼中厌恶的神色更浓："别把别人都想得跟你一样龌龊，脑子里除了男女关系就没别的了？把她的名声搞臭，你就能是LPL第一中单了吗？自己几斤几两自己没点数？"

大灭语气太过嘲讽，中单一时没忍住，直接抢起了拳头。

其他几个人连忙拉开他们，但两个人已经打成了一团。那边AM还在等着开第二局，结果OPE久久没了音信。楚嘉年打电话给OPE的经理，听到手机听筒里传来经理"灭爹，别打了别打了"的声音，经理气喘吁吁地说："我们这边出了点状况，不好意思，今天的训练赛可能是打不成了。"

楚嘉年皱了皱眉头，大概猜到了什么，也不好直说，挂了电话。

训练赛是打不成了，但是刚才塞拉斯偷大偷得实在是太爽了。大家七嘴八舌地议论了一番，决定继续把俞苑苑放counter位，就看明天对面到底出谁。

晚上九点，大家蹲在屏幕面前，看着BBG的Vision一脸冷淡地抽出了LEW9的签，赛场信息顿时一变。

18:00 BBG VS LEW9

20:30 AM VS VXX

俞苑苑盯着赛场信息，深深吸了一口气。

明天如果赢了，她……大约就可以重新把微博安回来，好好儿和大家打个招呼了吧？

…………

　　法兰克福的傍晚是金色的。灿阳从美因河尽头缓缓落下，染出了一整片金粉色的天空。休息室里的屏幕上，BBG 和 LEW9 已经打到了第三把，毫无悬念，LEW9 没有一次能在 BBG 手下撑过半个小时。第三局的时候，LEW9 的整个士气都快没了，全靠着一股不服输的信念在撑着，但也很快露出了疲态。

　　晚上八点半，法兰克福被黑夜之前的暮蓝笼罩。

　　俞苑苑拍了金粉色的夕阳，想要发在朋友圈，却在配字的时候有点犹豫。楚嘉年拍了拍她的肩膀："准备一下。"

　　她顺手把手机扔在了一边，抱起外设包，深吸了一口气。

　　楚嘉年站在门口，挨个拍了拍每个人的肩膀。俞苑苑站在最后一个，楚嘉年走到她面前笑了笑，也拍了拍她的肩膀，然后俯下身，在她耳边说："赢了这场，有奖励。"

　　俞苑苑眼睛一亮："什么奖励？"

　　"赢了再告诉你。"楚嘉年已经直起身，"好好打。"

　　俞苑苑看向他的眼睛，眯眼笑了笑："我不会给年哥丢人的！"

　　VXX 的教练和楚嘉年是旧识，两个人站在队伍后方的时候，VXX 的教练还和楚嘉年套话："Cain，这把有什么战术啊？"

　　"让你们多听几次'ACED!'算吗？"楚嘉年挑眉一笑。

　　俞苑苑偷偷弯起了嘴角。

　　调试好设备，大家依次坐下。牛肉酱率先冒了一句："各位呀，咱们这场赢了可就是决赛了。距离奖杯只有六场比赛了！你们激不激动？"

　　"说实话，我感觉自己还没打春季赛决赛的时候紧张。"雪饼吹了吹鼠标，"总感觉 VXX 和 CMCG 不是一个水平线的。"

　　"别轻敌。"俞苑苑的声音冷静，"我还想玩塞拉斯呢。"

　　小新笑出了声："怎么办，我感觉你要玩塞拉斯已经是个梗，可以说一年了。"

　　俞苑苑瞪了他一眼。

　　楚嘉年戴上耳机，正好听到了这句话，看到俞苑苑恶狠狠的眼神，他也忍不住弯了弯嘴角。

　　解说依然是大家熟悉的"消炎组合"，两位解说非常快乐地调动了一下大家的情绪后，阿莫眼神一转，先说起了自己刚刚知道的小道消息："我这边有一个纳命爷的料，不知当讲不当讲。"

西林白他一眼："你以为我会接你的腔吗？你可千万别讲，死死兜住你的料。"

阿莫哈哈一笑："反正等时机到了，大家自然会知道。其实我内心的想法和大家都一样，小组赛里 AM 打 VXX 的第二场是真的挺好看的，我希望今天依然和那次一样好看。"

赛场上，谁都不能因为之前的表现而断言接下来比赛的输赢，连祝福都很容易被当成是毒奶，是以阿莫说得非常含蓄。

观众当然懂他的意思。

实名给纳命小姐姐加油！我是你的脑残粉！

奥爷世界第一上单！

我拿到纳命爷签名了！你们快来羡慕我！！纳命爷加油！！！爱你！！！

提前恭喜 AM 进入决赛！

都别毒奶！大家好好打！别轻敌！

弹幕顿时刷到连选手和解说的脸都看不清楚了，与此同时，队内耳机里一声提示音后，BP 环节正式开始。

俞苑苑念念不忘她的塞拉斯，眼巴巴地盯着对面的阵容，嘴里还在分析："我猜他们会 ban 掉我的佐伊和丽桑卓，之前小组赛我表现那么突出，他们没理由……"

话未落音，VXX 连着 ban 掉了亚索和塞拉斯，然后 ban 了锤石。

AM 众人：？？？

俞苑苑一下子坐直了，脸色有点稳不住："这什么意思？对我的嘲讽吗？"

牛肉酱也有点愣："这 VXX 有点厉害啊，我们昨晚随便打打，今天他们就直接全 ban 掉了？"

楚嘉年的声音稳稳地切入："VXX 可能又拿到什么数据了，他们的经理人一直有神秘数据库。别慌。"

俞苑苑深吸一口气，楚嘉年的声音非常平稳，极大地安抚了她躁动的情绪。她没有说话，脸上越发杀气腾腾。

阿莫和西林也愣住了，阿莫挑了挑眉："这个 ban，我有点看不懂啊……VXX 没有必要浪费两个 ban 位在这两个英雄上啊。"

西林沉吟片刻："我倒是觉得 VXX 可能想要抢佐伊，亚索其实还挺克制佐伊的。上一次 AM 战队拿了塞拉斯，可能让他们觉得 LPL 赛区有时候也会出现一些不那么像 LPL 的阵容。"

西林的预测还是挺准的，VXX果然一选了加里奥以后，紧接着就锁了佐伊。

看到加里奥，楚嘉年毫不犹豫地指定了牛头和EZ组合，顺势问了一下俞苑苑："中路想拿什么？"

俞苑苑："摆在我面前的只有一条最稳的路，选妖姬。"

稍微能克制佐伊的，除了亚索就是妖姬了。

楚嘉年沉吟片刻："你站counter位，先看对面打野拿什么。"

"拿了加里奥，肯定是皇子。"俞苑苑叹了口气，他们先ban掉的是杰斯、卢锡安和塔姆，皇子还在外面，和加里奥配合起来简直就是开团绑定队友。

她话音未落，果然对面锁了皇子。

第二轮BP，对面还有ADC位和上路，楚嘉年果断选择ban掉了希维尔和吸血鬼："小新拿猪妹。"

猪妹瑟庄妮这个英雄，又肉又能打又能控，唯一的问题就是前期容易被反野，但是对于目前AM的阵容来说，是有足够的支援能力的。

对面出乎意料地拿了一手小炮打ADC，雪饼意味不明地"哟"了一声："可以可以，这手小炮拿得确实出人意料。"

最后VXX的上路选了凯南，奥利奥有点不爽："OPE泄露比赛视频已经是风气了吗？你们看看对面这选的，直接把我们昨天的阵容全部拆了。"

"估计他们真的是有了什么小道消息。"俞苑苑挑挑眉，"而且主要是他们没见过我的妖姬，但凡见过一次，估计我的妖姬就再也不能驰骋峡谷了。"

于是，最后定下来的阵容是——

VXX：上单凯南，打野皇子，中路佐伊，ADC小炮，辅助加里奥。

AM：上单瑞兹，打野猪妹，中路妖姬，ADCEZ，辅助牛头。

开场前期，AM中下路两条线的推线能力整体都比VXX稍微差一点，只有上路的瑞兹是压着凯南打的，小新收完一波野，就偷偷地蹲在了上路，镜头也跟着到了上路。

结果猪妹才刚刚走进草里，才准备gank一波凯南，屏幕上突然出现了"First blood!"的字样！

阿莫和西林也惊呆了，导播立马把镜头转到了下路回放。

只见EZ穿过层层小兵之间的空隙，稳稳地给对面的小炮身上套了个圈，WA二连下去，小炮的血线顿时只剩下了一半！加里奥挺身而上，想要嘲讽住EZ和牛头，被两个人躲开。EZ追上猛嗑血瓶的小炮，跟在他身后猛点，再接了一个Q，在小炮身上打满了伤害，稳稳地收下了这个人头！

"雪佛爷，平时见您玩EZ也没这么猛啊。"俞苑苑惊叹了一声，"Nice！"

牛肉酱见怪不怪："小炮可是咱们雪佛爷心中的白月光，谁在他面前玩小炮，他就要教对面做人。"

俞苑苑终于明白了对面锁小炮的时候，雪饼那声意味深长的"哟"是什么意思。

"阿莫西林"组合还在做雪饼取得一血的回放，中路又开花结果了，等到屏幕转过来对准中路，妖姬已经打完第一波，开始回家了。

导播室手忙脚乱，赶快切了刚刚的这波单杀。

前两级的时候两边进行了几波小小的换血，佐伊和妖姬的血线基本都维持在三分之二左右。刚刚到了三级，就在佐伊的彗星落在兵线身上的瞬间，妖姬出现在了佐伊身边，一套QE打满了伤害！

佐伊的血量瞬间降到了岌岌可危的程度，但她反应也很快，妖姬贴脸的同时，她就W出了眩晕气泡，妖姬回到原地的时候，正好被定住了！

但是佐伊忘了自己此刻正在被妖姬的链子拴着，1.5秒后，往回跑的佐伊被禁锢在了原地，妖姬追上来，连引燃都没挂，直接平A了两下，收下了佐伊的人头。

整套动作可以说是闲庭信步，不慌不忙。

"这把赢了。"俞苑苑一边在泉水里逛商店，一边淡定道，"看到中路那个蹦蹦跳跳的彩色头发了吗？在我面前活不过三秒。"

到了六级，蹲在草里的小新才刚刚探出半个身子，佐伊又倒下了。

俞苑苑一边吃塔皮，一边感慨："我带什么引燃啊，我应该带个爆破，拆塔快。"

小新："……"

大约是对面也觉得能压制住AM的中下两条线都崩了，所以直接改变了战术，打起了避战运营流，硬生生把时间拉扯到了三十五分钟都没爆发一波团战，人头数稳稳地保持在3-0。

AM完全不慌，节奏很稳地拿了火龙拿云龙，拿完云龙开大龙。玩运营流？和LCK赛区做邻居的可是LPL，关你们LEC赛区什么事儿？

拿大龙的时候，VXX大约也意识到了这次再不抢，估计就要被直接打上高地了，皇子和加里奥前赴后继地落在了龙坑里，结果前脚还没站稳，就被牛头一个大按在了墙上，早就已经被养肥的EZ和妖姬轻松地一人拿下一个人头，佐伊和凯南被猪妹和瑞兹追死，至于小炮——还在泉水里没复活。

第三十八分钟，五人龙种军团带着小兵一波直接拆了水晶。

俞苑苑现在对于起身去和对面握手这件事已经习惯了，一边摘耳机，一边整理了一下衣服下摆："你们说，我纳命的妖姬是不是天下无敌？"

"怎么说呢，你得先 solo 过年哥才能算。"小新笑嘻嘻地和 VXX 的队员握着手，实话实说道。

第一局和第二局之间有十分钟的休息时间，楚嘉年站在后台等着大家回来，看着俞苑苑亮晶晶的眼睛，还没想好要怎么夸她两句，能让她高兴又不至于膨胀的时候，就看到俞苑苑站在了他的面前，一字一顿，掷地有声。

"年哥，我要和你 solo 妖姬！"

小新正在喝"快乐水"舒缓压力，没忍住，一口直接喷到了牛肉酱的袖子上。

楚嘉年神色复杂，像是回忆起了什么，缓缓感慨道："我还记得上一次主动要和我 solo 的人……"

"被您打自闭，自己退圈了。"奥利奥面无表情地接上，不自觉地用了"您"这种敬语。

俞苑苑：？？？

电竞圈到底还深埋着多少她不知道的秘密？

十分钟的时间很快过去，大家又重新回到了场上。

经过第一场的胜利，大家稍微有点紧张的心态也都稳了下来。

第二把的 BP 很快开始了，对面出乎意料地直接 ban 掉了加里奥和卢锡安组合，然后又 ban 掉了杰斯。

俞苑苑挑挑眉："哟，这次不针对我了？"

结果她才说完，对面就一选了妖姬。

俞苑苑：……行吧，当我没说。

不得不说，妖姬还是挺能给对面压力的。然而这一次 VXX 的对手是 AM，而且还是由楚嘉年指挥 BP 环节的 AM，大家依然很稳。

"这把想用塞拉斯吗？"楚嘉年挑挑眉。

俞苑苑仔细思考了一下，塞拉斯打妖姬其实问题不太大，但还是要看对面其他的几个英雄有没有什么值得偷的大，于是道："再等等。"

楚嘉年扬了扬嘴角："奥利奥，上单皇子怎么样？"

奥利奥眼睛一亮："LEC 不就喜欢这一手吗？我们锁皇子，他们肯定以为是打野，可以可以。"

"还记得 LEC 赛区的标志性打野是谁吗？"楚嘉年扫了一眼本子。

"死歌？"小新搓搓手，跃跃欲试，"不瞒你们说，我偷练死歌很久了。"

"你偷偷练个屁，拉着我上了多少次'灵车'了？"奥利奥翻了个白眼。

"我这不是从来都没直播过死歌打野嘛。"小新笑嘻嘻地锁了死歌。

阿莫和西林解说二人组有点惊到，阿莫大约猜到了什么："大家还记得第一场比赛之前我说过什么吗？我感觉就会在这一场出现。"

西林若有所思："看到 AM 的这两手选择，我不知道别人有没有和我一样的感觉，就是又欣慰又有一点点担忧。欣慰是指看到我们 LPL 赛区也愿意尝试一些新的打法。按照 LPL 传统思路，大家可能会觉得皇子打野、死歌走中，但是从 LEC 的思路来说，皇子上路、死歌打野是完全没有问题的啊。至于担忧，的确是没有见过小新拿这个英雄，也不知道会不会有点冒险。"

反而是对面的 VXX 在锁了妖姬以后，又锁了经典的牛头卡莎下路组合。

"有牛头，我觉得能拿塞拉斯了。"俞苑苑沉吟片刻。

楚嘉年说："可以，另外我要提醒一下下路组合，有一队非常棒的组合被放了外面。"

俞苑苑自己锁了塞拉斯。

上一次她锁这个英雄是因为心神不宁，这次则是深思熟虑。

弹幕顿时有点坐不住了。

怎么又是塞拉斯？这英雄到底能不能行？忘不了她怒送一血的那一幕。

上次虽然赢了，但是总觉得塞拉斯不太行，这次还拿塞拉斯？难道真的是有什么塞拉斯战术？

有什么啊，你们是眼瞎还是这女的买的水军？

脑子有病这个中单，心疼 AM 其他选手。

这是半决赛，你给我上个塞拉斯？有病吧？

提前恭喜 AM 止步四强，呵呵。

沸沸扬扬的弹幕并不为场上所知，俞苑苑锁了塞拉斯以后到底还是有点紧张，一时没忍住，偷偷向后瞄了一眼。

楚嘉年依然是一身黑，这次他连衬衣都换成了黑色，连手里捏着的笔记本都是黑皮的。他整个人都宛如一柄出鞘的利剑，站在那儿，一个人就带起了全队的气势。

他两只修长的手指垫在翻卷过来的本子上，但他的目光根本没有看笔记本上的内容，仿佛拿个本子只是装装样子。是以俞苑苑刚一转头他就注意到了，他面无表情地扫了一眼过去，吓得俞苑苑猛地转过了头。

她好像在他的眼睛里看到了杀气——你再敢因为偷看而失误我就现场杀了你祭天，说到做到的那种……杀气。

呜，她的男朋友是真帅，严厉起来也……还是帅。

针对 LEC 的战队，AM 其实是有研究的。下路会意地锁了洛霞组合以后，对面针对地选了盲僧和吸血鬼。两边队伍的风格像是整个换了个边儿。

VXX 的阵容：上单吸血鬼，打野盲僧，中单妖姬，ACD 卡莎，辅助牛头。

AM 阵容：上单皇子，打野死歌，中单塞拉斯，ACD 霞，辅助洛。

阿莫忍不住感慨了一句："这就是我之前说过的小道消息了，纳命最近苦练了一波塞拉斯，但是说实话其他这几手 pick（选择）我是真的没有料到，现在总有一种自己走错演播室的感觉。"

西林手心也莫名起了汗："虽然不同于以往的打法，但是如果 AM 能用这套阵容打赢 VXX 的话，那我觉得就能很好地说明一个问题。"

他和阿莫相视一笑尽在不言中。

弹幕有明白人自动帮那些打了一屏幕问号的观众解说。

用 LEC 惯用阵容的 LPL 队伍，打爆用 LPL 阵容的 LEC 队伍，说明什么？说明我们牛他们菜啊。

不是都说 LPL 阵容固定套路就那么几个吗？AM 这次要能赢，我立马路转粉。

同理，塞拉斯偷了你的大，杀了你，说明什么？说明塞拉斯牛你菜啊。

但是如果输了，那就呵呵了。

我觉得 AM 要完，太狂了，以为自己是在网吧五连坐吗？

大家恍然大悟，弹幕上一片"哈哈哈哈"，其中有真心实意的，也有带着嘲讽等着看戏的。

楚嘉年什么都没多说，摘下耳机去和 VXX 的教练握手，两个人相视一笑，对视的目光中仿佛有火花闪过。

谁都没有想到俞苑苑开场竟然跟着奥利奥从上路的线走了过去，然后径直走向了 VXX 的上路野区，稳准狠地在三角草里插出来了一个吸血鬼！

吸血鬼一惊，挨了皇子的两下平 A，转身就准备走，结果塞拉斯突然甩出了链条，狠狠地撞了上去！

弑君突刺！

吸血鬼被迫停住了脚步。皇子追上来，一顿点，吸血鬼瞬间只剩下了三分之一的血量，一边撤，一边嗑血瓶，结果没走两步，死歌正等在龙坑侧面。吸血鬼正好踩上了死歌放在他脚下的荒芜印记。

盲僧急急忙忙从下路野区赶来，正正地 Q 到了皇子的脸上，没想到塞拉斯毫不犹豫地交了闪现，直接跳到残血的吸血鬼脸上，加了两下平 A！

血瓶见底，吸血鬼只剩下一层血皮，眼看还能走，塞拉斯的 W 冷却完毕，稳稳地突过去，收下了吸血鬼的人头。

First blood!

距离开场，正好一分钟。

这还没完，塞拉斯收下人头瞬间到了二级，突到皇子脸上的瞎子已经被皇子和死歌打掉了一半的血，交了闪现穿墙准备从红 buff 坑走。没想到盲僧刚刚落地，身上就长出了塞拉斯的链子！

塞拉斯的 E 技能是两端突进，第一段单纯向前并且获得护盾，第二段是锁住敌人，眩晕对方并且将自己拉向对方！

"Nice!Nice! 能杀能杀，上！"皇子和死歌立马赶上去一顿点。盲僧犹豫了一下自己的闪现会不会变成死亡闪，结果就这么一犹豫，又被俞苑苑平 A 收下了第二个人头！

Double kill!

开场一分半钟不到，小兵都还没走出泉水，塞拉斯已经两个人头在手了。

对面的妖姬甚至还没和她碰过面。

梦幻开场，技惊四座。

阿莫和西林两个人都惊了，观众也惊了。

阿莫清了清嗓子："这可以算作本届 MSI 最快的开场击杀了吧？"

西林激动到不行："刚刚这两个人头取得实在是太帅了，纳命爷太牛了！让我们来看一下画面回放！"

两个人热血沸腾地再次解说了一遍两次击杀的操作细节，整个画面都被弹幕盖满了。

这什么预判！盲僧掉下来的同时链子就拴上去了！我服，啥也不说了，服服服！

小姐姐是真的牛！

我要哭了，身为一个女生，我其实一直超级希望纳命爷能出来狠狠地打大家的脸，这一刻我感觉自己如愿以偿了！

…………

五颜六色的夸赞刷满了整个屏幕。

楚嘉年看了一眼网络直播，心情愉快地勾了勾嘴角。

VXX 的中单敲着键盘："你们在搞什么？这让我怎么打？盲僧压不住个死歌？"

收了人头，三个人围在对面的红 buff 前，正好等到了第一波野怪，俞苑苑帮小新摸了两下，麻溜地回到了线上。

看到塞拉斯从草里拖着链子走出来的身影，妖姬下意识地往后退了两步。

她还没回去出装备呢，我怕什么？VXX 的中单在心里骂了自己一句。

其实不仅是他，VXX 的上单也紧绷着嘴角。

吸血鬼前期的清线能力本来就稍逊一筹，皇子有了两个助攻的经验以后稳稳地又压了他一级，一直试图和他换血。两个人都半血的时候吸血鬼感觉不太妙，开了血池准备后退，没想到皇子根本寸步不让，血池才散开，皇子的旗子就插在了他的脸上！

EQ二连突进，皇子收下了吸血鬼的第二颗"人头"！

"上单皇子可以啊。"小新吹了个口哨，"Nice!"

"回头solo？"奥利奥一边回城，一边挑衅道。

俞苑苑抽了抽眼角，总觉得他们是被自己刚才挑衅楚嘉年的举动刺激到了，开口就想和别人solo。

大约是两个人的人头差实在是太大了，妖姬打得非常保守，被塞拉斯稳稳压着，再加上塞拉斯带的是TP，回家以后就TP回来补兵，状态比妖姬要好很多，短短一会儿，已经压了对面二十个小兵。

中路开局就被压成这样，真的是惨不忍睹。

十分钟的时候，下路爆发了开局以来的第一波团战。

牛肉酱走进野区，想要做一波视野。他晃了一圈，觉得安全，正准备回线上，就听到耳机里俞苑苑的声音："草里有人！牛肉酱走位！走位躲牛头！"

牛肉酱一惊，已经来不及了——牛头闪现开大跳到了他的脸上，活生生把他推出了三角草！随即盲僧直接QA了过来！

几乎是同一时间，三角草里的眼上出现了TP标志！

"稳住稳住，我来了我来了！"

洛被当头打中，但是牛头也因为冲得太猛直接进了下一塔里，被霞和洛冲脸一顿反打！

而这个时候，俞苑苑也终于赶到了！

眼看牛头危在旦夕，俞苑苑尖叫一声："让我偷个大！"

0.5秒后，被偷了大的牛头躺在了塔下。

而上路再次传来了击杀提示。

奥利奥的皇子已经连着收了吸血鬼两个人头了。

盲僧还绕在外面想要在牛头不在的时候稍微支援一下卡莎，耳边突然传来了闪现声效。

刚才牛头是怎么闪现开大打在牛肉酱身上的，盲僧又结结实实地用自己的身躯体会了一遍——非常酸爽。

打到这个程度，明眼人都能看出来VXX的士气被打没了。

到了中后期，塞拉斯满场支援，到处偷大。皇子被吸血鬼的五个人头喂成了上路大腿，VXX 团战残血想要回家补状态，死歌一个大，直接被团灭。

到 AM 拆水晶的时候，VXX 全员都还在复活 CD，细细一数，感觉自己大概听到了八次"ACED！"。

"太惨了太惨了。"奥利奥一边戳水晶，一边感慨，"我真是替他们感到难过。"

俞苑苑乖巧道："是年哥想让 VXX 多听几声'ACED！'的，我只是年哥忠实的小迷妹。"

水晶爆开，几个人用奇妙的眼神看了俞苑苑一眼。

到了后台，牛肉酱用一种神秘而八卦的声音凑到了楚嘉年身边："年哥，苑苑送你的'ACED！'，你收到了吗？"

楚嘉年有点没反应过来，转头又看到了俞苑苑望着他的亮晶晶的眼神，他恍然意识到了什么……

他好像跟 VXX 的经理说过一句："让你们多听几次'ACED！'算吗？"

所以俞苑苑就一把让对面听了八次团灭。

楚嘉年啼笑皆非，抬手摸了摸俞苑苑的头，情深意切道："夸——你。"

牛肉酱：……噗，又是这两个字。

俞苑苑：……行吧，她就不该指望电竞直男说出什么甜言蜜语，前两天这家伙可能是突然开窍了，这两天又被封住了。

她蔫蔫地喝着水，微微甩了甩手，让自己打起精神应战最后一场。然后，她的手就被握住了。

男人的手微温，手指修长漂亮，楚嘉年垂下眼睛帮她按摩着手腕，然而他的手太好看，和她肉乎乎白绵绵的手搭配在一起，视觉对比效果简直明显。

俞苑苑受了刺激，猛地抽回了手。

"你……你干吗？"

楚嘉年俯下身，重新握住她的手，仔仔细细地捏过了每一根指头，最后在她的手心画了个圈。俞苑苑感觉自己的心也跟着他的动作，在自己的手心转了一圈。

然后，他抬起眼睛。

"我的芋圆，天下无敌。"

俞苑苑愣愣地看着他，眼睛越来越亮，盛满了亮晶晶的笑意，然后一点也不谦虚地使劲点了点头："嗯！"

中场休息很快结束，俞苑苑整理了一下衣服，走出了休息室的大门。

楚嘉年跟在她的背后，少女身上的队服背后是凌厉的 AM 队标，上面用花体字绣着 Naming 几个字母。少女微扬着下巴，嘴角有一抹谦和却自信的笑容，让他想起了她第一次走进 AM 基地的时候的样子。

　　他忍不住轻笑出声。

　　他没有胡说。

　　他的电竞少女，本来就是天下无敌。

# ✦第十章
## "掉马"修罗场

//

*QING BEN XIA GU SHAO NV*

第三局的 AM 依然延续了前两局的势头，上中下野四线全面开花，二十三分钟就超了 VXX 一万块的经济，最后在五个人一起喊破嗓子的"一波一波一波"声中，轻松拿下了决胜局的胜利。

VXX 水晶爆掉的那一刻，大家都听到了耳机里自己队友们粗重而兴奋的呼吸声。小新和奥利奥大声嘶吼着"Nice!"，牛肉酱激动得说不出话来，直接开始拍桌子。

"阿莫西林"解说组合也是高兴到嗓子沙哑，弹幕全部都在刷"AM"。

能进入 MSI 决赛，这已经是 LPL 赛区在 MSI 上最好的成绩了。

俞苑苑与众不同，点掉水晶的刹那，她对着耳机连打了八个喷嚏，一边打一边说："憋死我了——阿嚏——我的鼻涕——阿嚏——"

工作人员赶紧给她拿纸，台下的粉丝快要被她笑死了，弹幕也是一片"哈哈哈哈"，半晌才有人反应过来。

不是，等等，纳命爷是不是感冒了？

不要啊，后天决赛，千万不能感冒啊！

我明天去庙里给纳命爷求个健康符！

纳命爷保重身体！

俞苑苑好不容易止住了喷嚏，镜头一直对着他们这边，她觉得太不好意思了，直接躲到桌子底下去认认真真擦干净鼻子，还找了湿巾仔细把手擦干净，这才跟在了队友身后去和 VXX 的队员握手。

这一举动顿时刷满了观众们的好感。

这下我是真的信了纳命爷是书香世家出来的，教养是真的好。

每次纳命爷鞠躬都是最认真的一个，你们没发现吗？

哈哈哈，我的天躲在桌子底下也太可爱了吧！

握完手，五个人整整齐齐地站在台前，向着台下鞠了一个长达半分钟的躬。

牛肉酱因为胖，鞠躬的姿势对他来说其实负担很大，但这是 AM 第一次在世界赛场上拿到了这么靠前的排名，是整个 LPL 赛区的骄傲，是以他死死地憋着，直起身的时候，他整张脸都有点红。

一半是憋的，另一半是激动的。

小组赛的时候，现场也有 AM 的粉丝，但数量还不太多。他们一步步向前，打出成绩，直到有了今天这样的热度和这样的粉丝规模。

俞苑苑第一次觉得自己终于有一点点底气，去面对所有的粉丝了。

俞苑苑站在最中间的位置，心里百感交集，第一次从正面看到了台下的人海。本以为这场比赛是 VXX 的主场，现场没有多少 AM 的粉丝，但是没想到台下竟然有一半的人都举着 AM 的灯牌，全都是黑头发黄皮肤的中国粉丝，他们鞠躬的时候全场都大喊着"AM""AM 加油"的口号，还伴随着各种兴奋的尖叫声。俞苑苑一时之间只觉得胸腔一热，心口发酸，感动到快要落泪。

"纳命爷！"站在最前排的几个女生拼命摇着自己手里自制的灯牌，几乎要破音。

这几声实在是太过突出，俞苑苑下意识顺着声音看过去，挂在脸上的笑容一僵。

小姐姐的灯牌上整整齐齐地写着：纳命我本命，不服纳你命。

旁边的灯牌：宝藏女孩俞苑苑，一言不合纳你命。

还有一张巨大无比的 AM 全员 Q 版头像灯牌，旁边分别用大大的花体字写着："攻坚克难酱酱""迎难而上新爷""不骄不躁雪佛爷""同上奥哥""敢担当打硬仗纳命爷"。

俞苑苑眼前一黑。

后面稍微矮一点的那张应援牌上面，是她的定妆照，上面写着几个大字：今天，你纳命了吗？

下面一行小字：苑苑加油！

鞠躬的时间有点长，她起身的时候又有点猛，刚刚站直的时候眼前顿时一片空白，耳中也出现了一点嗡嗡声，一方面是低血糖，另一方面则是因为病没有好全，刚才打比赛的时候精神专注没有什么感觉，这会儿放松下来，症状就上来了。

她第一反应就是拽住小新的袖子："扶我一下。"

但或许是小新距离她有点远，又或许是她抬手的幅度较小，总之，她这一把出去没有抓住小新，脚步虚浮了一下，整个人摇摇欲坠。

在台下一片惊呼声里，小新这才反应过来身边的人不太对。等他转过头，发现原本应该在后台通道等他们的楚嘉年已经站在了自己身边，稳稳地接住了身形不稳、差点栽在地上的俞苑苑。

眩晕感来得快，去得也快，短短的十几秒，她的眼睛重新恢复了清明。

"还能自己走吗？"楚嘉年低声问道。

"可以可以。"俞苑苑吓了一跳，心想这会儿可不能被传绯闻，几乎是条件反射一般挣脱开了他的手，跳到一边，又重新用力给台下鞠了一躬。

楚嘉年的神色黯了一下。

有了这么一个小插曲，回到后台的时候，大家都围着俞苑苑。刚才比赛的时候俞苑苑打得比谁都猛，大家一时之间都忘了她前两天高烧 39 ℃。

"没事没事。"俞苑苑接过楚嘉年递来的热水，"应该就是止痛药药效过了，有点头疼，睡一觉就好了。"

她整个人都陷在沙发里，脸色苍白，但眼睛很亮，脸上还挂着笑容："别担心我呀，真没事，一会儿还有赛后采访呢。"

她说没事，一群直男也就没再追问了，反正第二天是休息日，还能好好休息一下。牛肉酱率先开始了队内互夸，几个人很快哈哈笑着。俞苑苑喝了两口热水，带着笑意看着他们。

直到楚嘉年坐在她身边，脸色有点不愉。

俞苑苑这才发现他好像不太高兴，赶快仔细回忆了一下自己今天的操作，感觉好像没什么问题，试探道："你怎么啦？我今天有什么地方打得不好吗？"

楚嘉年歪头看着她："你吃止痛药了？难受为什么不告诉我？"

"几片布洛芬而已，不碍事。"俞苑苑笑眯眯道，"作为 BP 教练，你也要调整心态，而且你每天都要忙那么多事情，晚上还要看比赛分析数据。我能照顾好自己的，干吗要给你徒增负担？"

楚嘉年差点被她气笑，深吸了一口气才冷静下来，他伸手探了探俞苑苑的额头，感觉温度正常，这才开口道："苑苑，我是你的男朋友，也是你的经理人，于公于私，你的所有事情对我来说，都不是负担。"

"正因为你是我的男朋友，所以我也要照顾好你呀，我也不希望你压力太大，或者因为我而分心。"俞苑苑看着他，"我又不是幼儿园的小朋友。"

楚嘉年一愣，心里突然有了一点陌生的温暖感。

他还准备说什么，赛后 MVP 评选的结果已经出来了。

连着三场比赛的 MVP，全都无一例外地给到了俞苑苑。大家这才发现，三场比赛下来，她的参团数据都在 85% 以上，伤害全部上了六万，甚至一次都没有死。

小新他们号叫着恭喜俞苑苑，俞苑苑却含着笑，看向了楚嘉年，轻轻挥了挥拳头："你看，我在召唤师峡谷都不会倒下，在现实生活中当然也是一样强大！"

楚嘉年看着她写满了自信的眉眼，终于笑了出来，抬手摸了摸她的头，将她带向自己，然后轻轻地在她头发上落下一吻。

自从成为 AM 的经理人，他就习惯了成为所有人的后盾。无论是什么样的负面情绪他都会无条件地收下，所有的负面新闻也都是由他来处理。这两年以来的工作生活极大地改变了他的性格，让他比同龄人更加沉稳内敛，也习惯于去照拂身边的所有人。

虽然之前没有什么恋爱经历，但是他下意识地觉得，自己的女朋友应该被自己格外照顾，用心呵护。

直到今天，俞苑苑对他说，她也应该好好照顾他，他内心受到极大地震动。

楚嘉年眸色深深，她说得没错，他们之间不是什么照顾与被照顾的关系。她足够强大，足够在自己的路上好好前行，所向披靡。

而他……也自当与她并肩同行。

他轻笑一声："赛后采访稳住一点，别紧张。什么话该说什么话不该说，你专业就是这个，我就不多说了。"

赛后会有官方安排的双人采访环节，除此之外，LPL 赛区也安排了专门的人要对全队进行一轮采访。

作为蝉联三场的 MVP，外加 LPL 赛区唯一的女选手，再加上这次是俞苑苑第一次接受正儿八经的单人赛后采访，大家都格外期待，一直蹲在电视机前等着。

出现在屏幕里的女生明显补了一点口红，气色比起刚刚打完比赛的时候要好了不少。

赛方特意挑选了颜值最高的男主持去采访她，金发碧眼的男主持帅气一笑，先是问起了俞苑苑的身体情况。

男主持："刚刚比赛结束之后，我们都注意到你身体不适，大家都很关心你，现在好一点了吗？是感冒了吗？"

俞苑苑当然能听懂他的话，但还是非常礼貌地等一旁的翻译说完之后，才支起话筒："让大家担心真的非常不好意思，刚才我是被现场观众的热情感动到了，幸福到眩晕。当然了，我之前是有一点感冒，但是已经无碍了，后天的比赛大家也不用担心，我是不会影响到操作的。"

男主持想要搞事情："我们都知道，纳命选手是 LPL 唯一的女选手。你能不能告诉我们，身为一个女孩子，你为什么想要来打职业呢？"

俞苑苑并不对这个问题感到意外，她笑了笑："在居里夫人之前，世界上没有人觉得会有女性能够获得诺贝尔奖。在捷列什科娃之前，没有人把宇航员和女性挂钩。每个人都有梦想，这个梦想可以是科学家，可以是画家，可以是老师，当然也可以是做一名职业电竞选手。"

她看着镜头，弯起眼睛："既然我的梦想就是打职业，并且非常幸运地拥有了这个机会，那么我要做的就是努力实现自己的梦想，不辜负每一场比赛。我想要向大家证明，女孩子打职业，并不比男生弱。

"梦想这件事情无关男女，打职业这件事也不分性别，电子竞技的世界里，成绩才是证明自己的最好方式，我希望以后 LOL 的赛场上可以看到更多的和我一样的女孩子。现在我可以告诉大家，女生也可以打职业！"

屏幕前的少女笑容自信甜美，眼中更是光彩逼人。大家慢慢地将她和定妆照上那个不可一世的少女的影子重合在了一起，守在弹幕前的许多女生都觉得自己的心里仿佛被什么戳中了。

呜呜呜，我要哭了，女生差什么了！女生也能打职业！打爆你们的那种！

以后的路上，是输是赢，我爱纳命爷一辈子！

实现梦想的路上，不分男女！我，女生，网三弗雷尔卓德，ID 叫我女王大人，段位钻三，单排上分，不服单挑！

我，女生，电二祖安，段位铂一，ID：性感 VN 在线上墙，来单挑！

我，女生，电六战争学院，段位钻四，ID：轻抚 AD 八块腹肌，但求一战！

我，女生，电十四水晶之痕，段位铂四，ID：无所畏惧小甜甜，同段位 ADC 我没怕过谁！

············

弹幕瞬间被女性玩家的信息刷屏，女生们流着眼泪含着笑，气势汹汹地打下一段段文字，再按下发送键，多少年来被男生玩家看不起的闷气仿佛就在这一声声清脆的敲击声中烟消云散了。

少女意气，比傲秋霜，何当踏马，一战辉煌。

MSI 的赛后采访和 LPL 的赛区采访之间还有一点时间，俞苑苑摸出手机，

卿本峡谷少女（全二册）

结果发现自己之前的那个关于金粉色夕阳的朋友圈还没发出去。

她想了想，打了一行字上去。

*芋圆：今天的法兰克福很美。*

她火速下好了微博，右下方的评论信息已经"999+"了，她还是用了那张夕阳的配图，然后迅速打开手机前置摄像头，框住了自己的半只眼睛和身后群魔乱舞的队员，快速按下自拍键。

*AM.Naming：今天鞠躬的时候看到了灯牌超级感动，谢谢大家的支持，我会继续努力的！但是谁能告诉我一下，1551 是什么意思？*

等她发完微博，切回微信的时候，看到朋友圈已经有了一个回复，她点了进去。

*楚嘉年：今夜的月色也很美。*

她偷偷地看了一眼站在那边低头不语的楚嘉年，悄悄弯起了嘴角。

做 LPL 赛区的赛后采访时，镜头里出现了五个人的身影，许多姑娘的眼泪都还没干，赶快找了纸巾，重新将目光投向屏幕。

做采访的依然是之前出现过的琶弥，赛方出于控场的考虑，还派了阿莫和琶弥做搭档。上次的采访之后，琶弥其实对俞苑苑还有一点微妙的敌意。但是刚刚在后台，在看到俞苑苑对着镜头说出了那番话之后，琶弥已经彻底成了俞苑苑的迷妹。

趁着摄像还没开始，琶弥一步跨到了俞苑苑面前："纳命爷，给我签个名吧？"

俞苑苑看着眼睛里闪烁着崇拜光芒的琶弥，有点愣住："你确定是找我？"

"你刚刚说的那段话太帅了。"琶弥给她递笔，"虽然我只是铂金段的菜鸡，但是我也有一颗想 C 的心！"

俞苑苑和她相视一笑，之前的那一点小小的疙瘩也没了，她接过笔。

*To 琶弥小姐姐：早日上王者。*

落款依然是漂亮的花体字。

琶弥直接尖叫出声，宛如一个热恋中的迷妹，她当场拿出手机请求和俞苑苑自拍，甚至还主动想要把脸多凑近镜头一点，这样可以显得俞苑苑脸小更美。镜头里面的俞苑苑虽然只是淡妆，但依然没有被琶弥的丽色压下去半分。

这大约是琶弥第一次在自拍的时候发现合拍对象比自己好看，还完全不嫉妒甚至有点高兴。她兴冲冲地把自拍和签名一起发了微博。

*琶弥：我拿到我女神的 To 签了，字太好看了，这就是艺术品！今天我就是最幸福的那只土拨鼠！尖叫！！*

两个主持人中规中矩地提了几个问题，直到粉丝提问环节，赛方票选了粉丝提问点赞最高的三个问题。

芭弥拿着工作人员递过来的小卡片："请问纳命爷在第一场对战 VXX 的比赛中，有没有出现什么失误？"

念完这个问题，芭弥率先打了个圆场："其实我们都知道，'拳头'出的新英雄一般都很厉害。从双方阵容方面来看，其实 BP 的英雄都没有什么问题，所以会不会是新英雄用起来有点不太顺手呢？"

说完这句，芭弥还给俞苑苑使了个眼色。

"确实是出现了一点失误。"谁都没想到，俞苑苑大大方方承认道，"一方面是因为大赛经验还是不太足，第一次用新英雄难免有点紧张，所以送了一血。当时自己也挺慌张的，不过有队友鼓励，所以心态很快地调整过来了。另一方面……应该是因为我们年哥美色误人。"

她一本正经，芭弥忍不住笑了出来："说起来年哥之前确实没有在 BP 环节出现过，那天打完比赛，我都忍不住来问年哥要签名了，确实当得上一句美色误人。"

楚嘉年抱胸站在摄像机后面，正好对上了俞苑苑看过来的眼神，只觉得哭笑不得，却不知道，俞苑苑其实说的是实话。

"经历了这些比赛以后，我们也看到了纳命的出色表现，相信随着纳命职业生涯时间的累积，经验也会越来越充足。"阿莫说着，拿起了第二张小卡片，"第二位粉丝提了两个问题：新爷的手伤恢复得怎么样了？另外还想知道纳命爷有没有喜欢的职业选手？"

俞苑苑一愣，她入队到现在，训练一直很密集，小新也从头到尾都表现很好，甚至开直播的时间都要比别人更长一些，她还是第一次知道小新有手伤。

小新笑眯眯地举起了两只爪子，前后左右地翻给大家看："手很灵活，很健康，谢谢大家的关心！"

俞苑苑接过话筒："当然是有的，我男神叫 Cain，是一位 LOL 的远古大神，我看过很多他的操作视频，至今为止他在我心里的地位都无人能超越，我超级喜欢他。"

听到"超级喜欢他"几个字，楚嘉年的耳根微红，而队内其他四个人的表情突然有点僵硬。

芭弥没注意，笑着接过话："Cain 神确实是电竞圈的远古大神了。而且我们都知道电竞选手的职业病就是手伤，希望所有的选手和我们爱打游戏的观众老爷们都能保护好自己的双手，那么我们来看最后一个问题——"

卿本峡谷少女（全二册）

她的神色突然有点古怪："这位粉丝是这样说的：'我是 LOL 十年的老粉了，从 S1 追到现在。这几天在场上看到年哥，觉得有点不敢认，但还是想试问一句，年哥，你是当年的 Cain 神吗'？"

俞苑苑：？？

俞苑苑：？？？？？

俞苑苑：！！！！！！！！

其他四个人：……这"掉马"现场，来得也太突然了！

摄像机转向了站在一旁的楚嘉年，他还穿着那身纯黑的西装，不同于在场上的正经，此刻他黑色压花衬衣的领口解开了几个扣子，露出了一截脖子和一点点锁骨的影子。他的脸本就长得极好，进入镜头的时候，他正垂着眼睛，睫毛在眼下打了一小片阴影，这样看去，整个人显得冷清又挺拔。

他抬起眼睛，却没有看镜头，反而看向了俞苑苑，眼中多了一抹意味不明的笑意："感谢这么多年过去了还有人记得我。大家好，我是 Cain，现在是 AM 战队的经理人和 BP 教练。"

阿莫和队员们早就知道他的身份，俞苑苑和琶弥都惊呆了，琶弥一时之间都忘了追问，赶快看了一眼俞苑苑，只见对方脸上也是与自己如出一辙的表情，心想这是什么神仙剧本？

摄像机拍不到，但是她和俞苑苑同坐在一个角度，正好能看到楚嘉年回答这个问题时向俞苑苑投过来的目光。

那眼神，谁能抵挡得住啊！

她知道这两个人之间肯定有故事！她都可以在心里为这两个人写一部五十万字的爱情小说了好吗！

啊啊啊——她好想发出土拨鼠尖叫！

网上已经被这条新闻炸开了锅，"Cain 神重出江湖"的话题也直接冲上了热搜。换算时差，这会儿应该是国内时间凌晨五点多了，万籁俱寂，但是这条话题的热度还是直接进了热搜前十。

与这条话题肩并肩的另外两条则是："AM 杀进 MSI 决赛"，以及"Cain 神纳命"。

熬了个通宵追比赛的观众们原本已经困到不行，结果刚躺下，就被这条新闻炸到原地而起，了无睡意。

AM 的经理人楚嘉年，那个被人说是富二代来乱玩电竞圈的汇盛集团小公子……是当年的 Cain 神？！

弹幕瞬间炸了。

原来 AM 是 Cain 神带出来的！谁再黑 AM，先过老子这一关！

Cain 神的颜值这么高……我震惊了。

转行做经理人？Cain 神当年的伤果然很严重。

我一大老爷们半夜飙泪了！Cain 神还在！！他没走！！！Cain 神就是带我入这个游戏的白月光！！！

拜见 Cain 神！！！我也还在召唤师峡谷！！！

拜见 Cain 神 +1！我还在！！等一个冠军！！！

入坑晚，谁来给我科普一下 Cain 神？

一部分人已经做了 Cain 神职业生涯资料发了帖子。也有昨晚没看直播，早起准备看比赛录播的老玩家看到 Cain 神这几个字，直接惊了，压着内心的激动和不可置信点开了话题。

这一天，多少还在睡梦中的老玩家被昔日的峡谷"基友"用催命连环 call 叫醒，然后抱着手机，再也睡不着。

这一天，多少已经只看比赛不打游戏的玩家，又重新下载了《英雄联盟》客户端，重新进入了召唤师峡谷。

有人发帖说：

谁还记得三年前的那个秋天，Cain 神带着 CAM 战队在 S 赛征战，零封韩国队的那一刻，谁还记得 Cain 神八滴血极限翻盘的神级操作。谁都以为那次 CAM 就要书写 LPL 最辉煌的一刻了，但是决赛的时候，CAM 却退赛了，这个战队就像是从没有出现过一样，急流勇退，消失在了所有人眼里。

那一刻，多少人心如死灰。

当时还有传言说，Cain 神家世背景很大，我们都以为是他任性不想打了，给了他很多冷嘲热讽。直到很久很久以后，我们才知道，决赛前一天，Cain 神受了很严重的手伤。

我见证了 CAM 从辉煌到解体，我以为是 Cain 神不爱这个舞台了，我以为 Cain 神已经心灰意冷。我也曾经是喷 CAM 临场退赛的一员，却一直都不知道 Cain 神以这种方式带着全新的 AM 战队回来了！我今年二十七了，老婆都怀孕了，这一刻却在屏幕面前又哭又笑像个傻子。这不是我一个人的电竞梦，是我们这一代人的青春。Cain 神，请让我们为你加冕！我今天，正式回归召唤师峡谷！当年峡谷的兄弟们，你们还在吗？

Legends never die！（传奇永不熄灭！）

敌军还有三十秒到达战场！

断剑重铸之日，其势归来之时。吾之初心，永世不忘！等一套LPL皮肤！！我全身上下大号小号全部都要"氪"（充值）爆！！！

当年大家对电竞的了解还很少，那些比赛甚至是在不足两百平方米的房间里办的，甚至有的设备都是自己掏钱买的，连观众只有几十个人。从那个时代开始，他就已经征战在赛场上了。那个时候，大家甚至连队服都是比赛前一天才一起去买的。高糊的镜头根本拍不清电竞选手的脸，只有比赛录像上惊为天人的操作记录着他们当年剑之所指，所向无敌。

从当年的陋室，到如今千万人聚焦的舞台和最顶尖的设备，他一直都在。

时光荏苒，意气风发的小小少年，已经变成了如今一身沉稳西装、站在队伍幕后冷静指挥的青年，他的眉眼间依稀仍有当年势不可当的锐气，从台前到幕后，他还在这个舞台，用自己的力量为梦想发光发热。

Cain神没有走，他没有抛弃大家，更没有抛弃他的梦想。他带着他的战队，以势不可当的姿态重返战场。

采访结束的时候，俞苑苑浑浑噩噩地跟着大家一起向着镜头鞠躬。芭弥临走之前扫了她的微信，在她耳边超级小声地说了一句："放心，我不会告诉别人的。"

告诉别人什么？

俞苑苑觉得自己的脑子已经跟不上了。

她心里一幕幕地闪过了自己从入队以来的画面。

在传媒大学的操场上，她说一开始她以为他是想要冒充自己的男神Cain，所以觉得他是骗子。

入队以后，大家听说她和楚嘉年solo以后，对她投来的同情眼神。

法兰克福歌德故居的窗边，他问她的男神是谁，她说，是Cain。

第一次用完妖姬，她张牙舞爪地想要和他solo妖姬，奥利奥说上一个要单挑他的人，被他打自闭了。

片刻前，在亿万观众的面前，她说，她超喜欢Cain。

俞苑苑猛地捂住了自己的脸，她已经不敢去看楚嘉年了。

原来……他真的是Cain。

她和AM身上所承载的，原来还有Cain的希望。

他曾经与那个位置无限接近，却在一夕之间跌落谷底。俞苑苑无法想象他左手受伤那一刻的绝望与悲怆——那是唾手可得的梦想被击碎的声音，是最闪耀的星星突然熄灭后的无尽茫然，是深渊之下尤有冰川，冰川之处，满目疮痍。

休息室里寂静一片，大家都看着捂住脸的俞苑苑不敢说话，互相递着眼神，一时之间也猜不准她到底是喜极而泣，还是别的什么情绪。

楚嘉年靠站在门框边，双手抱胸，神色淡淡，目光却一直锁在俞苑苑身上，仿佛有千言万语想要说，又仿佛什么都不必说，似乎所有意思都在注视的目光之中传达了出来。

牛肉酱与小新对视一眼，鼓足勇气，准备率先打破这一片寂静。

这时，俞苑苑突然抬起了头。

她的脸上没有眼泪，双眼比平时更加明亮一些，仔细看去，甚至能感觉到其中燃烧着的温度。少女深吸了一口气，握紧双拳，双颊微红，语气坚定，掷地有声："我要去为我的 Cain 神拿奖杯！不管是 MSI，还是夏季赛，还是 S 赛，我——俞苑苑，要为我的 Cain 神拿回所有应该属于他的荣誉！"

大家都愣了愣。

楚嘉年也没想到俞苑苑的第一反应是这样，一时之间也愣住了。

奥利奥搭了一只手过来："AM 的荣誉与年哥同在。"

一时之间，在场的所有人心中都仿佛有燎原烈火熊熊燃起，牛肉酱重重地把自己的手搭了上去："年哥是在城市赛里发掘的我，没有年哥，就没有今天的牛肉酱。AM 的荣誉与年哥同在！"

小新伸出手，他的指尖微微颤抖："如果不是年哥，我也许永远都不敢转型打野。在我最低谷的时候，是年哥支撑我坚持了下来。AM 的荣誉，我小新的荣誉，都与年哥同在！"

雪饼惯常眯着的笑眼敛去了笑意："大家都觉得我慢热，没有血性，只有年哥相信我，让我坐上了这个位置。我点的每一下鼠标，都是年哥对我的信任和支持。我拿的每个人头，都有年哥的一半。AM 的荣誉，与年哥同在！"

两个替补小伙子也搭上了手，朗声道："AM 的荣誉，与年哥同在！"

楚嘉年彻底顿在了原地，大家转过头看向他，第一次看到了楚嘉年手足无措的样子。俞苑苑展颜一笑，跑了过去，牵起他的手，一起搭在了最上面。大家围成了一个圈，俞苑苑大声道："AM 的荣誉，与年哥同在！Cain 神万岁！"

一片嘶吼声中，楚嘉年只觉得一股细细的热流汇入自己的心脏，温暖的感觉撑满了整个心房，让他眼眶微酸。他曾经跌入最黑暗的低谷，曾经也想过一了百了，是对这个游戏和队友们的眷恋才支撑他一步步从深渊中爬出，以另一种方式重新站在了这里。

这一刻，他觉得自己所做的一切，都是值得的。自己身边的这些人，值得他这样的付出。他所做的一切他们都看在眼里，记在心里，他们一起在圆梦的路上攀登。

无论那座奖杯最终属于谁，他始终都在这里，未忘初心，为自己的梦想奋斗不息，未言放弃。

他反手握住了俞苑苑的手，俯身侧头，在俞苑苑的额头上轻轻落下了一吻。

回酒店的路上，大家都在低头猛刷手机。楚嘉年只是一会儿没注意，这帮熊孩子已经不甘寂寞地开始给关于 Cain 神的话题添砖加瓦了。说实话，大家其实早就想要向全世界炫耀自家经理人是当年的 Cain 神了，只是楚嘉年一直按着这件事儿。这会儿终于官宣，一个个哪还能坐得住。

小新先发了自己偷拍楚嘉年的九宫格，每一张都有他自己的半张脸和楚嘉年在不同背景下的身影，照片的清晰程度高低不等，但是可以很明显地看出来跨了好几年。他还得意扬扬地配了字：我，Cain 神的天选之人。

他这一发，其他几个人可不愿意了，牛肉酱拿出了自己压箱底的偷录小视频，内容是雪饼刚来的时候，楚嘉年亲自上场和他 solo 的画面，小视频歪歪斜斜总共只有 15 秒，但是却精准地录到了响彻大厅的一声 "First blood!" 和雪饼捂脸的样子。

雪饼并不以为耻，转发以后还配了字：我，雪饼，和 Cain 神 solo 过的男人。
【点烟手.jpg】

然后，他飞速编辑了一条新的微博。

Am.Xuebing：别担心，Cain 神还是 Cain 神，是我雪饼这辈子无法逾越的高峰。

下面配了九宫格的截图，上面全部都是和 ID 为 AM.Cain 的人的 solo 赛截图。九张截图的时间跨越了两年多，所有比赛结果都是两个大字"失败"。

而奥利奥到底是队里资历最老的队员，他居然在一个【得意狗头.jpg】的表情加持下，发出了自己和当年穿着 CAM 队服的楚嘉年合影的照片！简直是古早宝藏！

十几岁的楚嘉年五官比现在青涩一点，CAM 的队服是红白双色的，乍一看很像高中生的校服，但是穿在楚嘉年的身上，就像是出征的战袍，照片里的少年对着镜头绽开了一个礼貌的微笑，眼中却全是傲意。

至于俞苑苑……楚嘉年探过视线的时候，她正忙着保存微博各个角落里大家爆出来的楚嘉年图片，当然，还有不少 BP 过程中镜头对准楚嘉年的时候，网友们眼疾手快地截图。

"你在干什么？"楚嘉年低声问道。

俞苑苑有点委屈。队里的其他人都有料往外放，她来来回回翻了手机，只有前两天和他的那两张自拍照——她根本舍不得和别人分享的那种。她闷闷地把手机倒扣过去，不给楚嘉年看："没什么。"

不知道为什么，在不知道楚嘉年就是 Cain 的时候，她还能坦然地与他对视，甚至还敢时不时调戏他两句，但是在知道他的隐藏身份以后，她真实感觉自己整个人的气势都弱了下去，在他面前根本大气都不敢出！

楚嘉年伸出手，探了探她的额头："没发烧啊，怎么整个人像是傻了一样？"

俞苑苑僵硬地蜷缩在窗户边的座位上，她终于充分彻底地理解了全队弥漫着的"我是年哥的狗腿子"气息到底是从何而来了。她旁边坐着的这个人，原本颜值就三百六十度无死角，现在又多了一圈金光闪闪的偶像光环，简直晃得她睁不开眼睛。

"Cain 神，您能不能忘了我之前大言不惭想要和你 solo 的话……"俞苑苑吞吞吐吐道，"小的有眼不识泰山，您大人不计小人过，放我一马怎么样？"

楚嘉年好笑地看着她："我早就不在巅峰状态了，你怕什么。后天就要去打 BBG 了，你要对自己有信心。"

俞苑苑瑟瑟发抖："不，Cain 神天下无敌，在 Cain 神面前，我的信心就像是吹出来的泡泡，看起来大，其实一戳就破了。"

"但你和别人不一样啊。"楚嘉年压着笑意，侧身凑近她，"你可是 Cain 神的女朋友，要去为 Cain 神拿奖杯的。"

说话间，大巴车开过了一个弯道，楚嘉年没坐稳，下意识地抬手撑住了窗户，将俞苑苑禁锢在了手臂与座位之间。

楚嘉年身上有非常淡的木质香水味道，仿佛老阁楼上大提琴低哑醇正的尾音，沉稳中带着柔情，亲切却不轻浮，内敛却温暖。俞苑苑近乎贪婪地在他的衣袖上轻轻蹭了一下鼻尖，然后眼神在他露出的手腕处顿住。

她抬手抚上了他的伤口："还疼吗？"

楚嘉年低头看着她："早就不疼了。"

"到底……是怎么回事？"俞苑苑颤抖着问道。

一开始，她只以为这是严重的手伤，虽然心中难过又对他不能长时间打游戏感到惋惜，但不曾知道这道手伤背后，居然埋葬了 Cain 这个神话人物的职业生涯。

"其实也不是多么复杂的事情。"楚嘉年垂下眼帘，看着自己手腕上那道很浅却很长的伤痕，"非要说的话，是我对不起当年 CAM 的所有队员。"

他声音很淡，几乎没有什么感情色彩，俞苑苑却从他的话语中听出了几丝隐约的颤音，忍不住握住了他的手。

　　"那年我们打到了 S 赛的决赛，大家都兴奋又紧张。我父母和我哥哥也专门到了欧洲想要现场为我加油，但是他们没有提前告诉我，而且住在了离我们战队比较远的一个酒店。决赛前一天是休赛日，我知道他们来了以后，想去看看他们，和经理人说了一声就自己叫了车，本来不应该有什么问题的。"

　　"然后呢？"

　　"然后我就被绑架了。"楚嘉年没什么感情地勾了勾嘴角，似是嘲讽，"对方应该是盯着我很久了，好不容易等到了我单独出行的机会。现在想想，纵使不是那次出事，之后也肯定躲不过的。他们的目的也很明确，就是绑架我，让我爸销毁他手上关于商业对手的证据。哦，对，他们好像还敲诈了我爸几千万人民币。"

　　"我爸报了警，但是因为我们不是本国公民，所以出警手续烦琐，慢了几步。而慢了几步的后果就是……我爸销毁了证据，给了钱，他们还敲碎了我的腕骨。"楚嘉年摇了摇手，"不过当时我被蒙住了眼睛，除了疼，倒是没有目睹整个案发经过。"

　　俞苑苑的手一颤，她心里有了宛如针扎一般细密而尖锐的疼痛，让她忍不住紧紧地握住了楚嘉年的手，然后惊觉自己握的正是他受过伤的手，连忙又松了力气。

　　楚嘉年轻笑一声，翻过手掌，用两只手将她的手合在了掌心，轻轻摩挲了几下，继续说了下去："绑匪录了视频，发给了我爸。我当时叫得——还蛮惨的。后来我也想看看视频，但是至今我爸妈都死捂着不给我看。"

　　他长长地舒出一口气："总之，事情就是这样。等我被救出来的时候，已经是第二天了，比赛肯定是凉了。CAM 没有替补中单，而且与其让其他位置的替补硬着头皮上去打比赛，然后迎来一个必输的结局，不如干脆利索地退赛——这是当时所有队员的共同决定。"

　　"S 赛退赛，虽然事出有因，但 CAM 也遭到了很严重的禁赛处罚。当时网上是怎么骂我们的，我想你应该也有所耳闻。不过那都不重要了，这件事情对大家的打击都很大。之后 CAM 这个战队就散了，大家都各奔前程了。"楚嘉年笑了笑，"也只有大灭还坚持在打比赛。"

　　俞苑苑一愣："大灭？大灭以前是 CAM 的打野？CAM 的打野……我记得是叫皇子？"

　　楚嘉年点了点头："他改了自己的 ID，也是不想被太多人认出来。"

　　难怪大灭会在全网黑她的时候，开着直播为她仗义执言，原来是因为相信自己昔日队友的眼光和选择。

"那其他人呢？他们知道你回来了吗？"俞苑苑问道。

"我彻底康复大概用了快一年的时间。因为害怕对方还有后手，所以一直都在瑞士的私人疗养院里疗养。等我回来的时候，CAM已经不存在了。上单重新去念书了，下路组合也都退圈了，他们三个的年纪本来就比我和大灭大一些，现在都二十六七岁了。上单现在还在读博士，当年可没看出来这小子是个学霸。下路组合现在都成家了，我们辅助连孩子都有了。"楚嘉年笑了笑，"他们过得都很好，虽然有不甘心，但是也都没有怪我。"

"你不要自责了，这件事情不是你的错。"俞苑苑看着他，轻声道，"你们，是无冕之王。"

事情都过去了这么久，楚嘉年早就不会因为旧事而困扰了，只是俞苑苑这样的安慰和担心还是让他心情很愉悦。他扬了扬嘴角，抬起眼睛看向俞苑苑，放低声线，甚至带了一丝委屈："可我还是想要一个冕。"

他的目光可怜又无助，还带了几丝莫名的乖巧，俞苑苑觉得自己遭到了暴击，心都要化了。她吸了吸鼻子，压下心里的酸涩，抬手抱住楚嘉年，在他的背上轻轻拍了两下："给你给你，你想要什么我都给你。你想要那个奖杯，我就去拿来给你，亲手送给你，好不好？"

男神在线撒娇，她……除了压着心底的尖叫温声哄他，还能怎么样？

小女朋友主动投怀送抱，楚嘉年目的达到。他松开她的手，反手将她拉进怀里，低头在她的发顶蹭了蹭，低声道："好呀。"

楚嘉年身上的沉木香味钻进她的鼻子，她靠在他的胸膛上，突然晕晕乎乎地想到，自己手头没有什么和Cain神的料又怎么样，她有的不是料，是这个人呀。

前两天俞苑苑发了微博以后，发现现在没什么人黑她了，评论区要么是在给她加油和表白，要么是在刷她的表情包。继当初的【敢担当打硬仗纳命爷.gif】之后，网上很快涌现了新一波的【蒙圈纳命.gif】【躲桌子下面纳命.gif】表情包，都是截了她在半决赛当天的视频。

而她也从小透明，一跃成了坐拥百万粉的大V。

俱乐部对于大家的微博其实管理得不算严，大家也都有分寸，知道什么能发，什么不能发，随便发发日常还是没有问题的。俞苑苑其实本来就有点话痨，不然之前也不会开那个搞笑直播，所以她已经开始在微博和大家愉快互动了。

由于俞苑苑加入AM的时间太仓促，来MSI之前除了定妆照，没有其他宣传。谁也没想到AM居然能取得这么好的成绩，是以赛方和AM的管理层一致决定，要赶制一支宣传片出来。

在休赛日这一天，大家一大早就赶到了临时租的拍摄场地。

以往的宣传片都是硬照，基本上就是大家穿着队服，比画几个动作加上眼神，其他的都靠后期。但这次大家一到场地就感觉到了不一样，拍摄场地居然是在一座中世纪城堡附近，断壁残垣，长河流淌，复古和肃杀的气氛一下子震到了大家。

道具是早就准备好了的，等到大家化完妆出来，都被彼此的扮相震惊了。

牛肉酱照着镜子："我有预感，这支视频绝对炸！"

俞苑苑偷偷拍了一下片场，发在了微博。

AM.Naming：分享视频。

电竞选手其实大多都比较像直男，主页戳进去一般不是给自己喜欢的女爱豆点赞，就是转发俱乐部信息，偶尔会发一些言简意赅的几个类似于"马上打比赛了，加油"之类的字眼。

Cain 神掉马甲那次算是全民狂欢了，半个电竞圈的人都冒出来回忆当年，大家才 high 了一波，正意犹未尽，看到俞苑苑发了视频，顿时呼朋唤友地来看。

画面有点晃，总共也才十几秒，但不妨碍大家看到身穿铠甲的奥利奥、举着盾牌的牛肉酱、站在武器架旁抱胸挑选的小新，以及正在往肩上架炮的雪饼。

我有一个大胆的猜测，这是要集体玩 cosplay？决赛前一天的放松？

这是要拍宣传片吧？？？明天就决赛了，现在拍还来得及吗？

应该就是玩玩？

我苑苑呢？为什么没有你自己的身影？？？求补拍！求更多剧透！！

我有个内部消息，他们确实是去补拍宣传片了！

前面说的是真的吗！在线等！！我在狂刷 AM 官博了！！！

这位网友没有胡说。

转眼就到了决赛的日子。

赛方特意把决赛定在了周日下午五点，国内时间晚上十一点，正是流量最顶峰的时段。

东一区周日下午四点，AM 的官博准时放出了出征预告片。

大家迫不及待地点开了视频。

节奏感超强的电子混音 MSI 主题曲中，"拳头"的 logo 闪过，随即是 LPL 三个大字。鼓点起，AM 的 logo 猛地炸裂在了屏幕上。

雪饼左肩扛着黄铜色火炮，右手拎着一张长弓，从黑暗中走出。画面拉远，牛肉酱举着一人高的盾牌，站在雪饼身前的位置，他重重地将盾牌立在了地上，掀起一地尘埃，冷冷地看向镜头，盾牌上 AM 的字样耀眼夺目。

画面一转。小新坐在中世纪的城墙上，微微晃着双腿，他突然伸手，一柄长枪逐渐在他手中成型，他拎着手中的长枪，缓缓站起身来，披着 AM 战旗制成的披风，披风随风在半空中烈烈舞动。

镜头推进。奥利奥拖着染血的长剑缓步走在废墟之中，远处血流成河，他眉目坚定，一往无前。

画面拉远，再重新聚焦到山旁台阶上，一道单薄身影正在一步一步踉跄着向上攀登，道路两边不断有野兽向她袭来，她身穿一身血迹斑斑却华丽的魔法师长袍，手持法杖，不断地反击、搏斗，却一次又一次地被掀翻在地。

远处突然有长箭射来，射穿了她面前的凶兽。少女愕然转头，却见其他四人弯弓持剑，从远方向她奔赴而来！

一只伤痕累累的左手从画面之外伸向了倒在台阶上的少女，少女伸手握住那只手的瞬间，有光团在两人手中汇聚，最终全部汇入了少女的体内，激荡开一片凌厉的气场！

视频最后截止在五人并肩而上，共同御敌的画面上，牛肉酱的盾牌、小新的披风、纳命的魔法长袍、雪饼的炮身、奥利奥的剑柄上 AM 字样的红色光芒盛放，最后汇成了一颗闪亮的五角星。

画面骤黑，几秒后，几个中文文字缓缓地浮现出来。

锐不可当，续写传奇。

大家目瞪口呆。

本来今天能有宣传片就已经很不容易了，大家对此都没有抱太大期待。没想到最后的成品居然这么精良，画面效果炸裂，难以想象这支视频居然是在一夜之间赶工完成的。在大家的尖叫声中，有人迅速出了细节分析贴，其中包括了那只伤痕累累的左手握住纳命那一刻的截图。

这应该是 Cain 神正式将中单位交给纳命爷的意思，传奇和荣誉在这一刻被续写，真实感动！

比网友还要激动的，是在休息室真人表演土拨鼠尖叫的牛肉酱。从官网放出宣传片开始，他已经单片循环了十几遍了。

"我牛肉酱也有这么帅的一天！"牛肉酱整个人都沸腾了，"你们看这个眼神！这个盾牌！我的天哪！"

昨天的拍摄时间虽然只有两小时，但是已经耗光了大家所有的演技。今天看到视频效果这么炸裂，别说已经尖叫了足足半个小时的牛肉酱，高冷如奥利奥都默不作声地把自己拖剑前进的身影换成了微博头像。

俞苑苑也偷偷地把自己的头像换成了宣传片里，她抬手握住那只伤痕累累的左手的瞬间。

网友的分析没错，那只手确实是楚嘉年的。

这意味着楚嘉年作为 Cain 神、LPL 赛区最顶尖的中单传奇给予她这个接班人无尽的力量与信任。

蔺瓶子发现她换了头像，瞬间发来了微信。

瓶瓶子：你老实说，你是不是恋爱了？自从知道楚嘉年是 Cain 神，我就觉得不妙，我不信你还把持得住。

芋圆：……哦对，我忘了告诉你。

瓶瓶子：？？？？？

瓶瓶子：还是朋友吗？

俞苑苑心里一惊，再准备发信息出去的时候，发现自己的信息前面多了一个红彤彤的惊叹号。

瓶瓶子开启了朋友验证，你还不是他（她）的好友。请先发送朋友验证请求，对方验证通过后，才能聊天。

俞苑苑愣了一会儿，表情悲切地转向奥利奥："奥哥，我对不起你，瓶子把我拉黑了。"

奥利奥：这都是什么朋友？

上场前一刻，俞苑苑还在给蔺瓶子发好友验证。

芋圆：瓶子我错了，你要啥我都给你买！

芋圆：这两天太忙了。

芋圆：把我加回来吧，求求你了。

芋圆：……删我可以，不给我加油你就等死吧。

芋圆：我要上了，第一局回来你要是还没加回来，我就把奥哥给你买的 LV 垃圾袋扔了。

从哀求到威胁，间隔没超过两分钟。

她扔下手机，杀气腾腾地抱起外设包，跟上了准备出去候场的几个人。

"俞苑苑。"楚嘉年的声音突然在她身后响起。

她疑惑地转过头，看到楚嘉年从更衣室走出来。他第一次穿了一身纯白的西服，里面的衬衣是黑色的，宽肩长腿，比例完美，再配上他那张犯规的脸，整个人帅得不像话。俞苑苑咽了口口水，心中燃起了熊熊烈火。

这个家伙，决赛穿这么帅是什么意思？？

"提前让你看一会儿，免得你一会儿再偷看我。"楚嘉年很满意她的反应，他单手拎着教练耳机，走上前来，抬手捏了捏俞苑苑的脸，"看傻了？"

俞苑苑深吸一口气，突然抬手钩住了楚嘉年的脖子，把他拽了下来，然后狠狠地贴上了他的唇。

一触即分。

"我不想你穿这么帅出去给别人看。"她的声音有点咬牙切齿，"但是一想到大家看得见，摸不着，我心里又重新高兴了起来。"

少女的唇很软，带着她刚刚吃的蓝莓泡泡糖的味道，让楚嘉年失神片刻。他抬手摸了摸自己的嘴，不动声色地伸出舌头，在俞苑苑亲过的地方舔了舔。

俞苑苑正紧盯着他的脸，被他这样带着一点诱惑意味的动作晃了眼。随即，她就咬了咬牙，继续恶狠狠道："你乖一点，等我去给你拿奖杯！"

言罢，她转身雄赳赳气昂昂地跟上了队友的步伐。

站在前面偷窥的四人组：……如果大家问我们决赛前是什么心情，我们真的不敢告诉你们，要对战 BBG 的紧张情绪，全都被突如其来的一嘴"狗粮"冲淡了。

场外的尖叫和欢呼声传入了后台，主持人大声活跃着气氛，台下观众的声浪一波大过一波，熟悉的 MSI 主题曲再次响起！

"欢迎——Best Badge Gaming！ BBG！"

大家侧耳听着台上的动静，牛肉酱在裤腿上擦了一把手汗："雪饼，我还是有点紧张。"

雪饼淡定道："网住，都是过人，什么场面见过。"

他顿了顿，清了清嗓子，又重新说了一遍："稳住，都是过来人，什么场面没见过。"

牛肉酱没忍住，笑了一声，反而缓解了一点紧张。

俞苑苑站在最后一个，忍不住搓了搓手，深吸了一口气，再缓缓吐出。

"别紧张，我在。"楚嘉年不知什么时候跟了上来，单手搭在了她的肩上。

俞苑苑躁动不安的心缓缓沉静下来。

台上主持人的声音再度响起："接下来，让我们欢迎——Administrator，AM！"

俞苑苑仰起头，听着自己的心跳声，抱紧怀中的外设包，在一片炸裂绚烂的舞台效果中，一步一步地走了出去。

# 第十一章

冠军

//

QING BEN XIA GU SHAO NV

　　面前是粉丝们震天盖地的呼声、人浪、声浪一起扑面而来，俞苑苑感觉自己胳膊上起了鸡皮疙瘩，她刚刚戴好耳机，就听见了牛肉酱的声音。

　　牛肉酱："地震了吗？我感觉桌子有点抖？"

　　俞苑苑正准备说应该是他自己在抖，突然发现自己的桌子好像也有点晃，她疑惑地侧过头，愣了愣："小新，你抖什么腿？！"

　　小新："啊？我腿抖了吗？"

　　奥利奥声音沉稳："都稳住，决赛了，赶紧赢三把，回去还能吃个夜宵。"

　　"输三把也能吃……"牛肉酱没过大脑，弱弱道。

　　"你闭嘴！"其他几个人异口同声，小新的声音最大，这会儿他人不抖了，声音开始有点飘，"这场赢了，回去能有几天假期来着？"

　　"我记得是十五天？"俞苑苑回忆了一下，"你们想好都要去哪里了吗？"

　　"我一年没回家了，今年要回去看看我爷爷奶奶。"小新应道，"我还给他们买了特产，带回去他们肯定喜欢。"

　　大家聊起了对假期的畅想，摄像机转过来的时候，正好拍到了牛肉酱笑得肉一抖一抖的样子，另外几个人脸上也都带着十足的笑意，看不出半分紧张。

　　这次的解说依然是金牌解说"消炎组合"，大约是受到了 AM 宣传片的启发，两个人特意搞了点儿花样：阿莫弄了一顶高礼帽，而西林更绝，不知道从哪儿弄来了一个铠甲手臂，套了自己左手上。

　　"西林，你这个手臂可以啊。你再找几颗宝石镶上去，就可以打响指了。"

阿莫拍了拍西林的铁手臂，嘲讽他。

那只手臂，像是灭霸的。

西林不甘示弱："你这顶礼帽，什么都好，就是颜色差了点儿。要我说，应该染成白色。"

意思是像厨师。

两个人三言两语就带起了大家的气氛，正好镜头转到了牛肉酱的笑脸上。阿莫一看，放下了半颗心："其实我本来是有一点为 AM 战队捏冷汗的，虽说 AM 经历了一整个 MSI 的洗礼，但这毕竟是 AM 战队第一次走出国门。直到此刻看到队员们都在笑，状态似乎真的挺不错的。"

西林笑着应道："毕竟有 Cain 神坐镇，大家应该都耳濡目染了他的大将风范。说起 Cain 神，昨天欧洲和北美赛区有人想要采访他，据说都被他拒绝了。"

两人聊着 Cain 神的趣闻，AM 的队内语音却已经被奥利奥突如其来的一句话炸开了花。

奥利奥的声音里有一丝不易觉察的颤抖和激动："其实，我刚刚上台之前，瓶子给我发了一句加油。"

都这么久过去了，谁都知道奥利奥的前女友叫蔺瓶子。他这句话一出来，耳机里先是安静了几秒，然后炸开了锅。

"我这会儿是不是应该先说一句恭喜？"小新明明表情是为兄弟高兴，语气却有点阴阳怪气。

奥利奥沉浸在高兴中，根本不想理他："纳命，你说我拿了奖杯，回去能让瓶子重新理我吗？"

"她不是已经理你了吗？"俞苑苑叹了口气，心想蔺瓶子这个家伙，删了自己微信，居然转身就和奥利奥聊上了，真是重色轻友，自己回去要好好给这家伙上上课——浑然忘了自己才是第一个这么做的人。

奥利奥愣了愣，向来高冷的脸上罕见地有了眉飞色舞的表情，他眯起眼睛："大家好好打，我想要那个奖杯。"

"我也想要。"俞苑苑声音轻快，"我承诺了一个人，要把奖杯送给他。"

楚嘉年刚刚戴上耳机，听到的就是这句话，他不动声色地插话进来："承诺了谁啊？"

俞苑苑吓得一个激灵。

大家当然知道她说的是谁，都哄笑起来。

随着耳机里的提示音，BP 环节正式开始。

大家瞬间拉回思绪，屏息凝神。

AM 这一场是红方，楚嘉年的声音沉稳响起："先不管 Vision，ban 掉杰斯、刀妹和妖姬。"

杰斯是版本大佬，BBG 的上单刀妹非常出名，而 ban 妖姬的话，则是准备看情况给俞苑苑拿佐伊。

而 BBG 显然也是对 AM 做足了功课，上来就先 ban 掉了佐伊，然后连着 ban 了塔姆和卡莎。

牛肉酱乐了："我们下路组合在 ban 位上必须有名字！"

奥利奥笑了笑，把鼠标点在了妮蔻身上，停顿两秒，锁了。

观众一片哗然，这是 AM 战队首次亮出妮蔻这个英雄，大家一时之间分不清妮蔻到底打哪个位置。

BBG 的教练侧头看了楚嘉年一眼，显然也感觉到了意外，两人的目光在半空中相交，又轻描淡写地分开。

"效果明显！"牛肉酱得意道，"不枉费我们商量了那么久。"

妮蔻的亮相让 BBG 的 pick 足足拖到了最后几秒，终于锁了牛头和卡莉丝塔的下路组合，看来是要以不变应万变了。

"加里奥，丽桑卓。"楚嘉年说出两个名字，"强开团。"

这两个英雄都很适合克制不讲道理爱抓人的 BBG 的打野 Vision，带控又有位移，开团配合又出奇好。

BBG 三楼亮起了蛇女，锁了。

楚嘉年皱了皱眉。

蛇女这个英雄，原本算是中下摇摆，但是对面已经锁了卡莉丝塔，那么蛇女必定是中单位了。蛇女打丽桑卓，谁也不占优势，按照版本来说，其实还是丽桑卓更强一点。

BBG 的这一手 pick，也是很出乎意料。

很快来到第二轮 BP，双方各按死了一个打野英雄，BBG 把和加里奥、丽桑卓无缝衔接开团的皇子 ban 掉，AM 则回敬了一个青钢影。

第二手，BBG 又 ban 掉了一个上路剑魔。

"ban 魔腾。"楚嘉年决定得果断，"Vision 在春季赛和整个 MSI 打得最顺手的英雄应该就是魔腾。"

于是 AM 这边最后的两个 ban 位全都对准了 Vision。

阿莫不得不感慨："BBG 的 V 神其实很难被针对，毕竟他的英雄池实在是以深不见底出名，但是不 ban 又不行，所以只能针对他近期最趁手的英雄。"

西林点点头："说起来，另一个英雄池深不见底的选手应该就是当年的

Cain 神吧，我记得当年曾经有过他站 counter 位，结果被对面 ban 了五个法师的比赛，然后他那一局拿了什么来着？"

阿莫当然记得那场著名的五法 ban 局："我记得是 EZ 吧，AP 的 EZ，一个 Q 半管血，我看着都疼。"

果然不出大家所料，BBG 不慌不忙地锁了千珏。

这是要走运营发育流了，这也是整个 LCK 赛区最擅长的一种打法。

"雷克塞。"楚嘉年言简意赅。

小新眼睛一亮，雷克塞确实是在皇子被 ban 掉以后的一个不错的选择，前期的支援能力以及配合开团的能力都很不错。

最后一手，大家都在猜测 AM 会拿哪个 ADC，结果就看到 AM 亮了一手凯南。

阿莫长长地"哇哦"了一声："这么看来……妮蔻打 ADC？这可真是太出乎意料了。"

西林也有点感慨："这样 AM 的整体阵容可以说是非常利于开团了。但是妮蔻打 ADC，这真的让人没有想到。但是想想妮蔻这个英雄的技能，确实是打上路和下路都没有问题。看来 AM 针对这场比赛，确实是下足了功夫。"

"我猜 BBG 那边也没有想到，他们会藏着这么一手。毕竟在之前的比赛里，都没有出现过这个阵容。"阿莫有点感慨，"Cain 神在阵容方面确实是有自己独特的一套理解和思路。"

而 BBG 则针对开团以及坦度（指英雄的生存能力，也就是英雄的护甲值和血量）不够的问题，在上单位置补了一手峡谷老司机塞恩。

最后的阵容确定下来。

AM 这边：上单凯南，打野雷克塞，中路丽桑卓，ADC 妮蔻，辅助加里奥。

BBG 方面则是：上单塞恩，打野千珏，中路蛇女，ADC 卡莉丝塔，辅助牛头。

随着最后一个英雄被锁定，大家开始搭配铭文，楚嘉年在耳机里说了比赛前最后一句话："压力不用太大，这是 BO5，先找状态和手感。"

他的意思很明显，BO5 赛制五局三胜，面对 BBG 这样世界顶级的战队，谁也不敢预测最后的结果，无论这场比赛发挥如何，对于第一场来说，最重要的是要找到比赛手感，看清对面的节奏。

他的声音一如既往镇定，这句话一出来，原本还有点躁动的五个人都奇迹般地冷静下来。

言罢，他摘了耳机，从选手席身后走出来，与 BBG 的教练在台中央握了握手。

观众们被一身白衣的 Cain 神帅翻了天，弹幕刷到直播页面有了一瞬间的卡顿。而现场更是漫天尖叫声，LPL 赛区打入 MSI 的决赛，整个欧洲的华人圈都

卿本峡谷少女（全二册）

沸腾了，这一场应援团的声势比半决赛的时候还要浩浩荡荡，一眼望去，半个赛场都举着 AM 和 LPL 的牌子。

粉头有组织地开始喊口号，整个会场里回荡着"AM！加油""LPL！必胜"的声音，气势磅礴。

俞苑苑习惯性地搓了搓手，将手分别放在了键盘和鼠标上。

刚刚下场了的楚嘉年在场边和场控说了几句话，突然又上来了，俞苑苑的余光看到他走过来，在她面前的桌子上放了一杯热可可。

俞苑苑：？？？

她扭头带着疑问看向楚嘉年，对方面不改色："糖分对手感有帮助，好好打。"

言罢，他迤迤然重新走下了舞台。

大家目瞪口呆。台下的哗然和尖叫声平地而起，喊什么的都有，大家当然都看了微博"Cain 神纳命"的话题，大家隐隐约约都在猜测二人之间是否有故事，这会儿楚嘉年这么区别对待，在 CP（配对）粉眼里，简直就是实锤了。

俞苑苑脸颊微红，拿起热可可喝了一口。热可可丝滑香醇，给她因为紧张而冰冷的四肢重新注入了温暖。

小新盯着她，神色莫测地问她："甜吗？"

俞苑苑不明所以，诚实地点了点头。

小新："我，有点酸。"


一级，大家按惯例在河道边给对面打招呼。雪饼学了 W，率先变了一波雷克塞，直奔对面的蓝区，BBG 吓了一跳，但到底没有交技能，平 A 了两下就识破了妮蔻的小诡计。

台下观众们都发出了善意的笑声。

拿了雷克塞这个挖掘机，小新在一开场就显现出了自己的特质，频繁穿梭于上下路，甚至还拿到了千珏的一个印记怪，率先升到了三级，形势一片大好。

他蹲在中路河道草里的时候，对面蛇女正好处于一个非常容易被 gank 到的位置！

"我演！苟一下！"俞苑苑反应非常快，她先是故意向前两步，假装自己不想漏掉那个大车兵，而将自己暴露在蛇女的平 A 攻击范围之内。

蛇女果然上当，毫不犹豫地 A 了上来。就在同一时间，小新控制着雷克塞从地底钻了出来，直接击飞了蛇女！

蛇女还在半空中，丽桑卓已经顺着魔爪出现在了她旁边，直接将她冻在了原地！

蛇女拖着残血的身躯，转身闪现想跑，俞苑苑立刻闪现跟上，挂了引燃，稳准狠地扔出了Q技能！

First blood!

台下一片惊呼和尖叫。最后的这个Q的角度实在是太过刁钻，大家甚至都以为是俞苑苑放错了技能，结果只见蛇女居然真的向着丽桑卓冰矛的方向扭了过去！

一血总是能带动全场的情绪，纵使左右不了赛场的最终走向，却能拉开一小点经济差，振奋全队的精神。

"Nice！纳命爷！"小新转身重新转回了地下。

俞苑苑收了兵线，站在草里开始回城。

这时，小新发觉Vision刷完了下半野区，猜想千珏应该来刷上路了，于是偷偷蹲在了对面上野区的三角草里，准备来一波gank。

俞苑苑刚买完装备，一边回线上，一边切视野看了一眼下路，眼角一跳："雪饼回来！"

话音未落，对面的牛头已经闪现贴了上来，直接撞到了妮蔻身上。

与此同时，千珏从草里探出了头，直接在妮蔻身上打满了伤害。

妮蔻瞬间残血，雪饼不敢托大，交了闪现后撤。而牛肉酱为了截住几个人追雪饼的步伐，开着嘲讽义无反顾地向着气势汹汹的三个人迎了上去。

妮蔻躲在他的身后拼命输出，奈何此时只有三级，伤害根本打不够，而对面三个人都接近满血，无力回天——加里奥被拿下了人头。

人头不出意外给到了Vision身上，雪饼脸色不太好，刚刚他站位有点靠前，而BBG正好绝妙地抓到了前期视野空窗的一个瞬间时机。牛肉酱安慰道："没事没事，千珏交闪了，没有血亏。"

"上路凯南不好抓，中路蛇女没闪，Vision这段时间肯定针对下路，你们小心。"俞苑苑补着兵，小心翼翼地挪动着走位，"我刚刚演了一波，下一波就不好演了，大家都稳一点。"

到了六级，蛇女压兵线站位稍微靠前，正好小新刚刚蹲进河道草丛里，她毫不犹豫地冰爪突脸，用大招将蛇女冻在了原地！

"别上！牛头不见了！"雪饼眼尖地看到中路准备打一波，而回城的牛头却没有和卡莉丝塔一起回到线上，直觉不妙。

可是已经晚了，千珏和牛头神出鬼没地一前一后从后方绕了出来！

"野辅双游了！"小新喊了一声。

奥利奥毫不犹豫，立刻开始向中路TP："我来了，我来了！"

而蛇女从控制中抽出身来，反手一个大招直接把丽桑卓和雷克塞两个人一起冻在了原地！

露头的千珏在两个人身上叠满了伤害，雷克塞瞬间成了残血，丽桑卓一边嗑药瓶一边使劲点蛇女，然而雷克塞实在太残了，被千珏和蛇女平A几下收下了人头！

而蛇女还有一丝血，眼看俞苑苑就要追不上了！

这时，奥利奥的凯南终于进场。对面的三个人正好形成了一个三角站位，凯南毫不犹豫闪大上前，瞬间成了几个人的集火目标，在残血之前晕住了三个人。俞苑苑A掉了蛇女的人头，然而凯南也被集火带走了，被千珏收下人头。

一波二换一，凯南还没了TP。

"千珏伤害怎么已经叠这么高了？"小新黑着屏幕买装备，皱了皱眉，"前期千珏已经拿了两个人头了，我只能绕着他走了。"

倒是下路，趁着这一会儿对面辅助不在，压了对面一波兵线，逼着卡莉丝塔补塔刀，顺便还耗了一波血。

但这也是暂时的，牛头很快就回到了线上。

第一波刷的是水龙，千珏正好站在了视野上回城，小新趁机跳过去拿了龙，追回来了一点经济差。

前期拿到了优势的Vision开始当着小新的面入侵野区，硬生生从他手下抢了F6里的两只小怪。小新本来想要忍了，结果他蹲在蓝buff的草里，居然听到千珏还没有走！

他迅速点了信号，俞苑苑和牛肉酱都会意，开始往蓝坑走。

阿莫手心捏了一把汗："这种入侵风格很像V神了，AM的反应速度很快，纳命和牛肉酱都在路上了！但是我们同时也看到BBG的信号灯也在打这个区域，蛇女和下路都在赶来的路上，看来一场团战是无法避免了！"

千珏和雷克塞在蓝坑下方的草里面对面相遇，西林的语速瞬间快了起来："小新有一个先手，将千珏顶了起来！丽桑卓赶到，冻住千珏，小新在千珏身上交了惩戒，但是千珏还有一丝血！蛇女挡在了千珏前面，小新点成了残血！加里奥大招进场！大招砸中蛇女！但是千珏闪开了！反手点死了小新，回了一波血后翻回了龙坑！小新再次被收掉人头！

"还能反打！丽桑卓和加里奥都追着蛇女，下路妮蔻也加入了战局，但是卡莉丝塔也已经过来了，加里奥撞起蛇女和卡莉丝塔，但是很快被反打，妮蔻根本没有进场的机会！千珏又跳了回来，闪现贴脸开始点加里奥，加里奥连技能都没放出来就被千珏双杀！"

丽桑卓顺着草往回跑，千珏居然一路追着她不放，一边追，一边头上还冒点赞手。

俞苑苑咬着下唇，一言不发地往后退。

"我的我的。"小新烦躁地撸了一把头发，这已经是第二次他先手开团，但是没有拿到任何好处，连一个人头都没拿到，反而被对面反打了一波。

Vision 的凶悍是一方面，但是他们整个团队的配合和反应速度也确实当得上一声世界顶尖的夸赞。

千珏身上的赏金已经达到了六百块，而 AM 这边只有俞苑苑身上有一个人头。

队内语音一时之间有点安静。

"太凶了太凶了。"牛肉酱从泉水里往外走，忍不住感慨，"我感觉小组赛的时候他们肯定没拿出真实水平，那把我们虽然输了，但是没这么惨吧？"

牛肉酱的这个"惨"字算是给 AM 和 BBG 的第一场比赛定了性。之后两边又打了几次团，除了第一次丽桑卓绕后闪现开大定住了千珏，被大家集火秒掉后，继续收掉了蛇女的人头，然后顺利收掉了中一和中二塔后反手拿了一条火龙，喘了一口气，之后的大小龙都被 BBG 吃了下去，连骨头渣都没剩。

比赛第二十八分钟，BBG 第一次带着有大龙 buff 的小兵逼上了 AM 高地，此时双方经济差已经拉到了一万块。AM 全队鏖战到了最后一分钟，金身、复活甲全部都用完了，连续收下了对面四个人头，不料千珏也出了复活甲，最后一个人带着两路小兵，点爆了水晶。

"起码……我们都是站着死的。"奥利奥看着爆炸的水晶，轻声道。

现场的 BBG 粉丝漫天遍野地喊着韩语口号，AM 的粉丝心里都憋了一口气，互相对了个眼神，不甘示弱地喊出了加油口号。

"都丧着脸干什么！这是 BO5，输一把没事，还有机会追回来！"一个男粉丝用力拍了拍旁边女生的肩膀。

女生顿了一下，使劲点了点头，也加入了呐喊加油的队伍。

坐在椅子上的几个人听着震天盖地的加油，突然觉得失落感也不是那么浓郁了。

粉丝们看到了他们的努力，也知道他们在劣势下都没有放弃。下一场比赛，他们还能重整旗鼓。

后台。

赛后数据即时出来，打野那条线被压得最惨，选手势力榜上，小新被

Vision 压了 60% 多。小新手里握着的杯子被他捏得微扁，楚嘉年却反手关了电视。

小新一愣。

"BBG 的 Vision 是很强，但他并不是战无不胜的。"楚嘉年从手机上翻出了页面，递到了小新面前。

是其他几支队伍的打野和中路的视频，也不知道究竟是什么时候录的，镜头很晃，但是小新还是清楚地听到了里面别的队伍打野位选手们熟悉的声音。

"新爷，打 Vision 别怂啊，你自己也超级凶的你知道吗？"CMCD 的打野第一个开口，"我们中单都快被你抓出心理阴影了！虽然我觉得我才是 LPL 第一打野，但是既然是你在打 MSI，这个名头我就先借你用用，给你涨涨士气，用完记得还啊！"

"一想到能和 Vision 对线我就觉得好刺激啊！我们队根本约不上 BBG 的训练赛，新爷你连我这份一起打出去啊！杀 Vision 一次，我给你发一个红包你看成吗！人头一千，助攻五百！"

"Vision 游走厉害，各条线都把视野做好。其实也没什么好怕的，稳住！"

…………

大家都围了过来，看着视频里一张张熟悉的脸，这似乎是其他几支队伍自发录的视频，最后是大灭的脸出现在了镜头里，语气故意带了几分轻佻。

"小新啊，你连我都能抓死，怕 Vision 干什么？我当年开始打野的时候，Vision 还在玩泥巴呢。"

这会儿大家都知道了大灭是楚嘉年昔日的队友，当然也知道他所言非虚。小新原本还被之前的几条视频感动得有点眼眶微酸，大灭这句话一出来，他没忍住，扑哧笑了出来，回头又看到了队友们带了点关心的脸，他心里又别扭又感动，挥手把大家赶开。

"都行了啊，心态没崩，才第一场，鹿死谁手还不一定呢！"

牛肉酱："新爷突然有文化了起来！都会说成语了！"

小新："老子一直很有文化！"

看两个人拌起了嘴，其他人都稍微放下心来。中场休息的时间很快，按摩师进来给大家放松了一下颈椎和手腕。重新上台前的最后一刻，楚嘉年才开了口。

"有一个剧本我已经拿在手上了，就看你们的表现了。"

大家精神一振，顿时会意。奥利奥第一个伸出手，大家顿时会意，站成一圈，纷纷搭上了手。

"AM——加油！"

兴许是对上一场 AM 表现的肯定，BBG 上来就先 ban 了他们上一局拿过的妮蔻、雷克塞和丽桑卓。

楚嘉年先 ban 掉 Vision 的皇子，然后看向俞苑苑："中路你想 ban 什么？"

"BBG 的中路最强的两个英雄——佐伊、妖姬。"俞苑苑之前疯狂研究过 BBG 的中单，也统计了他的数据和英雄胜率，这两个算是他比较拿手的英雄了。

双方的三个 ban 位确定，大家都猜测 BBG 一选应该会拿放在外面的牛头，没想到对面竟然锁了一个牧魂人。

牛肉酱眼睛一亮："牛头卡莎……考虑一下？"

牛头算是牛肉酱的招牌英雄了，既然放了出来，就没有不拿的道理。AM 一二楼直接将牛头卡莎阵容锁定。

"牛头卡莎确实是 AM 下路的招牌组合没错，但说实话我是觉得卡莎在三件套出来之前，伤害还是不太够，前期很有可能会被对面压着打。"阿莫沉吟片刻，然后看到 BBG 那边二楼三楼分别锁了卡莉丝塔和辛德拉，"又是卡莉丝塔，看来是上一把手感确实非常好，这一局牛头被 AM 锁了，但还是有塔姆、锤石、加里奥可以打配合。"

"在 ban 掉 BBG 的中单招牌英雄以后，对面拿了一个辛德拉——说实话，我觉得辛德拉应该是每个中单心中的白月光了。"西林顿了顿，"AM 三选了——瑞兹！"

俞苑苑还没锁下来，只是先亮了头像："你们觉得这个怎么样？支援很 OK，打辛德拉问题不大，配合牛头还可以反向推。"

楚嘉年眼睛一亮："锁。"

第二轮 BP 过得意外快，显然是前三手锁了以后，大家心中都有了对阵容的大致想法。BBG 在 AM 连着 ban 掉了锤石和加里奥的情况下，出乎意料地没有拿塔姆，而是锁了酒桶做辅助，而 Vision 则拿到了一手蝎子。

"其实 banV 神还不如不管他，ban 个皇子以示尊敬就可以了。"俞苑苑感慨道，"看到这个蝎子，我觉得真的没必要在他身上浪费 ban 位，反正也 ban 不完。"

大家都表示同感。

最后一个 counter 位是留给要对线牧魂人的奥利奥的，上一局他的凯南虽然发挥也不错，但是凯南这个英雄打牧魂人有点难受，而且凯南身板很脆，又非常依赖闪现。

奥利奥沉默了一会儿，眼看倒计时还有十秒，小新急了："你倒是说你想用什么吧？我觉得阿卡丽和剑魔都行，刀妹也可以啊，我觉得……"

他的话消失在了奥利奥亮出来的一个头像上。

奥利奥选武器大师贾克斯。

台下一片惊叫，阿莫和西林都惊了，倒吸了一口冷气："说起来在去年的夏季赛上，我们是经常见到奥利奥使用这个英雄的，而且一直都有不俗的表现，后来因为阵容和版本的重重原因，很久都没有见到奥利奥用这个英雄了。"

阿莫点点头："但是说实话，武器大师对牧魂人真的是很不错的一个选择！我们都忘了 AM 的上单奥利奥其实也是个有不浅的英雄池的选手！"

阵容终于确定下来。

AM 这边：上单武器大师，打野盲僧，中路瑞兹，ADC 卡莎，辅助牛头。

BBG 则是：上路牧魂人，打野蝎子，中路辛德拉，ADC 卡莉丝塔，辅助酒桶。

刚刚锁完英雄，身后的大屏幕上英雄的原画缓缓展开，俞苑苑趁着楚嘉年还没走，突然转过头，眼巴巴地看着他，做了个口型。

两分钟后，和 BBG 教练握了手的楚嘉年又上来了，依然是熟悉的热可可，熟悉的味道。

这次，他还非常贴心地给其他四个人也带了饮料。

小新心里一喜，觉得年哥到底还是没有忘了他们，结果一喝——矿泉水。

小新：？？？

牛肉酱喝了一口，有点不快乐地皱了皱眉："下局我要自带'快乐水'！"

这局依然是很酸的四人组。

阿莫理了理衣服："好的，欢迎大家来到 MSI 决赛 BO5 的第二场，AM 对战 BBG！两支队伍都有各自的风格，BBG 相对比较依赖于打野 Vision，当然其他各线都有不俗的作战能力，而 AM 则是一支上中野下四条线实力都很出众的战队。如果一定要说的话，中单纳命的加入可以说是给 AM 带来了一丝不一样的表现。"

转眼峡谷里已经到了二级，大家都在线上平稳发展，阿莫还准备再稍微多说一点两方的特点，就看到蝎子和盲僧在下路河道狭路相逢，都瞄准了河蟹！

而河蟹正好在水晶尖塔的范围内！

西林道："在水晶尖塔范围内，盲僧可能还是不太能打得过蝎子，小新果然后退了，但是盲僧又 QA 了回来！"

蝎子瞬间没了一半的血！

俞苑苑在两个人对上的瞬间就已经开始往下路走了，等 Vision 看到视野开始往回走的时候，已经到了她的普攻范围之内！

Vision 见势不妙，闪现准备走。小新当然不打算放过这个能收掉 Vision 人头的机会，闪现跟上的同时，一道虚空索敌突然从下路越过龙坑直接打在了闪现落地的蝎子身上！

Vision 瞬间变成了丝血！

闪现落地的小新稳稳地用刚刚冷却好的 QA 双招收下了蝎子的人头！

First blood!

拿到人头的小新在原地愣了几秒，才继续跑去刷野，感觉自己整个人都梦幻得不行："快来掐醒我，我居然拿了一血，还是 Vision 的！我感觉自己要飘了！雪饼我回去请你吃火锅！！"

"我这个 W，起码也得五顿吧。"雪饼轻笑一声。

"没问题没问题！"小新满口答应道。

阿莫、西林和观众们都很震惊了："雪饼的这个 W！实在是太准了！没有这个 W 的话，Vision 肯定是能走的！"

雪佛爷牛啊！！！

宇宙级别 W！！！我能为我雪佛爷吹一整年！！！

Vision 不在，小新顺势去中路转了一圈，拿了上路的野怪河蟹，逼得对面中路离开线上转了一圈才回来。瑞兹趁机逼了一波兵线，然后回了趟家。

虽然第一局也拿到了一血，但这次可是 Vision 的一血，可以说是真的点燃了整个 AM，尤其是给上一局被打自闭的小新极大的信心。

抓了 Vision 第一次，就会有第二次。四级的时候，小新再次在龙坑后方与蝎子打了个照面，两个人互相试探了两下，小新就躲进了有视野的草里，俞苑苑和牛肉酱毫不犹豫地开始向小新靠拢！

Vision 没有视野，谨慎地开了扫描往前走，果然扫到了在草里的盲僧。盲僧 Q 在他身上，转身摸眼 W 进了龙坑，眼看瑞兹和牛头都快到了，果断又从龙坑折了回来，Q 在了 Vision 身上！

几乎是同一时间，牛头闪现过来再次将 Vision 撞到了墙上！

对面的加里奥也赶了过来，开着嘲讽往里突，但是中路瑞兹已经六级，开车先一步进场，配合小新稳地收下了 Vision 的人头！

加里奥不敢多留，转身后撤，还在残血的小新身上挂了一个引燃，但小新在退回龙坑的同时已经吃了血瓶，并没有被引燃烧死。

小新觉得自己的心脏快要跳出嗓子眼了："我又杀了一次 Vision！"

"新爷牛！"大家很给面子地齐声喊道。这一波，小新的操作确实非常果断，而中下路也都吸取了刚才的经验，支援比上一局更及时一些，给了小新极大的发挥空间。

拿下两个人头的小新正式起飞，开始频繁在三线游走，上中下三路都进入了一种让他们最舒服的节奏里。

兴许是因为一直被压着打，BBG 在第二十二分钟的时候做了一个让所有人都非常吃惊的决定——强抢大龙！

因为视野的原因，直到龙已经到了六千五百血量的时候，才被做视野的小新发现他们在偷龙！

奥利奥和瑞兹都在线上，两人迅速从两侧包抄上来，虽然牛头跟在瑞兹身后，但卡莎都还在中下路收兵，拼命赶来也不一定能赶得上！

"两千血！两千血！"俞苑苑着急得快要结巴！

奥利奥毫不犹豫地跳了进去！

"一千五百血！"

几乎是同一时间，牛肉酱闪现开大进了龙坑，直接顶起了 BBG 五个人！

"一千二百血！"

龙的血线掉得非常快！瑞兹开车上来的瞬间，小新终于从等候已久的草里跳了进来！

惩戒！

"抢到了！龙抢到了！"阿莫和西林一起大喊，"绝命抢龙！小新抢到了这条大龙！"

"小新！这个男人太强了！"

被抢了龙的 BBG 怒火中烧，立刻开始了一波反打，想要把所有的龙种都直接留在原地。俞苑苑撤得最快，已经回了中路的草里。而跳过去的小新第一个被集火点死，最早进场的奥利奥也难以幸免，卡莉丝塔和牧魂人追着牛肉酱，很快把牛头打成了残血。而卡莎终于赶到，扔了技能就紧急后撤，但身后的辛德拉、酒桶和蝎子紧追不舍。

雪饼非常极限地躲开了辛德拉推过来的法球，向着俞苑苑的方向奔逃。

"龙坑里的人只能卖掉了，这个时候只要双 C 撤就可以了，保住龙种。"阿莫解说道，然而他突然发现，AM 的中单和 ADC 这两位双 C 虽然后撤了几步，但俞苑苑却站在草里，丝毫没有要走的样子！

"打？"俞苑苑冷静问道。

"打！必须打！"雪饼红着眼睛。

阿莫和西林的心都提到了嗓子眼："AM 的双 C！这是要二打五吗？我的天哪！瑞兹一个 W 技能定住了蝎子，卡莎立刻转身在蝎子身上打满了伤害！同时还扭身避开了辛德拉的 Q 技能！牧魂人拿下了牛头的人头，卡莉丝塔已经加入了这边的战局！而瑞兹在草里 E 中了酒桶，配合卡莎收下了酒桶的人头！涌动效果让周围的人都变成了残血！"

两个人解说的速度已经跟不上场上瞬息的变化。只见酒桶倒下的同一瞬间，卡莎欺身而上，一套艾卡西亚暴雨满满地打在了蝎子、辛德拉和卡莉丝塔身上！

卡莉丝塔只剩下了个位数的血量，卡莎却没有追上去。此刻他已没了技能，他非常冷静地满血闪现进了草。与此同时，俞苑苑终于从草里闪现跳出来，无缝衔接追击在丝血的辛德拉和蝎子身后，率先点掉了辛德拉的人头！

牧魂人终于赶到，跳到瑞兹身上，瞬间将瑞兹点成了残血，俞苑苑开了金身："雪饼！"

不用她喊，雪饼已经在追着牧魂人点了，他的 Q 刚刚冷却完毕，趁着牧魂人反应不及还在点金身的刹那，直接点掉了牧魂人的人头！

"这里！"这还没完，两个残血的双 C 并没有转身去追丝血的卡莉丝塔和蝎子，反而转身去收中路的兵线。俞苑苑几乎是同时在草里点了一下，雪饼会意，一道虚空索敌飞了过去。

卡莉丝塔正往后退了两步，准备走，结果猝不及防被打中，直接倒在了草里！

全场只剩下了 Vision 一个人丝血回城。

现场的观众全部沸腾了，弹幕更是被刷爆，阿莫和西林除了喊"二打五！双 C 厉害"以外，激动到几乎说不出其他话来！

这一场，在第三十二分钟的时候，AM 带着龙 buff 加持的小兵势不可当地拆掉了 BBG 的家。

台下的尖叫和惊呼声足足持续了五分钟，直到他们下场，都还能听到从观众席传来的阵阵尖叫声。

这个操作！这个胆气！！我服了！！！太牛了！！！AM！！！

AM 冲呀！！！纳命爷冲呀！！！雪佛爷冲呀！！！AM 冲呀！！！

二打五！还赢了！！这是什么剧本！！！牛！

啊啊啊啊啊，我除了尖叫，什么都不会了！！！我的天哪！！！

这一场，无论是士气、操作、队友间的团队配合意识都已经达到了极致。楚嘉年没有多说，大家也保持着这个状态，短暂的休息后，重新上了台，鼓着这一股劲，又顺利拿下了第三局的比赛。

比赛来到了赛点。

如果 AM 还能维持之前的势头，那么这一局之后，他们就将捧起 MSI 的冠军奖杯。

如果输了，那么就会进入双方都非常疲惫的第五局，双方士气也将大打折扣。

全场所有观众都捏着拳头，微微颤抖着静待着选手们第四局比赛的登场。

连着三场下来，大家精神都高度紧张，眼看就到了赛点，这种紧张程度不降反升。按摩师抓紧时间给大家放松，而俞苑苑一边被按得龇牙咧嘴，一边暗戳戳地将手伸向了外设包的拉链处——里面有她发烧的时候吃剩下的几颗布洛芬。她头有点疼，想要吃一颗缓解一下。

楚嘉年"啪"地打掉她的手。

俞苑苑颤颤巍巍地收回了手，举在半空："这是 Cain 神打过的手，相当于开了光，下一把，你们懂的！"

大家一阵哄笑。

小新也跟着笑了笑，他瘫软在沙发里，侧头看了一眼自己的右手，不易觉察地皱了皱眉头。他右手本来就有手伤，之前做过复健后算是恢复得很好了，之前集训的时候一天打十五小时也没什么问题，他以为已经痊愈了，没想到这会儿他居然感觉到了一阵熟悉的疼痛。

他叹了口气，还是把手伸给了按摩师。

他是可以忍着不让大家担心，但他害怕赛点手抽筋，反而不好。

楚嘉年看见了，但是没多说什么。

上场前，楚嘉年故意拖着小新留到了最后，看其他人都走远了，才皱了皱眉头："手重要，别强撑着。"

小新甩了甩手腕，眼中有着少年特有的执着和光彩："放心吧，还提得动刀。"

楚嘉年笑着拍了拍他的肩膀。

他也知道，多说没什么意义，因为这也许就是决胜的最后一场了，是决定AM 能否站在世界巅峰的一刻，而小新无论如何都会撑到最后一秒钟的。

上场之前，大家惯例站成了一圈。这一次，楚嘉年率先伸出了手："我之前说的剧本还记得吗？"

大家纷纷搭上手去——

小新会意一笑："让一追三！"

雪饼："AM！让一追三！必胜！"

奥利奥："加油！！"

俞苑苑："加油加油加油！"

牛肉酱气沉丹田："为了十五天假期！"

大家都扭过头看牛肉酱，被他逗笑了，纷纷补上："为了十五天假期！"

楚嘉年也笑了："这场赢了，假期再加三天。"

大家：！！！

于是，观众们看到 AM 从后台走出来的时候，气势竟然比之前几场更盛了，队员们一个个脸上都洋溢着幸福的笑容，尤其是牛肉酱，笑得牙齿都露出来了，根本看不见眼睛。

从第三场开始，大家就学乖了，为了不再被楚嘉年区别对待，一个个手里都捧了饮料。牛肉酱抱着快乐水，一小口一小口地喝着，这是为了防止打到一半想要上厕所，而俞苑苑手里饮料也从热可可换成了提神咖啡。

观众席从选手们出场到坐下期间，尖叫声都一直没有断过。大家不断地听到自己的名字在台下被粉丝们呼唤出来。各种各样的加油口号飘在赛场上空，中文、韩文以及欧洲国家那些分辨不出来的语言混杂在一起，这是电竞人的狂欢之夜。

赛场侧后方，一个看似不起眼其实视野很好的看台上，坐着几个与台下观众的年龄严重不符的中年人，其中有人也冲在台前，不顾形象地大喊了几声中文的加油，显然是被现场的气氛带动了起来。

如果 AM 的队员们看到他们，一定会尖叫着冲过来。

他们竟然是 AM 战队所有队员的家人。

"这局赢了就是冠军了对不对？"俞母紧张地握着林嫣岚的手，两位平时十分注重形象的阿姨坐在一起，身子挨得很近，仿佛想从对方身上汲取力量，而她们彼此都感觉到了对方的颤抖——是激动，是紧张，更多的还有对自己孩子的骄傲。

她们身后高一级的座位上，楚父与俞父并排而坐，楚父乐呵呵地看着自己的儿子走出来，站在了俞苑苑身后。楚父问俞父："怎么样，感觉还行？"

俞家是书香门第，俞父作为这一代的家主，传统思想非常严重，从俞苑苑想要打职业的时候的顾虑就可窥见一斑，如果不是楚父亲自出马说服，他无论如何都不会同意俞苑苑站在这个赛场上。

或者说，直到俞苑苑真正开始打比赛，他的内心深处都是不赞同的。他没有反对，一方面是出于对女儿的尊重，另一方面当然是楚父的劝说，但他还是有一种类似于"女儿还小，就算闹一两年，也还能改邪归正"的想法在里面。俞母一直都走在时代的最前端，微信、微博、企鹅空间都玩，俞父当然也就知道了一些网上对自己女儿的那些不堪入耳的诋毁。

那个时候，俞父的第一反应是将俞苑苑立刻接回来，让她马上远离这个乌烟瘴气的游戏圈，甚至为此还和俞母大吵了一架，没有吵过俞母，这才闷闷地练了两天大字，然后……偷偷注册了一个微博账号。

他起了个非常真实的 ID 名叫"我女儿我护着"，气势汹汹地加入了手撕网络喷子的行列。

在严肃文学上勤勤恳恳了大半辈子的俞父，第一次加入了网络的浪潮中，感受了一把新时代年轻人的风貌，结果当然是……

目瞪口呆地败下阵来。

俞父为我国青少年的心理健康深深地捏了一把汗，对自己女儿的担忧更深了一层。

直到此刻。

他目光灼灼地盯着坐在队伍最中间的女孩子，女孩子的脸上带着一丝连打了三场比赛后的疲惫，但更多的则是一种特有的锐不可当，光彩夺目的神色。全场无数观众喊着她的名字，近乎狂热，嗓音沙哑，那是梦想，是执着，是为我所爱而一往无前的决心。

他没有正面回应楚父的话，而是正经严肃地一笑："可以啊，你儿子站在我女儿身后做后援的这个画面，还挺和谐。"

楚父乐呵呵地点点头："我也觉得。我家这个小子，从小什么都好，游戏也打得好，那会儿他也是坐这个位置。现在他打不了了，你女儿替他打，你看他那个眼神，百感交集，我看着都为他们感动。"

两位老父亲说话间，BP 环节开始。

"最后一局了，大家都要拿出看家本事了！"牛肉酱气势汹汹。

"每一把都是看家本事了。"雪饼的眼睛有点红，他一直有个外号叫雪佛爷，但大家都知道他只要打起来，就凶得可怕，刚刚那一把的二打五就可见一斑。那一场之后，雪饼手感奇佳，更是每一把都死死地压住对面的 ADC："不过要说看家英雄，我看家的那个 ADC，你们懂的。"

"薇恩？"牛肉酱心领神会，开始口头搭配阵容，"薇恩的话，我可以拿一手布隆！"

"你们入队的时候有没有填自己擅长的英雄表啊，说起来我填在第一位的本命英雄还没用过。"俞苑苑活动了一下手腕，"你们猜是什么？"

"刀妹。"楚嘉年正好调试好了耳机，毫不犹豫地直接揭了她的老底，"我看过你的刀妹，战绩确实很漂亮。"

小新不甘示弱："我告诉你们，我最强最压箱底的英雄，不是赵信不是皇子，而是一个峡谷的神秘传说——寡妇。"

奥利奥沉默了两秒："我，三千八百把锐雯了解一下。"

大家都被奥利奥的这个数据惊呆了："算上训练赛还是野生场？"

"野生啊，算训练赛那数据还有什么意义。"奥利奥冷笑一声，"给我一个锐雯，我奥利奥让你们见识一下什么叫天下无敌。"

"哎，等等，你们这样凑出来的阵容我觉得真的可以有。"牛肉酱掰着手指，"你们别忘了我布隆也超强的好吗！"

大家在随口说着这些的时候，谁都没有想到，自己竟然真的能够拿到刚刚嘴炮里所说的英雄。

之前的三场里，俞苑苑和牛肉酱连续两次拿到了瑞兹和牛头阵容，瑞兹开车带着牛头反推打团，直接把 BBG 团灭了两次，连观众都喊着"又来了"，所以 BBG 不敢大意，上来就 ban 掉了牛头和瑞兹，然后 ban 了丽桑卓。

"我也是在 BBG 的 ban 池里占了两个位置的女人了。"俞苑苑看着 ban 位，悠悠感慨道，"我觉得我能吹一辈子了。"

"有点怀念自己当初坐 counter 位，对面 ban 了我五个中路的场面。"楚嘉年挑了挑眉，及时阻止了俞苑苑的膨胀，"卡莉丝塔不能再给对面了，凯南和吸血鬼也 ban 了吧。"

对面不慌不忙，上来一选了杰斯，pick 交到了 AM 这边。

杰斯这个英雄是个摇摆位，上中下位都可以，而且对线谁都不怕。AM 的队内语音出现了一瞬间的沉默，楚嘉年的声音稳稳响起："雪饼，想打薇恩吗？"

雪饼一愣，随即狠狠地点了点头："想。"

"最后一场，大家要做好打到大后期的准备，BBG 那边一定会比之前几把打得更稳，薇恩很适合打对抗。"楚嘉年点点头，"薇恩布隆，锁吧。"

薇恩和布隆的组合锁定。

台下的尖叫声瞬间掀翻了屋顶。

每个 ADC 心中都有一个白月光，而薇恩在白月光的榜单上位列前几，打到后期，就算是塞恩这种肉在薇恩面前，也不过是一块脆豆腐。薇恩的头像一出来，大家瞬间明白了 AM 的思路，并且有一瞬间怀疑 AM 要打四保一。

很快有人站出来否认，AM 基本上没有打过四保一的阵容，毕竟这是一支四条线都很均衡强势的队伍，一般来说是不会为了一条线牺牲其他线，尤其是在这种决赛局中。

BBG 锁了加里奥和皇子。

皇子是打野位无疑，但加里奥又是一手中下摇摆，大家一时之间都开始议论到底是谁走中路。

"对杰斯和加里奥，你用刀妹能压住吗？"楚嘉年突然问道。

俞苑苑体会到了刚才雪饼的感觉，她握了握拳头，郑重点头："没问题。"

三楼，刀妹锁定。

粉丝们的尖叫堪比刚才薇恩出现的瞬间！

《英雄联盟》最受眷顾的英雄刀妹，外号刀妹，从诞生至今，已经数不清楚被削弱了多少次了，每次都是因为对线优势太大。削的次数多到每次出现对线强势英雄的时候，大家都会戏称一句"×××太强了，我们来削刀妹吧"。即使如此，挨了九九八十一削的刀妹依然雄踞召唤师最喜欢的英雄榜前列。

AM队内知道刀妹打中路，但是对于BBG来说，刀妹也是一手中上摇摆。

很快到了第二轮BP。

"把韦鲁斯和小炮都ban了。"楚嘉年考虑片刻，还是决定不在Vision身上浪费ban位。

而BBG则按死了辛德拉和雷克塞，显然也是不确定刀妹到底是走哪条路，宁可再多ban一个中位。

轮到AM先选，小新眼看着大家都拿到了自己的无敌英雄，试探了一句："年哥，你看寡妇……"

寡妇六级之前线上能力并不强，但是六级之后，无论是抓人还是伤害都很不错，楚嘉年在心里瞬间根据已有阵容模拟了好几波团战，都看不出寡妇有什么特别的劣势，于是点头："可以，锁寡妇。"

小新梦幻缥缈地看着寡妇的头像亮出来，观众席顿时出现了与之前几次如出一辙的尖叫声。

"这什么阵容？"BBG那边有点烦躁，"我之前没见过他们拿过这些英雄啊，跟第一把的妮蔻一样，这阵容都是专门在这里等我们的？"

"不慌，我们的阵容不乱就行。"BBG的教练非常沉着，"第一把他们打妮蔻还不是输了，这是我们的转折局。打野皇子，至于对线刀妹……就用阿卡丽吧。"

随着他的话，BBG锁定了最后的阵容。

阿卡丽出来的瞬间，楚嘉年微微皱了一下眉头，从counter角度来说，阿卡丽是能克制刀妹的，但是阿卡丽也有可能走上路。

"奥利奥，你想打什么？"楚嘉年问道。

大家显然也都知道BBG最后这手阿卡丽拿得非常绝，奥利奥沉吟半响："没别的意思，我就是觉得锐雯挺适合的。"

倒计时三秒，AM终于锁定了最后一个英雄。

锐雯!

最后的阵容终于确定下来——

AM：上单锐雯，打野寡妇，中单刀妹，ADC薇恩，辅助布隆。

BBG：上单杰斯，打野皇子，中单阿卡丽，ADC卡莎，辅助加里奥。

阿莫的声音都提高了几个声调："奥利奥亮剑了！还是一把断剑！奥利奥掏出了他的断剑！那么两方的阵容最终已经确定下来，就让我们拭目以待这一场比赛——究竟是进入第五场比赛，还是——"

他没有把话说完，西林会意接上："还是迎来激动人心的那一刻！亲爱的观众老爷们，让我们进入这一局比赛的召唤师峡谷！"

柏林时间晚上九点十七分，AM在将比分拉到了2:1的情况下，开始了与BBG的第四局比赛。这一场如果赢了，那么AM将直接拿下MSI的冠军奖杯，如果输了，则将进入第五场决胜局。

没有人希望战局被拉长，LPL赛区等待一个MSI的冠军奖杯已经很久了。

画面拉入召唤师峡谷，分别扫过奔跑在路上的双方英雄，镜头拉近又绕远，终于来到了大家熟悉的OB视角。

许是已经交手过三局，双方一级甚至没有惯例在河道线边打招呼，直接各奔各自的线上，直截了当。

寡妇六级之前很难在线上进行支援的问题BBG当然也很清楚，BBG甚至在比赛刚开就直接上野双游进了蓝坑，面对皇子和杰斯两个人，奥利奥在蓝区门口晃了一圈，只能先回线上，让出这个蓝。

还好BBG没有猜对寡妇的进场顺序，小新这一把选择了红开，好歹能安安稳稳地刷完整个红区，升到了二级。但是没了蓝的寡妇非常难受，而他又不敢入侵对面野区换蓝，所以前期对线上的支援基本上是没戏了。

"BBG拿阿卡丽是真的绝了。"俞苑苑一级的时候还能压住阿卡丽，把兵线送入对面塔下，但是到了二级，她就非常难受了，"居然憋到最后才拿出来，刀妹遇上阿卡丽，我甚至有点想说脏话。"

小新比她更难受，Vision的皇子几乎是不讲道理地压着他打，他刷完红区，再小心翼翼地探出头来，在河道逛了一圈，然后发现能刷的野全部都没了。

举步维艰。

"你们体会过在峡谷逛街的感觉吗？请将视野切到我，你会发现一个逛街还没衣服可买的可怜蜘蛛小寡妇。"小新只想抱紧可怜的自己，"我只想到六，怎么这么难！你们谁能分我点经验让我到六？我就在旁边草里蹲一会儿，很安静的那种。"

"我拒绝，你可别来啊。"俞苑苑也正被压得难受，她现在完全不敢 Q 上去换血——因为换不过。她再一看下路，居然也被压着打，"讲真的，再这样下去，我有点怀疑我们阵容了，说好的压箱底英雄天下无敌呢？"

"我的家，已经不是我的家了。"小新委屈巴巴，眼睁睁看着 Vision 再次过来抢了自己 F6 中的一只小可爱，"F6 都变成了 F5，我要哭了好吗？"

"也就是 Vision 这会儿没惩戒，有的话就是 F4。"俞苑苑毫不同情，"拿寡妇就要做好六级前被压的觉悟。"

"可能这会儿我老公还没死，还强撑着最后一口气呢，我还没成真寡妇。"小新哭唧唧地胡说八道，"等到六级，我才能变成真正的寡妇，毁天灭地。"

大约只有上路的锐雯稍微好受一点——建立在杰斯为了抑制小新发育，直接去收了河蟹的基础上。

四线都这么憋屈，阿莫和西林都有点稳不住，毕竟这是 MSI 的决赛，又是对阵 BBG 这样的强队，一点点劣势都有可能被对面压着打到不能呼吸。

但事实上，AM 的人都没有太慌，反而比以往更加积极地找机会搞事情。

阿莫："小新这样是真的难受啊，这种四线都被压的阵容，让我怀疑 AM 的 BP 环节是不是真的出了什么疏漏。真的要说的话，可能确实是 BBG 的阿卡丽打中，直接打乱了 AM 的全部套路吧。"

西林点点头，有点赞同他的看法，但口头还是反对道："不过现在也还都没到六级，说这些还是为时过早，我们看到线上的补刀除了小新这边被压了，上路的锐雯反而比杰斯多了足足十五刀，下路虽然被压，但是小兵数还是持平的，至于中路——"

导播正在跟随他的话将视线分别切到了上下两路，而这个时候，中路突然传来了击杀信息！

两名解说的表情都有一瞬间的喜悦停滞，导播火速将画面转到了中路回放！

只见换了一波血的两个人都已经是半血了，而刀妹居然再一次将小兵稳步推进，只剩下了最后一个小兵没有刷。此刻刀妹和阿卡丽都在五级，各自小心翼翼地后退了几步，双方保持在一个安全距离。

就在刀妹退后的同时，她突然 Q 了小兵身上，眼看伤害不够，但下一个瞬间小兵就倒下了，刀妹秒升到了六级！

刀妹追着后退的阿卡丽闪现开大！一圈刀锋狠狠地插在了阿卡丽的身上！刀妹突脸挂引燃的同时平 A 了阿卡丽两下！但是此刻阿卡丽也已经进了塔，而小兵却还没有跟上，刀妹也挨了一下塔，血线瞬间少了一半！

丝血的阿卡丽居然没有退，上前两步想要搞事情，但是刀妹的 Q 冷却已过，阿卡丽刚刚踏出塔圈，后退的刀妹反手一个 Q 上去，稳稳地收下了阿卡丽的人头！

First blood!

嗑血瓶之前，刀妹的身上甚至只剩下了五滴血！

与此同时，小新和奥利奥也在上路死死拖住了 Vision！两个人瞬间被对面的上野打成了半血，不得不后退，但是这次的换血拖住了 Vision 去中路支援的步伐，硬生生让阿卡丽丢掉了两波兵线！

台下一片尖叫，好多人都在喊"基本操作而已"。

阿莫和西林也被这波操作秀了一脸，第二遍解说回放的时候才反应过来，刀妹是在最后一瞬间用了小兵去质器（一种符文，使用可以立刻击杀小兵，并对该类型小兵的伤害永久提升 6%）叠加了最后一点经验瞬间到六级的！而她在 Q 小兵之前就已经计算好了经验数值！

纳命爷天秀了！我要重新爱刀妹了！！

其实都是很基础的操作了，但是一般都不会这么莽吧？

我也想去现场喊基本操作而已！！！

"哇，真的是，太秀太秀了，阿卡丽哪怕再碰到她一下，这个故事的结局就会变成两个人一起倒下。"阿莫感慨道，"不知道是说纳命对伤害计算得好，还是运气好正好没有被点到。"

前面 AM 被压着打，解说室的气氛也不是很好，这会儿才有点回暖的迹象。西林舒了一口气："说实话我觉得是两者都有，而且我们也看到上路的队友配合非常棒，小新和奥利奥都对纳命有充分的信任，可以说是舍身拖住了 Vision，这才让五滴血的纳命有了撤退的机会。"

而此时，队内语音非常精彩，单杀了压自己一脸的阿卡丽，俞苑苑一边回城一边压抑不住地兴奋："我的天哪，你们看到了吗！我也太厉害了吧！"

伤痕累累的小新几乎是和她一起回到泉水的，奥利奥在线上嗑着血瓶，还是不忘嘱咐了一句："别这么莽了，别以为我们看不出来你是打算一换一弄个开门红！"

俞苑苑不能承认自己这么 drama（戏剧化），当下否认道："不，我只是觉得我的本命英雄必须是世界第一强！阿卡丽算什么，来一个杀一个，来两个杀一双！"

反正吹牛又不要钱，先把海口吹上天再说。

不过她这么一说，大家都恍然。

老子现在拿的是拿手英雄啊，怎么能被压着打呢？！

想到这里，重新出泉水的小新昂首阔步地走向了自己的魔沼蛙，结果刚刚打了两下，就看到 Vision 提着枪，从草里冒了个头，然后大摇大摆地过来了。

"又来？"前期一直刷不到怪，小新被压了一级，而 Vision 已经六级，小新根本不敢和他硬碰硬，只好先后撤，"Vision 你当个人好吗？"

"Vision 什么时候当过人？"雪饼一边反唇相讥，一边和牛肉酱一起往回赶，"你先卖一下，我们来了！"

小新后退两步进了草，闻言又从草里探了头，试探性地摸了两下魔沼蛙，皇子果然被激怒，惩戒收了魔沼蛙，就准备往小新的身上插旗，直接跳了上来。

与此同时，BBG 的二人组也开始往魔沼蛙的位置走，但 AM 是直接从自己的塔下过来，占了一个时间先机。

皇子跳上来的瞬间，布隆直接跳到寡妇身上，开盾稳稳地挡住了皇子的这一波攻击，同时还在皇子身上扔了减速！几乎是同一时间，薇恩已经翻滚了上来，稳准狠地把 Vision 的皇子钉在了墙上！

"Nice！"小新看到这一下，知道拿下这个人头基本上是稳了！

小新毫不犹豫地反身回打，刺中皇子，而薇恩的平 A 在皇子身上已经积攒了四下！第五下时，皇子的人头被薇恩稳稳地收下了！

卡莎和加里奥还没赶到，皇子就已经变成了尸体。两个人犹豫了一下，又掉头回到了线上。

小新激动到不行，他终于可以放心地刷野了，他快乐地跳进蓝坑，终于热泪盈眶地拿到了开局以来的第一个自家的蓝："雪哥！您就是我亲哥！十顿火锅！妥妥地！"

雪饼收下人头，淡然一笑："赶快到六，来抓人。"

小新："好的雪哥！知道了雪哥！"

东拼西凑，小新终于在上中下三路队友的齐心帮助之下到了六级。有了大招的小新再也不像之前那样见到 Vision 就瑟瑟发抖只能后退，甚至在 Vision 眼皮下面抢了一个蓝——在布隆从草后露了半个头的情况下。

小新正在疯狂刷野拉经验值，扫地图的时候发现杰斯和锐雯的距离突然拉得很近，杰斯甚至已经将锐雯逼回了塔下。他刚刚迅速把视野切过去准备看一眼情况，结果正好看到了锐雯跳闪，直接收下了杰斯的"人头"！

小新默默地拉回视野，继续默默刷自己的野。

队友们都很好很棒，没有他也能单杀对面。他小新，从未有一刻如这时一般，心中升起了一层淡淡的落寞。

队友不需要他帮忙抓就能各自发育得很好了怎么办？有一种即将面临失业

困境的紧迫感!

阿莫和西林在解说间则是目睹了这场单杀的全过程。玩 LOL 的玩家对三秒十一刀的锐雯其实都是有情怀的,此刻看到奥利奥再次秒速 QA 出了巨额伤害,西林激动得连手都在抖: "杰斯一直处于巨炮形态,手比锐雯长得多,所以锐雯的血线是要比杰斯残一些的。杰斯将兵线推进了锐雯的塔里,锐雯卡了一会兵线,然后——哇,这是突然突脸以秒速 QA! 杰斯的位置一开始是在塔圈外面的,这里有个小细节,锐雯的突进是直接到了杰斯身后,然后用 Q 的第三段把杰斯推进了塔里!

"对面的兵线还没进来,所以杰斯直接挨了一下塔刀,闪现出塔,换了锤状态加防御。此时杰斯的血已经很残了,锐雯闪现跟上,冲击波扫中杰斯! 人头收下!"

"西林你有没有发现,虽然一开始 AM 的几条线都是被压着打的,但是他们在这种情况下居然还能反打,还都打出了优势。"阿莫感慨道, "AM 度过了阵容带来的最艰难的时期,甚至还扳回了一些优势。"

"我来蹲中路了!"小新升到七级,高高兴兴地开始回到线上。

阿卡丽放出烟幕,遮掩了她的身影,刀妹不敢冒进,游走在烟幕周围。阿卡丽从烟幕中冒头,挥着忍镰打了刀妹一下。此刻中路的兵线只剩下了 BBG 的三个小兵,眼看小新已经蹲好,俞苑苑先是 Q 中了小兵,然后突然回身向着烟雾里盲开了大!

一排刀锋铁幕插在地上,只有 OB 视角的观众能够看到她稳准狠地直接标记到了阿卡丽!

一秒后,烟幕刚刚淡去,小新和 Vision 同时从两侧的河道里跳了出来!

"狭路相逢?"小新一惊。

"勇者胜!"俞苑苑话未落音,刀妹已经欺身而上!

阿卡丽被刀妹 RQA 一套打满伤害,转身残血后撤。刀妹靠着被标记的小兵,继续连 Q 上脸,稳稳地追上了她,而 Vision 恰巧挡在了阿卡丽面前,刀妹在 Q 上阿卡丽的同时,又标记了皇子,而皇子插旗跳过来的瞬间,寡妇也到了,直接将自己拉向了皇子!

眼看阿卡丽丝血还想走,刀妹居然光速扔出一道比翼双刃,稳稳地眩晕中了阿卡丽,再度标记! 刀妹再次冲脸,进塔收下了阿卡丽的人头,然后再摸着皇子脸上的标记突了回来!

此时,小新已经和皇子换了一波血,双方的血量都不健康,而刀妹突回来瞬间让皇子的血量又降了一截!

"能杀能杀能杀！"俞苑苑追着皇子A，寡妇计算着皇子的血量，眼看终于皇子血量降到了30%，闪现上去开了大！

最终收下皇子的人头！

但与此同时，刀妹也被皇子临终前的一下带走。

两人几乎是同时躺下，寡妇在皇子身边晃了两下，没忍住，头上冒了一个点赞手。

"一换二不亏——等等，你干吗？"俞苑苑刚说完，就看到了小新的动作，"你踩到我的尸体了你知道吗？"

小新小心翼翼地往旁边移了两步，重新点了个赞。

观众视角看起来，就像是小新扭着身体来了两个赞，回敬第一局的时候千珏的点赞手。

这一波以后，AM的优势终于彻底被拉大，上中下野每个人手里都握了人头，只有布隆和刀妹各丢了一个人头。趁着皇子复活CD，寡妇刷了一条火龙，直接反过来压了皇子一级。

这下AM彻底起来了，战局从第十三分钟起，又进入了AM最喜欢的节奏。

第十四分钟，BBG上下路换线，俞苑苑毫不犹豫开始往龙坑走："BBG换线了，肯定是准备开峡谷先锋了。"

大家都知道BBG的这个惯用套路。小新已经在路上，刚刚回家的锐雯直接开始TP往龙坑赶，而小新和布隆已经率先一步到了龙坑，果然看到了皇子和加里奥！

小新毫不犹豫地将技能交在皇子身上，三段Q全部稳稳打中皇子。皇子插旗向加里奥的方向跳过去，加里奥带着皇子回撤两步，突然开着嘲讽闪现前跳，直接嘲讽了小新和布隆两个人！而杰斯也已经从上路赶到了草里，正好面对面遇见了TP下来的锐雯！

但这时，雪饼的薇恩也已经从野区赶了过来！

只见薇恩点中了爆裂果实，从墙后直接跳进了锐雯身后的草里，布隆等嘲讽一过，迅速开盾，薇恩用Q位移了一小段，躲到他身后，对着加里奥一顿点，而小新在旁边也对准了加里奥，两个人配合输出收下团战的第一个人头！

锐雯和杰斯从草里打到了草外，光速QA的锐雯和杰斯都是半血，眼看加里奥被收掉，BBG瞬间变成三打四。杰斯配合着大部队想要后撤，刚走了两步，收下加里奥人头的薇恩转身就把杰斯直接钉在了墙上！

杰斯的屏幕黑得很快，而皇子、卡莎和终于赶到的阿卡丽继续后撤。观众们却惊讶发现，刀妹偷偷绕了后，静静地蹲在他们撤退路线的草里！

撤退三人组刚刚感觉到什么，准备散开队形，刀妹的大从天而降！Q中三个人的刀妹穿梭在刀锋之间，身形快如残影。残血的皇子第一个倒下，没有闪现的卡莎根本顶不住刀妹的输出。薇恩及时赶到，站在后方又对着阿卡丽补了一波伤害，刀妹最后一次在卡莎和阿卡丽之间穿梭后，同时收下了卡莎和阿卡丽两个人头！

Triple kill!（三杀！）

Killing spree!（大杀特杀！）

打完这一波，俞苑苑按下回城，自己的手也悄悄离开键盘，在衣服下摆擦了擦手上的汗，深沉道："让他们来吧，这片土地，将是他们的坟墓。"

雪饼勾了勾嘴角，会意地压低声线："让我们来猎杀那些陷入黑暗中的人吧。"

观众席简直已经陷入了疯狂，全场疯喊着纳命和AM的名字，尖叫声不绝于耳，但大家又特别懂事。场控才站起来，大家的声音就下去了，生怕影响到场上队员们的发挥。

"赛前的阵容分析现在终于可以反过来说了。"阿莫的声音有点沙哑——是刚才声嘶力竭的解说中喊哑的——却依然不减激动，"杰斯在上路并没有打出优势，寡妇在六级以后稳压了皇子一头——天哪，我居然能够见到Vision被稳压的一天，而被阿卡丽克制的刀妹已经拿到了五个人头，肥到流油。至于薇恩，破败、羊刀、水银鞋在手的薇恩现在有多强，我相信BBG不愿了解。这一局真的，AM打得是丝毫不讲道理。"

"话说回来，我们也非常乐于看到这样的毫不讲理。"西林哈哈一笑，"现在是比赛第十五分钟，BBG已经落后AM八千经济。说实话，AM拿出这个阵容的时候，我们心里都是带了疑惑的。但是这一刻，我相信所有人心中都知道，AM确实是拿出了他们最强、最好的状态！"

前期打成这样，BBG却依然没有乱，这是多次世界赛培养出来的心态。但是AM拿到前中期优势后，进攻节奏比他们想象中更快，峡谷先锋连着撞掉了中路一二塔，而小新趁机将上路塔也直接推到了高地！

打到这个地步，大家心里其实都隐约期待着一个结局了，但是毕竟对面是BBG，一个诞生了无数奇迹的团队，大家都害怕自己毒奶一口，让BBG出现奇迹团战，让战局变换优劣势。

第二十一分钟的时候，小新走向了龙坑，其他四人也开始向大龙靠拢。观众们的心都提到了嗓子眼——从OB视角，他们可以清楚地看到Vision早就在龙坑插了眼，而BBG显然也知道这个大龙就是他们最后翻盘的机会，也在向龙坑走去！

自古以来龙坑就是最容易出奇迹团战的地方！

小新毫不犹豫地开了龙！

牛肉酱蹲在河道中间的草里，其他四个人都在拼命点龙。BBG 的几个人都站在了龙坑后面的草里，显然是准备等血线抢龙！

两千五百血，加里奥第一个开大跳进了龙坑，大起了四个人，牛肉酱站在草里岿然不动。

一千五百血，阿卡丽和卡莎进场。卡莎刚刚落地就被等在一边的薇恩钉在了墙上，牛肉酱依然不动——而锐雯站在墙边，两刀收掉了卡莎的人头！

一千血，皇子的旗终于插了下来，而牛肉酱也终于开始向前奔跑，在皇子落地的同一瞬间闪现进龙坑对着皇子开了大！

皇子的脚尖刚刚点地，就被布隆的大砸上了天！

与此同时，一道惩戒之光闪过，小新拿下了大龙！

皇子闪现想走，已经来不及了，锐雯的光速 QA 已经在他身上打满了伤害。杰斯从龙坑侧面绕出来接应剩下的三个人，但才刚刚绕上来，皇子的人头已经被锐雯收下！

Double kill!

阿卡丽放了烟雾，对准了刀妹输出。稍后的杰斯更是对着刀妹一顿点，很快就将刀妹点残，刀妹还没来得及放出大招就直接倒下。烟雾散去，锐雯的 Q 冷却 CD 已过，三段断剑强力斩下。第三剑还没落地，和刀妹换了血的阿卡丽就已经倒下！

Triple kill!

加里奥开了嘲讽，想要掩护杰斯离开，但因为被布隆 Q 中减速，所以嘲讽被锐雯灵巧避开！

两个人继续往前逃，锐雯闪现加 E 凑近两人，W 震慑住两个人继续平 A，丝血的两个人还想走，锐雯还捏着一个大，稳稳地向着他们的背影甩出了疾风斩！

Quadra kill!（四杀！）

两秒后，又一道声响了起来。

Penta kill!（五杀！）

ACED!

"Nice! 奥哥 Nice！"俞苑苑第一个尖叫起来，"Nice！"

"奥哥天秀！"小新惊呆了，"Penta!!! 五杀奥哥！ Nice！"

雪饼和俞苑苑的声音几乎炸翻耳机。

一片尖叫声中，奥利奥淡淡一笑："刀剑无眼也无心，和我一起，让宇宙臣服。"

刚刚他听到俞苑苑和雪饼秀台词的时候已经憋了半天了，这会儿终于有机会了！

无形装相，最为致命。

第二十五分钟，AM 带着大龙 buff，登上了 BBG 的高地，破掉门牙塔。BBG 全员想要打最后的一波团，但无奈带着大龙 buff 的小兵拆水晶速度太快，AM 四个人顶住 BBG 的攻击，而雪饼一直躲在后面狂点水晶。

"十八天假期！"牛肉酱举着盾，死死地挡在最前面，气壮山河。

水晶的血线越来越少，小新和雪饼都嘶吼着"冠军"，而奥利奥和俞苑苑则是紧绷着脸，一点都不敢松懈，直到水晶爆掉的一刹那！

全场响起了几乎能够掀翻整个会场场顶的欢呼声，牛肉酱大喊着"赢了！我们赢了"，跳起来抱住了还坐在椅子上的雪饼，小新直接站起身来振臂高呼，而奥利奥沉默半晌，突然抬手捂住了脸——向来高冷的辫子男孩，居然在这一刻痛哭出声。

"我们——是——冠军！"阿莫和西林喊哑了嗓子，两个油腻的大老爷们在直播间原地跳起来抱在了一起，而一直守在电视机前的观众们更是在半夜吼出声，然后一把捂住了自己的嘴，将自己的一腔激情都憋在了胸腔里，免得扰民。

弹幕更是直接刷爆了。

AM！！！我们是——冠军！！！

AM！！！冠军！！！

楚嘉年带着 AM 的队医和后勤工作人员一起跑上舞台的时候，俞苑苑还愣愣地坐在那儿，手里还握着鼠标，直到楚嘉年一把将她从椅子上拉起来，紧紧地抱在了怀里，她才反应过来，眼角也沁出了泪珠："楚嘉年，我们赢了！我们是冠军！我答应你的奖杯，我拿到了！"

她的声音从小声到哽咽："我做到了，楚嘉年，我们是冠军！我……我们赢了！"

她语无伦次，说话颠三倒四，其他几个人也好不到哪儿去，都是又哭又笑，最后抱在一起。

整个展馆都燃起了火花特效，无数金箔和彩花从舞台上方撒下来，全场的大屏幕上都放着 AM 的巨大队标。大家擦擦眼泪，去和战斗到最后一刻的 BBG 战队握手，向这个值得尊敬的对手致以敬意。

然后，五个人一同回到了舞台中间，向着台下鞠了一个长达一分钟的躬。

　　MSI 的冠军奖杯从舞台下方旋转升起，最后停在了五个人面前，大家对视一眼，一起走上前去。

　　"等等。"奥利奥和俞苑苑突然同时出声，两人对视一眼，在一片惊呼中一起转身，将楚嘉年、AM 全体教练组和两名替补一起从侧面拉到了奖杯面前！

　　这份荣誉，当由大家共享！

　　"三、二、一。"俞苑苑大声喊着口号，所有人一起举起了奖杯！

　　奖杯被举高的瞬间，全场所有的灯光同时亮起，伴随着无数的快门咔嚓声和声浪，所有人都能看到台上众人脸上的笑容和泪水。

　　他们做到了。

　　从可乐离开、俞苑苑临危受命开始，他们就一直处于舆论旋涡。无论是对 MSI 前临时换人、对整支队伍太过年轻缺乏世界赛经验的质疑，还是对俞苑苑的性别和实力的怀疑，都一直沉甸甸地压在所有选手身上。直到这一刻，他们终于用实力证明了自己，终于抱起了这个众人梦寐以求的奖杯。

　　回到后台的几个人刚刚喝了一口水，就重新回到了舞台上，主持人和翻译都已经站在那儿等着他们了。

　　刚才举起奖杯的时候，俞苑苑个子太矮够不着，所以到了后台，为了补偿她，奖杯就再也没离开过她的手，这会儿回到舞台，不知道是忘了还是故意的，她手里还拿着奖杯——准确来说是扛着，因为奖杯有点大。

　　主持人挑了大家最关注的几个问题："首先恭喜 AM 战队拿下 MSI 的冠军，请问大家现在的心情是怎样的？"

　　上场前每个人的手里都被塞了一个话筒，大家依然按照惯常队形站成一排，上单奥利奥距离主持人最近，所以他第一个回答。他张了张嘴，却突然红了眼圈："我今年二十二岁了，打了五六年职业，才拿到一个春季赛的冠军，今天能摸到 MSI 的奖杯，我……"

　　他哽咽，刚刚压下去的眼眶湿意又涌了上来，他猛地侧过身，不想让观众看到这一幕，站在他旁边的小新抬起手，拍了拍他的肩膀，全场都响起了雷动般的掌声。奥利奥吸了吸鼻子，还准备再说什么，就听到了一个熟悉的声音从观众席前排传到了他的耳朵里！

　　"刘君伟！你真棒！"

　　他愣了愣，不可置信地转回头，顺着声音将目光投向了台下，准确地在乌泱泱的人群中看到了高挑的少女。少女高高地举着写着"奥利奥世界第一"的灯牌，眼妆都已经哭花了，嘴角的弧度却很大。

是蔺瓶子。

奥利奥觉得自己在夺冠的那一刻心跳都没有此刻这般急促，他深吸一口气，举起话筒，继续说了下去："除了感谢我的队友们，感谢俱乐部的教练、医生和后勤们，我还有一句话想说。这句话很私人，但是除了现在，我想不到还有什么时候更适合说。"

他深吸了一口气，将目光锁定那个站在前排的女生。

"蔺瓶子，五年前说的话我做到了，我拿到了冠军，你还愿意重新爱我一次吗？"

# ✦第十二章

永远热血沸腾，永远热泪盈眶

//

QING BEN XIA GU SHAO NV

没有人知道，当年信誓旦旦地撂话"电子竞技没有爱情"的人，其实在这句话后面还有另外一句：

"等我拿到世界赛的冠军，我再回来找你。"

他不知哪里来的信心，觉得蔺瓶子就是会等他，而蔺瓶子觉得自己也是真的被猪油蒙了心，这几年间不知拒绝了多少追求者，真的等了。

蔺瓶子从听到"英雄联盟"这四个字就觉得这是抢了自己男朋友的情敌，到后来自己也成了一名峡谷召唤师，沉迷游戏，甚至开始开直播打游戏。

游戏真是好玩啊。

好玩到她突然有点理解当年刘君伟为什么会毅然决然地抛弃她追梦而去。而她虽然嘴上骂他，但还是没忍住关注着他的动态。她看到他在青训营中被LDM选中，看到他在LDM战队坐冷板凳，看到他进入AM，看到他正式出现在赛场上，看到他拿到春季赛的冠军……再到今日。

她等到了。

导播室也终于意识到了问题，将镜头切到了哭到花妆的蔺瓶子，她哭得稀里哗啦，捂着嘴，使劲点着头。

猝不及防吃了一嘴狗粮，还是这么丰盛的狗粮，小新默默收回了自己安慰奥利奥的手，想要抱紧孤单的自己。而俞苑苑则是盯着大屏幕上蔺瓶子的脸——蔺瓶子肯定已经用了防脱水的睫毛膏和眼线，但是耐不住她哭得太厉害，还不经意用手擦了一下，黑色微微晕染到了眼下和眼尾，一片狼藉。

这场比赛之后，奥利奥选手的关注度肯定会直线上升，而被奥利奥当众告白的蔺瓶子……此时这一幕肯定会被网友们反复播放。

虽说是直播不开美颜的糙汉瓶瓶子，但是蔺瓶子第一次在奥利奥的粉丝面前露脸就是这个形象，肯定是她一辈子的黑历史无疑了。

主持人及时拉回了现场气氛，大家安静下来，镜头也重新移回了台上。小新开口道："说实话我今天被压得挺惨的，如果不是兄弟们的支持，我可能已经崩了。这不是一个人的游戏，这是一个团队共同努力的结果。荣誉的背后是日复一日的刻苦和不懈怠，我希望我们能保持现在的状态，争取以后能拿到更多的奖杯。很高兴能有与BBG战队交手的机会，他们是非常值得尊敬的对手，希望以后能有更多机会和Vision互相切磋。"

说完这句话，小新自己都有点恍惚，他竟然有朝一日，能够说出可以和站在世界顶点的那个V神互相切磋的话。台下没有一个人觉得他自不量力，而是纷纷喊起了他的名字，为他加油呐喊。

轮到俞苑苑了，她还没开口，台下就是一整片的欢呼。她心绪澎湃，本来打算和小新一样正正经经地说几句什么，没想到一开口就变了："其实今天我本来觉得自己已经有点carry了，万万没想到奥哥居然拿了五杀。"

台下一片笑声，连奥利奥都笑了，她环视了观众一圈，又开口道："这是AM战队拿的第一个世界赛奖杯，也是我加入AM战队以来第一次登上领奖台，在接下来的比赛中我们会继续努力，希望能圆一个梦！感谢我父母对我的支持，感谢AM战队的所有人，感谢《英雄联盟》这个游戏，感谢'拳头'公司，也感谢职业联赛的存在，让我们拥有一个精彩而无悔的青春，召唤师峡谷会记得所有在这里挥洒过汗水与泪水的人。"

她意有所指，观众们也全部都听懂了，有粉丝在台下尖叫："等一套LPL皮肤！"

"等一个大满贯！"

等翻译译完，轮到雪饼，他沉吟片刻："我其实也想五杀，无奈队友实在是太优秀了，不给我秀起来的机会。"

等到大家笑完，他继续说道："谢谢牛肉酱做我的辅助，谢谢队友们给了我一个很好的输出环境，我们的路还很长，请大家继续支持我们！"

牛肉酱从碰到奖杯的那一刻起，眼泪就一直擦不完，奥利奥说话的时候他在擦眼泪，俞苑苑说话的时候他在笑着擦眼泪，轮到雪饼的时候，他好不容易好了一点，结果被雪饼一句话又带出来了眼泪，他感觉自己快要擦不完了，举起话筒，一不小心，先拖了一声哭腔，吓得他赶快捂住了嘴。

台下一片善意的掌声和笑声，粉丝们喊起了口号，牛肉酱平复了一下情绪，吸了吸鼻涕："拿到这个冠军真的特别激动。能在 AM 战队打比赛是我最快乐的事情，我……我也谢谢雪饼对我的信任，谢谢大家支持我们，我们接下来都会更加努力的！"

作为一个辅助，能够被自己的 ADC 肯定，这是最值得骄傲的事情了。

主持人问出了第二个问题："最后快要打爆水晶的时候，请问队内的大家都在说什么？"

问题一出来，大家都笑了。小新举起话筒："我们就是在喊冠军、一波、赢了什么的。然后牛肉酱比较真实，他喊的是十八天假期，因为年哥说如果这场我们能赢，就把我们的假期从十五天延长到十八天。"

粉丝：？？？喊冠军和一波我们都能理解。十八天假期？ AM 这是多渴望假期？？？

牛肉酱有点脸红："这段时间的训练确实比较辛苦，十八天假期真的很能激励人，我也没多想，就喊出来了。"

台下和弹幕都一片哄笑，从这一天起，牛肉酱多了一个名叫"十八酱"的外号。

主持人看了一眼题板，继续问道："第一局输了以后，大家的心态有没有受到影响，是怎么调整的呢？"

俞苑苑："其实赛前大家都挺紧张的，毕竟我们都是第一次进世界赛的决赛嘛。然后年哥就劝了劝我们，意思是说，就当第一局已经输了，第一局找到手感最重要，反正有五局。我们一听有道理，也没想到就真的输了，但是可能之前有了这种前提假设的预防针，所以大家还挺坦然的。之后习惯了，就调整过来了。"

台下一阵笑。年哥这种先压一手的操作可以说很像未卜先知了。

主持人："还有没有什么想说的话？"

奥利奥一开始就真情告白过了，小新、雪饼和牛肉酱也都说过想说的了，只有俞苑苑举起了话筒——她扛着奖杯，快速地向侧后方看了一眼，然后说道："赛前，我对一个人说过，我们要为他拿这个奖杯，现在，我们——拿到了！"

虽然她没有明说，但是网友和观众们心中都隐约有了一个猜测。这个奖杯，不仅仅是为了一个人，更是为整个 LPL 拿到了，所以在她喊出"拿到了"三个字的时候，现场掀起了一片尖叫和呐喊声。

采访终于结束，大家回到后台，开始花式和奖杯合影发微博，而 MVP 数据也终于出来了。

第一局的 MVP 给到了 Vision，第二局和第三局分别给了俞苑苑和雪饼，最后一局毫无疑问，MVP 给到了拿五杀、成了"那个在 MSI 决赛五杀的传说男人"奥利奥。

休息室里，大家终于松了一口气，俞苑苑等大家都拍得差不多了，看大家都瘫在沙发上，这才小步挪到了奖杯旁边，一把将奖杯扛起来，跑到了楚嘉年面前。

她郑重其事地将奖杯交到了他的手里，抬头看向他的眼睛，声音轻快中带着骄傲："楚嘉年，答应你的奖杯，我拿到了。"

她想了想，又补充道："这是第一个奖杯，以后还会有很多很多个的。你当年错过的奖杯，我都会替你拿回来的！"

她眼巴巴地望着他，眼中写满了"夸我"两个字。

楚嘉年含笑看着眼角泛红、眼神却闪亮亮的少女，单手接住奖杯，另一只手扣住了她的后脑勺，将她带向自己怀里，然后侧头吻了下去——他的唇微冷，贴在俞苑苑因为惊讶而微启的唇上，俞苑苑睁大眼睛，只觉得他身上的木香扑面而来，带着一丝撩人的意味，脑中一片空白。

然而她还没来得及感受亲吻到底是什么滋味，身后休息室的门突然开了，做赛后采访的琵弥小姐姐猝不及防地带着直播镜头拍到了这一幕！

琵弥捂住嘴，压住自己胸腔里的尖叫：我总是吃到第一手的瓜！你们羡慕我吗？我都羡慕我自己！

摄像大哥一惊，赶快移开摄像头，但是已经晚了，网友在弹幕上炸开了锅，而还没退场的现场观众里也有很多已经开了直播，这会儿尖叫声已经从外馆传到了休息室！

俞苑苑心里一惊，轻轻推了推楚嘉年的胸膛想要让他松开自己，但是楚嘉年没松手，他直接举起奖杯挡住了俞苑苑的头。

"这个奖励可以吗？"他微微离开她的唇，轻声问道。

"不……"俞苑苑刚刚一个"不"字说出来，嘴又重新被封住了。

俞苑苑浑身僵硬，心里狂跳，半响才反应过来。

等等！

她想说的是"不能更好"，不是不喜欢啊！

等到镜头重新对准俞苑苑的时候，她站在楚嘉年旁边，脸颊和嘴唇都有点红润润的。兴许是知道刚刚那一幕已经传入了全国观众老爷们的眼中，所以她干脆自暴自弃道："我要是说刚刚是 Cain 神在给我传功，你们信吗？"

传功？哈哈哈哈哈哈哈，你看我会相信吗！

啊啊啊啊啊，实锤了实锤了！！！纳命年哥是来真的！！！

啊啊啊啊，半夜请看我现场表演，土拨鼠尖叫！

不是，我老婆怎么这么快就脱单了？？？这不科学！！！

楚嘉年笑着看了她一眼，干脆利索地将她拉到了身边，笑着冲镜头打了个招呼："大家好，事情就是你们看到的那样。"

Cain 神的笑容好温柔，我酸了。

我纳命爷的笑容带了娇羞，我酸了！

所以纳命爷在台上那句话是对 Cain 神说的吗！！！

我……我突然想到了赛前的宣传片，所以说 Cain 神这是将衣钵传承给了自己的女朋友吗？

早就感觉到了！！！祝福！

Cain 神监督纳命爷重开直播，我就站你们！

芭弥清了清嗓子，无缝接入话题："身为吃瓜群众，我表示这个瓜真的很好吃。祝福 Cain 神和纳命爷，也祝愿纳命爷早日成神！让我们先来采访一下拿到 MVP 的奥利奥选手……"

芭弥发誓，这可能是她经历过的最有料、信息量最大的 LPL 赛后采访了。

因为镜头刚刚转向奥利奥，就看到奥利奥一个健步飞奔而去，身形化作了一道残影。

观众：奥哥这是穿了五速鞋吗？

镜头斜斜扫过了站在休息室门口的少女，正是刚刚在大屏幕上出现过的蔺瓶子。芭弥在心底叹了口气，再次清了清嗓子，拉回观众老爷们的注意力："很显然，奥利奥选手奔向了他的绝美爱情。那么，我们只好将镜头对准——"

牛肉酱主动跳了上来，笑眯眯地挡住了镜头，给观众们打了个招呼："全世界的观众老爷们大家好！我是你们可爱的酱酱！我今天的表现你们还满意吗？"

芭弥："……"

明明知道他是在为自己救场，但是芭弥心里怪怪的。

就是那种能够奇异地理解观众们嫌弃他挡住镜头而不能好好儿吃瓜了的感觉。

最后，采访以雪饼、牛肉酱和小新亲切礼貌的笑容结束，观众老爷们表示自己真的一点儿都没从这三个人脸上看到半点酸意，真的没有，就和自己照镜子的时候一模一样，坦然又温和。

琶弥走了以后，大家收拾好了外设包，准备去坐大巴车回酒店。毕竟这里是欧洲，赛方基本上不会专门安排散场后的疏散工作，所以如果粉丝们提前去后门蹲点的话，是会有很大概率可以近距离接触到自己喜欢的选手们的，这也成了欧洲场的一个不成文的惯例。

对此大家早就有所耳闻，是以都做好了从后门出来以后会被粉丝围住要签名的准备，心中甚至隐约有点期待自己在拿了冠军后粉丝们的欢呼，结果没想到他们一路走去，竟然静悄悄的，一个人都没有。

"不是吧，我们的热度这么快就消散了？"牛肉酱有点惊讶，"我笔都准备好了，就让我体会'凉风有信'？"

"思娇的情绪好比度日如年？"俞苑苑自动接上了后半句，"你思什么娇了？"

牛肉酱被戳穿，小声道："我就是刚刚练了签名，想多让大家见识一下。"

大家一路这样疑惑着往前走，奥利奥和蔺瓶子走在最后面，不知道在说什么。俞苑苑转身偷看了一眼，只见蔺瓶子早就补好了妆，一脸不爽地走在奥利奥前面，奥利奥完全不复平时的高冷，脸上写满了讨好地跟在后面。

她笑着转回头，然后愣住了——她终于明白为什么他们见不到自己的粉丝了！

因为站在他们面前的，是全体队员们的爸爸妈妈。她认出了楚嘉年的妈妈林嫣岚和经常在金融杂志上出现的楚爸爸！多半是因为这个，所以赛方专门做了清场！

大家看到站在大巴车边等着自己的家人，全部都愣住了。

"我是不是眼花了，我好像看到了我妈妈。"牛肉酱喃喃道，"我的天哪，我妈这个省都没出过的人，没想到站在欧式小楼面前还挺洋气。"

"爸？妈？"雪饼呆立在原地。

他们还在发呆，俞苑苑已经第一个冲了上去。

"爸爸妈妈，你们偷偷摸摸来看我比赛了！"到底是女生，在爸爸妈妈面前也没有什么包袱，她直接跳起来搂住了俞父的脖子，然后才想起来自己这个刻板严肃的爸爸最讨厌自己这样蹦蹦跳跳毫不淑女。于是她赶快重新站好，规规矩矩行礼，"父亲大人好！"

俞父："哟，你还晓得要做个人咯？"

俞苑苑：……不是，这话听起来怎么……有点直播间弹幕的风范？

一旁的几个男生也都带着喜悦和几分小别扭走向了自己的父母。二十来岁的男孩子多多少少还没彻底从青春叛逆期走出来，加上父母亲那一代人真正能够理解电竞行业的还是不太多。

比如牛肉酱，他来自单亲家庭，是他的妈妈把他带大的。像许多单亲母亲一样，牛肉酱的妈妈非常好强，望子成龙。万万没想到自己的儿子居然没有如自己想象的一样考上大学——不说北大清华，起码也要考个重点本科——反而初中上完就扭扭捏捏地告诉她，他想去专职打游戏。

牛肉酱的妈妈不是什么非常开明的女人，一听到打游戏就觉得等同于不务正业。在牛肉酱一哭二闹三上吊之后，她勉强同意了，纯粹是因为牛肉酱在打城市网吧赛的时候，就拿到了六千块的月薪。

在三四线的小城市里，六千块的月薪已经算很高了。更何况，牛肉酱彼时还没成年。一方面是认清了牛肉酱确实不是块学习的料，另一方面这每个月的六千块对于他们来说确实不是一个小数字，牛肉酱的妈妈这才答应了他。

但到底还是觉得这个职业不太能说出口。

"你儿子在做什么哦？"

"我儿子……打游戏的。"

"哟，打什么游戏，意思是在家里待业哦？"

"不，年薪几十万，出国打比赛的那种。"

这样的对话，牛肉酱的妈妈不知道和别人进行了多少遍。虽然说出来最后一句话有一种打人家脸的暗戳戳爽意，但她还是有一点回避这个问题。

直到今天。

她第一次走进了自己儿子征战的赛场，第一次感受到了自己儿子站在万人聚焦的赛场中间，听到全场高呼他的名字，她甚至也被那种热烈感染，举着自己儿子的灯牌跟着那群年轻人们大喊加油。

她看着有点别扭，但看着激动的小胖子向自己跑来，眼底还是含了泪水，出口却变成了："宁冉君，你好好儿的名字，怎么就变成牛肉酱了？吃吃吃，一天天就知道吃。"

牛肉酱：……那都是粉丝取的名字！宝宝心里苦，宝宝说不出。

下一刻，他就被拉入了妈妈的怀抱，中年女人向来要强的声音里带着一丝哽咽："可以啊臭小子，出息了，妈妈……真为你高兴。"

第十二章／永远热血沸腾，永远热泪盈眶

牛肉酱抱着身材瘦小、鬓边因为过度操劳而早早地有了白发的女人，刚刚才止住的泪水又喷涌而出："妈……"

旁边的几位父母也都抱着自己的儿子。多年以来因为游戏和职业而产生的一点小小的芥蒂不知不觉间消散而去，他们终于明白了自己的孩子到底在从事着一项怎样的工作，坚持着怎样的梦想。

楚嘉年望着自己的爸妈，也是百感交集。自从上一次出了那样的事故后，楚父和林媪岚都将责任揽在了自己身上——如果不是他们偷偷摸摸地来，如果不是他们住了那么远的酒店，那么自己的儿子就不会出事。

"我们是来看未来儿媳妇比赛的。"林媪岚清了清嗓子，"你可别自作多情了。"

楚嘉年挑了挑眉，看向一边正在和自己爸爸妈妈说话的小姑娘："那你们……看得怎么样？"

他一语双关，意有所指。楚父和林媪岚都是人精，当然明白了他的意思，而林媪岚更是眼睛一亮：上次在机场的时候，其实她一眼就看出了这两个人的不对劲，还打算以后好好撮合一下，没想到进展这么快。

林媪岚用手肘戳了戳楚父："该准备准备了？"

楚父会意，笑着点头，然后拍了拍楚嘉年的肩膀："儿子，祝贺你。"

楚嘉年和楚父对视一笑，这个纵横商场半生的男人眼中有着对自己儿子的认可——他没有被打倒，反而登上了更高的巅峰。

当天晚上的庆功宴就定在了之前林媪岚提到的米其林餐厅。好巧不巧，和俞母曾经来过的确实是同一家。楚父大手笔地提前包了场，香槟和蛋糕也全部到位，整个餐厅都成为 AM 战队夺冠的狂欢之地。爸爸妈妈们打扮得格外正式。

于是当天晚上，大家的微博照片和视频都变成了红酒香槟大蛋糕，华丽的水晶吊灯和繁复的壁画与浮雕吊梭在画面之中。因为隐私问题，父母亲们的脸都被巧妙地避开了，只依稀可见许多女客的身影。

粉丝们一时之间有点蒙。

这都是谁？ AM 战队一夜之间怎么变出来了这么多小姐姐？

天哪，AM 战队后勤全是小姐姐的吗？突然有点担心我纳命爷"AM 一姐"的地位了！

当天晚上大家都有点喝醉，也没看手机，第二天发现的时候，大家都惊了。

小新率先发了微博。

我家母亲大人对于自己被称为小姐姐这件事很满意，请大家再接再厉。

网友们这才恍然。

我的天哪，AM 这是把所有队员们的父母都接去德国看比赛了吗？？这是什么温情战队啊！！！这是年哥的手笔吧？感动！

宇宙金牌经理人年哥！

一人血书求看我婆婆，对，就是年哥的妈妈！

前面那位，年哥的妈妈不是影后林嫣岚吗？自己度娘丰衣足食？

啊啊啊啊，这就见家长了？年哥和纳命不是才公开吗？是不是太快了？

就在粉丝们的热议中，有人突然发现，楚嘉年开微博了。

AM.Cain：分享图片。

大家激动地点开，然后看到了一张俞苑苑坐在飞机上，脸上戴着冲田总悟炯炯有神的大眼睛的眼罩，歪着身子睡觉的照片。

网友老爷们：？？？

网友老爷们：……这么秀的吗？考虑过观众朋友们的感受吗？

贴心的楚经理特意为各位队员延长了三四天欧洲的签证。大家难得出一次国，后面还连着假期当然希望能有机会带父母多玩玩，尤其是常年打职业，一年回家的时间除了过年那几天，几乎屈指可数，是以都格外珍惜此刻难得轻松的相处时间。

不放心大家乱跑，楚经理还给他们报了个非常靠谱的旅行团，类似于高档定制十人小团四日三国游一类的，带上了负责任的后勤和翻译，这才放下心来。

小新、牛肉酱和雪饼三家人选择了组团，而奥利奥因为蔺瓶子也在，去也不是，不去也不是，进退维谷。而他的家人很开明地自己报了个一日游的旅行团，在周边随便逛逛，也挺好的。

旅游常有，儿子的女朋友不常有。这点取舍关系，他们还是看得非常透彻的。

俞苑苑叼着一根棒棒糖，看着楚嘉年把大家分别送上大巴车，感慨道："经理人不好当啊，好好儿的 Cain 神，就这么变成了老妈子。"

"那你呢？老妈子的女朋友？"楚嘉年看了她一眼，"这几天你想怎么安排？"

提到这个，俞苑苑叹了口气："男朋友，你是不是已经忘了，我还是在校大学生。"

还能怎么安排，她现在只能马不停蹄地赶回学校补课写作业去了。这都五月底了，还有一个月就要期末考了，也不知道这段时间她奋起直追还有没有希望补回落下的课程。

楚嘉年愣了愣，学校离他已经有点遥远了，他突然有点怀念自己当年在学校的生活，于是突发奇想道："要我陪你去上课吗？"

俞苑苑愣了愣，然后一言难尽地看向他，心想他这是受了什么刺激想要好好学习？那自己是应该好好儿带他感受一下大学气氛，于是故作雀跃道："好呀好呀，我们学校食堂还挺好吃的，老师讲得也不错，欢迎你来旁听。"

回想一下，自己的男朋友其实应该只有高中学历吧？十几岁就出来打职业了，也怪不容易的，自己要体谅人家对于学堂的向往！

对于楚嘉年第一次见面的时候所说的码农专业毕业的事情，她早就忽略了。

什么码农？QWER 连招的码农吗？

楚嘉年并不知道她这一会儿脑子里已经转过了这么多剧情，话锋一转："对了，夏季赛开始之前，你要考虑一下重新开直播的事情吗？"

按照目前 LPL 战队的一致风格，几乎每支队伍都和各种直播平台签了合同。队员除了拿战队开出的工资，还能从平台再拿一份工资，除此之外还有各种水友打赏。这样下来，有时候拿到的钱比本职工资还要高一些，直播也可以提高战队知名度和选手个人知名度。直播打游戏也不算是太过耽误训练，反而在水友们的监督下，大家都会努力降低失误，所以战队也很乐意与直播平台合作，甚至有些战队会强制队员签直播合同。

但是事情到了 AM 这边，情况又有一点不太一样，因为狸猫 TV 算是汇盛旗下的直播公司，而 AM 战队也是汇盛占着大股份。换句话说，直播公司和战队真正的金主说白了都是楚嘉年，所以 AM 战队对于直播这件事儿的态度很宽松，不会强制队员们签直播合同。

俞苑苑也是知道这回事儿，战队这边一开始只有小新开了直播，结果他的微博粉丝一夜之间涨了二十万，然后其他几个人全部都眼红了，是以都开了直播，表示自己也想要粉丝。她犹豫了一下："每个月要直播多久？休闲播还是有任务的？学校那边我还要去上课，就怕时间调整不过来……"

"没什么任务，一个月四十个小时就可以。"楚嘉年回忆了一下，"应该是最轻松的合同……至于热度，这一点你就更不用担心了。按照你现在的情况，开播那天后台应该要加个班防宕机。"

俞苑苑有点震惊："我已经能搞垮狸猫后台了？"

"准确来说，是后台的码农。"楚嘉年指指自己的鼻子，声音带了几丝笑意，"狸猫的后台是我。不过理论上来说，你想搞垮我也不是不可能。"

俞苑苑沉思片刻："妖姬单挑吗？"

楚嘉年："……"

行吧，电竞少女，他还能说什么。

电竞少女苦哈哈地低头订完机票，顺便看了一眼自己这学期的课表，再翻到学院的大三课程浏览了一下，初步分析了一下时间："四十个小时的话，应该问题不大。用我之前的那个号，还是重开一个？"

"你想重开吗？"

俞苑苑想了想："就还用那个吧，反正大家都已经知道了我的本体，我那个号上面还有两万个粉丝在等我呢！"

于是直播这件事就这么敲定了，初步定在了六一儿童节这天开播，正好是月初，俞苑苑顺手把开播通知挂在了微博上，然后这才发现@自己的人有点多，而且貌似都是在同一条下面。

她好奇地点进去，然后就愣住了，半晌才艰难地开口："楚嘉年。"

楚嘉年刚和狸猫负责人沟通好具体复播事宜："嗯？"

俞苑苑举着手机屏幕戳到了他脸前，上面正是他偷拍的那一张照片。

"麻烦你给我解释一下，这照片是什么意思？"俞苑苑有点咬牙切齿，"如果我没记错，这是你刚刚说完分手的时候，你转头就偷拍我？"

楚嘉年愣了一下，心里有点震惊。

他明明想发的是战队夺冠那天大家举杯的照片啊！怎么把这张发出去了！

关键是发完以后他也没注意，之后也一直没有看手机，现在再删掉显然已经来不及了。

于是，楚嘉年当着俞苑苑的面取出手机，淡定地按下了转发。

AM.Cain：其实我本意不是发这张图片的，手抖了，毕竟我女朋友这么可爱的样子我也不想让你们看见。

然后，他重新发了 AM 战队夺冠的照片，配字：恭喜战队拿下 MSI 冠军。

俞苑苑：？？？

虽然看不懂楚嘉年这种天秀的操作，但心里还是有点小羞涩和小幸福是怎么回事？！

然后，她也说不清自己是手滑还是故意地……点了个赞。

网友顿时发现了这一神互动。

柠檬树下我和你。

我到底是为什么要在这里一边酸，一边觉得好香。

我的关注点在我纳命爷要复播了！！！准时蹲守！

我刚刚发现年哥关注了纳命爷，纳命爷没有回关！这是什么单箭头情况？哈哈哈哈哈。

可能真的是发错了，惹我纳命爷生气了！

楚家和俞家都是经常来欧洲的，俞父俞母看到俞苑苑为了回学校上课而急着赶回去，心里大感满意，当即决定陪女儿一起回去。而楚嘉年想了想，到底还是有点不放心，决定等队里的众人回来以后，安排大家一起走。

没想到楚父让秘书给他买了与俞家同一趟航班的机票："我和你妈还要在这儿玩几天，你跟着苑苑回去吧，队里的小孩子们我给你照顾好。"

于是，楚嘉年也被塞上了去机场的车。

俞苑苑上了车以后总觉得自己忘了什么，一路和俞父俞母聊天都有点心不在焉。还好他们的注意力都在楚嘉年身上，问了好多战队的情况，平时吃什么、怎么休息、怎么训练之类的，楚嘉年一一回答了，还顺便讲了不少趣事，逗得两位家长一路心情都很好。

一直到了机场，俞苑苑才突然想起来。

"完了完了！我把瓶子给忘了！"她手忙脚乱地翻出手机，这才发现自己没有蔺瓶子在欧洲的手机号，她试探性地拨了一个微信电话过去，对面居然秒接了。

"干吗？"蔺瓶子口气有点蔫蔫的。

"你在哪儿？"俞苑苑听到旁边声音有点嘈杂，先问了一句。

"在泡温泉……"蔺瓶子叹了口气，"早知道我先买几件性感的泳衣了，你知道我现在穿的是什么吗？"

俞苑苑愣了一下，心想奥利奥这是对泡温泉有什么执念吗？还是说上次的体验还不够刻骨铭心："什么？"

"连体泳衣，还是迪士尼公主系列的，这应该是个白雪公主吧，躺我胸上，"蔺瓶子边说边翻白眼，"十岁以后我就没穿过连体泳衣了好吗！"

俞苑苑：？？？

不是，电竞直男是对迪士尼公主有什么执念吗？还是说他们进了同一家泳衣店？

她犹豫了一下："我先回国补课去了，你和奥哥……好好玩？"

"玩啥哦，这家伙进了温泉以后就离我五米远，隔着温泉雾气我连他脸都看不清楚。"蔺瓶子气得要命，"老子飞了几千千米过来，就是为了和他隔着五米的距离泡温泉的吗？！他就没有什么话想对我说吗？"

卿本峡谷少女（全二册）

听蔺瓶子的话，他们应该没有去那间全裸温泉，俞苑苑也不打算告诉她有这么一个温泉的存在——谁知道奥利奥是存了什么心思，是不是临时反了这才改道的。

她一路听着蔺瓶子的抱怨，托运行李的时候才挂掉，并且明白了自己的闺蜜并不需要自己的担心，然后她立马发现了一个问题。

楚嘉年怀里抱着的……是奖杯？

俞苑苑陷入了沉思。

奖杯托运八成会受到碰撞吧？

怀着这样的想法，她坚决将奖杯夺了过来，试图抱在怀里混过安检。

楚嘉年眼睁睁地看着她义无反顾地抱着奖杯冲向了安检口。

结果，安检的小哥哥看着奖杯上的 League of Legends 和 MID-SEASON INVITATIONAL CHAMPION 的字样，反复看了看俞苑苑的脸和奖杯几眼，然后试探着问了一声："AM，Naming？"

俞苑苑点了点头。

小伙子有点激动，叽里呱啦地说了半天，大意就是他看了所有比赛，觉得她打得很好很棒，并且非常喜欢她这个选手，希望她以后继续加油努力！然后找出本子和笔求她签名。

俞苑苑唰唰唰签了名，还大方地让他摸了摸奖杯，合了影，心想这可稳了，这人也是 LOL 粉，肯定会给我开后门让我带着奖杯上飞机！

结果下一秒，对方就指了指奖杯，摇了摇手指。

俞苑苑：……那我给你签个什么名哦！

俞苑苑抱着奖杯垂头丧气地出来，俞父、俞母和楚嘉年还等在原地，显然是已经料到了她的失败。

俞苑苑叹了口气，站在楚嘉年面前，仰起头，眼神中充满了希冀："楚哥哥，你家里有私人飞机吗？奖杯说它不想被托运，不想一个人在漆黑的机舱里度过十几个小时的时光。它是奖杯，它想闪闪发光！"

他说什么来着，平时年哥、楚嘉年、Cain 神换着喊，有求于他的时候就变成了楚哥哥！

俞父被惊到，瞬间忘记了自己之前对楚嘉年的欣赏：……我女儿叫别人家的儿子哥哥了？这小子真是越看越不顺眼！他哪点配当苑苑的哥哥？

俞母激动地捂住心口：天哪！好酥（软）！我苑苑这一声哥哥，我的心都要化了，更别说楚嘉年了！看看小伙子那个表情，那个眼神，啧啧啧！

奖杯：？？？

冲着这一声楚哥哥，楚家的私人飞机在一小时四十分钟以后准时等在了法兰克福机场的一个僻静的小角落里。俞苑苑心满意足地抱着奖杯上了飞机，把它摆在了座位上，还贴心地给它系上了安全带。

楚嘉年这边刚给俞父和俞母倒了杯葡萄酒端出来，就看到这一幕，心里奇异地升起了一丝对奖杯的羡慕。

俞父是文人，端起酒晃了晃杯子，微微抿了一口，诗兴大发，正准备来两句，就发现坐在自己对面的女儿已经歪着头睡着了。

这些天连续打比赛，俞苑苑是真的累得够呛，才坐下就感觉到一阵困意，还没来得及说一声，就直接睡着了。

楚嘉年冲着俞父、俞母笑了笑，轻声道："我带她去里面的卧室休息。"

然后，他俯身横抱起俞苑苑，径直向后面的卧室走去。

俞父心里一惊，连酒都端不稳了，他等楚嘉年进了卧室门，立马把酒杯塞进俞母手里，霍然起身，蹑手蹑脚地跟了上去。

这也太快了吧，他的亲女儿才刚刚成年啊，还是在他怀里撒娇的小乖乖啊！

他小心翼翼地躲在门外，看着楚嘉年轻柔地将俞苑苑放下，帮她脱了鞋，然后盖好被子，最后注视了小姑娘的睡颜一会儿，在她额头上轻轻亲了一下。

俞父的心脏突然收缩了一下，连拳头都握紧了！

还好楚嘉年很快就直起身来，顿了顿，他才转过身。

等他拉好卧室门回来的时候，俞父已经重新坐在了沙发上，晃着手里的葡萄酒，仿佛什么事都没发生过。

楚嘉年其实也很累了，这段时间他经手的事情比往常都还要多，从前任中单可乐退队的事情到现在，他就没好好地睡过一个完整的觉，但是俞父和俞母在这里，他肯定还是要强撑着精神陪着两位长辈的。

到底还是俞母体贴，看出来他精神不振，主动提议道："飞机还有八九个小时才能落地，不然我们也去休息一下？"

楚嘉年带他们去了主卧，这架私人飞机不算是非常大型的，只有两间卧室，所以他让管家给找了床被子和枕头，在外间的沙发上随便一躺，几乎是头刚刚挨到枕头他就直接睡着了。

私人飞机的管家是楚家的老人了，看着楚嘉年这样躺下就睡着，有点感慨。

当年的那个不换睡衣、没有指定牌子的床垫被褥就不睡的锦衣玉食小公子，如今已经这么大了，早已没了当年的那些娇气。

管家看了一眼酒柜的玻璃上倒映出来的自己的身影，笑着摇了摇头，他也已经变成了眼角有皱纹的中年大叔啦。

飞机冲入云霄，在云海之上平稳地穿梭，跨越了整个欧亚大陆，最后稳稳地降落在了机场。

俞父和俞母早就醒来了，结果一出卧室门，就看到了已经醒来多时正襟危坐的楚嘉年，和……睡眼惺忪毫无形象地瘫在楚嘉年身上继续睡的俞苑苑。自家女儿的嘴角处疑似还有一丝亮晶晶的液体挂在了楚嘉年的胸口上。

俞父一个箭步上前，将俞苑苑扶正，然后带着几丝歉意地看向楚嘉年："她从小睡相就不太好，让你见笑了。"

楚嘉年微一笑："没关系，在队里训练的时候经常见到。"

俞父：？？？

什么意思？！

俞苑苑难道不是白天在队里训练，晚上回学校睡的吗？！为什么会经常见到？到底是睡在战队了，还是别有深意？

俞父内心踌躇半晌，试探着问了一句："队里的住宿条件好吗？"

楚嘉年并不清楚俞父不知道俞苑苑住基地的事情，点点头，认真解释道："队里把最好的那间单间给了苑苑，里面的一应布置都是家母经手的，伯父请放心。"

果然是住在队里了，听到是单间，又听到林嫣岚也插手了，俞父悄悄松了一口气，脸色这才好看了一点："嗯，很好。苑苑承蒙你照顾了。"

楚嘉年正准备说什么，俞苑苑睡着睡着又一头歪了下来，直接砸在了他肩膀上，他稍微侧了侧身子，让俞苑苑靠得更舒服一点，然后抬手摸了摸俞苑苑的头发，笑了笑："这都是我应该做的。"

这下俞父没法儿再上前去把俞苑苑捞起来了，半晌，他又忍不住问道："你们那儿……可以参观吗？"

"爸，你要参观什么？基地吗？"飞机落地的颠簸让俞苑苑终于回过了一点神，正好听见了最后一句话，她揉了揉眼睛，"说起来你们还没去过基地吧，要不要改天去看看？"

俞父心里求之不得，表面上还要故作矜持地推辞："方便让外人参观吗？"

俞苑苑看到他的样子就知道他心里的想法，故意道："一般来说是不让的。但是这条对于队伍的中坚力量、不可或缺战力俞苑苑小朋友伟大的父亲来说，都不存在的。因为父亲大人——不是外人。"

俞父心中满意，更加矜持地点了点头："那就选个好日子，我和你妈妈上门拜访。"

楚嘉年用喝水来掩饰自己脸上快要收不住的笑意，他终于知道俞苑苑之前披着马甲直播的时候用的腔调是从哪里来的了，这一家人说起话来都这么端着的吗？

真的是和楚家完全不一样的氛围，难怪会教出这么有趣的小姑娘。

飞机抵达机场时，正好是国内的早晨。楚嘉年早早就叫了司机，一辆送俞父俞母，另一辆送俞苑苑去学校。俞苑苑打着哈欠，拿着气垫粉底液的粉扑在脸上扑扑打打，硬是在车上给自己化了个淡妆。

楚嘉年坐在她旁边，有点好笑地看着她："上个课有这么重要吗？"

俞苑苑白他一眼，这个家伙明明也很劳累，熬夜成常态，还爱吃辣，但是皮肤一点都没受到影响，还是那么细腻。而她倒了个时差，额头就冒了两颗痘，再不遮一遮，简直都不敢和他走在一起："年哥啊，你不懂现在大学生里玩 LOL 的人有多少，我这个冠军一进校门，那可是要引起全校轰动的。就让你的俞姐姐带你见识一下什么叫千人高呼、万人膜拜的大场面！"

楚嘉年失笑，乖巧道："好的，俞姐姐。"

车抵达传媒大学校门口，两人下了车，并肩往学校里走去。

俞苑苑微微昂着头，表情高冷，嘴里却在小声地碎碎念："天哪，他们认出我怎么办？我要不要答应他们签名的请求？还是高冷拒绝？拒绝的话会不会被录下来成为我的黑料？我黑料已经很多了，不能再多这一个。天啦，我好纠结！真是人越出名烦恼越多！"

楚嘉年：……说好的千人高呼、万人膜拜的大场面呢，俞姐姐？

也许是谁都不会想到拿了 MSI 冠军的俞苑苑会转身就回学校补课，加上这会儿实在太早了，这么早就已经出宿舍的学生多半都是不玩游戏的学霸，最多被楚嘉年过于出众的外表吸引两眼目光，没有更多的表示了。

于是俞苑苑在回宿舍楼取书的这一路上，都没有被人认出来。

舍友们和她不是一个班的，也没有这么早的课，目前都还没醒来。她蹑手蹑脚地进了宿舍，拿了书就轻轻关了门，谁也没吵醒。

到教学楼的路上，大家行色匆匆，根本没人多看她一眼。

俞苑苑深觉自己被打脸，小声疑惑道："不应该啊，怎么就没人认出我来呢？是我的脸长得不够标志性吗？我是不是应该先发个微博提示一下大家我要来上课了？是我穿了隐形衣吗？楚嘉年，你来试试，你看能不能直接从我身上穿过去。"

楚嘉年叹了口气："俞苑苑还没火起来，就已经过气了。"

俞苑苑："……你是我哥哥，我不当姐姐了，我错了还不行吗？"

两人就这么到了教室门口。

这是一节大课，专业性很强的那种，老师讲得好不说，人还很帅，所以他的课几乎是座无虚席。俞苑苑来得其实已经算早了，距离上课还有二十几分钟，但一推开阶梯教室的门，还是发现整个教室几乎坐满了，甚至连老师都已经站在讲台上，一边整理教学材料，一边和前排的几个学生闲聊。

"哎。"俞苑苑长叹了一口气，"人生真是寂寞如……"

"俞苑苑？"一声男生的尖叫突然响起，"纳命爷来上课了？"

嘈杂的教室瞬间陷入了一片寂静，连老师都停下了手中的动作，转头向她望来。

"Cain 神也来了！"一道女声在一片寂静中炸开。

"……雪啊。"俞苑苑被两道声音吓得一抖，这才把刚刚的话说完。

嘚嘚了一路，这会儿突然被认出来。说好的千人高呼、万人膜拜的大场面即将来临，她反而有点不知所措。

之前做了再多的想象和预案都比不过真实的一刻，昔日的同窗全部都将目光投向了她。那个眼神不像是在看明星，而是像在看英雄。

俞苑苑没来由地一阵紧张，她早就想不起来自己之前准备好的高冷和骄矜了，有点傻地咧嘴笑了笑，露出了一口白牙，抬手给大家摇了摇："嗨，同学们好，我来上课了。"

教室依旧是一片寂静。

半晌，不知是谁先起了个头。

从淅淅沥沥的掌声，和第一声大吼"纳命爷世一中（世界第一中单）！AM 牛啊！Cain 神牛啊"开始，逐渐蔓延到整个教室掌声雷动，连教授都跟着鼓起了掌。隔壁几个教室的人被惊动，有好奇的人过来观望了一眼，顿时惊呆，又不知道谁在群里和校园论坛发了即时消息，原本往其他教学楼走的人，顿时脚步一转，直接向俞苑苑他们所在的教室奔来。

俞苑苑听到整个楼的呼啸和轰动，听着不亚于那天在竞技场上的掌声和赞扬声，眼眶一酸。

这是她站在自己祖国的大地上，第一次接受来自粉丝们的喝彩和加油。这个世界上永远都有批评和指责你的人，但是不能因为这些人，就忘记自己身边还有这么多支持和相信着自己的人。

她吸了吸鼻子，和楚嘉年一起，向着四面八方聚集过来的人群深深地鞠了个躬。

我不厉害，厉害的，是支持着我的你们，是始终相信着我的你们，让我能够在这条我热爱的路上继续坚持，永远热血沸腾，永远热泪盈眶。

言言夫卡 ◎著

卿本峽谷少女

（全二冊）

下

孔學堂書局

# 第十三章
## 陪你度过青葱校园时光

// 
QING BEN XIA GU SHAO NV

　　激动归激动，课还是要按时上的。俞苑苑和楚嘉年找了两个空位坐下的时候，俞苑苑还在低头抹眼泪，等她反应过来自己是带妆的时候，整个人都不好了。

　　前两天才嘲笑完蔺瓶子花妆出镜，风水轮流转，今天就轮到她了！传媒大学这群同学她比谁都清楚，她可以肯定，这会儿她要是打开某音刷不到十个视频应该就能看见自己的脸。

　　她没有猜错，刚刚那一幕的各种视频已经飞速在各大社交媒体流传开来，标题更是五花八门，什么"MSI冠军荣归母校，泪洒讲台""我和纳命爷上同一节课，就问你们羡慕吗""瞧一瞧看一看，纳命爷带Cain神回娘家啦""拿了冠军第三天就来上课了，纳命爷真乃吾辈楷模""今天这节课没有一个人睡觉，你们猜这是为什么"之类都是常规操作，最绝的是竟然还有人偷偷拍着视频，找俞苑苑要游戏好友位的。

　　俞苑苑后桌的吴同学正不动声色地对着他俩拍视频。

　　天真的俞苑苑并没有发现自己前后左右同学们的动静，当她发现自己妆花了以后，她迅速凑近了楚嘉年，从包里重新掏出来气垫和小棉签，整个人缩在了桌子和楚嘉年形成的小角落里，使劲往脸上拍拍拍，想要补救一下自己花成印象派的脸，一边还不忘给楚嘉年叮嘱了一句："别动，给我打个掩护。"

　　镜头里，俞苑苑在楚嘉年的掩护下低着头，不知道在干吗。

　　拍视频的吴同学还小声配了一句旁白：纳命爷这是多饿？

他边说，边轻轻地碰了碰俞苑苑的肩膀。俞苑苑惊恐地抬头：“怎……怎么了？点我名了吗？”

吴同学和俞苑苑一个班，两人大一的时候关系也不错，曾经参与过同一个项目，所以仗着此刻座位上的近水楼台想要先得月：“给个好友位吗，纳命爷？”

俞苑苑没想到居然有人专门来问自己要好友位，一时之间没想起来俱乐部的规定里有没有禁止加好友以防 OB，所以下意识地看向了楚嘉年。

楚嘉年回头看了一眼眉清目秀的男生，微微一笑：“队里有规定，现役队员不能乱加好友，不过……我的好友位要吗？”

吴同学大喜过望，一时之间觉得自己是在做梦，颤颤巍巍地报了自己的 ID，打算回家就跪着加上电竞传奇 Cain 神：“我单排上的钻二，技术应……应该还可以的！”

丝毫没有意识到楚嘉年的笑容有多么意味深长。

俞苑苑有点不高兴，噘了噘嘴，转过身，心想我 Cain 神的好友位也是你这种渣渣能加的吗？

她的情绪被楚嘉年感受到，但楚嘉年却会错了意，以为这是因为他打断了两个人的交流。他眉头一皱，忍不住又用余光打量了一眼这位同学，心想这种扎了耳洞染了头发的白脸小男生现在这么受欢迎吗？

结果一直紧密注意着前排动向的吴同学敏锐地感受到了他的视线，向他热情洋溢地绽开了一个傻里傻气的笑容。

真是辣眼睛。

楚嘉年面无表情地收回视线，下意识地用手摸了摸自己的耳垂，又看了看俞苑苑的耳垂，只见她小巧白皙的耳垂上挂着一枚黑金色空心蝴蝶结的耳坠，珐琅质地的芭蕾舞者垂下来，十分精致好看。

俞苑苑已经在一脸认真地听课了，缺了这么久的课，她感觉自己每个字都能听懂，可组合在一起就是不明白什么意思，所以此刻的她比平时更加认真几分。

而这样认真的神色，楚嘉年不是第一次见了。每当她坐在电脑面前，左手放在键盘上，右手握住鼠标的时候，他都会见到如出一辙的认真表情。

他干脆单手撑住下颌，侧头看向俞苑苑，帮她把耳侧垂落的发丝拨到耳后，使其重新露出少女精致白皙的侧脸。

阳光从窗外打进来，正好给俞苑苑的发丝镀了一层柔软的金色光晕，他眯了眯眼，突然觉得自己面前认真而努力的少女是真的美好而耀眼。

所以当初他怎么会觉得她是虚荣拜金大军的一员呢？

总不能真的因为自己是电竞直男吧？

楚嘉年陷入了深思，而俞苑苑认真起来不管不顾。为了不挂科，她简直心无旁骛，根本没注意到楚嘉年的视线，反而便宜了后桌的吴同学。

这一整节课，吴同学基本上一个字都没听进去，他偷偷戴了一只耳机，手下一刻不停地编辑着视频，很快产出了一系列让人忍不住露出姨妈笑的甜甜小视频。

视频开头是传媒大的混剪，树影婆娑，阳光从叶片的缝隙倾斜下来，一排字幕打在了屏幕上。

陪你度过青葱校园时光。

镜头逐渐聚焦到教学楼的窗户，再穿梭进入教室。教室里英俊的男生掩护偷吃的少女，而少女因为老师的点名而惊慌失措。风从窗外灌入，男孩目光温柔，为少女挽起耳边发丝，正是校园情侣最日常的一幕。

画面散去，又有一行光幕出现。

陪你征战四方，满身尘土。

视频里，少女坐在电脑桌前，男人一身笔挺西装站在她身后，微微俯身和她说着什么，镜头拉远，是世界赛的大舞台。画面迅速闪过，有 BP 环节两人互动的时候，也有无数中单击杀的经典镜头，所有这些画面最后汇聚成了一句话。

也陪你，走上世界巅峰。

字幕猛地散开，随之而来的是 MSI 舞台上被举起的奖杯，再是两人并肩而立，站在教室最前面，在欢呼和沸腾中向着大家深深鞠躬的画面。

视频结束于一首带着浓浓校园风情的回忆杀 BGM，最后一个镜头是楚嘉年举起手里的 MSI 奖杯，挡住了两人亲吻的脸。

围观群众快要看哭了。

天哪，这是什么人才做的视频，爱了爱了！

呜，妈妈我又相信爱情了！我好想谈恋爱！

羡慕现场见证爱情的传媒大学的同学……明天传媒大学一日游有组队的吗？我也想近距离看一眼绝美爱情，求成全。

呜呜呜，我也突然好想谈恋爱，求上天赐给我一个男朋友吧。

俞苑苑下课的时候，楚嘉年已经提前一步在网上看到了这个视频，而俞苑苑则收到了来自舍友群的信息。

舍友 A：苑苑，我们宿舍遭贼了，可能是你的脑残粉。

俞苑苑：啊？天哪！你们没事吧？

舍友B：脑残粉什么都没拿，就把你的课本拿走了。

舍友C：对不起苑苑，我们太没用了，连你的书都没有守住。

俞苑苑：……天哪！太可怕了！你们快告诉宿管，加强防盗！严惩小偷！

她自导自演完，已经忘记了上课时的小小不愉快，准备给楚嘉年讲一下这件事，就看到对方将手机递给了自己，她不解地点开视频，然后……就吃了一嘴自己的狗粮。

其中有很多楚嘉年在她身后的镜头，都是她自己以前不曾见过的，她疑惑道："所以每次你站在我后面都不是偶然？"

……当然不是偶然。楚嘉年不为人知的小心意被戳穿，有点羞恼，但表面还是淡定道："我只是正好站在最中间而已。"

俞苑苑有点沮丧："哦。"

两人默不作声地走了一路，楚嘉年突然说："你要是想给你的同学OB位也无所谓，反正你不是打野，路线也不太用保密。"

俞苑苑："啊？什么同学？"

楚嘉年的表情有点生硬："就刚刚坐我们后面的那位男生，不是你的同学吗？"

俞苑苑不解地看了他半晌，突然明白了什么，她有一点不可置信，又带了几分喜悦："你……难道是吃醋了？"

楚嘉年当然不会承认，只说："我只是不想看到你不高兴。"

"我没有不高兴啊，我……"俞苑苑说到一半，想起来了什么，心情大好，她主动伸手握住了楚嘉年的手，笑眯眯道，"我只是觉得我男神的好友位怎么能给他那种渣渣小饼干。"

楚嘉年反握住她的手，看了她一会儿，感觉心底原本的不舒服仿佛被甜津津的蜂蜜冲淡，了无痕迹，他忍不住俯下身，吻上少女比蜂蜜更加甜美的唇。

因为之前引起了轰动，所以两人特意走了校园里一条僻静的小道，人迹罕至，楚嘉年浅尝后，不愿意辄止，逐渐加深了这个吻。

俞苑苑又感觉到了第一次被亲吻时的那种心跳加速和微微的窒息感，她闭着眼睛，抬手揽住了楚嘉年的脖子，心里却突然想起了刚才那个视频上的话。

走上世界巅峰的路，当是他们彼此互相陪伴。


几天后，战队的其他人还在快乐地放假中，俞苑苑的朋友圈难得从电脑、外卖、"快乐水"、LOL 战绩的电竞状态，变成了山清水秀的度假风。而就在队友们各自躺在海边的沙滩椅上、住在山间的小木屋里、瘫在家里柔软的大床上的时候，俞苑苑叹了口气，稳稳地坐在了基地的电脑前，神思不振。

"我后悔了，我为什么要说自己今天开播……我想过节，我想去迪士尼，我想吃棒棒糖！"俞苑苑哭丧着脸。

楚嘉年早有准备，弯腰从她的抽屉里掏出了一根比她脸还大的彩虹棒棒糖，递到她面前："好好播，儿童节可以补过。"

俞苑苑震惊了，她双手虔诚地接过棒棒糖："你怎么知道女生都想过儿童节的？"

电竞直男也有开窍的一天吗？

楚嘉年微微一笑，打算回头请魏遇吃一顿好的："女生都要过儿童节吗？我只是打着这个借口给你送礼物而已。"

俞苑苑遭到甜蜜暴击，笑弯了眼，顿时觉得直播算什么，播！

狸猫 TV 专门派了一个负责人来和她做了现场沟通，她当年那套变声设备也重新组装了起来，摄像头也为她支好了。大家最后商定的风格是延续当年多变的声线，直播内容则是隔天一换，也就是一天播高分段排位，一天播和之前一样的教学视频，这也是俞苑苑自己坚持的。

因为她始终认为很多女生不是不喜欢打游戏，只是少了一个正确而耐心的教学指南。

而她的直播 ID 在反复地切磋和协商后，变成了非常魔性的"纳命的芋圆子"。

狸猫 TV 针对她重新开播的广告投放，早在五天前就开始了，几乎所有狸猫用户都知道了她将在六一儿童节的晚上八点开播，大家都准时蹲守在了屏幕面前。

而俞苑苑也深吸了一口气，开始了自己的第一次露真脸直播。

八点，摄像头准时打开，俞苑苑的脸出现在了屏幕上，她略微僵硬地摇了摇胳膊，给大家打了个招呼："哈喽，大家好，我是纳命的芋圆子，你们可以叫我纳命，也可以叫我芋圆，当然也可以叫我 Cain 神的女朋友。"说完，她侧头看向镜头外，眨了眨眼睛，"是吧？"

楚嘉年笑了笑，伸了一只手过来，摸了摸她的头发。

弹幕本来就很沸腾了，虽说这不是俞苑苑第一次直播，但这确实是她作为 MSI 冠军队伍 AM 现役中单的首播，她一开播，热度就一路直线上升，观看人数甚至到了九位数的可怕程度。

这会儿大家本来都在刷"恭祝纳命爷开播"，结果楚嘉年只是露了一只手，弹幕一顿，然后顺势一变，成了"啊啊啊啊啊啊，转一下摄像头啊，Cain 神是不是就在旁边""也太秀了吧"。

俞苑苑一脸泫然欲泣："天哪，开播才一分钟不到，你们就厌倦了我，想要去嗑 Cain 神的颜了吗？"

弹幕"哈哈哈哈"一片，大家正准备安慰她一句，结果一句话还在输入框里没打完，就听到俞苑苑话锋一转：

"我偏不让你们嗑。"

啊啊啊啊，酸了酸了。

不是说队内成员都休假了吗？ Cain 神这是特意来基地陪着纳命爷吗？神仙爱情故事！

今天才看完高甜视频，又来看高甜直播，妈妈我糖分摄入过量了！救命！

难以想象 AM 其他队内成员每天都过着怎样的日子！

这条弹幕刚刚发完，大家就看到直播的屏幕上方滚过了四条狸猫 TV 认证过的金光闪闪弹幕。

AM.Xin 进入直播间

AM.NRJ 进入直播间

AM.Oreo 进入直播间

AM.Xuebing 进入直播间

原来是 AM 的四人组瞅准了点，相约一起来俞苑苑这里助威了。金牌主播都有狸猫 TV 特制的入场屏幕效果和高亮显示，MSI 之后，四个人的人气更是水涨船高，是以四个人一来，本来就数量庞大的围观群众顿时显得更加浩浩荡荡。

服务器一时之间迎来了一点卡顿。如楚嘉年所预料的那样，狸猫 TV 的服务器第一次受到如此严峻的考验，纵使已经让所有程序员都奋斗在加班的第一线了，还是出现了意料之中的宕机。

难得的休假期，AM 战队的群里很热闹，大家都不甘示弱地分享自己最近又去哪里玩儿了，连一向低调不爱发微信的奥利奥都疯狂晒了一拨图，只是和别人的形单影只不一样，他的照片里无一例外地出现了两个人的身影。

当然了，他都是高清无码正面大脸，连毛孔都看得很清楚，而另一个纤细的人影不是背影，就是只有半个侧脸，也就俞苑苑能一眼认出那是蔺瓶子的身影。

队里放假，但还是有人偶尔也会很佛系地开一下直播。

毕竟对于职业玩家来说，两天不打就手痒，而且十八天的假期太长了，如果不摸键盘的话，之后回到基地说不定会迎来一段生不如死的"复健岁月"。反正都是打游戏，顺便开一下直播，还能和网友们聊聊天，趁热度还没散去，多拉拢一点粉丝过来。

比如陪家人在海南度假的小新，专门跑去了网咖开了包厢直播，没想到他被柜台小妹认出来还不自知。据眼尖的观众统计，直播的短短两小时内，柜台小妹起码进来了八次，送水、送瓜子、送零食，能用的招数都用到了，最后一次居然拿了一个新的鼠标进来，问小新要不要换一个称手的新鼠标。

小新正打排位打到白热化，被小妹突然的一声吓了一跳，一个走位失误直接被集火秒掉，气得他一拍桌子："换什么鼠标哦，死都死了！"

说完，他才反应过来旁边是个女生。柜台小妹拿着鼠标目瞪口呆地看着他，半晌，锲而不舍道："不然……你可以在鼠标上给我签个名吗？我……我是你的女友粉！"

"粉丝？"直到此时，小新才反应过来。他看了一眼屏幕，自己还有二十秒才复活，于是抓过马克笔，顺手给她在鼠标上鬼画符般写了几下，然后把鼠标往她手里一塞，诚恳道："别进来了好吗？"

柜台小妹又委屈又高兴地默默关上房门走了，小新长长地松了口气，重新回到直播的时候，看到屏幕上密密麻麻地刷满了三个大字——注孤生。

平时戳心挖肺的三个大字在此刻要赶去抢大龙的小新眼里根本不值一提，赵信提着枪惩戒掉大龙，带着队友们拆了对面的家，小新才反应过来。

等等，刚刚是个妹子？

女友粉是我想象的那个意思吗？

网友们刚刚说我"注孤生"？

于是网友们又目睹了小新在线百度了"女友粉"的定义，表情从平淡无波到精彩至极，他足足憋了三十秒没说出话来，然后直接下播了。

有人把这段截图做成了表情包，命名为【我错过了什么 .gif】，迅速在网上流传开来。

后来的故事，大家都不知道了，总之，小新在整个假期里再也没开过播。

除了在家里陪妈妈的牛肉酱有时候会偷偷在深夜开一两个小时直播，其他几个人完全已经把直播的事情忘到了九霄云外。是以他们的粉丝们全部都跑到了俞苑苑的直播间，反正也都是 AM 的粉丝。

这会儿大家见自己果然蹲守到了 AM 的其他队员，顿时沸腾了起来，其中以小新的话题最多。

新爷和柜台小姐姐的故事怎么样了？等一个后续！

纳命爷快帮我们问问啊！我超好奇的！

为新爷的终身大事操碎了心。【点烟手.jpg】

雪佛爷什么时候开播？在线等！！！

奥哥和瓶子怎么样了？奥哥的在线告白成功了吗？

酱爷还记得那个打赌你体重输了五百块的孩子吗……你减肥了吗……

小新非常沉默，难得连被点名的牛肉酱都不想说话。观众老爷们还想再催问一下，就看到屏幕突然开始有飞机飞过，然后逐渐连成了一长串，飞了整整五分钟。俞苑苑定睛一看，这里面不仅有小新他们四个人的打赏，居然还有一个混进来的"糙汉瓶瓶子"。

眼尖的网友们顿时发现了：瓶瓶子？等等，这是奥哥的女朋友吗？

另一个人很快接上：这个 ID 我有印象，等我去看看！

过了一会儿，这个人很快回来了：是同一个人没错！我仔细比对了她的直播照片和 MSI 总决赛的照片，虽然差别有点大，但是五官肯定是同一个人！

蔺瓶子在另一边握着手机，一时之间不能分辨这句话到底是褒义还是贬义。网友们太过热情，她还没做好被扒的心理准备，给俞苑苑摇旗呐喊完之后，她想了想，又多扔了十一个"飞机"，凑了个独树一帜的九十九，稳稳地压了奥利奥一头，然后在一切尽在不言中匿了。

俞苑苑看到，没忍住，笑了一声。

奥利奥：……怎么办，我陷入了到底是要和兄弟们统一，还是要压她一头的纠结中！

狸猫 TV 的打赏分为好几档，其中"飞机"是五十块钱一个，除了蔺瓶子的九十九个，其他四个人每个人都刷了八十八个，整整齐齐地在粉丝贡献榜上面站了一排，一连串的八十八非常醒目。

然后，几个人气壮山河地一起发了弹幕。

祝纳命爷六一儿童节快乐！

观众老爷们被 AM 队内的人文主义关怀惊到了，俞苑苑露出了一个灿烂的笑容，磨磨蹭蹭地拿出了那根比自己脸还大的棒棒糖，瓮声瓮气道："谢谢你们，我已经收到了一根棒棒糖，等你们回来分给你们吃呀，玩得开心！"

捧着手机看直播的牛肉酱一惊，看向自己手边的同款棒棒糖，心想完了，这根还是送给自己的小侄女吧，和年哥送同款棒棒糖，除非自己是不想混了。

四个人过了一会儿就下线了，俞苑苑和观众朋友们嘻嘻哈哈地闲聊了一会儿，然后说了一下自己大致的直播安排，屏幕上一片同意。俞苑苑看了看，发现自己这个隔天换风格和内容的方案没人反对，就直接进入主题，边唠嗑，边点了被她最小化在底栏的《英雄联盟》客户端。

然而，她一时之间忘了自己在开直播前先练了练手的那两把，用的是自己韩服的号。

于是，直播间五百多万在线观众眼睁睁地见证了奇迹的一刻。

那几个神秘字母混杂在一片韩文中，非常醒目地出现在了大家眼前。

nibaba111。

弹幕一时之间陷入了诡异的静默，然后，轰然炸开。

刚刚好不容易在后台修复了宕机问题的程序员们还没来得及喝口水或者跑个厕所，又绝望地发现第二波宕机猝不及防来袭。

俞苑苑这边的电脑也直接卡死到黑屏了，重新登录了两次都显示服务器正忙，她这才后知后觉地感觉自己刚刚可能暴露了什么不得了的事情，默默转过头看向楚嘉年：“我韩服的 ID 好像暴露了。”

楚嘉年这边几乎是同时接到了狸猫 TV 负责人哭喊的电话。他挂了电话，看着俞苑苑桌面上 LOL 界面，右上角的“nibaba111”熠熠生辉。他其实原本是想要让俞苑苑捂住这个马甲的，因为如今的她已经用冠军证明了自己，不太需要一个韩服路人王的身份锦上添花，所以身为经理人，他打算 AM 日后有什么别的新闻需要被压下去的时候，再爆这个 ID 让人转移注意力。

但是现如今，这显然是不可能了。不过倒也不是什么大事，楚嘉年还顺势开了句玩笑：“那你就告诉观众们，这是今日直播的 surprise（惊喜）吧。”

“掉马”的事情已成事实，再重新打开直播的时候，俞苑苑一看，自己直播间的人数已经在刚才的五百多万的基础上，又飙升了一百多万，差不过应该是把整个《英雄联盟》的直播观众都吸引来了。

俞苑苑尬笑的脸重新出现在了屏幕里，并且瞬间被弹幕遮得严严实实的，她笑得有点心虚，有种马甲被当众扒光后的羞涩：“对，这个是我，nibaba111确实是我，为什么要起这个名字？嗯……当年其实想过不少英文名，比如 Lilith什么的，但是发现都被注册了，连我名字的英文拼音都不行，所以一气之下用了这个名字，大家不要在意这些细节！

“我还有多少个马甲……应该是最后一个马甲了，不存在更多了，你们信我！真的！

"韩服注册时间多久了……我也不记得了，一两年吧？对，没错，我就是从大龄少女才开始打游戏的，以前家里管得严，碰电脑机会少，高考以后才开始玩的。"

她挑着弹幕里的问题回答，但还是禁不住网友们的热情。刚才整整齐齐的"拜见韩服路人王"的刷屏已经过去了，这会儿弹幕五花八门的，说什么的都有。

我要哭了，nibaba111是个女生，还是我爱的纳命爷，这是什么魔幻现实主义浪漫故事！全宿舍楼都听见了我的尖叫！

前面那位，我大约应该是和你一个楼的？

nibaba111是个女的？

AM虽然比较新，但是后台这么硬，我一直觉得就算前任中单走了，应该也是从替补里面找人上，所以纳命空降的时候我一直觉得不看好，别说她是个女生了……但是今天我终于知道原因了！纳命是nibaba111啊！！！是国服韩服双服的路人王，啊啊啊！

参见nibaba111……

多少钱能买一个好友位？

我有个小道消息，问纳命爷要好友位，可以神秘地得到Cain神的好友位！

俞苑苑哭笑不得，转头问："问我要好友位我能给吗？还是给你的？"

楚嘉年其实也在看弹幕，看到这句，他干脆凑了过来，和俞苑苑肩并肩出现在了镜头里："是这样的，因为对职业选手来说，太经常被OB的话很容易被分析出来一些近期打法和动向，所以很遗憾要拒接大家申请好友位的请求了，不过直播的时候抽水带一带还是可以的。"

他今天穿了一件简单的浅灰色半袖，颜值依然很耐打，尤其是在盯着摄像头说话的时候，大家都觉得他的眼神是直接落在自己身上的，一半人在弹幕里发出土拨鼠尖叫，一半人则直接用简单的"我死了"三个字来表示自己被Cain神注视后的感觉。

服务器出现了这一晚上第三次的卡顿，等到大家急急忙忙地刷新以后，就看到俞苑苑一脸嫌弃地看着楚嘉年："你们的服务器是真的不太行啊！"

楚嘉年黑着脸，一边狠狠地挂掉了负责人鬼哭狼嚎着打过来的电话，心想自己是时候和技术部的部长好好谈个话了，一边扔了一句："总之，我的ID就是AM.Cain，会随机加好友。"

他说完以后，一秒都没有多停留，直接消失在了镜头里。

哈哈哈哈哈，刚刚 Cain 神是不是脸黑了！！！

所以 AM 是狸猫亲儿子……亲爸爸的事情算是实锤了？

年哥遭到了纳命爷的嫌弃打击，哈哈哈哈哈。

怎么说呢，给今晚狸猫 TV 的程序员们点根蜡。

只有我一个人的关注点在于纳命爷到底有没有开美颜吗？我的眼睛告诉我没开，但是这两个人的颜值太耐打了，我总觉得是开了的！怎么回事！！

过了一会儿，有人小心翼翼地问了一句：不是，我只是个路人，但是我有牛肉酱的好友位，没别的意思，就是防 OB……我总觉得有点微妙？

刚刚没敢说话，但是其实，我有雪佛爷的某个小号的好友位……还被带过两把……

……前面说的是真的吗？！我就说哪里怪怪的！！不应该只有打野位要防火防盗防 OB 吗？什么时候中单位也这么神秘了！

俞苑苑和大家互动得差不多了，正准备抽水友开游戏了，结果就看到了这一条，她跟着读了一遍，然后恍然大悟道："啊，是这样的啊，你们自己想想我是谁嘛，都自己体会一下啊。"

……哈哈哈哈哈哈哈哈哈，我好像突然明白了什么！

大家都嘘——Cain 神不要面子的吗？

不说不说，我们都不知道 Cain 神是害怕纳命爷被水友勾搭！

什么都不知道！吃醋什么的，我们都不知道！

在旁边窥屏的楚嘉年：……这什么水友，捅网线吧。

俞苑苑偷偷看了他一眼，义正词严道："这几位网友想象力非常丰富，请找管理员报上你们的账号，本期幸运上车水友就是你们了！"

楚嘉年：……你故意的吧？

俞苑苑最后一句话是用了宠物小精灵里面小智的语气，大家一秒想起来了自己面前这位以前是漫威变装的搞笑主播，顿时又问了一波她会不会在教学视频里继续变声，俞苑苑给出了肯定答案后，又是一波漫威女孩们的尖叫刷屏。

直播在一片狂欢的气氛中，很快过去了三小时，俞苑苑给大家说了同一时间再见以后，关了直播，长长地舒出了一口气。

等到俞苑苑直播结束以后，楚嘉年凑了过来，单手搭在她的肩上，抬抬眼角和眉梢，给她递过来了一个非常诡异的眼神。

俞苑苑有点疑惑，心想自己竟然从这个眼神里看出了一丝风骚，是自己坏掉了吗？结巴问道："怎……怎么了？"

楚嘉年勾勾手指,示意她凑近自己。俞苑苑依言向他的方向倾斜过去,楚嘉年压低身子,在她耳边低声道:"没想到你竟然喜欢这一口?"

俞苑苑一愣:"什么?"

"Lilith,莉莉丝,不是该隐 Cain 的弟弟亚伯的……妻子吗?"楚嘉年的声音越发低沉,还带着一丝混着暧昧的笑意,"不知道今晚,我弟弟回不回家呀?"

俞苑苑这下终于听懂了,她的脸"轰"的一声烧成了红色,却还兀自镇定地侧过脸,戏精般捂住自己胸前的衣服,眼神惊恐:"天哪,你居然想要对弟媳下手!平时看起来还像个人,背地里竟然对我抱有这般的妄想,真是成何体统!"

楚嘉年:"……"


这一年的夏季赛开始的时间相较往年都要晚一点,AM 等到队里的其他人度完假回来,又紧锣密鼓地训练了一周多以后,夏季赛才缓缓拉开序幕。

LPL 赛区最后一共有十四支参赛队伍,从六月中下旬开始,每天进行两场比赛,比赛时间分别为下午五点和晚上七点。期间比赛场地不定,每支队伍都要频繁穿梭于全国六大主客场城市,而整个比赛将持续整整十周的时间,决出前八名进入季后赛。

各大战队的目标当然也很明确,那就是:

从千军万马中厮杀出一条路,拿到进入 S 赛的名额。

其中,夏季赛的冠军将会得到 S 赛的一号种子位,春季赛和夏季赛总积分最高的战队将成为二号种子战队,此外还将从第三到第五名进行的冒泡赛中选出三号种子战队。然后,将由这三支队伍共同代表整个 LPL 赛区,登上世界赛的舞台。

作为春季赛的冠军,AM 战队已经在起跑线上就获得了非常高的积分,而又因为拿到了 MSI 的冠军,所以从一开始就被非常密切地关注,同时粉丝们也对他们寄予了厚望。不过也有不少粉丝在声援群里呼吁大家不要毒奶,毕竟竞技的世界,实力为王,大家都害怕 AM 被吹捧得太高会影响到队员们的心态。

自从俞苑苑开了直播以后,她的整个人物形象都顿时鲜活了起来。许多粉丝只是觉得她玩得不错,不少女孩子更是觉得她就是代表"女生玩游戏未必不如男生"的榜样,原本只是普通喜欢和欣赏,怀着支持的心态去看了看她的直播,没想到就此沉迷其中。

一部分想要入门学习的粉丝定期蹲守周二、周四、周六的直播,另一部分苦于上不去分的水友定点阻击周一、周三、周五、周日。因为俞苑苑上分的时候，通常会拉着小新中野联动，偶尔还会打韩服高分段，再加上她话痨的特性，以及偶尔露头指点她节奏的楚嘉年，她的热度一度超过了狸猫TV曾经的当家花旦。

更别说AM在七月初的洲际赛上延续了他们在MSI的辉煌，拿到了关键性的一分，代表LPL赛区再一次打败了LMS（港澳台赛区）和LCK赛区，助力LPL赛区取得洲际赛两连冠的成就。

春季赛、MSI冠军，再加上洲际赛冠军，AM战队的声誉一时之间达到了顶峰。

俞苑苑的直播时间一直都雷打不动，风雨无阻。洲际赛结束以后，战队回国，大家都眼巴巴地等着她晚上八点出现在直播间。

但是俞苑苑像是消失了，连微博都没有继续更。

粉丝们开始坐立不安。

停播的第一天，大家还安慰自己说可能是纳命爷到了每月一度的日子，毕竟是女孩子，大家要体谅。然而到了第四天，她还没有回来的时候，观众老爷们就有点蒙了。

纳命爷，你去哪里了？突然停播到底是怎么回事？好歹发个通知给大家解释一下？

不管怎么样，希望没出什么大事，坐等纳命爷归来。

突然一言不发就停播？

其实你们没发现吗？整个AM战队都停播了，我有种不祥的预感。

别人的直播我都没蹲，还真没注意，你这么一说……

我倒是听到了一点风声，AM好像准备买人？

楼上说的真的假的？？要把谁换下去？？？

说不定只是买个替补？大家别慌。

网上乱成一团，各种猜测满天飞的时候，AM战队的内部从某种程度上来说，也的确是乱成了一团。

其实春季赛之后，小新就已经进行过一次理疗了，这个大家都知道。但是MSI的半决赛和决赛的时候，小新就已经在强撑，但他谁也没告诉。楚嘉年虽然发现了，但是夺冠以后紧接着就是休假，他期间打电话问过小新的情况，小新信誓旦旦地说自己没事，楚嘉年一时之间也没有多想。

谁都不知道他的情况竟然恶化到了这个地步。

从洲际赛赛场下来，小新已经连手都抬不起来了。队医在诊断以后，直接给他下了最后通牒——一场都不能多打了。

就这样，小新还不肯听队医的意见，楚嘉年被他隐瞒伤势的行为气到爆炸，难得一见地发了火："李奕新，你现在去养着，过几个月还能复出，你要是继续打，你的手就废了你知道吗？"

小新红着眼睛："但是如果我现在退出，谁来坐打野位？我既然在夏季赛开赛前觉得自己能坚持，就不能在这个时候耽误整个队伍……"

"你是打算废了手，步我的后尘吗？你知道手彻底废了的后果吗？"楚嘉年目光沉沉地看着他，"我知道，我体验过。"

小新沉默下来，他低下头，胸膛大幅度地起伏，显然在压抑自己的情绪。

楚嘉年叹了口气，坐在他对面："因为我的手废了，所以我不希望看到你们中的任何一个人因为同样的问题而离开自己热爱的赛场……我知道那有多痛苦。小新，你还年轻，今年缺赛了，还有明年，还有后年，还有很多机会。但是如果你要坚持打，那么你就只剩下现在了。"

小新半天没说话，然后闷闷地"嗯"了一声。楚嘉年从来不会拿自己的手来说事，这是第一次主动提到这件事情，小新能明白楚嘉年说这些话的分量。

"你今天回去立马办休养手续，打野位谁补上的事情我来操心，你少在那儿瞎操心，养你的病去。"楚嘉年拍了拍小新的肩膀，"振作一点，没什么大不了的，AM永远都是你的家，你想在队里休养也行，想回家住两天也行，都随你。"

小新抽了抽鼻涕，眼眶发红，低声道："年哥，对不起，我应该早点告诉你的。"

楚嘉年笑了起来，摊了摊手："作为经理人，不就是为你们当牛做马，收拾烂摊子的吗？"

小新一想，好像还真是这么回事儿，又"扑哧"一声笑了出来。

网上的各种猜测日益喧嚣，但无论是AM的官博还是每个选手的私人微博都了无动静。一直到第四天晚上，AM官博突然发了一条官方公告。

AM电子竞技俱乐部V：经过与AM战队打野选手李奕新（@AM.Xin）的多次沟通，确认李奕新选手因身体因素无法继续征战本年度夏季赛，将暂时离开夏季赛赛场进行一段时间的休养。

休养只是暂时的离开，俱乐部会时刻关注李奕新选手的健康情况，同时也将密切关注其他选手的身体状况。感谢大家对AM战队打野选手李奕新的喜爱、关心和支持，也希望小新可以尽快从伤病状态中走出来，早日回到《英雄联盟》的赛场。

最后，俱乐部及全体成员就这几天给大家带来的困扰向大家致以诚挚的歉意，让大家担心了，非常抱歉！

网上掀起了轩然大波，其他战队不是没有出现过选手因伤病临时退赛的情况，但是在大家印象中，小新无论是在直播中还是比赛里，都从来没有表现出有什么身体问题啊。于是一部分人开始从以前的各种视频里面扒小新有异样的蛛丝马迹，更有一些人制造阴谋论，说小新这是得罪了 AM 的高层。

不过，这种说法很快被人反驳了回去。

AM 的高层是谁啊，是经理人楚嘉年啊，天天相处的好兄弟一家人啊！请问你哪只眼睛看到他们关系不好了？！

各种说法甚嚣尘上，网上乱成了一团，有媒体和粉丝不停地往俱乐部里打电话。楚嘉年为此专门调了两个接线员过来，对所有关于"小新选手的伤到底是什么情况""AM 战队的打野位由谁接手"的问题，全部都用了"请等待俱乐部的官方回应"的统一说法来回复。

粉丝们都有点慌，洲际赛结束后第七天，暂停的夏季赛就要重新开赛了，请问 AM 在这短短的几天里，要去哪里找一个神仙打野来？

大家都很担心的小新这会儿正躺在基地里，一手戴着各种理疗仪器，嘴里叼着一袋软包装的果汁，另一只手还在刷手机，正在津津有味地浏览网友们在他微博下面的留言，显然已经从不能上场的打击里恢复了过来。

"看看，看看我的粉丝们，对我嘘寒问暖，关怀备至。"小新啧啧道，"平时都在说我搞笑，你新爷一不在，大家都露出自己真实的内心了！对我的爱挡都挡不住！"

"你可算了吧。"俞苑苑一边练补兵，一边翻了个白眼，"休养一时爽，爽完火葬场。"

小新叹了口气："说起来年哥到底啥打算啊，实在不行我就是不要我这手了，也要支撑队伍走下去啊。"

说完这句，他又仰天长叹道："AM 不可一日无我啊。"

他刚刚感慨完，楚嘉年就从办公室走了出来，一脸严肃地站在了俞苑苑面前。

俞苑苑被他的脸色吓了一跳，停下了补兵，小心问道："怎……怎么了？"

"今晚你能带一个妹子上分吗？"楚嘉年感觉自己有点说不出口，"我想来想去，队里只有你最合适了。最好用你的小号，别被人发现的那种。"

小新震惊了，脑子里顿时出现了非常精彩的豆腐渣画面："年哥，你不能这样啊，苑苑才是你的正宫娘娘啊，你不能让她带你的后宫啊！"

楚嘉年向他扔了一个刀子一般的眼神，小新顿时闭嘴。楚嘉年揉了揉眉心，放了一张字条在俞苑苑的桌子上："这是她的ID，段位目前是铂金三，带她到钻二就可以了。"

俞苑苑疑惑地拿起字条，读了出来："大杀四方卷毛皮皮……这是谁？"

楚嘉年叹了口气，沉重地拍了拍她的肩膀："只要你能带她上钻二，我们就有新打野了，AM的希望全在你的身上了，加油。"

雪饼一直在偷听，到这一句的时候直接惊了："不是吧，这种打野我们不要的！年哥你不能被美色诱惑啊！"

楚嘉年：我在你们心里就是这种人？

俞苑苑思考了半晌，要不为人知的小号，还要带妹，那自己好像确实有一个号还挺合适的。

她默默地开了自己"声萌人软小喵喵"的号，然后申请了"大杀四方卷毛皮皮"的好友。

对方正好在线，很快通过了她的申请，然后受邀进入了房间。

大杀四方卷毛皮皮：你是谁呀？

声萌人软小喵喵：你又是谁？

静默三秒钟后，"大杀四方卷毛皮皮"退出了房间。

俞苑苑愣了一会儿，委委屈屈地看向楚嘉年："楚哥哥，不是我不带她，是她自己退出房间的！"

楚嘉年："……你等等，我打个电话。"

于是，大家屏息凝神、不动声色地竖起耳朵时，听到一个略微耳熟的声音传了过来："怎么了？"

大家对视一眼，有点狐疑：怎么是个男的？

楚嘉年叹了口气："你给你女朋友说一声，那个小喵喵的ID，是来带她上分的俞苑苑。"

女朋友？谁的女朋友？竖直了耳朵的AM队员们开始回忆LPL赛区所有队伍里哪个打野有个铂金段的女朋友。

对面应该是转过头说了什么，紧接着大家就听到了一声女声尖叫，穿过耳机话筒，掀起了一片音浪。

"啊啊啊啊啊，我的天！那个号是我女神芊圆子纳命爷的吗？！"女声有点甜，但更多的是溢出手机的激动，"求她再爱我一次！啊啊啊啊啊啊啊！"

半分钟后，"大杀四方卷毛皮皮"重新进入了房间。

画风和之前完全不一样了。

大杀四方卷毛皮皮：啊啊啊啊啊啊，土拨鼠尖叫！终于觉得男朋友有点用了！

大杀四方卷毛皮皮：天哪，我的女神也会起这种名字，我软萌教教主感觉非常欣慰！

大杀四方卷毛皮皮：女神！带我吗？我辅助超乖！上分超快！

大杀四方卷毛皮皮：加我好友吗？我QQ号××××××，微信号××××，女神您随便挑！

俞苑苑：一时之间并不能把刚刚那个发出声波攻击的人和软萌教教主联系在一起。

她飞快地抓住了重点：等等，你的男朋友是？

大杀四方卷毛皮皮：就是李傻×啊，咦，你不认识吗？他天天跟我说他在电竞圈无人不知无人不晓来着，这个骗子！

俞苑苑思考了一下，转向小新："李奕新，你有女朋友吗？"

小新一脸莫名其妙："哪儿来的女朋友？新爷我凭实力母胎单身好吗？"

俞苑苑认可了他的这份"母胎单身"的奇特骄傲，又重新开始思考这个"李傻×"是谁。

然而大家彼此之间都是叫ID，她连自己二队队友们的名字都没记熟，更别提别的队的人了。

到底还是入圈时间有点太短。

她沉吟半晌，问道：你的男朋友有游戏ID吗？说真名我可能不太熟悉。

大杀四方卷毛皮皮：呵，一个无名小卒，不值一提。

俞苑苑想想便没再说话，反正她的任务是带对方上分，别的她也不是那么八卦。

俞苑苑的这个账号也是在铂金段位，她问了一下卷毛皮皮喜欢的位置，卷毛皮皮回复得很欢快：我都可以的！女神在哪里我就在哪里！求开麦！

看着这句话，俞苑苑心里突然有了一种不祥的预感。

她一个中单，似乎并不需要自己在哪里，对方就在哪里的队友。

怀着这样的疑惑，她有点犹豫地开了麦。

对方的声音非常欢快："纳命女神你好！我是皮皮！我是你的超级超级超级粉丝！我男朋友天天吹牛说他可以带我上钻石，但你看我现在居然还是在铂金。我觉得不是我不行，是他不行！"

俞苑苑斟酌了一下语言："你好，我是俞苑苑，你叫我名字就好。那我们先开一把试试？"

皮皮使劲点头："好的女神！皮皮已经就位了！"

俞苑苑："……"

结合前因后果，俞苑苑这会儿大约也明白了。这个女生有很大概率应该就是楚嘉年看中的那名神秘打野的女朋友，而对方可能是在合同以外开出了带自己女朋友上分的小条件。虽然不明白楚嘉年为什么会答应这么奇怪的条件，但是连自己的女朋友都带不上去，这是什么破打野？

俞苑苑本能地给了对方一个差评。

"女神，你玩什么？"皮皮的声音传过来，"我辅助你！"

俞苑苑有点蒙，都叫她女神了，难道不知道她是中单吗？请问中单为什么需要辅助？

犹豫片刻，她婉转道："你去下路辅助 ADC 就可以，想玩哪个就玩哪个。"

皮皮长长地"哦"了一声，仔细思考了一下："我玩石头人！我开团超强！一控五妥妥地！"

俞苑苑觉得没毛病，石头人坦度和开团都不错，意识不好也没关系，反正连着麦，她指挥就好了。她考虑了一下，选了一手阿卡丽打中。

然后，她跟皮皮说了一声，摘了耳机，去倒了一杯水，等她回来的时候，游戏已经载入了峡谷的页面。

她刚刚买了出门装准备往外走，就看到屏幕左下方突然冒出来一行字。

原地转圈想飞天（EZ）：中单、辅助两个妹子？喷喷，直接投吧，速点。

翱翔天空昂日鸡（奥恩）：完了，这把输了！

金毛狮村老村民（雷克塞）：叫一声哥哥，带你们起飞！

俞苑苑翻了个白眼，她不爱用这个号就是因为看起来性别特征太明显。类似的嘲讽她也不是第一次听到了，按照以往她的性格，她都会直接喷回去，然后秀操作让他们哭着叫"爸爸"，但是这次她默默地删掉了刚刚输入的话，觉得自己还是先观望一会儿再说。如果她的猜测没错的话，这位皮皮是一个连职业打野都带不动的选手，而自己从开局起就一直有种非常不祥的预感。

"哼，这群人就是看不起我们，女神，你快打爆对面让他们见识一下什么叫作被支配的恐惧！"皮皮冷哼一声。

俞苑苑："……我尽力。"

开局算是非常顺利了，铂金局对俞苑苑来说要 carry 还是毫不费力的，何况她拿了阿卡丽这种天秀的英雄。还没到六级，对面中路就已经被她单杀了两次，第三次打野来帮中路，结果直接被她拿了双杀，彻底崩掉。

其他三个人一时之间都惊呆了，只会狂打厉害厉害，深刻认识到了自己开局的时候用 ID 认人的肤浅错误。

翱翔天空昂日鸡（奥恩）：难道是女装大佬？

大杀四方卷毛皮皮：中路是我女神，和她打游戏是你们的荣幸。

奥恩顿了两秒。

【所有人】翱翔天空昂日鸡（奥恩）：我们中路是妹子，就问你们怕不怕。哈哈哈哈哈哈哈哈！

于是俞苑苑瞬间就收到了整个峡谷其他八个人的疯狂的夸赞，只有下路的 EZ 欲言又止地打了一句：石头人不然去中？

皮皮不高兴地在原地站了几秒钟，甩着膀子往中路走来。

俞苑苑一惊。

五分钟后，她理解了自己的不祥预感是从何而来。

整个 AM 的基地都回荡着她的声音。

"皮皮，你别上！回来！

"站在草里别动！对就在那儿站着！哎，你半个身子还在外面！

"石头人！开大……你为什么要点闪现！是开大！！是 R 不是 F……算了，这两个键本来就离得近，不怪你不怪你。

"你往后！别抗塔！啊——没事没事，谁让防御塔没有攻击范围显示呢！

"别，别 Q 我的兵！不是，那个炮车兵，我……我……不然你还是去下路吧？"

…………

"皮皮，你就在家里附近转个圈圈怎么样……就随便走一走，逛一逛，欣赏一下峡谷风光？"

最后一句，是她用尽了全部的力气才压下心头的所有脾气，从牙缝里挤出来了自己残存的温柔，细声细气地问出来的。

三十五分钟，俞苑苑以"23-2-10"的战绩赢下了整场比赛，她长长地吐出一口气，瘫软在电竞椅里面，绝望地望着房顶，连指尖都不想动了。

她此刻只想收回刚才的话，能把皮皮带到铂金段位的，绝对不是什么破打野，绝对不是。

耳麦的另一边，皮皮还在为本次胜利快乐尖叫，俞苑苑默默关了麦，转头看向沙发上的小新："医生有没有说你的手还要多久才好？"

小新正戴着一只耳机看视频，听到俞苑苑的话，转过半个头："保守估计也要休息两三个月？"

俞苑苑有点绝望，她转头看向雪饼和牛肉酱："大神们，带妹吗？"

她刚刚惨烈的呼唤和绝望的语气都还在基地回荡，雪饼和牛肉酱同时往后缩了缩，把头摇成了拨浪鼓。

俞苑苑刚准备再说什么，耳机那边就传来了皮皮的声音："李辰骞，你是真的不行你知道吗？看我女神带我，分分钟就赢了！"

俞苑苑心头一动："李辰骞这个名字你们谁听过吗？"

基地里一片寂静，小新刷剧的手机"啪"地掉到了地上。

"年哥！楚经理！给我留口饭吃！"小新从沙发上一跃而起，向着楚嘉年的办公室冲去，"灭爹来了，我小新是不是要坐一辈子的冷板凳了？嘤嘤嘤不要啊——"

俞苑苑和其他人一起目瞪口呆。

楚嘉年找来的新打野……真的是大灭？

他如果来这边，那 OPE 怎么办？这件事情是早就定下来的，还是楚嘉年强行挖了人？如果是后者的话，那岂不是有点……不厚道？

俞苑苑默默地转头看回电脑屏幕，皮皮已经在耳机里喊着要开下一局了，她在心底默默地为自己和大灭一起点了根蜡。

哦，那个拖皮皮上来的打野，原来是大灭啊。

不知道为什么，她的心里竟然有了一种兔死狐悲，物伤其类的感觉。

嗯……大家，都不容易啊。

# ✦第十四章

大灭

//

QING BEN XIA GU SHAO NV

LPL 的圈子里，粉丝对选手们的爱称都是有讲究的，有"男"字辈、"酱"字辈、"皇"字辈、"帝"字辈、"哥"字辈等，这些排名虽然不分先后，但是有时候一定程度上代表了选手在比赛场上的水平和发挥。

像宁冉君的爱称牛肉酱，其实就是对他辅助位置能力的一种极高的赞扬，而小新的新爷、雪饼的雪佛爷都属于"爷"字辈，则说明他们有着能够 carry 比赛的能力。

除了这些，还有几个独一无二的称号。

比如 Cain 神之外，再无"神"字辈。

再比如灭爹，就是 LPL 赛区唯一指定的"大爹"。

电竞选手的黄金年龄其实很短，通常只有短短的五六年。十八岁左右的时候，人的反应能力、判断能力和体能都处于最巅峰的时期，电竞赛场上，最需要的就是要针对各种情况和局势做出反应和判断，而体能更是支撑训练赛和 BO5 类比赛的关键。是以在明显感觉到自己身体的这些情况不能跟得上的时候，一部分选手就会选择退役。虽然也存在打了十年职业，状态依然很巅峰的选手，但是普遍来说，二十五岁左右就是职业电竞选手们退役的高峰期。

而大灭选手从十七岁进入职业赛场至今，已经打了整整八年比赛了，为《英雄联盟》付出了整个无悔青春，期间也曾多次因为伤病而缺席一整个赛季。今年夏季赛，当 OPE 的首发名单上没有大灭的时候，大家都猜测是因为他伤病复发了，OPE方面也没有做出官方解释，只是含糊其词说要给新队员适当的出场机会。大家也都觉得说得通，就没有多在意。

直到今天，AM的队员们才在带着一丝瑟瑟发抖的惊喜中知道了事情的真相。

"大灭和OPE的合同签了四年，夏季赛前正好到期了。"楚嘉年解释道，"他这几年确实伤病比较多，但也不至于到提不动刀的地步。跟着一支队伍走了四年，还是有感情的，他本来是打算再续半年，起码跟着OPE把今年的夏季赛打完，再考虑退役的事情。"

听到这里，俞苑苑有了猜测："MSI的时候我们和OPE打过训练赛，打完第一场他那边就出状况了，难道是他们队内出什么问题了吗？"

楚嘉年点点头："大灭的性格你们应该多少了解一点，加上OPE的战术一直是以他为中心，时间久了其他人难免会有意见。另一方面，苑苑刚进队的时候，训练赛的截图和视频被爆出来的事情你们还记得吧？"

牛肉酱吃惊道："OPE的队员干的？"

"具体是谁你们就别追究了。"楚嘉年叹了口气，"总之这件事情之后，OPE的管理层也没有个说法，队员们也不知悔改，上次训练赛之后据说还有人想如法炮制，大灭就彻底凉透了心。"

俞苑苑有点愧疚，如果不是她身上的争议太多，其实AM也不会被针对得这么厉害，大灭也不至于和队员闹这么大的矛盾。

"不关你的事。"楚嘉年看出了她的想法，"一个人的人品是不会因为一件突发事件而改变的，大灭在OPE其实一直不太顺心，当初进OPE也是因为管理层里有当年CAM的经理。那位经理去年就辞职退圈了，现在新进的经理想法很多，也不太待见他。所以这件事跟你没关系，别多想。"

俞苑苑点了点头："队里打算和灭爹签什么合同？灭爹在的话，小新手好了怎么办……"

小新一听俞苑苑主动提到他，感激涕零地望了她一眼，然后眼巴巴地看向楚嘉年等答案。

楚嘉年也能理解小新的心情，其实大灭的状态丝毫没有因为伤病下滑，大灭考虑退役，一方面是因为这些年来确实没有陪伴过家人，另一方面是因为想急流勇退，不愿意等到自己提不动刀的时候，再被自己昔日的粉丝们劝退。

电竞世界，实力为王，这是每一个职业选手都必须接受的事实。

"我倒是想要直接签他三年，但是大灭表示自己最多再打半年。"楚嘉年摊了摊手，"大家应当为有幸陪伴大灭职业生涯的最后一程而高兴。"

小新听到这句话，反而愣了愣。

如果说中单选手心中的白月光是当年的 Cain 神的话，灭爹就是所有打野努力的目标。电竞的圈子里人才辈出，谁都不敢妄称一句"第一"，平时大家互相吹捧的时候说说也就算了，真的敢拿出去说自己是赛区第一，可能会被喷到哭。

但是灭爹不一样，说他是 LPL 第一打野，没人不服。

那是灭爹八年的电竞职业生涯实打实地打出来、一笔一画地被粉丝和所有电竞选手们记在心头的成绩。

AM 战队除了奥利奥年龄稍微大一点，其他人都算得上年轻，但哪怕是奥利奥，从资历上来看，他也是大灭的后辈。大家听说要和大灭做队友了，气氛一时之间热烈而忐忑。

只有小新半晌都没有说话。

大家多少都能猜到他的心情，在队伍的关键期突然进来一个传奇打野，就算这位打野之后退役，他重新上场，也很容易被拿出来做比较，到时候的压力可能会非常大。但是这个心里的坎需要他自己去过，谁都帮不了他。

"灭爹要来，我们可得改改称呼，不能灭爹来灭爹去的了。"奥利奥第一个意识到了自己的"前辈身份"危急，最先考虑起了非常现实的问题，"叫习惯了的话，打起比赛万一激动起来，指不定就把灭省略，直接喊爹了，那可真是……"

"直接叫大灭其实也没什么问题，但是总感觉有点失礼，李哥的话和小新撞了，不如……骞哥？"牛肉酱合计了一下。

"骞哥我觉得 OK。"雪饼点点头，转头问道，"年哥，灭爹来了，我们是不是也要换换战术？"

"肯定要多研发几套阵容出来，但战术方面大灭跟着我们 AM 走。大灭打职业赛的时间长，针对他个人能力的数据和研究也非常多，每个队都有一整套针对他个人的 counter 打法在手。我们要配合他的打法，开发出新风格才行，否则还是会被针对。"楚嘉年摇摇头，"更何况，我们有自己的风格，知道外界对我们的评价吗？全员打架队，MSI 决赛的四场比赛上，你们几个加起来的人头数高得惊人。大灭来了，起码也要稳住小新的人头数。"

"你们……"

一道声音突然插了进来，打断了大家热烈的讨论，是一直没有发话的小新。

大家一起回头看向他。

"灭爹要是真的来我们队了，你们……你们一定要拿下夏季赛，和灭爹一起进 S 赛，如果到时候我的手伤好了，我就给灭爹打替补。"小新的眼眶从听到大灭再打半年比赛就要退役的消息起就有点红，他的眼睛里还带着一股狠劲，"他退役之前，最起码也要拿个冠军才算圆满。以前他在 OPE，是我们的对手，我就算再惋惜也没办法，但是他既然来了我们队，和我们一起并肩作战，我们再怎么样，也不能让他失望。他都打了这么多年的比赛了……他……"

他的声音里带了一丝哽咽，一时之间有点说不下去。楚嘉年明白他的意思，拍了拍他的肩膀。

这样一位值得人尊敬的职业选手，谁都不希望看到他这样草草退役。

他当以一座奖杯，作为退场前最恢宏的绝唱。

而这也是小新出状况后，楚嘉年立刻找到了大灭的原因。

事实上，在楚嘉年之前，盯着大灭合同的经理人非常之多，甚至给出了天价报酬，但大灭实在是不想再和新的队伍、教练磨合了，再加上合同都是最短两年，所以他拒绝了所有的邀约，直到楚嘉年开口请他来救火。

大灭毫不犹豫地答应了——也不算是毫不犹豫，他还是存了一点戏弄楚嘉年的心思的，所以才附加了一个带他女朋友上分的小条件。

当年 AM 成立的时候，他和 OPE 的合同还有三年，知道楚嘉年要重整旗鼓，他表示愿意承担天价违约金，只为助力楚嘉年。结果呢，楚嘉年以这样会损害他在圈内信誉值的理由毫不犹豫地拒绝了他。

虽说楚嘉年的做法没什么错，但大灭的心里就是憋了一股不明不白的气。

当年的你对我爱搭不理，如今老子让你女朋友在游戏里被打到自闭。

可怜俞苑苑并不知道大灭内心的想法，否则她可能会立刻撂挑子不干。但是，鉴于她并不知情，刚刚被小新的一番话打动心灵的同时，又深感带皮皮选手上分的不易，再联想到大灭一边要面对队里的烦心事，一边还要带着呆萌小女友上分……

灭爹的生活可真是太不容易了！

俞苑苑从心底发出了感慨，再看了一眼皮皮的 ID，毅然决然地开了下一把，心想自己不能辜负灭爹的信任和嘱托！

于是，她用了整整一个下午的时间，带着皮皮狂打了一波排位赛，活生生地把她从铂金三带到了……铂金四。

声萌人软小喵喵：……咳咳，皮皮，不然你把号给我，我直接给你打上去算了？最多两天就够了。

大杀四方卷毛皮皮：嘤嘤嘤不要！我要自己打上去！不然李傻×会嘲笑

我的！

俞苑苑呆若木鸡地看着屏幕，心中绝望而自闭。

年哥，咱还能商量一下，看能不能换个打野？

大灭其实也只是说说而已，第二天他就准时提着行李到 AM 的基地报到了。而 AM 战队的几个人一晚上都沉浸在大灭将至的兴奋中，一个个辗转反侧没睡好。小新更是起了个大早，在基地里走来走去，甚至还帮着保洁阿姨擦了擦桌子，时不时就在门口张望一眼。

俞苑苑和牛肉酱都挂着黑眼圈，坐在电脑前给自己灌着咖啡。昨天下午带皮皮打到铂金四之后，俞苑苑实在是不能接受这个结果，硬是又拉上了队里最好说话的牛肉酱，你一把我一把地，在小新乱喊的"加油"声里，咬着牙带皮皮打了一晚上。

兴许是皮皮这个号的隐藏分实在是太低了，所以每次匹配到的队友和对手经常一言难尽，两人把打比赛的劲头都用上了，一个人打、一个人轮休地奋战到了半夜，这才硬生生地把皮皮送到了钻石。

是以第二天，牛肉酱和俞苑苑强打着精神努力昂首挺胸，感觉自己胸前的小红花都比别人的鲜艳得多，就等着大灭来夸他们。

楚嘉年已经提前做好了背后绣有"Damie"字样的 AM 队服。和俞苑苑当时的入队程序一样，大灭一出门也没有来基地，而是直接被楚嘉年拉去拍了定妆照。

大灭这些年来拍过的定妆照和宣传片实在太多了，因为外形条件过硬，甚至连杂志封面都上过，经验非常足，一个电竞人活生生地被练出了镜头感。

摄影师看着正在修眉毛的大灭，啧啧两声，拍了拍楚嘉年的肩膀："万万没想到，有朝一日我能拍到穿 AM 队服的大灭，真是荣幸啊……真希望大灭能跟着你们拿一次冠军。"

楚嘉年眼神微沉，点了点头："一定。"

最后的定妆照是大灭的正脸，已经二十五岁的男人的目光依然带着少年意气，锐不可当，嘴角挑起一抹不可一世的笑容，右手卡在左手手腕处，将左手微微举起，左手的五指伸展开来，意味着自己将用这双手接管比赛。

大灭抵达 AM 基地的同时，AM 官博更新了。

一直急急等着 AM 官宣新打野的群众早已开始蹲守。

AM 电子竞技俱乐部 V：很抱歉让大家担心和久等了。原打野选手李奕新（ID：AM.Xin）因身体原因将暂时退出夏季赛，与此同时，新的打野队员李辰骞（ID：AM.Damie）已经入队，AM 战队将抓紧时间进行磨合训练，备战之后的各项赛事，请大家多多支持我们的"新"打野 Damie 选手，也让我们一起期待他在 AM 战队的亮眼表现。

赛季中调整名单给大家添麻烦了，深鞠躬。

大家看着 Damie 这几个眼熟的字母，一时之间有点不敢相信自己的眼睛，心想这是哪个不懂事的小孩子，居然敢用这个名字，是想玩致敬还是想玩传承？拜托，你灭爹还没退役呢！

然后，大家眼睛往下一扫。

公告下面带着的图，正是大灭新鲜出炉的定妆照。

这熟悉的脸，这熟悉的笑容，这双熟悉的手……

粉丝们：？？？

粉丝们：！！！

是我在做梦吗？我看到了灭爹的脸？谁来打醒我？

哈哈哈这是大灭的孪生弟弟小灭吧？长得有点像。

灭爹的微博也转了这条，看来真的是本人！

我已经不知道用什么话来表达自己的震惊了……千言万语只想化作一句，AM 牛！！！

这操作也太秀了吧……作为小新的粉丝，本来我有点抵触新打野，觉得新打野会抢了我小新的位置。结果猝不及防突然看到灭爹的这张脸，我……我选择对不起小新。灭爹牛！

其实粉丝们多多少少都知道灭爹在 OPE 不太顺心，这个赛季灭爹不在 OPE 的大名单上的时候，我心里就咯噔一下，现在在 AM 这里看到灭爹，我有种热泪盈眶的感觉！AM 牛！！灭爹牛！！！

灭爹和 OPE 合同到期了吗？

灭爹和 Cain 神当年是 CAM 的队友吧？嘤嘤嘤有生之年竟然能看到他们重新站在一起，想哭！

偷偷说一句，我有个大胆的猜测，我觉得是 Cain 神想给灭爹一个奖杯，当年 CAM 的老选手们都不在了，只有灭爹还在。今年 AM 的状态这么巅峰，夺冠希望是真的很大，所以 Cain 神专门把灭爹请了过来。灭爹在 LPL 奋战这么多年，就差一个奖杯了！呜呜呜，我要感动哭了！

网上炸开锅的同时，AM 基地里也是一片鬼哭狼嚎。

大家都毕恭毕敬地起身欢迎大灭，激动和兴奋根本掩饰不住，而二队的小孩子们之前隐约知道一点风声，这会儿从官博上看到确切消息，全部都尖叫着冲到了门口恭迎灭爹大驾。

于是，大灭一进 AM 基地的大门，就被整整齐齐站在两边的队员们夹道欢迎。小新更是挥舞着自己昨天晚上跑出去做的红底白字的鲜艳吸睛的旗帜。

大灭定睛一看。

左手的旗帜：灭新携手，共同托起明天的太阳！

右手的旗帜：我愿化身灭爹的迷弟，只为灭爹亲手捧起奖杯！

大灭：……我是来基地打比赛的，还是来粉丝见面会见粉丝的？

大灭来之前，大家心里其实都有点忐忑，因为 AM 全队上下除了奥利奥高冷寡言一点，其他包括俞苑苑在内都是话痨和搞笑，打起游戏来语速堪比机关枪，个个骚话满天，激动的时候更是宛如架子鼓，震天动地。直播的时候稍微离得近一点，观众老爷们就可以直接同步听到其他人的声音。

而大灭在圈子里流传已久的风格是什么？

霸总风的冷漠脸。

当基地里坐着一位冷漠脸的大前辈，你们还敢胡说八道吗？

OPE 队里是什么风格谁也不知道，反正 AM 的这群萌新们是不敢的。

平时瘫在电脑面前的男孩们，现在连坐姿都比平时更加正式一点。基地大厅里，一时之间陷入了一种奇妙的安静，所有人想给大灭营造一个 AM 全队都温和礼貌的好印象。

比如"牛肉酱酱，麻烦帮我拿个'快乐水'可以吗？谢谢酱酱！"雪饼带着微笑，彬彬有礼道。

…………

牛肉酱忍着浑身的鸡皮疙瘩，雪饼这人平时让他拿东西，喊的都是"儿子，给爸爸把 ××× 拿过来"。此刻乍换了风格，牛肉酱极其艰难地咽下了涌到嘴边的"你腿断了吗？爸爸没空给你拿"，露出了一个僵硬的笑容："好的，雪饼饼，这就去帮你拿哦。麻烦稍等一下哦，雪饼饼！"

雪饼：……什么雪饼饼！

于是，奥利奥也原地变成了"奥奥哥"，而当大家发现芋圆的叠音出来还是她的本名的时候，心有不甘，于是俞苑苑就变成了"纳命命"。

一时之间，所有人都抱着一种"来啊！互相伤害啊"的心态，光是叠字已经满足不了他们了，非要在叠字后面再拉长声调拐个弯才满意，整个 AM 基地大厅里各种哆里哆气，气氛一度十分诡异。

大灭在办公室和楚嘉年谈好合同细节、签了字出来的时候，大家玩叠字游戏玩得正 high，牛肉酱一秃噜嘴，顺口打了个招呼："灭爹爹——"

大家："……"

大灭："……"

楚嘉年："……"

牛肉酱猛地捂住了自己的嘴，俞苑苑没忍住，直接笑出了声，然后也猛地捂住了自己的嘴。大家都是一副想笑又不敢笑的样子，而楚嘉年轻咳一声，捏了捏眉心，深感丢人。

大灭也被逗笑了："大家都随意点儿，我也没七老八十的，叫我名字就行。"

牛肉酱羞红了脸，还是不愿意直接叫他的名字，便小声道："灭哥，我错了。"

平时经常一起打比赛，电竞选手们彼此之间都还算是熟悉，大灭也没想要在队里端架子，拍了拍牛肉酱的肩："以后就是队友了，大家一起努力。"

说完，他专门看向了小新："AM 的打法我还不是很熟悉，还要靠你多给我指点指点。"

小新当然明白大灭这是专门给他找面子，眼眶一热："灭哥，都听你的！"

小新原本的位置已经给大灭腾出来了，大灭把自己的外设调试好，然后突然想起来了什么："差点忘了，你们有没有人对动物的毛发过敏？"

大家一脸茫然地摇了摇头。

大灭非常满意这个结果，转身从他的行李里拎过来一个半透明的胶囊箱，掉转头，将透明的一面正对着大家："那我就放它出来了？"

胶囊箱里是一只肥头圆身子的橘猫，正瞪着一双圆溜溜的眼睛和大家面面相觑。

大灭打开胶囊箱的门，猫咪还不愿意出来，结果大灭毫不留情地直接把猫咪倒了出来："这货叫'麻团'，你们可以叫它'麻麻'。这是我女朋友皮皮收养的流浪猫，本来是放在 OPE 的基地养着的，我走了估计也没人再关心它了，所以我干脆一起带过来了。"

AM 众人：……不，我们不想刚刚认了个爹爹，再来个"麻麻"！

麻团刚到新的地方还有点怕生，整只猫都趴在地上蠕动，宛如一只伏地魔，可爱倒是极其可爱的，只是大家刚刚看完 *Captain Marvel*（《惊奇队长》）的电影，一时之间都有点害怕这只四脚怪。

牛肉酱艰难地抬起双脚，让麻团顺利通过："灭哥，你确定这只是一只普通的小猫咪，而不是噬元兽吧？"

大灭已经手脚麻利地靠墙摆好了麻团的猫砂盆、饮水机和自动喂食器。闻言，他走过去一把捞起了麻团，对准牛肉酱的脸一送，面无表情道："噬元兽向你发起了攻击。"

麻团："喵呜？"

牛肉酱：……嘤嘤嘤，好可爱！

下一秒，麻团就到了牛肉酱的怀里，牛肉酱的肚子本来就软，麻团上去踩了两脚，感觉舒适，发出了咕噜咕噜的声音。

俞苑苑从看到猫起，两眼就放着光，她养过猫，一眼认出了麻团的动作："牛肉酱，你知道吗？它在踩奶。"

牛肉酱摸着麻团顺滑柔软的毛毛和身体，正在感慨手感太好，闻言有点惊恐："啥……啥？我……我没奶啊？"

雪饼伸过手，在麻团的身上撸了一把，然后用手按了按牛肉酱的肚子，含蓄道："聊胜于无。"

牛肉酱想跳起来打他，但是囿于自己身上还有只可爱猫咪，一时之间觉得自己被镇压了，只能用眼神表达自己的愤怒。

倒是楚嘉年若有所思："说起来，好多队里都有吉祥物，我们队里是不是还没有？"

小新一脸茫然："我们的吉祥物不是俞苑苑吗？"

俞苑苑也是一惊："不是牛肉酱吗？"

大灭明白了楚嘉年的意思，走过去把麻团从牛肉酱身上取了下来，平举在自己面前："麻团啊，把你养得这么胖，你也是时候出去为爸爸挣钱了。好好拍一组吉祥物照片，圈到粉爸爸就给你买最贵的猫罐头。"

麻团歪了歪头，并不明白自己即将成为 AM 战队的台柱子。

而当天晚上，搞事情的 AM 官博再次放出了重磅信息。

AM 电子竞技俱乐部 V：请大家注意，这可能是有史以来最让你接近电竞选手们日常生活的岗位。

岗位名称：铲屎官。

性别不限，包吃包住。

工作内容及岗位要求：负责照料团宠——麻团的日常，梳毛、剪爪、洗澡、遛猫，顺便记录下她最可爱的瞬间，爱猫，有养猫经验，可以和麻团和睦相处。

配图是一张麻团翻着肚皮卖萌的照片，还专门打了 AM 的 logo。

熟悉的人都知道这是大灭的猫：灭爹这是带猫进组吗？这猫在 OPE 没人疼没人爱，到了 AM 简直是翻身猫咪把歌唱，还是年哥会玩。

嘤嘤嘤太可爱了，想撸，想去应聘！

AM 的队员也太幸福了吧，有女队员不说，还有猫撸，实名羡慕了！

结果十分钟之后，有意应聘的人连简历都没整理好，就看到俞苑苑转发了这条微博。

AM.Naming：【举手.jpg】你们看我可以吗？

结果又过了十分钟，楚嘉年的微博转发了这一条，配字"我觉得不行"，然后后面跟了一张动图。

动图内容是俞苑苑出现在了麻团躺着的各个地方，然而无论是在窗台上、沙发上、地毯上，还是牛肉酱的肚子上……总之每次她刚想伸手摸一把麻团，麻团就站起身来往前一窜，连尾巴都不想让她摸一下。

网友们快要笑死了。

已右键，太魔性了，哈哈哈哈哈哈！

麻团实力拒绝，哈哈哈哈哈哈！

好惨一纳命，哈哈哈哈哈哈，笑死我了，今天的快乐源泉！

看到牛肉酱的肚子了！他是不是更胖了？气死我了！

刷到最后这条评论的时候，俞苑苑习惯性地看了一眼 ID，果然是非常熟悉的"酱哥今天减肥了吗"。

她默默地截了图，发给了牛肉酱。牛肉酱哀号一声："这位粉丝为什么还是不放过我？我也想减肥啊！每次鞠躬的时候我有多痛苦你们根本不懂！但是火锅、麻辣烫、烧烤、大盘鸡、小龙虾、肯德基它们不允许啊！"

俞苑苑觉得他说得很有道理，只好默默地给这位督促牛肉酱减肥的朋友点了个赞以示安慰。

大灭来了以后，队内虽然没有专门提出要根据他的打法做调整，但是互相之间肯定要多多配合和适应。洲际赛的休赛日眼看就要过去了，留给 AM 调整的时间并不宽裕，不过大家心里都还挺稳的，毕竟有过 MSI 之前进新人的经历，夏季赛赛中换选手，换来的还是大灭，这对大家来说根本不是什么太大的问题。

大灭的风格在早期的时候其实是教科书式的绝食型打野，直接入侵对面野区，在对面还没反应过来的时候就已经 gank 一波了的那种，但是在进入 OPE 之后，风格逐渐偏向了稳健，变成了食草型打野的代表，前期一般只蹲对方打野，后期甚至还会让出一些野区经济给队友。

做食草型打野时间长了，大灭一时之间有点不太习惯 AM 的打法。

第一把训练赛是和二队打的，目的是队内磨合。AM 二队的水平其实还是不错的，小孩们很珍惜能和一队切磋的机会，更何况还有灭爹，仔细商量了战术，想要趁一队目前还没有磨合好阵容，好好来一把，指不定还能赢。

不过在 BP 环节，二队还是陷入了纠结，又想 ban 灭爹，又想 ban 纳命，还想 banADC，当然还有五杀锐雯。

一番纠结以后，最后大灭拿到了一个青钢影。

大灭下意识地用了惯常手法，他安安稳稳地在自己的窝里发育了一会儿，结果转头看到赵信在他旁边骚了一圈，用惩戒偷了他一个 F6。

大灭：？？？

一队也就算了，AM 二队的小伙子们也都这么刚吗？

他反手上墙就跳了下去，刚落地，拿了莫甘娜的俞苑苑已经准时赶到了，两个人舒舒服服拿掉了一血，转身又回了各自的线上。

而视野里，他也看到了牛肉酱向着他的方向做了移动，发现没出事，这才重新回了线上。

大灭感受到了新队友的支援速度之快，但也只是感慨了一下，继续了自己之前一贯的打法。

结果打到中期，他突然发现三条线的队友居然全都不需要他让经济，在他稳压对面打野两级的时候，每条线都已经打出了自己的优势。他习惯性去蹲对面打野，结果发现二队的打野也走了一队的莽夫风格，频频上线干扰，而等他赶到的时候，一般不是已经单线单杀了对面，就是已经一换二了。

其中固然有一队的水平比二队高一截的缘故，但更多是因为 AM 上中下线极强的单线对线能力。而团战的时候，更是打得酣畅淋漓，整个队伍的阵型从头到尾都没有被打乱过，ADC 有充分的输出空间，而大灭在开团和完成收割的时候，队友几乎是不用犹豫就能跟上他的脚步。

推掉对面水晶后，大灭的心里有点说不出的感觉，他沉默片刻，站起身来，直接走到了阳台上，点了一支烟。

大家有点蒙，俞苑苑小声道："灭哥怎么了？是不是我们太菜了？"

牛肉酱也小声道："我觉得这把我还行，虽然打法习惯上还要磨合，但是感觉配合方面也没出什么大问题？"

小新一直站在大灭的背后，代入了全局。他大约意识到了什么，想要追出去看看大灭，却又有点不知道该说什么。

他刚刚站起身来，楚嘉年就拍了拍他的肩膀："我去吧。"

楚嘉年推开阳台门的时候，大灭刚抽了两口，他以前一直都有抽烟的习惯，楚嘉年也没避过，所以大灭没把烟掐掉，反而把烟往楚嘉年的方向递了递。

楚嘉年很自然地举起了手里的烟灰缸——这是他刚刚到阳台之前顺手从桌子上拿的。

两人一时之间都有点愣住。

以前在 CAM 的时候，大灭就经常抽烟忘拿烟灰缸，每次都是楚嘉年给他送出来的，久而久之已经成了习惯。

只是谁都没想到，这么多年过去了，这个习惯都还在。

大灭笑了笑，从他手里接过烟灰缸，往里弹了弹烟灰，感慨道："你带的这支队伍，确实可以。"

他当然知道 AM 全员打架队的打法，也曾经做过很多研究。虽然楚嘉年不是 AM 的主教练，但是 AM 全队的打法都颇有 CAM 当年的风格：有凶悍，有热血，有莽，却也理智，总有队友及时在旁边接应。

楚嘉年知道这些年来大灭打法的转变，打法一定意义上代表了一个人的性格，大灭能从当年的绝命大灭变成如今的食草豪杰，其中压抑了多少他的本性，而这份压抑如今甚至已经成为他的本性。这个过程中，大灭到底为团队付出了多少，只怕连他自己都说不清。

"知道可以，就别那么尿。"楚嘉年当然不会跟他客气，故意挑衅了一句，"你这样不行啊，你再这样，他们就要骂打野怎么还不来帮忙了。"

大灭当然懂这个哏，他先是因"尿"字气到被烟呛到，听到后面这句更是快要直接撸袖子开干了，顿时怒道："老子尿不尿你不知道吗？我告诉你，一会儿老子莽起来你别害怕。"

楚嘉年挑了挑眉，看他恶狠狠地把烟掐灭，不置可否地拉开了阳台的门，比了一个"请开始你莽的表演"的手势。

大灭简直要被他气笑，拍了拍他的肩膀，重新回到了座位上。

第二把训练赛开始。二队已经敏锐地感觉到了灭爹现在的打野风格并没有传说中那么激进，连 ban 都没 ban，突出了两个字，头铁。

大灭依旧拿了青钢影。

开局三分钟，二队明显感觉到了不对劲。

上路："打野人呢？灭爹入侵你野区了！"

打野："哪里哪里？"

三秒钟后，打野还没到，灭爹已经从塔后面跳了出来，配合奥利奥越塔强杀以后，飘然而去。

开局五分钟，灭爹从天而降，在俞苑苑打了对面一套导致对面中路站在塔后面准备回家的时候，从野区跳进塔里秒拿人头，然后惩戒打了小怪回血，丝血逃生，稳稳回家。

七分钟，灭爹在下路又捞了两个人头。

屏幕左下角，二队和一队所有的人都开始刷屏。

灭爹还是你灭爹！

我以前以为新爷已经很猛了，今天我懂了，操作限制了我的想象力！

绝命灭爹，名不虚传！

大灭看着"绝命"两个字，勾了勾嘴角，他这局打得太舒服了，队友永远能够在他需要的时候出现，该给的视野全部都能给到，该打绝不尿，支援永远都很及时……他感觉自己的心底有什么沉睡已久的东西缓缓苏醒，曾经他以为不会再沸腾的心湖开始冒起了泡泡。

他敲了一下回车键。

AM.Damie：1111！

"灭哥，你也太酷了。"俞苑苑直接笑出了声，"扣1太骚了。"

网络用语里，扣1的意思就是"收到，赞同"。

放在这里翻译一下就是"OK，收到，我也觉得自己很溜"。

大家都看到了，边打边笑，在一片"灭哥nice"的声音中，大灭突然觉得自己好像已经飞快地融入了这支队伍，比他之前隐约担忧和想象的，要顺利得多。更为难得的是，他享受这种游戏的感觉和节奏，对这支队伍的明天充满了希望，甚至重新想起了自己很长时间都已经不做了的那个梦。

也许，真的可以不再是梦了。


夏季赛重新打响后，本来就很强劲的AM战队在大灭的加入后，变得更加势不可当。消息刚爆出来的时候，还有人预测过，说大灭是很强，但是按照目前AM全员的打架风格来看，很有可能要和食草型打野大灭好好磨合一段时间，而磨合期就是其他队伍的机会。

各个战队也都是这么认为的，心中深以为然，包括在打训练赛的时候，大家都明显地感觉到了AM战队在节奏上的微微凝滞感。大家都认为AM会调整战术，全队配合大灭，并且为此掏出了当年针对OPE的打法，想要继续按死大灭。比起大灭的名声来说，纵使AM是双冠王，但到底不如一个大灭在大家心中的威胁大。毕竟大灭是那种，因为他在 OPE，所以所有人都会下意识觉得 OPE 还是一线强队的那种存在。

然而真正到了比赛的时候，AM 竟然没有如同想象中那般，用全队调整战术配合大灭的优势打法，而是让大灭一步步地重新捡起了自己曾经的打法，并且逐步适应 AM 的风格。大家可以明显地看到大灭进入 AM 后，第一场比赛和第五场比赛的区别，而赛后公布的麦克风（赛时队内语音）也印证了这一点。

第一场的时候，线上四个人还在满场子高喊"灭哥灭哥救火救火""等灭哥过来稳一点稳一点"。等到了第五场的时候，明显可以看出来线上刚刚准备搞事情，就可以听到大灭已经就位，跃跃欲试地站在一边喊"上上上！能搞能搞"。他完全游刃有余地跟上了 AM 的节奏，并且开始充分发挥自己作为打野老将带节奏搞事情的作用了。

简直是硬生生地上演了一出让人闻风丧胆的"绝命打野之苏醒"的戏码，一时之间，微博上各种关于大灭的表情包和漫画图乱飞，整个 LPL 赛区都回忆起了曾经被大灭支配的恐惧。

连大灭自己都觉得像是焕发了电竞生涯的第二春，向来冷漠的脸上一片春暖花开。据不知名网友统计，这段时间灭爹的笑容比过去在 OPE 的四年加起来还要多一点。

除此之外，通过一整个夏季赛常规赛的赛程和密集的日常训练，俞苑苑的发挥也越发趋于稳定，她和大灭两人几乎包揽了每周赛场高光时刻的前三。

由于队内配合越发默契，俞苑苑和大灭的互动也多了起来，又是坐在左右手，赛场上经常可以看到两个人说笑的画面，原本因为俞苑苑发挥稳定而快要失业的"黑子"们顿时眼睛一亮，感觉是时候搞事情了。

谁都知道大灭有一个在一起了好多年的女朋友皮皮，是从大灭不为人知之时，陪他一路风风雨雨走过来的。皮皮本身不是圈里人，但是因为大灭的关系，一直被大家熟知。不管是谁，如果在这两个人的关系中横插一脚，都会被整个电竞圈骂到退圈。

"黑子"们就是看准了这一点，所以想要在俞苑苑和大灭的关系上带节奏，故意拼凑了一些两个人状似亲密的镜头，还起了各种耸人听闻的标题，诸如"电竞男神疑有新欢，旧爱垂泪当场""绝命打野卷土归来，只因有她的支持……""世上最有福气女选手，左手打野右手经理人"之类的，配图毫无例外全都是两人在赛场上笑成一团的截图，以及皮皮戴着大口罩在场下为大灭应援，憋红了眼睛的配图。

常规赛之后有几天休息日，俞苑苑终于有时间看手机，却看到自己已经太平了很久的微博下面分了两队，一队人质问她是不是一面吊着年哥，一面还想勾引灭爹，说她是电竞毒瘤，而另一队则气势汹汹地帮她喷回去的场面，她只觉得一言难尽，感慨道："啧啧啧，贵圈真乱。看我微博下面的战火连天，像进驻了娱乐圈的暴风中心，有一种自己火了的感觉。"

虽说清者自清，但是也禁不住"黑子"们这么带节奏。楚嘉年早就找魏遇压了帖子，但是这种谣言传播的速度向来非比寻常，再加上楚嘉年觉得自己的女朋友和别人这么传绯闻实在是有点生气，于是在 AM 以夏季赛常规赛积分第一的成绩顺利进入季后赛，队里举办小庆功宴的时候，楚嘉年心里压了好久的委屈终于暴露了出来。

队里平时禁酒非常严格，因为酒精会麻痹神经，一定程度上会影响到手指的灵活性。但是在庆功宴这种场合，再加上之后有几天的休赛期，所以稍微喝两杯还是无伤大雅的，就连楚嘉年都一起举了杯。

俞苑苑平时不喝酒，这会儿喝了几口红酒就有点上头，便走到阳台上呼吸新鲜空气。她才站了没一会儿，身后门响，楚嘉年也跟了出来。

大城市的夜晚是看不到星星的，但是有万家灯火和车水马龙点亮整座城市。他们的庆功宴这次选在了一间坐落于半山腰的私家小楼，此刻从阳台向外一眼看过去，小半个城市都能落入眼底。

俞苑苑看向楚嘉年的时候，眼底正盛满了这些灯火阑珊，因为微醺，她的眼中还带了一丝湿意，再加上微红的双颊，不自觉中，这一眼扫过来，竟有了几分媚态。

山间有微风吹过，盛夏的凉意最难得，楚嘉年眼底一沉，从她身后圈住她，俯身从侧面亲了亲她的脸："这两天想出去玩玩吗？"

俞苑苑摇了摇头："我感觉和灭哥还需要继续磨合磨合，虽然我觉得进 S 赛已经稳了，但是能不能拿冠军还是未知数，而且 S 赛是硬战，我们……"

她忧心地说了一堆，结果被楚嘉年扶住下巴，堵住了她接下来的话。

兴许是混了一丝酒精的作用，楚嘉年的吻比平时霸道得多，他掰正俞苑苑的身子，从正面加深了这个吻。

一时之间，俞苑苑觉得自己全身的神经都集中在了楚嘉年的触碰之处，整个人都变得晕晕乎乎。她觉得此时此刻的楚嘉年像是想将她嵌入他的身体，生吞活剥地吃下去，又像是将她捧在手心，视她为最贵重的明珠，只有他能够不断摩挲和爱抚。

放开她的时候，楚嘉年的气息也有些不稳，他的声音更是暗哑："苑苑，我不想让你和他传绯闻。"

俞苑苑感觉到了什么，想了想，道："那我们发个声明？不过发声明也不一定有用，嗯……该怎么办呢？"

"苑苑，等我们拿到S赛的冠军，就订婚吧。"楚嘉年深吸了一口气，在她耳边低声道。

俞苑苑的胸腔猛地一震，心疯狂地跳了起来。也不知道是因为楚嘉年那么笃定的一句"拿到S赛的冠军"，还是因为"订婚"这两个字。

这不是楚嘉年第一次说出"订婚"这两个字了，上一次他为了让她进战队，带着几分玩笑说过，她虽然也受到了冲击，但完全不比此时此刻。

她可以听到他的声音中暗涌着的情愫。

她死死地按住了自己心头涌动的情绪，带着笑意反问了一句："如果没拿到呢？"

楚嘉年伸出一根指头，按住了她的唇，眼神闪亮如星辰："没有这个如果。"顿了顿，他又低声补充道，"就算没有拿到冠军，我还是想和你订婚。"

俞苑苑眨了眨眼睛："可是，要订婚之前，你是不是应该先……求个婚？"

楚嘉年愣住了。

别看他平时在运营战队的方面精明老成，但是在感情方面，本质上就是一个彻头彻尾的电竞直男，甚至还沾染了一点世代从商的功利，所以才会在想要吸纳俞苑苑进战队的时候，说出"不如订婚"这种轻率的话。

轻率到他突然觉得自己的正式求婚，无论怎么样，都显得不够有诚意。

楚嘉年陷入了深思。

俞苑苑不知道他心中所想，只觉得他目光沉沉，她挣脱开他的怀抱，抬手刮了刮他的鼻尖："你要怎么求婚呢？年哥哥？"

言罢，她似乎是心情极好，哼着小调背着手回了屋里。

因为是庆功宴，所以大灭也带了皮皮来。之前皮皮就来探过班，所以大家算是已经挺熟悉的了。皮皮和俞苑苑之前想的不太一样，她其实比俞苑苑大了几岁，虽然确实是非常活泼可爱的女生，日常生活里也是欢声笑语自来熟，但是一看到大灭忙起来，她就会安安静静地在旁边做自己的事情，从来不会打扰大灭。

懂事到俞苑苑都有点心疼，也明白了为什么大灭把她捧在手心上。

这样一个女孩子，谁又不喜欢呢？

她凑到皮皮旁边，皮皮喝得稍微有点多，看到她过来，直接歪到了她身上，抱住她的胳膊："苑苑呀，我真的是羡慕你的游戏能打得这么好。"

俞苑苑笑了起来："为什么呀？你明明有 LPL 第一打野的男朋友，为什么要来羡慕我？"

皮皮叹了口气："因为我实在是玩得太烂了，毫无天赋。而且其实我不是特别喜欢玩游戏，可是他喜欢啊，所以我就逼着自己去学，去喜欢，可是……还是玩不好。"

俞苑苑有点好奇："其实你不用逼自己玩呀，灭哥也没有强求你要喜欢，你做自己喜欢的事情，开开心心的，灭哥就很高兴了。"

皮皮摇了摇头："他的大好时光都在这款游戏里，我如果想要参与他的生活，又怎么能不了解这个游戏呢？我喜欢看他比赛的样子，也喜欢他打游戏认真的表情，所以我觉得，如果我玩得不那么菜的话，也许就可以和他一起打游戏，在游戏里也陪着他了……我总觉得他太孤独了。可惜，我的技术只能给大家带来困扰，更别提和他一起驰骋峡谷了。"

她顿了顿，又很快补充道："不过现在有你们和年哥在，他最近心情好多了。"

皮皮的话语真挚，虽然带了一丝蒙眬的醉意，但是俞苑苑还是可以从她的话中听出她的怅然。俞苑苑摸了摸皮皮的头发："别难过，每个人都有擅长和不擅长的地方。你能这样一直陪着灭哥，他就很高兴了，真的，我能看出来的。"

皮皮点点头，笑了笑，声音中带了一丝哽咽："其实一开始，我还暗自下过决心，想要成为职业选手，这样才能更好地陪在他身边，结果……所以，我是真的很羡慕你，能和年哥在这里并肩奋斗，你们一起为了梦想努力的时候，我有时候觉得自己是个局外人。"

俞苑苑叹了口气，她不太擅长安慰别人，只好将皮皮揽在怀里，轻轻拍了拍她的背。皮皮埋在她的肩头，低声啜泣。

她的男朋友是所有人心中的英雄，可是唯独没有时间陪伴她。难得的休赛日，他还要回家看望父母，最后剩下来的一点点时间才能属于她。一年三百六十五天，她真正和他在一起的日子不超过十天。

可是她还是爱他，而且甘之如饴。

她也曾想过放弃，可是在看到他拖着一身疲惫，还是要在深夜里跨越半个城市来找她，只为给她送一杯奶茶的时候，她的这个念头就灰飞烟灭了。

她爱着的，就是这样的他啊。

这一年度的夏季赛季后赛的赛制和往年一样，将八强战队分为了上下两个半区，以冒泡赛的方式进行比赛，决出最终的两支战队进入冠军赛。

首轮比赛将在各个半区的三四名之间展开，取胜的队伍则进入六进四环节，对战半区第二的队伍，胜者将跻身四强挑战小组的头名队伍，最终胜利的队伍则进入最终冠军赛，争夺夏季赛的奖杯。而赛制也延续了 BO5 的形式，即五局三胜。

AM 被分到了上半区，并且以上半区积分第一的排名静静等待进入半决赛的队伍。而下半区的第一则是 CMCG 战队。

其实以 AM 战队目前的积分状态，可以说已经提前锁定了一个 S 赛的位置。但是该打的比赛还是要打的，尤其是他们今年势头正猛，大家都对总冠军有不小的想法，更何况，名次越高，拿到的奖金也越高。

季后赛的赛程安排得很紧，比赛时间最终确定在了下午两点。因为今年的主场全部都确定在了 AM 所在的城市，所以 AM 免去了舟车劳顿的奔波之苦，占尽了主场优势。至于到底为什么会定在 AM 的城市，队员们也偷偷讨论过，最后换来了楚嘉年的微微一笑。

大家顿时闭了嘴，不敢说出心中的猜测，暗自感慨了金钱的魔力。

这段时间所有队员们的直播都停了，下午两点的比赛是必看的，看完以后还要开赛事分析，晚上还有针对各种阵容的训练赛，日程被安排得满满当当。

只有小新无所事事地开着直播，他手伤没好，整个夏季赛是铁定没法出场了，《英雄联盟》他也没法打，干脆开始直播斗地主，反正不费手，纯粹图个乐子，倒也有不少观众乐意看他在那儿抖机灵。

很快，时间就推进到了季后赛的日程。九月的阳光依旧灿烂，俞苑苑提前去学校请好了假，虽然已经尽量低调了，但是在路上还是频繁被同学们认出来，又收获了一大批的加油助威。

经过数天的角逐，最终确定进入半决赛的战队已经出炉，将由 AM 战队对战 LDM 战队，CMCG 战队对战 OPE 战队，再由其胜者进入冠军赛的角逐。

谁都没想到，没有了大灭的 OPE 战队还能走得这么远。抛去往日的其他恩怨不说，大灭心里是有一些欣慰的，大约就是那种"自己一手培养的战队终于站起来了"的奇妙感觉。

LDM 战队就是奥利奥之前坐了好几年冷板凳的战队，也是进过两次 S 赛的，虽然都是止步八强，一部分原因是实力问题，但是每次都在小组赛里遇见 BBG 战队也是另外一个原因。所以 LDM 一直被称为"败在抽签环节"的战队。圈里也有趣闻说 LDM 每次抽签之前都会沐浴焚香，甚至经理人还偷偷去烧过香，然而，这次还是被系统分到了 AM 这一组。

并不是说 AM 就一定比 CMCG 战队强多少，而是 LDM 也和 AM 战队一样，都属于打架队，而且现役的中单和打野都是队伍中心。虽然 AM 战队没有明确地围绕大灭和俞苑苑，但是论战队高光时刻，确实是他们两个人的最多，所以其他战队在制定战略的时候，一直都将 AM 的中野视为最要针对的点。

于是这场比赛从一开始就被观众们列为必看的 BO5，毕竟打架队对战打架队，战况应该非常激烈，场面肯定好看。

到了比赛日，两支队伍都早早就来到了赛场，奥利奥虽然已经名列 LPL 上单位的前五了，但至今见到 LDM 战队的现役队员们还是有点别扭，打完招呼以后，一转身，笑容立刻垮掉了。

牛肉酱旁观了他的变脸，感慨道："奥哥，我觉得你这种性格，就适合在一个队伍里面从生到死，最后养老转入数据分析。转会什么的，不适合你。"

他明明是调侃，奥利奥硬生生听成了夸奖，非常认同地点了点头："这就是我对 AM 的忠诚度，没什么好怀疑的。"

牛肉酱感觉自己打在了软棉花上，还顺便让奥利奥在年哥面前刷了个脸，深感他脸皮之厚，自愧不如。

因为是半决赛的第一场，现场的气氛格外热烈，两支队伍粉丝的呐喊加油声简直能掀翻场馆的顶。俞苑苑正在后台活动着手指，楚嘉年就给她手里塞了一罐石榴汁，然后在她嘴角轻轻刮了一下："加油。"

俞苑苑左右看看，等到队员们都出去了，这才飞快地踮起脚，勾住楚嘉年的脖子，在他嘴角亲了一下："这才叫加油。"

楚嘉年笑了笑，拍了拍她的头，看着她转身跑向自己的队友们，在观众们震天的欢呼声中走向自己的座位。然后，他戴上教练耳机，跟着走了出去。

大家已经习惯她最后一个出来了，甚至还有心情酸两句。雪饼第一个啧啧了两声："今天的纳命依然是最后一个出来的呢。"

已经融入了 AM 全队的大灭跟上："身后跟着嘴角还有口红印的经理人。"

俞苑苑惊呆了，她今天确实擦了口红，刚才忘了这一茬，她赶快回头一看——楚嘉年的嘴角真的有口红印，还是非常明显的草莓色，稍微在下巴上晕染开了一小片。

她倒吸了一口凉气："完了完了，你们说我还有机会补救吗？"

大家哄笑成一团，连 LDM 那边都注意到了这个细节，然后笑了起来。楚嘉年刚刚上来还没弄清楚情况，就看到俞苑苑使劲给他使眼色，根本没反应过来："你眼睛抽搐了吗？"

观众们的眼睛何等雪亮，弹幕瞬间开始刷年哥下巴瞩目的口红印。连解说阿莫和西林都笑出了声，阿莫调笑道："说实话，不知道为什么，看到年哥下巴上的口红颜色和纳命嘴上的色号一样，我竟然有点安心。"

"是时候让直男们记住这个颜色了，你们说明天纳命同款口红色号会不会被卖爆，反正我决定下班以后去问一下纳命用的哪一支，提前囤一点。"西林一本正经道。

阿莫翻了个白眼："有女朋友吗你，还买口红，先找个女朋友吧。"

两个人很快带了一波节奏出来，毕竟甜甜的爱情故事瓜谁都爱吃。而工作人员也终于拿了纸巾上来，楚嘉年也没尴尬，他笑着把口红印擦了，还在俞苑苑头上弹了一个栗暴。俞苑苑一缩脑袋，捂住了头。

两个人的互动甜翻了所有的观众。

这个小插曲没有持续太久，耳机里提示音很快响起，AM 和 LDM 双方正式进入 BP 环节。

AM 率先针对 LDM 的每一条线，分别 ban 掉了牧魂人、妖姬和卡莉丝塔。过去的比赛里，LDM 用这几个英雄都打出了不错的成绩。

LDM 则 ban 掉了丽桑卓、瑞兹和塞拉斯。

俞苑苑挑了挑眉："哟，这么针对我的吗？"

奥利奥轻咳一声："怎么说瑞兹和塞拉斯也是摇摆位吧，不要忘了我五杀锐雯的存在。"

俞苑苑翻了个白眼："你用过塞拉斯吗？"

奥利奥默默闭嘴了。

AM 的这个 ban 人其实很有讲究，针对 LDM 打野和最近阵容的研究，再结合版本，一般来说雷克塞和皇子的出场率都非常高，而选择雷克塞的优先级要比皇子更高出一筹。此刻 AM 将两个打野都放出来没有 ban 掉，就是要逼着LDM 在其中做出一个选择。

作为版本强势辅助，AM 一抢了加里奥，而 LDM 果然在略微犹豫一番后，一抢了雷克塞，然后在二楼直接锁了塔姆。

大灭微微一笑，直接锁定皇子。

LDM 三楼亮了佐伊，然后直接锁定。

"已经 ban 了这么多中单位，继续让他们在第二轮针对中吧，三楼先把卡莎锁了。"楚嘉年淡定道。

俞苑苑：……宝宝心里苦，宝宝不说。

第二轮 BP，LDM 果然如楚嘉年所说，先锁了亚索，然后 ban 了辛德拉，这两个英雄都是能 counter 佐伊的英雄。

而 AM 则是针对 ADC 的位置 ban 掉了韦鲁斯和寒冰，这让 LDM 在短暂的犹豫后，拿了一手薇恩。

薇恩吃后期，而 AM 不打算将比赛拖到后期，既然是打架队，那么前中期的频繁团战定然是避免不了的。

"奥利奥拿吸血鬼，中路拿蛇女。"楚嘉年思考片刻，"对面上路大概率会是凯南，他们缺开团。"

凯南在当前版本确实是非常强势的英雄，称赞一句开团利器也不为过，但纵观此刻 AM 阵容来说，开团的英雄已经够了，所以不如把凯南放出去。

果然如他所说，LDM 最后一手锁死了凯南。

于是最后的阵容确定下来。

AM 这边：上单吸血鬼，打野皇子，中路蛇女，ADC 卡莎，辅助加里奥。

LDM 方面：上单凯南，打野雷克塞，中路佐伊，ADC 薇恩，辅助塔姆。

"前期多抓抓凯南，LDM 开团全靠凯南。"楚嘉年摘下耳机前最后嘱咐了一句，然后走到中间去和 LDM 的 BP 教练握手，随即下了场。

双方的粉丝分别喊起了两队的口号，随着熟悉的"欢迎来到《英雄联盟》"的清冷女声，峡谷的地图缓缓展开。

夏季赛半决赛，正式打响。

一级大家照例在河道打了个照面，解说还在分析阵容，镜头从上路开始分镜转移到下路，突然又回到了中路！

小地图上的两个人影似乎距离比平时格外近！

俞苑苑原本只是摆着尾巴躲在了中路的河道草里，没想到佐伊一蹦一跳地过来，似乎也是想要蹲一下。俞苑苑在心里计算着攻击距离，等佐伊走近，她毫不犹豫地直接点了一套上去，还扭着腰躲开了佐伊的第一颗彗星。

一级的 CD 都很长，第一颗彗星没打中，已经丢了一小管血的佐伊只能转身后退。没想到蛇女紧追不放，跟在佐伊身后一顿点，直到佐伊跳回塔下，离开了蛇女的攻击范围。

这一套下来，蛇女开局就把佐伊点成了半血。

"我觉得纳命的中路是真的强势，一级上来就敢打，不管拿什么英雄，狭路相逢，甭管谁手长谁手短，克制不克制，反正我肯定会给你来一套。"阿莫笑道。

"这一方面当然是因为纳命对中路英雄的理解和操控能力，另一方面我觉得也是因为纳命出道即世界赛所锻炼出来的心理素质。"西林赞同道，"这是越打越猛了。"

"什么梦幻开局。"俞苑苑自己也感觉非常快乐，有了这样的血线优势，哪怕佐伊立刻开始嗑药瓶，也没法在这么快的时间就补回状态，进而也不敢再继续往前压了。

蛇女几乎从开局就把佐伊压在了塔下补塔刀。

开局打出优势，俞苑苑又擅长滚雪球，到了五分半钟的时候，蛇女不仅压了对面的佐伊十五个小兵，还提前一步到了六级。

大灭几乎是在她到了六级的同一时刻就非常默契地绕到了佐伊后方的草里。眼看他到位，兵线也刚刚被推进塔里，俞苑苑毫不犹豫地越塔上前给了佐伊一个大！

佐伊回避不及，被定在了当场。蛇女紧接着就在她脚下稳稳地喷出了剧毒迷雾，佐伊刚刚从眩晕中回过神，一个旗子已经插到了她的脸上，皇子紧接着从天而降——EQ二连的皇子直接收走了佐伊，而佐伊连一点反抗的空间都没有。

First blood!

俞苑苑不慌不忙地嗑着血瓶，退出塔的攻击范围，再重新上前两步，开始吃塔皮："牛呀灭哥！"

然而她话音未落，对面的雷克塞也绕了雪饼和牛肉酱的后！

在这之前，卡莎已经被耗了一波血量，此时已经非常不健康了。雪饼躲在塔下，左闪右避地躲着伤害，一边冲着薇恩猛点。加里奥闪现上去给了薇恩一个嘲讽，雪饼几乎是用刚刚冷却好的艾卡西亚暴雨收掉薇恩人头的同时，被薇恩极限地钉在了墙上！

游走过来的雷克塞直接收走了卡莎的人头。

"换了换了。"雪饼吐出一口气，"这个雷克塞是真的烦。"

中下两路碰撞不断，数次打起来，又丝血逃脱，观众们的惊叫都卡在嗓子眼，而打野也因此频繁往返于野区和中下路，反而给了上路非常好的发育空间。

吸血鬼平缓地来到了七级，奥利奥听着队内激烈的语音，再看看自己和对面凯南的补刀数只差了一个，两个人的TP也都没有交，一时之间感觉自己似乎是住在什么和平停战区。

LDM虽然拿到了开局的第一个土龙，但是俞苑苑一个人在中路直接吃满了四层塔皮，而下路除了一次一换一，LDM没有什么别的进账。

LDM的中单有点烦躁："我一个佐伊的塔被打成这样，是真的没面子啊。"

"往后退退退！都去中路了！"LDM的辅助在中路连打了几个信号。

佐伊已经在向后走了，但是与此同时，雷克塞也已经蹲在了草里，佐伊开大跳到刚刚吃完F6走过来的俞苑苑身上，瞬间给她套了一个睡眠气泡！

皇子开大跳过来的时候已经迟了，佐伊的被动技能和彗星已经同时砸在了俞苑苑身上。俞苑苑倒地的同时，卡莎的一套也全部打在了被皇子击飞的佐伊和雷克塞身上，皇子持枪横扫，加里奥的嘲讽跟上，连着收下了佐伊和雷克塞两个人头。

一换二，而且换掉的是LDM的队内支柱打野和中单，一点都不亏。

"佐伊的预判是真的准。"俞苑苑买完装备等复活，抬手喝了一口石榴汁，"不愧是LDM的金牌中单。"

"稳住。"大灭言简意赅，"拿峡谷先锋。"

雪饼配合着大灭点了两下峡谷先锋，就赶快回了下路。

因为他和牛肉酱到中路参团，LDM的下路二人组已经在点塔皮了，而且已经吃到了第一层。雪饼和牛肉酱堪堪在薇恩再点两下就能拿到第二层塔皮的时候赶到，硬生生逼退了薇恩。

峡谷先锋最后选择在中路释放，中路的塔本来就已经被俞苑苑吃满了四层塔皮，这会儿一头就撞掉了。对面很快赶到，在峡谷先锋刚刚撞了二塔半格血线的时候，就打掉了峡谷先锋。

而这个时候，大灭突然发现了问题："凯南出的是AD装？怎么想的？奥利奥，直接上！"

一直在对线的奥利奥早就发现了这个问题。这会儿凯南和吸血鬼都各自回家出了一波装备，收了两个兵，凯南微微后撤了两步，又重新A到了吸血鬼脸上，然后秒开大连着打满了伤害，直接晕住了吸血鬼！

然而就在这一波换血被打到残血的同时，奥利奥已经开了血池开始回血！

血池状态无法被选中，而吸血鬼这个英雄，只要一套技能没有秒掉他，给了他用血池回血的机会，就很难杀了。凯南显然也意识到了这个问题，他伤害计算得稍微偏差了一点，没有一套技能秒掉吸血鬼，此刻想要后退却已经来不及了——吸血鬼的血池自带减速效果，血池的两秒回血过去后，奥利奥又稳又准地 Q 了上去，两下平 A 收掉了凯南的人头，自己也回到了三分之二的血线状态。

对线被秒第一次，就会有第二次。LDM 见势不妙，立刻选择了上下路换线，而雪饼在发现下路双人组回家以后，立刻意识到："他们应该要换线了。"

俞苑苑在 LDM 的红区打了信号，大灭顿时会意，埋伏在了草里，雪饼和牛肉酱都开始往中上路的方向赶，而吸血鬼也在收了兵线排了眼以后，从龙坑正面绕到了墙边。

果然，LDM 的下路双人组选择了先过来收一个红 buff。

薇恩在打红 buff 的同时，塔姆绕了一圈，想要来探一下视野，而他刚刚走了两步，脸上就被插了一个旗子！

皇子 EQ 二连打到塔姆脸上，薇恩刚刚收掉红 buff，原地翻滚过来想要平 A 皇子，没想到埋伏在视野盲区的吸血鬼已经闪 E 跳进了人堆，秒接 RQW，直接在塔姆身上打满了伤害！

薇恩也在这个时候把皇子点到了一个岌岌可危的血线，而雷克塞也从不远处跳了出来，眼看就要用一个塔姆换掉皇子，说不定还能留下一个吸血鬼，能血赚一波的时候——加里奥一个大从天而降！

塔姆直接被收掉人头，刚刚上来的雷克塞也被直接击飞，然后被嘲讽。俞苑苑在中路拖住了佐伊，而雪饼已经从龙坑绕了过来，几下就点掉了被吸血鬼打了一脸然后被加里奥炸成了半血的薇恩。而雷克塞还想跑，卡莎开大直接飞上他的脸，再次收掉了人头！

Double kill!

几乎是同一时间，蛇女在中路也一套带走了佐伊。

阿莫有点震惊："蛇女在中路，这是正面抗塔用大招击中了佐伊，然后一套技能带走佐伊，这个极限施法距离的计算也太可怕了！"

刚刚团战的那波解说是西林跟进的，他刚刚从激烈的团战解说里喘了口气，看到俞苑苑的操作，语气又重新激动了起来："蛇女的大招其实就是美杜莎石化的原理，只有正面面对她的时候才会被大招击中，佐伊这个时候显然是没想到蛇女竟然敢抗塔进来直接打她，毕竟这个时候她的血线还是健康的，但是纳命这名选手是真的激进！"

弹幕刷了一整片"厉害厉害"，一半是为刚才的团战，一半是为俞苑苑进塔收人头的操作。

这会儿 LDM 的人都还没复活，俞苑苑在原地等了一波兵线，把二塔直接点掉，这才转身回了家。

她一个人打穿了一路线，其他几路线更是优势明显。AD凯南没发育起来，LDM的开团跟不上，这个时候除非是出现抢到大龙、有零失误的奇迹团战，并且建立在AM有重大失误的基础上，才能翻盘。

而上述条件同时出现的概率无疑太低，二十七分钟，AM带着大龙攻上了LDM的高地，顺利拆掉了水晶。

大家站起身活动了一下手腕，直接回了后台。十五分钟后，还要进行BO5的第二场比赛。

俞苑苑甩着手腕，边说边走进休息室，感慨道："其实对面佐伊的命中率可以的，要不是我腰好，估计能被单杀好多次。"

腰好的意思当然是技能躲得又快又好，而楚嘉年正好听到了这句话，他意味不明地望了一眼俞苑苑的腰。少女穿着AM的队服，队服勾勒不出来什么腰身，但他的脑中却没来由地出现了泡温泉的时候，她的那件幼稚的迪士尼泳衣，以及那次在操场的时候，她跳到了他的身上，而他为了防止她摔下去，双手正好托住了她的腰——这样的回味之下，他不禁暗叹：似乎确实是……又细又软。

他笑了笑："我的腰也很好。"

俞苑苑正处于对自己躲得好的自我陶醉中，听到楚嘉年这么说，郑重其事地点了点头："中单位置任重道远，腰不好不行啊。"

大灭到底是老司机，有点听不下去了："大下午的，咱们就别讨论腰好不好的问题了，男人的腰那是能随便讨论的吗？"

俞苑苑愣了愣，这才回过味来，转头瞪了楚嘉年一眼。

"能不能讨论我不知道，反正我觉得我的腰要是打满BO5，肯定会断掉。"牛肉酱站在休息室中间扭了扭身子，接过毛巾擦了擦脖子和额头上的汗，"这个赛制对我们胖子太不友好了。"

"三场应该能搞定，别慌。"雪饼拍拍牛肉酱的肩膀，"雪哥哥带你早点回家。"

"都别掉以轻心。"楚嘉年收敛了开玩笑的脸色，"LDM接下来肯定是要背水一战了，这可是季后赛半决赛，赛场上没有弱队，都稳一点。"

大家也都郑重地点了点头。

谁都想要拿到S赛的入场券，他们虽然已经提前锁定了那张入场券，但是他们的眼前，还有一个近在咫尺的夏季赛冠军。

小孩子才做选择，成年人——两个都要！

趁着第一局士气高涨，AM接连又拿下了第二局的胜利。大家正在休息室放松，顺便闲聊几句的时候，突然传来消息说LDM第三局要换人。

第三局就是决胜局了，LDM肯定打算放手一搏。但是换人这一点，大家没有料到。因为LDM的替补都是从青训营里出来的小孩子，虽然在常规赛里也有一定的出场率，但总体来说表现都是中规中矩，不算亮眼。要说把他们当作最后一局制胜的奇兵，他们可能还负不起这么重的担子。

"LDM的替补是中单和ADC吧？"雪饼回忆了一下，"中野阵容的LDM应该不会这会儿换中单，那是要换ADC？"

牛肉酱回忆了一下对局："下路线挺稳的啊，也没听说LDM的下路选手有严重伤病，是有什么新战术吗？"

楚嘉年坐在俞苑苑身边沙发的扶手上，摇了摇头："别想了，没有什么小道消息。他们换人就让他们换，你们保持状态就行。"

俞苑苑冲他挥了挥拳头，示意自己状态奇好。

楚嘉年笑着揉了揉她的头发。

大灭嚼着口香糖，瘫在沙发上，一只耳朵听着他们的讨论，一边还在和皮皮发语音："乖乖晚上想吃什么呀？应该快打完了，你就在基地附近等等，我们一会就回来了。"

皮皮不知道回了什么，大灭的声音更加温柔："赢了有什么奖励呀？"

皮皮说了句什么，大灭低沉地笑了起来。

奥利奥坐得离他近，默默地搓着手臂站了起来，不动声色地换了一个位置，然后装作毫不在意地点开微信扫了一眼。

嗯，很好，给蔺瓶子发过去的十条微信，包括语音、文字和卖萌表情包全部石沉大海。

奥利奥重新将手机锁屏，然后扔在一边，表情平静地告诉自己：

我，奥利奥，一点都不酸大灭和灭嫂，也不酸年哥和苑苑，真的，你看我真诚的眼睛，是不是觉得比钻石还真？

十五分钟很快过去，大家重新走上场。俞苑苑在上场的时候向着LDM那边望了一眼，然后一愣。

LDM换的不是ADC，居然是中单位！

如果没记错的话，那个看起来瘦瘦弱弱的中单名叫苏牙，俞苑苑在常规赛看到他的表现时还觉得他挺有前途的，抗压能力不错。她这一眼过去，正好对上了苏牙看过来的眼神，她冲着对方微微一笑，点了点头示意。

苏牙也是微微一愣，顿了一下脚步，犹豫了一下，然后对着俞苑苑露出了一个带了一点抱歉的笑容。

那个笑容稍纵即逝，俞苑苑怀疑自己是不是感觉错了，那大约只是表示礼貌？

她驻足的这一会儿，楚嘉年已经从后台出来了，他这会儿还没戴耳机："怎么了？"

台下粉丝眼尖地看到了他们俩站在一起，顿时开始起哄。俞苑苑和楚嘉年礼貌性地向着台下笑了笑，小幅度挥了挥手，这才把话题进行下去。俞苑苑压低声音："可能是我的错觉，苏牙对我笑了一下。"

楚嘉年："……那我也对你笑一下？"

俞苑苑被他的神回复惊到，一时之间忘了自己要说什么，白了他一眼："那你笑啊。"

楚嘉年就真的对她缓缓露出了一个笑容，他侧着脸，摄像机拍不全，但只是一个侧脸，都能从中清清楚楚地看到他眼中的宠溺和专注，而那个笑容更是如同寒冬之中盛放的梅花，迷人而温暖。

这个笑容，啊，我死了！

我真的是嗑爆这对 CP ！！！

好想知道正面对上年哥那个眼神的感觉，啊啊啊啊！感觉自己呼吸困难！

讲真的，这谁扛得住啊！年哥你这么笑也要考虑纳命爷的心脏啊！她还要打比赛的啊！

弹幕的担忧还没发完，观众就看到俞苑苑丝毫不为所动，还带着一点嫌弃地说了一句什么，头也不回地去了自己的位置。

纳命爷走了？？？

哈哈哈哈哈哈，年哥色诱未果，纳命爷不为所动！！！

这是何等的定力！！！

纳命爷十动然拒（十分感动，然后拒绝了他），果断选择了游戏，哈哈哈哈哈哈！

我分辨了一下纳命爷的口型，你们分析一下我说得对不对！纳命爷说的是……

是什么你倒是说啊，别卖关子好吗？

刚刚手抖不小心发出去了。纳命爷说的好像是：笑什么笑，傻子。

哈哈哈哈哈哈哈，我对了一遍口型好像真的是这样！哈哈哈哈哈，笑死我了。

口型辨认的粉丝没说错，俞苑苑说的就是这句话。

楚嘉年半天没回过神，他戴上耳机，难得没有参与开局提示音之前大家关于 LDM 换的居然是中单位的讨论，直到 BP 提示音响起，他才冷漠地开口。

"先 ban 掉雷克塞和牧魂人。"

LDM 则是 ban 了一手丽桑卓和瑞兹，然后还 ban 掉加里奥，显然是想要破掉第一把皇子和加里奥体系的开团。而第二把，虽然大灭没有拿皇子，但是卡莉丝塔和加里奥的体系依然恶心到了他们。

"ban 掉妖姬吧。"楚嘉年的声音依旧冷漠。

俞苑苑默默 ban 掉该英雄，然后小声道："年哥的冷漠是不是只有我一个人感受得到？"

牛肉酱同样很小声地回了一句："不，我也感觉到了。"

两个人刚说完，就感觉后颈一阵凉意，显然是楚嘉年的眼刀落在了两个人身后。

其他人还没来得及回话，就看到 LDM 一楼竟然锁了塞拉斯。

俞苑苑挑了挑眉："哟！用这个塞拉斯！有一手啊。"

大灭皱了皱眉："一选塞拉斯，这显然是不想让我选皇子，这样的话他们 ban 丽桑卓和加里奥就让人感觉很奇特了。"

塞拉斯的格言是，你的大招就是我的大招。丽桑卓和加里奥都是塞拉斯偷大招时最青睐的对象，LDM 就算不 ban 丽桑卓和加里奥，AM 看到塞拉斯出场，其实大概率也是不会选这俩英雄的。也不知道 LDM 是 BP 出现了问题，还是真的宁愿放弃偷大招，也不想再看到 AM 打这两个英雄。

"大灭，你的蜘蛛最近练了吗？"楚嘉年看着塞拉斯的头像，突然问道。

这会儿虽然大灭的招牌英雄皇子还在外面，但是因为皇子的大招是塞拉斯最爱偷的对象之一，所以显然不能拿了。大灭一听楚嘉年的话就笑了："宝刀未老。"

于是一楼锁定蜘蛛，二楼则是针对塞拉斯，拿了一手塔姆做保护。

蜘蛛的头像一亮出来，台下就响起了惊呼声。大灭的拿手英雄除了皇子就是蜘蛛，而蜘蛛已经很久没有亮相过了，粉丝们都很激动。

轮到 LDM 选英雄，因为皇子还在外面，他们二楼果然锁了卡莎，然后锁了一个酒桶。

"酒桶辅助？"楚嘉年想了想，"纳命，中单锐雯能压住塞拉斯吗？"

俞苑苑一愣。锐雯是每一个《英雄联盟》玩家都一定会去拿来浪一下的英雄，尤其是他们这种职业高端玩家，都在成长的路上有过通宵练三秒十一刀的岁月。甚至有人将三秒十一刀的操作作为划分《英雄联盟》玩家水平的分水岭，砍出来，水平就飞升，砍不出来，就没资格说自己是高端玩家。

奥利奥有点蒙："哎，不是，锐雯不给我给俞苑苑？"

"看塞拉斯的位置。"楚嘉年言简意赅，又催问了一遍，"纳命，能拿吗？"

俞苑苑从自己青葱岁月的回忆中回过神来，重重点了点头："可以。"

于是，锐雯被锁定。

观众和解说都激动了，MSI 上奥利奥的五杀锐雯实在是让人印象深刻，现场掀起了一波尖叫高峰。阿莫和西林也在讨论奥利奥的锐雯要重现江湖。只有奥利奥自己叹了口气："你们看到了吗？这些尖叫和欢呼都是给我的，如果塞拉斯走了中，他们会有多失望。"

"那就让我们双手合十一起祈祷对面重新选一个中路出来吧。"俞苑苑真的做了一个双手合十的动作，"不然万一我的锐雯比你还秀，我也会不好意思的。"

奥利奥："……"

第二轮 BP，AM 率先 ban 掉了卡莉丝塔，对面在短暂的犹豫后，ban 掉了凯南。

"我觉得 LDM 的 BP 真的有点厉害啊。"俞苑苑有点惊讶，"所有人看到锐雯的第一反应应该都是要去打上了吧？他们居然 ban 了一个上路英雄？"

"ban 船长。"楚嘉年意味不明地笑了笑。

LDM 紧接着又 ban 掉了一个吸血鬼，这依然是针对上路。

阿莫和西林有点惊讶，阿莫的声音里明显带着疑惑："LDM 明显是非常笃定锐雯要走中路？直接针对奥利奥 ban 掉了两个上路？我们看到 AM 这边先选出来了寒冰做射手位，由于寒冰和塔姆也是经典的下路组合，那 LDM 先锁了卡莎，然后……选了一手塞恩？"

"看来塞拉斯是要走中了，那 AM 这边如果锐雯走上路的话，那打塞恩还是挺舒服的，不过这样的话，AM 就要选一个可以 counter 塞拉斯的中路英雄了。我盲猜是一个佐伊。"西林沉吟道，"就看 AM 的最后一手选什么了——"

就在大家猜测的时候，AM 锁了一手波比。

"他们能不能进场，就看波比的 W 了。这个阵容就是打架阵容，中野前期多注意视野。"楚嘉年严肃道，"争取赢了最后一把，加油。"

奥利奥坐直了身体，等到楚嘉年摘了耳机，才稍微放松下来。

自从俞苑苑进队以来，楚嘉年在训斥他们的时候语气都放软了不少，BP 的时候也很尊重大家的意见，是以他突然回到了最初的严肃、冷漠声调时，大家一个激灵，都回忆起了曾经被年哥支配的恐惧，打起了十万分的注意力。

俞苑苑撇了撇嘴，心想这个小气鬼，她不就是噎了他一句嘛，他居然就变得这么冷漠了！而她甚至连一开始想说的话都没有机会说出来。

她气呼呼地喝了一口石榴汁，将目光对准了峡谷地图，然后扫了一眼对面的中单苏牙。

之前那个笑容又在她脑中一闪而过，她的心中闪过了一丝奇怪的感觉，但很快又被她挥之脑后。

塞拉斯算得上是她的成名英雄了，如今却要与塞拉斯对线。

"来来来，让姐姐看看你的塞拉斯玩得怎么样。"她操控着锐雯向前跑，嘴里喃喃自语，"玩得不好，就让姐姐来教你做人。"

"纳命爷，你知道吗？你变得越来越伶牙俐齿了。"牛肉酱小声道。

锐雯在原地转了两下，俞苑苑正色道："都是年哥教得好。"

后台的楚嘉年刚才被说"傻子"的火还没熄灭，这会儿又猛地打了两个喷嚏，他看了一眼赛事时间，决定有必要在赛后第一时间去听听赛事录音。

随着英雄们开始赶往中路，半决赛第三场决胜局正式开始。

最后确定下来的阵容是——

AM 方面：上单波比，打野蜘蛛，中单锐雯，ADC 寒冰，辅助塔姆。

LDM 方面：上单塞恩，打野皇子，中单塞拉斯，ADC 卡莎，辅助酒桶。

兴许因为是关键一把了，纵使在中野位置选了在所有人眼里看起来都非常容易产生激烈碰撞的阵容，大家前期还是以稳为主。一级的时候大家在河道只是互相对望了一眼，就各自回了线上，而打野也都选择了从自家野区开 buff，甚至到了六分钟，两边都还处于换血的状态，没有产生任何人头。而塞拉斯因为手稍微长一点，所以稍微压了锐雯一点兵线。

大灭之前抓了一波上路，把塞恩打到了残血，但没有收掉人头还交了一个闪现，这会儿正在自家野区刷野，就被对面皇子之前留下的一个眼看到了，从观众视角看起来，中路的苏牙几乎是立刻就转身向着对面的上半野区走去！

"这是想去蹲大灭吗？"阿莫话音刚落，就看到俞苑苑已经开始给大灭打信号了。同时她也在迅速收了兵线后，开始跟在大灭身后往野区走，而刚刚回家补了装备的奥利奥也立刻进了野区。

虽然大灭是残血状态，但是在这样的三人包抄下，苏牙几乎是刚刚对着大灭甩出链子，就被集火收下了人头！

First blood!

人头是俞苑苑拿到的，她一边回线上，一边有点疑惑："这也太冲动了吧？他们打野都不在这边。"

"新来的小伙子可能想要抓一波灭哥来长长威风，但急功近利了。"奥利奥一边收兵线，一边顺口说了一句。

"也不一定，还是不要掉以轻心比较好。"俞苑苑压了兵线到对面塔下，转身开始回城，脑子里又回放了一遍刚才苏牙的操作。虽然整体看起来很流畅，似乎就如奥利奥说的目的，但是她总觉得这是苏牙故意来送的。

但是为什么要这样送一波呢？

为了让她放松警惕？

无论是不是这个原因，她在之后的对线上都比以往要更谨慎一点。是以对面 LDM 的打野在草里蹲了三次，都没有找到一次抓她的机会。而苏牙在出现这样的失误后，也保守了不少，大灭来蹲了两次，也没有找到合适的机会。

"这个苏牙我有点看不懂。"俞苑苑有点疑惑，"我总觉得他们要搞事情，但是除了刚才苏牙奇怪的莽撞一波，好像也没有什么别的奇兵？"

"也可能只是你多想了。"雪饼刚刚和对面卡莎换了一波血，这会儿出了装备回线上，"不管是打架还是打运营，我们都不怕。"

"把视野做好，都小心被抓。"大灭一边刷三狼，一边提醒了一句。

大家期待中的中野激烈碰撞一直都没有发生，反而是大灭在刷完三狼以后，六级前就去上路 gank 了一波，硬生生越塔拿下了老司机塞恩的人头，这有点强杀的意思在里面。

大灭就这么一路到了六级。

第一波正式的团战发生在 LDM 的皇子偷拿峡谷先锋的时候，皇子的时机卡得巧妙，正好卡了 AM 这边的眼消失的瞬间。直到峡谷先锋的血只剩四分之一，才被雪饼飞过去的猎鹰之灵看到了视野。

一道灵光直接照出来了三个人。而这个时候只有上路的奥利奥在线上，奥利奥走下来，也不敢硬刚，试探了一下就放弃了，只能把这个峡谷先锋放给了 LDM。

拿到峡谷先锋，LDM 果然很快就在中路放了。俞苑苑带的是传送，她直接 TP 到了塔上，不想把一塔放掉。

放了峡谷先锋以后，LDM 的皇子、塞拉斯和下路二人组齐聚中路，很快把兵线送进了 AM 的中路一塔下，峡谷先锋一头撞过来，一塔瞬间没了半管血。

俞苑苑辗转在三方之间，一边收兵，一边砍峡谷先锋，还要躲技能，结果一不小心，就被塞拉斯的链子给打中了！

"啊啊啊，要完要完——"在这种人群里被控住基本就等于死，俞苑苑不由得哀号了一声。

果然，塞拉斯链子的效果还没结束，酒桶紧接着就直接炸在了她的身上！

锐雯的血瞬间少了一大半，眼看就要被收掉人头，塔姆终于闪现赶到，舌头一卷就把锐雯吃到了嘴里，硬生生保住了锐雯危在旦夕的一条小命！而锐雯也用最后一刀砍掉了塔下的炮车兵，以丝血状态保住了一塔。

在俞苑苑眼中，牛肉酱此时就是全世界最可爱的人！

"谢谢酱酱救我一条狗命！"俞苑苑连滚带爬地从牛肉酱嘴里出来，然而她还没来得及考虑是重新切入战局还是回家，游戏画面突然停了下来。

俞苑苑："怎么回事？"

大家也都愣住了。

大灭和奥利奥到底是经验丰富，奥利奥率先松开了鼠标和键盘，喝了一口水，心道应该是 LDM 那边叫停了，不知道是设备出问题还是出了什么情况。

暂停的时候，队员之间是不能交流的。

俞苑苑虽然是第一次在比赛中遇见这种情况，但也知道，一会儿肯定要开时空断流回溯了，只是不知道会回多久。

她稍微回顾了一遍刚才的比赛细节，只觉得如果这样回溯的话，锐雯的这条命这次是不太好保住了。他们已经知道塔姆是怎么闪现过来了。她仔细想了一下自己如果没有牛肉酱来救，那有几分逃命的可能性，结果得出了一个绝无可能的让人悲痛的答案。但是如果回溯的时间稍微长一点，她还可以选择不要TP。只是如果不 TP 的话，那么很可能二塔也会被撞一下。

比赛的时候到底上不上只凭一瞬间的判断，反而此刻真的有了选择机会的时候，人更无法抉择。

技术人员很快上台，看方向是冲着苏牙去的。

这个时候，耳机里切进来了场控的解释音："各位选手好，因为 LDM 的中单选手苏牙表示自己的屏幕显示出现了卡顿现象，目前技术人员已经核实，正在重启苏牙选手的电脑。游戏将倒回一分十五秒，请各位少安毋躁，并且为接下来的比赛做好准备。"

一分十五秒，那正好是锐雯刚刚 TP 下来的时候。

重启电脑虽快，但是后台拉回比赛画面再拼接也需要一点时间，是以这次暂停在八分钟后才重新开始比赛，重开提示音出来的时候，大家都缓了一下才重新进入状态。

大家交流的语速极快。

俞苑苑有点震惊："所以解决问题的办法就是重启？人生四大法则在电竞赛场也适用的吗？"

"大事换机，小事重启，这样最快。"大灭道，"人生四大法则又是什么？"

"喜欢就买，不行就分，重启试试，多喝热水。"俞苑苑喝了口水，清了清嗓子，"请各位电竞直男品鉴一下，看看自己有没有中枪。"

大灭差点把刚刚喝的一口水喷到屏幕上。

俞苑苑已经换了话题："不过我刚刚还在犹豫，要是回的时间长，我到底要不要交 TP 的问题，现在看来我可以不用考虑了。"

"不然你干脆落地秒开大，手速极限的话一秒五刀，说不定还能换掉一个？"牛肉酱建议道。

"那二塔八成还会被撞一下，况且能不能换掉还不一定，不太划算。"俞苑苑摇摇头，"我还是靠腰躲技能吧。"

游戏画面回到了皇子在中路河道放出峡谷先锋，俞苑苑的 TP 标在中路一塔上亮起来的那一刻。

雪饼和牛肉酱还记得刚才大灭的话，果断选择换了一条路。而观众视角可以看到，原本应该在中路的皇子果然在放出峡谷先锋以后蹲守在了刚才塔姆走过来的路径上。

而俞苑苑刚一出现在塔下，就迎面被塞拉斯直接拴住了！

"别过来别过来！直接守二塔！"俞苑苑喊道。这次情况和上次不一样，上次她还有机会收兵线，这次对面的攻击来得更精准也更快，在这种对面兵线已经进来了的情况下，队友来救，大概率会变成葫芦娃救爷爷。

皇子没有蹲到塔姆和寒冰，很快重新加入了战局。而换了一条路线的寒冰和塔姆直接开始守二塔。这一次团战与上次不同，只见奥利奥在战局重开的第一时间就开了 TP，绕过 LDM 背后的一个眼位，在 LDM 准备在二塔开团的时候，闪现进场，直接把卡莎、酒桶和塞拉斯都推到了塔下，然后击飞！

雪饼抓住机会，躲在塔姆身后拼命输出，而大灭从草里跳出来，趁机完成了收割，直接拿下了卡莎和塞拉斯两个人头。酒桶抗了好几下塔，最后被塔姆一舌头收了人头，转身准备走的皇子刚刚在草里插个旗跳过去，就被有视野的雪饼直接放大招命中，也被留了下来。

一波一换四，AM 卖了一个锐雯，丢了一座塔，还让上路单带的塞恩吃掉了上一塔，但是到底没让峡谷先锋撞到第二座塔。

大家还在喊着赚了赚了，画面突然又暂停了。

"我怎么不动了？"牛肉酱还没反应过来。

"LDM 又叫暂停了？"俞苑苑有点愣，"这才刚刚开了两分钟都不到吧？"

"准确来说是开了一分四十三秒。"大灭扫了一眼游戏时间，皱了皱眉，"对面又出什么问题了？"

现场观众也是一片躁动，如此频繁地暂停显然并不常见，而场控的声音又响了起来。

这次是 LDM 的辅助酒桶叫了暂停，原因依旧是卡顿，他说大招放出的时间比按出的时间晚了半秒，而这次调试大约要暂停十分钟的时间。

刚才酒桶确实是空放大招了。

其实也算不上完全空放，只是他开大招的时候俞苑苑的人头已经被拿下，而他的大招就显得没有意义了。如果能留到波比进场的时候再开，作用应该会更好。

AM 的所有人都想到了这一点，因为害怕被说窥屏，所以不敢对视眼神，但是队内语音的一片寂静，已经说明了问题。

赛时的话是有录音的，大家都不敢说得太明显，奥利奥头铁一点，先开了口："所以下一波，是不是塞恩会开车过来？"

他话里的嘲讽意味谁都听出来了，俞苑苑吸了吸鼻子，小声说道："不至于吧。"

"都稳住，不要被带乱了节奏。"大灭沉声道，"这种情况以前也不是没有发生过，你们仔细回忆一下。"

他这么一说，除了俞苑苑，所有人都想起来了，那大约是好几个赛季之前的事情了，LDM 的次级联赛队伍也在比赛中连续叫了三四次暂停，引起了网上的热议。平时他们看次级联赛的视频不多，是这种连续出故障的问题才让大家都去看了一眼。

当时 AM 才刚刚建起来，还没上场打过比赛，也不太懂内幕之类的事情。大家还一边骂赛方的设备太烂，一边小心翼翼地猜想了阴谋论，说这该不会是 LDM 的无赖战术吧。

奥利奥是从 LDM 出来的，表示之前在队里的时候并没有听说过这种事情，所以大家偏向于相信这确实是设备故障问题，谁都没有多想。

但是没想到，风水轮流转，这一回竟然轮到他们亲身体验这种事情了。

"不管到底是因为什么，我们都要先往坏里想。"大灭没有明说，只是作为前辈提醒着其他几个人，同时也说给自己听，"士气这种事情，一鼓作气，再而衰，三而竭。这已经是第二次暂停了，我们的节奏虽然被打乱了，但是他们的节奏肯定也没好到哪儿去。大家都注意着点儿，休息十分钟也别松懈，在脑子里多过几遍刚才的战局，保持住状态。"

大家都明白他的意思，深吸一口气，压下心头的躁动。

俞苑苑想起了之前苏牙的那个带着歉意的笑容。

难道那个笑容……竟然是这个意思吗？

场上选手安抚自己情绪的同时，后台也出现了小小的躁动。

解说在第一个休息的八分钟里面已经将战局分析得清楚透彻，甚至还有时间介绍了一遍两边选手的风格和之前的名场面。此刻到了第二个暂停的十分钟，阿莫和西林对视了一眼，苦笑。

两个人拿出了毕生本事，这才说说笑笑地控住了场面，而现场也直接让琶弥和观众们做了小互动，总算稳住了现场的观众。

十分钟后，比赛倒回三十秒，重新开始。

此时俞苑苑已经壮烈牺牲，皇子才加入战局，而奥利奥已经 TP 了下来，牛肉酱和雪饼也已经到达了中路二塔的位置。

而塞恩果然如奥利奥所料，在第一时间开车过来，精准地切入了战局！

早就防着他这一手，塔姆在塞恩快要推到寒冰身上的时候舌头一卷，把寒冰向身后扔去，而刚刚落地的寒冰毫不犹豫地反身开大招，直接把塞恩定在了塔下！此时 LDM 的小兵还没有进塔，是以塞恩硬生生地抗了塔。寒冰在此期间一直躲在塔姆身后拼命输出攻击塞恩，而 TP 过来的奥利奥也绕了一条路，比上次来的速度稍微慢了一些。

防着波比的 LDM 队员站位比上次分散了许多，但此时波比迟迟不出现，酒桶趁塞恩抗塔，已经直接开着肉弹冲击跳进塔里，撞到了寒冰身上。LDM 的其他队员反应也很快，只想第一个秒掉寒冰，是以皇子也插了旗紧随其上！

就在皇子即将落地的刹那，波比终于赶到，依然是熟悉的闪现进场，稳稳地拦住了冲上前的皇子，顺便用圣锤猛击收下了塞恩的人头！

抗塔的英雄瞬间变成了酒桶，寒冰刚刚被酒桶撞到，又被酒桶炸了一下，已经只有丝血，雪饼不敢久留，闪现后撤，捡了一条狗命。波比反手又将酒桶砸上了墙，而卡莎和塞拉斯此时已经在波比身上点满了伤害，波比只来得及在进场的蜘蛛的配合下收下酒桶的人头，就原地壮烈牺牲了。

LDM 最终还是没有收下二塔，但是用塞恩和酒桶换掉了锐雯和波比的人头，逼着波比交了 TP、寒冰交了闪现。

兴许是这一波团战的效果终于能够被 LDM 接受，所以比赛终于顺利地进行了下去。

游戏继续进行中，大家还是正常在语音中做着交流，但是任谁都能听出来，所有人的声音里都憋着一股气。

第二十分钟，大龙刷新。大家这会儿都集中在中路附近，俞苑苑去龙坑附近排眼，顺便想去断一下上路的兵线，结果刚刚走到爆裂果实附近，正好看到了塞拉斯一个人正在从上路往中路赶。

她一边打信号，一边毫不犹豫地点了果实，并跳到了塞拉斯身后的河道草里！

而正好在附近的大灭也绕了下来，和塞拉斯正面相遇！

俞苑苑还没来得及赶到，塞拉斯已经躲开了大灭第一个技能放出来的蜘蛛，向龙坑走了两步，反身就抽在了蜘蛛身上！

"我 TP 过来，我 TP 过来！"奥利奥正在上路收线，他瞬间开始向河道中间的草里传送。

老司机塞恩也在第一时间开着车向大灭冲了过来，在俞苑苑刚刚切入战场，砍了塞拉斯第一刀的时候，直接撞到了蜘蛛身上！

蜘蛛本来身板就脆，在连控之下，直接被塞拉斯秒掉了！

"锐雯退退退！"大灭屏幕黑了，但还在盯着战局。

俞苑苑也不敢在这个时期一打二，何况视野上看见 LDM 的其他人也正在赶来，她转身向上路撤去。而奥利奥已经 TP 了下来，一巴掌扇飞了准备上前留下锐雯的辅助酒桶，回头向自家野区的方向撤，塔姆正在波比的侧后方接应，一舌头吃了奥利奥。

眼看打不起来，寒冰也转身后退，不料塞拉斯突然伸了链子过来偷了他一个大招！

"纳命躲大招躲大招！"雪饼毫不犹豫地喊了一嗓子。

果然，塞拉斯刚刚拿到寒冰的大招，反手就向着逃跑的俞苑苑扔了过去！

俞苑苑一技能前跳，堪堪与飞过来的魔法水晶箭拉开了距离，回头一看，LDM 除了跳上去追波比的皇子，其他几个人，包括被波比打飞又绕回来的酒桶都在追她！

等到了龙坑面前，LDM 的几个人都停下了脚步开始拿龙，皇子也插了旗子，从龙坑背后重新跳了回来！

"不能给不能给！"奥利奥疯狂在龙坑里打信号。之前的暂停流操作直接把 AM 前期在线上辛辛苦苦积累的经济优势压了回来，之后两队也没有拉开太大的经济差，是以这个龙 AM 是肯定不能让的！

这一会儿，奥利奥已经从野区绕了一圈，到了俞苑苑身边，而塔姆和寒冰则从另外一侧同时逼近了龙坑！

大灭距离复活还有十秒，没有惩戒抢龙实在是有点难，而大龙的血线已经只剩下了三分之一！

眼看 AM 的四人组绕了上来，LDM 留了打野皇子和 AD 卡莎继续点龙，剩下的三个人略微后撤，想要将 AM 四人阻挡在龙坑之外。而塞拉斯刚刚后撤一步，就被寒冰的大招精准地钉在了原地！

俞苑苑翻身而上，波比也同时闪现上前开团捶地，寒冰躲在塔姆身后猛点，而俞苑苑更是直接从后场切入战局，几乎在瞬间就收掉了塞拉斯的人头！

屠杀还没有结束，只见锐雯在收掉塞拉斯的人头后，闪现跳进了龙坑，打出第三段 Q 的击飞效果后连击 W+A 接提亚马特，然后飞出了大招放逐之锋的冲击波！

现场一片惊叫，屏幕上同时出现了锐雯的头像连着"红色军团已经击杀了纳什男爵"的标识提示和锐雯击杀皇子的两连提示！

"Nice!Nice!"所有人都在为俞苑苑的这波天秀操作狂吼，而寒冰此刻也在背后点死了酒桶，卡莎似乎想要放手一搏，开了大招拉到寒冰头上，硬是和寒冰换掉了人头，最后残留了一个塞恩躲在草丛里，默默回了家。

AM 的几个人也都是伤的伤，残的残，都站在原地按下了回城键。

其实这个时候所有人的心都是吊在嗓子眼的。

刚才 LDM 的两手暂停流让人实在难以不用最大的恶意揣测他们，直到大家都顺利回到家里补了装备再出来，还有一点梦幻的感觉。

"这波没叫暂停了？"牛肉酱小声道，"那他们可能家就要没了。"

而这个时候，LDM 的队内语音也非常激烈。

刚刚被锐雯抢了龙，LDM 的打野屏幕一黑，他就直接问道："塞拉斯你怎么回事？刚刚是不是卡了一下？"

苏牙听懂了他的暗示，在屏幕上输入 pause 代码（令目前的进程暂停）的手却顿住了。

"苏牙？"暂停的时机只有短短几秒，错过了就很难再回到他们想要的时间点了，ADC有点焦虑，催促了一声。

然而，苏牙却咬着牙删掉了那几个字符。

"我没卡。"苏牙声音很轻，却很坚定，"你们有人卡了吗？"

他说话间，LDM队内只剩下了塞恩一个人回城，眼看对面AM带着龙种重整旗鼓，瞬间就拆掉了他们中路的一塔和二塔，而四一单带（即四一分推，指四个队友抱团推一路兵线，其余一名队友在另外一路进行牵制的战术）的锐雯更是单独带着兵线拆到了上路二塔！

塞拉斯复活，苏牙一个人拖着链子想要去拦住俞苑苑。

AM的兵线刚刚推进中二塔，塔还有一半的血线，塞拉斯上前甩出链子。然而锐雯丝毫没有退让的意思，反而一套连招直接跳了上来！塞拉斯的血量瞬间见底，苏牙转身闪现想跑，却被锐雯大招冲击波最后拉长的一点外延扫到，然后倒在了地上。

"厉害了，纳命！"奥利奥正好切视野看到了她的操作，赞了一声。

俞苑苑转身收下了上路二塔，而中路的四个人还在继续拆高地塔。LDM本来就已经比AM少了一个人，此刻只能兵分两路。酒桶一个人去拦俞苑苑，却被俞苑苑再次不讲道理地越塔砍脸给了一套技能，直接被逼回了门牙塔！

"一波一波一波！"牛肉酱喊着，只觉得刚才暂停时受的委屈全都在这一刻得到了释放，"你们这群弟弟！让你们看看什么叫作恐惧！"

LDM四打五，虽然有门牙塔做辅助攻击，但是根本拦不住此刻已经杀红了眼的AM。这场历经波折的比赛，原本二十八分钟就能结束，硬生生因为暂停而被拉到了四十六分钟，才以LDM爆炸的水晶为结局，落下了帷幕。

阿莫和西林到底混迹电竞圈多年了，和别的战队也是抬头不见低头见，是以并没有多评论什么。两个人在AM爆掉LDM水晶的时候，同时在直播间喊道："恭喜AM以三比零的战绩拿下了本场比赛的胜利，顺利进入决赛环节！接下来让我们把画面交给现场主持人琶弥，请她对AM全队做赛后采访。"

比赛结束，AM全队都松了一口气，楚嘉年在台下也是。AM的比赛经验到底不够充足，这次虽然有奥利奥和经验丰富的大灭镇场，但楚嘉年还是非常担心大家的心态和状态被暂停影响。虽说就算丢了这场，之后也还有两场的机会可以打回来，但是如果AM的队员被这样的"脏套路"影响后输了比赛，那之后的心态肯定会受到影响。

大家还好都稳住了，并且漂亮地赢了比赛。

和 LDM 成员的握手可以说是火花四溅，大家心里虽然窝了火，到底没有太过表现出来。奥利奥非常敷衍地握了过去，大灭更是单手随便碰了碰对方的手，而俞苑苑特意多看了一眼苏牙，果然从对方的眼中看到了和赛前一模一样的神色。

果然不是错觉。

俞苑苑没有多说，她和苏牙的目光一触即分，同时感到有点可惜。

暂停流这种脏战术，不应该由苏牙一个人来背锅，这应该是 LDM 教练组的问题，而教练组为了不抹黑现役中单，所以选择了让替补苏牙上。这种做法，真的是低劣至极。

俞苑苑和队友们一起站在台前向着台下的观众们鞠躬，她听着台下的掌声和欢呼，心里暗自叹了口气。

有光的地方，就有影。为了光鲜亮丽的胜利，总会有人不择手段。

观众们都不是傻子。如果 LDM 通过这个手段赢了比赛，说不定还会有人吹捧胜者为王，但是既然输了，那么他们就要承受来自观众们的怒火，也不知道苏牙在这一次之后会被网友们骂成什么样。

她的脑中闪过了比赛末期，苏牙单独上来和她对线的那波操作，心里突然有点明白他为什么来一对一。

其实他也是牺牲品，多半是被逼的，希望他以后还能出现在电竞的赛场上吧。

只是这些，都不关她的事情了。

# 第十五章
## 霸总的宠爱

//

QING BEN XIA GU SHAO NV

当天回基地的车上，大家都很沉默，丝毫没有之前每次比赛赢了以后的高兴感觉。虽然跨过这道坎，之后就是决赛了，但是整个车上的气氛可以用低迷来形容。

电竞比赛应当是以实力为王，诚然会有战术和战略存在，但绝不应该是LDM的这种手段。

自己之前的队伍沾染了这种风气，奥利奥心里是最不好受的，他坐在最后一排的位置上，看着窗外，一言不发。俞苑苑虽然心情也不佳，但最后一波团战到底还是让她出了几口气，是以她在看到奥利奥的脸色之后，清了清嗓子，决定要调动一下大家的情绪。

"我们今晚要不要去撸串？"俞苑苑坐在第一排，她转身扒在座椅靠背上，笑眯眯地问道，"心情不好的时候最适合喝啤酒、撸撸串！"

听到吃，牛肉酱第一个振臂高呼："我去我去！为了减肥，我都好几天没吃肉了！"

雪饼白了他一眼："昨晚一点半吃了四根火腿肠的人是谁？"

牛肉酱一个激灵："你怎么知道？你不是睡了吗？"

"我是睡了，但是火腿肠的香味飘到了我的鼻子里。"雪饼和牛肉酱是室友，彼此之间的动静当然是一目了然，"说好的早点睡觉养精蓄锐呢？大半夜在手机屏幕的亮光下吃火腿肠，吃完还不刷牙直接就睡了……你倒是给我留一根啊！"

"我就是吃了火腿肠才能好好儿养精蓄锐啊。"牛肉酱有点委屈，"肚子饿怎么睡得着。不刷牙是害怕吵醒你，你醒来了倒是说一声啊，我还想吃桶方便面呢！可把我憋坏了！"

雪饼：……行吧。

总之去撸串的事情就这么确定了下来，俞苑苑给蔺瓶子发了个定位，她也没说今天的事情，心想蔺瓶子翻翻网上评论应该就知道情况了。

没想到蔺瓶子很快回了过来：我今天在现场啊，还举你的灯牌了，你是不是没看见我？

俞苑苑：啥？啥时候？

她当然不肯承认，火速回道：我当然看见了，哈哈哈！就是纳闷你到现场了怎么不来后台，总之一会儿烤串店见！

蔺瓶子：得了吧，你肯定没看见。我已经在你们基地门口等了二十分钟了，倒是你们，怎么这么慢？

赛后采访做完以后，赛方又来和他们沟通了一些关于决赛的细节，因此拖延了一段时间。再加上在送礼物环节的时候，上来的五名幸运粉丝虽然正好分别是队里五个人的粉丝，但谁都没想到，粉丝们在拿了支持的选手的礼物之后，都直奔俞苑苑，虔诚地递上笔求签名。

琵弥也没遇见过这种情况，在第三名幸运观众要完签名以后忍不住问了一句，结果粉丝说："因为琵弥小姐姐晒的纳命爷手签太好看了，就是那种……格外突出的感觉。"

她说得含蓄，台下观众却都大笑。众所周知，电竞选手的签名大多数都是狗爬字，大家也都不太在意，不像有的名人还专门去练签名。电竞选手每天握着鼠标敲着键盘，要不是有签名这回事儿，估计连笔都快不会握了，而且大部分人也没真的把自己当明星，对签名的态度都是"粉丝高兴就行"，谁也没想去营造什么比赛之外的个人形象。

所以俞苑苑的签名简直就是一股清流，一眼望去就像是印刷出来的艺术品。而且有人分析说她签的是 copperplate（铜版体）字体，看线条应该是非常娴熟的老手。所有 AM 的粉丝都开始想要俞苑苑的手写签名，也有一部分人说这八成是印刷出来的，琵弥莫不是收了纳命的钱来吹她。

也是出于这些原因，粉丝在征求了俞苑苑的同意之后，还在旁边开了录像，直接录下了她签名的过程。而最后一名粉丝更秀，自带了丙烯马克笔，让她签在帽子上面。

俞苑苑以前签过的鞋面、帽子、T恤也有一沓，这种要求对她来说也是小菜一碟，是以她签在帽子上的水平与在纸面上签名相近。拉丁字母的长拖尾绕出了几个妖娆的弧线，又惹来了台下的一波惊呼。

这会儿车里的气氛也好一点了，大家开始讨论俞苑苑刚刚签帽子的事情。先是牛肉酱也想要一个同款帽子，然后所有人都举手表示想要，最后雪饼灵机一动："苑苑，我觉得你的手签T恤、帽子可以做成AM的周边产品啊，多有创意。"

俞苑苑对这种事情挺无所谓的，一边回蔺瓶子的微信八卦她和奥利奥的事，一边随口道："可以啊，你们想签什么都拿来，这两天有空我就都给你们签了。周边产品给我抽成就行，事成了给大家包一个月的夜宵啊。"

芋圆子：我们应该马上就到了。对了，最近打比赛都忘了问你，你和奥利奥怎么样了？有没有再爱一次了？

楚嘉年扫了她一眼："给大家签着玩玩就行了，你缺卖周边产品的那点儿钱吗？"

俞苑苑没听出来他口气不太对，连视线都没从手机屏幕上移开："缺啊，钱谁不缺啊。"

瓶瓶子：爱爱爱。但是你说这个家伙吧，要么不回我微信，要么连着回十几条，再找他又没人影了。如果我不去基地蹲他，估计一年都见不到他一次，所以又分手了。【手动再见.jpg】

楚嘉年见她这样，脸色微沉："我不缺。"

俞苑苑"哦"了一声，扫到蔺瓶子的回复，惊道："分手了？"

车里顿时一静。

她的"了"字咬得很轻，前两个字却因为惊讶而加重了语调，所以在楚嘉年和其他人耳中，这个对话就变成了如下这样。

年哥："我不缺。"

俞苑："哦，分手？"

众人：？？？

楚嘉年：？？？

"苑苑，你要冷静啊，不能和钱……哦不，和楚嘉年过不去啊。"大灭凑过来，一副过来人的样子，"我和皮皮也算是经历过大风大浪了，你俩这才哪儿到哪儿，不能败给这点小事。"

牛肉酱猛点头附和道："虽然我们都是无产阶级的战士，但是在必要的时候，该低头的就要低头啊苑苑！"

俞苑苑一脸迷茫地抬起头，才发觉整个车厢的气氛怪怪的："你们说啥？"

楚嘉年快要被她气笑了，声音反而格外温柔："不是你说要分手吗？"

"分手？谁要分手？"俞苑苑一愣，"我又不是奥哥，刚刚追回来瓶子转头又分手了。"

众人：？？？

于是，所有人的目光又齐齐投到了后排的奥利奥身上。奥利奥戴着耳机，全程都没听到大家的对话，此刻正沉浸在对自己过去坐冷板凳的追忆中。他突然感觉不太对，一抬头，就看到了全车的人都向他投来了谴责的视线。

车稳稳地停在了基地附近。司机大叔熄了火，也转过了身，眼中写满了"现在的孩子们啊，真是不惜福"的不赞同神色。

奥利奥：……我干什么了我？

大家鱼贯下车，楚嘉年想到自己听到俞苑苑说出那两个字的时候，心里剧烈地颤抖和酸涩，他不禁眼底又沉了沉，斟酌着开口："苑苑啊。"

楚嘉年帮她拿外设包，正好腾空了她的双手，俞苑苑跟在楚嘉年的身后下了车，抬起头："怎么了？"

"你要是缺钱了，可以告诉我。"楚嘉年尽量将语气放缓和，生怕自己露出什么不该有的口气，"不管是紧急需要用钱，不方便给家里说，还是什么别的事情。"

俞苑苑愣了愣，过了片刻才反应过来，楚嘉年这是还在对刚才车上的事情耿耿于怀。她仔细思考了一下，挑出了她认为的最可能的那个原因："楚哥哥呀，你是不是不想让别人把我写的字穿在身上或者戴在头上……"

楚嘉年一顿，耳尖迅速飘红，他想移开视线，却又忍住了，一本正经地点头说："是。"

俞苑苑眼底的笑意更深："可是你想，如果我们不做这个周边产品，那总会有人把心思放在这个上面。如果真的火了，说不定别人还会用我的字赚钱呢。与其这样，还不如这个钱由我们自己来赚？"

楚家世代经商，楚嘉年哪会不懂其中的弯弯绕绕，如果真的有人不经俞苑苑同意就这么做了，那严格意义上就算是侵权了。这种情况完全可以使用法律手段解决，但是一来实在是麻烦，二来也不能完全杜绝这种情况，粉丝完全可以自己拿着图印好以后私用。与其这样，还不如从一开始就把这条线握在官方手里。

道理他都懂，但他就是不想。

然而战队老妈子人设做久了，楚嘉年一时之间没法像霸道总裁，只是面上不爽。俞苑苑想了想，做出了退让："不如这样，所有周边产品的母版都归你，别人只能拿到印刷版？"

楚嘉年这才舒展了眉眼，勉为其难地点了点头。

俞苑苑再接再厉："除此之外，以后你的T恤、帽子、鞋子什么的，想写什么就都交给我！"

楚嘉年一边被俞苑苑顺毛顺得服服帖帖，一边心想她这么想卖这个周边产品，难道是真的缺钱了？

于是，楚经理就此陷入了要怎么偷偷地给俞苑苑送钱的纠结里。

蔺瓶子在俞苑苑发了烤串店定位之后，就已经先过去坐下了。烤串店距离基地不太远，从小区出来转过两个路口就到了。大家说说笑笑地往里走，而奥利奥并不知道蔺瓶子也在，一推开包厢的门，整个人都愣住了。

场面仿佛又回到了阔别多日的两人重逢之时，蔺瓶子刚刚补完口红，见到奥利奥进来，她挑了挑眉，镇定自若道："哟，好久不见。"

少女笑靥如花，唇红肤白，眼中仿佛有飞刀。

奥利奥直接后退了两步，然后撞到了大灭身上。

大灭揽着皮皮，长叹一声："奥利奥啊，下过象棋吗？在爱情面前，你就是那个小卒子，努力过河，只能前进，不能后退。"

皮皮一抖，浑身一寒道："你怎么还是个吟游诗人？"

大灭微微一笑，低头咬牙道："皮皮啊，跟你说了多少次了，不能拆我台。"

皮皮一凛，站直了身体："说得对！"

大灭："……"

最后，奥利奥还是在大家的鼓励之下，缩手缩脚地坐在了蔺瓶子旁边。蔺瓶子仔仔细细地用纸巾把每一根签子的头都擦干净，然后转手递给坐在她另一侧的俞苑苑，言笑晏晏："今天的比赛辛苦啦！"

俞苑苑顶着奥利奥的目光，胆战心惊、如坐针毡地接了，客套地向自己的小姐妹道谢："谢谢，你也吃呀。"

"看你客气的样子。"蔺瓶子继续慢条斯理地擦签子，然后像是照顾大家的大姐姐一样——递给了其他人，"大家都多吃点呀，这顿就当庆功宴，我请客！"

牛肉酱双手接过烤串，觉得这辈子除了在他妈妈身上，就没感受过这种春风般的温暖，热泪盈眶："瓶姐，你真好，奥哥跟你分手是真的眼瞎！"

蔺瓶子笑容更深："我也觉得。"

奥利奥：……不是，我还在这儿坐着呢！你们当面这么说真的好吗！

"奥哥不是在 MSI 决赛上还激情告白了，怎么这会儿又分手了？"因为是聚餐，所以小新也跟着过来了，他头铁，直接就问了大家最好奇的问题。

雪饼清了清嗓子："这件事儿其实我算是知道一点。最近不是《绝地求生》这个游戏比较火嘛，我就跟奥哥双排玩了玩，有一次我们快进天命圈了，瓶子给奥哥打了个电话，结果奥哥直接按掉了，事后也没打回去。"

俞苑苑有点愣："为什么不回个电话呀？"

进天命圈不接电话也不是不能理解，但是打完游戏不回复就有点……

雪饼憋着笑："奥哥说了什么来着，我给你们模仿一下奥哥的音调啊。我猜她打电话肯定也没什么事儿，不回了。"

雪饼大约是这段时间受俞苑苑直播的耳濡目染，再加上对奥利奥太过熟悉，模仿起来惟妙惟肖。大家几乎是一秒就可以代入奥利奥的语气，那是一种带着几分随意和不耐烦，还有几分奇特的正经的语气。

俞苑苑：？？？

雪饼叹了口气，继续道："关键是，那个时候瓶子正好在给我打电话问奥利奥在不在，所以正好听到了他这句话。然后就……"

所有人都被奥利奥秀到，小新感慨道："奥哥，你到底是有多想不开。我以为'电子竞技没有爱情'之后，你就已经回头是岸了，没想到还有一波'我猜她没什么事不用回电话了'的操作。同样受了九年义务教育，汝何秀啊。"

皮皮听愣了，她抱住大灭的胳膊，感动道："原来你对我这么好。"

大灭硬生生憋回了自己想说的话，突然觉得奥利奥简直是世界上最厚的一本《电竞直男反面例子百科大全》，足以给其他电竞直男重树自信、拥抱人生的那种。

楚嘉年没有参与他们的讨论，他满脑子都是怎么给俞苑苑送钱送温暖的事情，手指无意识地在手机上滑动，然后目光定在了狸猫 TV 的图标上。

他沉思片刻，点开微信，飞速发了一条消息出去。

哥，有空让狸猫 TV 的负责人跟我联系一下。

于是，撸串饭局的后半段就变成了 AM 全员对奥利奥的口诛笔伐，而楚嘉年则是半途去外面接电话了。俞苑苑当然不会在楚嘉年打电话谈事情的时候打扰他，也加入了讨伐奥利奥的队伍。

等到楚嘉年接完电话回来，他的碗里堆满了俞苑苑给他撸的肉，而奥利奥面前已经堆满了啤酒罐，正一脸严肃地拉着蔺瓶子的手给她道歉。

蔺瓶子则是一脸关爱醉酒儿童的慈祥表情，用哄三岁小孩的手法拍着奥利奥的后背，顺便娴熟地给他嘴里塞了一颗大白兔奶糖："没事没事，原谅你原谅你。"

然后，她再转过头来，冲大家耸耸肩："我家刘君伟就是这种三岁的小朋友，还请大家多多关照。"

"三岁的刘君伟"转过脸来，小辫子耷在肩上，一脸认真地重复："请大家多多关照。"

全程录像的俞苑苑已经笑得快要抽过去了，心想自己手里这个黑料可一定要死死捏住了，万一奥利奥哪天得罪自己了，那就……嘿嘿嘿。

总之，他们算是和好了。


第二天是CMCG和OPE的比赛。AM全员昨天的比赛打得都有点累，睡得早，但是睡得再早，第二天日程安排得不紧的时候，也没有一个人提前起床，都是赶在比赛开始之前才下楼。

关乎下一场的对手，比赛开始前，队内的气氛就特别热烈。春季赛的时候，AM就被分配到了半决赛第一场，然后蹲守第二场的赢家，当时大家就出了有奖预测。现在与当时的情况简直一模一样，甚至其中的一支队伍也是CMCG，他们没理由不延续上个赛季的传统。

牛肉酱兴奋地搓了搓手："我赌CMCG赢，赌一个月的早餐。"

"什么早餐，基地缺你那份早餐还是什么？"雪饼翻了个白眼，"再说了，谁大清早起来吃早餐啊？有本事你包午餐啊！"

"我也觉得CMCG很稳。"小新加了注，"我赌基地一个月的快乐水。"

这下大家都感到惊讶了："大手笔啊小新，基地一个月快乐水能喝掉多少你算过吗？不说别的，就牛肉酱一个人，一周能喝一箱。"

"少瞎扯，我在减肥好吗！减肥！"牛肉酱回嘴道，"快乐水什么的，我不喝了好吗！"

俞苑苑默不作声地捞过一罐可乐，"啪"的一声打开，递了过去。

牛肉酱根本没反应过来，接过来美美地喝一口："真好喝……嘶。"

性感牛肉酱，在线被打脸。

只有大灭若有所思："其实我更看好OPE。赌什么好呢？不然就赌夏季赛的奖金吧。"

俞苑苑幽幽道:"你赌奖金,皮皮知道吗?"

"搏一搏,单车变摩托,反正我今年打最后一年了,攒够了娶老婆的本钱,是时候向皮皮求婚了。"大灭靠在椅子上,一晃一晃地,"这样吧,我赌 OPE 起码能赢两场,第三场说不好,这群小崽子们能不能撑住 BO5 是个问题。"

俞苑苑家风严谨,从来没赌过,此时陷入了跃跃欲试和冷静旁观的纠结中,手指不安地抠了抠椅子扶手。

一张黑卡递到了她面前。

俞苑苑看手指都知道这是楚嘉年,她疑惑地抬头:"这是什么?"

"想赌就赌,小赌怡情。"楚嘉年勾起嘴角,眼底深深,"拿去,随便花。"

满屋寂静,只有屏幕里阿莫和西林两个熟悉的声音回荡在空气里,大家望着楚嘉年递出来的黑卡,暗暗咽了咽口水。

楚嘉年微抬眼睛,扫过其他人。大家瞬间又收回了视线,心想大佬出手,就是非同凡响,一掷千金丝毫不眨眼。

"随便花吗?"俞苑苑有点惊讶。

楚嘉年觉得自己昨晚恶补的霸道总裁人设此刻发挥得非常到位,骄傲地抬了抬下巴,表示默认。

俞苑苑意味不明地看了他一眼,用两根指头接过黑卡,在手里绕了一圈,然后站起身来,单腿半跪在自己的椅子上,一条腿撑着地面,向着楚嘉年坐着的方向倾身过去,用黑卡挑起了他的下巴。

楚嘉年有了一瞬间的慌乱,这是什么意思?

只见俞苑苑扬起下巴,邪魅一笑:"这张卡你拿着。我要让所有人知道,以后你就是我俞苑苑的人了。"

楚嘉年:"……"

不是,等等,这不应该是他的台词吗?!

"噗!"不知道是谁先笑破了音,总之房间里从这个音开始就彻底失控了,一阵止不住的"哈哈哈"声传遍了全场。这场比赛是一队和二队打算一起看的,结果二队的小孩子们才走到门口,就听到里面爆发出了一阵狂笑声,顿时面面相觑,进退维谷。

几分钟后,他们面前的门突然被打开了,只见楚嘉年黑着一张脸率先走了出来。

二队的小孩子们虽然心里的好奇满得快要溢出来,但还是老老实实地站到旁边，让开一条路。

过了几秒，俞苑苑垂着头跟在楚嘉年身后走了出来。

二队的队员小卷毛递出眼神：天了噜，是他们俩！他们刚刚到底在笑什么？

另一名小雀斑稳稳接住他的疑惑，传递眼神：我可太好奇了，瑞格，你跟他们熟，你快去打听一下！

瑞格：我哪里敢！

于是在二队全体队员齐刷刷的注目礼下，俞苑苑和楚嘉年的身影一起消失在了楚嘉年的办公室里，随着办公室大门"砰"地关上，整个基地陷入了更加诡异的安静。

小卷毛：我有一个大胆的想法，你……敢不敢听墙根？

小雀斑：你是不是不要命了？不要命你去。

两分钟后，小卷毛和小雀斑一起贴在了办公室的门上，身后还跟着胖胖的牛肉酱，侧面还有一个小新。

牛肉酱眼神示意：你们别挤我！我快稳不住了！

小新压低声音："我是病人，你们都给我让一点位置！"

小雀斑被牛肉酱挤到门缝处，耳朵牢牢地贴在门上，眼神中透出了一股绝望：……我真的不是自愿来的！救命！

楚嘉年进了办公室后，斜靠在自己的办公桌上，侧头看着站在那儿的俞苑苑，气势十足。

虽然"皮一下就很开心"，俞苑苑此时此刻却审时度势，在楚嘉年的一张黑脸面前不敢造次，老老实实地站在办公桌前，双手背在身后，低着头，宛如一个做错了事乖乖挨骂不敢反驳的小学生。

楚嘉年"啪"的一声把那张黑卡甩在了桌子上，点了点桌子，挑眉看向她："嗯？用我给你的卡包养我？"

俞苑苑不敢吭声。

"然后呢？"楚嘉年黑着脸，"你还有什么打算？"

"就……就是……女霸总后宫的小情人？"俞苑苑缩了缩脖子，结结巴巴道，"豪门女总裁和她的男朋友什么的……"

这些标题，怎么和他昨晚恶补霸总知识的时候看见的那些那么像？但是他怎么不记得霸总和总裁的前面还有一个性别定语？

"谁是霸总，谁是男朋友？"楚嘉年走近她，微微俯身。俞苑苑可以清晰地听到他话里的咬牙切齿。

"我……我就是想当男朋友，性别也不符合啊。"俞苑苑一脸无辜，"而且，是你说可以随便花的……"

楚嘉年心想我这不是想方设法给你送钱送温暖吗？他深吸一口气："你一天到晚都在看什么东西？是训练赛不够紧张还是比赛不够多？"

俞苑苑清了清嗓子："其实我不太吃霸总这种文风，我比较爱看牛肉酱和雪饼的纯爱文学。"

正在门口偷听的牛肉酱突然被点名，肥肉一抖。

"其实还有小新和雪饼的……牛肉酱是原配的那种……"俞苑苑眼睛亮亮的，声音却越来越小，"最近我还看了一本讲大灭和你的。啊，情节丝丝入扣，脖子以上和以下的描写都有涉猎，有的'车'开起来简直是一个百米冲刺！"

万籁俱寂，她声音再小，也能断断续续地传到门口听墙脚的人耳中。牛肉酱和小新听到自己的名字感觉好像哪里怪怪的！

小新和牛肉酱对视一眼，心里感觉到了不妙。小卷毛和小雀斑交换了一个眼神，都从对方的眼中看到了同样的意味。

天了噜，纳命爷居然也看那些东西！

楚嘉年的脸色越来越古怪，他虽然不懂，但是听到这几组人名凑在一起就察觉到不对劲，而且居然还混入了他和大灭！

楚嘉年在心底暗自翻了个白眼。

可是，是什么才会让她在每天训练到一两点以后还有精力看这些呢？

战队老妈子的习惯又涌了上来，楚嘉年片刻间脑子里已经转过了无数个弯，甚至已经变相原谅了俞苑苑之前挑他下巴的放肆举动，觉得她这样做多半都是看这些稀奇古怪的东西影响的。他思考半晌，放缓了语气："是不是队里的生活太单调了？每天就是打比赛打游戏的，不然……晚上我们去看个电影？或者，你想不想去购物？"

俞苑苑愣了愣，万万没想到楚嘉年居然是这个反应。她心里有点感动，顺着竿子往下爬，点了点头："好啊，我们看完比赛就去购物吧。今年的秋装我还没买呢。"

楚嘉年明显松了一口气，重新站起身来："比赛应该开始了，回去吧。"

两人的谈话开始得快，也结束得很突兀。俞苑苑临走的时候余光又扫到了窗台上一排可爱的多肉植物，没忍住，问道："其实我第一次来你办公室就想问了，这些多肉……"

"好看好养。"楚嘉年扫了一眼，"就随便买了一排回来，没有什么特别的原因。你有喜欢的就拿去。"

俞苑苑想了想自己曾经因为没浇水而干死的仙人掌，慌忙摇了摇头。

楚嘉年刚走了两步，突然想到了什么，又回到了桌子旁边打开电脑屏幕，向着俞苑苑做了个"过来"的手势。

俞苑苑好奇地凑了过去。

只见楚嘉年点开了办公室门口的监控画面，画面上，一胖三瘦四个人紧密贴在了门上，一眼望去，宛如凝固的雕塑。

俞苑苑眼疾手快地拿起手机，拍了一帧监控画面，然后发在了群里。

门口此起彼伏地响起了微信提示音。

三秒钟后，四个人作鸟兽散状消失在了门口。

等到俞苑苑和楚嘉年再回到观赛室的时候，所有人都正襟危坐，小新甚至还自发扛起了组织观赛的大旗，挥舞着双手："买定离手！压这个蛇女到底是走中还是走下，还有最后十秒，有没有人加注？"

俞苑苑：？？？

她扫了一眼屏幕，小新压的是CMCG的阵容，此刻CMCG已经锁了前四手，分别是盲僧、厄加特、莫甘娜和蛇女。而对面的OPE也已经亮出了剑魔、赵信、妖姬、卢锡安和牛头。俞苑苑扫了一眼，大多数人都在压蛇女走中路，她叹了口气："蛇女肯定是走下路，中路不是丽桑卓就是辛德拉。"

别人还没反驳，楚嘉年已经把黑卡压在了下路上："堵上我被包养的全部身家，信我家霸总的话。"

俞苑苑：？？？

不是，这个哏怎么还没过去？！

这个哏当然不会过去，楚嘉年刚才自以为了解了俞苑苑在队里无聊的心态，此刻当然想要让俞苑苑的生活"多姿多彩"一些。所以在CMCG最后一手果然拿了辛德拉，他和大灭两个人赢了以后，他将平分得来的字据全部堆在了俞苑苑面前，眨了眨眼睛："俞总裁，还满意你看到的吗？"

他的眼睛本来就漂亮，此刻带了几丝戏弄的笑意，目光深邃，更是夺人。

俞苑苑被美色吸引了三秒，抖了抖眉梢，转眼看向了自己面前的一小沓字据。

狗爬字体歪歪扭扭，俞苑苑翻过第一张。

牛肉酱倾情为您献上为期三十天的暖床服务。

第二张字据。

小新为您洗五十件衣服。

俞苑苑感到了一阵牙酸。

楚嘉年看见了，压低声音说："没关系，俞总裁，你的男朋友愿意为您分担苦恼，并且身体力行地为您提供暖床和洗衣服服务。"

俞苑苑顺手翻到第三张字据。

瑞格叫您二十天"爸爸"！

俞苑苑脱口而出："……叫爸爸呢？"

楚嘉年：……瑞格你给我过来，我保证不打死你个胡写的兔崽子。

…………

虽然所有人都更看好 CMCG 一些，但是大灭不这样认为。OPE 换了一个名叫小面的打野，赛中的时候又换了一个中单，四舍五入就是换掉了半支队伍。但是之前因为过于依靠大灭而暴露出来的问题在经过一整个夏季赛的磨合后，反而促成了 OPE 四线的均衡强势。仔细看去，OPE 隐约还有一点 AM 打法的影子在里面，大约也是认真研究了 AM 的战术。

毕竟目前 LPL 里面，四线实力最均衡的队伍就是 AM 了。虽然有新加入的大灭，但是其他三线完全没有因为他的存在而被掩盖，反而逐渐重现了昔日横扫野区的光彩，这足以让那些说着"灭爹又要一爹带四娃了"的"黑子们"闭嘴。

所以第一局，在 OPE 拿下第一个胜场的时候，大家也没有太过意外，毕竟能杀出重围进入半决赛的队伍，依靠的绝不仅仅是运气。

俞苑苑也不例外，她不是没有和 OPE 打过比赛，有大灭和没有大灭的情况下，OPE 确实呈现出了不同的风格。但总体来说，确实是比以前更强了。

但是依然没有人真的觉得 OPE 能赢。

一开始，还有人觉得是 CMCG 没进入状态，但是当第二场 OPE 再次爆掉 CMCG 的水晶的时候，赛场的尖叫声到达了一种空前绝后的地步。

OPE 的粉丝既包括了大灭个人的粉丝，也包括了队伍的死忠粉，但都对 OPE 没有抱太大的希望。大家都在说 OPE 没了大灭，在目前队伍需要磨合的情况下，能打到半决赛，粉丝们就满足了，万万没想到 OPE 居然能这么猛！

等一个决赛！！！我全身都在颤抖！！！

要哭了！！！无论能不能赢，有生之年能看到 OPE 的这个状态，真的太高兴了！！！

给我 OPE 加油呀！！！

第三场比赛，CMCG 扳回了一分。

第四场比赛，CMCG 依然占据了优势，但是在大龙打团战的时候，OPE 的新打野小面抢了大龙！

现场的气氛顿时热烈了起来，连大灭都直接从座位上弹了起来，喊了一声"nice"！

"这手龙抢得太绝了。不得不说，我看到了大灭的影子。"阿莫的嗓子有点哑，忍不住感慨道。

西林点点头："大灭抢大龙的绝技看来是在 OPE 流传了下去啊。"

第四场比赛持续了很长时间，第四十八分钟，OPE 抓住了 CMCG 的一个小失误，在所有人的惊呼中打了一波完美团战，攻上了 CMCG 的高地，爆掉了对面的水晶。

水晶爆掉的一瞬间，OPE 所有队员都从座位上跳了起来，振臂高呼，新来的打野小面直接趴在键盘上，捂住了脸，痛哭出声。

这一路走来，他多少次被拿来和大灭对比，承受了太多压力。打得好的时候大家说灭爹教得好，打得不好的时候大家说 OPE 要完，什么破打野。

所以他此刻能够和队伍一起走进决赛，实在是情不自禁。

粉丝们突然发现，大灭不知道什么时候发了一条微博。

AM.Damie：@OPE.Mian 决赛见。

赛后采访的时候，OPE 的五个人整整齐齐地站在台上，打野小面的眼眶还有点红，但好歹稳定了情绪，提着 OPE 的礼包，等着和幸运观众互动。

结果，第二名幸运观众上来的时候，大声对他说："小面，灭爹刚刚在微博上 @ 了你，说决赛见。希望你在决赛遇见灭爹的时候也能继续加油！不要尿！小面加油！我们永远支持你！"

小面愣了愣，突然抬手捂住了嘴，然后侧过了脸。

中单反手揽住他的肩膀，拍了拍他的背。

所有人都看到了他耸动的肩头。

那是来自前辈对他实力的认可，他这一路走来，不就是为了获得这份认可，然后……再超越他吗？

如今，他终于做到了第一步。

小面擦干净眼泪，接过话筒，声音里还带着沙哑，但眼神和语调都非常坚定，他看向镜头，笑了笑，然后一字一顿道："灭爹，决赛见。"

看完比赛，当天晚上，俞苑苑就被楚嘉年带去购物了，楚嘉年也曾经陪林嫣岚逛过街，但林嫣岚走到哪里都有保镖，而且会提前做清场的。久而久之，楚嘉年就习惯了这种排场，是以一出门，就准备打电话。

俞苑苑眼疾手快地按住了他："伯母又不在，我们两个人去卖场，不会引起什么骚动的！我就是个打电竞的，又不是明星。"

楚嘉年心想你是不是对你现在的知名度有什么误解，不过到底还是放下了手机。

进了商场，楚嘉年第一件事就是去买了帽子和口罩，和俞苑苑一黑一白，都把自己罩严实了。

俞苑苑不喜欢戴口罩，觉得有点呼吸不畅，把口罩往下拉了拉，露出了翘挺的小鼻子，不满道："真的不会有人认出我，你这么紧张干吗？我们是正儿八经用双手战斗的勇士，从来不靠脸的好吗？"

结果，她才刚说完，旁边就有人低呼了一声："天哪，是纳命爷和Cain神吗？"

俞苑苑："……"

她迅速拉起口罩，盖住鼻子。

结果他们还是被迅速围住了，连楚嘉年也被要了签名。一开始楚嘉年还有点不情不愿，毕竟两个人的约会被这样突然打扰，任谁都会不爽。结果当他发现两个人的名字并肩签在一起还挺好看时，也就屈从了。

照这么签下去，他们今天的购物之旅就要泡汤了，所以楚嘉年不得已还是出了声。粉丝们也都表示理解，合了几张影，大部分人就都散去了。

但两个人在这里逛街的照片还是迅速在网上流传开来。从照片中可以清楚地看到楚嘉年牵着俞苑苑的手，两个人有说有笑，气氛极好。

俞苑苑不一会儿就在微博上刷到了照片，她默默裹紧了自己，瑟瑟发抖地握住楚嘉年的手说："我错了。"

楚嘉年说："用双手战斗的勇士也会知错？"

俞苑苑诚恳点头。

他们刚才引起了一点小骚动，逛商场还戴帽子和口罩的人其实不多见，加上两个人外形条件过硬，不一会儿，整个商场的工作人员都知道好像来了两个公众人物。

是以俞苑苑在购物的时候，受到了比之前更加热情的接待。

俞苑苑确实是很久没逛街了，买衣服都是上某宝解决，这会儿进了商场，也没有什么不逛到脚疼不罢休的势头。她看衣服很快，而且眼光也准，只要是在橱窗上看到喜欢的，一般上身效果都不错。

付钱的时候，俞苑苑习惯性地付了，楚嘉年也没非要拦着她，只是默默帮她拎着购物袋。

俞苑苑买好了自己的女装还不算，她让楚嘉年先等等她，然后熟门熟路地去了拐角一间看起来非常朴素的衣服店里，一口气要了二十件纯色T恤和外套，报了地址，让他们直接送货上门。

这家商场不同于其他家，所有的奢侈品牌都在高层，是以俞苑苑逛完了三楼，就准备下楼了。没想到楚嘉年用下巴点了点向上的电梯："我也好久没买衣服了。"

俞苑苑会意，跟着他上了四楼。

四楼都是国际一线名牌，虽然逛的人还是很多，但是买的人相对就少了很多。楚嘉年直接走进了一间以高级定制著称的店，摘了口罩和帽子。

这家的女店长刚刚四十岁出头，在奢侈品店工作的时间长了，气质极佳，见到楚嘉年，女店长眼睛一亮，赶快迎了上来："小公子，难得见您亲自来逛街，有什么需要的吗？"

楚嘉年温和一笑："带女朋友来看看。"

女店长笑着将目光投向俞苑苑，主动伸手："您好，我是店长林棉。"

俞苑苑也伸出手："俞苑苑。"

林棉店长招呼裁缝给楚嘉年重新量了尺寸，在旁边和俞苑苑聊起了家常。她一直都是为楚家服务的，楚嘉年亲自来店里，还带着女朋友，这是第一次。她要是不懂是什么意思，也就白在这里做了这么久了。她三言两语就让俞苑苑迷迷糊糊地也量好了尺寸。

林棉店长亲自把他们送到了车库，目送车子消失在视线里。俞苑苑都有点没反应过来："你买衣服就是量量尺寸？"

楚嘉年点点头："他们会把新一季的衣服按我的尺寸送过来。"

俞苑苑默默转过了头，心想自己总是一不小心就会忘记楚嘉年的霸总人设。

之后的两天都过得非常平静，决赛前的手感非常重要，大家一丝都不敢懈怠，都在兢兢业业地按照日程训练。

决赛的前一天，俞苑苑下楼的时候鬼鬼祟祟，似乎是有点不好意思，还有点羞涩。

牛肉酱第一个看见她探头探脑的样子，问："苑苑，你在那儿干吗呢？"

俞苑苑清了清嗓子，吸引了所有人的注意力："那个，我这两天画了件衣服。"

雪饼的眼睛第一个亮了起来："快让我看看！"

俞苑苑的手里抓了一个衣服夹子，她小心翼翼地把衣服夹子从身后挪到胸前，前后转了一下，问："还……还行吗？"

楼下安静了三秒。

"也太好看了吧！"牛肉酱倒吸了一口气，"这是神仙画画吗？"

其他几个人脑子里也都是一模一样的想法。黑色底色的T恤上，用红色和金色两种颜色画出了龙纹。龙纹盘桓上肩膀，又蔓延到整个腰线的位置，龙纹上则是熟悉的花体字，正面是 AM，背面则是选手的名字。

"一人写血书申请新队服！"雪饼举起了手，然后顿了顿，"等等，背后的名字，为什么是 Cain？这到底是队服还是给年哥的私服？"

楚嘉年前一秒还在酸，后一秒也看到了背后写得极美的花体字，笑容止不住地蔓延上了眼角。他走过来，接过衣服，然后直接回办公室换了，又重新出来。

他本来就长得极好，穿什么都好看。大家却惊讶地发现那条蔓延的龙纹似乎格外灵动，恰到好处地勾勒出了楚嘉年的腰线，显得他整个人更加挺拔修长。无论从哪个角度看过去，都没有死角。而龙纹显得他整个人更加有气势，哪怕他面无表情地站在那儿随便拍一张照片，都可以直接拿去做宣传照。

牛肉酱捧着脸，表情梦幻而向往："好希望我也能有腰线。"

小新一脸艳羡："我的手赶快好啊，我也想要有新队服！"

大灭捏着下巴说："好是好，就是容易粘猫毛。"

"麻团最近已经不太掉毛了。"牛肉酱一边说，一边顺手抄起在他脚边乱蹿的麻团放在肚子上，"而且好像又胖了。"

"是胖了。"大灭赞同地点点头，"同性相吸，就是这个道理了。"

意思是牛肉酱和麻团体态相似，互相吸引。

牛肉酱：……虽然完全看不出来，但是我真的在减肥了！用意念！

楚嘉年也极为满意，他抱起手臂，歪头看向俞苑苑："所以你这几天晚上很晚还不关灯，就是为了做这个吗？"

俞苑苑有点诧异："你知道我没关灯？不过我也没有睡很晚……训练也没有耽误！"

楚嘉年笑意盎然地看着她："正好我也有礼物要给你。"

他刚说完，基地的门铃就响了。门打开，前两天刚刚见过的林棉店长指挥着几个店员走了进来："都小心一点，动作慢一点。"

俞苑苑定睛一看，对方推进来一排带轮子的长衣架，每一个衣架上都挂了衣服，第一排衣架是男装西服，第二排……全部都是女装。

基地里的其他人对于楚嘉年这种买衣服的操作早就了解，时不时还会蹭几件衣服，而俞苑苑作为楚嘉年的女朋友，有这个待遇也是正常的，所以大家都有心理准备，并没有大惊小怪。只有俞苑苑一个人目瞪口呆地看着林棉熟门熟路地指挥店员将衣服直接抬上楼。

刚刚惊鸿一瞥，她已经看到了好几件之前被各种一线女星穿上节目的常服和礼服。价格不用说都是数字后面好几个零的那种。俞苑苑小声道："你这是要包养我吗？"

楚嘉年也配合地低声回道："不是，这是我孝敬总裁大人的一点心意。"

俞苑苑：……这个限是不是真的过不去了！


转眼就到了决赛这一天，所有人都早早地蹲守在了屏幕前打开了直播。这一天的直播也很给力，从选手们出基地的时候就开始了拍摄。比赛开始时间定在了下午四点，两点钟的时候，选手们准时出了基地的大门。

摄像立刻跟上。

AM 全体队员抱着外设包，鱼贯走出了基地，连伤病的小新都出来了，跟着上了车，说要陪着大家见证这一刻。二队的队员也都走到了车边，整整齐齐穿着队服，算是为前辈们鼓劲加油。

俞苑苑和楚嘉年是最后出来的。

不少颜粉都在蹲守楚嘉年的西装私服，结果一看，惊了。

Cain 神身上这件是什么？ T恤？ 看花纹……难道是新队服？ 也太好看了！

有会画画的人一眼认了出来：这是手绘，你们仔细看，图案的勾边根本不是机器做的感觉。

大家被点醒，再联想到纳命爷之前签帽子的操作，感觉自己好像知道了什么。

穿着女朋友亲手画的衣服上战场，这是什么绝美神仙爱情嘤嘤嘤！

我想到了，这对 CP 的名字就应该叫年年有俞！我也好想要有这么多才多艺的小姐姐当女朋友啊啊啊！！

也太好看了吧！这什么神仙手笔！一人写血书求量产周边产品！我想穿这件去应援！

二人写血书！

三人！

这也就算了，一路上楚嘉年似乎都格外喜欢在摄像机面前晃，全方位无死角地展示着这件衣服，尤其是背后的花体字"Cain"。有不知名观众统计了一下，到赛场的这段路上，他起码看到了三十六次"Cain"。

有粉丝明确表示：楚经理向来的形象都是沉稳可靠，今天第一次看到他这么幼稚可爱的行为。不知道为什么，竟然莫名有点欣慰！毕竟我们楚经理其实也才二十一岁啊！还是个宝宝啊！

另一名粉丝则是给楚嘉年的行为配了内心活动：你们快看我的衣服！好不好看？是我女朋友画的，你们是不是很羡慕？快说是！快露出嫉妒羡慕的眼神让我看到！

夏季赛的赛场自然是座无虚席，AM 的粉丝都是早早地抢了赛场一半的票，而 CMCG 的粉丝就很惨了，提前买好了票，结果最后发现变成了 OPE 和 AM 打决赛。一部分 CMCG 的粉丝选择了转让票，另一部分则是觉得 AM 和 OPE 的对决应当非常精彩，还是选择到现场来看。且不提 AM 在整个 LPL 范围内是多么人见人爱，仅仅只是大灭和小面的隔空约战，就已经给这场决赛带足了话题。

因为是决赛，所以俞苑苑脸上的妆比平时要稍微浓一点，连眼尾蔓延出来的眼线都勾得更上翘。化妆师在选口红色号的时候照例咨询了俞苑苑的意见。俞苑苑微微一笑，从自己的包里掏出了一支 Christian Louboutin（路铂廷）女王权杖的 001 色号。

化妆师会意挑眉："哟，用这支，这是要登基的节奏啊。"

俞苑苑给了她一个"你懂的"的眼神。

大灭比队里其他人更激动一些，他刚刚修完眉毛，给皮皮发了一张自拍，这会儿靠在休息室的沙发上，感慨道："刚刚进 AM 的时候，就想能进季后赛，打了两天没想到是以积分第一进季后赛。没过两天，我就站在决赛的休息室了，啧啧，我都已经多久没有进过决赛了，实在是没想到，自己还能有重新站在这里的一天。"

俞苑苑画好了口红，转头看过来："灭哥，要稳住啊，过一个多月，我们可就要站在 S 赛的巅峰，到时候你可别喜极而泣。"

"喜极而泣算什么。"大灭挑挑眉，"如果真能站在那儿，我的职业生涯无憾，别说喜极而泣了，让我染成粉色头发，原地表演爱的魔力转圈圈我都愿意。"

俞苑苑被噎住，仔细思考了一下，郑重点头："我好像也是。"

楚嘉年刚刚和后台的人沟通好细节问题，才回到休息室，就看到了俞苑苑的妆容。少女眉目如刀，杀气十足，复古正红的唇色更是衬得她肤白如雪。楚嘉年心跳快了两拍，径直走过来，挑起她的下巴。

"看我像是去拿冠军的吗？"俞苑苑勾起嘴角，看向楚嘉年。

楚嘉年深深地看了她一眼："不是像，你就是要去拿奖杯的。"

他俯下身，在她嘴角亲了一下，声音比平时更低："给我。"

再起身的时候，楚嘉年的上唇微微沾了一丝红色，让自己比平时多了两分艳色。他也知道肯定又沾了俞苑苑的口红，抬起大拇指，在自己上唇随意擦了擦，结果一抬眼，就看到俞苑苑直勾勾地看着他。

"楚经理，真的不考虑一下原地出道吗？"俞苑苑诚心诚意建议道。楚嘉年刚刚这个动作，做成慢速动图放出去，绝对能激起一片腥风血雨。

楚嘉年笑了笑，屈指弹了弹她的脑门："我怕万一出道了，到时候跟你抢男朋友的人太多，你招呼不过来。"

闻言，俞苑苑吸了吸鼻子，控诉道："已经很多了！"

另一边，大灭在和皮皮打视频，面瘫大灭的脸上满是宠爱。奥利奥也挂着一只耳机，正对着屏幕傻笑，显然也是在打视频。

牛肉酱和雪饼默默捂住牙齿，转过了头，不由自主地凑近了一点，互相取暖。

做好造型，时间也差不多了，大家都站起身来，俞苑苑敏锐地注意到，大灭从外设包掏设备的时候，动作稍微有点犹豫。

然后，她就看到大灭拿出了一套粉色的外设。

粉色的键盘，粉色的耳机，粉色的鼠标，粉色的……鼠标垫。

俞苑苑惊呆了。

大灭摸了摸自己的粉色外设，露出了一个满意的微笑。

俞苑苑猛地收回视线，感觉无法直视，心想这谁能想到呢，大灭最挚爱的一套外设，竟然是萌萌的粉红色。

不仅仅是她，其他的人也都惊呆了。只有楚嘉年露出了一脸嫌弃："进决赛就用粉红色的外设，这习惯你这么多年还没改？"

大灭抱紧键盘："你不懂，我每年都换一套新的，然而只有今年真的有机会拿出来用了，为了不被发现，前两天我都是躲在房间里用的。"

楚嘉年"嘶"了一声，对他的这个爱好表示了充分的嫌弃。

赛场上，主持人正在活跃气氛，震耳欲聋的欢呼声顺着走廊传到所有队员的耳中，大家都精神一振。

俞苑苑第一个伸出了手，扬声道："AM！加油！"

大家纷纷搭上手，齐声喊道："AM！加油！"

"加油加油加油！！"

松开的前一刻，大灭沉声道："不是加油，是——必胜！"

所有人都顿了顿，深吸一口气："必胜！"

随着夏季赛的主题曲响起，AM率先走了出来，台下瞬间掀起了一片尖叫。五个人坐在自己的位置上，调试设备，而观众们很快发现了大灭的粉色外设，一片哗然。

解说席上，阿莫和西林都笑出了声。西林被这个粉色勾起了回忆："其实不知道大家注意到没有，在LOL的赛场上用粉色外设的选手挺多的，反而是我们唯一的女选手纳命从来没用过。我记得还有小道消息说有粉丝专门给基地寄过粉色的外设，你说今天大灭不会用的就是那一套吧？"

他显然是在开玩笑，阿莫笑嘻嘻地接上："有年哥护着，大灭再怎么想也不敢拿纳命的东西。但是话说回来，这可能真的是大灭第一次用粉红色的外设，总感觉这背后应该是有故事的，赛后采访的时候可以针对这个问题问一下。"

赛场上，大家都戴好了耳机，大灭和奥利奥几乎同时从屏幕侧面探出头，一起向着第一排的方向望去，顿时引起了那一片粉丝的尖叫。第一排角落里都是留给亲友的座位，大灭仔细眯眼看了看，终于看到了皮皮的身影，而她的旁边，就是蔺瓶子。

皮皮和蔺瓶子都穿了一身AM队服，两个人正在交头接耳地说什么，听到粉丝的尖叫才意识到有情况，看到大灭和奥利奥的眼神扫过来，两个人顿时一凛，齐刷刷地瞬间放下了自己手里举着的俞苑苑的灯牌，秒换了大灭和奥利奥的灯牌。

然而她俩完全没有料到直播镜头早已经对准了她们，于是所有观众都看到了她们的操作。

蔺瓶子本来就因为奥利奥在MSI的现场告白火了。皮皮和大灭在一起久了，OPE的粉丝全都认识她，而大灭来了AM以后，俞苑苑经常发几个人的合照，所以这会儿大家都认出来了两个人的身份。

最关键的是，大家都清清楚楚地看到了两块灯牌的区别。

给俞苑苑的灯牌是精心制作的，不仅有"芋圆老公天下第一"的发光字，几个字上还有天使小翅膀和小爱心，既醒目又可爱，显然是花了工夫亲手做出来的。

而大灭和奥利奥的灯牌完全就是在门口的应援小摊上买来的量产应援牌，一个上面用工工整整的宋体字印着"大灭加油"，另一个上面则是"奥利奥最棒"。

简直就是敷衍。

大家都要笑疯了。

惊！灭爹和奥哥最大的情敌竟然是纳命爷！我要笑死了，哈哈哈哈哈！

你们看灭爹和奥哥的眼神，哈哈哈哈哈，简直就是现场表演什么叫"我的心受了伤"。

纳命爷笑得好可爱，哈哈哈哈哈！我从她的笑容里看出了得意，哈哈哈哈哈！

不是，刚刚我还没发现，纳命爷的口红颜色今天格外霸气啊！这是胜券在握的颜色啊！

一分钟之内，我要拿到纳命爷口红的所有信息，包括牌子和色号！

队内语音里，俞苑苑确实笑得非常猖狂："看到她们的灯牌了吗？'芋圆老公天下第一'，哈哈哈哈哈，你们没想到吧？"

雪饼和牛肉酱也笑得肚子疼，大灭和奥利奥脸色很难看，根本不想理俞苑苑。

赛前的小插曲很快过去，楚嘉年戴着耳机上了台，大家习惯性地在他脸上找口红印，结果没想到口红印没找到，反而发现楚嘉年竟然还穿着赛前视频里出现过的那件手绘 T 恤。毕竟决赛是正式场合，所以楚嘉年在 T 恤外面又套了一件黑色西装，西装没有扣住，正好露出了胸前两个龙飞凤舞的字母，既随性又帅气。

俞苑苑也有点意外地说："你这是穿上瘾了？"

"提前给大家展示一下下个赛季的新队服。"楚嘉年轻描淡写道，却压不住嘴角的一抹笑意。

而牛肉酱立刻就高兴了起来："太棒了，迫不及待想要看到自己穿上这一身的帅气样子了！"

"你可以想象穿新队服，但是帅气样子还是别想象了。"雪饼接道，"伤脑子。"

牛肉酱：……我真的在减肥了！

说话间，耳机里传来了比赛正式开始的提示音，现场的欢呼声也立刻弱了下来，大家顿时收敛心思，将目光对准了屏幕。

夏季赛季后赛决赛局，正式开始。

# ✦第十六章

电竞女神俞苑苑

//

*QING BEN XIA GU SHAO NV*

　　AM 打 OPE 其实占天然的优势，因为大灭走了以后，OPE 没有换教练，大灭对 OPE 教练的思路和套路都非常熟悉，新赛季的套路也都在整个夏季赛的过程中体现得差不多了。虽说 AM 没有料到决赛会对上 OPE，但是教练组手上的数据并不少，而且从半决赛到决赛前这五天，也足够教练组和数据分析组拿出足够的 BP 数据支持了。

　　但是反过来说，OPE 的队员和教练们对大灭也再熟悉不过。就算大灭在加入 AM 之后像换了一种截然不同的风格，但是细节上的习惯不会变。要说大灭的个人数据，没有哪里比 OPE 内部更加齐全了。

　　是以这场比赛，从一开始就充满了火药味，看点十足。

　　第一局 OPE 选择了红方，大灭在后台听到这的时候，就已经心里有了数：OPE 是想打针对，而且大概率会针对下路。

　　大家心里也都有数，选红方可以在 BP 环节选最后一个英雄，在这种情况下，一般都是会做专门的 counter。

　　OPE 前两手先 ban 掉了皇子和雷克塞。台下是一阵理所当然的呼声，这两手完全都是针对大灭，简直就是在以示尊敬。

　　AM 这边前三手分别 ban 掉了杰斯、辛德拉和吸血鬼，这三手都 ban 了 OPE 过去场次里胜率最高的英雄。

　　然后，OPE 第三手 ban 掉了塞拉斯。

俞苑苑笑了起来："感觉 ban 得中规中矩啊，下面是不是要 ban 掉锐雯和小炮了？"

这局 AM 先选，大家在赛前就已经决定了，这局前两手先选中野英雄，于是奥利奥先帮俞苑苑拿了一个丽桑卓。

丽桑卓这个英雄在这个赛季算是很强势的一个万金油英雄了。再加上俞苑苑拿丽桑卓的胜率接近 80%，在决赛这种场合，只要放出来了，就肯定要拿。

既然一选了中路英雄，OPE 犹豫片刻，直接选出了飞机和奥拉夫两个英雄打中野。

这两个都算是不太害怕丽桑卓的英雄，而且都偏向发育，六级的时候还能打一波团战。

pick 转到 AM 这边。

大灭的英雄池很深，但是在 OPE 期间打比赛的时候亮出来的其实并不多。赛前大灭就和楚嘉年仔细聊过关于英雄池的问题，大灭毫无保留地写出了自己新练的英雄和想法，而 AM 也在训练的时候如愿看到了大灭用了亚索、兰博、死歌、EZ，以及……剑魔打野。

"蓝方惯例套路了解一下。"大灭亮出了剑魔的头像，自我感慨一声，"我的英雄池真是深不见底。"

这是上场前就商量好的套路。

OPE 有没有被骗到是后话，反正解说阿莫被骗到了："AM 选出了一手……剑魔。这是要打上路剑魔吗？奥利奥的剑魔也算是招牌英雄了，只是 MSI 上的五杀锐雯实在是太耀眼，让很多人都忘掉了他曾经用剑魔打下的江山。"

弹幕也跟着阿莫的节奏怀念了一波奥利奥的剑魔是多么猛。

三楼，AM 又拿下了一手塔姆。

OPE 犹豫了一下，还是先拿了 ADC，锁了薇恩，然后毫不犹豫地在接下来的 ban 位上第一个就 ban 掉了寒冰。毕竟寒冰塔姆体系，谁用谁知道，对线遇上这两个，基本上都会被打得很难受。

"先按掉船长吧，我不想和吃橘子的船长打对线。"奥利奥提议道。

"对面大概率不会拿船长的，ban 塞恩吧，他们之前很喜欢打抗压性上单，这把薇恩对飞机，多半又要让上单抗压。"楚嘉年否定了奥利奥的提议。

最后一个 ban 位，OPE 在短暂的犹豫之后，依然 ban 了一个 ADC 位，按掉了韦鲁斯。

"怎么不 ban 上路？看不起我吗？"奥利奥皱了皱眉，十分不满。

大灭被他逗笑了："之前不是说过，他们选红方肯定想要针对下路，所以按掉两个 ADC 很正常。我们 ban 什么？布隆、牛头，还是锤石？"

牛肉酱想了想："布隆吧，我感觉盾更讨厌一点。"

雪饼表示赞同。而大灭也若有所思道："辅助确实布隆比牛头更强一点，我也比较建议 ban 掉布隆。"

楚嘉年当然会听取下路二人组的意见，而大灭对 OPE 的了解显然是最深的那个，于是布隆被按死在了 ban 位上。

进入第二轮 pick。

OPE 四楼的图标在锤石和牛头之间徘徊了七八遍，终于在最后两秒的时候锁定了锤石。pick 又交到了 AM 这边。

"大灭啊，OPE 到底见没见过你用剑魔？"楚嘉年有点嫌弃地问道，"你看看人家专门留了最后一个上单 counter 位，这明显就是已经识破了你的伎俩。"

"……其实吧，仔细想想，我说不定在他们面前真拿剑魔打过野。"大灭也有点心虚，"不说别的，就我这名字，已经够说明问题了。"

何止说明问题，剑魔的大招就叫大灭，可以在十秒内增大体形、展开背后双翼飞行的同时，获得物理加成和移动速度加成，而在受到致命伤害的时候，还可以在三秒后重生。

只是大灭这个名字叫久了，所有人都忘记了剑魔的大招也叫大灭。

但是 OPE 显然还记得。

雪饼自己先亮出了一个大嘴："打薇恩的话，我自己比较想要大嘴。"

"大嘴一开始就能压住薇恩，可以拿。"楚嘉年点点头，"虽然这个赛季你用得不多，但是拿大嘴还是没问题的。"

于是大嘴被锁定。

阿莫也觉得大嘴非常好："大嘴这个英雄还是挺克制薇恩的，雪饼拿大嘴也打出过很漂亮的战绩。让我们看最后一手，AM 会给大灭拿一个什么打野。其实我觉得 AM 现在的阵容有点缺开团的能力，只靠丽桑卓一个人做控制，还是有点薄弱。"

西林点点头："开团圣手皇子已经被 OPE 针对性地 ban 掉了，辅助也没有拿加里奥配合，确实现在 AM 在先手开团上看起来有点过于依靠中路的丽桑卓了，就看……"

他话还没说完，就看到 AM 的五楼亮起了一个凯南，然后直接锁定了。

所有人都愣住了。

西林："凯南？所以说这把剑魔这是……要去打野吗？嘶——这是一手什么操作？"

阿莫这才恍然："马后炮地说起来，OPE作为最了解大灭选手的队伍，先手选了红方，也确实在看到选这手剑魔以后，将最后的counter位留给了上路，明显早就已经料到了剑魔的位置。"

"大灭……不就是剑魔的大招吗？"西林突然想了起来，"这么说起来，又有点意料之中的感觉了。哇，我真的有点期待这手剑魔可以给场上带来什么变化。因为有一个不死的大招，所以我预感这场大灭可能会在野区非常的……逍遥。"

"哎，我们可不能随便帮选手立flag（目标）。"阿莫明明眼中也是赞同的神色，但还是赶快往回拉节奏，"我们看到针对凯南，OPE在上路选择了一手……瑞兹，这是想要补一点AP伤害的意思吗？那么最终的阵容确定下来，OPE这边三条线都选择了比较吃发育的阵容，而AM则充分发挥了中路强控制的特点，有丽桑卓，中野的碰撞想必会非常精彩。"

西林跟着分析了一波阵容。镜头上，每个选手的背后都出现了不同的英雄原画，台下的粉丝有组织地再次为两边的队伍高喊了一波加油。

镜头画面分割成两边，分别闪过了每一位选手的头像，然后是两队的队标，最后重新载入了游戏画面，熟悉的峡谷地图缓缓在众人面前展开。

欢迎来到《英雄联盟》！

伴随着最熟悉的女声，大家出了出门装，开始往河道赶去。

最后确定下来的阵容是——

AM方面：上单凯南，打野剑魔，中路丽桑卓，ADC大嘴，辅助塔姆。

OPE则是：上单瑞兹，打野奥拉夫，中路飞机，ADC薇恩，辅助锤石。

一级，双方在河道短暂试探后各自回到了线上，俞苑苑站在塔下等兵线过来，看到对面飞机的身影："CMCG那几把，这个中路打得真好，我忍不住给他点个赞。"

她边说，头上边冒出了一个点赞手。

飞机顿在了原地，大约感觉到她的点赞没什么恶意，干脆原地在河道线上开始左摇右摆地跳舞，跳了一会儿，也回了一个点赞手。

观众们都乐了，看得出来，OPE这把的心态也是很稳的，楚嘉年清了清嗓子，显然在掩饰自己内心升起来的一丝不悦。

当着他的面看别人跳舞，还点起赞来了？

前期的换血发育都很平和，到了五级，OPE 的打野小面偷偷地挥舞着斧子逼近了第一个刷出来的土龙。不料他在排完附近的眼后，刚刚挥下第一下斧子，俞苑苑正好摸到河道来做眼，直接暴露了他的视野。

"上上上！"俞苑苑连打了两个信号，奥利奥直接从上路开始往新插的眼位传送，而下路的牛肉酱也已经走了上来。

俞苑苑站在原地等了一下，眼看奥拉夫在打土龙的时候被耗掉了三分之一血量，而牛肉酱也快要赶到，这才不慌不忙地走上去，冲着小面的脸放了技能。

小龙这下是没法拿了，小面赶快回身后退。小龙的攻击还砸在他身上，再加上丽桑卓的几下，他的血线瞬间掉到了二分之一，赶快嗑着血瓶往外走。

然而他才走了两步，传送下来的奥利奥和赶过来的大灭、牛肉酱都已经到了，还没到六级的奥拉夫根本没有能力反打，被丽桑卓和凯南基本无伤收下了人头。

First blood!

人头给到了俞苑苑身上，赶到的大灭和牛肉酱接手了土龙，而俞苑苑和奥利奥则重新回到了线上。

稍微收了一波兵线，俞苑苑和飞机对了一会儿线，然后转身到了草里。飞机以为她回家了，而实际上她竟然偷偷向着上路而去！

等她藏到草里，正好奥利奥的凯南到了六级，刚和对面的瑞兹换了一波血。见到丽桑卓到位，且也已经六级了，奥利奥言简意赅地说："抓！"

他话音未落，左右摇摆做了一个假动作，然后直接开大招，迅速地晕住了完全没反应过来的瑞兹！

丽桑卓同一时间魔爪上脸，直接开大招，把瑞兹定在了原地！

瑞兹："丽桑卓怎么在这里？"

飞机也愣住了："她不是回家了吗？视野也没有到吗？她是从线上过去的吗？"

小面默默地绕过去，补了河道的眼。

也不知道俞苑苑运气好，还是她真的算准了时间，总之她潜过来的时候，正好是 OPE 在河道布的眼消失的间隙。

连吃了两手满控技能，又被凯南后续打满了伤害，瑞兹拼着最后一丝残血，开车想走，结果被丽桑卓稳稳地扔中了一个 Q，最后被烫死了。

这下俞苑苑才真的回家补装备去了。

拿了两个人头的丽桑卓，在中路已经是个"爸爸"（电竞游戏常见用语，指英雄实力变得非常强大）。前期飞机的装备没起来，对线根本打不过。

果然，在俞苑苑补了状态后，上线不到五分钟就单杀了两次飞机，压了飞机四十个兵，赏金来到了六百块。

AM中路太过强势，现在就算打野去帮中路，也很可能被反打一波。更何况OPE一开始制定的战术就是抓下路，是以在俞苑苑被养成猪的这段时间，下路的雪饼和牛肉酱其实有点难受。

虽然暂时还没丢人头，但是奥拉夫频繁去下路，让雪饼和牛肉酱连塔都不太敢点。牛肉酱的牢骚快要突破天际："这奥拉夫不刷野的吗？住在下路了吗？怎么又出来了？雪饼退退退——"

塔姆一嘴吃掉了大嘴往身后扔去，这俩英雄走一条线，简直是在比谁的嘴更大，谁的舌头更长。

奥拉夫再一次gank下路无果，开始从上路寻找突破点，结果在草里迎面遇见了一个做眼的凯南。奥拉夫一斧子劈上了凯南的头，追着砍了两下，直接砍掉了凯南一半的血线！

奥利奥左扭右扭，硬生生躲开了奥拉夫两次逆流投掷。中路的飞机开始向上路走，而大灭也从野区出现，接应到了残血的凯南！

飞机拎着炸药包俯冲上前，想要先留下一个残血的凯南，然而凯南秒按出了金身。而飞机和奥拉夫都从正面直接吃到了剑魔的大剑，两剑砍下来，瞬间砍出了两个残血！

就在凯南金身消失的瞬间，眼看飞机还想追凯南，不知道什么时候绕后的俞苑苑闪现过来开大招，直接原地冻住了两个人！

剑魔舒服地收下了两个人头。

至此，场上比分变成了夸张的"6-0"。

打成这样，AM不断滚雪球，等到了二十分钟的时候，人头数已经拉到了"15-1"，唯一的人头是牛肉酱在保护雪饼的时候丢掉的。上中下野四路都肥得流油，经济已经领先了六千块。

OPE开始破釜沉舟地逼AM在大龙处开团。

然而AM前期的视野布得实在是太好了，锤石刚刚想要逼近大龙做个视野，就被剑魔迎面一剑砍中，剑魔直接配合站在旁边的凯南收下了人头。

而另一边绕过来的打野小面也被俞苑苑冻在了当场，大嘴在旁边喷了几下，直接带走奥拉夫。

没了打野，没了辅助，OPE在AM打龙的时候甚至不敢靠近龙坑。

第二十四分钟，AM带着有大龙buff的小兵攻上了OPE的高地。

台下AM的粉丝掀起了一阵欢呼，两支队伍都暂时回到了后台。

小面去洗手间用凉水泼了泼脸，然后看了看镜子里的自己。镜面映射出来的脸上还带着稚嫩，但是眼底却有淡淡的血丝，这是最近高强度的训练和紧张的心情导致的。

刚才拿奥拉夫，却完全没有压住拿了非常规打野的大灭，甚至在团战中也没有发挥出完全的作用，他心里像是堵着点什么。

教练大概知道他的习惯，敲开洗手间的门，走过来拍了拍他的肩说：“放轻松一点，能走到这个位置已经证明自己了。”

小面点点头：“道理我都懂，但是真的面对他，我还是感觉自己不太行。就……比我自己想象的还要差很多。”

“能站在这里，不存在差得多还是少的问题。”教练揽住他的肩膀往外走，这不仅说给他听，也是说给输了比赛有点沮丧的其他队员们听，“打比赛呢，我们当然都想要赢，尤其是在面对大灭的时候，我说让你们放轻松什么的也有点假。毕竟……赢了是有奖金的。”

大家都笑出了声。

气氛终于轻松了一些。

教练夸张地叹了口气：“AM在第一个赛季的时候其实成绩也没我们现在好。咱们的中野都是刚参加第一个赛季的选手，四舍五入就是个新队伍，能打到这个成绩，你们都对得起自己的努力了。”

小面听到他的话也笑了：“教练，你说这话，让我们感觉已经要收拾收拾回家了。就算要回家，起码也得拼尽兴才回家吧？”

说到这里，大家的话也都说开了。

“不是我说，对面中路是真的凶，谁打谁知道啊。”新中单感慨了一声，拍了拍胸脯，“下场说什么都不拿发育流了，等我拿到三件套，她已经快超神了好吗？我感觉自己要被她打出心理阴影了。”

“下路的意识也太强了，讲真的，AM的下路算是名声最低的一路了吧？但是意识也太好了，很难压住。”下路二人组也表达了一下自己的对线感受，“每次我排完眼回来，都感觉他们有没有眼都能看到位置，每次小面还在路上，他们就已经往后撤了！”

“能不能赢，我们都能进S赛。”教练拍了拍手，“大家尽自己的努力，不要放弃，还是那句话，享受比赛。”

大家在来之前就算过积分了，虽然在春季赛的时候他们没有拿到冠亚军，但是积分还算不错。两个赛季的积分第一名毫无疑问是 AM，那么对 OPE 来说，叠加上夏季赛亚军的成绩，应该可以以春夏两个赛季的积分第二名进入 S 赛。

刚刚在比赛场上的时候还有点郁闷，这会儿被教练点醒，大家的心里都舒服多了。作为新人，小面和新中单能打到决赛，并且能够进入 S 赛，已经是很高的成就了。

相比起 OPE 这边，AM 的休息室则出现了一次对大灭的声讨。大家直接否决了之前大灭拿出的各种打野新方案，并且一致对他翻了大白眼。

"这把要不是苑苑拿了拿手的丽桑卓，我其实感觉挺悬的。"雪饼严肃道，"下路抗压是没错，但是打野一次都不来也有点过分了吧？"

牛肉酱使劲点头："而且我们也很强啊，为什么要让我们抗压，我们要打架！我们要输出！我要助攻！我要人头！"

俞苑苑也点点头，控诉道："前两波团战只有我和奥哥的配合，根本没有灭哥的影子！"

大灭瘫在沙发上，非常气恼，具体表现则是抄起手机，向皮皮连着发送了十条信息。

皮皮感受到了手机的振动，点开一看。

大灭：哼。

大灭：哼哼。

大灭：哼哼哼。

………

大灭：哼哼哼哼哼哼哼哼哼。

有了第一场的铺垫，接下来的一场 AM 的阵容就显得正常多了。这局的大灭老老实实地选了一个蜘蛛，终于重新开始横行峡谷，人见人怕。

而 OPE 方面则是经过教练的开导，全员的心态都更放松了。小面甚至还在六级之前配合队友抓死了大灭一次，而中单也在几波团战中两次收下了俞苑苑的人头，有来有回。虽然最后还是被 AM 爆了水晶，但是无论从比赛感受还是观众观感来看，这场比赛都比上一场要精彩得多。

很快来到第三局赛点，如果 AM 赢下第三场比赛，将直接捧起 LPL 夏季赛的冠军奖杯，如果 OPE 赢下这一局，则会进入第四局的比赛。

是以在第二局赛后休息的时候，AM 的众人都在讨论第三局的战术。

能在第三局打赢的话，没人想要拖到第四局。

下路双人组在大灭拿回不长毛的英雄后，过得舒服多了，对第三局的比赛局面一片看好，牛肉酱甚至对排水问题都不担忧了，连着补充了快乐水。

反而大灭和俞苑苑感受稍微不一样，俞苑苑沉思片刻道："不知道是不是我的错觉，感觉第二把的时候，OPE 的状态比之前要好，就是那种……大家都不那么缩手缩脚的感觉，尤其是我在对线的时候，这种感觉特别明显。第一把的时候对面连跟我换血都不太愿意，但是第二把就游刃有余了。"

"小面也挺明显的。"大灭点点头，"OPE 的主教练很擅长做心理疏导。其他两条线都是老人，也是跟我进过 S 赛八强的，另外两个人是新人，应该是被疏导以后想开了。"

楚嘉年以上帝视角看比赛，感受比他们更深一些："上下两条路确实和之前相比变化不大，但是中野两路的走位和打法都比之前灵活了很多。比如纳命上局被抓的那一次，完全是因为惯性思维觉得对面刚抓完一次，小面肯定会去刷野，但没想到他转身吃了药还蹲在草里，比第一局有灵性得多。"

他转眼看到牛肉酱还在喝快乐水，清了清嗓子，提醒道："牛肉酱啊，少喝点，第三局应该会是拉锯战。"

牛肉酱一个激灵。

楚嘉年的预测没有错，第三局，OPE 确实做好了破釜沉舟的准备，在 BP 的时候连做了三手摇摆，在上中位上准确地骗到了 AM，中单拿到了阿卡丽。俞苑苑则用了一手蛇女，虽然这也是她的拿手英雄，但有点被阿卡丽克制，整个前期都打得非常被动。而大灭虽然拿到了趁手的雷克塞，依然是所向披靡，但是全队大部分的人头都累积在了他的头上。上路拿了船长的奥利奥遇见了瑞兹，差点被打成超鬼。

阿莫和西林本来也以为比赛要在第三局结束，却没想到 OPE 竟然越挫越勇，扳回了一局。在最后团战的时候，阿莫眼看着 OPE 打出了一波近乎完美的团战，奥利奥选择了单带推塔，虽然已经一个人杀穿了整条上路，并且成功地拆掉了一座门牙塔，但还是被拿掉远古龙、身上带着龙血的 OPE 队员赶回来拿掉了人头。

差距越拉越大，最后在鏖战了四十三分钟的时候，OPE 爆掉了 AM 的水晶。

比赛一结束，牛肉酱第一个跑了出去，慌不择路地奔向了卫生间，足足三分钟后才脚步虚浮地回到休息室："我的问题，我的问题，如果不是我实在憋不住了，有几次大招肯定能放得更好一点。"

他这把拿的是加里奥，配合雷克塞应该是开团战利器。他这么一说，大家一回忆，确实觉得他接团战的时机还可以更好。不过大家都在反思，最后一致认为还是自己有点得意过头，膨胀了。

大灭也在反思："刚刚那把我有点上头，好几次我都上得太快了。大家跟不上开团，我金身身出来快结束了，你们都还没到，这是我的问题。"

俞苑苑仔细想了想："对面的阿卡丽确实很有灵性，我还是对自己太有信心了，前期其实我应该多叫灭哥来帮忙，如果灭哥来的话，中路局势会更好一些。"

眼看大家都冷静了下来，也不用楚嘉年从旁观者去指出每个人的问题，他放下了一大半的心，随即也反思了自己的问题："我在 BP 环节也被对面的摇摆位迷惑了，这是我的失误，下一局都好好打，稳住。"

上场前，大家例行搭了手。

牛肉酱气沉丹田："最后一把！加油！必胜！"

"Carry!"

"Penta!Penta!"

一时之间说什么的都有，大家相视一笑，最后一起喊了一声"加油"。

连着打了三场了，大家最佳的状态都已经稍微过去了一点，加上上一局拖了四十多分钟，到了第四局，大家都在努力放松自己的状态。

OPE 起手 ban 掉了塞拉斯、雷克塞和加里奥，AM 则回敬了塔姆、佐伊和卡莉丝塔。

一楼，OPE 先拿了一个妖姬。

"先拿了中单？"楚嘉年挑挑眉，"这是真的打出手感了吗？"

俞苑苑完全不在意对面先拿了中单，激动道："皇子！皇子被放出来了！"

不用她说，所有人都注意到了，于是 AM 的一楼毫无疑问地为大灭拿到了他最趁手的皇子，然后给雪饼锁了一手卡莎。

轮到 OPE 方面，二楼三楼连续锁定了奥拉夫和牧魂人。

"继续用奥拉夫？"大灭冷笑一声，"连着打了两把奥拉夫了，还以为你们奥拉夫的套路我没看穿？"

小面那边也有同样的担忧，但是他今天确实打奥拉夫手感奇佳，一局一局积累了下来，再配合 OPE 这局选择的打法，所以最后还是敲定了奥拉夫。

"我用辛德拉吧。"俞苑苑考虑片刻，"打妖姬问题不大。"

于是三楼锁定。

第二轮 BP。

AM 按掉了版本强势辅助莫甘娜，然后 ban 掉了大嘴。而 OPE 为了不让 AM 拿到卡莎、牛头组合，ban 掉了牛头后，又 ban 了船长。

四楼，在大家都在讨论 AM 会选什么辅助或者上单的时候，AM 出人意料地亮了一个纳尔。

不只观众和解说惊讶，AM 队内的讨论也非常激烈，楚嘉年再三确认道："我知道你之前练过用纳尔打牧魂人，结果也不错，你确定这把要拿出来？"

奥利奥非常沉着："确定确定，真的能行，我觉得打这个扔老婆的掘墓人真的是纳尔最顺手。"

于是纳尔被锁定。

OPE 在短暂的犹豫后，拿下了薇恩和布隆。

"OPE 真是越打越谨慎。"雪饼感慨了一句，"第一局还是薇恩和锤石，锤石手感不好换成布隆吗？"

最后一手，牛肉酱毫不犹豫地点了洛。

AM 最后确定的阵容是：上单纳尔，打野皇子，中路辛德拉，ADC 卡莎，辅助洛。

OPE 方面则是：上单牧魂人，打野奥拉夫，中路妖姬，ADC 薇恩，辅助布隆。

AM 这一手拿出来，阿莫和西林都有点意料之外又情理之中的感觉："可以看出来 AM 这一场也拿出了压箱底的英雄了，无论是上单奥利奥的这一手纳尔、大灭最爱的皇子、中路老牌强势英雄辛德拉，还是下路的卡莎和洛，真的是一个非常强势的阵容了。"

西林点点头："反观 OPE 这边，其实也拿出了一个不错的阵容。那么就让我们进入夏季赛决赛第四场！"

*欢迎来到《英雄联盟》！*

奥拉夫加布隆组合是一级打团战的一把好手，开局就开着扫描，气势汹汹地入侵了 AM 的蓝 buff 野区。

雪饼和牛肉酱也料到了这点，并肩站在墙后面看着视野，但是大灭选择了红开，边打边喊："骚扰一下拖点时间，我马上过来！"

于是，卡莎站在旁边躲躲闪闪地点了两下，眼看兵线过来，便留下了牛肉酱一个人先回了线上。而和奥拉夫一起来的布隆、薇恩也回到了线上，于是牛肉酱一个人在奥拉夫旁边拉拉扯扯，到底阻止不了有惩戒的奥拉夫拿下蓝，还反过来砍了他一下。

牛肉酱哼哼唧唧地往线上跑，然而奥拉夫以为大灭会选择和他互换野区，所以在拿下蓝 buff 之后不仅没有走，还刷起了旁边的野怪！

这就给了大灭充足的时间抵达现场。

此刻的皇子已经和奥拉夫一样到了二级，有了红 buff 的皇子平 A 伤害都非常高。奥拉夫措手不及，被追着戳了几下，一边嗑血瓶一边喊下路上来帮忙，但是 AM 的下路双人组因为知道大灭要过来，所以牛肉酱的站位更靠近河道，是以支援来得更快！

奥拉夫在洛和皇子的双重夹击下，强撑到布隆撑着盾过来，拼着残血闪现向盾后面跳了过去！眼看就能有一线生机，没想到皇子的 EQ 还握在手里，直接插旗跟上，配合洛收下了本场第一个人头！

First blood！

"哇——灭哥太凶了！"俞苑苑喊道，"拿到皇子的灭哥就是灭爹！"

"有了红 buff 的灭哥简直不讲道理！"身在战局的牛肉酱感触更深。

"追追追！还能追！"照单收下队友们的吹捧，大灭继续追着布隆戳。

只见下路这儿还没完，皇子和洛追着布隆一顿点，直接把布隆点到了击杀边缘。布隆嗑着血瓶往前跑，却看到雪饼已经和对面的薇恩换了一套血，都只剩下了三分之一的血线，薇恩毫不犹豫地站在塔后开始回城，而布隆也不可能一个人和对面三个人硬拼，只好放掉了这波兵线。

这下放掉的可不只是兵线了，雪饼趁机直接点掉了下路塔的第一层塔皮。

四舍五入，这就是一个梦幻开局。

杀完这波，大灭直接入侵了对面的野区。刚刚复活的小面正在打三狼，就看到大灭大摇大摆地走了过来，顿时提起了一颗心，算着血量按了惩戒！

但大灭的手快了四分之一秒，他甚至没有按惩戒，直接靠平 A 硬生生赢下了这场较量，成功地抢到了三狼中的一只，压了小面一级。

小面委屈巴巴地收下了剩下两只狼。

大灭迤迤然离去。

同时，上路的奥利奥确实如他所说的那样"真的能行"，因为纳尔实在是太灵活了，所以牧魂人基本上拿他没办法。从小地图看，纳尔的头像几乎一直逼在对面的塔下，很快就把牧魂人逼回了家，哭着出了一双忍者足具，还交了 TP。

牧魂人也感觉非常难受："哎，不是我说，我以前怎么没发现纳尔打牧魂人这么有一套呢？回去我也要练练，没迷雾室女之前我根本没法打啊，碰都碰不到他。"

中路的俞苑苑也游刃有余，辛德拉对战妖姬算是传统中路激情碰撞了，彼此不能更熟悉，辛德拉硬生生压了妖姬二十刀。

这样算起来，算是前期四线优势。

正面碰撞的第一波团战发生在争抢第一条土龙的时候。大灭率先开始戳土龙，而 OPE 也早早就在这里插了眼，小面的位置也一直距离小龙坑不远。看到大灭的身影，OPE 中下路都开始向龙坑聚集，显然是不想放掉这条龙。

但先开打的一方毕竟占了一点天然的先机，大灭才戳了两下，雪饼和牛肉酱就已经赶到。雪饼站在一侧帮大灭点龙，而牛肉酱则卡了一个视野，站在了靠近野区的入口位置。

小面并没有冒进，而是在旁边绕来绕去，一直等到下路的布隆终于赶到，直接开大招笔直地击中了大灭的那一刻，才从草里跳了上来，趁机接手了已经被打到只剩下一千血的土龙！

但这个时候，AM 中路也已经绕了下来，俞苑苑比妖姬多绕了一圈，晚来了两个身位，闪现进入团战，直接晕住了妖姬、奥拉夫和布隆三个人，并且将他们直接推到了大灭的怀里！

大灭毫不犹豫地对准妖姬戳，而辛德拉也立刻跟上，一套技能直接秒掉了妖姬，而就在这个关头，因为大灭站位被拉开，所以小面趁机用惩戒拿掉了土龙！

"杀布隆，杀布隆！"雪饼在辛德拉刚刚那波晕住布隆以后，就一直在缝隙里狂点，"拿了我们的龙就一个都别想走！"

说话间，布隆已经被雪饼点到残血，最后被大灭一枪戳掉了最后的血线。团战还没有结束，后加入团战的薇恩也已经在刚才的一波混战中被消耗到了残血，大灭再次收下了薇恩的人头，却也被薇恩在最后几秒点掉！

一波团战，只剩下了一个小面的奥拉夫还在追着丝血的卡莎想要最后再换掉一个人头。然而此刻卡莎身边还有几乎满血的俞苑苑和牛肉酱，牛肉酱毫不犹豫地给卡莎回了血套了盾，卡莎反手点了几下，Q 技能冷却完毕，一套艾卡西亚暴雨稳稳地打在了奥拉夫身上。

一波团战下来，虽然 OPE 抢到了土龙，但是直接在龙坑附近留下了四个人头，而 AM 这边只有皇子被交待在了当场，一换四，OPE 简直太亏了。

经过这一波团战之后，AM 在对线期就拉开了 OPE 四千多块的经济，而 AM 在这一波团战之后节奏也起来了，OPE 下路双人组刚刚上线，就直接被皇子和辛德拉绕了后，还没收掉两个兵就被越塔强杀了。

"哎，不是，你们两个这样子让我们下路双人组很没面子的啊。"雪饼从头到尾就扔了一个虚空索敌过来，堪堪蹭了一个助攻，还没牛肉酱捞得多。这一波下来，他吃足了四层塔皮，然后直接爆掉了下路一血塔，"给ADC让点人头好吗？"

刚才的两个人头俞苑苑和大灭一人拿了一个，俞苑苑笑嘻嘻道："一会儿团战给你carry。"

"让我多吃两波兵线，我还差点钱出无尽。"雪饼并不客气。

ADC在团战里本来就是至关重要的C位，此刻全线优势，大家都愿意给雪饼让经济。牛肉酱跟着大灭开始了频繁骚扰。第二十分钟，大龙还有二十秒刷新的时候，俞苑苑在己方蓝区遇见了偷偷摸摸来抢蓝的奥拉夫，逼走小面之后，她突然意识到了什么，开始往中路草里疯狂打信号："退一点退一点！"

此刻卡莎正在中路吃线，看到俞苑苑的信号，正准备后退，就被布隆的大招敲中，但早有提防的牛肉酱已经飞到了卡莎身上加了护盾，然后先手对着从草里聚集过来的薇恩、妖姬和布隆以RW二连开启了团战，然后秒按了金身！

大灭从草里一跃而出，接上了这手控制，几乎是瞬间就秒掉了薇恩！

金身结束后的洛被妖姬的链击中，吃了一手控制，被OPE集火收掉。而俞苑苑这时也已经赶到，一套技能直接在妖姬身上打满，顺便还控制到了一个刚刚赶到的牧魂人，卡莎在她侧面几下点掉了妖姬。

但是因为先手吃了控制，卡莎也吃到了薇恩的伤害，又被奥拉夫在侧面追着打，也交待在了塔下。

打完这波，奥拉夫想要退，但此时辛德拉的状态还很好，俞苑苑追着残血的奥拉夫，最后挨了两下塔，丝血收掉了奥拉夫的人头，站在原地开始回城。

"稳一点，都稳一点。"大灭也在回城，"再这样换下去优势就没了。马上大龙要出来了，在打龙团之前都冷静一点，别乱来，少一个人都会出事。"

大家一凛，刚刚那波团战，看上去是AM占了小优势，实际上是被OPE打了一个先手团战。如果多这样来几次，确实是得不偿失。

有点上头的大家瞬间冷静了下来。

第二十三分钟，AM开始主动逼OPE打大龙处团战。牛肉酱默不作声地绕到了OPE蓝区的墙后侧，卡了一个绝佳的位置。

阿莫一看这个位置，情绪顿时激动了起来："牛肉酱的这个位置卡得也太好了！OPE在这里正好没有视野，我们看到薇恩和布隆正好从这里走了出来，而其他几个人也赶到了！"

随着他激动的声音，洛闪现从墙后直接开到了薇恩脸上！一个 W 直接砸飞了三个人！

卡莎毫不犹豫地直接点掉了薇恩！

开场就没了最重要的输出 C 位，OPE 想要后撤，但 AM 根本没有打算去追，反身直接开了龙。这样一来，OPE 不得不再掉头回来，因为如果丢掉这个龙，那这场比赛 OPE 就真的很难翻盘了！

所以 OPE 只能硬着头皮上！

刚才那波是假开龙真逼团，但是这一波，AM 是真的想要拿下大龙了。大灭一马当先，承受着大龙伤害的同时开始狂戳龙，卡莎在旁边辅助，而其他三个人都游离在龙坑周围，阻止 OPE 绕后，尤其是提防着小面跳进龙坑和大灭拼惩戒。

刚才的一波团战后，牛肉酱的血线已经很低了，而大灭也被耗掉了一半的血。奥利奥跳到上路去驱赶奥拉夫和布隆，俞苑苑在对面的牧魂人和妖姬逼近的同时，以极限走位躲掉了妖姬的链子，然后推了一波，稳稳地晕住了两个人！然而后续攻击没有人跟上，牧魂人闪现逃走，而妖姬吃满了辛德拉的一套大招，也只剩下了丝血，使劲往后退。

俞苑苑不敢追得太深，按着妖姬后退的位置打信号："卡莎卡莎来一个 W！"

雪饼在打龙的间隙毫不犹豫地反身一个虚空索敌，正好卡住了妖姬的走位，收掉了妖姬的人头！

而就在这个时候，抗了太多伤害的大灭突然被大龙一口毒液喷死在了原地！

小兵击杀了 AM.Damie！

"可恶！"大灭捶了一把桌子。

大家一时之间都有点愣，此刻大龙只有一千滴血了，同样已经到了击杀血线的奥拉夫极限地闪现进了龙坑，想要趁这个意外时刻用惩戒抢龙！

原本已经丝血站在后排准备回家补状态的牛肉酱取消了回城，直接跳到了卡莎身上，然后给了奥拉夫一个击飞，狂喊："杀奥拉夫先杀奥拉夫！"

雪饼在奥拉夫进龙坑的第一时间就已经在疯狂点他了，所有技能都交到了奥拉夫身上，而俞苑苑也毫不犹豫地交了闪现回龙坑，她的 E 技能 CD 刚好，直接把奥拉夫推到了龙坑的墙上！

奥拉夫被晕住，卡莎三两下点掉奥拉夫，反手再点龙，终于拼着最后一点血线收下了大龙！而拦着布隆的奥利奥也和布隆双双拼成了残血，眼看队友都不在了，布隆也已经退无可退，最后被纳尔收下了人头。

一波酣畅淋漓的团战下来，AM 除大灭外的队员都只剩下了几十滴血，站在原地开始回城。

现场的观众掀起了一波震耳欲聋的欢呼声。

这波团战实在是太极限了，阿莫深呼吸了一口气，由衷叹道："这波 OPE 真的已经做得很好了，只是奥拉夫在不得不下龙坑的时候，大龙的血线还有一千多，他用惩戒也按不掉，在等的一瞬间辛德拉已经过来了。"

"辛德拉的几波团控和闪现的时机都抓得太好了，刚才如果她提前交了闪现，或者没有晕住奥拉夫，那么这波团战的结果可能会被改写。"西林激动道，"OPE 这波团战在少了一个关键的输出 C 位的情况下，四打五还能把 AM 全员拼到这个血量，真的已经打得很漂亮了！"

回家补好状态的 AM 全员再度出击，大灭刚刚复活，感到非常自闭，说道："我居然被小兵打死了？这绝对可以被嘲笑一整个赛季的好吗？"

大家一边拆塔一边回应他："别自闭，这个赛季结束了，你只会带着这个印记直接进 S 赛。"

大灭："……"

为什么感觉自从进了 AM 战队以后自己的画风就保不住了呢？

打到这个地步，AM 开始了"三一一"的分推，同时破了三线，OPE 疲于奔命。而卡莎在经过刚才的一波团战之后装备已经来到了可怕的四件套，根本拦不住。

第三十三分钟时，OPE 的高地上爆发了本届夏季赛最后一波团战。大灭秒掉了想要绕后找机会的妖姬，卡莎在辛德拉和洛的配合下集火点掉了薇恩，然后开大招追击，接连收掉了布隆、牧魂人和奥拉夫的人头，在水晶爆掉的前夕拿到了一个四杀！

Quadra kill!

这也是雪饼本赛季的第一个四杀！

"啊！灭哥你抢我五杀！"雪饼看着屏幕上四杀的标识，得寸进尺地喊了一嗓子，"一波了一波了！"

队内语音，所有人都在喊。

"一波一波！"

"冠军！冠军！"

"赢了！"

在 OPE 被团灭的一瞬间，胜局已定，牛肉酱甚至已经双手离开了键盘和鼠标，率先从座位上跳了起来。其他人都一边喊一边点到了最后一下，直到OPE 的水晶最终被爆掉！

现场瞬间开始迸射彩带和火花，大家都从座位上跳了起来，互相拥抱。楚嘉年也从台下走了上来，俞苑苑直接跳起来抱住了他的脖子，台上台下都是一片震耳欲聋的欢呼，她扯着嗓子喊道："楚嘉年——我又给你拿了一个奖杯！"

楚嘉年将她紧紧地抱在怀里，然后松开，亲了亲她的额头，等她和队友一起去与 OPE 的队员们握手。

大灭握了握小面的手，两个人相视一笑，大灭拍了拍小面的肩膀："打得很好。"

小面红了红眼眶，使劲点了点头。

大家脸上的笑容根本掩饰不住，五个人走到台前，一起向着台下的观众们鞠了一个长长的躬。

主持人这时也已经上台："让我们恭喜 AM 战队拿下了本届夏季赛的冠军！"

在他话音响起来的瞬间，更加盛大的灯光亮起，现场的气氛也到了最高潮，台下无数人都在狂喊着"AM"的口号，俞苑苑鞠着躬，一边忍不住红了眼眶："在国内夺冠的感觉真好。"

大灭一直都没有说话，大家一开始都以为他是因为在决赛被小兵击杀抹不开面子，直到此刻，俞苑苑才看到大灭面前的地上滴落了几滴晶莹的泪水。

LPL 公认的第一打野，在这个舞台上奋战了足足八年，奉献了自己青春的大灭，第一次在这个舞台上，流下了眼泪。

再站直身体的时候，大灭已经火速擦干净了眼泪，就像刚才的一幕从未发生过一样。只有台下的皮皮兀捂住了脸，在铺天盖地的狂欢声中蹲在了地上，抱着自己的膝盖号啕大哭。

只有她知道，大灭等这个冠军等了多久。每一年的比赛那么多，他却总是失之交臂，他嘴上说着不在意，甚至还能在相熟队员捧杯的时候发红包去祝贺，但他……唯独骗不了她。

她看得懂他眼底的落寞和不甘，知道他夜半对着天花板睁着的双眼，明白他未曾说出口的愿望。

他虽然也带着 OPE 进过 S 赛，但每一次都是打冒泡赛才拿到的资格，他也想捧着那个奖杯，以 LPL 冠军的身份站在那个舞台上。

今天，他终于做到了。

台上的五个人共同走向了从舞台下方升起的奖杯，在震耳欲聋的欢呼声中，嘶吼着共同举起了属于 LPL 夏季赛冠军的奖杯。

接着，大家都簇拥着大灭。大灭举着奖杯，看了几秒，然后在奖杯上近乎虔诚地落下了一吻。

台下无数闪光灯在同一时间亮起，定格了这个瞬间。

这一期的赛后采访是 AM 全体选手和楚嘉年一起参加的，六个人整整齐齐地站在了镜头面前，先向着观众们鞠了一躬，然后才坐下。

因为是按照位置坐的，所以楚嘉年距离主持人最近，坐在第一个位置，然后是奥利奥、大灭，俞苑苑照例坐在最中间，右手边是雪饼和牛肉酱。

在选手们下场放好外设以后，工作人员直接搬了椅子上来，在现场搭设了一个临时采访台。全场的观众都看到了楚嘉年坐在第一个位置上，连续四五次向后靠了靠，越过奥利奥和大灭偷看俞苑苑。

弹幕都要笑疯了。

哈哈哈哈，奥利奥和大灭此刻就是隔在纳命爷和年哥之间的山和大海！山海不可平，哈哈！

灭爹太坏了吧！还专门挡了一次年哥的视线，哈哈哈！

还好隔着的不是牛肉酱，不然肯定把纳命爷遮得密不透风！

据我观察，从打完比赛到现在，除了年哥刚上台的时候抱了一下纳命爷，之后连纳命爷的头发丝都没碰到，哈哈哈！

我还在等纳命爷的口红色号，求抽到我的问题！让我知道冠军同款是哪支吧！！！

主持人依旧是大家所熟悉的琶弥。作为最早的一批年哥纳命 CP 党，琶弥不用现场观众和弹幕提醒，早就发现了楚嘉年的动作，她一时没忍住，调侃了一句："据我观察，楚经理从上台到现在已经偷看了纳命爷五次了，请问楚经理是有什么话要对她说吗？我们可以将话筒交给你。"

琶弥这么会搞事情，台下一片沸腾的欢呼，然后都安静了下来。

这算是楚嘉年第一次在这样的公开场合接受采访。

楚嘉年笑了笑，他大方地接过话筒，清了清嗓子："其实想说的话很多，AM 战队从组建到今天，经历了风风雨雨，坊间笑称我们是东拼西凑的富二代玩票战队也好，抨击我们大胆地引入了 LPL 第一位女选手也好，无论如何，我们已经是第二次捧起 LPL 的冠军奖杯了。"

台下一片掌声，"AM"的口号再次响彻了整个赛场。

"我也打过职业赛，所以知道职业选手们训练的辛苦。'台上一分钟，台下十年功’这句俗语，对电竞选手来说同样适用。不管是我们，还是别的战队，所有选手的日常都是十几小时的枯燥训练。训练是真的很苦，具体形容一下的话，大概就是有时候，我都不想让自己的女朋友去受这样的苦，我也挺心疼的。”

俞苑苑有点惊讶地看向他，然后笑出了声，捂了捂脸，感觉自己有点脸红。

猝不及防又被喂了一嘴狗粮！

Cain神的声音真好听啊啊啊，听不够！

楚嘉年等台下的笑声降下去了一些，继续说道：“但让人难过的是，并不是所有选手都可以在这样严苛的训练后，能在台上向大家展现出最完美的一面。电子竞技的世界里，实力为王，其他的一切都是借口。虽说如此，但也希望大家可以多多体谅选手的状态问题，多给选手们一些支持和鼓励。比如说，你们在微博的留言，虽然我们队的队员们都不经常回复，但是他们每一条都会看。我不止一次看到小新一边刷微博，一边偷偷地笑，然后截图你们的夸奖了。”

坐在台下的小新突然被点名，顿时坐直了身体。他虽然没有穿比赛队服，但是连帽衫上还是印着 AM 的队标，他戴了一顶鸭舌帽，还戴了口罩，非常低调地坐在那儿。虽然旁边有人怀疑他是小新，但是到底没好意思搭讪。

“所以你们所说的每一个字都会影响到你所支持的选手。他们都在努力，努力做一个值得粉丝们喜欢的选手。”楚嘉年顿了顿，视线准确地投向了小新的方向，笑了笑，“大家都知道，我们另一位非常优秀的打野选手小新，因为手伤而无缘夏季赛，但我们的荣誉与他同在！”

小新愣了愣，他摘了口罩，嘴角咧开了一个大大的笑容，使劲向着台上招了招手。

镜头转到他脸上，台下一阵惊呼，不少小新的粉丝激动地摇起了手上的灯牌，大喊着“新爷”。

楚嘉年的笑容中突然带了几丝不好意思，清了清嗓子，才继续道：“既然已经占用了大家的时间说了这么多，那我就再多说两句，可以吗？”

当然不会有人不愿意，台下一连片的“可以”声，此起彼伏。

楚嘉年深呼吸了一下，站起身来，绕过了采访桌，走到了俞苑苑面前。

俞苑苑脸上还挂着傻笑，一脸问号地抬头看向他。

楚嘉年低头温柔地看着她，然后从口袋里掏出了一个小盒子，在几千万直播观众和几万现场观众的注视下，单膝跪在了她的面前。

所有人都惊呆了，俞苑苑也猛地捂住了嘴。

黑色天鹅绒的盒子被打开，一颗闪闪发光的钻戒静静地躺在里面，闪烁着璀璨而华美的光芒。楚嘉年举起话筒，声音低沉而温柔："俞苑苑小姐，你愿意和我订婚吗？"

他心里其实还有很多话要说，但话到嘴边，又觉得那些话其实她都懂，他只需要像现在这样看着她，她就能够明白。

她确实明白了。

她曾经半开玩笑地向他抛出了"你要怎么求婚呢"的问题，而他在这样的场合，在所有人的见证之下，郑重而认真地向她提出了这个请求。

这是他所能想到的，最好也最有诚意的求婚了。

所有的观众们在短暂的冲击后，终于反应了过来，无数女孩子的尖叫声此起彼伏，全场几乎同时掀起了"愿意！愿意！"的声浪，连队友们都在旁边用手扩起了喇叭状，帮忙喊话。至于直播——服务器又宕机了。

琶弥赶快把话筒递给了奥利奥，然后再传递到了俞苑苑手上。

穿着 AM 队服的少女笑容灿烂而甜美，她的声音透过话筒，清楚地回荡在所有人的耳边："如果能拿到 S 赛的冠军，我……就答应你。"

现场所有人都愣住了，没有人想到俞苑苑居然会说出这样的答案，铺天盖地的"愿意"声停了下来，旁边的奥利奥他们也都愣住了，整个赛场都出现了一瞬间的安静。

这句话可以解释为 AM 对于 S 赛冠军的势在必得吗？拿到了就答应他，可是……电子竞技的世界，输赢都在瞬息之间，万一没有拿到呢？他们就真的要一直等吗？

她……竟然愿意赌上这个？

"春季赛的奖杯 AM 已经拿到了，MSI、洲际赛和夏季赛的奖杯我们也拿到了，还差一个 S 赛。"俞苑苑看着他的眼睛，接着说道，"在把所有的奖杯都拿回来之前，我不能答应你。"

直播终于恢复的时候，急疯了的直播观众们就听到了俞苑苑的最后一句"我不能答应你"，屏幕上顿时飘满了问号。

我听错了吗？拒绝了？？？纳命爷这么直接的吗？

年哥不要面子的吗？？？

但是为什么年哥脸上没有尴尬？之前到底发生了什么？我感觉事情没有这么简单！

有没有人现场直播一下啊啊啊啊我要急疯了！！！

也是这次直播宕机让无数观众错过了最想看的一幕，所以之后所有与 AM

相关的赛事门票的火热程度又攀登了一次高峰，不过这都是后话了。

不是没有人质疑过两个人的关系会不会对战队带来什么负面影响。在俞苑苑和楚嘉年公开了恋情关系后，难听的话更多。

一部分人是从楚家的角度出发的，类似于"这个年头会打游戏也能嫁豪门了吗？曲线救国很厉害啊"的冷嘲热讽层出不穷。另一部分人则是从俞家的角度出发的。网民们的文化教育程度似乎一夜之间得到了质的飞升，好像个个儿都读过俞家上下几代人攒的那一书柜的书一样。从一开始的哀叹"出了个打游戏的女儿，俞家家风不保"，到后来的"书香门第也掉钱眼里了，这种花式送女儿的方式还是第一次见"，说得多难听的都有。

粉丝们担心的角度则不同，说这要是两个人激情谈恋爱，然后突然分手了的话，这战队八成也要散了。

是以大家在喊着这两个人的日常甜蜜的同时，也在为 AM 战队揪心。

结果万万没想到，在夏季赛决赛捧杯的这一天，大家居然亲眼见证了楚经理现场单膝跪地求婚，而俞苑苑以战队为重，严肃拒绝的一幕。

搞清楚现场来龙去脉的观众们都沸腾了，区区几个还在坚持不懈地刷俞苑苑这是欲擒故纵的"黑子"也迅速被弹幕冲散了。

呜呜呜这是什么神仙爱情！我要做纳命令一辈子的粉丝！

指路 MSI 颁奖典礼，纳命爷说过一句话，大意是她要为一个人拿奖杯，现在看来，这句话就是对年哥说的无疑了！

我要为自己之前所有黑纳命爷的话向她道歉！我真的爆哭！！这是什么神仙女孩，没有恋爱脑真的太棒了！！！

好害怕，这是什么目标！嘤嘤嘤！！

什么都不说了，等一套 LPL 的冠军皮肤！

等皮肤 +1。

现场的喧嚣声稍微降了下来，楚嘉年丝毫没有被拒绝的尴尬，反而因为俞苑苑的话笑了出来，他合上了戒指的盖子，然后将小盒子放在了俞苑苑手里："好，我等你。这枚戒指，就当作是这个承诺的信物了。"

俞苑苑欣然收下，然后主动倾身向前，在楚嘉年的脸上亲了一下。

现场又是一片尖叫。有人已经火眼金睛地从包装和一闪而过的戒指画面搜到了七位数价格的同款。

琶弥小姐姐主动接过话题："我觉得做 AM 的粉丝真的很幸福，全队无时无刻不在发糖。你们不知道我这个粉丝头子刚才用了多大的力量才压制住自己的尖叫。我告诉自己要注意形象。"

楚嘉年回到了座位上，采访继续进行了下去。

奥利奥言简意赅，感谢了所有人的支持。大家还敏锐地注意到他提名了大家耳熟的"瓶子"，顿时意会。

话筒到了大灭手中，大灭在奥利奥发言的时候其实酝酿了许多想说的话，结果真正轮到他的时候，他反而有点语塞。沉默三秒，他拉开椅子，站了起来，然后对着所有的观众认真地鞠了一躬。

想说的一切都在行动里，一切尽在不言中。

回应他的，是久久不息的掌声和此起彼伏的"灭爹"的喊声。

轮到俞苑苑，她举起了面前的小字条挥了挥，然后指了指自己的嘴唇："问题我都收到了，确认过眼神，是冠军的颜色。色号我会放在微博上的，不然就是打广告了。"

琶弥收到了工作人员递上来的字条，提问道："粉丝们都很关心一个问题，万一 S 赛……"

俞苑苑从她的未竟之语中领悟了她的意思，俞苑苑的笑中带了几丝认真："谢谢大家的关心。S 赛每年都有。"

今年如果不行，那就明年，明年如果还拿不到，那还有后年。每一年，我都会拼搏，都会为了自己的梦想和目标而努力。

她没有说完，但是大家都听懂了她的意思。

电竞女神俞苑苑！

当了这样的选手的粉丝，我真的觉得自己很幸运！

纳命爷的爸爸来我们大学做巡讲了！还提到纳命爷是学霸了！！优秀的人果然在什么领域都很优秀！！

我看到关于纳命爷学霸的信息了！从那以后我做"五三"（《5 年高考，3 年模拟》）都更有劲头了！！十几个小时的训练她都能坚持下来，我做做题算什么！！！

自从当了纳命爷的粉丝，我"王后雄"足足刷了三本，呜呜呜再不努力就要配不上纳命爷了！

弹幕一时之间变成了高中生大型对题现场，天南海北的高中生们齐聚一堂，气氛热烈且充满正能量。

在俞苑苑再次感谢过家人和所有的粉丝们之后，话筒终于来到了雪饼手里，雪饼从游戏结束就憋到现在的话终于有机会说出来了："灭哥，我的五杀……"

画风顿时从之前的八分温情、十分感动和万分正能量变成了大型"哈哈哈哈"现场，俞苑苑笑翻在原地，大灭直接用手捂住了脸，表示自己愧对队友。观众们好多看过 AM 的直播，也都知道雪饼身为一个 C 位，对 MSI 上奥利奥的五杀非常不服，一直嚷嚷着也要五杀，是以这会儿他们也笑翻了。

雪饼清了清嗓子："虽然我失去了一个成为传奇的机会，但是这不代表我不会成为传奇。S 赛，我们拭目以待。"

"雪佛爷霸气！"台下有男生扯着嗓子喊道，引起了一片欢呼。

牛肉酱拿起话筒，目光坚定："既然雪饼要成为传奇，那我就当那个传奇背后的男人吧。"

俞苑苑笑到直不起腰，现场雪饼和牛肉酱的 CP 粉感觉自己的春天到了，疯狂举着灯牌摇晃，又掀起了一波高潮。

从舞台上下来，俞苑苑第一时间收到了自家母亲大人的电话，于是转身躲进了洗手间。

俞母这两天跟着俞父在外地的大学开巡讲，所以没能到现场来看比赛，但是早就精通了微博和直播的俞母硬是用手机追完了整场比赛，顺便……还隔着屏幕目睹了一场自己的女儿被求婚的盛大场面。

"苑苑，被求婚是什么感觉？"俞母的声音里带着兴奋，"噢哟，你不知道自己的人气有多高，我这会儿在 A 市的大学，你们夺冠的时候我不小心喊出了声，本来以为自己要出丑了，没想到周围全都是尖叫声。你爸一脸假正经，实际上恨不得告诉路过的每一个人，纳命是他女儿。"

俞苑苑早就料到了母亲的这个电话，有点脸红，含糊道："就……很意外啊，也没什么别的感觉……"

洗手间门口的楚嘉年顿住了脚步。

俞母发出"啧"的一声，显然是隔着电波感觉到了俞苑苑的害羞："我跟你说，你回答得真好，电子竞技没有爱情你知道吗！"

俞苑苑："……妈，有空多看看文学名著，少看点网上那些段子，答应我，好吗？"

俞母一阵大笑："无论你做什么决定，我们都支持你啦。偷偷告诉你，你爸听到你的回答，整个人都舒坦了，哈哈哈哈哈。最近他巡讲的时候，几乎每场都有人问到你，你爸一时没把住，给你树了个学霸人设，你记得维护好啊。"

俞苑苑："不是？什么学霸？我……"

俞母不等她多说，又夸了她两句，就挂了电话。俞苑苑一个人对着电话蒙了一会儿，然后才推开了洗手间的门。

一从洗手间出来，她就被抱胸斜靠在门口的楚嘉年堵了个正着。

刚才在台上还阳光明媚的男人，此刻脸上满是阴霾。俞苑苑小心翼翼地问道："楚哥哥，你怎么……看起来好像不太高兴？"

楚嘉年单手将她禁锢在自己的身体和墙面之间，俯下身，嘴角勾起了一抹非常不爽的笑容："就很意外，没什么特别的感觉？"

俞苑苑一愣，心想完了，嘴硬道："你……你偷听我打电话？"

楚嘉年逼得更近："嗯？"

他的这一声，尾音拉得很长，还向上扬起，仿佛有一把小钩子，钩得俞苑苑的心开始狂跳，比她刚才在台上的时候更甚。楚嘉年也没有想要等她回应，挑起了她的下巴，不由分说地吻了上去。

他的吻比起以往更有侵略性，他温柔却不容置疑地撬开了她的贝齿，一路攻城略地。等到他微微松开她的时候，俞苑苑已经气喘吁吁，双颊飞红，眼神中满是湿漉漉的茫然。

楚嘉年压低声音，带了几分咬牙切齿的意味："也没什么特别的感觉……"

俞苑苑的脑子还在慢半拍，想为什么要再重复一遍，楚嘉年又欺身上前，在她唇上舔了舔，单手扣住她的后脑勺，趁她红唇微启，里里外外又吻了她一遍，然后舌尖扫过自己的嘴角，似乎是在回味，接着转眼看向她："现在呢？"

俞苑苑只觉得自己的脑子"轰"的一声，炸掉了。

"咳咳！"大灭在远处不大不小地咳嗽了两声，"考虑一下队友们的感受？"

俞苑苑面红耳赤地想要推开楚嘉年，不料楚嘉年根本不为所动，看到她这样，反而挑了挑眉说："嗯？"

非要问出个答案。

俞苑苑一时窘迫，干脆破罐子破摔，直接抓起楚嘉年的手，放在了自己疯狂跳动的心脏位置："不然你自己感觉？"

目睹了全过程的大灭一时没忍住，吹了一声口哨。

楚嘉年感受着手下柔软的触感，表情有了一瞬间呆滞。而俞苑苑也终于后知后觉地感到了不妥，再加上大灭口哨的催化，她飞速打掉了楚嘉年的手："你……你干吗！"

"不是你让我自己感觉的吗？"楚嘉年举着自己被俞苑苑打了一巴掌的手，非常委屈。

俞苑苑恼羞成怒，根本不讲道理："我要让你给我摘星星摘月亮，你是不是真的要上天？”

楚嘉年还没回答，大灭已经笑眯眯地走了上来，一手搭上一个肩膀，带着两个人向前走去："队友们可都等着呢，有什么等回去再算账啊，晚上的庆功宴，我们可是要一醉方休的！"

两个人同时闭上了嘴。

等坐上大巴车，楚嘉年看着径直逃到最后排的俞苑苑，失笑摇头，放了她一马。

看着坐在前排和队员们谈笑风生的楚嘉年，俞苑苑偷偷地摸了摸刚才他手碰到的地方，突然觉得后半段其实……也没那么不堪。

感受到自己脸上的灼烧，她默默转过脸看向了窗外，还趁没人注意，悄悄地取出了楚嘉年在台上塞给她的小盒子，看了看，在自己手上比画了两下，然后勾起了一抹笑容，小心翼翼地把小盒子装进了包里。

于是，她完美地错过了前排队友们低声惊呼的场面。

这次的庆功宴比上次要接地气得多，在所有人一致投票下，大家来到了 R 市最著名的火锅店，热热闹闹地坐了一大桌。

俞苑苑冷静了一路，再面对楚嘉年的时候，就不那么尴尬了。她假装刚才什么事情都没有发生，高高兴兴地喝着冰可乐涮着毛肚，同时还能眼观六路耳听八方，在一桌子狼人环伺的情况下美美地捞到了好几筷子霸王牛肉，顺便给楚嘉年空空如也的碗里放了两片，谆谆告诫道："年哥啊，吃火锅就不能端着架子，要稳准狠，咬定目标，就像闪现一样，可不能犹豫，犹豫了就什么都没了。"

楚嘉年抬眼扫了她一眼，俞苑苑此时换了常服，宽松的短 T 恤的胸前印着三只小猪的图案，其中一只小猪的嘴边已经被溅上了油点，活脱脱一只贪吃猪。而她一条腿半跪在椅子上，半个身子都探了出去，举着筷子等在火锅边上，一副要和其他人一分高下的样子。

他从俞苑苑的座位后面拿起围裙，拽回跃跃欲试的俞苑苑，把围裙套在了她头上，系好腰后的带子说："慢点吃。"

俞苑苑的眼神从头到尾都没有离开锅里沉浮的虾滑："慢点就没了！"

此时皮皮和蔺瓶子都来了，大灭和奥利奥都不太酸，而雪饼和牛肉酱因为有了小新这个盟友，身后还有一桌二队的小朋友，也并不怎么孤独。

吃到一半，包厢的门被有礼貌地敲开，几名与火锅店的红油热气格格不入的男人恭敬地走了进来。九月的天气还很热，但是这几个人都工工整整地穿着西装，径直走到了楚嘉年身前，站成了一排，为首的那个人上前一步说："楚先生，您名下的那颗小行星的具体资料已经全部在这里了。"

俞苑苑嘴里的虾滑没咬稳，掉在了油碗里。

他刚刚说什么？

小行星？

楚嘉年从他手上接过星图，向着俞苑苑的方向展开："月亮可能是摘不下来了，但是星星……我恰好可以不用上天就摘一颗给你。"

俞苑苑目光呆滞。

"小行星的命名权是不能买卖的，都掌握在国际天文学联合会的手里。但是好巧不好我叔叔前几年发现了两颗，一颗送给我哥了，一颗在我手里。更巧的是，我一直还没有给这颗小行星命名，不如叫芋圆如何？"楚嘉年看着她的眼睛，询问道。

之前没有在大巴车上吃过瓜的群众一起倒吸了一口冷气，心想大佬追妹子真的是……贫穷和无知限制了我等"凡人"的想象力。

俞苑苑这会儿才想起来，之前她似乎说了一句"我要让你给我摘星星摘月亮，你是不是真的要上天"的气话，而他……竟然当了真？

楚嘉年的目光太过真挚，看不出半点玩笑的样子，眼底还有满满的纵容和温柔。俞苑苑的目光在星图和他的眼睛之间来回移动，万般感动涌上心头，刹那间便让她红了眼圈。

她半晌才找回自己的声音，深吸一口气，坐直了身体，郑重道："这……这也太贵重了。"

顿了顿，她又带了一丝犹豫地提议道："如果真的想要起名的话，还不如就叫 AM，administrator？"

第二天，各大社交媒体，包括国家天文台的官媒全部都发布了同一条信息。

据国际天文学联合会发布的第 999999 号公告，新增了一颗小行星的命名，该编号为××××××的小行星被授予 AM（全称 administrator）的名字。这是我国的一支电竞队伍，是一支在过去一年中获得了《英雄联盟》职业比赛春季赛、季中赛以及夏季赛冠军的战队……

吃瓜群众全都沸腾了。

楚经理大手笔！这得多少钱啊！！

我来科普一下，小行星的命名权是不能做商业交易的，AM 战队这颗星星要么是国家给的，要么是发现人也是 AM 的粉丝，不管是哪一种，都是真的非常厉害了。

战队星！

啊啊啊啊啊，我好激动！！感觉 AM 战队的威名要响彻宇宙了！

不是酸，只是觉得还没到 S 赛就这么高调真的好吗？

年轻人真是锐气啊，祝福 AM 战队！

轰轰烈烈的夏季赛赛事终于落下了帷幕，AM 战队全员将整个电竞圈的热度又带火了一层楼，无论是楚嘉年现场求婚、俞苑苑拿 S 赛冠军的决心、大灭纵横峡谷八年终得冠军、雪饼和牛肉酱的传奇宣言，还是那颗在遥远星空中飘荡的 AM 战队星，都成为整个九月最火热的话题。

而九月对于俞苑苑来说，除了终于能从紧张的赛事中放松，稍微休息一下，还有另外一个重大的意义。

她……开学了。

这意味着战队放假的那三天，她要每天按时按点去上课，而在平时训练日里，其他人都可以睡到十一点，然后再从下午两点训练到半夜。唯独她，哭着把学校里所有的课都选到了早上，上课和训练直接堆满了周一到周五的每一个小时。她每天七点从基地出发，奔波在传媒大学和基地之间，披星戴月，孜孜不倦。

其实也不是不能逃课，只是现在的她实在有一点名气，大课还好，但专业课的老师们都会下意识地看一眼她在不在。甚至还有几个年轻些的教授一本正经地向她要了好友位。

俞苑苑忙不迭地给了他们，顺便娴熟地附赠了笑脸："老师们，有机会一起打排位啊！我带你们上分！"

这事儿她有经验，上次期末考试之前，最严格的那门课的林教授就向她要了好友位，她顺手给了。结果在期末考试成绩出来以后，她沉痛地看了一眼自己的成绩，然后试探地从好友位里邀请了这位林教授。

林教授接受了。

俞苑苑受宠若惊，热情洋溢地带着教授上了一晚上的分，然后试探着问道："林教授，你看我带你上了这么多分，我的期末成绩……"

林教授看着自己的段位，乐呵呵地大手一挥："好说好说。"

第二天，俞苑苑重新刷新成绩的时候，惊喜地发现，自己的成绩从六十分，变成了六十一分。

顺带着还有林教授在游戏里给她的留言。

多一分就是爱，别嫌少，想象一下万一你是五十九分呢？

原本还在嫌弃林教授吝啬的俞苑苑一个激灵。

五十九分的时候……多一分可是救命之恩啊！

她上课的时候，也有不少院里院外的男生专门打听了她的课表，假装来蹭课，其实想蹭好友位。对于这些同学，俞苑苑都是微笑着用一句话顶了回去："能 solo 过我男朋友的就给好友位。"

结果这句话不知道被谁爆了出去，直接成了一个微博 tag（标签），还上了两天热搜。

楚嘉年点进去看的时候，看到里面一水儿的击杀动图，包括了快乐亚索、天秀妖姬、五杀提莫、致命回旋踢盲僧……而这些动图清一色地带着一句话：

你看我怎么样？

看到这些动图，楚嘉年转头看了一眼正在电脑面前伶牙俐齿快乐直播的俞苑苑，皱起眉头，陷入了深思。

是我楚嘉年提不动刀了，还是你们这些小年轻飘了？

# 第十七章

Solo King

//

*QING BEN XIA GU SHAO NV*

　　AM 全队都是和狸猫 TV 签的直播合同，每年九月，狸猫 TV 都会举办嘉年华活动，活动设有很多奖项，而奖品和奖金也非常丰厚。所以每到九月，狸猫 TV 的大主播们的直播质量和时间会有一个很大的飞跃，他们都想在嘉年华上冲一把。因为如果能在嘉年华最后的颁奖仪式上露脸，那么接下来平台给予主播的支持和曝光率也会有很大的提升。

　　而因为《英雄联盟》的热度，再加上老板的战队以赛区第一的姿态杀进了 S 赛，所以今年的狸猫 TV 在《英雄联盟》专区除了往年的"最强路人王"和"LOL 人气王"两个奖项，还特别设立了一个"Solo King"的擂台赛。除了有丰厚的平台扶持奖励，夺冠的人还能拿到一百五十万元的奖金，足足比往年翻了三倍。

　　这下整个《英雄联盟》直播区的主播们都沸腾了。

　　尤其是在参赛规则中，狸猫 TV 为了保证对业余玩家们的公平性，特意在"最强路人王"的比赛规则中注明了"不允许现役职业选手参加"，这一条让许多年轻的选手看到了希望。如果拿到冠军，他们将会有很大概率与职业战队牵线，甚至成为职业选手。

　　而"Solo King"则开辟了擂台赛的方式，凡是报名这项赛事的选手，都可以自己选择成为擂主或者挑战者。挑战者如果打赢了擂主，则成为新的擂主，能够连赢五十场的，则进入嘉年华现场，参加现场总决赛，并且向最后"Solo King"的奖杯发起冲锋。凡是获得嘉年华入场资格的选手，都能获得十万元的奖金。

至于"LOL人气王"的奖项则纯粹凭观众喜欢，谁的粉丝砸的钱多，主播的热度越高，得奖的可能性就越大。

大部分职业选手虽然可以参加"Solo King"的比赛，但是他们都有点儿包袱，职业选手solo被业余选手单杀的话，冷嘲热讽肯定会源源不断，所以几乎没有职业选手对这个擂台赛感兴趣。

这样一来，在狸猫TV开直播且成绩还不错的职业选手们就都盯上了"LOL人气王"这个奖项。有几个职业选手因为话多又活泼，喜欢和观众们互动，所以十分受大家的喜欢，其中的代表人物就是小新和俞苑苑。

小新的手伤已经休养得差不多了，直播的时候重新打起了LOL，最近还开拓了唱歌业务，专门去某宝买了个麦克风，等排位的时间里，别的主播打斗地主，他就唱斗地主的背景音乐和黑话台词，比如"快点吧，我等得花儿都谢了""你的牌打得太好了""你是MM还是GG"，以及"叫地主"！

整个AM的直播都被他打乱了节奏，比如奥利奥，刚准备点pass（跳过），只听小新高昂的一声"大你"，手一抖，把自己压箱底的对二扔了出去。

奥利奥：……小新，过来受死。

再比如俞苑苑，她刚准备出王炸，就听到小新喊了一嗓子"要不起"，于是手一抖，点了pass。

俞苑苑：……小新，过来受死！！！

凭借这手无心插柳柳成荫的操作，小新的人气再度涨了一大截，顺便还带动了其他几个人的直播间。大家都喜欢同时开着两边的直播，就等着在排位的间隙听小新绘声绘色的声音。

单看《英雄联盟》分区，小新的热度雄踞第一，第二、第三都是业余选手路人王，第四是琵弥，俞苑苑正好在第五位。

因为平时还要上课，所以俞苑苑是无意争夺这个人气王的，毕竟她的直播时间保证不了，所以干脆去给小新的直播间砸了不少雷，给他带了一大波人气。本以为这个嘉年华就这样与她无缘了，没想到，她居然收到了来自狸猫TV官方的解说邀请。

"这什么意思？让我去做solo赛的解说吗？"俞苑苑有点惊讶，"但是我没有经验啊。"

狸猫TV的赛方负责人是这么解释的："俞小姐，因为您是播音系的，本来就有专业的功底，再加上您是职业选手，对游戏的理解和专业性都不容置疑，所以我们都非常希望您能够接受邀请。"

俞苑苑犹豫不决："我要和我的经理人商量一下再给你们答复。"

赛方负责人推推眼镜："是这样的，您应该也知道狸猫 TV 背后的东家就是汇盛集团，理论上来说，联系您做解说我们应当要经过楚经理。之所以这样与您私下联系，是因为我们得到了一点内部消息，具体是什么消息现在暂时还不能告诉您。但可以保证的是，一定对您非常有吸引力。您不用急着给我们答复，如果在未来的几天您有意加入，请随时联系我。"

这话弯弯绕绕，但是俞苑苑听懂了，意思是让她先不要告诉楚嘉年，接下来的几天这场赛事可能会有什么消息爆出来，到时候俞苑苑可以再考虑。

俞苑苑没有多问："好的，那我拭目以待。"

接下来的几天，俞苑苑特别留心关注了这个"Solo King"赛事的消息，结果一片风平浪静，毫无水花。反而是她身边一直空着的那个属于楚嘉年的位置，终于迎来了它的主人。

楚经理最近很少在他的办公室待着，反而频频出现在自己旁边的位置上，非常刻苦地练习起了补兵。

第一天的时候，俞苑苑还觉得他是随便玩玩，结果连续三天下来他都在奋力补兵，俞苑苑有点惊悚："你在干吗？你这样能行吗？"

她的本意是想说楚嘉年有手伤，这样训练能行吗？没想到楚嘉年 A 掉一个炮车兵后，眼皮都没抬："永远不要质疑一个男人行不行，尤其当这个男人是你的男朋友的时候，很可能会发生一些可怕的事情。"

在队里时间长了，俞苑苑的脑子里沾染了不少黄色废料，不如初来之时那样单纯了，是以秒懂了楚嘉年的意思，翻了个大白眼："哟，那我真的好怕怕哦。"

楚嘉年补完一轮兵线，没和她继续贫，活动了一下肩颈："其实没什么，我只是注册了一个狸猫账号。"

俞苑苑想了想自己看过的霸道总裁剧情，声音中带了一丝兴奋："你是不是从后台拿了一个有无限金豆的账号，所以终于准备对我进行潜规则，直接砸钱让我当人气王了吗？"

楚嘉年："……不是，是我报名参加了'Solo King'。"

他说这句话的时候没有特意压低声线，这会儿大灭和小新都在直播，两个人的对话被观众们听完整了。

一开始观众们还在"哈哈哈哈，没想到你是这样的年哥"，在听到俞苑苑的脑洞以后，弹幕又变成了"纳命爷的声音里带了一丝兴奋""哈哈哈哈，纳命爷很期待潜规则"，结果等到楚嘉年说自己报名了"Solo King"以后，整个弹幕寂静了几秒才有人默默地打了一行字。

我听错了吗？Cain神要重出江湖了吗？

你们也听见了？我以为是自己幻听？

接着，弹幕炸了。

满屋子的人都惊了，正在排位的小新直接泉水挂机了，大灭的大招都放了，明明再追两下就能拿到人头，也懒得再追了，无视队友疯狂打问号。直播中的几个人同时关了麦克风，转过头来。

大灭离楚嘉年最近，率先靠了过来，关切地看向楚嘉年："年年啊，你最近缺钱了吗？是不是和家里吵架啦？灭哥哥这里还有点闲钱，不然你先应个急？"

楚嘉年：……为什么大家的脑回路都这么清奇？

他心里叹了口气，当然不会说出自己内心的真实想法，表面却波澜不惊，顺便推开了大灭凑过来的头，一脸镇定地说："手痒了而已，别想太多。"

"手痒可以跟我solo啊！"大灭一脸怀疑，"队里有这么多陪玩的，你去出那个风头做什么？"

楚嘉年面不改色："狸猫TV再怎么也是汇盛旗下的，solo赛是今年才推出来的，需要带一波热度。"

"我们都可以帮忙的！"小新语带关切，"年哥你还是要注意身体啊，我们这一队的人可都要靠你。"

楚嘉年扫了他一眼："……你们能solo过我吗？"

小新语塞半晌，然后不服输道："不行，我也要去报名，不然年哥太孤单了！"

其他人也都是这么想的，迅速点开了狸猫TV "Solo King"的报名页面。由于之前直播的时候，楚嘉年参赛的事情已经泄漏了出去，这一会儿工夫就已经被各个电竞大号转发了个遍。本来还有人持观望态度，结果这会儿大灭和小新他们都回到了直播间，大家眼睁睁地看着两个人屏息凝神地点击了参赛，虽然没有多做解释，但网友们还是知道了楚嘉年参赛这件事八成是稳了。

网友们一开始还在想AM战队这是要全队参赛了吗，然后又意识到一件事情。

我突然想到……Cain神要是参赛了，那是不是要和纳命爷solo了？相爱相杀的戏码有点带感了吧？

这么一说……

中单位的世纪对决吗？我已经在搜索嘉年华决赛的门票了！

我也是！！！

于是原本不太受关注的"Solo King"比赛就这么被炒起了热度，AM 全队报名的消息放出来，不少其他战队的队员也一时手痒报了名，并且公开在微博上发声，说期待与昔日之神的较量。于是一个普普通通的水友赛事顿时成为最受期待的高手赛事，甚至还有媒体称之为"LPL 赛区内部的全明星赛"，还有一些人开始猜测楚嘉年是不是想趁此机会重返 LPL 的赛场。

俞苑苑吸了吸鼻子，偷偷低头给狸猫 TV 的负责人发了条信息：这就是你说的一点内部消息吗？我考虑好了，我同意做解说。

负责人的回复速度很快：太好了！请问您愿意我们立刻公开吗？

俞苑苑对此没有什么意见：都可以。

于是当天晚上，关于"Solo King"这一赛事的热度又火上了一层楼。狸猫 TV 的官博神神秘秘地发了一条微博。

狸猫 TV：很荣幸请到了一位重量级神秘嘉宾来为本届"Solo King"做特邀解说嘉宾，让我们来猜一猜他 / 她是谁？

虽然说得这么神秘，但是配图用了一张 AM 在夏季赛举杯时候的照片，然后将其他人都做了虚影淡化，突出了一个少女的身影。

网友也非常配合：

好神秘哦，我根本看不出来这位神秘嘉宾是谁，好好奇！（狗头）

哇，好吊人胃口哦，我一点都没发现这就是我们 LPL 唯一的女选手耶！

到底请了谁呢？狸猫捂得也太严实啦！好希望是 yyy 呀！（狗头）

我也一点都没猜出来 yyy 要解说 Cain 神的比赛呢！【皮一下就很开心.jpg】

半小时后，俞苑苑自己笑到看不下去评论了，主动转发了这条微博。

AM.Naming：好了好了，都别闹了，是我。新手解说上路，还请大家多多关照。

评论区的小机灵们立刻跟上了，被点赞最多的问题是：请问纳命爷，要解说自己男朋友的比赛是什么感受？会公平公正吗？

正在刷手机的楚嘉年敏锐地看到了这一条，他停下了自己往下滑的手，然后点一下刷新，果然看到俞苑苑回复了。

AM.Naming：公平公正是什么？当然要做我男神的舔狗了！

看到她的回复，楚嘉年本来准备过问一下狸猫 TV 怎么不经过自己就直接邀请了她，这会儿也不想问了，露出了满意的笑容。

然后，他也发了一条微博。

AM.Cain：其实"Solo King"这个比赛确实是我提议开设的，而且初衷也没有大家想的那么复杂，就是偶然看到了"能 solo 过我男朋友的就给好友位"这个标签，所以给大家一个机会而已。哦，当然了，我也很好奇我女朋友会怎么解说我的比赛。总之，欢迎各位踊跃报名参加本届"Solo King"，传送门：http://……

网友：？？？

俞苑苑：？？？

你说啥？！

楚嘉年的这条微博一发出来，之前带了"能 solo 过我男朋友的就给好友位"这个标签发微博、秀操作的网友们全都惊呆了。尤其是最开始爆料俞苑苑这句话的传媒大学的学生们，更是觉得手微微颤抖，其中包括了被大神瞄准的激动和兴奋，也有菜鸡啄不动的心虚。

一条传媒大学学生的哀号被迅速顶了上来：你们都太天真了，以为纳命爷的好友位这么好要吗？Cain 神会当真的！我亲身体验过！你们信我！别皮！活着不好吗？！

这是当年向俞苑苑要过好友位，结果拿到了楚嘉年好友位的吴同学，拿到好友位之后发生的事情从这位同学声泪俱下的描述里可见一斑。

这条微博的评论也变得十分精彩：

兄弟，告诉我们你经历了什么？

神预言。

闪光灯给这位兄弟，说出你的故事！

但是楚嘉年的这条微博虽然引起了一阵热议，但并没有阻止职业选手们对这场 solo 赛的关注。已经有不少职业选手在微博爆出来之前就报了名，此刻大家看到楚嘉年的微博，都带着"Cain 神真秀"的感慨转发了，其中就包括了 CMCG 的上单 Haven 和木兮。而在得知大灭也报名后，好几个职业打野选手也都暗戳戳去报了名，其中就包括了 OPE 的新打野小面。

这样一来，大家报名 solo 赛的劲头丝毫没有降低。有几个俱乐部甚至还紧急开了几场会，大意是这个比赛的热度既然已经起来了，队里的明星选手就肯定要参加了，而种子选手们也要踊跃报名。

而 AM 基地里就更热闹了。

已经报了名的大灭本来正在好好儿地直播，结果从弹幕里看到了楚嘉年微博的内容，翻开手机一看，整个人都不太好了，干脆撂下了直播间的水友们，坐在基地门口的长椅上连抽了三根烟让自己的情绪平静，然后去附近的小卖部转了一圈。

回来的时候，大灭的手里提了三瓶老陈醋，气势汹汹地往楚嘉年面前的桌子上一放："兄弟，你是亚洲醋王吗？"

他坐的是之前小新的位置，和楚嘉年的位置之间正好隔了一个俞苑苑。事发之时，他实在是太激动了，连麦克风都忘了关，所以这会儿直播间的观众们能清清楚楚地听到他的话。

亚洲醋王年哥，哈哈哈哈哈哈，笑死了。

二十年典藏经典老陈醋了解一下，哈哈哈哈哈。

虽然镜头没拍到，但是我感觉灭爹是不是搞什么事情了？？？求解密，啊啊啊好希望摄像头转一下！

自从看到楚嘉年的微博以后，俞苑苑已经震惊到无以言表，此刻正紧紧捂着耳机，假装自己什么都不知道地专心……写作业。

如果不是耳机里震耳欲聋的摇滚乐已经溢出到三米之外都能听见，那她认真写作业的可信度还是挺高的。

她和楚嘉年的桌子是连着的，大灭这么一下，她当然不可能无动于衷，偷偷侧脸看了一眼，然后飞快地缩回了眼神，把耳机往后挪了挪，开始偷听他们之间的对话。

用脚指头想都知道大灭买醋是什么意思！

楚嘉年看了一眼三瓶满满当当的老陈醋，好整以暇地活动了一下手腕，做了一个摊手的动作："你们也没给我说的机会啊。"

大灭痛心疾首："兄弟啊，你知道多少人要被你的套路逼疯了吗？就因为要个好友位你就要开个 solo 赛，放我们这些也有女朋友的人一条活路好吗？"

楚嘉年真诚道："套路这词用得不太对吧？使用某种特定方法一成不变地处理事情的方式才叫套路，你见过除我之外还有人这么玩吗？"

大灭：……想玩也没这个实力好吗！兄弟你醒醒！

弹幕：

哈哈哈哈哈哈哈服服服，年哥霸气。

有钱人的快乐，我们一起想象。

当普通电竞队伍中混入了豪门富二代怎么办，哈哈哈哈哈。

我已经是个成熟的水友了，已经可以隔着屏幕自己脑补灭爹气急败坏哑口无言的脸了！

楚·就是不给好友位·不服来solo·反正你也打不过我·经理，哈哈哈哈哈！

偷偷把耳机移开了一条缝的俞苑苑也没忍住，"扑哧"一声笑了出来。

"你不管管吗？"大灭听到了她的笑声，反身敲了敲她的桌子，这才看到她摊开的课本上密密麻麻全都是数字。大灭顺手翻了一下书皮，啧啧了两声："是我和学校脱节太久了吗？现在学播音主持都要学高数了？"

"专业课当然不要求，这是我选修的。"俞苑苑一本正经，"高等数学学得好，伤害计算错不了。"

大·LPL第一打野·精准抢龙 carry 全场·灭：不是，我怎么不知道抢个龙还要先学高数了？这东西不是玄学更有用吗？

弹幕已经笑到不行了，微博上一时之间又掀起了一波以《英雄联盟》游戏峡谷界面为背景晒高数书或者高数成绩的风潮，配字都是"高等数学学得好，伤害计算错不了"。

小新看到以后，非常真实地在直播间叹了一口气："不知道各位水友有没有发现，我们队的画风简直是人间正能量。"

他这么一感慨，大家回忆起来，发现好像还真是这么回事，而且带节奏的基本上都是纳命。

从"开拓创新锐意进取的红旗飘飘纳命书记"，到她在赛后采访的时候为女性玩家发声，亲手为大家画队服，再到这会儿的全民学高数。哦对，仔细想想，她似乎还为几支口红色号带过货。马上，她又要去做 solo 赛的解说了，还不能指责她不务正业，毕竟她可是实打实的播音系学生，说不定还是播音系的五好学生。

俞苑苑简直就是德智体美全面发展的祖国新青年。

总之，就在这样空前热烈的气氛下，狸猫 TV 年度"Solo King"大赛拉开了帷幕。在上课和训练之余挤牙膏一样挤出来时间接受了整整一周训练的新晋解说俞苑苑，也披着自己"芋圆"的马甲正式走马上任。

经过二十多天的预选赛，最后通过了"赢五十场 solo 擂台赛"条件的选手竟然还有八十多名，可见报名比赛的人数达到了怎样的一个高峰。

狸猫 TV 用抽签的方式将这些人又分成了八组，最后角逐出了八名擂主和十六名挑战者，即给每名擂主都安排两名挑战者，并将这二十四名选手共同邀请到了嘉年华的现场。

俞苑苑在赛前三天就拿到了这二十四名选手的名单和他们的各项资料，包括在申请 solo 赛的时候填写的自己擅长的英雄名单和 solo 赛时的各种影像，以供她做赛前分析。

她原本还在哀号一下子要记住这么多人的特点也太难了吧，结果定睛一看，这二十四个人里面，有十四个都是职业选手。其中的八名播主毫无疑问地包括了楚嘉年、大灭和小新，另外还有 CMCG 的上单 Haven、中单木兮，以及 OPE 的打野小面。

剩下的十个人里面，有五六个眼熟的主播 ID，其中还有两个是传媒大学的学生。除此之外，竟然还有两名女生。

俞苑苑顿时来了兴趣："你们快来看分组！小新你的分组里面有个妹子！"

小新眼睛一亮："哇，名字非常好听了，沈幼蓉，一听就是个好看的小姐姐的名字！"

"会不会是 LPL 区女主播的真名？"俞苑苑继续看沈幼蓉的资料，移动手指找到了狸猫 ID 一栏，读了出来，"李奕新的女友粉……哈？"

小新：？？？

整个基地的人都被这个 ID 惊动了，全都围了过来，一起将目光投向了资料右上角的证件照。

蓝底的两寸照片里，眉目干净的少女微笑着看着前方，从五官就可以看出来是一名娇小的南方女孩子，乍一看毫无攻击性，甚至有一点楚楚可怜。当然了，能打 solo 赛打到这个程度的，没有人会觉得这是朵小白花。

"现在的证件照没有几个和真人像的，快搜搜她有没有开过直播。"小新盯着那张照片，不知为何总觉得有点眼熟，却想不起来到底在哪里见过。

牛肉酱手快地在狸猫 TV 网页搜索了一圈，果然搜到了这个 ID，然而 ID 上的头像并不是本人，而是小新发在微博的一张抱着 MSI 奖杯的自拍照片。而且似乎是一个才开了不到半年的新号，往期直播回放里是她的六十场 solo 全胜纪录，为了保证是本人，右下角开了视频，但并没有露脸，只有一双一看就是女生的纤细小手在屏幕上舞动。

雪饼兴奋道："小新，看到这双手，能想起什么吗？"

小新有点莫名其妙："一双手而已，我想起什么？"

雪饼一清嗓子，扬声唱道："花田里犯的错，说好破晓前忘掉……"

小新："……你可滚吧。"

而楚嘉年则看着自己的两名挑战者，微微勾了勾嘴角。

他的第一名挑战者是来自传媒大学的学生，名叫路井，顺着微博找过去，还能看到对方正是那位"天秀妖姬"动图的发起者。

楚嘉年正在想"这可真是赛方的一手好安排，回头给工作人员发鸡腿"，手无意识间刷新了一下微博界面。

路井在几秒前发了一条新微博。

路井：完了，刚刚拿到对战信息，我第一战就是对 Cain 神，现在喊"爸爸我错了"还来得及吗？【点烟的手微微颤抖 .jpg】

楚嘉年笑了笑，气定神闲地点了赞，然后转发评论：晚了。

"Solo King"现场的门票被一抢而空，开播的当天，直播的收视率更是达到了堪比夏季赛、季后赛的高度。虽说是比赛，但是因为承办单位是狸猫 TV，再加上参加比赛的选手五花八门，所以现场既像比赛，又有点像一个娱乐节目，因为所有出场的选手都盛装打扮了一番。

俞苑苑戴了隐形眼镜，而这种场合，化妆师终于有机会在她的脸上展现自己真正的技术了，精心给俞苑苑化了一个与以往风格非常不同的优雅妖媚妆。

是以蹲守直播间的观众老爷们在看到俞苑苑的时候都惊呆了。

向来以满身杀气大红唇的形象出现在赛场上的少女穿了一身奶白色的大牌套裙，举手投足之间都是优雅之气，眉眼之间却有一股浑然天成的妖媚之色，简直美丽端庄不可方物。

这是纳命爷？？？我是不是瞎掉了？

今天不是电竞解说现场吗？我以为我会看到酷女孩，结果来了一个知性姐姐？喵喵喵？

别慌，想想这样的纳命爷一会儿口吐芬芳，这感觉竟然意外甜美！

你们看到刚刚扫到年哥的那个镜头了吗？哈哈哈哈，我要笑死了。

发出这条弹幕的时候，所有人都看到了亚洲酷王楚嘉年的镜头。这会儿距离比赛开始还有一段时间，前期镜头只是扫过整个现场，是以无论是俞苑苑还是楚嘉年、大灭他们，都只是短暂地在镜头上闪过，注意到摄像头的选手会专门冲着观众打个招呼。

而刚才一闪而过的镜头里，楚嘉年穿着黑色的播主 T 恤，刚在播主的位置上落座，正在调试外设，似乎是眼角扫到解说的身影，这才抬头看了过去，然后眼神凝固。

观众们看到的，恰好就是楚嘉年凝固的眼神。

赛场上的电脑分两侧排开，作为擂主的八名选手按照序号一字排开。楚嘉年坐在第一台电脑面前，小新是二号选手，接下来是 OPE 的小面，CMCG 的上单 Haven 和木兮，大灭是六号选手，七号和八号都是狸猫 TV《英雄联盟》区的大主播。

为了不影响选手们在现场的发挥，所以这次比赛和其他赛事一样，分为了现场评论和幕后解说两部分。现场评论负责在两场比赛中间调动观众们的气氛，并且进行技术方面的一些赛后分析，而解说则在赛场一侧的解说间，实时对赛事进行分析。作为解说之一，俞苑苑早早就到达了解说间，并且透过解说间的全落地玻璃向现场张望。

这一望，正好遇见了楚嘉年望过来的目光，俞苑苑兴奋地向他招了招手，比了一个加油握拳的手势，然后又比了一个比心的手势。

楚嘉年的脸本来有点难看，看到俞苑苑用力挥舞的手臂和兴奋的样子，这才缓和了神色，笑了笑，也回了一个比心的手势。

摄像机迅速跟进。

俞苑苑第一时间感受到了楚嘉年的情绪，迅速熟悉了一下解说间的设备。她趁着比赛还没开始，和阿莫、西林两名搭档打了个招呼，就猫着腰开始向着楚嘉年的方向行进。

然而她今天难得穿了细高跟鞋，有点不习惯，一路跌跌撞撞，很快就被摄像机发现了。

眼尖的外场主持人觉得这儿八成有看点，迅速让摄像机对准了鬼鬼祟祟的俞苑苑，一路跟进。

俞苑苑跨越高低不平的场地，终于到了楚嘉年身边，还有点气喘吁吁，小声问道："你怎么啦？"

楚嘉年也愣了一下："你怎么过来了？"

"我看你不太高兴的样子，又不让我拿手机，所以只好偷偷过来一下了！"俞苑苑猫着腰，以为自己还没有被发现。

近距离看她这个样子更好看，楚嘉年对于自己居然不是第一个看到这样的俞苑苑这件事耿耿于怀，但看到她跑来宽慰自己，楚嘉年心里的小疙瘩瞬间被抚平了，他抬手捏了捏俞苑苑的脸："你今天真好看。"

俞苑苑愣了愣，有点害羞又有点高兴："真……真的吗？"

楚嘉年笑了起来，点了点头："真的好看。"

俞苑苑盯着他看了几秒，恍然大悟道："那你……是不是因为我太好看了，所以吃醋了？"

亚洲醋王楚嘉年就算被当面猜中心思也不会承认的，只是凑过去在俞苑苑的脸上亲了一下，再揉了揉她的头发："解说加油。"

俞苑苑捂住头发："发型要乱啦！你也要加油！我的男朋友是最棒的！我会努力吹捧你的！"

离得最近的小新凑了过来："苑苑，不给我也加个油吗？"

俞苑苑："你在后台见到那个沈幼蓉了吗？"

小新不以为意："没有，有什么好看的，还不都是手下败将。"

俞苑苑给了他一个一言难尽的眼神，小声道："注定孤独一生。"

不等小新反应，她给楚嘉年摆了摆手，又转身跑回了解说室。

目睹了两人全程互动的观众朋友和想要搞事的主持人：……看Cain神这宠溺的眼神，看这两人之间快要溢出来的甜蜜，我们到底有多想不开要来当柠檬精！

外场主持人清了清嗓子，尴尬救场："看来Cain神和我们的解说芋圆的感情非常好，感谢各位观众朋友们的关心！那么就让我们把画面交给场内！"

哈哈哈，我听到了主持人落荒而逃的脚步声。

每个脚印里都有一个柠檬，哈哈哈哈哈。

放好外设以后，所有选手回到了后台等待出场。八位擂主在满天的欢呼声中逐次登场，坐在了属于自己的电脑面前，而他们身后的大屏幕上也依次亮起了名字。

AM全员都来到了现场观赛，看到楚嘉年背后的"CAIN"四个字母亮起，大家都有点百感交集。连大灭都从自己的位置上回头看了一眼，露出了怀念的神色。

虽然不是正式比赛，但是能够看到这个ID再次出现在《英雄联盟》的赛场上，还是感觉百感交集啊。

有生之年系列，感觉眼眶有点湿润。

Cain神如果没有手伤，哎……说不下去了。

Cain神这才是断剑重铸，骑士归来啊，希望Cain神别让大家失望。

擂主们依次坐好后，轮到了挑战者们出场。

排在最前面的是要和Cain对阵的路井，而因为俞苑苑刚才的话，小新特别注意了第二个出场的女生。

穿着狸猫TV统一T恤的沈幼蓉果然如想象中一般瘦瘦小小，扎了一个高高的马尾，连妆容也是简简单单，感觉毫无杀伤力。她随着大家站在台前，向着观众们鞠了一躬，然后走到了自己的电脑面前，在坐下之前，终于抬头看向了小新。

四目相对，沈幼蓉微微一笑。

小新眼中写满了疑惑，小声道："年哥，你有印象吗？我们见过吗？"

楚嘉年："我能对你的女友粉有什么印象？"

小新陷入了沉思："我怎么感觉……我好像也没什么印象？"

小新一脸疑惑的样子落入了对面沈幼蓉的眼中，少女似乎感受到了他此刻的情绪，脸色微微一凝，变得面无表情，周身弱不禁风的气场瞬间消失，再看过来的视线也变得锋利。

"嘶——她刚刚是瞪了我一眼吗？！"小新低声惊讶道。

然而再看过去，沈幼蓉整个人已经被电脑挡得严严实实了。

小新带着满心疑惑，缩回了头。

作为 solo 预选赛里连胜场次最多的一号播主，也是全场热度最高的选手，楚嘉年当之无愧地坐镇了开场秀。而路人路井也忐忑地在全场的欢呼声中，坐在距离楚嘉年十余米远的电脑面前，深深地吐出了一口气。

侧头看着台下一大片的 Cain 神、灭爹等职业选手和大主播们的应援灯牌，路井只觉得满目苍凉，在进入赛场之前，他就已经发过一条微博，感慨自己今天就是来祭天的。

然而就在他准备躺平接受嘲讽的时候，前排有一小队人从包里掏出了什么，然后强势展开，顿时挡住了背后不少人的视野。几个男生小声念了"一、二、三"的口号，齐声气壮山河地放开了嗓子："路井加油！"

路井心里一惊，顺着声源望去。

几张熟悉的脸出现了在最前排，是在他出发之前说"傻子才来给你加油"的舍友们。

高举起来的灯牌上大大地写着"打爆 Cain 神！路酱世界第一"的攻粉色标语，审美奇差，效果却非常拔群，简直就是夜空中最亮的星。

路井刹那间觉得自己被那个灯牌的颜色辣到了眼睛，露出了嫌弃的神色，却又不自觉悄悄红了眼眶。

画面从评论席切入到解说席，俞苑苑笑眯眯地站在阿莫和西林中间，给观众朋友们打了个招呼："大家好，我是芋圆，很高兴能够成为首届'Solo King'赛事的解说，初来乍到，还请大家多多关照。"

阿莫很快接上话题："其实我和西林刚刚收到纳命爷要转型做解说的消息那会儿心里非常惊讶，一度以为纳命爷要来和我们抢饭碗，后来才发现，是我们自作多情了，纳命爷是冲着场上的 Cain 神来的。"

俞苑苑配合地捂了捂脸，正色道："我现在是解说芋圆。"

西林笑出了声："解说了这么多场纳命爷的比赛了，没想到有一天能和披着芋圆皮的纳命爷一起站在这里，关键还是一起解说 Cain 神的比赛。赛前我看到一点小道消息，具体我就不说了，反正我是很期待了。"

阿莫煞有介事地点了点头："说起来我也挺想要纳命爷的好友位的，就不知道自己有没有这个命。"

西林倒吸一口冷气："阿莫，活着不好吗？"

俞苑苑虽然贫不过两位资深解说，但胜在赛前就做好了万全的被调侃的准备，是以此刻在水友们大片的"哈哈哈哈哈"弹幕中，厚着脸皮道："那么，就让我们进入今天的 solo 揭幕赛，共同期待新晋解说芋圆如何在阿莫和西林两位前辈的带领下，吹出响亮的彩虹屁。"

在三名解说连番的抖机灵和念完长串赞助商的名字后，第一场揭幕战终于开场。

solo 赛一般不会在前期的 BP 上面花费太多时间，很快就亮出了两边禁用的英雄。

在 ban 英雄环节，因为对对方几乎毫无了解，楚嘉年随手 ban 掉了亚索、德玛西亚和刀妹，而路井显然是做了点儿功课的，ban 掉了诺手、沙皇和杰斯。

几秒钟后，路井率先锁定了劫这个英雄。

现场有了一点哄笑声。

劫这个英雄，全名是影流之主·劫，和被称为"托儿索"的亚索齐名，素有"儿童劫"之称。原因在于这个英雄如果秀起来的话，可谓是天秀，尤其擅长打出让对面有了希望又很快绝望的骚操作，但同时，这个英雄也很吃熟练度，新手在玩的时候经常会有一种"我是谁，我在哪儿，我要做什么"的惊慌失措，是以有了"儿童劫"的"美名"。

不过话说回来，劫的单线对线能力还是挺强的，路井选这个英雄，显然有一点想要秀起来的心思。

没想到就在他锁定了劫的三秒后，楚嘉年也毫不犹豫地锁了劫！

现场一片哗然和尖叫。

这什么意思？

"儿童劫"互啄吗?

只有 AM 的全员齐声发出了"啧啧啧"的声音,包括在台上被 OPE 和 CMCG 的队员们隔开的小新和大灭。这会儿其他几个播主机位的选手都还挺轻松,Haven 凑向小新问:"怎么了怎么了?什么情况这是?"

小新投向对面路井的目光里带了同情,意味深长道:"怎么说呢,我只能给他点根蜡,这孩子是真的惨啊。"

大灭旁边是 CMCG 的中单木兮,木兮也是年轻选手,对于当年 Cain 神的恐怖程度只是有所耳闻,到底没有亲身经历过,是以也好奇地问了一句:"讲真的,劫 solo 也不强啊,怎么选个劫?你们还是这个反应,是有什么哏吗?"

"也没什么哏。"大灭靠在电竞椅上,眼中带了感慨,"这只是他的个人习惯而已。"

木兮愣了愣:"什么习惯?用劫打 solo 吗?"

"不是,是你拿什么英雄,他就拿什么。"大灭也回忆起了当年被楚嘉年支配的恐惧,声音中带了一丝沉痛,"不妨告诉你,在这样的对战条件下,当年的 CAM 和如今的 AM,没一个人赢过他。"

木兮目瞪口呆:"……Cain 神真牛。"

大灭拍了拍他的肩膀:"等你有机会和他对线,你才会知道什么叫单线无法战胜的男人。"

解说席上的俞苑苑也挑了挑眉,没忍住,发出了"哟"的一声感慨,然后很快被阿莫和西林抓住,阿莫好奇道:"听到芋圆这一声,我觉得 Cain 神拿的这个劫,是有故事的。"

俞苑苑微微一笑:"劫没有故事,有故事的,当然是 Cain 神。"

这个关子一卖,弹幕瞬间丰富多彩了起来。

说实话,能从那么多人的选拔赛中突出重围,站在这里,路井的水平当然不差,也是排得上名的最强王者,无论是手速还是意识,平时都是圈子里拿出来能吹嘘一整圈的水准,因为他平时开直播,也积攒了不少水友。

水友里自然也有支持路井的,而水友们的想法很简单,逻辑也没什么问题:Cain 神都退役好几年了,还有手伤,平时作为战队的经理人肯定各种琐事缠身,哪有时间练习啊。打游戏这种事情就和练琴一样,一天不打自己知道,三天不打对手知道。就算 Cain 神早年流出的视频确实秀,之前打播台的时候的操作也很绚丽,不过预选赛的对手素质谁也说不好,所以……谁知道他现在的水平到底怎么样呢?

于是，弹幕里的声音非常嘈杂。

说实话，虽然你们都吹 Cain 神，但我还是觉得可能言过其实了。

Cain 神确实是组建出了目前整个 LPL 最强的 AM 战队，从眼光这个角度来说我真的服气，但是真的要打 solo 了，我还是不太看好的。

我也是，还有点担心他万一输给了非职业选手……毕竟是我男神啊，嘤嘤嘤。

但是看纳命爷真的一点都不担心的样子……

我不管，我女神的男神就是我的男神，Cain 神加油！

英雄也会迟暮啊，不懂为什么要逞这个能。

就在这样的众说纷纭中，两个劫同时出现在了两边的泉水中！

从符文来看，两边都主点了电刑，出门的时候都是一把剑，带了血瓶，而召唤师技能也都是闪现和引燃。单从这个方面来说，可以说对线是非常公平公正了。

俞苑苑：“好，就让我们来到本届‘Solo King’第一场的对决，双方选手分别是 Cain 和路井，双方已经在兵线到来之前，率先在河道相遇了！可以看到路井第一个技能学了 Q，试图用手里剑消耗 Cain，但是 Cain 走位躲开，而这个技能的冷却时间是六秒。”

阿莫注意到了问题：“咦，为什么 Cain 没有回敬他 Q 技能呢？”

俞苑苑沉吟片刻：“我觉得他很有可能是一技能学了 W 鬼斩，等兵线到了就可以看出来了。”

在场的观众们都屏息凝神，看着路井再次预判扔出了一个手里剑，而楚嘉年向反方向走了一步，刚好擦边走出了 Q 技能的攻击范围，虽然只是很小的细节，但完全可以看出来他对这个英雄的了解程度。

很快，兵线到来，楚嘉年在小兵中进行了一次斩击。

果然是一技能学了 W，不走寻常路。

接下来的过程基本是路井在周围频繁用 Q 技能干扰，频率自然是每六秒一次，而楚嘉年一丝不苟地补着兵线吃经验。路井在周围试探了几下，开始跃跃欲试地从楚嘉年手边收兵线，连着点了三四个兵。见到楚嘉年没有一点进攻的迹象，路井的胆子顿时大了起来，想早点吃经验到二级，一边在小兵的缝隙里 Q 楚嘉年，一边砍着小兵的头。

然而就在他稍微放松了警惕的时候，楚嘉年已经到了二级，他依然没有点 Q 技能，而是升了 E 技能，瞬间复制出了影分身，同时用鬼斩技能穿插着平 A，向路井身上斩去！

路井一惊，想要反打，但是此时的劫有两个影子，他预判楚嘉年会到他身后来，转身放了 Q，却发现楚嘉年并没有上来，反而在他正面又叠加了几次平 A。

路井瞬间没了一半血线，顿时提高了警惕，一边嗑药瓶一边谨慎地拉开了安全距离。

现场一片惊呼。

然而就在这段小交锋之后，楚嘉年似乎无心搞事，一直在认真补兵，只有在路井准备上前骚一下的时候反打一波，甚至在逼得路井血线告急，看似闪现追上去就能烫死的时候，依然无动于衷。

阿莫有点疑惑地问："看这个架势，Cain 这是打算先拿下一百个兵吗？"

俞苑苑摇了摇头："应该是伤害还不够，虽然路井的血线看似很残，但是要注意他们至今都还没有回家补过装备，按照现在的伤害，应该是杀不掉的。"

这一波碰撞后，路井率先回了家，楚嘉年也回了一趟，又出了一把剑，重新回到了线上。

此时楚嘉年已经来到了五级，而路井还在四级。

西林觉得自己大约懂了什么："Cain 神这是想要打一个等级差？"

俞苑苑的关注点却在别的地方，声音非常激动："不不不，听我说！我不知道大家有没有注意到，Cain 神到现在为止一次都没有放过 Q 技能。我推测他应该把所有的技能都点到了 W 和 E 上，也就是主 W 的打法。这样积累到六级的话，他应该就是以一个三级的 W、二级的 E 技能的劫对抗一个主 Q 技能的劫。之前的对线里大家都看到了，Cain 神对于指向性技能的躲避技巧有多么完美！"

哈哈哈，这是彩虹屁吧！！拐弯抹角的这种彩虹屁！

哈哈哈哈，芋圆的眼睛里有星星！我看我偶像的时候也是这样的！！

天哪，芋圆是真的崇拜 Cain 神啊，这对太甜了，我要是 Cain 神，被这样的眼神看一眼，应该能直接上天！

俞苑苑的预测没有错，楚嘉年稳稳地压了路井一个等级，在六级前，几次将路井打成了丝血都没有挂引燃，甚至都没有追，一直等到自己升到六级！

路井刚刚警觉地后退了两步，楚嘉年的劫已经化出了影分身，几乎在他贴到路井身上的同时，路井已经在一片黑影缭绕中失去了大半的血线！随即，路井的身上就出现了劫标志性的叉！

只见路井的血线急速下降，但同时，他也已经退到了塔下，开始嗑自己身上最后的血瓶。观众们正准备惊叹他要丝血逃生了，而楚嘉年却回到了自己初始的位置一动不动，甚至没有打算去追击！

俞苑苑拍了两下桌子，开始高兴地倒数："三、二、一……他死了！哈哈哈哈啊哈哈哈哈！"

这魔性的笑声，哈哈哈哈哈哈。

是劫延迟三秒的大招伤害吧？这个笑声简直了，鬼畜视频预定。

劫大招的后续伤害终于出现，三秒后，路井面前的屏幕黑了。

First blood！

现场安静了几秒，出现了震耳欲聋的欢呼声。

"牛！我说什么来着！Cain 神太牛了！"拉回屏幕前观众们注意力的是俞苑苑喝彩的声音。阿莫和西林虽然也在喊同一句话，但是嗓门根本没有她响亮。

喊完这一声后，俞苑苑的眼睛亮亮的，继续道："不知道各位观众老爷看懂了没有，这波连招是真的……非常秀了！对伤害的计算也精准到了个位数，吃血瓶算什么？以为吃血瓶就能救命吗？路井还是太天真了！"

"Cain 神把路井嗑血瓶回血的血量也都计算了进去。大家可能一直都在疑惑，为什么 Cain 神在六级之前不出手呢？那是因为虽然也可以杀，但是很难达到这种一击必杀的效果。"俞苑苑喘了口气，顿了顿，几乎快要手舞足蹈起来，"这就叫不出手则已，一出手雷霆万钧，势不可当！

"请大家跟我一起喊：Cain 神牛！"

导播非常会搞事情，特意没有把画面交给现场评论席，而直接切到了解说室，正好将她的这几句放在了现场，让刚刚摘下耳机的楚嘉年正好一抬眼就看到了面前超大屏幕上俞苑苑的振臂高呼。

现场的观众笑疯了，在一片笑声中配合着俞苑苑一起大喊。

"Cain 神牛！"

坐在旁边的小新捂住了脸，只觉得画面惨不忍睹，肩膀一抖一抖，大灭也已经稳不住人设，笑趴在了桌子上。就连输掉了比赛的路井也因为这个场面，少了许多输掉的尴尬，跟着所有人一起笑出了声，甚至还站起身来，跟大家一起喊了出来："Cain 神牛！"

楚嘉年一开始还憋着笑，想要假装镇定自若地点点头，结果忍了三秒，也还是破功了，台上台下都笑成了一团。

这波彩虹屁我是服的，哈哈哈哈哈哈！

以前听麦克风的时候很难把里面那个声嘶力竭的纳命爷，和现场采访的时候红旗飘飘的端庄纳命爷联系在一起，直到今天！

哈哈哈哈哈哈哈，我真的要笑死了，这么公开吹自己男朋友真的好吗？

实名羡慕 Cain 神，能得到女朋友这样的彩虹屁，哈哈哈哈哈！

第一场比赛结束，短暂的狂欢后，镜头切换到了小新和沈幼蓉的屏幕上。

由于电子竞技的舞台上太少出现女孩子的身影，虽然有俞苑苑珠玉在前，但到底凤毛麟角，是以节目组除了例行的赛前专访，还专门给了她几个跟拍镜头。

大屏幕上，穿着蓝色牛仔背带裤的沈幼蓉背着手走过了一条小路，路边是遍野的花草，镜头远处则是波澜的大海，少女在路边站定，转过头来，迎着太阳露出了一个大大的笑容："大家好，我是沈幼蓉，这里就是我的家乡。没错，我来自海南。"

镜头跟进，她推开了道路前方小洋房的院子门，镜头切换到了她的电脑面前，给了打游戏的少女几个特写镜头。少女的皮肤有着热带地区特有小麦色，显得十分健康而朝气蓬勃，然后沈幼蓉从电脑桌前望向镜头，神色里有一丝面对镜头的不自然，但爽朗的笑容一直都挂在脸上："玩《英雄联盟》这个游戏也有好几年了，水平一直都不上不下吧，也没人带。最喜欢的选手？看我的 ID 不就知道了吗，哈哈哈哈。"

于是，镜头直接切换到了她的游戏界面，最后定格在了她的 ID 上。

李奕新的女友粉。

现场的观众们发出一阵起哄声。

而小新在听到沈幼蓉来自海南的时候，虽然笑容还在脸上，但表情有了微妙的裂痕和僵硬。

画面回到沈幼蓉身上，少女坐在 R 市大学的教学楼面前，冲着镜头挥挥手："今年开始，我就是 R 市大学的大一新生啦。为什么想要来参加比赛？因为听说李奕新选手报名了呀。"

画外采访音又问出了一个问题："这么喜欢小新，之前来看过他的现场，或者见过他的真人吗？"

沈幼蓉点了点头，眼神中带了一丝意味深长："见是见过的。当时我去向他要过签名，然后，我得到了这个——"

她从旁边的白布袋挎包里拿出了一个鼠标，黑色的鼠标上，深蓝色马克笔的字迹并不十分明显，但隐约可以看到上面鬼画符一般的线条走势。沈幼蓉准备得非常充分，从手机里翻出了一张照片："你们看，这是他平时的签名，而这，是他给我的签名。"

镜头拉近，只见小新平时的签名有模有样，"Xin"三个字母龙飞凤舞，还算好看，至于鼠标上……基本上是带着圈圈起伏了几下的一条曲线，最后在曲线的凹陷处画了一个点。

敷衍之意一目了然。

沈幼蓉仿佛毫不生气，微笑道："身为女友粉，能够拿到这样独一无二的签名，其实我心里还是高兴的。"

她在说"独一无二"四个字的时候，咬字格外清晰，并且加重了音调，脸上的笑容也在告诉所有人：我真的很高兴，一点都不生气……才怪。

至此，小新脸上最后的笑容也凝固了，他终于想起来自己为什么会觉得这张脸有点眼熟了。

那年在网吧，他直播的时候……有一个女生进来了七八次向他要签名，结果被他态度不好地赶了出去……

仔细想想，这张脸，似乎可以和当时的那张脸重合起来。

他有点虚浮地抓住了一旁楚嘉年的胳膊："年哥，你可得罩着我啊。"

队里闲谈的时候，楚嘉年听到过大家调侃小新在海南开直播的事情，当时也没当回事。这会儿才从自己记忆的犄角旮旯里面找出了这件事情，也感觉非常意外。但仅仅是这样的话，小新不应该这么慌乱，所以他侧头看了一眼小新惊恐的双眼："女粉丝而已，你慌什么？"

"也没什么，就是……就是那天的事情还有点小后续。我直播不是排位输了嘛，下机以后她来跟我道歉了，然后我没接受。"小新压低声音，眼神委屈，"天哪，那可是排位输了！道歉有什么用，能上分吗？"

楚嘉年一言难尽地看向他："小新，你不会就这么跟她说的吧？"

小新悔不当初："我也不是故意的啊，就……输了以后太气了，没忍住。"

"电竞直男就这样，我已经放弃治疗了……嘶！"小新一边自暴自弃，一边冷不丁转头对上了对面的女生看过来的眼神，偷偷翘起半根指头指向对面，"她……她……她……她看着我的眼神好像有杀气啊！"

楚嘉年顺着他的指头看过去，而沈幼蓉正好发现了楚嘉年的目光，对着他发出礼貌腼腆的一笑。

楚嘉年："小新，你可能眼瞎了吧。"

小新："呜，她看我的眼神和看你的不一样！真的有杀气！"

而弹幕从沈幼蓉爆出自己是海南人开始就已经炸开了。

等等，我记得小新是去过海南的吧？就在 MSI 之后的假期！有故事啊！

啊啊啊啊，柜台小姐姐是你吗？

身为小新直播间的忠实水友，我赌一百包辣条，这位是小新在海南网吧直播的时候向他要签名的妹子！

直播回放传送门：http://×××××，我切了两次音轨里面妹子的声音出来，绝对是同一个人！！！

天哪，感动了，这就是爱情吧，哈哈哈哈哈哈哈！

你们快看新爷的表情，简直就是现场表演。【笑容渐渐凝固.jpg】

话说回来，女友粉居然玩游戏也这么牛的吗？羡慕了羡慕了。

女友粉刚刚说自己考到R市大学了对不对，我只想为新爷点根蜡，哈哈哈哈哈哈哈！

虽然不知道这个瓜的后半段，但是这并不妨碍俞苑苑在VCR（介绍短片）放到一半的时候目瞪口呆。这会儿还没打开麦克风，她小声对阿莫和西林讲了讲这个大瓜，然后道："这个女生，该不会真的为了追小新来R市上大学了吧？"

"虽然不是没有这种可能，但是这四舍五入不就是私生粉了吗？"西林对"饭圈"文化一知半解，随口说道。

"你可别胡说八道，私生粉那是私跟偶像行程的粉丝。但是你看沈幼蓉，她用实力堂堂正正参赛，还考上了R市大学。这简直是正能量粉丝的典范！"俞苑苑啧啧两声，"你们知道R市大学有多难考吗？更何况是从海南考过来的……小新哪儿来的福气，有这么好的粉丝，我都羡慕了。"

阿莫和西林一起摇头："对于我们艺术生来说，考五百分以上都很难。这就像对一米六的身高来说，一米八和一米九没什么区别一样。"

俞苑苑："不是，首先，我也是播音专业的艺术生，其次，你们是对一米六的身高有什么意见吗？"

眯起眼睛的俞苑苑浑身杀气，阿莫和西林顿时回忆起了面前这位纳命爷在召唤师峡谷所向披靡的样子，站成一排，使劲摇头："不，没有没有，我们没有。"

小插曲过去，屏幕切换到了小新的赛前采访。不知道是不是没有打夏季赛比较放松和抗痘卓有成效的缘故，小新脸上以前坑坑洼洼的青春痘不知不觉间已经消下去了一大半。画面外的主持人问道："你会因为自己的对手是女生而手下留情吗？"

小新惊呼一声："哇，留什么情啊！你们也太天真了，能自己打到这个水平的女生，一般都比男生还凶的好吗？别问我是怎么知道的，不想回忆。"

虽然没有提名字，但所有人都知道这里说的是俞苑苑，解说室里的俞苑苑摊手做了个无辜的表情，观众们哈哈大笑，然后进入了这一场 solo 赛。

沈幼蓉上手就 ban 掉了劫、赵信和奥拉夫，而小新好歹瞅过一眼俞苑苑手上拿的选手资料，ban 掉了沈幼蓉之前用过的辛德拉、妖姬和刀妹。

一番挣扎后，最后出现在场上的是小新的 EZ 和沈幼蓉的安妮。

因为两个人头上都带着自己的游戏 ID，小新这边就是简简单单的 Xin，而沈幼蓉拿着小熊布娃娃的安妮头上，则是大大的"李奕新的女友粉"七个大字。

迎面相逢，小新倒吸了一口气，情不自禁后退了两步："嘶——这很难顶住啊，这谁下得去手，这是针对我的阴谋吧？"

而解说芋圆已经开始了她的表演，随口编出了一段小剧场："来自皮尔特沃夫的探险家 EZ 在诺克萨斯北边的山脚下，遇见了深不可测的小熊火焰魔法师，并被她深深吸引，不能自拔。EZ 到底能不能接近安妮，这就要问一问安妮的伙伴小熊提伯斯同不同意了！那么，让我们走进 solo 赛的第二场！"

阿莫觉得不太对劲："等等，这剧情怎么感觉哪里不太对？"

西林感觉自己已经跟不上剧情了，赶快老老实实地解说起了现场，想要拉回话题："我们看到 EZ 带上了防御力十足的屏障（召唤师技能的一种）和虚弱，显然是对六级的安妮有所忌惮。而安妮的符文则是比较常规的走向，巫术系加副系的启迪，包括绝对专注，这样一套爆发打出来应当非常疼。"

虽然是打野选手，但是小新的基本功非常到位，一个赛季没有上场并没有影响他的操作，显然是复健之余并没有丢下训练，此刻前后走位，在兵线之间行云流水地走 A 吃经验，逐渐将兵线推向安妮的方向，并没有着急去 Q 安妮。

前期两个人都在专注补兵，小新故意卖过一个破绽，也不知道是安妮没看出来，还是不想理他，总之完全没有打起来。两边很快就到了六级，安妮的蓝条已经见底了，眼看兵线已经推到了小新的塔下，于是躲在草里准备回家回一下蓝。

然而就在这个时候，EZ 突然蓄力，精准地向着草里扔了大招的能量波出去！

躲在草里回城到一半的安妮避无可避，一下子就被削掉了一大格血量！

EZ 有了草丛视野，用奥术跃迁（EZ 的 E 技能）到了安妮身边，抬手就准备给安妮来一套，但是他忽略了安妮此时蓝量见底，但并不等于没有！

刚刚进草的 EZ 还没来得及平 A，就被安妮抬手冲着脸来了一个提伯斯熊！

安妮在这个空隙退出草，但很快被 EZ 追上，一不小心就被 EZ 套了一个环，一边嗑血瓶一边走位，躲开了被套环后 EZ 想要点她的那一下。而 EZ 被熊拍了几巴掌有点疼，感觉自己这波可能没法强杀了，于是扭头想要回塔下。然而没想到安妮和熊竟然在他身后穷追不舍，而且不知不觉间安妮已经攒满了一个晕的蓝量！

EZ被一道火苗烧中，晕在了当场，挨了安妮两下走A的同时，还被熊拍了两下，瞬间和安妮一样血线堪忧。

安妮没有向前继续追，只有提伯斯大熊紧追在EZ身后拍了一下又一下。观众们都把心提到了嗓子眼，只见两人很快到了塔下，熊紧追不舍！

"提伯斯加油啊！这一巴掌下去他就要死了！"解说芋圆双手握拳，在线为提伯斯加油，"上啊！提伯斯！"

而提伯斯果然不负众望，在塔下追着EZ又给了他致命的最后一击。

First blood!

小新选手，亡于熊掌之下。

小新看着黑掉的屏幕，一时之间有点反应不过来。

兴许是刚才加油加得兴起，这会儿眼看小新被提伯斯一巴掌拍死，俞苑苑一时之间没忍住，再一次笑出了声。笑声配合着小新蒙了的脸，活生生搭配出了一种鬼畜的感觉。

小新觉得有点牙根疼，一脸问号："不是，我死了？我怎么可能死？我被我的女友粉打死了？"

楚嘉年歪过来，拍了拍他的肩："是的，你死了，被一只叫提伯斯的熊拍死了。"

小新惊恐的表情很快被放到了大屏幕上，屏幕一分两半，所以所有观众都近距离看到了小新眼中的不可置信，以及……分屏的另一边，沈幼蓉在赢了以后，也同样惊恐的表情。

两个表情竟然意外神似。

沈幼蓉："不是，我赢了？我怎么可能赢？我把我男朋友打死了？"

主持人看到沈幼蓉好像有什么话想要说，于是主动走上前递了话筒。沈幼蓉眼中的惶恐之色还没褪去，她几乎想都没想，就表情诚恳地看向了小新，脱口而出："那个，我……真的不是故意的，我一打游戏就容易上头，刚才一时没收住。我……我可以弃权或者认输的！"

弹幕里一片问号。

小新心情非常复杂，他虽然知道沈幼蓉说这句话肯定是真心的，他清楚地看到沈幼蓉眼中的真诚和坦率。但在这种场合下，她说出这种话，听起来就非常的……讽刺。

solo 赛上瞬息万变，个人技术当然是很重要的，但心态和判断更重要，一点小错误都会被放到最大，刚才小新明显就是轻敌了。而对于职业选手来说，面对任何一场比赛，最忌讳的就是轻敌。

小新当着这么多观众的面，犯了最不应该犯的错误。而沈幼蓉的这句话，等于将他的错误翻出来摊开给所有人看。

这会儿画面已经交给了现场，俞苑苑的麦克风也静音了，她看着场上的情况，忍不住叹了口气："虽然知道她是好意，但是这种场合……不好说。"

阿莫也叹了口气："这女生我之前在后台接触过，我看人还是挺准的，她没什么心机，但是节目效果出来，别人怎么说就不一定了。"

小新的脸色几经变幻，最终还是压下了自己心头涌起的耻辱感和转身直接离开的冲动，拿起工作人员送上来的话筒，站起身来，声音平静："竞技体育遵循公平公正原则，不存在赢了以后弃权或认输的情况。你赢了就是你赢了，恭喜你。"

然后，他非常认真地给台下所有的观众鞠了一躬，向着沈幼蓉做出了一个请的手势，意思是她赢了他，可以理所应当地坐上这个播主的位置了。

沈幼蓉咬了咬下嘴唇，从自己的位置向着小新走过来，然后停在了小新的面前说："对不起。"

小新目光沉沉地看着她，微微一笑："不必。"

少女头发乌黑，虽然扎了一个马尾，但是有几根头发非常倔强地翘了起来，大约和她的性格一样并不愿意服输。

确实是那日他在网吧直播的时候遇见的女生。

无论是不是因为他，能够在千里之外的 R 市重逢，还是以赛场上对手的形式，作为电竞选手，小新的心里其实还是有一点奇特的惊喜的，此时看着沈幼蓉低着的头，这丝惊喜重新抽芽，小新鬼使神差地抬手摸了摸沈幼蓉的头，又补充了一句："加油。"

沈幼蓉猛地抬起头来，也许是因为意识到了不对，也许是因为小新刚才的话语太过冷淡，是以她的眼眶中还含着泪水。但这个时候，她眼中所有的泫然欲泣都变成了惊喜交加，她眼睛亮亮地看着小新，郑重地点了点头："我会的，连着你的那份一起。"

小新没有再说什么，向着观众们挥了挥手，转身下了台。

比赛继续下去，solo 赛单场时长在五分钟左右，是以很快就已经过完了前两轮挑战赛。除了小新马失前蹄，还有木兮强杀未遂，一着不慎，被挑战者用引燃烫死在了塔下，其他几位职业选手全都成功晋级了，其中，不乏业余水友秀出了非常精彩的操作，但到底还是不如职业选手稳扎稳打，经验丰富。而七号和八号主播擂主则都被挑战者取代。

于是两轮比赛之后，初始的擂主队伍足足换了四个人，除了楚嘉年、大灭、小面和 Haven，其他人都被撸了下去。除沈幼蓉之外的另一个女生刚刚坐在擂主位上，就被二号挑战者替代了。所以到最后，台上变成了七个男生和一个女生的阵容。

小新在后台拍了拍木兮的肩膀："难兄难弟啊。"

木兮抖了抖被他拍过的地方："不，我输给的是普通男性水友，而你就不一样了，你输给的是女友粉。"

小新："……我也不想的啊！"

木兮有点八卦，没忍住，凑过来问道："你和那个沈幼蓉真的没什么故事吗？"

小新："当然有了，她不是把我一巴掌拍死了吗？"

木兮："不是，除此之外没别的故事了？"

小新当然不肯告诉他签名故事的后续，板着脸道："没了，如果向我要签名算故事的话，我小新的故事可能已经遍布祖国大江南北了。"

木兮有点遗憾地缩回了脑袋。

虽然选手们心中都没有什么别的感觉，但是弹幕却如俞苑苑所料一般，没有放过沈幼蓉。

从她爆出 ID 开始，其实弹幕里已经有不少内容都非常尖酸了，在她赢了却说了那样的话后，弹幕变得更加不友好了。

哇，我是真的烦这个女的，她是故意来炒作的吗？

说实话，从她 ID 爆出来的时候我就已经很冒火了，这什么意思？主动自荐吗？小新愿意不愿意都得顾及节目效果，不能说狠话，你们看她刚才说完那段以后，新爷简直都快爆炸了还得忍着，心疼我新爷。

一人血书求节目组切掉她的镜头，太恶心了，看不下去。

以为自己是白莲花吗？赢了再认输，还说自己上头，反讽也太过分了。

一开始还觉得有点可爱，后面简直就看不懂了，只能送两个字：呵呵。

台上的选手暂时都不知道网上的风起云涌，沈幼蓉也如她之前和小新约定好的一样，非常强势地淘汰了二号挑战者，脸上扬起了一抹笑容。

但是除了她，其他的人几乎是多年的老网民，看向她的表情都带了一丝不易觉察的微妙。

尤其是楚嘉年，作为战队经理，他要负责整个战队的公关事宜，所以比其他人更明白刚才沈幼蓉的一番话会在网上掀起怎样的风波。而这场风波恰好涉及他的队员，到头来，还得要他出手来处理。所以，他在沈幼蓉脱口而出那句话的时候，第一反应就是皱起了眉头，并且已经在脑中模拟了各种处置方案，甚至想要在她坐在自己旁边的时候问问她到底想要怎么样。

但是此刻，他侧脸看到沈幼蓉脸上的坚定和认真，却一句指责的话都说不出来。

楚嘉年收回目光，心底叹了口气。

小新的事情，就让他自己处理吧。

…………

在两轮挑战赛结束后，"Solo King"比赛迎来了新一轮的擂主赛。

擂主赛总共分为四场，由在场的八名擂主首尾对决。即第一场由编号一的楚嘉年对战八号擂主，沈幼蓉对战七号，小面对战大灭，Haven对战五号擂主。

最让人瞩目的自然是小面和大灭的这一场对决。

且不论小面本身就是大灭在OPE位置上的接班人，仅凭夏季赛决赛的时候两个人的隔空喊话，就已经非常有话题性了。而如今两个人竟然又有机会直接对决，无论从哪一方面来看都非常让人期待。

赛方非常懂地放了小面的赛前录像。

画外音问道："你对这场solo赛最期待的部分是什么？"

画面并不是小面对着镜头做采访的样子，而是他日常生活中训练的身影。小面的声音像画面音一样响了起来："我报名solo赛，本来就是因为一个人，我不说，你们也都知道是谁。他是我的引路人，当年在队里的时候就很照顾我。后来他走了，我就站在了他原本的位置上。所以，听到他参赛，我也报名了。"

画外音又问："那如果在solo赛上有交手的机会，你有什么想要对他说的吗？"

画面切换到了小面在夏季赛半决赛上赢的时候捂脸痛哭的一幕，然后变成了小面站在镜头面前接受采访的脸。他的面容坚毅，眼神中闪着向往和不服输的光芒："想说的很多，最重要的一句大概是，灭哥，我会成长成让所有人都为我骄傲的样子。"

大屏幕熄灭，两束光芒重新聚焦在了坐在电脑前的两道身影上。

大灭和小面隔着十余米的距离，隔空相望。

很快进入了 BP 环节，大家都在等两个人互相伤害，ban 掉对方最顺手的英雄，没想到两边的 ban 英雄环节都快到不可思议，而且面板上的盖伦、大眼、提莫什么的，明显是随手胡乱 ban 掉的。

西林说："咦？这是……"

俞苑苑一看就明白了情况："这样的话，应该是两个人之前就商量好了，大概率一会儿会选用相同的英雄，可能差异就在操作或者符文上了。"

阿莫表示赞同："小面和大灭的这一场可以说是两个打野位的强强对决了，这也是这一期 solo 赛最引人注目的环节。纯技术对拼的话，无论从观赏性还是其他方面来说都让人十足期待。"

俞苑苑被他这样一提醒，补充道："确实。如果是这样的话，那么符文大概率也会选成一模一样的。"

进入 pick 环节，两边果然都在第一时间就直接亮出了剑魔，然后毫不犹豫地锁定！

现场观众愣了两秒，然后掀起了一阵尖叫和惊呼！

经过大灭上次用剑魔打野的比赛，大家都知道了大灭名字的由来，连 ID 都是这个英雄的大招的名称，足可见大灭对剑魔的喜爱。虽说那场比赛里面，大家都笑称大灭的表现四舍五入是在打酱油，但那也只是玩笑而已，不会有人真的觉得他打得有多烂。

这会儿，两个人一起亮了剑魔，充分印证了俞苑苑的猜测。

在现场观众持续的欢呼声中，两个一模一样的剑魔出现在了泉水里，短暂地停顿后，同时向前走去。屏幕下方亮起了两人的符文，果然是一模一样，召唤师技能也都选择了闪现和引燃。

狭路相逢，兵线还没到。一级都学了 Q 的两个人甚至没有像其他选手那样互相点赞或跳舞示意，而是见面就直接拔了剑！

俞苑苑惊呼道："哇，好凶啊这两个人，一级就直接面对面互砍吗？"

随着她的话，观众们都看到了大灭和小面的剑魔宛如镜像一般旋转跳跃地互砍了 Q 的三段，虽然看起来很相似，但小面的血却奇异地比大灭少了一点。俞苑苑火眼金睛，一眼就看出来了："虽说上次灭哥打比赛时候的剑魔有点鸡肋，但是这不代表他的剑魔不猛。两个人都在放技能的过程中带了平 A，但是从血量来看，大灭比小面要足足多 A 了两下，简直凶残。"

见面对砍换血以后，两个人都带着三分之一左右的血量一边嗑血瓶，一边向后退去。

兵线终于进来，两个人一边绕走位，一边 A 兵，都在找机会想要再给对面来一套攻击。大灭的血线占了一点优势，故意卖了一个破绽。小面果然毫不犹豫地开了 Q 砍上来，但只有第一下砍中，大灭躲开了后续两下，转手 A 了一个兵，正好到了二级，他反手就对着小面开了 W，将小面禁锢在了原地，稳稳地打满了 Q 的三段伤害！

小面瞬间成了残血，不敢多留，闪现向后躲开，左右绕了绕，最后因为兵线不占优势，要是回家的话会血亏，所以选择蹲在草里等机会。

而大灭则以为他已经回家了，在收了兵线以后，迤迤然站在一侧开始准备回城补状态。

就在这个时候，小面从草里开着 Q 冲了出来！一剑砍在了他头上！

大灭赶快取消了回城，转身向塔下走，但小面穷追不舍，连引燃都已经挂在了他的身上，连着 Q 中了前两段，瞬间大灭的血线就到了两位数！

台下都在惊呼，以为大灭这波要完，只有俞苑苑非常镇定地说："这种情况下还不交闪现，应该是计算好了伤害。这波打完回家以后，现在小面少了闪现和引燃两个技能，再对线的时候，大灭的优势肯定比小面大得多。现在两个人要抢六级了。"

果然如她所说，两个人回到线上之后都没有进行太激烈的碰撞，然而所说的抢六时机也没有出现，两个人几乎同时到了六级。就在大家以为两个人还要拉扯一番的时候，大灭在小面近身的同时，开了大招直接砍了上去！

小面的反应很快，几乎在同时也开了大招，但剑魔的大招在开启时间对其他所有攻击都有加成效果，他晚了一会儿，血线瞬间就被大灭拉开了一大截。这时他的闪现还没好，只能后撤想要拉开距离，但大灭的闪现还在手上！大灭毫不犹豫地闪现突进，直接打空了小面的血线！

因为有大招复活效果在身，这时小面还不算完全死了，大灭在他身后穷追不舍，在他复活的一瞬间挂了引燃，再度挥剑！

First blood!

台下的尖叫声此起彼伏，大灭和小面的脸上都同时有了笑容，两人站起身来，走到台前握手拥抱。大灭狠狠地在小面背上拍了两下："现在可真是出息了啊，差点就被你三级拍死了。"

小面的笑容带了一丝腼腆："不敢不敢，这不是没死嘛。"

"要不是我跑得快，我看你很敢杀。"大灭笑着说，"在手速上还是要加加油，该打的时候不要犹豫，刚才如果你抢了先手，死的就是我。打游戏，有时候莽一点也没什么。"

小面愣了愣，仿佛回到了在 OPE 队内训练的时光。那个时候，大灭在自己的训练结束以后，经常会来二队做指导，其中因为自己主打野位，所以大灭最照顾他。虽然外界相传大灭人冷话不多，但只有小面知道，其实大灭……是一个很温柔的前辈。大灭会在他失误的时候骂他，但也会指出他进步的地方，会一针见血地在所有人面前说出他的失误，也会在私下里用自己的休息时间，专门帮他练习，就像刚才那样。

他是他的前辈，是他的引路人，是他仰望的星辰，也是他想要拼尽全力跨过的高峰。

小面深吸了一口气，重重地点了点头："我知道了，灭哥，我会继续努力的。"

大灭拍了拍他的肩膀。

所有人都看到了他们两人低声的交流，虽然不知道具体说了什么，但是小面脸上释然的笑容已经代表了一切。

小面向着台下鞠了一躬，然后想了想，又向着大灭鞠了一躬说："灭哥，S 赛加油！"

这才转身下了台。

台下一片轰然的掌声，有脑补能力比较强的小姐姐已经偷偷在心里写了十万字的小剧场，被感动到红了眼，决定回家就去怒码一篇网文。而弹幕则在疑惑"为什么灭爹和 Cain 神在一起 CP 感很强，和小面在一起也不差？灭爹这是有什么神奇的 CP 体质吗"。

大灭的脸上有了一丝欣慰的表情，摇了摇头："这孩子，真是的。"

搞得这么煽情干什么，他不就是去打个比赛嘛，又不是一去不返了。

坐回楚嘉年身边，大灭感慨道："年年啊，我算是知道你养成一支队伍是什么感觉了。"

楚嘉年对他"年年"的称谓感到肉麻，抖了抖鸡皮疙瘩："你少来。什么养成不养成。"

大灭并不在意他的反驳，继续道："尤其是养成游戏里还有一个女朋友，真是想想就带感。"

楚嘉年面无表情地说："你是不是皮痒了？"

这一轮过后，场上的选手只剩下了楚嘉年、大灭、Haven 和沈幼蓉四个人。

第一轮由楚嘉年和 Haven 对决，第二轮则是大灭和沈幼蓉。胜者晋升到争夺冠军的决赛，负者则争夺季军。

Haven 作为 CMCG 的老牌上单，几乎和楚嘉年是同一时期的选手，两人甚至在楚嘉年出事之前还打过训练赛，虽然不是直接对线，但 Haven 也对楚嘉年巅峰时期的恐怖有十足的了解。这会儿对上楚嘉年，Haven 可以说是非常激动了。

这一点在赛前录音里也表现了出来，赛方也专门切出了这一段，在赛前放了出来。

画外音："所有选手里，你最想和谁对线？"

Haven 沉思片刻："大灭和 Cain 都是我想要对线的对手，如果只能挑出一个的话，我偏向于 Cain。原因当然是大灭还在打职业，虽然不是直接对线，但是总有机会；但是 Cain 的话，错过这次很可能就没有别的机会了。"

木兮也从镜头里凑了过来："我也是！"

画面戛然而止，大家都为木兮的出现而发出了笑声，已经被淘汰而坐在观众席的木兮目瞪口呆："这是对我的公开处刑吗？也太残忍了吧？"

小新坐在他的旁边，幸灾乐祸地露出了一个笑容。

楚嘉年在之前的比赛中都没有放过赛前采访，直到此时才放出了第一条。

他穿了一件纯白的 T 恤，T 恤上的花纹一看就是画上去的，明显就是俞苑苑的新作。他随意地坐在采访凳上，一条长腿踩在地上，一条长腿则蜷曲着踩在凳子中间的横杆处。兴许是因为专门做了造型，屏幕里的男生比在比赛场上见到的时候更加精致帅气。他脸上带着惯有的微笑，对着镜头"谦和"道："最想对线的人？都一样啊，谁都可以。"

众人：……终于明白为什么直到这个时候才放他的采访 VCR 了！这也太霸道了吧？

采访者显然也被震撼到，沉默片刻才问道："之前看到你的微博说自己的参赛原因之一是'能 solo 过我男朋友的就给好友位'这个标签，如果能遇见正好发过这个标签微博的选手，请问你有什么话想要说吗？"

楚嘉年微微一笑："我看到大家都问出了'你看我怎么样'的问题，如果遇见他们的话，我想说——我看你们都不怎么样。"

现场一片哗然，然后有人吹了几声口哨，随之而来的则是现场的女生大喊"Cain 神"的声音，弹幕也刷爆了。

Cain 神男友力爆棚了好吗！！！

天哪，年哥太帅了！！！

卿本峡谷少女（全二册）

啊啊啊啊 Cain 神！！！

别人说这句话我可能会嘲笑，但那是 Cain 神！Cain 神说什么都对！！！

坐在台下的路井和学生 B 都败在楚嘉年手上，两个人都被打得心服口服，听到这句话都笑了。镜头也配合地转到了他们身上，两个人配合地挥舞起了自己手里的小白旗，又引来了一片笑声。

Haven：……不是，刚刚说完赛前采访的我，为什么这么快就失去了大家的注意！我也想要光芒！我也想要被关注！宝宝心里苦，宝宝只能笑着哭！

Haven 虽然是上单，但是在打 solo 的时候非常偏爱选择 ADC 英雄，所以楚嘉年第一次放弃了 ban 盖伦和提莫，而选择 ban 掉了卢锡安、维鲁斯和女枪，Haven 则 ban 掉了楚嘉年的辛德拉、妖姬和佐伊。

难得看到这么郑重其事的楚嘉年，俞苑苑一挑眉："哟，Cain 神这是认真起来，打算做个人了吗？"

阿莫来了兴趣："这话怎么说？"

俞苑苑笑眯眯道："大家还记得吗，Cain 神在和路井对局的时候，我曾经说过有故事的不是劫，而是 Cain 神。不妨现在就告诉大家到底是什么故事吧。"

阿莫和西林都好奇地睁大了双眼。弹幕也都出现了一瞬间的停滞，大家都在屏息凝神。

俞苑苑清了清嗓子："之前的比赛里大家应该已经发现了，Cain 神一直都是对面用什么英雄，他就选什么，ban 英雄的时候也非常随心所欲，看起来好像完全没有研究过对手善用的英雄的样子。这次终于非常有针对性了，所以就感觉像是要做个人了一样。说不定大家可以看到他拿出和对面不一样的英雄！"

西林顿悟，抓紧时间探听内部消息："所以 Cain 神以前 solo 的时候也是这样吗？"

solo 到了这一场，俞苑苑也没什么关子好卖了，终于向观众老爷们道出了实情："是的，AM 战队的入队传统里有一项就是要和全队打 solo，从二队开始一个一个过，最后一个大 boss 就是 Cain 神，你用什么他用什么。至于他的战绩……嗯，我只能说至今还没有人赢过他。"

阿莫和西林都惊呆了："没赢过？从来没有吗？"

俞苑苑摊了摊手："很遗憾，从来没有。"

AM 算得上目前 LPL 最顶尖的战队之一了，而楚嘉年竟然在这样的一群选手中……未尝败绩。

这是多么可怕的一件事情。

弹幕也惊呆了。

这样真的有点变态了吧？AM是不是全队都抬了一手？

应该是抬了吧，我不太能相信全队都打不过这种事情啊，solo有时候本来就是和运气有关系的，比如刚才小新那场肯定不应该输。

看刚才Cain神的操作，我觉得确实很牛啊，这把和Haven打大家应该会有更直观的感受吧。

到底行不行，看完Haven这场就知道了，一出手就知道有没有。

随着他们的对话，屏幕上Haven率先选择了阿卡丽，但是亮着头像没有锁下来，而楚嘉年停顿了三秒，也紧跟着选了阿卡丽。

俞苑苑说："……好吧，是我失言了，看来Cain神并不打算当个人。"

弹幕一片笑声。

两个人都选了引燃和闪现技能，符文方面的差别也不太大，都走了比较常规的路线。

短暂的停顿后，两个人同时选用了KDA（杀人数/死亡数/助攻数）至臻皮肤的阿卡丽从泉水里出来，在线上进行了第一次的碰面。

"哇，高手们可能第一反应是嗅到了对面的强大气场。"阿莫有点夸张地感慨了一声，"而我就不一样了，我闻见的全是空气中金钱的味道。"

俞苑苑一笑，深藏功与名："至臻皮肤啊，我们全队都有，楚经理说过，拥有全套皮肤是战队的排面，所以我们的大号基本上都拥有全套皮肤。不过因为我建号晚，所以除最初的几个元老皮肤我没有外，其他英雄我基本上拥有全套皮肤了。包括后来抽'龙瞎'和卡尔玛的莲花之令，一直都是抽多少，队里报销多少。"

我成柠檬了……

我从纳命爷的声音里听到了炫耀，要是有人给我报销我也要炫耀！

难怪牛肉酱直播的时候连抽了一下午，我还说酱酱什么时候这么大方了，是买彩票中奖了吗？真相居然是这样！！！

这么说起来……奥哥似乎也抽过……

仔细想想其实连灭爹都抽过！！！但是灭爹一直财大气粗、出手阔绰，我一开始还没在意，现在回忆一下当时灭爹一边抽一边喊着"抽中为止"，似乎也是之前没有过的经历，原来是队里报销！

这福利，报销抽奖什么的真的厉害了。

转眼间，两边的阿卡丽都到了三级，已经学完了前三个技能。两个人都穿插在小兵和烟雾之中一边移动一边 A 兵，虽然互相有换血，但都很快吃血瓶回了血。

就这么拉扯着，楚嘉年因为多吃了几个兵，所以率先到了五级。Haven 并没有太过在意，因为虽然之前打得算不上平和，但也明显感觉不会在这个时候有明显碰撞，所以 Haven 觉得要等到六级才会一决胜负，所以开了霞阵想要耗一波血，静等六级。

而就在 Haven 交出了霞阵技能的这一瞬间，楚嘉年杀意已决！

只见楚嘉年先是走位 Q 中了 Haven，打出了一层被动的同时 A 了他一下，然后迅速拉开走位，就在 Haven 放松警惕的同时，直接两次 E 到了 Haven 脸上，秒开了霞阵！

没有了技能的 Haven 只能往塔下位移，想要尽量避开霞阵。不料楚嘉年似乎连他的后退路径都已经预料到了，几乎在他后退的一瞬间闪现到了他的身后，光速放 QA 挂了引燃，然后迤然退出了塔下。

Haven 静立了半秒，倒在了塔下。

俞苑苑激情解说完这一套技能连招，感慨道："哇，Cain 神放这一套技能真的是教科书级别的操作，行云流水，赏心悦目。建议大家之后把这一段连招都截屏做成小动图，顺便编个口诀，一边念，一边盯着看个二三十遍。"

"对对，多学习学习。"阿莫点点头。

"是多崇拜崇拜。"俞苑苑正色道，"学肯定是学不会的，不过没关系，会喊'厉害厉害'就可以了！"

阿莫：……我真是信了你的邪。

Haven 也是输得心服口服，两个人在台下的欢呼声中一同站起身来，互相握手，Haven 笑道："宝刀不老啊 Cain 神，服服服。"

楚嘉年笑了笑："还是多亏你抬了一手，谢了兄弟。"

Haven 一听这话，心里微末的一点被他斩落马下的别扭感也烟消云散了，笑眯眯地拍了拍他的肩膀："拿到奖金请吃饭。"

楚嘉年故意苦了苦脸，压低声音："不是我不愿意，我现在是有家室的人，拿到奖金以后，那可都是要上交的。"

Haven 恍然大悟，会意地冲他比了一个"同情你"的表情。

俞苑苑的激情彩虹屁放到一半，突然偏过头，半遮着脸打了个喷嚏。

俞苑苑：怎么鼻子突然痒痒的？

楚嘉年和 Haven 的这场比赛过去没多久，大灭和沈幼蓉的比赛就结束了。

大灭可不会犯小新那种轻敌的错误，从一开始就把沈幼蓉死死地压制在了塔下，三级的时候手起刀落，将沈幼蓉按死在了塔下。

这个结果也在所有人预料之中。

而之前沈幼蓉冒冒失失的行为和举动为她招了不少黑，这会儿看到她终于被淘汰了，不少人都觉得大快人心。而另一部分人反而觉得她能打到这一步，说明实力真的可以，就算大家觉得她讨厌也不应该否认她的实力。

短暂的休息后，先举行的是 Haven 和沈幼蓉争夺季军的比赛。因为 Haven 以前有过被粉丝死缠烂打的不好经历，先入为主地以为沈幼蓉也是这个类型，有心教她做人，是以在沈幼蓉先锁了一个德莱文以后，也选了一个一模一样的英雄出来。

俞苑苑不知道 Haven 的想法，挑眉："哟，Cain 神的这一招已经这么快就被大家偷师了吗？"

阿莫到底是老江湖，看出了几分 Haven 的意思，也故意想带一下节奏搞事情："这应该是 Haven 对战局有绝对的信心吧。说起来，芋圆，如果你对上沈幼蓉选手，你觉得自己获胜的把握有多大？"

俞苑苑婉转道："职业选手和非职业选手在细节处理方面的差别其实还是挺大的。以前我不打职业的时候感触还不深刻，觉得自己斗天斗地无所不能，但是真正成为职业选手以后才知道其中的差别所在。所以如果不是小新抬了一手的话，她应该也难撑到现在。"

如她所说，Haven 上来就展现出了职业选手非常凶悍的一面，几乎是追着沈幼蓉砍，还会在沈幼蓉接斧子的时候故意骚扰她，让她因为躲 A 而无法接到斧子。如此一来，他很快就把她压到了击杀线，不到三分钟，就直接一发斧子加引燃带走了她的人头。

两个人惯例到舞台中央握手，沈幼蓉并没有如 Haven 所想的眼泪汪汪或卖可怜、博同情，而是郑重地和他握了握手说："你真的很强，我会继续努力的。"

在这样近距离接触之下，Haven 才明白，为什么刚才小新会鬼使神差地摸了一下小姑娘的头。

她和自己想象的不一样。

Haven 稍微放下了一点心，微微笑了一下，没有多说。

在 Haven 拿走了属于季军的奖杯和奖金后，"Solo King"比赛终于来到了万众瞩目的决赛环节，由大灭对阵楚嘉年。

决赛前的 VCR 可以说是火药味十足，屏幕上先出现了大灭一如既往面无表情的脸，但他的眼中却是熊熊战意："遇见 Cain？那我只能让他自求多福了。"

嗷嗷嗷嗷嗷，我灭爹还是那么帅！

进了 AM 以后画风突变的灭爹终于回到了自己原本的样子！捏一把辛酸的眼泪！

灭爹加油！我是灭爹的脑残粉！

画面再亮起的时候，出现的是楚嘉年的脸，他微微一笑："遇见大灭吗？你们可能不知道，大灭以前在我们队里有个外号叫大咩，就是咩咩叫的那个咩。这个外号的由来是有次我们打 solo，他和我打赌，输了就改名。后来他为什么不改我也不记得了，反正在我眼里，大灭和大咩是画等号的。"

大咩，哦不对，是大灭。大灭还沉浸在自己刚刚扔了狠话，自我感觉非常酷炫的气氛里，转眼就听到了这一句，简直目瞪口呆，直接用手捂住了脸，无颜面对台下和屏幕前的观众们。

……年年，我不要面子的吗？

大咩，哈哈哈哈哈哈，我要笑死了，Cain 神太狠了吧，哈哈哈哈哈。

这什么惊天老料，哈哈哈哈哈，一人写血书求 Cain 神多爆一点出来！！！

自从进了 AM，灭爹的帅再也维持不过一秒。

我错了，灭爹崩坏的画风可能回不来了，是我天真了！

以后可能不是灭爹了，以后就是咩爹了！

现场观众足足笑了五分钟，直到两个人都 ban 完英雄才平息下去，大家都屏息凝神等着看到底会有什么英雄出场。

刚才被楚嘉年揭了老底，大灭的愤怒简直能溢出屏幕，他上来就直接选了一个提莫，楚嘉年有点意外，但还是跟着选了一个提莫。

提莫这个英雄，因为 LOL 在做庆典的时候做过一次统计，最后数据显示，全球每天都有超过百万只提莫迎来死亡，死去的提莫尸体连起来可以绕地球三圈，是以提莫喜提了"提百万"的"美名"。几乎所有玩家都被提莫坑过，也被提莫埋下的蘑菇炸死过，所以提莫又有"团战可以输，提莫必须死"的威名在外。

谁都没有想到会在"Solo King"的巅峰对决时刻看到两个"提百万"出现，台下都是一片嘘声。

俞苑苑道："这届'Solo King'非常有意思啊，我们看到了双劫互啄之后，居然还有机会看到两个'提百万'扔毒蘑菇，这可真是太精彩了。"

选英雄的倒计时开始读秒，而大灭在楚嘉年锁下提莫的瞬间，突然换了刀妹！

"哇，天哪，灭爹也太绝了吧！"俞苑苑惊呼道，"提莫打刀妹，还打个什么哦！这是打击报复我的Cain神揭他短吧！"

"咳咳，以上言论不代表狸猫TV官方态度，请观看直播的各位观众老爷自动忽略。"阿莫提高音量，盖过俞苑苑的惊呼，"就让我们一起来欣赏本届'Solo King'的终局之战！看看最终king的头衔花落谁家！"

哈哈哈哈，虽然阿莫的声音很大，但我还是听清楚了纳命爷的惊呼！

简直真情实感流露，哈哈哈哈，纳命爷太逗了。

灭爹是真的太绝了！哈哈哈哈！

应该也就是灭爹和Cain神关系好吧，不然来这么一手可能会被骂死。不行了，我还是想笑，哈哈哈哈哈。

你们快看Cain神和灭爹的表情！

镜头正好一分两半，分别给了两个人一个脸部特写。

大灭的面无表情中隐约带着得意，而楚嘉年则是无奈中带着见怪不怪。

很显然大灭不是第一次这么干了。

进入召唤师峡谷，大灭还在屏幕上打了一行字。

Damie：呵，我偏不和你选一样的英雄。

Cain：你高兴就好。

所有人都看到了这两行字。

弹幕瞬间出现了一大片五彩缤纷的字体，"年灭CP"党感觉自己过年了，迎来了一波全体沸腾和集体认亲。

"你高兴就好"这五个字也太宠了！

灭爹的"呵"实在太傲娇了吧！

嗑了这对CP，你就是我异父异母的兄弟姐妹了！

弹幕观众的狂欢从现场观众的尖叫声中可见一斑，而就在这些持续不断的尖叫声中，刀妹和提莫终于迎来了线上的相遇。

相比起在刀锋上起舞的飒爽刀妹，约德尔人提莫实在是可爱到犯规，尤其是楚嘉年不知出于什么心理，专门用了黄色小蜜蜂的皮肤，场面一时之间简直像是美女与蜜蜂。

大家都注意到提莫在最后一秒把召唤师技能从引燃换成了虚弱，刀妹则依然选择了引燃，此外两个人都带了一个闪现。

这会儿俞苑苑也平复了情绪，开始了正常的解说："其实提莫打刀妹看似有点不行，但是仔细想想，提莫也没有什么劣势。总结成一句话来说就是，只要提莫能躲开刀妹的 E，握着闪现不交出来，基本上就不会死。"

　　她说话间，场上的两个人已经到了三级，楚嘉年非常灵活地躲开了刀妹的第一个 E 技能，俞苑苑抑制不住激动："我就说，只要晕不中，刀妹就没戏，但是我的 Cain 神怎么可能被晕中！哈……"

　　节目组在她刚刚发出第一声"哈"的时候就紧急打了一段"哔——"，显然是屏蔽了她后面魔性的笑声和一段天花乱坠的彩虹屁。阿莫冷静中憋着笑意的声音无缝衔接上来："我们看到提莫一直试图在缝隙里 A 刀妹，但是大灭这边站位也非常好，一套技能打在提莫身上，提莫只能嗑血瓶后退！"

　　俞苑苑被捂住了嘴，发出了"唔唔唔"的声音。

　　弹幕再一次笑疯了。

　　纳命爷！你怎么了！如果你被绑架了你就眨眨眼！！

　　前面的，眨眼你能看见吗？

　　我听见了纳命爷挣扎的声音，哈哈哈哈哈哈。

　　纳命爷是不是被静音了？虽然我是灭爹的粉，但我还是想听纳命爷放彩虹屁，哈哈哈哈哈，快放她出来吧。

　　解说间里被冲出来的导播小姐姐捂住嘴的俞苑苑："唔唔唔唔唔唔唔唔唔！唔唔！唔唔！（提莫怎么可能后退！年哥！搞他！）"

　　召唤师峡谷里的两个人都在谨慎地试探和补兵，这时，屏幕下方的小画面突然从两名选手身上转到了观众席。

　　前排观众座位上，AM 的队员们穿着不引人注目的私服，整整齐齐地坐了一排。其中，牛肉酱、雪饼和奥利奥都举着"Cain 神天下第一"的灯牌，而小新则与他们泾渭分明地隔开了一点微妙的距离，手上的灯牌明明白白写着"无敌灭爹"四个大字，闪闪发光。

　　"哇，没想到 AM 队内竟然也分成了两拨粉丝，这可真是天大的八卦了。"阿莫的声音带着笑意，"之前就有听说小新是大灭的铁杆粉丝，今天看来这个消息的确是真的了。"

　　"是的，我也有听说过大灭刚刚进入 AM 的时候，受到了小新安排的夹道欢迎。"西林应和道，"我记得牛肉酱后来还在微博说过这件事情来着。"

　　"说起来 Cain 作为经理人，回头看到这一幕，你说会不会给小新扣工资啊？"阿莫笑道。

　　一道女声突兀地插了进来。

"扣工资！扣奖金！扣光——唔！"

哈哈哈哈哈哈，纳命爷刚刚获得自由，又被重新剥夺了！

纳命爷还活着，真是令人欣慰，哈哈哈哈哈。

B站（视频网站）已经有纳命爷的鬼畜视频了，求你们去看，我要笑死了，已经沉浸在她的魔性笑声和花式彩虹屁里无法自拔了！

小新好惨，这下不仅得罪了老板，还得罪了老板娘。

大家好，我是小新的奖金和工资，现在已经被扣光了。

小插曲很快过去，大家的目光又回到了峡谷里。

大灭虽然非常强势，但是一直都E不中提莫，这导致他没有办法一套带走对方，所以两边拉拉扯扯，几乎同时到了六级。

兴许是不想再拖下去了，大灭在到六级的瞬间抓住了提莫的一个走位小失误，突到了提莫脸上。然而提莫非常警觉地在他E的前一刻闪现躲开了控制，大灭此刻杀意已决，毫不犹豫地跟了闪现，然后直接放大招到了提莫脸上！

提莫一边后退一边点刀妹，见到刀妹开了大招，他才Q到了盲出去，几下就把刀妹点到了击杀线，但之前刀妹的一套技能下来，提莫的血量也很残了。大灭计算着伤害量，等致盲效果一过，又是一刀准备飞上来，然而提莫已经给他身上挂了虚弱，预期的伤害量并没有打满！

大灭的脚下有蘑菇"砰"地炸开，刀妹眼看提莫再有一刀就会被干掉，结果提莫迤迤然开了"小莫快跑"技能，小蜜蜂嗡嗡地向后退去，正好离开了刀妹的攻击范围。

刀妹在蘑菇的毒的作用下，无力地迈出了两步，然后颓然倒下。

First blood!

"你什么时候在那儿放了个蘑菇？"大灭站起身来，咬牙切齿地问道，"我为了防着你偷放蘑菇，连家都不敢回，结果还是中了你的招？"

"一开始啊。"楚嘉年微微一笑，"放轻松一点，你也不是第一次被我的蘑菇炸死了。"

大灭沉默片刻："是不是我往前走两步，还会有一个蘑菇？"

楚嘉年故作惊讶："怎么可能，没有的事。"

大灭："所以刚刚那个走位的小失误是不是你故意的？"

楚嘉年微微一笑："什么失误？我走位怎么可能失误？"

大灭：……我真是信了你的鬼话！

于是两个人就这么在台上足足握了一分钟难舍难分的手，大灭面无表情，楚嘉年面带微笑，两个人的眼神交会处仿佛有噼里啪啦的火花。

解说间的俞苑苑终于被允许发声，她拿到了话筒的控制权，反而冷静了下来，一时之间不知该说什么才好。

舞台上，楚嘉年终于松开了和大灭相握的手，走向了舞台前方的"Solo King"奖杯。

虽然不少职业选手的加入加重了这个奖杯的含金量，但事实上，这不过是直播平台为了嘉年华而举办的水友赛罢了。对于职业选手来说，这个奖杯其实无足轻重，充其量只是茶余饭后博君一笑的谈资。

楚嘉年原本也是出于玩的态度来参加比赛的。他在赛前发的那条微博，也所言非虚，可见这场比赛从一开始的基调就是一场娱乐赛，更何况这场比赛就是他举办的。

虽说从一开始他就觉得自己肯定能赢，但是当他真正站在那里，所有的灯光亮起，听着音乐声，台下的欢呼声沸腾的时候，他看着近在咫尺的奖杯，突然觉得心中涌起了一股奇特的感觉。

距离他上一次这样走向奖杯，仿佛已经是几个世纪以前的事情了，如今回想起来，只觉得恍若隔世。

他站在咫尺之地，垂眼久久注视奖杯，怔怔不语。

在幕后做经理人太久，他甚至快要忘记自己也有过闪亮的时刻了。这样走上台前，在万众瞩目之下捧杯，竟然让他的心头微涩。

无数闪光灯亮起，记录下了他侧脸面对奖杯的一幕。

身为老玩家，已经要哭了，虽说只是水友赛，但是能看到 Cain 神再次捧杯，还是太感动了，在我心里，这就是世界赛！

入坑晚，没有见证过 Cain 神的辉煌年代，但因为是 AM 的粉丝，所以了解了不少 Cain 神过去的事情。说实话，一开始还没觉得，但是了解得越深入，我越觉得 Cain 神太厉害了，不仅仅在于他曾经辉煌的职业生涯，还在于他一手拉扯出了 LPL 的希望。虽然知道不太可能了，但是我好希望他还有机会能再次上场，不仅仅是此刻，而是真正与全世界的职业电竞选手对决。

一人写血书希望 Cain 神参加全明星赛。

全明星赛只能现役队员参加，Cain 神肯定不能参加了。

呜呜呜，我好感动！

之前质疑 Cain 神水平的"黑子"们呢？都出来受死吧！

现场的观众们也都多少感受到了这份情绪，在雷动的掌声中，楚嘉年深吸了一口气，有点感慨地发出一笑，终于向前了半步，举起了那个属于他的奖杯！

俞苑苑略带哽咽的声音从全场的音响中传出："让我们恭喜本届'Solo King'的冠军，Cain！捧杯吧！"

台下 AM 全队的队员也挥舞起了写着"Cain 神"的灯牌，就连刚才还举着大灭灯牌的小新也不知何时换了一个。几个人脸上都带着感动，仔细看去，几个人的眼里隐约还有一丝粼粼的水汽。

观众们顿时在感动的同时被逗笑，纷纷表示小新求生欲太强，居然现场买了一个"Cain 神"的灯牌。

楚嘉年将奖杯高举过头，笑着迎接全场的欢呼。而俞苑苑在后台，看着在台上光芒璀璨的楚嘉年，一边笑，一边不知何时已经泪流满面。

她终于有机会，亲眼看一次他捧起奖杯了。

…………

"Solo King"的比赛结束后没几天，AM 就接到了 LPL 赛区要拍摄 S 赛宣传片的通知，而俞苑苑手绘版本的新队服也终于发到了每个人的手中。

经过电脑细化后的花纹显得更加细腻，拿到新队服的第二天，所有人都不约而同地穿上了。

牛肉酱大约是最高兴的一个，之前的队服虽然也很漂亮，但是比不上这件正好能够勾勒出腰线的线条龙纹。他几乎是从三楼奔跑下来的："快看啊！你们快看啊！我牛肉酱也有拥有腰线的一天！"

他的声音太大，连二队的小孩子们都好奇地探出了头，一起围观。

二队的小孩子们因为年龄小，有几个还没发育好，个个都像是刚刚冒尖的豆芽，穿着队服空荡荡的，却显得格外有少年气。牛肉酱一眼望去，对比鲜明，满心苦涩，心想自己四舍五入也还在青春期呢，怎么自己的青春就圆滚滚的呢？

等他到了一楼，心里就更难过了。小新本来就高，穿上队服以后更显出了他的大长腿和宽肩细腰，配上一头灰毛，竟然格外帅气；奥利奥虽然壮了一点，但是小辫子和曾经乐队里带来的摇滚气息还在，平添了一份不羁；雪饼一直都给人温和的老好人感觉，穿着这件衣服多了几分锐气，明明和牛肉酱身高差不多，长相也不是多么出众，但就是有一种气质在里面。

至于俞苑苑……牛肉酱告诉自己，身为一个男孩子，就不要和女孩子比腰身了。

这么一圈比较下来，牛肉酱顿时蔫了，明明大家个个都比他好看，偏偏只有他喊得最凶，简直太丢人了！

"可以啊，酱酱，你这一身出去，别人说你一百四十斤都有可能。"俞苑苑打量了一下牛肉酱，主动捧哏道，"这腰线，简直了，棒极了！"

她的表情有点过于夸张了，大家都以为牛肉酱会嫌弃她浮夸的表演，没想到前一刻还垂头丧气的小胖子猛地抬起了头，眼中闪起了亮光："真的吗？我就觉得自己最近瘦了点！刚刚照镜子的时候还不太敢相信，但是你这么一说，我觉得自己没有看错！"

俞苑苑真诚点头："真的真的！我骗你做什么！穿上这一身，你就是整个AM最靓的仔！"

牛肉酱满心欢喜，羞涩一笑："最靓不敢，年哥第一，我第二就可以了。"

众人：……你等等！你第二的排名是哪里来的？经过我们同意了吗？

# 第十八章
出征

//

*QING BEN XIA GU SHAO NV*

　　这一年的 S 赛在韩国举办，其中入围赛、小组赛和决赛分别在韩国的三个城市。而因为 AM 拿到了 MSI 的名次，所以这次入围了 S 赛的三支 LPL 战队全部都可以直接跳过入围赛，直接进入小组赛的阶段。

　　小组赛的阵容则由包括 LPL 赛区和 LCK 赛区在内的所有赛区共十二支队伍，以及通过入围赛拿到最高积分的前四支战队组成。这十六支来自全世界的战队将会以抽签的形式被分为四组，在小组内进行双循环赛制，每场比赛赛制为 BO1，即一局定胜负。每组积分的前两名将获得进入四分之一决赛的资格。

　　"Solo King"的比赛结束后，大家很快进入到了 S 赛前紧张的准备阶段。就在首发大名单定下来的前两天，赛方突然发布了一则通知，将原本参加 S 赛只能带一名替补的规定更改为两名。

　　原本对 AM 来说，替补的位置毫无疑问就是打野位的小新和大灭轮换，如今突然多了一个位置，虽说不是一定要填满，但是总觉得空着有点吃亏。

　　队里都在商量着由谁做替补，二队有机会的几个小孩子也都非常期待，尤其是跟着 AM 去过 MSI 的瑞格，觉得这个位置十拿九稳是自己的了。虽说 AM 全队目前的状态都在巅峰，他基本上不会有上场的机会，但是能坐替补席也够他高兴很久了。

　　大家一开始的想法也是瑞格上，直到俞苑苑有点犹豫地问了一句："你们觉得……年哥怎么样？"

AM 的训练室迎来了一片安静。

楚嘉年刚刚端着咖啡走到门口准备推门，听到这个问题，在门口鬼使神差地停下了脚步。

提出这个假设，俞苑苑又补充了几句："不夹杂私人感情地说，AM 目前其实不太需要多一个替补。作为中单位本身来说，我也没有伤病，只要没有什么特殊的意外，用到替补的机会几乎为零。这样看来，年哥并不是不可以。"

大家都没有想到这一茬，因为楚嘉年从 MSI 开始做 BP 教练后，队里在 BP 环节还是非常依赖他的。他不会武断地让谁去用什么英雄，而是会用引导的方式让人自然而然地想要用某个英雄。在这种前提下，每次大家都觉得选的英雄就是自己想要的那个，自然而然发挥得很好。

但是俞苑苑的话一出来，大家都有点意动。

正如她所说，按照队里之前的准备来说，多一个替补其实就是撑满人数而已，并没有实质上的作用，在这种情况下，楚嘉年又有什么不可以呢？

奥利奥沉吟片刻："我赞同，如果是年哥的话，那我们队还可以举荐他参加 S 赛后的全明星赛。我服从队里的所有安排，但是从我个人的角度来说，我觉得这样无论是对年哥，还是对我们所有人来说，好像都挺圆满的。"

"我也赞同。"牛肉酱想了想，"但是，BP 教练怎么办？"

"之前的朴教练也挺不错的。"小新转过身来，加入了讨论，"我觉得让年哥和我们一起圆梦真的挺好的。"

"我也没什么意见，就是觉得挺委屈年哥的。"雪饼叹了口气，但转眼又高兴了起来，"但是转念想想，能和自己的偶像做队友，感觉自己再无遗憾了。"

在场唯一一个和 Cain 做过队友的就是大灭了，他之前一直没有表态，这会儿所有人都看向了他，他才说道："我知道他因伤被迫退役这件事情是所有人心中的遗憾，无论是对他自己、对我们这些队友，还是对粉丝，甚至对整个 LOL 界来说都是。从我个人的角度来说，我当然也希望他还能站在 LOL 赛场上，握着鼠标压着键盘和我们一起打比赛。包括前两天的 solo 水友赛上，我看到他举起奖杯的时候，心里的这个希望也冒过头。"

他顿了顿，话锋一转："但是，恕我直言，我觉得无论是从队内的角度，还是从他个人的角度来说，都不应该由他来坐这个替补位置。"

牛肉酱一愣："为什么啊？"

大灭看着愣头愣脑的牛肉酱，叹了口气："这是电子竞技。网民们有多苛刻，你们还不知道吗？他现在这样就很好了，干吗还要去平白惹一身非议？"

他这么一说，大家的心里都有了一丝明悟。

当所有人都面面相觑的时候，训练室的门被推开。楚嘉年终于端着已经喝了三分之一的咖啡走了进来："虽然不是故意的，但是你们说的我都听见了。"

大家顿时缩回了脖子，带了一点期待又有一丝犹豫地看向他。

楚嘉年非常随意地在沙发上坐下，笑了笑："都这么紧张做什么？我又没有生气。"

"生气了的人一般都这么说。"俞苑苑小声嘀咕了一句，躲在电脑屏幕后，只露出了一只眼睛观察他。

牛肉酱露出了赞同的表情，使劲点头。其他几个人虽然不说，但是动作都有点僵硬。

楚嘉年被大家逗笑，感动的同时，也觉得自己应该好好和大家聊一下了。

"打不了比赛的人，是没有资格上赛场的。"楚嘉年的声线依然很温柔，但多了几分低哑，"你们的好意我心领了，也知道你们这个提议的用心。前几天的水友赛我玩得很高兴，全明星赛应当是属于真正的职业选手的舞台，目前的我不该去和别人争夺这样的资格。"

他低头看了看自己的手："更何况，我也算不上是什么明星。现在的我，是 AM 的 BP 教练，是你们的经理人。我很满足这样的现状，也很享受和你们打赢每一场比赛开头的BP之战，能以这样的方式和大家一起前进，我就很高兴了。"

他顿了顿，抬起头来："不过还是谢谢大家的提议。替补的话，还是按之前的提议，让瑞格上吧，那小子已经兴奋到睡不着觉了。"

"年哥，我没有！"一个头从门口探了出来，"我是有那么一点点的期待，但只要能随队，做个编外替补，我就已经很满足了！"

大家看着瑞格毛手毛脚的样子，再看看坐在沙发上一脸沉静的楚嘉年，一边笑，一边心里有点酸。

大家悄然转过头，俞苑苑偷偷抹掉了自己眼角的泪花。牛肉酱比较直白，吸了吸鼻子："年哥，我们一起努力！"

楚嘉年看着电脑后面的大家。这几天的集训安排得非常密集，为了S赛的手感，大家甚至一改每天中午十一二点起床的作息，个个都是早上八九点就坐在电脑面前了。

俞苑苑甚至在训练之余还把四五个号从青铜打上了王者，而且每个号的名字都是非常敷衍的一串乱码，风格出奇一致。这导致关注高分段的经理人们还以为又有哪个黑马横空出世了，结果问了一圈，发现是俞苑苑，还拐弯抹角语重心长地让楚嘉年多注重一下队内训练情况，毕竟是 S 赛前夕，搞得楚嘉年哭笑不得。

在定下首发名单后，接下来的任务就是去拍定妆照和宣传片了。

因为训练日程紧张，所以这次拍定妆照的地点干脆选在了基地内部。

大家熟悉的造型师、化妆师和摄影师一大早就带着大包小包的设备，推开了基地的大门。

他们也不是第一次来了，但是大清早就这么热闹的基地，他们还是第一次见。

尤其是在发现大家的皮肤状况竟然都不像以前那样糟糕到让人绝望的时候，化妆师小姐姐一时之间觉得自己穿越了，说："我一定是在给假的 AM 队员们化妆，新爷的痘痘肌呢？奥哥和酱酱的大油田呢？雪佛爷和灭爹的沙漠干皮呢？"

俞苑苑虚弱地转过头："为了拍宣传照和宣传片，我们基地最近都流行在晚上打排位的时候敷面膜……他们晚上睡觉之前还要来找我拿睡眠面膜，个个都变成护肤小王子了。"

化妆师小姐姐抽了抽眼角："这么多人，你的面膜库存还好吗？"

"不太好。"俞苑苑说起这个就肉疼，"奥哥和灭哥还好，都有女朋友管，只是偶尔蹭我的，其他几个人嘛，唉！"

皮肤底子好了，大家在化好妆以后，照镜子的时间也比平时长了一点。之前 AM 的定妆照都千篇一律是全员交叉抱胸，或者全员插枪兜。在看过俞苑苑和大灭的定妆照后，大家都纷纷表示不服。好不容易等到了这次表现的机会，个个都排队和摄影师沟通自己的想法。

因为 AM 的新队服比较霸气，又是队伍第一次出征 S 赛，所以特意选用了红红火火的红色背景，还特地调暗了几个色调，让红色变成了优雅的勃艮第红。大家在摄影师的建议下调整了自己的动作，最后都得到了非常满意的照片。

又是所有人熟悉的正午十二点。

AM 的官博发布了战队出征 S 赛的首发名单和定妆照。

AM 电子竞技俱乐部 V：本年度《英雄联盟》总决赛 AM 战队出征大名单来了！教练 Cain（楚嘉年）、上单 Oreo（刘君伟）、中单 Naming（俞苑苑）、打野 Damie（李辰骞）和 Xin（李奕新）、ADC Xuebing（严逾祺）、辅助 NRJ（宁冉君）。紧急替补：Ruige（温瑞格）

配图的九宫格里，正中间是 AM 龙飞凤舞的图标，另外八幅图片则是包括楚嘉年在内的全部上场人员的定妆照。

在勃艮第红与 AM 的 logo 交融的背景下，曾经被楚嘉年穿在身上的俞苑苑手绘的衣服成了队服。第二次出征世界赛的队员们的定妆照比上一次 MSI 的定妆照褪去了几分青涩，但眼神中的锐气一如既往。

楚嘉年身为教练，没有穿队服，而是穿了一身非常正式的西装，但大家细心地发现，他的西装左胸处有 AM 的 logo 的醒目刺绣，明显是专门定制的。楚嘉年正面对镜头，做了一个整理领带的动作，嘴角带笑，目光却是明亮而压迫感十足。

奥利奥从左侧扭转过半个身子对着镜头，下巴微微扬起，向着镜头递过一个桀骜的眼神，双手抬起，左手握住右手腕，右手五指虚握，横在胸前。纯白色的泼墨字体在照片下方标注了"Oreo"四个英文字母。

俞苑苑正对着屏幕，挑眉勾唇，微微歪头，左手扶着右手的手肘，而右手则扣下了无名指和小指，比了一个枪的动作，指向前方。她剪了一个公主切的发型，发色回到了正统的漆黑，脑后的头发高高梳起成马尾垂落下来，眼角勾了上挑的眼线，随着她的动作，眉眼间英气逼人，锐不可当。

小新之前说过，如果能进 S 赛决赛就换成粉色头发。他皮肤本来就白，青春痘少了以后，换了发色，猛一眼看过去，竟然有了一种在看什么明星的恍惚感。兴许是因为发色就已经够亮眼了，所以小新没有多余的动作，双手插兜，勾唇一笑，尽显嚣张。

至于大灭，兴许觉得这是最后一次拍出征照片了，于是格外放得开。他比别人多穿了一件外衣，一只手停留在拉链上，另外一只手扯开了半边外衣，露出了内里的大 logo，配上他上扬的嘴角和邪魅一笑，简直勾人心魄。

雪饼则做了一个摩拳擦掌的姿势，他的眼睛本来就是细长型，配上他标志性的笑容，显得非常有进攻性。

而牛肉酱……一手插兜，一手举起，五指向前张开，一脸严肃。

评论都在惊呼。

我 Cain 神盛世美颜！！！

粉毛新爷我爱了！！！

你们注意到了吗？大家的胸前都有国旗！Cain 神的西装上也有！！这肯定是为了 S 赛特地加上去的！！！

一人写血书求商城早点上线新队服！！

奥哥很帅了！我觉得这一届的定妆照比之前的都厉害！！给后期小姐姐加鸡腿！！！

纳命爷的新发型！她怎么脸这么小！！实名嫉妒了！！！

我觉得灭爹、Cain神、纳命爷、新爷都可以原地出道了！奥哥和雪佛爷努努力也可以！！酱酱就在台下做啦啦队队长！！！

从这一条弹幕开始，评论的走向逐渐转向了牛肉酱。

等等，酱酱的这个动作，是在给我们打招呼吗？？？

我拉大图看了，酱酱的这个手相还是挺好的，贵人线非常清晰，生命线也很长……

酱酱这是想要举手发言吗？？？

酱酱应该是问麻将五块打不打吧？？？

队里，大家都陶醉在自己的照片和粉丝们的夸奖中，小新还偷偷截了图，顺便在自己的个人微博上低调地传了几张染了头发以后的自拍。

突然，大家听到了牛肉酱的怒吼。

"五块你个大鸡腿子！"牛肉酱怒意勃发地从沙发上跳了起来，"还举手发言，我酱酱发言需要举手吗？"

"还啦啦队长，还有人给我看手相？"牛肉酱举着手机，不可思议道，"我这个姿势的意思难道不是很清楚吗？这一届粉丝的理解能力堪忧啊！"

俞苑苑忍着笑转过脸，说："所以你的那个姿势是什么意思？五一劳动节快乐吗？"

"我觉得应该是一次五块，上车嘀嘀。"雪饼已经笑出了声。

牛肉酱不可思议地看着大家，颤抖道："你们是认真的吗？我的意思是……看我的神之左手啊！"

大家都惊呆了："是这个意思吗？"

牛肉酱沉默两秒，看向楚嘉年："年哥，我想换一张定妆照还来得及吗？"

楚嘉年耸了耸肩，表示不可以。

牛肉酱：……自闭了。

而俞苑苑不忍心牛肉酱被误解下去，专门在他举起的左手边歪歪扭扭地用手机写了四个红色大字"神之左手"，又画了一个箭头，指向他举起来的手。

然后，她回复在了官博下面：酱酱对这个姿势有自己的理解，请大家看：【图片.jpg】。

她的这条回复迅速被顶到了最高，而评论更是走向了一个不可控制的方向。

神之左手牛肉酱，承让了！

哈哈哈哈哈哈哈哈哈，酱酱你醒醒，你是不是对神这个词有什么误解？

酱酱你减肥了吗？你看你的手掌，全是肉啊！还好意思露出来！

俞苑苑定睛一看，最后一条，果然又是 ID 为"酱哥今天减肥了吗"的小仙女。

牛肉酱埋着头，显然也在密切关注着评论。然后，他默默地站起身来，回到了电脑面前，开始补兵。

谁都不要理我，我今天就是一个没有感情的补兵机器牛肉酱。


时间很快进入了十月，S 赛的入围赛已经在韩国拉开了帷幕。在商议之后，LPL 的三支战队决定在小组赛开赛前三天飞过去，以提前适应天气和环境。

经过 MSI 那一次的洗礼，AM 全队的家长们都对孩子们的职业有了更深入的了解。临行前，大家专门来了一趟基地，为自己的孩子们送行和加油。

牛肉酱的妈妈是第一个到的。上次来基地的时候还是大半年前，当时她嫌弃了一番牛肉酱房间的脏乱差，这次牛肉酱在母亲大人到达的前一天，就在争分夺秒地收拾房间。

"太惨了我。"牛肉酱往大垃圾袋里扔着自己的方便面，一边嘀嘀咕咕地抱怨，"临走前还要搞卫生，我的神之左手和神之右手，是用来打扫卫生的吗？"

他话未落音，自己没关上的房门口已经出现了一道熟悉的身影："宁冉君，你再说一遍？"

牛肉酱左手垃圾袋，右手方便面残渣，呆愣在原地："妈，你不是明天才来吗？"

"我要是明天来，能看到你房间里的盛况吗？"牛肉酱的妈妈双手抱胸，冷笑一声，"还说减肥，还说再也没吃过方便面和火腿肠？"

牛肉酱急中生智："都是雪饼吃的！不是我！我就是饱受压迫的勤劳小蜜蜂，被他逼来收拾房间的！"

雪饼从牛肉酱妈妈的身后探出头来说："我方便面过敏，谢谢。"

牛肉酱孤立无援，恨铁不成钢地看了一眼一点都不配合的雪饼，采取了怀柔战术："妈，我真的瘦了，你看我裤子的腰都大了一圈，现在都能穿 XXL 码的衣服了！我已经不是那个胖胖的我了！"

"是，你现在是肥肥的你。"牛肉酱的妈妈并不给他面子，"行了，你去训练吧，我给你收拾。"

牛肉酱眼神骤然明亮，跳跃着将垃圾袋交到了妈妈的手里说："妈妈最好了！"然后头也不回地向楼下跑去。

雪饼目送着他圆润而灵活的背影，沉痛地转过身来，向着牛肉酱的妈妈鞠了一躬："阿姨，对不起，是我们基地没有教好宁冉君。"

牛肉酱的妈妈："说什么呢，你看他胖并快乐着，也挺不容易的，你们多包容包容他。"

没走多远的牛肉酱听到了这句话："妈！我不快乐！我超痛苦的！"

"你看我相信吗？"牛肉酱的妈妈冲着楼下中气十足地吼道，"小龙虾、泡椒凤爪、薯片、奶茶、方便面，我看你快乐得很！"

雪饼目瞪口呆。

阿……阿姨，其实那个小龙虾是我吃的。牛肉酱真的只吃了方便面，他在努力减肥，真的。

雪饼贴着墙，一边在心里偷偷说着，一边蹑手蹑脚地下了楼。

家长们都陆陆续续到齐了。俞苑苑的爸妈因为还在国外参加巡回书展，所以没能到现场，特意录了段加油视频发到了俞苑苑的手机上。俞苑苑本来还挺高兴的，也觉得他们不来也没什么。但是到了晚上大家临行前聚餐的时候，俞苑苑看着别人阖家团圆，心里难免有点失落。尤其是看到牛肉酱的妈妈虽然嫌弃自己的儿子胖，但饭桌上还是不断地给他夹爱吃的菜，而小新和奥利奥的爸妈也对着各自的儿子嘘寒问暖。

小新的爸爸问了一句女友粉的事情，语重心长地告诉他不能始乱终弃。

小新快要跳起来了："我对天发誓我没有！"

小新的爸爸根本不听他的辩解："爸爸也是年轻过的，都是过来人，你也成年了，有些话爸爸以前没机会跟你说，现在是时候好好和你讲讲人生的哲学和道理了……"

小新面如菜色。

而奥利奥的爸爸喝了两杯，有点上头，抬了抬下巴："臭小子，我儿媳妇呢？"

奥利奥面无表情，正襟危坐："什么儿？什么妇？"

迎接他的是爸爸抬手的一个栗暴。

而大灭那边，皮皮也在。大灭的父母早就见过皮皮了，越看越喜欢，这会儿对皮皮的关心多于对大灭的。而大灭早已习以为常，尤其是在看到奥利奥、小新和牛肉酱的待遇后，乐得轻松。

俞苑苑撑着下巴，眼中带着笑意说："真好啊。"

楚父和林嫣岚也因为事务缠身没能过来，楚嘉年坐在俞苑苑旁边，她在看满屋灯火和喧嚣，而他在看她。

小姑娘的新发型明明是日式风格，但是硬生生被她的眉眼带出了一股江南水乡的温婉感，而她的眼中……写着落寞。

楚嘉年抬手摸了摸她的头："怎么，我们纳命爷想家了？"

俞苑苑犹豫了一下，点点头又摇摇头："也不是想家，就是触景生情而已。"因为有了MSI的惊喜，所以俞苑苑试探问道："会不会这次爸爸妈妈们也会去韩国看我们的总决赛呀？"

"这么有信心吗？"楚嘉年笑了笑。

"你看小新的头发都是粉色了，那可是足足漂了三次才漂出来的。"俞苑苑比画了一下，"如果不进决赛，岂不是浪费了他的一头秀发。"

楚嘉年看着她，突然问道："你还记得你说过什么吗？"

"我说过什么？"俞苑苑愣了一下，"五杀刀妹？天秀妖姬？还是……"

她的话没有说完，楚嘉年突然凑到了她的面前，飞快地在她唇上吻了一下，然后分开："再想。"

有过之前被堵在门口的经历，俞苑苑不敢继续装傻，她飞快地扫了一圈其他人，发现应该没有人注意到这边，这才脸红红地说道："有家长们在呢，你别乱来。"

"什么时候我亲自己的女朋友也变成乱来了。"楚嘉年凑近她，低声道，"真正的乱来，不是这样的。"

俞苑苑张皇失措，向后躲了躲："我我我……我想起来了！"

楚嘉年这才放过她，好整以暇地回到了自己的位置："想起来什么了？"

俞苑苑老老实实道："如果能拿冠军，我就……"

那日在夏季赛决赛的赛后采访上，她说得肆意飞扬，此刻却觉得无论如何都羞于再说出口，但楚嘉年眼中目光灼灼，她看着他，不自觉就沉入其中，喃喃道："就……答应你。"

楚嘉年："可是，如果没拿到呢？"

俞苑苑慌忙捂住他的嘴："还没开赛就说如果，快呸呸呸！"

楚嘉年取下她的手，放在手心搓揉两下，问："你是害怕拿不到，还是害怕不能答应我？"

俞苑苑不假思索地说："当然是……"

"你想好再说。"楚嘉年打断她，似笑非笑。

俞苑苑噎了一下："当然是，都有。"

楚嘉年加深了笑意，低头在她手心吻了一下："别怕，无论前路是什么，都有我在。"

俞苑苑看了他半晌，用自己的另一只手反握住了楚嘉年的手："我不怕，你……也不要怕。"

无论前路是什么，我也会陪着你的。

楚嘉年读懂了她的未竟之语，笑着抬手，刮了一下她的鼻子。

饭局之后，家长们由后勤送到了宾馆，其他人则回到了 AM 的基地。

"明天就要出征了，大家该带的东西都带好。"楚嘉年一人发了一张纸，"都对着清单再做一次清点。"

因为马上要打比赛了，所以整个基地都下了禁酒令，刚才的饭局上，大家也都是滴酒未沾，各自领了清单回到房间，开始做最后的出行准备。

大家排着队上楼的时候，牛肉酱突然说了一句："说实话，我还是有点希望我妈能去现场，别的不说，她还没去过韩国呢。"

雪饼也小声道："我和我爸妈科普过能在韩国暴打韩国队有多爽，我也挺希望他们能来看，但是我不好意思说……"

说到这里，大家都笑了，大灭感慨道："这应该是我职业生涯最后一次出征比赛了，我也挺希望他们来看看的，这么多年了，他们一次都没来过。不过我知道，他们都守在电脑面前，还专门抄了官网的网址贴在旁边，这其实也足够了。"

俞苑苑走在最后一个，她突然停住了脚步说："他们会来的。"

大家都转头看她。她声音笃定："只要我们能进决赛，他们肯定会来的。"

一时之间，谁都没有说话，半晌，大家都闷闷地发出"嗯"的一声，使劲点了点头。

第二天，所有人都起了个大早，因为是代表赛区出征，摄像师从大家走出基地门的时候就已经开始拍摄。大家都穿着私服，因为要出镜，所以做过精心搭配，尤其是小新，自从变成了粉毛男孩以后，整个人的风格变得更加五颜六色了。牛肉酱在大厅看到小新，有点羡慕地说："个子高就是好，穿成圣诞树也还是好看的。"

小新耳朵一动："你说谁像圣诞树呢？"

俞苑苑来得晚，只听到"圣诞树"三个字："哪儿有圣诞树？能许愿吗？"

小新：？？？

牛肉酱：噗！

门口的拍摄只给了直播观众几个简短的镜头，但也足以让蹲在直播间的粉丝们激动了。楚嘉年和小新甚至还一人带火了一件私服 T 恤，而俞苑苑头上的同款黑色兔子耳朵耳机也瞬间增加了不少销量。

镜头才刚刚晃过兔耳俞苑苑，就看到楚嘉年面色不善地走了过来，直接把她的两只兔耳按扁在头上。观众们尖叫着看到楚嘉年凑近俞苑苑说了句什么，而俞苑苑缩了缩脖子，乖乖地取下了耳机，转身戴在了牛肉酱头上。

牛肉酱瞬间变成了大头萌兔。

镜头最后，是皮皮抱着麻团出现在基地门口。皮皮抓起麻团的一只爪，向着众人挥了挥手，用口型说："要加油呀！"

麻团非常配合："喵呜！"

大巴车缓缓离开，镜头转到了 CMCG 和 OPE 这边。大家才松了口气，假装不和大家一起走的皮皮也将麻团交给了专门照顾麻团的铲屎官，紧赶慢赶地追上了快要开走的大巴车："做一个合格的家属真是太难了！"

俞苑苑使劲点头："是啊，不能因私影响队员的状态，如果被粉丝发现随团出行，说不定还会被粉丝说，只能假装自己是单独买的机票，我们皮皮真是辛苦了。"

皮皮嘤嘤嘤地投入了俞苑苑的怀抱："皮皮心里苦，皮皮不说。"

张开怀抱等着皮皮的大灭："……"

行吧。

AM 到机场的时候，OPE 和 CMCG 已经早一步到了。

另外还有整整齐齐的三个战队的粉丝，拿着各自的灯牌，闪烁着星星眼规规矩矩站在那儿。因为刚才已经迎接过 CMCG 和 OPE 了，AM 的粉丝早就望眼欲穿，所以在看到 AM 队员的身影时，粉丝们的尖叫声顿时回荡在整个机场大厅里。

路人们纷纷望了过来，粉丝们才想起来绝不能影响现场秩序，又猛地捂住了嘴。

和粉丝们合照完，大家都非常好脾气地给粉丝签了名，并且收下了各种手信和应援牌。最让俞苑苑意外的是，她遇见了一个非常眼熟的粉丝。

粉丝小姐姐看着她的眼睛亮晶晶的，问："纳命爷，你还记得我吗？"

俞苑苑觉得她眼熟，但是一时之间没有想起来。

小姐姐并没有难过，努力提醒她："德国！MSI 之前！在那个像天坛一样的餐厅里！"

俞苑苑一下子就想了起来，惊讶地道："天哪，我记得你！我以为你是留学生！"

小姐姐一听俞苑苑还记得她，超级兴奋："我是留学生啊，我抽中签以后就专门飞回来给你应援啦！纳命爷，S赛不要压力太大，无论拿到什么成绩，只要尽力就好！我会永远支持你的！加油！冲呀！"

她顿了顿，又补充了一句："新发型超美！我都想去剪一个同款了！"

俞苑苑怔怔地看着她，一时之间有点鼻头发酸。

这是她第一个真正意义上见到的粉丝，是在她最怀疑自己的时候出现的第一缕曙光，她的第一个签名也是给她的，而经历过这么多比赛，过了这么长时间……她还依然是她的粉丝。

这是不是说明，她……没有让自己的粉丝们失望？

想到这里，俞苑苑使劲点了点头，冲着粉丝小姐姐露出了一个大大的笑容："谢谢你喜欢我，我一定一定会努力的！"

电竞选手们平时私下里都很熟，许多人都是同一个青训营出来的，所以到对方的主场打比赛的时候还时不时约个火锅吃，根本不像网友们想的那样势同水火，见面约架，张嘴就是"你瞅啥"。虽然OPE之前的中单曾经得罪过俞苑苑，但是现在已经换了全新的阵容，所以大家之间都没有什么旧怨，相处得十分融洽。

经过之前的solo水友赛，小新已经和木兮、Haven他们混熟了，这会儿小新率先迎了上去，做了个夸张的表情："哇，好巧啊，你们怎么也在这里！"

虽然早就从战队定妆照上围观了小新的粉毛，但是这会儿近距离看，大家还是感受到了扑面而来的视觉冲击。以前小新的灰毛其实就挺别出心裁的，但算不上扎眼，所以木兮的黄毛一直被称为"LPL第一绝色"。

自从看到小新的新发色和造型以后，木兮就站不住了。这会儿看到小新，木兮立马兴冲冲地迎了上来。黄毛和粉毛相得益彰，小新高高兴兴地和他凑在一起拍了张自拍，然后发在了微博上。

AM.Xin：LPL染发二人组正式出道。

木兮则发了他拍的另外一张，与小新的那张自拍有着微妙的角度区别。比起小新的那张，很显然他的这张照片里，他本人要更帅一点：吾与小新孰美？

PS：兄弟，就算真的要出道，咱能起个好听点的名字吗？

俞苑苑在木兮的微博下面飞快地接上了哏：小新不若君之美也。PS：黄粉佳人怎么样？

网友笑疯了。

黄粉佳人哈哈，好黄好粉两兄弟。

君美甚，小新何能及君也？哈哈哈哈哈哈哈。

染发二人组哈哈，绝了，发廊小哥二人转吗？

在这场发色和肤色的较量中，我觉得新爷的粉毛更骚气，但是木分的脸赢了！木分真的长得好可爱啊！！小新何能及君也。

在俞苑苑的回复下面，小新迅速回复了：我劝你想好再说。

木分紧接着回复了小新的评论：我觉得这位女粉丝已经想得很清楚了。

俞苑苑：女粉丝？你认真的吗？我后悔了，你诚不如小新美也。

小新：【比心 .jpg】

木分：……呵，女人。

网友：哈哈哈哈哈哈哈哈哈哈哈，要笑死了，AM 的这群人真是走到哪里逗到哪里，腹肌都要笑出来了！

这一切都是在候机的时候发生的，等到直播镜头再切进来的时候，画面已经到了停机坪。

LPL 赛区这次给三支出征战队和随行人员包了专机，还专门在飞机外面做了 LPL 的 logo 大涂鸦，交织着五星红旗和三支队伍的 logo 图案，十分热血。三队队员同时在国旗面前停住了脚步，然后拍了大合影。

大家在登上飞机之前，一起搭了一个大大的手桥，轻声数着"一、二、三"，然后一起松开了手。

"加油加油加油！"

"LPL 加油！"

"加油！"

镜头最后停止在了大家一边上飞机，一边回头向着镜头挥手的样子，直到最后一名队员登机，镜头目送飞机远去。

有一种当年将士出征，长街送行的感觉。

战士们走好！必胜！！

若此去不回？

前面的，不回什么，不仅要回，还要带着奖杯回！！！

都别毒奶！大家在心里默默祝福就好了！！

我好感动嘤嘤嘤，不管是 AM，还是 CMCG 和 OPE，此时此刻，我们都是来自华夏 LPL 的战队！我们都是一家人！！共御外敌！！！

LPL！！冲呀！！！


直播结束后，三支战队的官博很快发出了队员们在飞机前的合照。

蓝天白云，阳光灿烂，二十来岁的一行人站在红旗下，笑容飞扬，眼中神色坚定，如长剑出鞘，锐不可当。

不少人都将这张照片下载了，设成了手机屏幕。

到韩国的距离并不远，大中午的，也没人上飞机就睡觉。一堆年轻人难得有机会像这样聚在一起，机舱里气氛一时十分热烈。

经过刚才的微博之争，木兮瞅准机会，坐到了俞苑苑后面的座位，探出头问："纳命啊，从女生的角度来看，我真比小新帅吧？对吧？"

俞苑苑还没说话，楚嘉年似笑非笑的声音先传了过来："你说呢？"

木兮："……告辞！"

在楚嘉年面前问这种问题，他八成是活腻歪了！

后面大家在打打闹闹，互相调侃，楚嘉年这边却开了平板，在回顾这两天错过的入围赛赛事。目前为止还不能完全确定到底谁进入小组赛。虽然对于队员们来说，基本上只用看进入小组赛的队伍的比赛录像，但是作为经理和 BP 教练，他还是要提前做准备，熟悉所有队伍的风格。

俞苑苑凑过去看了一眼，问："你感觉谁能进小组赛？"

楚嘉年想了想："明天和后天才是外卡战队的第二轮比赛。A 组的话，我比较看好来自日本赛区的 SAKU 战队，虽然在打法上缺陷还是挺大的，但是对手的问题更大。B 组应该是大洋洲的那支新秀队伍 CACO 比较厉害。C 组毫无疑问是土耳其的 Kilit。D 组的话应该是越南的 QU 吧，也是 MSI 上和你们打过的，AM 战胜他们问题不大。"

俞苑苑愣了一下："大洋洲进 MSI 的不是 IO 吗？那个中单想在我尸体上跳舞的战队，简直令人印象深刻。"

"哦，他们啊，据说今年夏季赛被血虐了，连他们赛区的四强都没进。"楚嘉年回忆了一下。

俞苑苑说："啧啧啧，当时说得那么狂，没想到到头来……所以除了 QU，其他几支队伍怎么样？"

楚嘉年勾勾嘴角："这么说可能不太好听，但是确实不值一提。希望咱们抽签分组能有好运。"

说起这个，俞苑苑犹豫了一下，解开安全带，从座位上方探出头去问："说起来，咱们队里……谁手气最好？"而牛肉酱和雪饼就坐在她和楚嘉年身后。牛肉酱非常积极，立刻笑眯眯地比出了宣传照里的手势："神之左手，值得拥有。"

"你自己说你'龙瞎'抽了多少钱。"雪饼嫌弃地看了他一眼，然后继续无差别地嫌弃了自己，"我也没多好，我的卡尔玛莲花之令是充满了钱送的。"

大灭笑眯眯地看过来："我的运气已经在遇见皮皮这件事情上用光了，别找我。"

俞苑苑：……这种时候也要秀一下恩爱真的好吗？

奥利奥照葫芦画瓢："我的运气已经在和瓶子和好这件事情上用光了，也别找我。"

蔺瓶子因为一些私事，这次没有随团，但是答应了奥利奥，在进入八强以后就飞韩国。所以奥利奥看着随团的皮皮，非常羡慕，并且为自己的这一番满分的话没能被蔺瓶子听到而深感遗憾，决定下飞机以后就发微信给蔺瓶子。

小新正在那边和木兮他们吹牛聊天，大家一起投过去视线，又收了回来："不行不行，小新肯定不行的，他坚持买过一年的彩票，结果一毛钱都没中，他要是去抽签，绝对完蛋。"

结果绕了一圈，最后大家都将目光投向了俞苑苑。

俞苑苑指着自己的鼻子："我……吗？"

众人拼命点头。牛肉酱翻过自己的手："神之左手指向了你！"

俞苑苑："万一我……"

"没有万一！"雪饼急急忙忙打断她，然后面带微笑，"我们一定能被分配到一个和谐友爱的组！"

俞苑苑回忆了一下自己的人生旅程，想到自己中考比 R 市附中录取线高一分的运气，犹犹豫豫地答应了下来。

回到座位，她有点后悔地说："你说，万一抽到了什么死亡之组，我会不会被粉丝骂死？"

楚嘉年对抽签的事情非常淡定："什么死亡之组？该对上的对手迟早会对上，早交手就早赢，晚遇见就晚赢，区别不大。"

顿了顿，他又补充道："更何况，我们是夏季赛冠军，只抽自己是哪个分组，至于分组里是谁，又不是你能决定的。"

为了不让强势战队过早相遇，所以抽签分为两轮，第一轮是 LCK、LPL、

LCS NA 和 LCS EU 四个赛区的夏季赛冠军抽他们各自所在的分组。第二轮才是其他战队分别抽自己所在的分组。

俞苑苑顿时感到了安心。

年哥就是稳！就是靠谱！

转眼到了小组赛前一天，入围赛全部结束，最后进入小组赛的四支队伍全部都被楚嘉年言中了。抽签仪式上，全世界的 LOL 观众们都在盯着直播，暗自希望自己支持的战队能运运恒通。

LPL 的粉丝们可就不是暗自希望了，无论是在微博超话还是在战队官博的回复下面，这几天全部都是锦鲤，有时候还会混入好运极光或者其他不明吉祥物，用意都极其统一：祈祷进入 S 赛的三支 LPL 战队能抽到好分组，如果不能的话，起码不要分在同一组，不然就太尴尬了。

乐观一点的粉丝已经为 LPL 的各个战队都规划了一条最佳路径，如何完美地一路避开强势战队，顺利晋级。

而所有转发祈愿的微博里，说得最多的则是"希望决赛相遇的是两支 LPL 战队！半决赛是三支 LPL 战队！一起围殴韩国队"。

看到这条微博的时候，大家都笑了，再看到下面好几万的转发和点赞，大家又不约而同地沉默了下去。

粉丝们的希望和愿望沉甸甸的，但这又何尝不是每一个 LPL 选手的愿望呢？

过去的几年里，LCK 简直可以说统治了整个《英雄联盟》游戏的所有职业联赛。BBG 战队作为 LCK 赛区的顶级战队，更是英才辈出。前代天才选手 Lafee 至今依然宝刀未老，虽然现在更多时候都是坐在 BBG 的替补席上，但是谁也无法抹去他几乎以一己之力，带着 BBG 从次级联赛一路打到 LCK，连续两年蝉联所有职业赛事冠军。在 Lafee 的状态出现轻微下滑后，媒体开始一路唱衰，为 BBG 的未来担忧，而江山代有才人出，又有 Vision 站了出来，扛起了 BBG 的大旗。算起来，至今为止，BBG 已经收下了四座 S 赛的奖杯。除了 BBG，还有一年的决赛是 BBG 和另一支韩国队伍 MONT 对决，最后是 MONT 拿下了冠军。

也就是说，总共七届 S 赛，LCK 区的队伍就足足拿了五届冠军，剩下两届冠军则分别归了北美和欧洲赛区。

至于 LPL 赛区，则无数次地与那座奖杯擦肩而过，有好几年大家都以为那就是 LPL 最有希望的一年了，然而最终还是只拿到了亚军。

虽然 LPL 赛区的水平已经被全世界认可，稳定地在 S 赛上拥有了两个小组赛名额，并且 AM 在今年的 MSI 上拿到了冠军，成功地让三支 LPL 的战队进入了 S 赛的小组赛，但是没有一个 S 赛的奖杯，是所有 LPL 电竞人心中难以释怀的一幕。

每一年都好像是 LPL 最有希望的一年，然而希望却次次落空，粉丝们甚至不敢大声地说出自己心中的愿望。

俞苑苑低头看着那条微博，抿了抿唇，又抬头看向了面前的舞台。

抽签所在的会场就是小组赛将要使用的场地，抽签环节只开放了直播，并没有面向公众售票，是以此刻观众席上坐着的都是各个战队的首发队员和教练们。一眼望过去，既有在 MSI 上交过手的那几支眼熟战队，也有他们不熟悉的，但是早就知道对方名字的那几支强劲队伍，比如韩国的 MONT，再比如北美除了 LEW9 的另一支实力战队 Rosso。

俞苑苑压低声音，不动声色地凑向了楚嘉年："快把你的手给我，让我沾沾仙气。"

楚嘉年看了她一眼："要说玄学的话，我觉得你还是临时转发锦鲤比较靠谱。"

于是正在屏息凝神观看抽签直播的粉丝们，突然发现明明在现场的纳命爷更新微博了。

AM.Naming：【喵喵.jpg】//@锦鲤大王 V：转发这条超级锦鲤，会给你带来意想不到的好运！

两分钟后，又是一条。

AM.Naming：【OK 手势.jpg】//@锦鲤大王 V：转发这条十月锦鲤，保佑你心想事成，万事如意！

LCK 的 BBG 战队代表自然是 Vision，他的表情一如既往是孤傲冷清，在主持人的话语中，他整理了一下衣服，从台下走了上去，随手从票箱里抓出了一个信封。

主持人接过信封，拆开，然后反转过信封中的卡片，展示给大家。

A 组。

顿时，A 组在大家的眼中瞬间变成了死亡之组的代言。

Vision 看着大屏幕上的 A 组下方出现了 BBG 的名字，向着镜头挥了挥手，转身走下了台。第二个则轮到了 LPL 赛区。

俞苑苑深吸一口气，站起身来。

直播镜头里，她站起身后，有了一个转头放下手机的镜头。

有了前两条微博的经验，大家下意识低头看了一眼手机，结果发现三秒钟之前，她又更新了微博。

AM.Naming：许愿个C！考试不会就选C！！拜托了！！！【双手合十心想事成光芒万丈.jpg】

粉丝们：……电竞选手突然信玄学怎么办？先转发再说！

俞苑苑本来想要像Vision一样潇洒随意，结果站在票箱前，还是觉得心头沉甸甸的，她深吸了一口气，搓了搓手，做了一个在线施法的动作，然后才伸出手去。

别说直播间里的观众了，现场的队员们都已经笑疯了。AM全队都边笑边齐刷刷地捂住了脸，而摄像机也很懂地给了全队捂脸的镜头，然后才回到了俞苑苑身上。

主持人也忍着笑，接过俞苑苑抽出来的信封，在她期盼的目光中打开了信封，然后倒转过卡片。

C组。

俞苑苑握拳，比了个"耶"的手势，下了台。

看过俞苑苑微博的观众们震惊了。

先不管C组怎么样，这一手转发锦鲤、现场做法我是学会了！

这就是纳命爷的在线施法吗？

这一手许愿我服了！

网上迅速流传开俞苑苑版本的双手合十许愿照片，颇受广大电竞粉丝的青睐，就连几支没有进入S赛的战队的选手都转发了，许愿明年的S赛能有自家队伍的身影。俞苑苑回到座位上看到以后，还给他们点个赞。

随即，大家眼尖地发现，俞苑苑又发微博了。

AM.Naming：许愿LPL三支战队不在一组！拜托了！！【纳命爷双手合十心想事成光芒万丈.jpg】

粉丝：

哈哈哈哈，现用自己的表情包可还行！

我拜我自己，哈哈哈哈，纳命爷这才是真硬核！！

抽签环节还在继续，四个赛区的夏季赛冠军各自抽完签后，轮到了真正决定组员的时刻。

每一队心中都有自己想要对阵或者不想对阵的对手，对于OPE和CMCG来说，首先是避开C组的AM，以免同室操戈，其次当然是不想遇见BBG和

MONT。

　　抽签环节的过程很快，十分钟后，所有的结果都公布了出来。

　　A组里有BBG、LEW9、LMS的战队以及LCK的另一支战队。两个韩国战队分在同一组，除LCK赛区之外的所有赛区都有点高兴，希望他们能在内耗中损失一部分实力。

　　B组则是北美赛区夏季赛的冠军Rosso、土耳其赛区的Kilit、欧洲赛区的另一支战队，以及OPE。分到这一组，OPE的粉丝们还算是满意，Kilit基本上没被大家放在眼里，另外两支战队如果不爆冷成为黑马，那么劲敌就只有Rosso。

　　而AM的粉丝则是喜忧参半，喜在C组有曾经的手下败将越南QU战队，以及大洋洲的新秀战队CACO，几乎不值一提，忧在MONT战队也抽到了这一组。虽说今年LCK赛区的夏季赛冠军依旧在BBG手中，但决赛是MONT和BBG打的，很多人都专门去看了这场比赛，可以说BBG几乎是险胜，MONT的实力不容小觑。

　　CMCG则抽到了D组，除了他们，还有VXX、日本的SAKU战队，以及LMS赛区的另一支战队。因为MSI上VXX被AM打得有点惨，所以大家一致认为VXX的水平不足为虑，基本可以提前确定CMCG能进八强了。

　　这样算来，其实是CMCG的签运最好。不过总共也就这些队伍来来回回打，这个环节遇不到，下个环节也总要见面。所以AM的粉丝一边担忧和MONT的比赛，一边互相安慰，说AM的签运也很不错了，LPL也是受眷顾的，毕竟三支队伍分散在了三个小组，不像LCK，还要内耗。

　　AM全队对于这个结果还是比较满意的，俞苑苑则火速转发了自己的微博。

　　AM.Naming：来还愿！！//@AM.Naming：许愿LPL三支战队不在一组！拜托了！！【纳命爷双手合十想事成光芒万丈.jpg】

　　粉丝：

　　哈哈哈哈哈，我服了！

　　自己向自己还愿的操作也是第一次见，哈哈！

　　新一代锦鲤女神出现了，哈哈哈！

　　见过电竞锦鲤纳命爷，哈哈哈！

　　啥也不说了：【纳命爷双手合十想事成光芒万丈.jpg】×3，重要的事情说三遍，你们懂的！

　　LPL冲呀！AM冲呀！【纳命爷双手合十想事成光芒万丈.jpg】×3！

分完组以后,具体的比赛安排在当晚就公布了出来。在组内双循环 BO1 的赛制下,在小组赛环节,AM 将在前四天完成第一轮循环,与组内其他三支队伍各进行一场 BO1,而第二轮循环则被安排在了第六天。每天的比赛从 16 点一直打到 21 点,每个整点开始新一场的比赛,也就是每天都有六场比赛。

换句话说,在前四天,AM 总共要进行三场比赛,每天一场,还能有一天休息。第六天则要打满三场。

第一轮循环内的休息日好巧不巧被安排在了第一天,所以 AM 全队都围在酒店的休息室里一起看比赛。而赛方安排的酒店虽然很大,会议室也整个包下来做了观赛室,但整个酒店只有两个大型会议室,所以难免与其他没有比赛的队伍狭路相逢。

大洋洲的新秀战队 CACO 和 Rosso 战队都在 AM 的队员们落座后,陆续走进了观影室。

因为来得早,所以 AM 占据了居中的位置,但是又因为中华民族谦逊的传统美德,所以礼貌地留出了最前面几排的座位。而 CACO 战队和 Rosso 战队几乎是同时进来的,两边都想要坐在最前面,两边的经理人协商了半天,最后每支队伍各坐了一半,两边队员的表情都不是太痛快。

牛肉酱小声道:“哇,这么大个会议室,屏幕也这么大,坐哪里不是坐,连个座位都要争,不至于吧?”

“可能他们的战争从现在就开始了吧。”雪饼耸了耸肩说。经历过 MSI 上的冷嘲热讽,大家的心理承受能力都长进了一大截,对于各种现象也变得见怪不怪起来。

这会儿比赛还没开始,屏幕上的主持人说的是英语,包括一会儿进入比赛后,解说也将是全英文的,但是对于职业队员来说,其实看的都是更细节的东西,听不听得懂根本无所谓。

不料 CACO 战队的一个队员突然转过身来,眯了眯眼睛,看向了身后的亚洲面孔们,吹了声口哨:“本来还想问你们是 LPL 的还是 LMS 的,不过看到这个女生我就知道了,你们是 LPL 的 AM !”

牛肉酱四舍五入就听懂了 LPL、LMS、AM 三个缩写,凑向俞苑苑问:“他们说什么?”

俞苑苑翻译了一遍,朝着棕发碧眼的澳大利亚男生露出了一个商业笑容,然后很快敛去,继续面无表情。

澳大利亚男生并不气馁,饶有兴趣地盯着俞苑苑:“你能听懂我说话的对吧?

我看过你的采访，你英语还不错，我也是中单，有兴趣加个 Facebook（社交软件）或者 WhatsApp（社交软件）吗？"

俞苑苑还没说话，楚嘉年已经扫了一眼过去，澳大利亚男生明显感觉到了他眼中的敌意，但这反而激起了他的战意，他不退反进问道："我叫 Tony，你呢？"

初中英语水平的牛肉酱别的没听懂，这句倒是懂了，一时没忍住，"扑哧"一声笑了出来。

雪饼和小新脸上也都有了明显的笑意，而奥利奥和大灭比较端着，假装自己没听见，实则看向 Tony 的眼神也在笑。

Tony 有点惊讶，摊了摊手："他们为什么要笑？我说错什么了吗？"

俞苑苑忍着笑，没有说话。楚嘉年接过话茬，平静道："在我们那儿，所有的发廊小哥都被称为 Tony 老师，我想可能是你的名字让他们想到了这个吧。你不要介意。"

这下连一直竖着耳朵在偷听的 CACO 的队员们都笑了起来。

Tony 黑了黑脸，欲言又止，然后愤然转过了头。

过了几秒，他又转过来了。

他原本就不平整的皮肤憋得有点红，恨恨地瞪了一眼牛肉酱和俞苑苑，然后又看了一眼楚嘉年说："比赛场见。"

楚嘉年微微一笑："到时候见。"

尽显轻松随意。

然而送走了一个 Tony，Rosso 战队那边一直在围观这边动静的队员们又开了口。

"我们可不像 LEW9，很期待与你们的交手。"Rosso 的打野转过半个身体，带着点挑衅，"尤其是第一次和女选手打，我个人非常期待。"

楚嘉年不冷不热地说："虽然 LEW9 挺强的，但是每条线都被我们中单单杀过好多次。LEW9 春季赛上还赢了你们，如果我没记错的话，是 3：0 赢的吧？"

意思是你先掂量清楚自己几斤几两，我们单线杀穿对面的女队员你挡得住吗？

Rosso 的打野没想到他会这么说，愣了一秒，才应道："那是春季赛，我们目前的打法更适合新版本。"

"原来如此。"楚嘉年点了点头，"我们 LPL 的战队 OPE 也很适应当前版本，希望你们交手愉快。如果有机会的话，AM 很高兴能与你们切磋。"

意思是你先打过你们同组的 LPL 战队再来和我们约战，别小组赛都没打过，就这么自大了。

Rosso 的打野被他滴水不漏的几句话噎回去，愤愤转过了头。Rosso 的经理人拍了拍他的肩膀，低声说了几句什么。

小新叹了一口气，说："打游戏就用技术说话，干吗个个都赶着来和我们抬杠，论话术，电竞选手能说过经理人吗？并不能啊，他们怎么把你卖掉的你都不知道。"

"你说得好像你听懂了一样。"大灭扫了他一眼。

"看他们的脸色就知道了啊。而且看年哥的脸色，他们八成又提到苑苑了。"小新摊了摊手，然后看向俞苑苑，"他们吃瘪了对吧？我没看错吧。"

俞苑苑笑着点了点头。

刚刚开始打职业的时候，被人针对性别问题说事，她还是挺愤怒的，这么长时间过去了，她已经用成绩证明了自己，已经很久没有人提性别的问题了。乍一听到有人旧事重提，她居然有了一种恍惚的感觉。

上一次这么说她的战队怎么样来着？

哦对，被她在比赛中单线单杀了三次。

"刚刚那个人是 Rosso 的什么位置来着？"她问了一句。

因为之前对北美战队确实不太了解，大家对于西方面孔的辨认又都有一定的障碍，所以牛肉酱低头翻了翻手机，对照了一下才认出来："应该是打野位。"

俞苑苑意味深长地拉长声调发出"哦"的一声："打野啊……"

牛肉酱打了个寒战："虽然不在同一个分组，但是他们和我们相遇的话，我想提前表示一下我的同情。"

中单一旦发育起来，单杀打野简直不要太容易。

经过这一圈小风波，几支战队之间互相都有了微妙的敌意，彼此之间都不再有什么交流。而 CACO 战队甚至因为语言与 Rosso 战队的相通，在第一场比赛结束后就挪去了一边，分明不想被 Rosso 听到他们的讨论。

而 Rosso 在看到 CACO 的这一举动后，有几个队员做了明显的嫌弃表情。

小新托着下巴看戏："我为自己的母语感到骄傲。我有信心在我们讨论战术和比赛内容的时候，连翻译都听不懂我们在说什么。"

"你是指菜 × 打野不来帮忙、不给就送、带不动这群孤儿这种吗？"俞苑苑面无表情地说。

小新："……虽然你说的是谁都懂的话，但我总感觉你意有所指。"

牛肉酱拼命点头。

俞苑苑哈哈一笑，抬起左右手分别拍了拍牛肉酱和小新的肩膀说："你们想多了。"

牛肉酱和小新：不，我们觉得没有！

第一天出场的 LPL 战队是 CMCG，在对战 LMS 赛区战队的比赛中，以压倒性的优势取得了 BO1 的胜利。而很巧的是，因为 CMCG 的上路 Haven 出身于 LMS 赛区的这支队伍，之后才被挖到 CMCG，所以在赛后握手环节的时候，Haven 明显有点别扭，但对方显然非常豁达，甚至还恭喜了他，这也算在一定程度上解开了 Haven 心里的一个结。

而 BBG 和 MONT 两支韩国战队都一如既往延续了凶悍的风格，血虐了对手，LEW9 也有不凡的表现。纵观第一天的比赛，除了来自土耳其的 Kilit 战队展现出了比较亮眼的实力，其余几支战队显然不如老牌强队能打。

时间转眼到了第二天。

AM 将在北京时间 18:00 对战组内最强劲的对手 MONT 战队。

## ·第十九章

博弈

//

QING BEN XIA GU SHAO NV

在征战 S 赛之前，其实 AM 是约过 LCK 赛区的训练赛的，BBG 因为在 MSI 上和 AM 交过手，所以欣然与 AM 打过两次训练赛，双方各有胜负。而 MONT 那边，楚嘉年也试着约过两三次，结果都被对方找借口婉拒了，然后 MONT 转头同意了和 CMCG 的训练赛。

楚嘉年虽然没说什么，但是 AM 众人在知道这件事后，心里对于 MONT 多多少少有点微妙的想法。

仔细分析一下，无非是 MONT 觉得 AM 只是黑马战队，虽说打出了一些好成绩，但是底蕴不深，所以身为 LCK 赛区的老牌强队，MONT 端了点架子，多少有点看不上 AM 的意思在里面。

谁也没想到 AM 的 S 赛首秀就要和 MONT 对上。

小组赛是积分制，保证自己的积分是小组前二就可以出现在八强名单中，而以 C 组目前的分组来看，AM 进入八强可以说是十拿九稳，区别就在于是以第一还是第二的身份进入而已。但是首战这场比赛，关乎 AM 全队在 S 赛的气势，显得格外重要。

所以前一天晚上，在看完比赛以后，大家都自觉去了训练室找手感，第二天也都特意早起了。所有人直到出发前都泡在训练室里，对 MONT 各位首发队员的数据分析、插眼和抓人习惯等情况做了最后一遍梳理。

俞苑苑这天脸色略微有点苍白，在去赛场的车上，她从包里掏出了小镜子，然后用小刷子往两边脸颊扫了扫，瞬间多了一点血色出来，整个人都看起来健康了。

牛肉酱试探地问道："苑苑，你怎么了？我看你刚才脸色不太好？"

"每月一次，你懂的。"俞苑苑补完腮红，又补了口红，然后对着牛肉酱一笑。

牛肉酱恍然大悟："难怪年哥今天连外设包都不让你自己拿。"他顿了顿，又担忧道："那比赛……"

"我什么时候因为这个耽误过比赛？就是训练赛我都没请过假。"俞苑苑挥了挥手，"别在意，我吃过止痛药了。不过激素分泌导致的容易上头可就不是止痛药能搞定的了，今天我要是打 high 了，你们记得拦着我点。"

小新恍然大悟道："难怪我总觉得你有时候打法特别激进！现在想想，似乎频率确实是每个月一次来着！"

其他人都用了"女生真是一种奇特的生物"的表情看向了俞苑苑，俞苑苑的笑容中带着杀气，照单全收。

楚嘉年其实不赞同她吃止痛药，但是在咨询过孟老，又专门找了几个专科医生再三确认过，每个月摄入的这一点剂量对身体基本无害后，这才同意了她在有重要赛事的时候用止痛药。

但在这个时候，他看向俞苑苑的眼中还是带了几分心疼。

俞苑苑不喜欢他的这种目光，但也知道他的担心，所以打岔道："女生是有这种天生的劣势没错，不过我就算是不打比赛，日常生活中也会有其他重要场合，所以我到底用不用止痛药与我打不打比赛无关。别担心我。"

楚嘉年明白她的意思，也不再多说，摸了摸她的头发说："加油。"

俞苑苑冲他一笑："一起加油。"


因为在本年度的赛事中，AM 积攒了非常高的人气，所以除了韩国当地的华人、留学生从各地赶过来，还有专门从国内飞来的粉丝，虽然没有主场优势，但举着 AM 灯牌的粉丝还是硬生生占据了二分之一的场馆。

从酒店到赛场的一路上，大家都在低着头看现场直播，所以当看到上一场的粉丝散去，挥舞着五星红旗和 AM 队标、队旗以及灯牌的大批粉丝入场的时候，大家还是忍不住心头一暖。

上场前，大家照例搭了手桥。

"S 赛第一场——"俞苑苑先出了声。

"就请哥哥们带带我们了！"牛肉酱气壮河山。

奥利奥一抖："谁是你哥哥？"

雪饼笑眯眯地搭上奥利奥的肩膀："这不是入乡随俗嘛，到了这里，前辈们都是哥哥。"

奥利奥一脸嫌弃，勉为其难地答应了。

队里除了奥利奥，还有大灭这个"哥哥"，大灭一脸"好说好说"的表情："有哥哥在，稳就一个字。"

大家一边笑，一边喊道：

"加油——"

"首战必胜！"

"加油加油加油！"

五个人依次从通道走向赛场，俞苑苑特意落后了几步，向跟在最后的楚嘉年轻声道："哥哥，要为我加油啊。"

楚嘉年原本正在想 BP 环节的事情，MONT 在 BP 上是出了名的狡诈，算是最让 BP 教练头疼的那一类，这时转眼看到少女狡黠的双眼，而距离走上舞台还有几步，他抬手揽过俞苑苑，飞快地亲她一下说："一定。"

于是，AM 第一次出现在 S 赛的赛场上的时候，满天的欢呼声中，粉丝们眼尖地再次见到了传说中"年哥嘴边的口红印"，顿时发出了比之前更大的欢呼声。

S 赛的解说依然邀请了经验丰富的"消炎组合"。

阿莫笑眯眯道："啊，出现了！传说中的口红印！"

西林接道："上一次错过现场的观众老爷们可以来围观了，经验丰富的小姐姐们也可以盲猜一下这次纳命用的是什么色号，猜对的小姐姐可以在赛后排队到纳命爷的微博下面领取同款口红哦。"

阿莫一愣："这是纳命爷组织的抽奖，还是你组织的？"

西林哈哈一笑："那不重要，反正如果领不到，说明你们肯定没猜对。"

弹幕直接笑疯了。

早有经验的 AM 工作人员憋着笑送上了湿巾。楚嘉年非常镇定地擦了擦嘴角，还让俞苑苑看一眼擦掉了没有。俞苑苑一只手捂着脸，另一只手还帮他擦了一下。

嘤嘤嘤太甜了太甜了，我死了。

不知道为什么，每次 AM 打比赛之前我都要期待一下这两个人的互动。

我也……然而我一个单身狗，我也不知道自己到底为什么要心甘情愿地吃这口狗粮。

AM的队内语音也从一开始的寂静无声吃狗粮，演化到了边看边调侃。这次上场的是大灭，他一边抖腿，一边感慨："每到这个时候，我就非常后悔没把我的皮皮也培养成电竞选手。每每想到我们雌雄双煞驰骋峡谷的画面，真是美妙。"

俞苑苑这会儿已经把湿巾还给了工作人员，闻言咋舌道："你做一做梦也就算了，当然，如果你们想要驰骋的是网吧赛的话，就当我没说。"

和俞苑苑一起经历过带皮皮上分的牛肉酱拼命赞同："对对对，有些梦就要藏在心里。"

而雪饼更绝："根据我观战的经验，皮皮是玩辅助系的吧？想想到时候皮皮跟在ADC身后，为他出生入死，为他前赴后继，而你一个打野只能蹲在草里看着，画面不要太美。"

大灭脸色一僵。

于是从直播画面的角度来看，就是AM的全队都笑成一团，而大灭冷着脸，微蹙着眉头，维持着一贯的人设。

大家顿时心中有数了。

冷脸灭爹回来了！

心里顿时一松，每次灭爹这样高深莫测的时候就很稳！

我多久没见过灭爹这个表情了！爱你灭爹！！

只有隐约猜到了真相的小新在后台笑得直不起身，披了一个"我是灭爹的小可爱"的马甲，轰轰烈烈地加入了弹幕中，一起抒发对灭爹的彩虹屁。

我是灭爹的小可爱：灭爹天下第一！！！

我是灭爹的小可爱：灭爹冲呀！！！二级抓一抓就完事儿了！！！

我是灭爹的小可爱：在对面的野区养猪！搞死他们！！

其他粉丝：我觉得灭爹可能不需要你这样的小可爱。

弹幕轰轰烈烈，而AM队员的耳机中传来了比赛开始的提示音。大家都调整了坐姿，进入BP环节。

这一场，MONT拿到了先ban先选的权利，前三个直接ban掉了吸血鬼、杰斯和塞拉斯。

AM这边有针对地ban掉了他们在夏季赛中发挥出色的塔姆、瑞兹和妖姬。奥利奥看着对面的前三手，啧啧叹道："这是有多针对中上两路啊。"

"针对的主要是你。"俞苑苑幸灾乐祸，"我可没用过杰斯，充其量 ban 塞拉斯是针对我，但也有一半原因是防着你上路选他。"

奥利奥做了个苦哈哈的表情。

MONT 一选了加里奥。

"选加里奥很常规嘛。"被针对性地连 ban，奥利奥非常不爽，先亮了个盖伦，引起全场一片大笑，这才按照楚嘉年的话换成了莫甘娜，然后锁了。

"二楼要抢卡莉丝塔吗？"大灭问道。加里奥和卡莉丝塔算是这个版本非常常见的搭档组合，一般在一抢了加里奥的时候，大部分情况下都会出现对面为了破开这个组合而抢卡莉丝塔的情况。

楚嘉年考虑了片刻，最后还是摇了摇头："按照他们的这个 ban 的情况，大概率想要针对上路做突破。既然他们已经 ban 掉了这么多上路，我们就多在上路做摇摆，锁阿卡丽吧。纳命在 counter 位，阿卡丽走上，奥利奥，可以吗？"

奥利奥："可以。"

AM 原本想要莫甘娜打辅助，因为对面的加里奥大概率走下路，而莫甘娜也可以做摇摆位，再加上一个阿卡丽，这样一来，等于前两手都是摇摆位，有了很大的主动权。

pick 来到了 MONT 这边，二楼果然亮起了卡莉丝塔，但是片刻后，又换成了卡莎。三楼则是在犹豫后，亮了丽桑卓，多半是因为判断阿卡丽会走中，而且丽桑卓还可以配合加里奥进场。

而 AM 这边三楼则锁了一个卢锡安。

阿莫有点惊讶："卢锡安和莫甘娜走下路的话，真的很需要心有灵犀地配合啊，这样才能把进攻节奏打出来。"

西林倒没有担心："之前在夏季赛里没见到过这一手，感觉像是下路组合偷偷练的，这反而让我有点期待。"

第二轮 BP。

AM 这边针对 MONT 的开团先手问题 ban 掉了凯南和魔腾，不想让他们拿到更多的开团英雄。而 MONT 似乎铁了心针对上路，也显然被这手阿卡丽迷惑到，又 ban 掉了剑姬和锐雯。

奥利奥感慨一声："这四舍五入就是 ban 了五个上单英雄啊，有生之年占满了 MONT 的 ban 位，真是值了。"

AM 四楼为大灭拿下最顺手的皇子，也补了一手开团先手，而 MONT 则拿出了雷克塞，然后在最后一楼选了一手剑魔。

奥利奥奥顿时有点难受了："不好打，不好打。"

俞苑苑问道："不然我中路拿阿卡丽？"

奥利奥摇了摇头："不行，中路阿卡丽打丽桑卓也难受，你这条线必须打出来优势。我抗压吧，大灭前期上来一次就行。"

大灭应道："问题不大，兄弟。"

于是五楼，俞苑苑拿到了自己最擅长的英雄之一，佐伊。

"MONT 在 BP 上是真的有一手啊，兄弟们。"雪饼感慨道，"本来以为我们的阿卡丽骗过对面了，没想到他们最后一手剑魔居然让我们这么难受。"

俞苑苑冷哼一声："所以他们顺利地惹怒了正在暴躁期的我，让我们的奥利奥小饼干不爽，我也要让他们不爽。"

突然收到来自中单的关爱的奥利奥小饼干："……"

楚嘉年失笑道："都好好打，毕竟是 S 赛首秀，别贫。"

顿了顿，他还是没忍住，叮嘱了一声："大灭，看着她点。"

大灭拖长声音："遵命——"

生理期的女人，可能就是下山的老虎吧。

遇见了可千万要躲开。


最后的阵容是这样的：

AM 方面：上单阿卡丽，打野皇子，中单佐伊，ADC 卢锡安，辅助莫甘娜。

MONT 方面：上单剑魔，打野雷克塞，中单丽桑卓，ADC 卡莎，辅助加里奥。

两队身后的巨大屏幕上，在每个人对应的位置上出现了巨大的人物原画，然后画面一转，出现了两支队伍的定妆宣传照。C 位的俞苑苑瞄准前方，气势非凡，而 MONT 战队的照片也不遑多让，C 位是他们的明星中单 Full，乍一看去，仿佛是俞苑苑和 Full 隔空对望，火花四溢。

阿莫在一旁为可能不熟悉 MONT 战队的观众做着队员介绍，其中就着重提到了中单 Full 和 MONT 的上单 Spring。单论名气来说，Spring 比 Full 还更大一些，在 MONT 的时间也很长了。曾经有戏言说"春天来了，MONT 还会远吗"，足见 Spring 这名选手在一定程度上代表了 MONT 这支队伍。只是年龄原因导致 Spring 近年来上场的场次已经减少了许多，不过到底是 S 赛首秀，所以这一场依旧由他做了首发。

这也是 MONT 在 BP 环节的时候，专门在上单位置做足了文章的原因。

欢迎来到《英雄联盟》！

双方的五个英雄出现在泉水里，现场观众又掀起了一波欢呼的高潮。

一级，两边按惯例在河道打了个照面，虽然下路双人组跟着大灭在河道游走了一下，但是并没有和对面发生什么冲突，很快大家就各回各的线上了。

虽然答应了奥利奥要去上路支援，但是刚刚打了一个红 buff 到二级的大灭还是直接冲向了下路，想要打一个等级时间差。

他赶到的时候，下路果然都还在一级。

因为提前打了信号，雪饼和牛肉酱做足了假动作，两个影帝演得一个比一个逼真。牛肉酱率先 Q 中了卡莎，卢锡安毫不犹豫地上来 A 了几下，然后被加里奥技能敲中，转身后退，没了技能的莫甘娜心有不甘，掩护在卢锡安周围。对面的卡莎和加里奥果然上当，觉得他们已经没了技能，毫不犹豫地向前追了两步，想要多耗一点他们的血线。

而这个时候，二级的皇子已经蹲在了草里！

时机一到，皇子扛着枪向前，莫甘娜回头闪现，Q 技能封住了卡莎的路，皇子稳稳地用 EQ 技能挑起卡莎，留下了卡莎的人头。

First blood！

"大灭的皇子真的是，一出手就知道有没有。"阿莫拍手赞道，"真的是二级抓一下就完事儿了。"

之前解说夏季赛和季后赛的时候，因为都是 LPL 赛区，所以大家解说是不能带偏向性的。而到了 S 赛，在遵循公平公正的解说原则上，当然可以适当吹捧本国赛区，就比如阿莫这样。

西林也笑眯眯地接道："牛肉酱是真的敢打敢上，直接闪现上去封路。不知道大家记不记得，之前说 AM 是全员打架队，我还笑着说过，有辅助拉着大家呢，今天一看，得，当我没说。"

视野切换到上路，大家本以为会看到一个被压制得很厉害的奥利奥，结果他居然打出了点儿线上优势，还稳稳地把兵压在了 Spring 塔下。

然而大家还没来得及夸，就看到雷克塞绕后偷偷地摸了过来。

大灭拉视野的时候感觉不太对，开始给奥利奥提示："退一波，退一波。"

结果不知道是发音不太对还是语速太快，奥利奥莫名其妙听成了"推一波，推一波"，于是不退反进，勇猛无比地攻了上去。

大灭：？？？

结果，奥利奥在 Spring 和雷克塞的前后攻击下，尸骨无存。

楚嘉年在台下看得非常蒙，心想大灭明明给你打信号了，你怎么还上了？

能和Spring打出线上平手就差不多了，这会儿还能打出压线，明显是对面在卖啊，比赛开始还没十分钟，怎么第一个上头的是你？

奥利奥：“不是说推吗？你人呢？”

大灭：“你不看小地图的吗？我在偷土龙啊，我说的是退好吗！”

奥利奥：“……”

还好刚才那波的人头被雷克塞拿到，奥利奥的兵线也没有亏太多，再对线的时候也不算太难受。

在上路尝到了甜头，雷克塞在六级前又去了一趟上路，但是这次大灭也赶到了，两边换了一波血，倒是没有别的碰撞。

转眼都到了八级。

毕竟拿到了自己最擅长的英雄佐伊，纵使对面是 MONT 的 Full，俞苑苑也几乎从一开始就压着对面打。虽说从兵线来说只是比对方多了十来刀，但是期间雷克塞来蹲过她一次，在雷克塞和莫甘娜的围攻下，她还是闪现逃脱了。

导播一边纵观场上战局，一边切着镜头，刚刚扫过中路，就看到俞苑苑的佐伊跳跃到了塔攻击范围非常极限的位置上，给丽桑卓扔了一个睡眠泡泡，稳稳地让对方睡住！

而丽桑卓睡住的时候，俞苑苑已经回到了塔下一个看似非常安全的地方。

连阿莫和西林都以为这波进攻应该就到此为止了，没有把解说的重点放在这里。

然而，没想到佐伊跳进了塔，一道彗星连招迅捷无比地将丽桑卓秒杀在了塔下！

“Nice！”大灭正好切视野目睹了单杀全过程，“这把稳了。”

俞苑苑笑笑：“纳命爷的彗星和睡眠泡泡，百发百中。小饼干，别着急，我这就来帮你了。”

奥利奥小饼干：“……”

Full 暗骂了一声：“对面的中单这么难抗的吗？”

Spring 挑挑眉：“之前 BBG 不是说过吗？”

单线被单杀，MONT 的中线算是崩了。

而下路因为开场就被抓死了卡莎，MONT 也没打出来优势，所以雷克塞干脆去了峡谷先锋。回家的下路卡莎、加里奥二人组也向着峡谷先锋走了过去，放掉了已经被牛肉酱和雪饼磨掉了三层塔皮的下塔，打算从有优势的上路突破。

下路率先发现两个人没有回到线上，开始给奥利奥打信号，而丽桑卓也开始封俞苑苑的走位。俞苑苑一边小心翼翼地走位躲控制一边喊："小饼干，冲你去了！"

她才刚刚说完，峡谷先锋就从草里冲了出来，一头撞在了奥利奥死死守着的上路一塔上。

"砰！"

奥利奥想要后退，然而 MONT 的下路二人组在帮助雷克塞拿完峡谷先锋以后，直接绕了奥利奥的后，而 Spring 的剑魔也刚好把兵线推到了塔下！

"我 TP 我 TP ！"牛肉酱说着就准备按。

"卖了卖了！"大灭立刻打断他，"你来也是送。"

还好牛肉酱还没来得及按下去，TP 一旦交了就没法取消，是以安安稳稳地在下路跟着雪饼拆了塔。而奥利奥头一横，选择打掉峡谷先锋，然后被 MONT 的三个人按在塔下一顿摩擦，再次交出了人头。

"啊……我是真的惨。"奥利奥简直要被气笑了，"说好的来救小饼干呢？"

俞苑苑被丽桑卓困住，没法去上路支援，只好长长地发出"啊——"的一声，又说道："怎么说呢，求人不如靠自己，这个峡谷的残酷会教会你这个人间的大智慧。"

奥利奥：……感觉全世界都在针对自己！

上路虽然有点崩，但下路算是拿到了大优势，雪饼感觉自己的卢锡安就没这么舒服过，肥到流油。阿莫和西林刚才还没太注意，这会儿一看面板数据，这才明白为什么上下路要换线。

不知不觉间，卢锡安竟然已经压了对面卡莎五十刀。

剑魔在对线阿卡丽的时候虽然取得了一定优势，但是耐不住 AM 这边中下两路开花。他们换线，AM 这边也换线，还顺便推掉了上路一塔，随即四个人聚集在了中路，硬生生破掉了三路的一塔。

优势越滚越大，第二十五分钟的时候，MONT 按捺不住，开始想要打龙坑的团战。凭借加里奥和丽桑卓双开团的优势，虽然让 AM 抢到了大龙，但是也成功地留下了 AM 四个人，只留下了一个雪饼带着龙种逃回了高地。

虽说 AM 前期取得了巨大的优势，但是这样一来，MONT 算是奇迹般地扳回了一些劣势。阿莫和西林的心都提到了嗓子眼，阿莫道："不得不说，召唤师峡谷真的是风云诡谲，瞬息万变。这一波以后，感觉 AM 之前打出来的优势没了一半，就看下一次的团战怎么样了。"

西林乐观一点："AM 到底留下来了龙种，按照现在三路都已经推到高地塔下的优势，且有一路小兵带龙种 buff 的这种情况下，MONT 还是很难打。现在就等 AM 的其他人复活了。"

AM 的四个人很快复活，带着龙种小兵开始从中路逼团战，很快到了 MONT 的高地塔下。

然而也许是有点着急，路上谁都忘记了排眼，竟然让丽桑卓摸眼传送到了中路的眼位，绕后闪现开大招直接冻住了佐伊和皇子！

正面等着的 MONT 其他队员立刻跟上。雪饼的卢锡安躲在后面，以爆炸输出先收掉了一个雷克塞。从冰冻中醒来的佐伊反应很快，反手一套打在了丽桑卓身上，带走了丽桑卓的同时，被卡莎一道虚空索敌拿下了人头。而皇子被从天而降的加里奥拿掉了人头，AM 瞬间只剩下了阿卡丽、卢锡安和莫甘娜。

这波团战的关键就要看卢锡安了，而已经没了技能的莫甘娜几乎没有办法护住卢锡安。在所有人都觉得这波大概最后只能再换掉两个人头的时候，忽见阿卡丽从霞阵中一跃而出，先是突上前两刀拿掉了残血的加里奥人头，然后继续追上了只有三分之一血线的卡莎，跟在对方后镰刀一甩，直接收下了她的人头！

雪饼和牛肉酱刚刚把最后的剑魔点到触发被动。Spring 此刻正在阿卡丽的不远处，眼看阿卡丽在与卡莎对拼的时候血线也很残，所以一边复活一边向着阿卡丽靠近，想要临走前再带走一个阿卡丽。

奥利奥冷笑一声，拉开走位，在剑魔复活的瞬间回身闪现躲开了剑魔的长剑挥舞，一套技能带走了对方。

Triple kill!

"哇，nice 啊！小饼干报仇了！"俞苑苑原地鼓掌，"看来是学会了人间的大智慧！"

"不错啊奥哥！"牛肉酱笑得前仰后合，"亲手报仇的感觉是不是很爽。"

奥利奥："呵。"

这一波团战之后，胜负再无疑问。第三十四分钟时，双方在 MONT 的高地再次爆发了一次团战，MONT 打到最后只剩下剑魔，剑魔死死地守在水晶面前。虽然 AM 的五个人也已经残血了，但剑魔也无力扭转战局，在水晶爆掉之前，先倒在了地上。

"啧啧，竟然有点悲壮呢。"大灭看着 Spring 倒在地上，"说起来我之前在 OPE 的时候，去年也打过 MONT，当时这样倒在地上的是我，站在那儿看我的是他。真是风水轮流转，不知道他此刻的心情怎么样。"

奥利奥奥站起身来："他怎么样我不知道，反正我很爽。"

大家笑眯眯地摘了耳机，走过去和 MONT 的队员们握手，然后走到台前，向着观众们鞠躬致谢。

后台，MONT 的教练正好遇见了楚嘉年，两个人对视一眼，MONT 的教练先开了口："AM 确实非常强，以后有机会的话，可以约训练赛。"

楚嘉年礼貌一笑："那要看我们的日程安排了，毕竟我们的训练赛已经约到明年了。有机会的话，一定。"

MONT 的教练：……这话可真是耳熟啊，自己当时拒绝 AM 训练赛的时候好像也是这么说的？

首战告捷，能赢下 MONT 这一场，所有人的心都定下来了大半，无论是 AM 内部还是 AM 的粉丝们都很高兴。而之后几天的比赛里，小组里的其他两支队伍并没有出现黑马，CACO 的 Tony 老师被俞苑苑在中线单杀了三次，握手的时候一脸怀疑人生的表情，问："你是怎么做到的？"他在发出"how"的音节时，口型夸张表情纠结。

俞苑苑淡淡地握了握他的手，冲他平静一笑。

于是，Tony 在下了赛场以后立马更新了 Twitter（社交软件），堆了好几个形容词来形容俞苑苑的强大。这条更新很快被国内媒体发现，截图发在了微博。

Tony：Naming 是我见过的最强大、最自信的女性！我为自己曾经看不起女性玩家而后悔，在这里向所有在游戏里被我说过"有妹就投（降）"的女生们道歉，非常抱歉，Naming 教我重新做人。

这条微博被俞苑苑的粉丝疯狂转发，国外不少打游戏的女生也都转发了这条，还有不少澳大利亚的女生还在说"谢谢中国妹子教我国直男重新做人"。

除此之外，OPE 和 CMCG 两支 LPL 战队的进展情况也还算不错，除了 OPE 在对上 Rosso 的时候输了一场，其他都很顺利，而抽到了幸运之组的 CMCG 就更不用说了。LPL 看上去形势一片大好，也许将迎来三支战队进入八强的盛况。

但是大家很快就惊恐地发现了一个问题。

小组赛后进入八强的赛程已经排出来了，虽然还是沿用了之前的小组第一对阵另一个小组第二的形式，但是和 AM 所在的 C 组分在了一起的，是 A 组。即 A 组第一对战 C 组第二，C 组第一对战 A 组第二，B 组第一对战 D 组第二，D 组第一对战 B 组第二。

也就是说，OPE 和 CMCG 将有很大可能在淘汰赛的八强阶段碰面。

A 组里有 BBG、LEW9，还有另一支 LCK 战队和 LMS 战队，被公认为是死亡之组，其中 BBG 和 LEW9 都被称为夺冠热门战队。具体实力从前几天比赛的激烈程度就可见一斑，LCK 进入 S 赛的没有弱势队伍，北美的 LEW9 也实力不弱，而 LMS 赛区虽然战力有所下降，但也尚有一战之力。是以虽然大家都看好 BBG，但是谁也无法预料到底谁能够成为小组前二。无论是谁，AM 都要与之相遇。

活生生的修罗场。

一想到这里，我突然觉得 C 组是在刀尖上跳舞的小组啊……AM 应该也意识到这个问题了吧？会不会有什么战略啊？

作为一个键盘侠，我仔细分析了一下。假设与其他两支队伍的比赛 AM 和 MONT 都是全胜。而与 MONT 的第一场，AM 赢了，如果第二场也赢了，那么 AM 无论如何都是第一，将遇见 A 组第二。如果第二场输了，那么和 MONT 在明面上的战绩就会持平，这种情况下就要看赛场表现了。OPE 那边如果想要避免和 CMCG 对上的话，基本上同理。

前面说得对，A 组第一八九不离十是 BBG，而 BBG 已经在小组内与 LCK 赛区的友军内耗过了，所以从大局来说肯定不愿意在八强再内耗。我觉得 MONT 是绝对要争小组第一的，这样才能与同样是小组第一的 BBG 完美避开。

分析了那么多，其实说白了就是 AM 拿小组第一就行了，这样 AM 可以完美避开 BBG，还能让 LCK 内耗。

虽说我也想看精彩的强强对决，但是我也好希望 LPL 全员都能进决赛啊！！！还是能避开就避开吧！！！

网友们讨论的内容，AM 当然也很清楚，数据分析那边甚至已经把各种情况出现的概率都拿了出来，百分比精确到了小数点后三位。作为 AM 来说，当然不想早和强队交手，队内难免有了一番讨论。

大家一致的意见是必须拿到小组第一，相对于 MONT 来说，AM 争夺小组第一的压力稍微小一点。假设最坏情况，即双轮回的第二局里，AM 输给了 MONT，那么 AM 只需要在与其他两支队伍的比赛中拿到足够多的人头，或者比 MONT 更快地结束比赛，就依旧可以拿到小组第一。

讨论过程中，俞苑苑一直很沉默，楚嘉年特意转头来问了她的意见。俞苑苑沉默片刻，从自己的位置走到了画满了战队行进路线图的白板面前。

"我们现在所做的所有分析都建立在 BBG 能以小组第一的实力出现的基础上。"俞苑苑敲了敲白板，"但是你们有没有想过，LCK 赛区会退而求其次地让 BBG 作为小组第二出现，这样 MONT 这边就不用必须取胜了，毕竟求输比取胜简单太多。"

她这样一说，大家都有点愣住了。

"你这么一说……"牛肉酱挠了挠头，"我们还讨论什么，要我说，别分析讨论了，指哪打哪，我们就是第一，管他对面第二是谁呢，打就完事儿了。"

"你好好记住这段话，这适合当赛前垃圾话。"雪饼提醒道，"从赛程安排来说，我们组的第二轮在 A 组之后。咱们还是等 A 组结果出来以后，再来讨论这个，有这个时间，还不如给家里人打个电话。"

众人纷纷觉得有道理，转头打游戏的打游戏，打电话的打电话去了。

因为 S 赛已经在韩国办了好几次了，所以主办方在酒店招待方面做得无微不至，直接包下了整个酒店，还在内部做了不少布置。除了观影室，每个战队都在同一层准备了单独的训练室，方便大家做赛前准备和赛后分析。

楚嘉年看俞苑苑还对着白板沉思，转过来问道："怎么了？"

"没什么，就是觉得自己跟 QU 还有 CACO 打的时候，还是太心慈手软。"俞苑苑托腮道，"多一个人头，多一份保障，我现在心里还是有点没底。"

"第一也好，第二也好，能出线就行。"楚嘉年拍拍她的肩膀说，"BBG 又不是没打过，就算不在八强打，到了后面也还是要交手的，慌什么。"

俞苑苑一想，好像也是这个道理。她抬手拍了拍自己的脸，让自己打起精神来，然后站起身说："想这么多也没用，明天就知道 A 组的情况了。"

至此，第一轮 BO1 已经打完，从明天起，就要以字母顺序开始第二轮比赛了，A 组正是被排在了明天。

是以第二天，大家都表面镇定实则心里略微紧张地来到了观影室。

这一天的观影室可比比赛第一天的时候热闹多了，除了 A 组全员都去了比赛现场，其他战队几乎齐了。还好两个观影室都够大，赛方也专门提前划分了观战区域，还有人负责疏导。

AM 还是坐到了上次的位置——中排居中，无疑是最佳位置了，而 OPE 和 CMCG 就在他们的正后方紧挨着。

到底是 LPL 的战队，又不是一个分组，所以在国外就显得格外热络了起来。

Haven 搭着小新的椅背凑过来说："你们要对上谁就看今天的比赛了。我感觉 LEW9 也有点猛，从看比赛来说，他们比在 MSI 的时候要厉害点儿。"

大家其实都有同样的感觉。因为在 MSI 的时候，LEW9 和 BBG 也是交过手的，可以和之前的那场比赛做一个直观对比。比起在 MSI 时候的几乎毫无招架之力，小组赛里第一场 LEW9 的表现可以说是原地起飞，甚至抢到了大龙，还逼上过一次 BBG 的高地。

说话间，比赛已经开始了。第一场就是 BBG 和 LEW9 的比赛，比赛进行到十几分钟的时候，俞苑苑眯起了眼说："为什么我感觉不是 LEW9 进步了，而是 BBG 好像……有点退步？"

"单从 Vision 这条线来看我也感觉他抓人好像不太积极，甚至都没怎么太去中路，抓死中路的 Vision 去哪里了？"小新也有同感。

这两个人敢说，大家的话匣子也都打开了。而俞苑苑心中的预感也越发强烈，果然到了比赛最后，居然是 LEW9 赢了比赛。

这样一来，究竟 A 组谁以第一的成绩出线，就不好说了。

"苑苑啊，我觉得你的预言说不定能成真。"牛肉酱倒吸一口冷气，"不愧是电竞锦鲤。"

俞苑苑："你莫不是脑子坏了，BBG 要是第二，我们第一，岂不是要提前对上了？"

牛肉酱神秘一笑："BBG 这不是在亲自告诉我们，输还不容易吗？"

OPE 和 CMCG 的队员作鸟兽散状，表示你们在说什么我们听不懂，反正咱们 LPL 一家人，淘汰赛见就是了。

双轮回的第二轮很快结束，最后 LEW9 和 BBG 因为都是五胜一负，所以用场上表现说话。最后 LEW9 以三个人头的优势勇夺小组第一，MSI 上被 BBG 打爆了的 LEW9 的小伙子们显然也没想到自己能压 BBG 一头，在台上的笑容与惊喜宛如提前拿了冠军。

俞苑苑叹了口气："虽然不想吐槽，但是 LCK 从某种程度上来说还是挺团结的。"

在大家热火朝天的讨论过程中，楚嘉年一直都没说话，这会儿才抬起头，带了点儿古怪地笑了笑："想用这种方式避免内耗，他们未免也太天真了点儿。"

牛肉酱看到这个笑容，默默后退了一步，小声道："雪饼，我有点怕。"

雪饼说："你怕也别躲我后面，我感觉我横着竖着都挡不住你。"

楚嘉年眼风扫向站在旁边的 AM 队员们，笑意加深："这口被算计的气，你们能咽下去吗？"

大家一起摇头，宛如一排整齐的拨浪鼓。

楚嘉年点点头，满意道："既然咽不下去，明天就辛苦一点。"

大家都你看看我，我看看你，看到楚经理似笑非笑的表情，似有所感，却不明白他的意思。

直到第二天。

C组双轮回赛这一天，许多AM的粉丝都是买了通场的票来应援。因为前一天BBG输得蹊跷，也有不少观众指出了他们避战的策略，虽说没有实锤，但是竞技体育里，这种策略性的战术并不被禁止，所以大家心中虽然都有不满，但无从发泄，只能希望AM面对这种情况，能有针对性的战术。

楚嘉年说完那句话之后，并没有和AM的队员们进行更多的交流。当晚大家还进行了正常的赛前热身训练，但是整个训练过程中楚嘉年都不在。牛肉酱探头探脑地看了门口半天，才开口道："你们说，年哥会不会搞个什么田忌赛马之类的战术？下等马对上等马，消耗消耗什么的？"

雪饼白了他一眼："什么下等马、上等马的，一会儿年哥来了，你对着他哼哼两声，你看他理不理你。"

俞苑苑："那个，哼哼的是……牛吧？"

雪饼："……"

雪饼并不服输，反应很快："他一个牛肉酱，不就应该是哼哼叫吗？"

牛肉酱："……"

大家讨论归讨论，但是到这一天的训练结束，楚嘉年都没有回来。反而俞苑苑从第二天的赛程安排表上看出了点端倪。

不同于A组开场就是BBG和LEW9，AM和MONT的对战放在了最后一场，这里面肯定有出于对票房考虑的因素，因为A组有两支韩国队伍，粉丝基数大，所以大家都会看到最后一场，但是换到C组这边，大洋洲和越南的粉丝都不多，如果开局就定了胜负，那么很可能后面的票就根本卖不出去了。正因为如此，AM可以做的文章其实也不少。

夜深了，俞苑苑在回房间之前给楚嘉年发了条信息：早点休息呀，我先去睡了，明天见。

楚嘉年：明天可能会有点辛苦，好好休息。

第二天因为要打三场比赛，虽然比起BO5看似轻松了一点，但是更考验随时投入游戏的能力，以及手感的保持，所以大家都是早上就爬起来了，都想在赛前先开几局找找感觉。

而楚嘉年也终于出现在了所有人面前。

小新兴奋地搓搓手："年哥，我期待了一晚上了，咱们今天要怎么给LCK那帮家伙们点颜色看看啊？"

楚嘉年笑了笑说："你想要给他们点什么颜色呀？红橙黄绿青蓝紫，你选一个？"

小新愣了愣，不太确定道："教他们做人的……黑色？"

楚嘉年颔首："好，那就黑色。"

小新还在愣神，就看到楚嘉年已经开了投屏，白墙上显示出了目前的局面和情况。

目前 A 组局势：LEW9 第一，BBG 第二。C 组第一名将对阵 BBG，第二名将对阵 LEW9。

C 组第二轮循环赛程安排：

第一场：CACO—QU。

第二场：AM—CACO。

第三场：QU—MONT。

第四场：MONT—CACO。

第五场：QU—AM。

第六场：AM—MONT。

前提一：AM 如果赢了和 MONT 的比赛，那么 AM 必定以小组第一出线。

前提二：AM 输了和 MONT 的比赛，MONT 如果想要拿第二，则要在其他对局过程中弱于 AM。

楚嘉年敲了敲墙问："看懂了吗？"

牛肉酱一脸茫然地问："这不就是今天的赛程安排吗？看懂什么呀？"

"不到最后一局，谁也没办法确定 C 组的第一是谁。而如果 MONT 有心拿到第二的话，就要在第六场之前所有的比赛中，保证赢的同时，控制人头数和赛场表现不优于我们。"楚嘉年笑了笑，解释道，"换句话说，赛场的节奏，是掌握在我们手里的。"

俞苑苑的眼睛一亮，看到大家的表情还是有点迷茫，补充道："这是博弈论的一种，说简单点儿就是 LCK 如果想要成功避开 MONT 和 BBG 的对决，就只有 MONT 拿到第二名这一种选择。"

大灭也看懂了："MONT 如果想要保证在各种情况下都是第二名的话，那么必须保证在前五场比赛中的表现劣于我们，这样才能万无一失。但是这种控制……其实非常难，简直就是在悬崖边玩火。"

大家从几个人的话语中终于缓缓回过了味。

"简而言之，我们对 CACO 的那场打得越不好，MONT 的心理压力就越大，他们就要表现得比我们更不好。"楚嘉年总结道，"而他们的刻意压抑，将至少延续到第三场和第四场，尤其是第四场，他们要充分预估我们在第五场的发挥。"

这么一说，大家都明白了过来，牛肉酱倒吸了一口气说："这岂不是他们算来算去，算回了自己头上？"

楚嘉年不置可否地说："数据分析组会随时提供赛场数据，我说你们今天要辛苦一点也是这个原因。在不要有大失误的前提下，可以适当给CACO放放水。"

奥利奥抿了抿嘴问："所以我们最后要赢，还是输？"

"这当然要看MONT的想法了。"楚嘉年收了投屏，"如果他们在最后一场还想着留手，我们就给全世界的观众表演虐菜，如果他们放手一搏，我们当然也要认真对待。说到底，虽然我们也不想这么早对上BBG，但是真的对上了，也没什么好怕的。"

他转过头，对着愣愣的AM队员们微微一笑："总之，不论最后的结果如何，让我们不好受，他们也别想多舒服。"

我们拿第一或者第二其实都无所谓，我们是来打比赛的，不是来玩这些心机的。诚然，谁都不愿意自己赛区内耗，但是你们为避免内耗，玩战术玩到了我们头上，我们当然要予以还击。

"再说了，第二名有什么好争的，争第二的人永远都是第二名。"楚嘉年拍拍手，"收拾收拾东西，准备出发了。"

大家有点机械地收拾起了自己的外设，半晌，牛肉酱才第一个抒发了心中的感想："年哥太帅了……但是，千万不要惹到年哥……"

"同感。"雪饼肯定地点了点头，"我现在只想为MONT捏一把同情的辛酸泪……"

小新喃喃自语："别的我不知道，MONT的今天肯定是黑色的……"

说归说，真正到了赛场上的时候，同情的辛酸泪早就在对面的几下平A里被打光了。AM全员发挥了所有的演技，在对战CACO的时候，虽然没有让人头，但是难得没有打经济压制，而是在保持了两边经济基本相同的情况下，纯粹靠操作在大龙坑团灭了对面，然后一波推上了高地。

第三场，MONT果然如楚嘉年所料，打得束手束脚，既不敢放开去拿人头，也不敢放得太松。结果在和QU对战的时候，甚至还丢了一次大龙，被QU推上了高地，险些让QU书写逆袭传奇。

第四场，MONT全员上场的时候，表情都不太好。

"他们会不会在后台吵架了？"小新推测道，"讲真的，要是高层施压让我这样打比赛，我也会非常难受。"

"还好我们的金主'霸霸（爸爸）'后台够硬。"俞苑苑心有余悸，小声感慨道，"有资格的任性。"

结果还是被楚嘉年听见了，他似笑非笑地抬手弹了一下俞苑苑的额头："你忘了吗？如果我是金主爸爸，你就是金主妈妈。"

金主妈妈——俞苑苑目瞪口呆。

旁边的人都笑出了声。

CACO 的实力到底比 QU 还要再强一点，前半段的时候，明显可以看到 MONT 还在努力收着力气打。小新一边看休息室的转播，一边手机也开着国内平台的直播，看着观众们的评论，时不时还披着小号马甲进去搅浑水。

赞同前面的，我觉得 MONT 就是在打假赛。

AM 肯定会干掉他们的，AM 冲呀！

说起来 MONT 也是憋屈，LCK 的赛方有时候真的不会考虑选手们的心情。

这比赛看得我们难受。

楚嘉年眼尖看到了他在打字，抬手在他后脖子轻轻拍了两下："你号没了。"

小新一个激灵，赶快下了这个小号："我再也不登录这个号了，我保证！"

他也知道，万一被人扒出来马甲，可能会有非常负面的新闻出现。好在此刻直播平台流量奇大，而且又是狸猫 TV，后台好联系，也没人注意到他。

这场和 CACO 的比赛，MONT 足足打了四十多分钟，最后虽然赢了，但是明显五个人对着台下鞠躬的时候，都面无喜色，仿佛是输了的那一方。

俞苑苑拍了拍手，站起来："该我们了。"

大家这次连手桥都没搭，心情轻松地走上了舞台。粉丝们虽然不知道内幕，但是多多少能从赛场表现感觉出来点什么。大家买了票，当然都会期待精彩的比赛，哪怕是单方面虐菜也比这样不上不下的拉锯战好。镜头扫过观众席的时候，甚至惊现一个带着 MONT 灯牌的小姐姐靠在旁边男朋友的肩头睡着了的画面。

AM 上台以后，台下出现了一片掌声，但明显也是稀稀拉拉的。

大家调试好外设，戴上了耳机。

"好好打啊，你们懂的。"这场是小新上，他的一头粉毛格外引人注目，"年哥最后一句话可都记住了吗？"

大家都露出了心领神会的笑容。

和 QU 的比赛里，AM 展现出了和打 CACO 那场一样的神乎其神的技术，两场比赛除了阵容不一样，节奏几乎是原版复制，又是压着经济和人头数拿下了整场比赛。

回到后台做休整的时候，小新长长地吐了一口气："你们别说，这么打下来我感觉自己已经到达巅峰了的技术似乎有了点微妙的进步。"

"谁给你的自信觉得自己到达巅峰？"大灭扫了他一眼，"小伙子谦虚一点好吗？"

小新顿时收回了自己膨胀的"爪牙"，悄悄地蹲在了一边喝水。

"作为职业选手，在面对实力不如自己的选手的时候，掌握住比赛节奏，这本来就不是很难的事情。"楚嘉年的手上握着一沓白纸说，"难的是在 S 赛这样的大赛上稳住心态，不乱节奏，还能达到目的。"

牛肉酱扭了扭身子："年哥是在夸我们吧？是的吧，是的吧？"

楚嘉年忍笑道："是在夸你们，尤其是你们做到了赛事数据正好比 MONT 低了一手，他们现在应该非常非常难受。最后一场比赛，你们随意发挥，输赢都无所谓，把之前憋得难受的气打出来就好。"

雪饼吸吸鼻子："别说，我现在还真憋得挺难受的，我可是收回了好几次闪现上去收人头的手。"

俞苑苑默默接道："我也是……我大招在手里都快要捏烂了……"

两个人对视一眼，同时从对方眼中看出了噼里啪啦的战意。

之前是真的把两个 C 位都憋坏了，牛肉酱其实只需要正常发挥就好，上单照常压线，小新也只是少来两次线上，多去对面野区骚扰而已，但是俞苑苑和雪饼可是真真切切地按捺住了"杀人"的冲动。憋了这么久，既然年哥都发话了，下一把，一定要打个痛快！

众人又想起了很久以前两个人在中路河道里并肩反手二打五的血腥场面，在心里默默地为 MONT 点了一支蜡，不知道 MONT 会触底反弹，还是会被他们之前的示弱迷惑，选择交手的时候故意输。

很快到了最后一场比赛。

昏昏欲睡的观众们终于来了点兴趣，纷纷打起精神来。大部分人都觉得因为之前的对手不够强大，所以 MONT 和 AM 都没有全力以赴，以免让对面输得太难看，不利于双边友谊，甚至感觉这两支队伍还有一点礼让的意思，类似于乒乓球场上让球之类的行为。但最后一场是强强对决，应该不会出现之前的情况了。

双方队员落座，小新捂着嘴，不小心打了个哈欠，然后惊惶道："摄像机没拍到我吧？"

　　从他们的角度是看不到大屏幕的，俞苑苑耸耸肩说："难说，比赛结束之前你是得不到这个问题的答案的。"

　　小新顿时清醒了："好好打，好好打。"

　　别人看没看见不知道，反正楚嘉年肯定发现了，他端了一杯咖啡上台。俞苑苑本来以为这是给自己的，没想到最后咖啡放到了小新面前。

　　小新面对俞苑苑一脸问号的脸，只觉得受宠若惊："年哥，这怎么好意思呢！"

　　楚嘉年说："把你打哈欠的嘴闭一闭，好好去线上抓人。"

　　小新默默地闭上嘴，转过身，捧着咖啡连喝了两大口。

　　俞苑苑说："看来摄像机八成是拍到你打哈欠了，现在全世界的观众都目睹了你打哈欠。"

　　小新：……别说了，我错了还不行吗！

　　MONT那边的队员很快也落座了，上台的时候，大家有意无意地看了过去，看到对方队员的脸明显比之前更难看了，但是这会儿都是带着语音交流，难免会被录成赛事语录，所以大家干脆都闭口不提之前的比赛，只打哈哈说今晚打完比赛要吃什么夜宵。

　　"这种时候就开始羡慕有韩国外援的队伍了。"牛肉酱咂咂嘴，"有他们在，一准知道什么好吃。"

　　"我们不是也有韩国教练吗？"俞苑苑道。

　　"不不不，我们韩国教练的口味和我们真的非常非常不一样，他喜欢吃日料。"牛肉酱对此非常有发言权，"哪次咱们火锅聚餐他去过？去了也是在旁边发出迷之微笑，他的推荐反正我是不信的。"

　　"早点打完早点吃夜宵。"楚嘉年拍拍牛肉酱的肩膀（因为今天的比赛是从下午四点开始打的，这会儿都九点了，饭点的时候大家都只吃了几口盒饭应付了事，也该饿了），"告诉你们一个好消息，刘阿姨跟来了，还借到了厨房。"

　　刘阿姨是在基地负责给大家做饭的阿姨之一，以一手神乎其神的川菜获得了所有人的交口称赞。刚来韩国的那几天大家吃烤肉、泡菜拌饭什么的还挺高兴，这几天每个人的味蕾都在想念基地阿姨们的手艺。

　　谁能想到，不来则已，一来就是基地做饭阿姨金字塔最顶尖的大佬刘阿姨。

　　牛肉酱舔了舔嘴唇说："大家都坐稳了啊，准备开车了！"

　　随着他说这句话，BP环节开始。

有了上一次针对上路未遂的经验，MONT 这一次选择 ban 掉了瑞兹、莫甘娜和牧魂人，AM 则回敬了吸血鬼、塔姆和纳尔。

第一轮 pick。

MONT 先 ban 则先选，就在大家不断猜测的时候，一楼亮起了一个塞拉斯，短暂停顿后，锁定。

俞苑苑说：“大意了，大意了，我本来想拿这个的。”

“他们拿就拿吧，咱们针对一点。”小新倒是不太慌，“他们拿了塞拉斯，意思是不是要放手一搏了？”

“想打卡莉丝塔和加里奥吗？”楚嘉年思考片刻，“既然放出来了强势组合，不如先按住再说。”

牛肉酱有点犹豫：“塞拉斯最爱偷加里奥的大招吧？不然我换个别的？锤石怎么样？”

楚嘉年回道：“可以，那就锤石。”

轮到 MONT，MONT 依旧拿了雷克塞打野，然后犹豫片刻，点亮了薇恩，然后锁了。

“薇恩是想打发育吗？”雪饼皱了皱鼻子，“这局他们真的打算好好做人了吗？”

“咳。”楚嘉年低咳一声，“中上摇摆考虑一下杰斯……对塞拉斯？”

俞苑苑和奥利奥都点了点头。

第二轮 BP。

AM 按掉了布隆和加里奥，MONT 则按掉了奥拉夫和丽桑卓。

“我想拿皇子。”小新犹豫片刻，开口道，“我们缺开团的英雄，虽然塞拉斯容易偷大招，但我感觉问题不是很大。”

从阵容来看，皇子是可以的，所以楚嘉年没有什么异议。

MONT 在四楼和五楼锁了阿卡丽和泰坦。楚嘉年挑了挑眉说：“虽说之前的比赛……但是 MONT 的这个泰坦选得确实不错啊。”

无论是杰斯还是卡莉丝塔，其实都比较害怕泰坦的钩子，不过反过来，锤石也是有钩子的。

最后一手，俞苑苑考虑片刻后说：“你们觉得……卡尔玛怎么样？”

大家眼睛一亮。

卡尔玛和杰斯都算是塞拉斯最不想看到的英雄，偷不到什么太大的技能，而且杰斯也可以算是半个射手，有卡尔玛这个增益，其实打起来比较舒服。

唯一的问题就是，俞苑苑从来没有在比赛里拿过卡尔玛。平时虽然有练习，但是用的次数也不多，毕竟她是进攻型中单，这种增益性的万金油卡尔玛确实很少用。

不过她自己提出来，大家也不会质疑她的能力。在确定了阵容配合没问题之后，五楼，AM锁了卡尔玛。

阵容锁定。

MONT：上单塞拉斯，打野雷克塞，中路阿卡丽，ADC薇恩，辅助泰坦。

AM这边：上单杰斯，打野皇子，中路卡尔玛，ADC卡莉丝塔，辅助锤石。

其实单独从阵容来看，MONT这边的输出能力更强，但是AM的容错率更高，真的打起来，其实还是要看选手的个人能力。

临走之前，楚嘉年想了想，加了一句："中上可以考虑一下换线。"

俞苑苑和奥利奥隔着小新对视了一眼。

两个人什么都没说，但是在游戏开始以后，大家惊讶地发现俞苑苑操纵着卡尔玛去了上路，而奥利奥居然在中路！

阿莫非常震惊地说："AM这是要玩什么？"

西林有点紧张地说道："不管要玩什么，反正我得承认，刚才我在看到小新打哈欠的时候没忍住，跟着打了一个，但是看到纳命爷在上路、奥利奥在中路，我的瞌睡瞬间全没了。"

现场的观众们都没了睡意，支起了身子。AM的粉丝在游戏载入的时候已经喊过一波口号了，这会儿一个个挥舞着手里的灯牌，恨不得再喊一波，又怕影响到场上选手的发挥，死死地把自己的尖叫压在喉咙里。

而弹幕观众们就没这么多讲究了，网吧里一片热议和尖叫不说，弹幕已经炸了。

中上换线可还行？？？

塞拉斯：我以为我要打的是奥利奥的杰斯，没想到要对纳命的卡尔玛。

Spring做错了什么？哈哈哈哈哈，我估计Spring现在头上全是问号。

纳命是真的头铁啊，哈哈哈，一个中单还拿的卡尔玛，第一次去上路对的就是Spring，厉害厉害。

这手换线背后肯定是年哥的授意，包括今天的比赛节奏绝对都和年哥有关系，AM应该在下一盘很大的棋。

在后台正好打开了直播的楚嘉年低头看了一眼最后一条弹幕，觉得这句话的语气有点眼熟，于是看了一眼说话人的ID，吓得差点把手机扔到了地上。

然后，他火速退出直播，拨了一个电话号码过去："哥，别闹了好吗？你的 ID 是带着狸猫 TV 认证的金框的，你这样别人会想出阴谋论的。"

电话那头的人："啊，我忘开小号了吗？"

楚嘉年："……"

电话那头的声音带了一丝心虚："我这就让后台去删评论。"

楚嘉年抬手捏住眉心，感到心力交瘁："现在肯定已经晚了，不过还是先删了再说吧。"

如他所说，网上随便一搜就已经出现了"狸猫 TV 楚 boss 发弹幕"的标签。楚嘉年脸色不愉地给魏遇打电话让对方压热搜，结果没想到前脚刚刚挂了电话，后脚他一刷新微博，就看到他哥居然发了微博。

楚嘉霖 V：被盗号了。

楚嘉年："……"

不是，你还能更假一点吗？谁敢盗你的号啊！

他正准备打电话怒叱楚嘉霖，没想到再一刷微博，又刷出来一个熟悉的 ID。

好吃的青桃：别慌，我盗的。//@ 楚嘉霖：被盗号了，别信。

楚嘉年：……你们夫妻俩一唱一和真的好吗！

他再也不想管这件事了，也不想再去追究到底是谁发的那条弹幕，他觉得自己可能这辈子都无法参透自己哥哥和嫂子的世界，还是回到自己的电竞世界比较好。

这么一会儿，两边已经到了四级。下路刚刚非常激烈地碰撞了一波，皇子和雷克塞都在下路激情对拼，泰坦钩住锤石，两边各自点了两下，锤石一回头又套住了泰坦，你来我往。虽然最后没有产生人头，但是整个打斗场面至少看起来非常精彩。

"哇，到底要不要上啊，对面这样到底打还是不打？"小新皱了皱眉头。

"感觉是 ADC 想打，打野拉了他一把？"雪饼从 ADC 的走位上其实看出来了杀心，只是不知道为什么最后对面的薇恩还是退了，于是推测道，"或者辅助拉了他一把也有可能。"

牛肉酱说："应该是打野拉了他一把，刚才泰坦可是冲着你来的，你忘了吗？"

阿莫和西林也在说阵容，阿莫刚刚说了一句"说到上路，卡尔玛对塞拉斯其实不是那么好打，这一把难得需要纳命爷抗压，我还有点期待"，结果屏幕上就突然传来了一血击杀！

First blood!

左侧的头像是卡尔玛，右侧被击杀的是塞拉斯。

所有人都惊呆了。

"nice 啊，纳命爷！不管在哪里都能拿一血！"小新高呼一声。

"Spring 太刚了，不刚的话不会死的。"俞苑苑站在原地回家，这一波虽然极限反杀，但是她也只剩下了个位数的血线，"承让，承让。"

阿莫顾不上自己刚刚说完就被打脸——如果能选择，他肯定会高呼让打脸来得更猛烈一些。

只见此时塞拉斯和卡尔玛两个人的血量都在二分之一以下。塞拉斯刚刚甩过一次 W，此刻还在卡尔玛身后穷追不舍，卡尔玛翻身在塞拉斯身上拴了链子，晕住塞拉斯，连着点了几下，塞拉斯的血量顿时只剩下了最后一格，但是塞拉斯还是想等技能冷却回血，继续追在卡尔玛身后！

两个人都嗑了血瓶，塞拉斯平 A 上去，卡尔玛的盾冷却完毕，顿时给自己上了一个套子，而塞拉斯的 W 冷却还没好，眼看情况不妙，转身想退。卡尔玛本来不打算追，没想到塞拉斯退了两步，转身甩着链子又打了上来，很显然还想趁着卡尔玛快要没蓝的情况反打！

而塞拉斯的打击稳准狠，一套 QA 下来，瞬间将卡尔玛打成了和他一样岌岌可危的血线。千钧一发之时，卡尔玛闪现躲开了塞拉斯的最后一个 A，再嗑一个血瓶，反手 A 了塞拉斯两下！

塞拉斯倒地。

"哇，Spring 太上头了。"西林长长呼出一口气，"不过面对卡尔玛，谁又没有上头过呢？"

"卡尔玛这种万金油英雄，再加上纳命爷的一贯打法。"阿莫摇摇头说，"光是这样说一嘴，我都觉得刚才那一幕除了花里胡哨的操作，也不是不能理解 Spring 的上头。"

"我估计 Spring 本来觉得对面一个中单到了他擅长的上单领域，想杀一波灭灭对方威风，结果没想到是这个结果。"西林笑笑，"这样下去，说不定哪天我们会在另外两条路看到纳命爷的身影。"

再上线，塞拉斯明显被刚才的一波单杀刺激到，打法比之前更加激进。然而卡尔玛非常谨慎，甚至雷克塞刚刚走到上路，她就直接退到了二塔，宁可让出塔皮也不出来，气得 Spring 牙痒痒。

"她打中不是这样的吧？"Spring 问了一句，"我看了那么多比赛录像，没见过她这种混子打法啊？"

MONT 的中路一边挥舞镰刀一边叹了口气说："我早就说过啊，和她对线真的烦……你以为她是混子，其实她很刚，你以为她要刚，结果她又要混，关键你还不知道她是混还是演。不管怎么说，我们还是稳一点吧。"

很快到了六级，下路锤石和卡莉丝塔在草里钩了了泰坦，MONT 的中上两个人几乎同时开始向下路传送，卡莉丝塔和锤石被及时赶到的塞拉斯和阿卡丽来了个前后夹击，虽然皇子及时赶到，但最后还是二换一。

两边人头分被拉平，至此，AM 终于确认 MONT 这是触底反弹，想要开打了。

小新的屏幕还黑着，已经迫不及待地搓了搓手："好，来啊，正面上啊。"

"上什么上啊。"到了六级，卡尔玛对塞拉斯就有点难受了，虽说她的大招在团战里对塞拉斯作用不大，但是单线对阵的时候被偷还是让人很难受，"我一会儿可能要让一塔了，不然会死。"

这时，皇子已经偷了峡谷先锋，小新偷偷摸摸地站在河道草里，其余四个人都在中路附近摇摆。俞苑苑没去，在上路拉扯住了塞拉斯，而雷克塞正好在三角草里埋伏，被 AM 的眼位照耀得清清楚楚。俞苑苑卖了个走位失误，雷克塞果然按捺不住，蠢蠢欲动，而皇子已经在中路放了峡谷先锋！

俞苑苑闪现逃跑，放了上路一塔，换了中路一塔，皇子顺势还去收了一条火龙。

总体来说 AM 还是占了优势，但是 MONT 战意已决，双方打得十分焦灼。

转眼到了二十分钟，大龙呼啸着出现。

"打龙吗？"小新插了个眼说道，"龙坑没人。"

"打，逼波团战试探一下。"奥利奥道。

于是五个人向龙坑摸去，打到大龙半血的时候，MONT 的五个人也逼了过来。塞拉斯一链子偷到了皇子的大，完美开团，一波下来，AM 虽然拿到了龙，但是也只有小新一个人活下来了。

"真凶，真凶。"俞苑苑感慨道，"这才是 MONT 嘛。"

"为啥我有种他们被我们打急眼了的感觉？突然变得非常拼命。"小新口无遮拦，"哎不对，我咋一个人头都没有？刚刚那个阿卡丽不是我杀的吗？"

俞苑苑说："我 Q 轰死的，谢谢。"

小新不服道："但是我打断了她的大招二段！"

俞苑苑回得毫无感情："哦，那谢谢你了。"

小新：……嘤嘤嘤。

因为只剩下了小新这一个龙种，所以之后 AM 选择了抱团推中。在到二塔附近的时候，塞拉斯传送绕了 AM 的后。牛肉酱敏锐地察觉到，带着卡莉丝塔迅速向侧后方撤退，但一波团战依然激情开打，阿卡丽以金身霞阵开团，率先留下了龙种皇子的人头，但对面的雷克塞也很快被卡莉丝塔拿下人头。

接着，薇恩很快收掉了杰斯的人头，但自己也成了残血，转身后撤。已经滑起来的卡莉丝塔几下点掉了金身结束的阿卡丽。塞拉斯甩着链子砸在卡莉丝塔身上，在砸死卡莉丝塔的同时，被卡尔玛 A 掉了人头，拿到了红蓝双 buff。

这时场上只剩下了牛肉酱的锤石和俞苑苑的卡尔玛，对面的丝血薇恩和泰坦正在后撤。卡尔玛毫不犹豫地追了上去，闪现接 Q，稳稳地打在了薇恩脸上，收掉了薇恩的人头，然后直接进塔拴住了泰坦，紧接着两下平 A！

Triple kill!

虽然挨了塔打，但是卡尔玛还是靠着一个刚刚冷却好的盾快乐逃生，顺便还点掉了上来的新一波小兵，顺便拆了中路二塔。

"真的秀啊！"阿莫震惊道，"你以为这是个可爱小扇子辅助，结果没想到是个三杀追着 Q 的'扇子妈'。能被叫'妈'的英雄真的不是虚的。"

导播很皮，这个时候切了一下刚刚剪辑出来的赛时录音。

只见俞苑苑在收了塞拉斯的人头后，小新大喊着："追追追！能追能杀！"

而俞苑苑一边闪现接 Q，一边说："妹妹你别跑，别跑，来让姐姐打一下，就一下！不疼！"

啪！

一个人头。

俞苑苑："很好很好，来，下一个小可爱，我 A，我再 A，好的，你死了。"

啪！

又一个人头。

观众：

哈哈哈，我要笑死了。

哈哈哈哈哈，我以为纳命爷就是平时打嘴炮，没想到比赛里居然是这样的！

楚嘉年在后台目瞪口呆：……导播你出来，我们好好聊聊！！！

# ✦第二十章
## 山外又有更高的山

//

QING BEN XIA GU SHAO NV

导播当然感受不到楚嘉年的崩溃，这段赛时录音放出来，效果非常好。导播快乐地欣赏着沸腾的弹幕，心想独乐乐不如众乐乐，也算是弥补一下 solo 赛上纳命爷太能说被关起来的遗憾，一边重新将视角切回了赛场。

其实到了这个地步，因为前期的拉扯打得太好，AM 并没有在经济上领先太多，甚至上路的塞拉斯在后期已经偷偷摸摸地发育成了"爸爸"。复活后的 AM 全员开始从上路逼上了 MONT 的高地，而塞拉斯摸去了 AM 的下路，也一路破到了 AM 高地。

小新往塞拉斯的位置打信号问："回不回？"

俞苑苑当机立断："不回，推推推，塞拉斯不在他们打团打不过我们！"

塞拉斯不在，MONT 果然不敢太激进，AM 势如破竹地拆了 MONT 上路的高地塔。塞拉斯没办法，选择了传送回来，但因为眼的位置正好在 AM 的包围圈中心，所以一回来就直接被逼着交了一个金身，而卡莉丝塔就在旁边专门等着他金身结束，几下点掉了塞拉斯，但同时杰斯也被薇恩点掉。

因为有卡尔玛持续给盾，所以 AM 的续航能力非常强。卡莉丝塔再次滑了起来，一路势不可当，锤石从霞阵里盲勾到了泰坦，泰坦瞬间被点死，而皇子和锤石又与雷克塞换掉了人头。

于是场上只剩下了俞苑苑和雪饼两个人，而对面还有回家满血的薇恩和阿卡丽。

"退一波，退一波！"奥利奥急急喊道，"等复活！"

然而阿卡丽在回血之后直接传送到了两人的退路上拦截，直接开霞阵冲了上来！

"打！"既然已经走不了了，雪饼和俞苑苑当机立断停了下来。

阿卡丽在霞阵中灵活移动，薇恩靠着霞阵的掩护疯狂输出。雪饼和俞苑苑迅速拉开身位，在阿卡丽冒头的瞬间 A 她，爆炸输出直接将阿卡丽重新打成了半血。而薇恩在后退的过程中被卡尔玛的链子拴中，雪饼立刻补上伤害，瞬间收掉了薇恩的人头，然后靠着卡尔玛的盾闪现进塔点掉阿卡丽！

Double kill!

团灭！

复活的塞拉斯想要阻止两个人拆塔的脚步，然而终究只是葫芦娃救爷爷。虽然卡莉丝塔和卡尔玛血量都不高，但是都已经杀红了眼，雪饼靠着走位和盾再次直接点掉了塞拉斯！

"又一次的双 C 天秀！走位实在是太秀了！这个配合！真的是！"阿莫解说的嗓音微微嘶哑，"MSI 决赛上的场景再次重现！AM 太厉害了！"

"AM 的双 C，就是 LOL 最秀、最敢上的双 C，没有之一！"西林大声道，"还有谁，就问问，还有谁敢这么打！！"

两个人嘶吼完，平复了一下呼吸，对视了一眼，都从对方的眼中看到了激情过后的一点尴尬。西林清了清嗓子说："以上都是我们的个人言论，如有不当，我们先在这里向大家道歉。请大家原谅两个钻石水平的玩家在看到天秀操作后的激动。"

"哇，西林你什么时候到钻石了，我怎么不知道？"阿莫也调整好了状态，也觉得自己刚才情绪太过激动，于是插科打诨，"上次双排的时候不还是铂金吗？"

而这个时候，俞苑苑和雪饼已经站在了 MONT 的水晶面前，杰斯也已经传送了上来。

俞苑苑犹豫了一下，想到了之前说过的事情，问："第一？"

"第一！"雪饼直接开始点水晶，"谁爱当第二谁去当，反正老子不要！"

"第一第一！"小新振臂高呼，"老子也不要第二！"

奥利奥和牛肉酱喊道："我们是第一！现在是以后也是！"

俞苑苑也跟着喊道："第一第一！"

西林也在解说席振臂高呼："已经拆到了门牙塔！杰斯传送了上来，对面根本挡不住杰斯的一炮！AM 拆水晶的速度也太快了！让我们恭喜 AM，拿下小组赛最后一场的胜利！以小组第一的成绩顺利进入八强淘汰赛！"

阿莫："恭喜 AM 战队成为 LPL 第一个预定了淘汰赛席位的战队！让我们稍事休息，马上进入赛后采访。"

握手的时候，观众看到两方都带着微笑，因为无论是 AM 还是 MONT 都已经顺利进入了淘汰赛，但是 AM 的队员们则另有一番体验。

MONT 的队员们在站起身的时候虽然挂了习惯性的微笑，但是根本不想和 AM 的队员们对视。

之前几场 AM 压线那么努力认真，让他们以为 AM 真要和他们争第二，他们一路算着伤害、算着经济打得千难万险，结果最后一场 AM 完全没有留手，势如破竹。MONT 的队员们也不傻，一想就知道，AM 之前的几场比赛根本就是故意的，简直像在戏要他们。

他们的心情能好起来才怪。

就算再生气，这股怒意也只能深深地压在心底，而且最后一把，双方都没有留手，他们被打成这样，也是心服口服。

总之，MONT 虽然如愿拿到了小组第二的名次，顺利在八强淘汰赛中避开了 BBG，但是心里却怎么都高兴不起来，一股不爽盘桓在心头。

这也是 AM 的目的。

赛后采访本来是要让俞苑苑去的，结果俞苑苑刚刚回到休息室，就知道自己的赛事语音被放出来了，俞苑苑捂着脸，说什么都不愿意再去接受采访了。最后是小新自告奋勇去的，说自己的粉毛再长长就要有黑色发根了，在此之前要把最灿烂的粉色留在观众们眼中。

赛后采访是芭弥做的，芭弥见到不是俞苑苑，有点失望地说："很遗憾没有请到中单纳命选手，但还是欢迎小新选手，来给大家打个招呼吧。"

小新的笑容差点没保持住："大家好，我是 AM 的打野小新。"

哈哈哈哈，新爷的表情：宝宝心里苦但宝宝没法说，哈哈哈哈！

我要笑死了，芭弥小姐姐也太直接了，哈哈。

弹幕都看出来了芭弥的失望，虽然大家也想看到俞苑苑，但是这股失望都已经被芭弥和小新的互动掩盖过去了。

芭弥问出第一个问题："请问小新选手，对今天 AM 和自己的表现有什么评价呢？"

小新："大家都打得挺好的吧，感觉 QU 比 MSI 的时候要强了不少，CACO

作为新晋队伍也很不错。最后一把大家发挥得还可以。"

芭弥："我们看到在最后一局 AM 对战 MONT 的比赛上出现了中上换线，这是之前有练过还是临时起意？"

小新答得非常官方："平时排位和训练的时候其实大家各个位置都会玩，今天的换线主要是为了顺应阵容情况，最后效果也还不错。"

芭弥换了一张问题卡："有粉丝想问，AM 平时的赛时语音都还挺中规中矩的，唯独今天放出来的比较特别，请问平时大家打比赛的时候到底哪种才是常态？"

小新笑了笑说："我们队里气氛比较好，大家都很活跃，说什么的都有，都是常态。"

竟然有种欣慰的感觉，新爷也学会了这种万金油回答！！

你们要透过现象看本质的啊！！新爷的意思明明是纳命爷经常这样说话的好吗！

好希望能有更多的赛时！

+1！！！

芭弥问出了最后一个问题："淘汰赛要对阵老对手 BBG 了，请问有什么话想要对 BBG 说吗？"

小新脸上依然带笑，带着官方表情，但是眼神却带了认真和锐意："虽然对于 BBG 拿了小组第二有点惊讶，但我们还是很期待与 BBG 的交手。"

新爷内涵帝……

感觉这句话有点意味深长了……不过还是不要过度解读吧，反正都已经打到这里了，我们向前看就好！

只有我沉浸在新爷的一头粉毛里无法自拔，感觉新爷格外适合这个颜色。

赛后采访结束，大家收拾好东西回酒店。

"你看到他们的表情了吗？"从后台通道回到车上，牛肉酱这才开口道，"我心里有点爽，就是小说里那种打脸场景的爽感，你们懂吗？"

雪饼揶揄道："所以你最近晚上亮着手机屏幕就是在看打脸小说？"

牛肉酱惊讶地说："……你不是睡着了吗？怎么你又发现了？！"

"如果你看的时候不发出类似'搞他''嘶……爽'这种感慨的话，我应该不会发现。"雪饼幽幽道，"说吧，你看的是哪本？"

而俞苑苑则在看赛时回放，她精准地拉到了自己的那段录音，重新听了一遍，然后笑得歪在楚嘉年身上说："我自己听都觉得我太会说了，这谁受得了啊，哈哈哈哈哈哈。"

楚嘉年一本正经道:"我。"

俞苑苑:???

楚嘉年说:"不信你对我说一句'哥哥你别跑'试试?"

俞苑苑:"……"

大家胡扯着聊天的时候,难得小新没有接腔,大家回头一看,就看到夜色朦胧,路灯昏黄,小新四十五度角靠在车窗上,柔光照亮他的美,哦不,他的粉毛——他正在自拍。

很快,微博上就刷出来了小新的四宫格照片。其中包括了拉高领子遮住半张脸、歪头单手遮住一只眼睛、颓废撩发,以及扯衣服展示 AM 队标的自拍照。

配字:感谢沉浸在我的粉毛里不能自拔的你们。

AM 众人:谁?谁沉浸了?你们是谁???


小组赛最后两天是 B 组和 D 组的比赛。虽然没有明说,但 LPL 之前的操作还是和 LCK 赛区暗暗结下了梁子,是以在接下来的两天观赛的时候,LPL 的队伍有意无意地避开了对方。

有什么问题赛场上解决就好了,私下里还是不要再有额外的接触了。

B 组的第一和第二大家都心知肚明,应该是 Rosso 和 OPE 预定了。而因为 B 组和 D 组都有 LPL 的战队,所以这一次 LPL 也遇见了同 LCK 赛区类似的问题。

但不同于 LCK 赛区,LPL 这边的三支战队经理人虽然私下里也有针对遭遇战的问题进行过讨论,但是最后都一致认为先保证小组出线最重要,一味地去压制分数避战,说不定反而会造成队员人心起伏。

是以队员们的心态都非常良好,对于拿小组第一和第二都毫无负担。尤其是率先开战的 OPE,虽然两场都败给了 Rosso,最后以小组第二出线,但是全队上下都洋溢着进了八强的快乐气氛。

面对这个情况,CMCG 更显得非常乐观,大约是觉得拿小组第二的任务实在太过轻易,甚至还在 OPE 晚上十点出了赛场以后,主动约了其他两支队伍一起吃夜宵。

对 OPE 和 AM 来说,已经结束了小组赛,且小组赛和淘汰赛中间还有三天的休息,当然不会拒绝吃夜宵。尤其是牛肉酱,他本来正在开两把排位还是躺下之间犹豫不决,一听到烤肉,顿时两眼放光:"谁请客?CMCG 吗?走走走,必须去。"

于是，三支队伍在烤肉店坐了满满当当的一排。Haven 和小面主动担任了烤肉的职责，Haven 一边翻动吱吱作响的秘制牛五花，一边道："我有种预感，S 赛的四强赛将会出现两支 LPL 战队！"

没想到小新立刻非常紧张地看向木兮："也没什么别的意思，就是想知道这位选手平时是乌鸦嘴吗？"

Haven 说："……我是真心的好吗！"

小新说："乌鸦嘴都是真心的！"

Haven：……这天没法聊了！

牛肉酱嘴里塞着肉，口齿不清地说："我还希望四强里面有三支队伍都是 LPL 的呢，包揽前三，一统河山！"

虽然大家心里也不是没有这种愿望，但是大家都秉承着"愿望说出来就不灵了"的玄学心理，全部闭口不言，甚至连牛肉酱的这句话都选择性地当作没听见。

小面则更关注大灭一点："灭哥，过几天就又要打 Vision 了，我会为你加油的！"

大灭一挥手，心情看似非常放松："好说好说。"

OPE 的其他几个老队员都知道大灭之前每次要对上 BBG 的时候都佯装镇定，是以对他投来了格外关照的目光，笑道："灭哥你行不行啊？要是不行就让新爷上，毕竟对上 BBG，新爷经验比你丰富。"

大灭面无表情地扫了一眼过去："你们会不会说话？不会说就回去多补补兵。"

大家哄堂大笑，小新难得有点害羞："我就是灭哥的一个小迷弟，和小面一样，当年玩打野也是看到灭哥太秀了。都别胡说啊，我就是个混子，主要还是队友厉害，那几场要是灭哥上，肯定比我打得好。"

奥利奥毫不客气地认领了"队友厉害"这四个大字："哟，小新难得会说人话了。"

小新：……得，一时之间谦虚过头，忘了自己这群队友还在了。

俞苑苑笑得直不起来腰。

因为 CMCG 第二天还有比赛，所以大家也没有约太长时间，吃饱喝足，表达了对 CMCG 第二天比赛的祝福后，赶在十二点之前就回了酒店。

没想到一进酒店的门，他们居然遇见了 CACO 的全员拎着大包小包站在大厅里，一副打包行李准备回家的样子。

大家互相对视一眼，既然遇见了装作看不见也不太好，几个经理人率先上去和 CACO 的经理人打了个招呼，队员们则都站在一边，没打算过多攀谈。没想到中单 Tony 主动过来和俞苑苑打了个招呼："纳命，我们要去旅游啦，好不容易来一次亚洲，我们全队都挺想去玩的。"

　　他们完全没有了比赛后的悲伤，并且一副对于旅游这件事情的期待值非常高的样子。

　　Haven 主动接话道："亚洲好玩的地方很多的，希望你们玩得愉快啊。"

　　Tony 明显感觉到了大家都不想让他和俞苑苑说话，觉得有点奇怪："纳命，为什么你不理我啊？"

　　俞苑苑本来也没有什么不想理他的意思，毕竟人家都要回家了："啊，祝你们玩得愉快！"

　　Tony 见到俞苑苑开口，非常开心地说："我可以拿一个你的好友位吗？以后有机会可以一起打排位啊！我回去还能吹一波！"

　　楚嘉年从后面走过来，揽住俞苑苑的肩膀，礼貌笑道："大家平时都不在一个服务器，加好友可能用处也不大。有机会可以约训练赛，以后也可以在比赛的时候见。"

　　Tony 知道楚嘉年是俞苑苑的男朋友，见他开口了，虽然语气礼貌，但是明显带了敌意，便讪讪地摸了摸鼻子说："好吧，不管怎么说，还是希望曾经打败了我们的你能取得好成绩。"

　　牛肉酱小声问："他说啥？"

　　俞苑苑翻译了。

　　这话大家都爱听，小新和雪饼热情地拍了拍他的肩膀："OKOK！ no 问题（没问题）！"然后一左一右地把他送回了他们队伍里。

　　CACO 的大巴车很快就到了，大家目送 CACO 的队员们上车，Haven 却突然有点伤感："说起来，LMS 这次也……"

　　木兮赶快打住了他的话头："想啥呢，明天还要送他们回家，回去洗洗睡了，早上早点起。"

　　Haven 欲言又止，大家一起往回走。

　　大灭算是比较了解他的心情的，主动过去揽住了 Haven 的肩头说："想想我把 OPE 捶爆了的时候，是不是心里好受了点儿？"

　　Haven 脑中顿时浮现了夏季赛决赛上大灭横扫峡谷的身影，丝毫没有留手的意思，心里默默佩服，忍不住问道："灭哥，给我传授点经验呗？"

大灭叹了口气问："你想输吗？"

Haven 说："没人想吧。"

大灭摊手道："那不就行了，不想输就把对面往死里捶，听懂了吗？往死里捶！"

Haven 被他的情绪感染，热血上涌，重复道："往死里捶！"

电梯门打开，一名要被 Haven 往死里捶的 LMS 选手出现了在电梯外面，和电梯里的人面面相觑。

大灭一秒变脸和蔼可亲的前辈："这么晚还出去啊，注意安全啊。"

LMS 选手笑容满面："出去买包烟，一会儿就回来了！"

两方擦身而过。

Haven：……说好的往死里捶呢？

第二天，大家准时在观影室见面。本以为昨晚的 CMCG 那么放松，是打算今天抬一手拿第二的，结果没想到 Haven 选手异乎寻常的神勇，连续三场都出现了教科书般的神级操作，甚至有一次配合木兮连着越了 LMS 战队的两座塔，硬生生把对面的残血英雄追到死，居然还能丝血逃生回家。

到了 VXX 那一场，兴许是之前 Haven 的操作给 CMCG 全员都打了鸡血，CMCG 硬是在十五分钟的时候就拉开了八千的经济差，在大龙才出生的时候就拆上了 VXX 的高地，最后还能谨慎而冷静地退了一波，拿了大龙才重新带着龙种上了高地。

Haven 硬生生带着 CMCG 拿了小组第一，用实力打出了要对战 OPE 的局势。

MVP 毫无争议地给了 Haven，赛后采访之前，导播先切了一段赛时语音出来。

只听 Haven 语气激动："追！给我追！能杀！木兮木兮帮我顶一下塔！"

木兮也是莽，一个脆皮中单，毫不犹豫就进了塔："追追追！"

CMCG 打野："退一波退一波！"

然而，他的声音很快淹没在了 Haven 的嗓门里："往死里捶！都给我往死里捶！"

所有人都目瞪口呆，小面小声道："灭哥，你昨天给 Haven 说什么了？"

大灭也目瞪口呆，难得有点心虚："也没什么……我就是让他像我捶你们一样捶爆对面……"

小面："……"

小组赛结束后有三天休息日，一方面是让选手们调整状态，另一方面也是要拍摄淘汰赛用的赛前垃圾话视频和新的海报，以及宣传片。

　　休息时间宝贵，大家都不想在这些事情上浪费太多时间，于是所有工作都被压缩到了一天，也就是小组结束后的第二天。

　　没有进入八强的其他八支队伍已经提前离开了酒店，是以第二天早上大家到餐厅吃早饭的时候，感觉气氛一下子变得冷清了起来。

　　"越发感觉到走出国门后，老乡是多么重要。"牛肉酱去取了满满两盘子自助早餐，挤进座位里，"没有对比就没有伤害，打MSI的时候感触还不深，这会儿越发知道了他乡遇故知两眼泪汪汪的感觉。"

　　大家难得没有反驳他，因为所有人都有类似的感触。

　　不过LPL赛区在八强阶段还完美地保持了三支队伍同在，稍有的一点感慨也稍纵即逝。虽说下一场OPE就要对上CMCG了，但是大家没有因为这个而产生什么嫌隙，反而开始讨论到底一会儿要说什么垃圾话。

　　俗话说得好，垃圾话是电竞圈的通行证。能在S赛上说垃圾话还能没有反作用的，简直可以吹一辈子的牛。

　　俞苑苑对于垃圾话环节非常热衷，跃跃欲试地问道："我们的话题可以围绕MSI的战绩吗？"

　　小新眼睛一亮："可以的吧？我反正是捶过V神的人了，素材还是挺多的。"

　　大灭难得的看小新的时候带了一丝羡慕："啧啧，我也想。"

　　牛肉酱人间真实道："我其实什么都敢说，唯独害怕自己刚刚撂完话，然后……那可真是惨，能被嘲很久的。你们还记得当年有个队伍给另一个队伍放话说，你们连外卡都打不过，还想赢我们？结果风水轮流转，下一轮他们就被外卡队伍捶爆了。这事儿过去好几年了，我都还记得呢。我建议我们还是稳重一点。"

　　楚嘉年正好端了一碗面过来，听到这话感觉非常欣慰："牛肉酱长大了，也懂得为团队着想了。"

　　俞苑苑说："我觉得酱酱纯粹是害怕丢人，我就不一样了，我觉得我不会丢人。"

　　大家：……秀还是你秀。

　　吃完早饭，赛方安排了好几辆车过来带大家去拍垃圾话，结果兜兜转转，又把大家拉到赛场了。

俞苑苑问："这什么意思？让我们提前感受一下 battle（对决）的感觉吗？"

楚嘉年说："可能觉得在现场比较容易激起你们的欲望，想要多搞点料出来。"

俞苑缩了缩脖子，又有点不甘心："下一场对 BBG 哎，真的不说点什么吗？"

楚嘉年按住她的头说："收回你在垃圾话底线的边缘试探的想法，垃圾话都是有脚本的，你们适当发挥就行，真以为能乱说？"

俞苑苑深表遗憾地噘了噘嘴。

大家心里也都有点小火苗被熄灭的感觉。虽说知道是流程，更多的时候还带了点表演的兴致，但到底是血气方刚的小年轻，谁不想秀一把。

这个状态一直持续到大家拿到垃圾话的脚本，刚才还在憋屈的 AM 全员都被剧本上的垃圾话震惊了。

俞苑苑有点愣神："年哥，真的要说这句吗？我……我有点虚啊。"

大灭说："小新，扶住我，我有点腿软。不是，这是不是有点太狂了？"

小新一把扶住大灭，顺势也稳住自己："有朝一日我可以对 V 神这么说的吗？我感觉自己膨胀了！"

雪饼和牛肉酱对视一眼，雪饼向来镇定的脸上有了一丝裂痕："兄弟啊，我说完这句，我在比赛里的生死可都要交给你了。"

牛肉酱瑟瑟发抖道："我……我怕我自身难保啊。"

只有奥利奥站在一边，看着自己的台词低头不语，一抬头才发现其他五个人都盯着他看，他这才反应过来："怎么了？都看着我干吗？"

小新凑过去问："让我看看你的台词是什么？你怎么这么镇定？"

奥利奥落落大方地展示了出来，非常淡定道："我在想还有哪个英雄比较好拿五杀。"

众人齐声说道："……奥哥你快醒醒！"

因为要出镜，所以大家要先化妆，俞苑苑一边仰着头让化妆师勾眼线，一边拉住了楚嘉年的衣角，小声问道："到底是谁写的台词啊？"

楚嘉年微微一笑："你说呢？"

俞苑苑倒吸一口冷气："不行啊年哥，我怕我说出来会被打。不说别人了，你自己赛后肯定要跟我单挑的吧？"

楚嘉年反手捏了捏她的小胖手："既然是我写的，当然说明我就是这么想的。"

俞苑苑猛地歪头看向他，化妆师手一抖，在她脸上拉了一道，她也顾不上，扣紧了楚嘉年的手，眼中有震惊也有紧张："我……"

楚嘉年笑着抬手，指尖顺着她被拉出来的那一道黑线在她脸上划过："小花猫，好好化妆。"

他的笑容宠溺却不容反驳，俞苑苑涌上来的话被生生卡死在了嘴边，看着他的眼睛，竟然一个字都说不出来。她有点不安地坐了回去，小声给化妆师说了声对不起，心中却有万般思绪涌了上来。

他……真的是这么想的吗？

如果是真的，那她……那她……

垃圾话视频剪辑得很快，淘汰赛开始的前一天，几大官博已经同时贴出了视频。

大家熟悉的赛场上，巨大的 S 赛冠军奖杯静静地立在舞台最中间升起的高台上。镜头旋转拍摄了整个奖杯，而背景则是做了虚化的八支入围战队的队标依次闪过。

因为有八支战队，所以视频在片头不变的情况下，分为了上下两集。上集包括了 BBG、MONT、LEW9 和 AM 战队在内的 A 组和 C 组晋级战队，下集则包括 CMCG、OPE、VXX 和 Rosso 四支来自 B 组和 D 组的战队。

最先出场的依然是 Vision，他斜倚在冠军奖杯旁边说："冠军奖杯这种东西，当然要多多益善。不知道要对的是 AM 的哪位选手，反正粉色太浮夸，另一位又从来没在我手下赢过，也就那么回事儿吧。"

画面转到 AM 这边，小新站在奖杯旁边，用奖杯的反光假装照了照镜子，撩了撩被 Vision 说太浮夸的粉毛，转头略带羞涩地展颜一笑："其实第一次对上 V 神的时候我挺慌的，后来没想到还能拿到 V 神的一血，还在 V 神手底下抢到大龙。怎么说呢，上次让一追三就算是我对前辈的尊重吧，这次的话，就不打算让了。"

镜头稍微偏开了一个角度，大灭从小新身后走出来说："这么多年，我刷野也刷腻了，这次想试试刷人。毕竟我开始打野的时候，Vision 应该还没出道。"

言罢，大灭举起左手，用右手握住了左手的手腕，扬起下巴，微微勾唇。

画面定格，转回 BBG。

BBG 下路一起出镜，ADC 耸耸肩："AM 的下路看似没有什么缺点，但是也没什么优点，来来回回就那么几个英雄，我都看腻了。"

辅助："我和我ADC想的一样，AM那点套路我们都看清楚了，丝毫不慌。"

镜头切入AM的下路二人组。

雪饼和牛肉酱侧立而站，两人都是抱胸的动作，一起抬起头来，给了镜头一个锐气逼人的眼神。

雪饼说："峡谷风景来来去去就这么多，三场打完你们想必也就看够了，送你们回家的车票不用谢，顺便让你们知道谁才是《英雄联盟》KDA最高的ADC。"

牛肉酱说："老对手见面，都很熟了。反正我想早点打完回家吃饭。对面两个人的体重加起来还没我一个人重吧？所以就别想突破我的封锁线了。"

言罢，他竖起手指，冲着屏幕晃了晃："我的ADC，你A一下都不行。"

接下来是BBG的上单："我看你们上单对线也打不出什么优势，就知道叫打野，后期五杀全靠队友让。叫了也没用，打野不在我杀一个，打野来了我杀你们一双。"

画面回到奥利奥身上，小辫子男生微微一笑："你有五杀过吗？上次五杀的体验很好，会上瘾。"

镜头回到BBG的中单："AM是挺猛的，不过也就到此为止了。韩国挺好玩的，你们打了这么多比赛了，也该去旅游看风景了。"

画面特意闪过了俞苑苑衣服背后的ID，然后才切换到了她的镜头。

少女站在距离奖杯几步之遥的地方，静静地注视了几秒奖杯，然后转过头来，她的眼中有战意，有傲气，褪去了当年的青涩，隐隐有了百炼成钢的雏形，最终这些情绪都化为了她的嫣然一笑："没什么好说的，我就是LPL的最强中单。不服？那就打到你服为止。"

最后，两支队伍的logo各自占据了画面的一半，两方选手的身影在自家logo的映衬下逐一出现，画面中间以闪电状的裂纹将两支队伍分割开，下方则是两支队伍具体对战的日期和时间。

观众们沸腾了。

这期垃圾话史上最狠，没有之一！！！

AM和BBG本来就是夺冠热门，提前在淘汰赛相遇就算了，就连垃圾话都这么激烈，有种提前看决赛的感觉！

V神还是那么帅嘤嘤嘤我哭了！

AM全队的垃圾话简直太燃了！

最强中单俞苑苑！！！不服就打到你服！

课代表来了，我来总结一下：不让前辈李奕新，打算刷人李辰骞，送你回家严逾祺，不让你A宁冉君，五杀上瘾刘君伟，打到你服俞苑苑！AM冲冲冲！！！

给课代表加鸡腿！AM加油！AM冲呀！

淘汰赛的比赛地换到了韩国的首都，八进四的比赛赛制为BO5，分四天打完，赛程为：

第一天，14:00，AM vs BBG。第二天，19:00，MONT vs LEW9。

第三天，14:00，OPE vs CMCG。第四天，19:00，VXX vs Rosso。

四天的比赛时间正好都是从周五到周一，加上很多人都跳过了小组赛，直接看淘汰赛，所以收视率一下子高了许多。各大直播平台早有经验，周末程序员们全部都蹲守在后台加班，防止出现什么意外。

下午一点多，AM和BBG准时抵达了赛场。出于种种考虑，AM最后决定这场对战BBG的比赛，打野位由大灭上场。

因为之前在MSI上有过对阵BBG的经验，大家还算比较淡定。只有大灭双手插在裤子口袋里，瘫在沙发上抖腿，明显有点不太对劲。原因无他，整个屋子里，对上Vision次数最多的是大灭，但是他从来没有赢过Vision。BO1是直接输，BO3能拿下来一场，BO5的情况下会苦苦打到最后一把，然后因为一个微小的失误还是没能扭转全局。

三番五次下来，BBG已经是盘桓在大灭心头的一个心结了。

小新早就和大灭专门交流过对线心得了，作为前辈，大灭并没有任何骄傲，甚至还挑了几点重要的写在了小字条上面。这会儿在口袋里摸到了自己皱皱巴巴的秘方小字条，拿出来认认真真地捋开，嘴里念念有词。

"龙是一定要抢的，AM永不团灭，该上就上——莽一点莽一点。

"有时候队友冲得太猛，这个时候就要做最冷静的那个人——嗯，这个我有经验。

"上中下去哪一路都行，中路一般拿不到一血人头，但是能蹭助攻；上路不太好找机会，但是奥利奥只要开口，就一定要去，八成能杀；下路的话，如果对面打野不去，你也不用去，他们贼能抗压，但是如果中路去了下路，一般是要开花结果了——嗯，很有哲理。"

大家虽然看似都在忙自己的事情，但其实都竖着半只耳朵在听大灭的喃喃自语，听到最后一条，顿时神色各异起来——竟然无从反驳。

小新不动声色地将大家欲言又止、若有所思的表情尽收眼底，有一种全队尽在自己掌握中的暗爽感。

俞苑苑有点心虚，她转向楚嘉年，小声问道："我真的没让过一血？"

楚嘉年摸摸她的头："凭本事拿的一血，不用让。"

俞苑苑觉得非常有道理，再想到自己垃圾话里的台词是楚嘉年写的，他还说过这是他内心的真实想法，顿时一点都不心虚了。

很快就到了上场的时间。大家照例搭了手桥。小新特意把自己的手放在了大灭的上面，深沉地看向了自己敬仰的前辈，说："灭哥，捶爆 Vision 的重任就交给你了。"

大灭更加深沉地点了点头。

两边队员依次入场落座，调试外设的时候，俞苑苑向着观众席看了一眼，发现整个场馆座无虚席。虽说之前的观众也不少，但还是有空位的，火爆到这个程度，她也有点惊讶："你说观众们会不会觉得很值，买了淘汰赛价格的票，观看 MSI 总决赛一样的阵容。"

"值肯定是超值的，前排我的粉丝激动得都快哭了。"大灭也扫了一眼过去。前排确实有几个举着他灯牌的粉丝，看到他的目光，几个人顿时尖叫着挥舞起了手里的牌子。

俞苑苑发出"啧啧"的一声说："快哭的只有那个戴口罩的大眼睛萌妹子吧，灭哥好眼力。"

大灭顿时呼吸一室，说："忘了我刚刚说的话，我还会来中路，我们还是朋友。"

"啊，我看到皮皮了。"俞苑苑看向观众席，远程和皮皮偷偷打了个招呼，然后收回视线看向大灭，"就在快哭的妹子后两排的位置。"

大灭：？？？

雪饼："噗哈哈哈！"

楚嘉年上台的时候照例给俞苑苑端了一杯热可可放在她面前，说："上次打 BBG 有，这次也得有，有助于保持手感。"

牛肉酱心直口快："我觉得是有助于保持牙酸。"

在大家的闲聊里，耳机里传来了游戏开始的提示音。

BP 环节开始。

BBG 起手先 ban 掉了塞拉斯、阿卡丽和莫甘娜。AM 则回敬了天使、宝石和杰斯。

解说依然是阿莫和西林，阿莫看到宝石上了 ban 位，颇为内涵地一笑说："这手宝石 ban 得很有学问啊，之前 BBG 确实拿出来过宝石和琴女的阵容，LCK 喜欢运营这件事情也不是一天两天了。"

"我之前看过一个帖子，里面有人问为什么 LPL 不拿宝石、琴女的阵容，下面有人回答说因为 LPL 有人敢在最近的几个版本里拿这个阵容的话，就一定要做好被捶爆的心理准备。"西林也笑了起来，"不过既然按在 ban 位上了，我们肯定也没法验证这句话的真假了。"

因为两边的打野都很强，而且英雄池比较重复，所以 AM 和 BBG 都有意无意地放开了野位，AM 上手就先给大灭来了一个雷克塞。

BBG 短暂停顿后，连续锁了加里奥和皇子。

"啧啧，为所欲为组合啊。"大灭挑挑眉。

"二楼先拿了卡莉丝塔。"楚嘉年毫不犹豫道，"纳命想要丽桑卓还是瑞兹？"

有雷克塞在，线权就很重要，俞苑苑想了想说："瑞兹吧。"

"在版本强势的情况下，其实来来回回就是这些英雄。"阿莫看到 AM 的前三手选择，以及 BBG 接下来亮出的卡莎，"现在的赛场上还是不常见到非常规套路的，尤其是在面对 AM 这样一支队伍时，你拿非常规套路，就很有可能被 AM 打爆。"

西林点点头："毕竟到淘汰赛的阶段了，大家都是要求稳。"

BP 第二轮。

AM 按掉了开团好手凯南以及塔姆，BBG 则是两手都针对了辅助位，ban 了牛头和锤石，拆散卡莉丝塔和锤石的暗影岛组合。

BBG 在亮了吸血鬼后，反复斟酌了许久，最后换成了佐伊。

被按掉锤石和牛头以后，AM 在辅助位上选择了布隆来面对佐伊和卡莎。最后一手，在缺少开团英雄的情况下，奥利奥开口道："年哥，我觉得可以来一手人马。"

人马其实是当前版本非常热门的上单英雄，但是出于各方面的原因，奥利奥一直都没拿过。

在奥利奥锁定人马的瞬间，大家都是精神一振。

阿莫："刚刚说完来来回回就是这些英雄，我就被打脸了。虽然人马算是赛事里来来回回出现的英雄之一，但是在 AM 的阵容体系里，如果我没记错的话，人马还是第一次出现吧？"

西林："哈哈哈，这打脸可真是来得猝不及防。让我们看看 BBG 最后一手——哦，厄加特，一把加特林。好，让我们进入淘汰赛的第一场比赛，AM 对阵 BBG，BO5 的第一场。"

楚嘉年下场之前拍了拍大灭的肩膀说："兄弟，稳住。"

大灭还没说什么，俞苑苑就递过来了一个眼神："放心，有我在。"

大灭心头有说不出的感觉，类似于自己一个前辈，到头来要仰仗后辈，心酸和欣慰感一起涌上头来，最后，他只向着楚嘉年重重地点了点头。

楚嘉年走到舞台中央和 BBG 的教练握手，两人对视一眼，目光中火光四溢。


比赛正式开始。

两边都选择了从红 buff 开局，一级并没有出现任何碰撞，各自到了线上。

然而在刷完红 buff 以后，大灭和 Vision 不约而同地向着上路的河道蟹走去！

前期人马的线权是不如厄加特的，只能尽力不让厄加特赶去支援。皇子和雷克塞开始争夺上路河道蟹，俞苑苑和对面的佐伊都开始在拉扯中向打野的方向赶去。

这时，中路和打野都已经到了二级，俞苑苑算着技能 CD 时间说："佐伊的催眠应该好了，躲躲躲。"

她的话音刚落，佐伊已经蹦蹦跳跳地过来扔出了气泡，稳稳地打在了大灭身上！

皇子紧接着 EQ 二连上来，但是同时也被瑞兹的 W 禁锢住，两边极限地换了一波血，最后大灭丝血闪现逃开。俞苑苑不敢恋战，也是残血回到塔下，开始回家。

"说好的打运营呢？BBG 今天这么凶的吗？"俞苑苑疑惑道。

大灭说："我的我的，我应该早点躲技能的。"

"问题不大，问题不大。"俞苑苑宽慰道。

但是事实上，她回家一趟，足足亏了一整波兵线，佐伊直接压了她大半个级别。

而 Vision 在逼走了大灭后，舒舒服服地拿了上路和下路两只河道蟹，顺利地到了三级。

"似曾相识。"小新坐在休息室观战，感慨道，"决赛那把，我的寡妇简直没被他压死，最后东奔西走好不容易才凑了点经验出来。风水轮流转，如今轮到灭哥体会我当时的感觉了。"

"BBG还是难啃。"楚嘉年点点头说，"不过大灭主要还是因为之前的经历，被BBG打得有点没自信了，要早点拿了Vision的人头，局面才好打开。"

时间很快来到四级，下路的布隆、卡莉丝塔两个人与对面的卡莎、加里奥频繁换血，打得十分激烈。

卡莎攒够了钱，蓝量也很残，先回家补了装备，留加里奥一个人在线上拉扯住了牛肉酱和雪饼两个人。迅速补了装备以后，卡莎直接在小兵身上交了TP下来。加里奥算准时间，在雪饼想要再贪两个兵的时候闪现到两个人身后开了嘲讽，正好稳稳地控到了两个人！

卡莎落地开始疯狂输出，牛肉酱死死地挡在雪饼面前，吃掉了大部分的伤害。雪饼想要后撤，却被加里奥拦住，牛肉酱按出了治疗给雪饼补了一口，稳住了雪饼的血线，但卡莎的后续伤害跟上来，牛肉酱很快成了丝血。

"我来了，我来了！"大灭急急忙忙往下路冲。

牛肉酱切了一眼视角，毫不犹豫地按了闪现，以丝血跳向了河道的草里！

面对一个丝血的布隆和几乎满血的卡莉丝塔，对面的卡莎果然毫不犹豫地转身想要去A掉布隆，然而草里并没有视野，他盲飞了一个虚空索敌，却被布隆灵巧躲开。而这个时候，大灭已经赶到了下路，直接扑向了在刚才的一波对拼中已经残血的加里奥！

"能杀能杀！"雪饼立刻掉头转身，在雷克塞去追加里奥的同时开始反手点卡莎，而布隆也从草里稳稳地向着卡莎扔了一个Q。眼看情况不对，卡莎转身想走却已经来不及了，局势瞬间变了，雪饼追在卡莎后面狂A，加里奥见势不妙，回头想要救卡莎。

雷克塞掉头冲着卡莎一口。

First blood!

加里奥眼看来不及，转身想走，雷克塞毫不留情地闪现跟上，没有闪现的加里奥连挣扎的机会都没有，就直接倒下。

Double kill!

"Nice！"俞苑苑喊道，"灭哥牛！"

"可以啊兄弟。"奥利奥从上路发来贺电。

开局有两个人头的大灭打出了自信，他回家补了一趟装备，昂首挺胸地出了泉水说："全体都有，从现在开始，我就是峡谷的'霸霸'！"

"灭哥有两个人头就变'霸霸'了，一会儿人头多起来，得变成什么？"俞苑苑调侃道。

"灭……霸？"牛肉酱试探道。

"好了，这就是我最后一次来下路了。"大灭冷笑一声。

"牛肉酱你号没了。"俞苑苑笑了一声。

牛肉酱："灭霸怎么了！我要是灭霸，我就打个响指，直接拿冠军！"

雪饼："可把你能的。"

拿到了人头以后，大家的心情都不错，在 MSI 的决胜局上，他们打的也是这样先抑后扬的比赛，前期小劣，然后局势逐步被打开。大灭很明显找回了自信，不再缩手缩脚。

BBG 的下路在刚才的那一波之后有点崩，所以 AM 开始频繁在下路找机会。虽然前期被压了一波兵线，但是这会儿俞苑苑已经基本补了回来。Vision 在中路转了一圈，强抓了一次未果后，干脆在回了趟家以后，直接走向了下路。

俞苑苑也刚从泉水里出来，看到皇子在下路冒头，而大灭正在蹲上路，毫不犹豫地交了 TP ！

她还没有传送结束，对面加里奥已经在没有视野的情况下，开着嘲讽闪进草里，瞬间控住了蹲在里面的牛肉酱！

牛肉酱惊呆了："对面开天眼了吗？"

俞苑苑说："稳住稳住，我来了，我来了！"

皇子插旗上前，卡莎转身一套伤害给牛肉酱挂满，牛肉酱及时举起盾，稳住了最后一口血后退，雪饼顶在他前面，而俞苑苑也终于到了！

"打打打！加里奥没闪！"牛肉酱喊道。

局面顿时扭转，已经交出了技能的 BBG 下路失去了作战能力，加里奥被瑞兹和卡莉丝塔追成残血，皇子和卡莎也不敢恋战，掩护着加里奥往回走。俞苑苑毫不犹豫地闪现上前，收掉了加里奥的人头。

六级还没到，AM 已经打成了 3 ：0。前期在中路的小劣势也已经通过人头补了回来，节奏又回到了 AM 最喜欢的点。

阿莫评价道："虽说不能掉以轻心，毕竟强者对战，什么情况都有可能发生，但是我可以断言，AM 确实已经来到了他们最喜欢的节奏，接下来就是滚雪球般不断扩大优势。"

阿莫说得没错，大家一直在关注中下路打架，突然看了一眼上路，这才发现上路的奥利奥不知不觉间已经压了对面整整三十刀，俨然是大灭之外的又一个"霸霸"。

于是在第三十三分钟时，拿到大龙和两条火龙后，AM 推上了 BBG 的高地。

卿本峡谷少女（全二册）

第一局势如破竹，AM 全员都觉得自己打出了手感。于是相比起开局的小小不顺，第二局的情况简直可以被称为碾压，俞苑苑的辛德拉直接打出了"8-0-6"的超神战绩，仅仅十八分钟就直接打穿了整条中路，凶得让人闻风丧胆。虽然 Vision 在关键时刻绝命绕后了一波，硬生生杀出了一条血路，换掉了 AM 的两颗人头，但是这并没有阻止 AM 的攻势，AM 在只剩下中野辅三个人且大家血量都不是非常健康的情况下，硬是靠走位和配合攻上了 BBG 的高地。

这一局，AM 同样在三十三分钟内拿下了比赛。

比赛来到了赛点。

双方回到后台做短暂休息，连着拿下了前两场的比赛，大家心情放松了不少，话都很多，只有大灭一直没有说话，一脸若有所思。

"怎么了灭哥？"小新关切道。

"虽然赢了两局了，但是仔细回忆一下，好像 Vision 一次都没死？"大灭不太确定。

他这么一说，大家都是一愣。

楚嘉年的手上拿着赛后数据，他低头看了一眼说："Vision 第一局的数据是'3-0-2'，第二局的……"

大家都抬起头，屏幕上的阿莫和西林也在等数据。

阿莫说："这一局让我们来看一下 MVP，其实毫无疑问还是会给纳命吧？毕竟超神数据放在那里。"

画面转出来，果然是俞苑苑的身影出现在了屏幕上。西林说道："其实刚才画面转出去的时候我偷闲看了一眼英语区的解说，大龙坑那儿的那波一推三走位里，解说在大喊 no way！讲真的，我心里还是蛮爽的。"

俞苑苑清了清嗓子，正准备深藏功与名，就看到弹幕已经替她说出了她想说的话。

代表纳命爷：基本操作罢了！！！

代表我自己：基本操作罢了！！！

俞苑苑：……行吧，粉丝们都很懂我了！

出完 MVP 数据后，屏幕上显示出来了赛后整体数据。大家定睛一看，果然如大灭所说，虽说人头和经济上 AM 都占了优势，但 Vision 的数据却是明晃晃的"2-0-7"。

中间的那个零，有点刺眼。

楚嘉年挑眉："哟，这是 Vision 也开始玩永不团灭了吗？"

大灭："我怀疑你意有所指，但是我没有证据。"

俞苑苑拍拍手说道："好了，下一把的主要任务都清楚了吗？"

牛肉酱还有点没反应过来："什么任务？下一把是赛点了，任务难道不是通关以后下班吃晚饭吗？"

"就算下一把赢了，也还没到晚饭时间啊？"雪饼狐疑地看了牛肉酱一眼，"中午没吃饱？怎么又饿了？"

牛肉酱闭了嘴，稍微有点心虚。

俞苑苑接着刚才的话说了下去："下一把大家集火努力一下，给灭哥拿个V神的人头，不然没机会了。"

大家都笑着欣然答应。

俞苑苑却向后靠了靠，看向楚嘉年，稍微压低了声音说："不知道是不是我的错觉，我总感觉，BBG 在和其他队打的时候，比与我们打的时候更为强势，而且现在的他们比打 MSI 的时候要强，这是怎么回事？"

楚嘉年意味不明地看着她，半晌没有说话。

已经打了两局的俞苑苑妆稍微有一点花，下眼睑上有了一点浅棕色的痕迹，隐约能够看出在她粉底遮挡下的黑眼圈，而她向来清澈的眼白里也有了些许红血丝。也正是因为这些，俞苑苑戴的是框架眼镜，正好遮住了这些疲态，甚至连楚嘉年都因为这些天的忙碌和征战，没有在第一时间发现。

她……其实也很累了，但是她从来都没有说过。

"他们在变强没错，但是你越来越强了。"楚嘉年本来不想在赛中夸赞队员，但是他看着这样的俞苑苑，情不自禁地说出了口。

他顿了一下，又补了一句："不要骄傲。"

俞苑苑笑得眼睛弯弯，主动在他的胳膊上蹭了两下："年哥终于学会了'夸你夸你'之外的夸奖，可喜可贺。"

楚嘉年揉了一把她的头，转身看向大家，说："不管怎么说，BBG 实力还在那儿的，都打起精神来。另外，大灭你的'杀心'可以有，但是不要太重。"

大灭抿了抿嘴，郑重地点了点头。

与此同时，BBG 的后台休息室里，教练在指出了比赛中非常明显的几个问题后，大家的表情都有点紧绷绷的。

BBG 的上单清了清嗓子说："不管怎么说，我觉得小组赛故意拿第二这种事情，对士气还是有一点影响的。"

Vision 用沉默表示了赞同。其实 BBG 队内也是不愿意故意输一场的，一路连胜的势如破竹也好，因为实力不佳或者赛场状态不好而导致的失误也罢，都是可以接受的。连胜自不用说，失误问题都可以反思，唯独像现在这样，顶着粉丝们的质疑却不可说，很容易影响到选手状态。

但这是 LCK 赛区的决定，他们没有什么反驳的余地。

第三场比赛很快开始，大家重新上场。

BBG 的教练站在他们身后，看着他们身上的 BBG 战队 logo，那是象征着荣誉与辉煌的 logo，然而此刻却背负着原本不应该的小组第二，还被对手压得死死的。

"去追逐你们的梦想吧。"教练突然开口道。

五个人同时停下了脚步，在通道尽头回首看向教练，眼睛里都有不解。

"输了，这就是你们在这届 S 赛的最后一场比赛了，赢了，我们就继续征战。"教练声音不大，却足够有力，"忘记那些之前的战绩和旧事，去追逐属于你们的梦想。对于我们 BBG 来说，我们就是那座高山，所以，我们有足够的资格享受比赛，而不是被比赛本身限制住。

"我的意思，你们听明白了吗？"

五个人沉默半晌，然后，重重地点了点头，重新转身。


进入赛点局，重新坐在了电竞桌和屏幕前的 AM 队员们虽然表面上还在说说笑笑，其实心里都有了一丝紧张。打赢这一局，下次坐在这里，就是打半决赛，而如果输了，一方面是对士气有影响，另一方面可就要加班了。

尤其是在落座之前，两边在整理外设的同时，都不动声色地向着对面投去了眼神，两边的视线一触即分。

BBG 的眼神，似乎在不知不觉中，与之前相比有了一些变化。

"是我的错觉吗？感觉 BBG 突然凶了起来？"牛肉酱不自觉地压低了声音。

"毕竟是赛点了，再不凶一点就要出门左拐了。"大灭也被刚才对视的那一眼中 Vision 的神色惊了一下，心里暗暗提高了警惕。

而俞苑苑更是直接说道："都打起精神来，早点打完早点下班，不要掉以轻心。对面到底是 BBG，曾经的那座大山。"

楚嘉年戴上耳机就听到了这句，心里颇为欣慰，上来揉了揉俞苑苑的头发："好好打，都稳住啊。"

他说这句话的时候，手还放在俞苑苑头上。弹幕顿时一片哈哈哈，不少人已经截了图，配好了字。

图上楚嘉年单手放在俞苑苑头上，两个人脸上都有笑容，另外的几个队员都转过头来看着他们。

楚嘉年和俞苑苑旁边的配字是：最后一场了，先给女朋友传个功。

旁边其他几个人：年哥，我也要！

活灵活现，惟妙惟肖。

BP环节开始。

BBG上来第一手，先ban掉了布隆。

"可以可以，牛肉酱第一把的布隆绝命跳草显然给他们上了一课。"俞苑苑赞道。

牛肉酱美滋滋了一秒。

"给下路一点压力吧，先ban卡莉丝塔。"楚嘉年道，"上一把我感觉他们的卡莉丝塔手感很好，大概率这把还想拿。"

接下来的两手，两边分别ban掉了丽桑卓、盲僧、妖姬和卡莎。

BBG一选了杰斯。

"奥利奥，你想拿什么？"楚嘉年先征求了一下意见。

"我感觉他们这把很可能有套路，不然我拿个吸血鬼？"奥利奥想了想，"续航强一点。"

吸血鬼头像亮出来的时候，阿莫和西林都有点惊讶。

阿莫感慨："天哪，吸血鬼打杰斯，那打出来的不是血池，是血浆吧？"

"看场上沟通，应该是奥利奥主动要拿的，奥利奥是真的自信啊。"西林道，"当然不排除这是两手摇摆，但是大概率应该这就是两个上单了。"

二楼，AM决定先拿打野，大灭吸了一口气说："我想拿皇子。"

谁都知道，皇子是Vision的招牌英雄，但所有人也知道，这也是大灭的招牌英雄。

于是二楼皇子锁定。

台下一片惊呼，今天的比赛已经打了两场了，第一场大灭拿了雷克塞，第二把则拿了盲僧，当下版本的打野三杰里面就剩皇子还没被他用过，而盲僧已经被对面ban掉了，所以大家心里隐约都有期待，皇子的头像亮出来的刹那，大家都有一种希望变成了现实的惊喜感。

pick交到BBG这边，大家都屏息凝神，如果BBG有套路，肯定就是在这两手了。

果然，片刻之后，BBG 的三四楼同时亮了起来。

酒桶和……亚索。

"来了来了！"俞苑苑低呼两声，"预感里的套路！他们这是打算快乐起来吗？"

"酒桶配亚索，啧啧。"楚嘉年感慨一声，"好久没见到 BBG 拿出这一手了，看来是真的要做生死局了。加里奥在外面，牛肉酱拿加里奥可以吗？"

"为所欲为组合既然被放出来了，没道理不拿啊。"牛肉酱点点头，"锁了锁了。"

第二轮 BP。

AM 先 ban 掉了锤石和牛头两个辅助，没想到 BBG 居然把两个 ban 位都给到了 ADC 身上，ban 掉了薇恩和韦鲁斯。

"这是想逼吸血鬼打下路吗？"雪饼有点惊讶，"卡莉丝塔、卡莎、薇恩、韦鲁斯全都 ban 掉了，不给我活路也不给自己活路，做这么绝的吗？"

"你站 counter 位吧雪饼，先拿一个中路，阿卡丽怎么样？"楚嘉年眯了眯眼睛。

俞苑苑笑了一声："我正想拿阿卡丽呢，他想快乐，我就把他按在地上摩擦。"

pick 交到 BBG 这边，他们锁下路组合，拿了一手泰坦加卢锡安的组合。

最后一位，大家都在猜测 AM 会拿出什么，然后就看到 AM 突然亮了一手 EZ。

阿莫说："我觉得我有点看不懂了，AM 这个阵容虽然每一个拿出来都看似很能打，但是组合在一起，从阵容角度来说，应该是没有 BBG 强的。"

西林也这么觉得："尤其是前期，吸血鬼前期怎么打杰斯？EZ 前期打卢锡安也是，唯一的突破点可能是中路的阿卡丽，但是酒桶的大招又天然克制阿卡丽的霞阵。上下路的对线怎么办，难道真的全都靠中路杀穿吗？阿卡丽在六级之前的输出环境其实也不一定会很好。"

弹幕也有人跟着带起了节奏。

我看 AM 这是飘了吧？这个阵容你告诉我怎么打？上下路对线期就会被血虐，酒桶随便抓中路，这场就 GG（good game，引申意为要输了）了。

其实我觉得 BBG 拿亚索就输了，不过我是青铜玩家，我就说说而已。

会不会是觉得 3：0 太难看了，尊重一下前辈，所以这场专门放水了？？

这场的 BP 绝对有问题吧？为什么不拿德莱文？下路怎么看都是德莱文比较

好打。

前面的都别带节奏了，有本事键盘给你你去打？

我什么都不说了，就等着你们被打脸。

在 AM 连续拿了 MSI 和夏季赛的冠军以后，其实这样的弹幕已经很少见了，虽说在逆风局的时候也会有人时不时出来说两句，但是很快就会被更多的弹幕压到看不见，像今天这样的情况还挺难看到的。

伴随着大家的诸多不解，英雄的原画徐徐在选手背后的大屏幕上展开，楚嘉年走到舞台中间和 BBG 的教练握手，然后回到了幕后。

两边最后确定下来的阵容分别是——

BBG 方面：上路杰斯，打野酒桶，中路亚索，ADC 卢锡安，辅助泰坦。

AM 这边：上路吸血鬼，打野皇子，中路阿卡丽，ADCEZ，辅助加里奥。

欢迎来到《英雄联盟》！

已经打了两局，这一局大家甚至没有在河道打招呼，直接各自奔赴了线上，镜头先给到了上路。

只见 BBG 的杰斯一直躲在草里，时不时从沟槽里走出来给吸血鬼一炮，甚至还越过兵线点吸血鬼，有恃无恐。

对方很快到了二级，奥利奥心知对面杰斯想要卡二级的四个技能来和他换血，但奥利奥丝毫没有虚，几乎在同一时间到了二级，打出血池池，走位扭身躲开了杰斯拉开的一炮。两人第一波的猛烈交锋之下，杰斯竟然没有占到什么优势。

酒桶默默地打了个酒嗝，感觉没有什么机会，转身走了。

观众们看得胆战心惊，完全没想到奥利奥这么稳。

上路这么稳健，大灭于是卡了一个视野时间点，舒舒服服地先蹲了下路。卢锡安和泰坦毫无察觉，被加里奥闪现嘲讽到，皇子 EQ 二连跟上，配合 EZ 的一个圈，秒收下了泰坦的人头。

First blood!

人头给到了雪饼身上。

大灭："兄弟，哥只能帮你到这里了，我去刷野咯。"

雪饼："舒服了舒服了，下路不用来了。"

这边大家正在高兴，画面突然切换到了中路。

只见阿卡丽已经出了霞阵，正在一边隐匿身形一边挥舞镰刀。两边都是五级。亚索仿佛长了眼睛，从霞阵里盲戳到了阿卡丽，阿卡丽见势不妙，开始后撤，而就在她走出霞阵的一瞬间，回头 A 了一下兵的亚索突然到了六级！

阿莫惊呼：“亚索六级了！”

果然，亚索毫不犹豫地向着阿卡丽的背影挥出了快乐疾风。俞苑苑走位不慎，被吹了起来。

“完了完了，没了。”就在被吹起来的一瞬间，俞苑苑就叹了口气，双手离开了键盘。

她话音未落，亚索已经开大招越塔跳了上来，顺势还在她身上挂了引燃，前后过程不过半秒，阿卡丽就已经躺在塔下，死得透透的。

“单杀了！！！”阿莫惊呼道，“中路亚索单杀了阿卡丽！”

“天哪，这是真的要快乐起来了？”西林也很震惊。

谁都知道，中路基本上就是谁丢人头谁先炸，而 AM 的这个阵容，大家都觉得要靠中路了，然而俞苑苑居然丢了人头，于是弹幕瞬间炸了。

捏着闪现不用，是打算再生一个出来吗？

早点闪人头应该不会丢的。

这波纳命爷也太菜了吧？

我刚刚说什么来着？AM 飘了，你们还不信，现在懂了吧？

真的是要让 BBG 一把吗？不要吧，对敌人最大的尊敬难道不是拿出全部实力吗？？？

呵呵，这把没了，洗澡去了，下把开始再叫我吧。

BBG 在中路取得了这一波优势后，等到俞苑苑回到线上，观众们从上帝视角看到 Vision 的酒桶立马在草丛就位了，显然是准备再接再厉。但这次俞苑苑非常警觉，在酒桶刚刚从草里冒头的时候，就直接开了霞阵接大招回到了塔下。

“上下路好好打，他们开始针对我了。”虽然只是被抓了这一次，但俞苑苑抿了抿嘴，敏锐地感觉到了情况，“我已经丢了一个头，你们稳住发育。”

下路拿到一个人头的优势以后就打得比较舒服了。上路的奥利奥话不多，但是俞苑苑清楚地看到，对线杰斯时，奥利奥的吸血鬼竟然压了对面的刀，虽然只是十来个兵，但是这也很惊人了。

俞苑苑的预感没有错，BBG 这把在亚索单了她一次以后，迅速转变了策略，打算直接把中路抓死。

Vision 在刷野之余，几乎完全住在了中路。

于是，阿卡丽无论从哪里露头，都会遇见同时探出了半个身子的酒桶以及紧随其后的亚索，偶尔还有一个过来晃一圈的泰坦。阿卡丽刚刚冷却好的霞阵都用来逃命了，原本是上下线抗压，结果没想到最后竟然变成了中线抗压！而上下线就在俞苑苑疲于奔命的时候，偷偷摸摸地发育，平稳地度过了前期。

楚嘉年在台下，手心微微出汗。过去打了这么多场比赛，无论是输是赢，几乎没有出现过这样极端地让中路抗压的局面，大部分情况下压力都给到了上路或者下路，中路向来都是优势，再不济也是小优或者打平的情况。他有点担心俞苑苑能不能抗住这样的压力。

视角再度转到中路，此时两边已经来到了十级，辅助游走了起来。只见中路一时之间人声鼎沸，左边草里泰坦，右边草里酒桶，而阿卡丽斜着走了两步，所有人的心都提了起来！

"天哪，三个人一起包抄，这下估计 AM 中路又没了。"阿莫叹了口气。

然而，就在阿卡丽眼看就到了泰坦钩子的范围的瞬间，她似乎有所察觉，开了霞阵！

泰坦甩出钩子，俞苑苑灵巧躲开，甚至还探出头抓了泰坦一巴掌，酒桶炸出桶子，阿卡丽擦边而过，同一时间，亚索甩出了风墙，阿卡丽几乎在缝隙之间秀了一波微操走位，硬是完全没有被技能碰到！

观众席掀起了一片惊呼。

"这走位，绝了！绝了！"西林惊叹道，"而且我不知道你们注意到没有，虽然在这样频繁的 gank 下，中路几乎没有办法发育，补刀已经被亚索压了三十刀，但是阿卡丽的走位依然稳健，感觉一点都不慌，刚才的走位依然是熟悉的教科书的味道。"

"我有一个大胆的想法，AM 这是在中路被抓成这样以后，干脆开创了一种新玩法吗？"看到俞苑苑依然这样稳健，阿莫也松了一口气，开起了玩笑。

"什么玩法？"

"中路献祭流。"阿莫笑道。

他这么一说，连弹幕都跟着笑了起来。

*中路献祭流，哈哈哈，我明明很紧张但是居然笑出了声？？*

*人鬼都在秀，只有俞苑苑在送？？*

似乎是印证了他的说法，大灭铁了心不来中路，除了路过，从来没有专门在草里蹲过。与此同时，上路和下路则频繁开花，吸血鬼开血池塔逼杰斯，皇子从三角草 EQ 二连收割，顺便还拿了峡谷先锋；下路 EZ 找到一波机会，加里奥闪现嘲讽，配合神出鬼没的皇子，直接点死了卢锡安。

而在这个上下两路开花的过程中，俞苑苑又凄惨无比地被BBG抓死了两次。

　　一个0-3的阿卡丽，对上一个3-0的亚索，乍一看这个数据以为阿卡丽不会玩。

　　AM队内商量后，峡谷先锋还是决定放在中路，毕竟上下路已经肥到连塔皮都全拿了，然而即使这样，大家还是看到酒桶和亚索常驻在中路的草里。阿卡丽想去接应掩护一下放峡谷先锋的大灭，就在她路过草侧的一瞬间，酒桶已经稳稳地砸在了她身上！

　　然而就在同一时间，牛肉酱的加里奥也已经从天而降！

　　被砸了一下，阿卡丽的血线已经很残了，俞苑苑闪开霞阵隐匿身形，皇子插旗上前，酒桶瞬间被加里奥和皇子的这两下打残。就在所有人都以为阿卡丽会开大招直接脱离战场的时候，突然发现俞苑苑似乎并不是这么想的！

　　她居然开大招直接飞过亚索的头顶，稳稳地收割了酒桶的人头！然后开了金身！

　　亚索的风紧随其后，然而对金身状态的阿卡丽并没有什么用。EZ远程一个大招刮过来，正好擦中了亚索，再加上皇子在亚索背后戳的两下，亚索瞬间也变成了半血。亚索开了风墙想要躲开攻击脱离战场，没想到金身结束后的阿卡丽竟然越过风墙，冲着他的脸跳了上来！

　　这个版本的阿卡丽已经被削弱了，没有了Q回血的技能。所有人都觉得这是俞苑苑上头的操作，然而没想到俞苑苑正是算准了此刻亚索的所有技能都在CD，而她手里还握着E和刚刚转好的Q技能！

　　只见阿卡丽翻身而起，瞬间就跳到了亚索脸上扔出了Q技能，就在亚索准备出剑反打的同时，阿卡丽一跃而起，突进回到了野区！她竟然在最开始进攻之前就已经在野怪身上打了标记，就为了最后能够安全地离开！

　　而亚索似乎只是她突进过程中的附带目标而已！

　　丝血的亚索被她最后的突进打满了伤害，缓缓倒地。

　　Double kill！

　　俞苑苑在落地的同时开始回城。

　　"Nice！纳命爷！"牛肉酱嘶吼道，"打回来了！！！"

　　"可以啊，苑苑！太秀了！"雪饼虽然不在，但是也被这一波操作秀到眼花缭乱，脱口而出。

　　阿莫在刚才的一波解说中喊到嗓子微微沙哑，好不容易解说完了俞苑苑天花乱坠的这一套，喘了一口气说："这是什么天秀操作！我整个人现在头皮发麻！而且 AM 的支援来得实在好快啊！"

弹幕竟然出现了短暂的静默。

我的键盘只剩下了两个字——厉害！

我为我的无知流下了羞愧的泪水！

前期被压得这么惨，纳命爷竟然丝毫没怕，太秀了，天秀，真的！

目测今晚的峡谷可能会涌现一大波阿卡丽，高能预警。

当然，唱衰的声音并没有因此而停歇。

前期被压那么惨，这两个人头也就是安慰一下大家，有什么用？

对面单杀那么秀你们不吹，这会儿三打二拿双杀，你们就集体欢呼，AM 粉也是搞笑。


"开张了，开张了，我要翻身农奴把歌唱了。"俞苑苑出完装备，从泉水里出来。她这波过后终于有了吸血装备，日子变得不那么难过了。

她回家以后，大灭在中路放了峡谷先锋，顺利撞掉了中路一塔半层塔皮，再加上雪饼后续追过来的伤害，顺利拆掉了一血塔。

大灭一边继续刷野，一边说："Vision 的人头我只让一次啊。"

刚才的那波里面，俞苑苑如果不上的话，Vision 的人头肯定会握在大灭手里，但是显然他为了团队总体增益和考虑俞苑苑中路的情况，毅然决然地让掉了这个人头。

下一个刷新出来的是火龙，AM 对火龙一向是不会放的。BBG 方面当然也知道 AM 的这个小习惯，是以早就做好了眼，果然照出来了一个在火龙坑旁边摇摇晃晃排眼的加里奥。

于是 BBG 全员都开始向着火龙坑移动，但是 AM 的全员一早就排好了草里的眼，整整齐齐地蹲在了里面，Vision 刚一到，皇子直接 EQ 二连跳到了 Vision 的脸上！

后续伤害紧紧跟上，Vision 交了闪现都没能跑掉，被皇子跟着闪现，一枪收掉了人头！

"舒服了……啊？"大灭的感慨还没说完，突然愣住了。

Vision 的人头居然给到了牛肉酱的加里奥头上。

大灭：？？？

牛肉酱弱弱道："我……我就是顺手挂了一个引燃，灭哥，我错了。"

他的声音越来越小。

大灭："呵，我记住你了。"

牛肉酱："嘤嘤嘤！"

大灭："嘤什么，跟上。"

这是要开始野辅双游了。

两人在拿了火龙以后，随即在对方红区抓住了一个正在打红的卢锡安。泰坦跟着 Vision 去了，是以卢锡安形单影只。大灭怀着刚才被抢了人头的怒意，跳了上去，牛肉酱大气都不敢出，老老实实开了大招盖在卢锡安头上，让大灭舒舒服服地拿到了人头，而 EZ 则趁此机会拿下了下路一塔。

至此，虽说俞苑苑中路还是在被压，但是 AM 已经慢慢起来了，甚至在总体人头数上优了于 BBG，而 BBG 这边，所有人的人头竟然都在亚索一个人身上。对于 AM 来说，他们的阵容，只要能平稳度过前中期就行，到了后期，BBG 基本没得玩。

换句话说，俞苑苑用一个人的艰难抗压，绝境反击，为上路和下路创造了良好的发育机会，硬生生地抗到了整场局势的逆转时期。

第二十分钟的时候，两边都没有动龙的心思。AM 忙着扩大两边的优势，而 BBG 也在抓死中路却还是让中路触底反弹了的情况下，终于意识到再不管上路的吸血鬼，可能真的会出事。

然而已经晚了。

Vision 配合亚索最后抓了一次阿卡丽，在阿卡丽闪现开大招再次逃生后，转身向上路走去，然而才走了一半，杰斯已经被吸血鬼单杀了，吸血鬼推了一波线，回家出了装备，去了下路帮雪饼推塔。

打不出优势的杰斯，后期几乎是没有什么用的。

至于下路——雪饼已经在奥利奥的配合下一路拆到下路高地塔了。

杰斯复活了以后直接去了下路，想要拦一下，没想到被加里奥一个大招盖到脸上，雪饼随便点了几下，杰斯再次魂散当场。

弹幕：

其实仔细想想，杰斯好像比阿卡丽还要惨一点……

不用想了，阿卡丽丢了三个人头，杰斯已经五个了。

你们快看，吸血鬼连帽子都出来了，BBG 这还玩什么啊！

第二十七分钟，AM 开始逼龙坑处的团战，到了这个时间，打龙的速度非常快，EZ 和皇子都在龙坑，其他三个人分散在上路和草里，死死地拦住了 BBG 进攻的脚步。

而 Vision 在两千血的时候绕开了封锁线，开大招跳进了龙坑！

然而他才落地，早有准备的加里奥回身一个天王盖地虎，大灭也防着他这一手，用惩戒拿到了龙，然后终于顺利收下了 Vision 的人头。

屏幕上方出现了皇子击杀酒桶的信息。

"有生之年啊。"大灭长长地舒出了一口气，"没有遗憾了，舒服了，舒服了。"

他嘴里感慨着，手下的操作可没有停。在他杀掉 Vision 的同时，俞苑苑和奥利奥已经将亚索和卢锡安追到了残血，大灭转身收掉卢锡安的人头，俞苑苑则拿到了亚索的人头。

被亚索杀了那么多次，终于反杀，这下俞苑苑也满意了，问："拆？"

"拆拆拆！"牛肉酱应和道。

"能拆能拆！"大灭一马当先。

没了亚索和 Vision，卢锡安也被收掉，一个被杀了五次的杰斯以及一个泰坦不足为惧。AM 带着龙种小兵拆掉了三路高地塔，回家补了状态以后，势如破竹地攻上了 BBG 的高地，在水晶前再次将 BBG 打到了团灭。俞苑苑甚至在大势已定的情况下，热血上头，开大招和金身进泉水收了一次亚索的人头。

"让我们恭喜 AM 战队！以 3：0 的战绩淘汰了 LCK 赛区的一号种子选手、两次 S 赛的冠军 BBG，顺利拿到了四强的第一个席位，进入半决赛！"阿莫嗓音沙哑，大声道，"这场比赛是真的精彩，看到最后，我只想和观众们一起大喊一声'AM，太强了'！"

西林已经激动到几乎说不出话来，只知道跟着喊。

BBG 水晶爆掉的时候，大家还坐在那儿，最后一波团战实在是太过激烈，所有人都想要喝一口水缓缓神再起身。结果就看到大灭一推桌子，猛地站了起来，率先向着对面走了过去。

"哎，灭哥，灭哥等等！"雪饼喊了一声，矿泉水的盖子都没来得及拧上，起身追了上去。

其他人都愣了一下，才急匆匆放下手里的东西跟上去。

哈哈哈哈哈，看到了灭爹的迫不及待！

灭爹肯定是去找 Vision 了，哈哈哈！

这是中路献祭流的胜利！

不知道为什么，我竟然有点为 BBG 难过。

大灭在和 Vision 握手的时候，心中竟然奇异地冷静了下来，Vision 依旧是面瘫的表情，但他清楚地从 Vision 的眼睛中看到了隐约的湿意和不甘。

就像曾经的他。

电竞赛场，有时候就是如此残酷。

没有人可以永远站在最高的那个顶点，有高峰，就有低谷，攀登的过程中总有失手，一次次地跌落，再一次次地站起来，这就是电子竞技。

AM 在台前鞠躬的时候，AM 和 LPL 赛区的粉丝狂喜的声音几乎能够掀翻天花板，然而另外一边，LCK 的粉丝们有许多都捂着脸哭了。

对于 LCK 的粉丝们来说，拿了四届 S 赛冠军的 BBG，就像是他们心中的信仰。而如今，大山还在，只是山外又有更高的山。

最后的 MVP 给到了大灭。大灭看着屏幕上自己的脸，在赛后采访里非常认真地说道："虽然在数据上我的比较好看，但是这一场比赛大家都懂的，MVP 应该给纳命。如果她抗压失败，我们估计就要加班了。"

主持人追问了一句："有什么话想要对 BBG 说吗？"

按照以往的惯例，包括主持人和屏幕前蹲守的观众们都猜到他应该会非常官方地说一句"明年见"了。大灭自己也是话到了嘴边刚要说，但是他突然想起来，自己已经决定好了 S 赛赛后就退役了。

所以一时之间，他竟然不知道说什么好。

他拿着话筒，沉默了片刻，才重新开口："谢谢 Vision 能够成为我的对手。"

说完这句，他背过了身，采访适时切换回了导播室。但是大家都隐约有了猜测。

灭爹是……哭了吗？？？

灭爹的声音里有哽咽，我倒回去听了好几次了，我也要哭了。

难道灭爹真的有退役的打算吗？之前有风声，我一直不信，今天他这么说，我突然……

这场打完以后，所有人的关注点都来到了接下来三天的比赛上。

第二天是 LEW9 和 MONT 的比赛。不知道是不是 BBG 输了，导致 MONT 成了 LCK 唯一的希望，还是什么别的原因，总之这一局的 MONT 打得比以往要猛很多，而且刚猛中还带着细节。从旁观者的角度来看，观感竟然比和 AM 对线的时候强了不少，最后以锐不可当的 3：0 拿下了四强赛的第二个名额。

而 CMCG 和 OPE 的 LPL 内战，就在第三天。

前一天晚上，AM 全员正在训练室里做比赛训练，突然有人敲了敲门，大家都戴着耳机，没什么反应，继续沉浸在激烈的游戏中。楚嘉年过去开了门，结果就看到小面探头探脑地站在门口。

楚嘉年有点意外地问："找大灭？"

小面点了点头，看到大灭正在打游戏，于是拉了把凳子，坐在了大灭的侧后方，就像以前在 OPE 战队无数次做的那样。

大灭打完一场，这才发现身后多了个人，吓了一跳："你怎么不声不响地坐在这儿？明天打比赛了，你跑我这儿来干什么？"

小面不好意思地笑了笑，递上了自己的战队 T 恤和一支笔："灭哥，给我在内侧签个加油呗？"

"……怎么还搞这一套？"大灭惊呆了，"我的签名能转运吗？"

小面有点脸红，说："这样就感觉灭哥你还在台下支持着我一样。"

"我本来就在台下支持着你啊。"大灭失笑，虽然这么说着，他还是在小面的衣角小小地写了"加油"两个字，然后把笔还给了小面，"赶快回去训练。"

小面高兴地捧着衣服，一路小跑回了自己战队的训练室。

大灭目送他的背影消失在门口，带着笑意摇头叹息了两句，回头正准备感慨点什么，没想到一回头，小新的大脸就出现在了面前。

小新："灭哥，我……我也要。"

大灭：？？？

俞苑苑目睹了这一波操作以后，猛地转向了楚嘉年，使了个眼色："年哥，你看……"

楚嘉年：？？？

说好扛起 AM 的红旗呢？


CMCG 和 OPE 的这一场几乎揪住了 LPL 赛区所有粉丝的心，虽说 AM 气势太盛，粉丝最多，但是在 S 赛这种世界赛赛事上，大家还是希望 LPL 的任何一支队伍都能越走越远。对于这样的内耗，除了两队的粉丝，其他人都已经调整好了心态，希望能够看到一场足够精彩的对决。

对局开始前，解说也翻出了 OPE 和 CMCG 历年的对战数据，包括两队 BO5 的表现，想要从数据上先来做一波分析。最后分析下来，还是进入过 S 赛的 CMCG 整体数据更占优势一些，但是电竞赛场，谁也无法提前断言结果。

谁也没有想到，OPE 和 CMCG 的这场 BO5 竟然打满了五场，几乎是你拿一局，我也拿一局这样追着打。两队的状态都出奇好，在输了以后心态和发挥也没有受影响，竟然打出了一种气势节节攀升的感觉。

第五场开局，小面上场的时候，大家明显看到他攥紧了衣角。

弹幕：

啊，小面是不是紧张了！小面加油啊！今天已经打得很好了！OPE冲呀！

刚刚那场小面是有点失误，但是第五场追回来就好！小面怎么抓衣角了？难不成是被教练骂了？不可能吧？

到底年轻，我还是看好CMCG一点。

CMCG加油！

而在AM队内，俞苑苑说："灭哥灭哥，你快看，小面在祈求你的发功支援！"

大灭："……"

他要怎么发功，手放在屏幕上能行吗？

OPE和CMCG的对决进入第五局。

在鏖战了四十五分钟后，最终还是经验老到的CMCG抓住了OPE的一个微小失误，秒掉了OPE的ADC，顺势打一波团战达成了一换五，最后势如破竹地冲上了OPE的高地。

OPE的水晶被爆掉的时候，AM的队内一时有点安静。同为LPL赛区战队，大家其实并没有什么个人偏好，但是因着大灭的这一层原因，总想看OPE走得更远一点。

还是大灭先反应过来："可以了，可以了，今年换了两个新人，磨合期都还没完度过呢，就已经进入S赛八强了，明年说不定会更好。"

这是自我安慰，也是鼓励。

OPE的队员们似乎也是这么想的，握手和下台的时候都显得比较平静。在一个镜头里，小面在和中单说话的时候，脸上还带着笑容，拍了拍中单的肩膀，说了些什么。

官方对CMCG做了赛后采访后，又有媒体对OPE做了专门的采访。镜头里，小面面对提问，思考了片刻说："这是我进入OPE的第一年，虽说在这里止步还是不太甘心，距离我们队里原本的期望还是差了一些，但是我对自己在S赛的发挥还算满意。所以，明年见。"

记者追问了一句："请问你们原本的期盼是什么？"

教练笑着接过了话头："我们的目标也挺简单的，就是四强。确实就像小面选手说的，没有达到的话会不甘心，但是这个结果也不是不能接受，希望我们明年再见。"

大灭看到这一段的时候，嘴边有了欣慰的笑容，OPE 没有了他，也顺利地成长了起来，他作为快要退役的前辈，像是了却了一桩心事。

看到他这样，AM 的队员们也放宽了心，俞苑苑遗憾道："看来灭哥的签名卖不了好价钱了。"

大灭有点蒙："卖什么好价钱？"

俞苑苑："本来如果小面赢了，宣传语我都想好了，'灭爹上分符'，我打算打印好以后，背面让你签名，然后一张十块，卖给其他战队的打野位……"

大灭惊呆了："十块一张也太便宜了吧？十万还差不多。"

小新顿时把他签过的队服递了回来："灭哥，十万，买吗？"

大灭：？？？

我看你是皮痒了？

# ✦第二十一章

### 决赛前夜

//

*QING BEN XIA GU SHAO NV*

这场打完以后，在第四天的角逐里，Rosso 以 3:1 拿下了和 VXX 的比赛，顺利拿到了进入四强的最后一个名额。

最后进入四强的四支战队分别是：来自 LCK 赛区的 MONT，来自北美 LCS NA 赛区的 Rosso，以及来自 LPL 赛区的 AM 和 CMCG。

这是这么多年以来，第一次有两支 LPL 的战队能够进入四强。虽说在 OPE 和 CMCG 打的那一场之前，就已经注定了这个结果，但是在四强名单正式公布出来的一刻，还是有不少人湿了眼眶。

有生之年，真的能见到 LPL 建立属于自己的王朝吗？

不瞒你们说，我已经在幻想 LPL 的战队捧起奖杯的样子了！

想想就激动！

感觉自己的青春还在燃烧，LPL 冲呀！！！这一刻，我们都是 LPL 的粉丝！！！

等一个冠军！！！

AM 冲呀！！！CMCG 冲呀！！

网上许多人都热泪盈眶，而就在这样的氛围里，MONT 因为在小组赛上和 AM 同样取得了 3：0 的成绩，且统计的人头数比 AM 还要多出来三个，所以取得了选择对手的权利。

当天晚上，赛方宣布，MONT 选择了 CMCG 作为自己的对手。

于是赛程安排也跟着公布了出来。休赛日后第一天，由 MONT 对战 CMCG，第二天，由 AM 对战 Rosso，开赛时间则都是下午六点整。

俞苑苑看到赛程安排的时候，正在紧张地进行训练。AM 的日程安排得比之前更加紧张，中午十二点起床后，除了日常训练，还做足了对其他三支队伍的各种数据和战术分析，因为在最终结果没出来之前，任何一支队伍他们都有可能碰见。这样下来，全队几乎是从中午十二点开始，一直训练到半夜三四点，有时候还能看一眼韩国的日出。

楚嘉年宣布了最后的对赛安排以后，大家都没有太大的波动，一方面是数据做得够足了，另一方面则是早有心理预期：MONT 大概率会选择 CMCG 或者 AM，因为选择了 Rosso 就等于变相送了一支 LPL 的战队进决赛，大概率还会因为逼 LPL 的战队内耗而得罪一批粉丝，稍微有点脑子的话，MONT 都不会做这种事情。

而因为在小组赛对战里，MONT 两次对上 AM 的战绩都不理想，所以选择 CMCG 也可以说是在大家预料之中了。

结果才出来没一会儿，大家的手机突然一起发出了"叮咚叮咚"的信息提示音。

终于熬到一局游戏结束，大家拿起手机，发现所有人都被拉进了一个群里。

群名：LPL 冲呀！

群里除了 AM 全队，还有 CMCG 和 OPE 的全队队员。而刚才一直在群里发言的，就是 CMCG 的队们。

木兮：我就知道他们要选我们！数据共享一下吗？兄弟们！！

Haven：OPE 打过 Rosso，可以讲一下对线感受啊兄弟们！

小面：我先去问问能不能说啊。

木兮：有什么不能说的，交流之后我们把群一删，一切了无痕迹，神不知鬼不觉！

Haven：所以 AM 的兄弟们呢？MONT 怎么样？有多难顶？

Haven：？？？人呢？

俞苑苑："这个 Haven，是不是有点过分活泼了？"

楚嘉年没被拉进群里，通过俞苑苑的手机看了群聊内容："CMCG 一向心大，队风就是这样，上次比赛之前还叫我们去吃烤肉这件事情就已经能说明一切了。"

小新欲言又止地问道："所以……能说吗？"

楚嘉年："什么该说什么不该说你们自己清楚，选手私下交流这种事情是不禁止的。再说了，CMCG自己也有教练组和数据分析组，你们最多也就是交流一下对线感受，其他也没什么好说的。"

他这一说，大家就都懂了，而俞苑苑则想起了S赛开赛时的事情，她扭头问了一句："你还记不记得开赛日我们在观影室的时候，有个Rosso的队员很期待与我们的交手，他是什么位置来着？"

这几天比赛密集，训练强度又大，大家早就把这件事情忘在了脑后，没想到俞苑苑居然还惦记着。大家都在回忆当时的情景，只听楚嘉年回应道："打野位。"

俞苑苑点点头："我记住了。"

然后，她在群里手动@了小面：小面啊，Rosso的打野怎么样啊？

AM众人大气都不敢出，用眼神交流了一波，同时从对方的眼睛里看到了相同的意思：电竞记仇夫妇，谁惹谁知道。

半决赛开始的前一天晚上，CMCG果然不出意外又约了AM吃烤肉，据他们所说，这是因为上次和AM吃过烤肉以后，第二天手感奇佳，深深感受到了玄学的魅力。

经过小面要签名结果输了比赛的事情之后，大灭对于玄学有点心理阴影："不然还是算了吧？"

但是他一个人微弱的反对顶不住大家对于烤肉的向往，这几天大家吃住都在酒店，连窗外的蓝天都很少看到，大家还是想要放松一下的。

楚嘉年给大家放了两个小时的假，雪饼、牛肉酱、奥利奥和小新都高高兴兴地去吃烤肉了，大灭选择去找皮皮，这些天两个人见面的时间实在是少得可怜。而俞苑苑则等大家都走了以后，才望向了楚嘉年，可怜巴巴道："我想吃火锅。"

因为害怕关键时候吃坏肚子，这几天大家都吃得比较清淡，而平时吃惯了重口味，现在都快要被伙食逼疯了，这也是牛肉酱他们听到烤肉就飞奔而去的原因。

楚嘉年一听就笑了："你怎么非要等到他们都走了才说？"

俞苑苑骄傲道："我可是铁胃，不像奥哥，吃了火锅肯定要住在厕所，雪饼也经常因为吃得太重口胃疼，偏偏他们都馋这一口，所以只能等他们都不在了才说呀。我都是为了队里着想！"

楚嘉年似笑非笑地问："真的是这个原因？"

俞苑苑被他看得心里发毛，只好老老实实承认道："好嘛，还有一个原因是S赛期间赛程太紧张了，我都没有机会和你独处……我贫瘠的脑子里能想到的最浪漫的事情，就是和你一起吃火锅了！"

少女还坐在电竞椅上面，左右扭着椅子，眼睛虽然亮晶晶的，但是眼底有肉眼可见的血丝，脸上也因为熬夜熬得太凶而起了一个红痘痘，就在脸颊上，还挺明显，再加上快要挂到下巴的黑眼圈，都明明白白地诉说着这几天训练的辛苦。

楚嘉年心里一软。

于是半个小时后，俞苑苑没出基地，就坐在了热气腾腾的红锅面前，千层肚、黄喉、鸭肠、脑花、蟹棒、虾滑、鱼丸什么的摆了满满一桌，楚嘉年亲手给她涮完毛肚涮鸭肠，捞完鱼丸下虾滑。

俞苑苑一开始还在说"这个好吃""那个也好吃"，后来慢慢感觉到了一丝不对劲，终于歪头看向了楚嘉年，这才发现对方的油碗清澈见底，根本就是一口都还没吃。

"你怎么不吃？"俞苑苑咽下嘴里的虾滑，口齿不清道。

"看你吃得高兴，就想让你多吃一点。"楚嘉年又捞了一筷子豆皮到她碗里，"这几天辛苦了。"

"也不是我一个人辛苦，大家都在一起努力呀。而且，这一年的努力让我们走到了这里，没理由在最后关头松懈，好赖就在这两天了。"俞苑苑笑眯眯地看着他说。纵使在吃火锅，她似乎也没有完全放松下来，身体依然是紧绷绷的，包括吃饭的速度都比以往要快。

是这个道理没错，但是楚嘉年看着她，还是有点恍惚。

一路走来，他亲眼看着她一步步成长。队里不是没有人担心过，不是因为性别歧视，而是因为职业电竞选手的日常和普通人想象中的生活非常不一样，大量重复工作的枯燥和辛苦不足为外人道。俱乐部曾经给电竞热爱者举办过为期两周的电竞夏令营，让他们可以亲身体验职业选手的生活，有人甚至连第二天都没有坚持下来，就选择了退出。

在她刚来的时候，队里的几个人其实都有过这方面的担心，也在私下里找楚嘉年提过，毕竟少女看上去就是从小到大没吃过什么苦的人，所有人都暗暗担心她会坚持不下去。

但是谁都没有想到，面对这样严苛的训练，俞苑苑硬是一句抱怨都没有说过，严苛地要求着自己，在电脑面前无悔地燃烧着自己的青春与梦想。

她完成了从普通的女大学生到职业选手的转变，从青涩一步步走向成熟，从 BP 环节都会出现失误，到如今能够为全队抗压，心态不崩，逆风翻盘。

楚嘉年突然俯身，将俞苑苑揽了怀里。

俞苑苑愣了一下问："怎么了？"

楚嘉年将她按在自己胸口，单手摸了摸她的头发，声音带了一丝沙哑："没什么，就是觉得……我很为你骄傲。"

俞苑苑听着楚嘉年胸膛传来的心跳声，他的衣服上有非常清冽的香味，透过重重火锅的味道钻入她的鼻中，将她层层包裹。她微微闭上眼睛，情不自禁地在他怀里蹭了蹭，然后才退开。

"一开始，我只是不想辜负你对我的期望。"俞苑苑脸上的神色放松了不少，似乎被这个拥抱治愈了，她活动了一下脖子，抬手捏了捏自己后颈的肌肉，然后继续说了下去，"但是后来，粉丝越来越多，对我们的期望也越来越大，所以我也越来越努力，总觉得自己身上开始背负了许多和以前不一样的东西，而我……不能辜负你们。"

"既要做好自己，又要做好大家心中的 AM 中单纳命，其实还挺难的。"她笑了笑，"但是，能让你为我骄傲说明我其实……做得还不错！"

楚嘉年目光沉沉，他缓缓展开一个微笑："你做得很好，比我想象的最好还要好。"

俞苑苑迎着他的目光，他的瞳色比平时更深一点，倒映出了她的影子——只有她一个人。

她本来还想再说点什么，结果目光下移了一点，然后整个人都顿住了。

楚嘉年发现了她的异样，问："怎么了？"

俞苑苑："……你刚刚抱我的时候，我还没擦嘴……"

所以，楚嘉年的白色卫衣上，印上去了一团惨不忍睹的油渍，醒目无比。

楚嘉年："……"

刚才营造的温馨气氛荡然无存，很少能看到楚嘉年这么狼狈的样子，俞苑苑"扑哧"一声笑出来，然后笑声越来越大。楚嘉年抬手弹了她的脑门一下，被她感染，也跟着她笑了起来。

平时吃火锅一般也就是四十来分钟，放松下来的俞苑苑硬生生地吃满了两小时，最后是扶着楚嘉年的胳膊走出去的。

回到训练室的时候，其他人都已经回来了，见到他们俩携手回来，大家的表情顿了顿，突然出现了奇异的变化。

牛肉酱动作夸张地吸了吸鼻子："我怎么闻见了一股火锅的味道？"

雪饼双手抱胸，抬起下巴："年哥的胸口还出现了不明油渍？"

小新单腿踩在窗棂上，一只手搭在腿上，倾身向前，一副狂酷炫打算逼问到底的样子："说，你们是不是背着我们偷吃了火锅？"

铁证如山，俞苑苑仍面不改色地胡说八道："你们不懂，最近新出了一款火锅味的香水，我一时兴起买了一瓶。"

这种明显的鬼话，大家当然不会相信，但是所有人又都想起来俞苑苑给他们介绍过一款辣条味的香水，所以又有点将信将疑，小新试探道："那年哥胸口的油？"

"哦，我不小心把香水砸了。"俞苑苑神色镇定，"溅出来了几滴——"

然而她还没说完，大灭的声音就从门口响了起来："哎，你们吃火锅怎么不叫上我和皮皮？单独开小灶不好吧？"

小新已经有点相信俞苑苑的鬼话了，顺口为她辩解了一句："她说这味道是火锅味的香水。"

大灭："……那我上电梯的时候工作人员端出去的那口火锅是哪儿来的？"

俞苑苑：……完蛋了。

楚嘉年：……完蛋了。

雪饼惊呆了："年哥，不能这样偏心啊，我们用自己勤劳的双脚走去烤肉店，而你们，足不出户就有火锅吃？"

小新："还骗我们说是香水？"

俞苑苑："……各位少侠，手……手下留情……"

事情最后以俞苑苑和楚嘉年答应包揽基地所有人整整半年的火锅告一段落，两个人落荒而逃，跑去洗澡换衣服去味，然而他们留下的火锅味却久久不散，萦绕在所有人的鼻尖。

"虽然刚才吃烤肉吃到吃不下，但是现在闻见火锅的味道，我觉得我又饿了。"牛肉酱抱着肚子，吸了吸鼻子，"太残忍了。"

大灭："不行，这事儿不能忍，等不到回国了，比赛结束以后，晚上立马就得安排上火锅！"

所有人都重重地点了点头。

大灭："赢了就是红锅，输了就是菌汤锅！"

雪饼惊了："鸳鸯锅都不给的吗？为了火锅，老子拼了！"

于是俞苑苑洗完澡回来后，整个训练室展现出了一种异常积极上进的氛围，俞苑苑有心想问，却又因为偷吃火锅而心虚，最后还是乖乖闭了嘴，融入了大家格外努力认真的气氛里。

半决赛很快到来，第一天是 MONT 和 CMCG 的比赛，AM 和 Rosso 不约而同地来到了同一间观影室。

还是熟悉的位置，时光仿佛回到了十几天前。

不同的是，因为这次针对 Rosso 做足了功课，所以俞苑苑终于能一眼认出来对面是谁了。

比如即将和她对线的中单 Berg 虽然是白人，但是是韩国青训营出身。再比如那天对她隔空放话的打野 Wave 在推特上非常活跃，说起骚话根本不计后果，在半决赛对战的结果出来的同时，就再次在推特上对 AM 隔空放了话，大意是这次 S 赛最期待的对手就是 AM，没想到一直拖到半决赛才见面。

而在 AM 前面，他还加了一个定语修饰：有女队员的 AM 战队。

这意味就变得非常微妙了。

观影室见面，Rosso 众人倒是没有多说什么，礼貌地互相点头致意后，就转头看起了比赛。

其实很多人都对 CMCG 和 MONT 做了数据分析。MONT 虽然只拿了一届 S 赛冠军，但是在 LCK 赛区内部与 BBG 的碰撞中，输赢的比率几乎是五五开的，也就是说，MONT 是实力不亚于 BBG 的夺冠种子战队。反观 CMCG，虽然也是 LPL 赛区的老牌战队，夏季赛、春季赛、德玛西亚杯等赛事的冠军奖杯摆了一面墙，但是在 S 赛上，最远也只是像今天这样走到了四强，而那也是四五年前的事情了，当时那批电竞选手都已经退役了。

所以大家普遍更看好 MONT 一些，甚至有人预测 MONT 会以碾压的姿态拿下比赛。

"你们觉得今天 CMCG 的希望有多大？"牛肉酱小声问道。

"别的不说，昨晚吃烤肉的时候，他们的心态是真的好。"小新说，"这玩意儿真的讲不好，看状态，看发挥，有时候还得靠点儿运气。"

奥利奥点点头："我觉得能行。"

俞苑苑盯着屏幕，两边的队伍出场了，在短暂的出场介绍仪式后，分别坐在了自己的位置上。

她捏紧拳头，小声道："LPL！加油！"

CMCG 显然对 MONT 做足了功课，而在 AM 分享了一些对线的直接感受后，CMCG 几条线都打得灵性十足，前中期都与 MONT 打成了小优，然而后期的大龙处团战，因为进场位置的问题，被 MONT 抓住了机会，打成了一换五的团灭，丢掉了自己的前中期优势，最后被 MONT 拿下了第一局的胜利。

大家心里有点泄气的同时，也在互相安慰说还有机会。也有人开始唱衰，说 CMCG 可能有八强魔咒，这次第一次进半决赛已经很不错了，保守估计 0∶3，预计最多能扳回来一局打成 1∶3。

第二局很快开始，CMCG 不知道是不是第一局输了的原因，士气似乎一直不太振奋，前期就被压，三分钟的时候就被 MONT 抓了三个人头。好多人看到这里就关了直播，觉得第二局就这么不抗压，CMCG 应该只能止步四强了。没想到从中期开始，CMCG 连续打了两波完美团，直接把前期的劣势全部扳了回来，又连着拿了两条火龙，随即在大龙处团战又精彩地取得了胜利，最后推上了 MONT 的高地。

比分扳回到了 1∶1。

第二局中后期，CMCG 的表现实在是太好了，LPL 粉丝的心里都重新燃起了火焰，直播间的观看人数一度翻了两倍，甚至出现卡顿的现象。

承接第二局的士气，CMCG 又拿下了第三局。比分来到了 2∶1。

此时此刻，不光是 LPL 的粉丝，就连所有 LPL 的战队都紧张地坐在了屏幕前关注着直播。

第四局，赛点局。

大家都屏息凝神，解说的话就在耳边。前一局 CMCG 赢下比赛的时候，他们的嗓音就已经微微沙哑了，但镜头给到解说间的时候，可以看到两名解说的眼中充满了光和希望。

有了连胜两局的铺垫，第四局，Haven 气势大盛，打出了教科书级别的团战操作。职业联赛里面，妮蔻开大招打中的难度本来就高，而 Haven 居然一次用大招打中了对面四个人！

这一波团战奠定了接下来的发展趋势。MONT 虽然疯狂反扑，在最后的一波攻击里拆到了 CMCG 的高地，却被 CMCG 死死拦住，直接打了个团灭，反倒被 CMCG 摸眼传送到了 MONT 的高地，借助最后一个超级兵，完成了对 MONT 的拆家反打。

解说嗓音沙哑地吼道："让我们恭喜 CMCG！！！战胜 LCK 最后的希望——MONT 战队！顺利拿到了进入 S 赛决赛的门票！虽然已经说了很多次，但我还是要再说一次——这是 LPL 最强的一年！没有之一！！！"

"CMCG！"

CMCG 的全员在拆到最后的时候，全部都从椅子上跳了起来，又哭又笑地互相拥抱。这一场让一追三实在太过精彩，全员都打出了最好的状态，无论输赢，大家都觉得畅快淋漓，了无遗憾。

在与 MONT 的队员们握手后，CMCG 全员站在舞台面前，向着台下深深鞠躬，Haven 眼角红红的，显然是激动到流泪。

Haven 当仁不让地拿下了 MVP。赛后采访里，Haven 对着镜头说："说实话，我们是做好了输的准备的，结果没想到居然赢了。所以现在比普通的高兴还要高兴一点。MONT 是真的很强，和他们打比赛是一种享受。"

主持人："还有什么想说的吗？现在是什么心情？"

Haven 想也不想，冲着镜头大声呼唤："AM！我们在决赛等你们！"

他这句话一出口，观众们明明脸上都带着笑容，但是眼中忍不住都带了湿意。

这是 LPL 最好的一年！！！没有之一！我不接受反驳！

我真的好想哭！LPL 冲呀！！！

冲呀！冲冲冲！！！

建立属于 LPL 的王朝吧！！！


就在这样的祝福和所有的期望中，时间来到了第二天，轮到 AM 对战 Rosso。

上台前，大家难得都有点紧张。

牛肉酱搓了搓手，率先伸了出来："AM——加油！"

雪饼立马搭上去，眼神凶悍："为了红锅！"

俞苑苑已经知道了红锅的哏，立马接上："为了半年的牛油红锅！"

"加油！"

"AM 加油加油加油！！！"

赛场人声鼎沸，在 CMCG 拿到了第一张决赛门票以后，国人声援的声势更加浩大，等到了 AM 这一场，一眼望去，整个场馆里三分之二的人都是来给 AM 加油的国人面孔。

在背景乐中，主持人依次介绍了站在台前的队员们。包括楚嘉年和对方的 BP 教练在内的各队成员一起站在了台前，接受台下所有粉丝的尖叫和欢呼声。

回到电脑前的时候，队员们都感觉自己从粉丝的声音中得到了某种力量。俞苑苑清了清嗓子："听到这些欢呼声了吗？还想继续听的话，可就都要稳住了！"

牛肉酱嘻嘻一笑："我们是见识过大场面的人了，很稳！"

楚嘉年听到这句话，也放下心来，但还是反复提醒道："不要轻敌。Rosso可能会拿新套路出来，大家都不要大意。"

果然如他所说，第一局，Rosso拿出了欧美战队最爱的宝石、琴女加刀妹的阵容。好在AM早有防备，没有让宝石上ban位，就是专门放出来让Rosso拿的。

早就有人在贴吧问过，为什么欧美赛区的宝石、琴女阵容在LPL和LCK赛区都很少见，有路人回答：如果拿这个阵容，很可能撑不到六级就会被捶爆。当时还有人回复说青铜就不要来瞎说了。结果这一局，AM用实力证明了这位路人兄弟的话，下路雪饼拿了一个EZ，开局就追着点死了琴女，后来小新又直接在下路给Rosso上了生动形象的一课，告诉他们，不要在LPL的战队面前玩大后期运营流阵容。

第一局结束在比赛进行到第二十分钟零几秒的时候，大龙刚刚从龙坑冒头准备上班，游戏就结束了。

因为"消炎组合"每次解说AM战队的比赛时，AM战队的赛事结果都是胜利，带着这样的福运，LPL再次派出了"消炎组合"。阿莫在第一局结束的时候笑出了声："都说我和西林解说的时候，AM胜率奇高，我俩本来还不太信，今天看来我们两个福娃可能真的有点用。"

弹幕：

可给你俩神气坏了，哈哈哈。

消炎福娃组合，哈哈哈，笑死我了。

我在想，如果AM赢了，和CMCG对战那场你俩还敢上场吗？上场了岂不是会被CMCG的粉丝撕了，哈哈哈哈。

西林眼尖地扫到了这条弹幕，一本正经道："当然了，这都是玩笑。到底是谁来解说都听从赛区安排，我们支持LPL的每一支队伍，也希望能给所有的LPL队伍带来福运。说实话，作为解说和粉丝，当然希望自己解说的LPL队伍比赛都是赢的。"

阿莫点点头说："说起来，去年S赛上，CMCG止步八强的时候，当时我俩不是解说，在后台待命，看到CMCG输了，西林哭得可伤心了，我手机里还有证据。"

西林脸色一变："别说得好像你没哭一样。两个一脸眼泪的大老爷们也不知道当时为什么非要自拍一张。"

阿莫笑道："这都是深爱《英雄联盟》的美好回忆嘛！好的，让我们稍事休息，马上进入本年度《英雄联盟》总决赛半决赛，AM 对阵 Rosso 的第二局比赛。"

第二局比赛很快开始。第一局赢下来以后，AM 的压力顿时小了不少，大家上场的时候，表情也比第一局轻松了不少。

经历上一局之后，Rosso 再也不敢拿这种阵容出来了，将目光转移到了 AM 的下路，先手 ban 掉了雪饼爱用的卡莎和薇恩，然后追加 ban 了一手加里奥，很显然是想要在下路做文章。AM 这边则 ban 掉了塞拉斯和丽桑卓，在加里奥没有了以后，顺势也把为所欲为组合的皇子也 ban 掉了。

这一轮，AM 是蓝方，看到对面这么喜欢 ban 下路，干脆一楼就拿了一个卡莉丝塔。

Rosso 则锁了瑞兹和雷克塞。

小新搓搓手说："年哥，你觉得奥拉夫怎么样？"

楚嘉年本来在看到雷克塞之后，就想让小新从盲僧、奥拉夫和蜘蛛里面选一个，小新既然自己想玩奥拉夫，当然要满足他。

因为一楼已经拿了卡莉丝塔，AM 这边想在三楼拿一个辅助位，就在楚嘉年考虑暗影岛组合的时候，突然想到牛肉酱和俞苑苑最近都练了莫甘娜。他说出了莫甘娜摇摆的想法后，牛肉酱和俞苑苑都是眼前一亮："可以啊，这样对面辅助就很难选了。"

果然，莫甘娜放出来以后，解说也觉得其大概率是辅助，毕竟卡莉丝塔和莫甘娜的下路组合在之前的比赛中也出现过。而 Rosso 在短暂的犹豫后，拿了一个韦鲁斯。

第二轮 BP。

Rosso 对这个莫甘娜果然感到很难受，犹豫了半天，害怕莫甘娜是走中的，所以废了一个 ban 位，按掉了锤石，避免强势的暗影岛组合出现。

楚嘉年思考片刻道："我们打中期节奏，莫甘娜走中，下路看能不能拿到布隆，上路……来一手凯南开团怎么样？"

在得到大家的同意以后，楚嘉年让下路 ban 掉了牧魂人迷惑对面，让他们以为 AM 想要拿吸血鬼。

而 Rosso 的最后一手则 ban 掉了阿卡丽，也害怕莫甘娜万一走下，上次俞苑苑的天秀阿卡丽，他们是不想再看到了。而 AM 则防止瑞兹走中，回敬了对面一个妖姬。

最后，Rosso 拿了塔姆做辅助，AM 这边顺利选到了预期的阵容。而在布隆亮出来的刹那，Rosso 也明白了莫甘娜果然是要走中了。AM 的阵容在中期最强势，但中期恰好是 Rosso 目前四个英雄的弱势期，Rosso 队内似乎对最后一个 counter 位的选定争论不休，直到最后三秒，才锁了一个飞机。

"哇，可以可以，这个飞机拿得很有灵性了。"俞苑苑赞叹了一声。有了这个飞机，算是稍微盘活了 Rosso 中期不够强势的状态。而瑞兹被摇到上路，则意味着奥利奥的凯南又要抗一部分压力了。

不过大家对奥利奥的抗压能力非常放心，毕竟是能拿着吸血鬼打杰斯都不输刀的男人。

楚嘉年下场之前敲了敲俞苑苑的脑袋说："加油。"

俞苑苑头也不回地冲他挥挥手："不会让他们拖后期的！"

楚嘉年下台以后，小新撸了撸袖子："兄弟们，都好好发育啊，我们就看中期了！"

"收到，收到。"牛肉酱道，"走走，一级入侵走你。"

奥拉夫和布隆握在手里，如果不去反野，那可以说是非常亏了。

兴许双方都知道这把的关键点就在中期，所以前期一直都没有打起来，线上虽然碰撞频繁，但是都没有打出来什么具体的火花。Rosso 一直在避战，前期的土龙也让给了 AM。

大家都在好奇打架队今天怎么这么稳的时候，突然发现上路的奥利奥竟然第一次被压了二十多刀，甚至连三层塔皮都被对面的瑞兹吃满了！

阿莫有点惊讶："这个瑞兹不处理不行啊，这样下去，上路就要养出来一个'爸爸'了。"

西林："Rosso 的上单是真的猛啊，之前他们和别的队打的时候我还没觉得，这会儿拿到强势英雄了，竟然能打得这么凶，是想要从上路突破了吗？"

阿莫："不过奥利奥也是没办法，这一会儿雷克塞都去了三次上路了，凯南能保证不丢人头已经算很谨慎了，这应该是上路和下路在换资源。"

相比起别人的惊讶，AM 队内倒是非常镇定，因为下路的卡莉丝塔也压了对面的韦鲁斯快要四十刀，塔也拆得七七八八了。

雷克塞再次去了上路，刚刚探头，奥利奥已经退回了二塔，算是放了一血塔给 Rosso。

而与此同时，下路的一塔也快要被雪饼点倒，回家的韦鲁斯和塔姆赶到，显然想要再保一下塔。俞苑苑和奥利奥顿时毫不犹豫地开始传送，这个时间点，确实已经可以开打！

下路一下来了四个人，韦鲁斯和塔姆根本没有任何操作的空间，韦鲁斯临走前还想靠贴脸 Q 的累积额外伤害带走雪饼，没想到雪饼居然带了一个金身。

两个人头都给到了奥利奥头上，然后 AM 顺势回头拿了第二条土龙。虽说雷克塞和瑞兹在上路拿了峡谷先锋，但是被 Rosso 费尽心机压制的凯南拿了两个人头，简直让 Rosso 前期的努力都白费了。

血赚。

就在大家都以为 AM 的节奏会就此起来的时候，Rosso 也展现出了北美强队的实力，充分利用了避战和交换资源的方式，硬生生在游戏前二十分钟，只与 AM 在小龙坑处打了一次真正意义上的团战，更夸张的是，这次团战 Rosso 居然用四换五将 AM 打了一个团灭！

局面一下子变得扑朔迷离起来。

就这么拉拉扯扯，两边的塔都被拆得七零八落，而 Rosso 成功地将比赛拖入了三十五分钟的大后期，远古巨龙都已经刷新，看似来到了 Rosso 的阵容所强势的时期。

飞机甩尾打出巨额伤害，瑞兹打团更是伤害吓人。甚至连最后的大龙 buff 都被 Rosso 拿了下来，还好 AM 当机立断，雪饼一个人点掉了远古巨龙。

远古巨龙增加真实伤害，正是用来打架的，而大家也知道，到了这个时间点，就看下一波团战谁发挥得更好，然后就是推一波的事情了。

"兄弟们，我杀人书十九层（装备名，层数越高，叠加伤害越高）了，打？"俞苑苑问道。

五个人聚集到了中路，面对带着大龙 buff 的兵线，丝毫不惧，雪饼笑了一声："打！"

于是，五个人气势汹汹从中路开始向上推。

Rosso 的五个人也迎了上来。

"能秒杀飞机就先秒杀他，我绕后，我绕后。"小新从侧翼的草里开始往后绕，趁着前面四个人拉扯，偷偷摸摸地在 Rosso 的高地插了个眼。

奥利奥会意。

AM 带着兵线推到了中路高地塔，飞机探头出来想要收兵线，俞苑苑毫不犹豫闪现冲飞机的脸上扔了 Q，大家集火，瞬间把飞机打到了击杀线。对面塔姆冲上前来一嘴吃掉飞机，转头将飞机扔向身后，然而飞机得救，塔姆却走不了了，直接被 AM 集火秒杀掉！

"塔姆没了，拆塔拆塔！"俞苑苑站在布隆背后，和卡莉丝塔一起疯狂地点塔。

阿莫感觉到了什么，说："塔姆没了！Rosso 这波要出事了啊！前排没人保护了！"

而 Rosso 并不想让 AM 这么轻易就拿下高地塔，四个人还想要拦一下，正在拉扯，不知道什么时候顺着小新插的眼摸到了侧面的凯南，从侧翼闪现开大招冲进了塔里！

这个大招的位置和时机实在是太好了，他一个大招直接晕住了 Rosso 的三个人，除了打野雷克塞及时逃脱，其他三个人的血条直接被打掉了一大半。雪饼跟上，第一个就点掉了飞机的人头，而俞苑苑在奥利奥进来的第一时间就开了大招，收下了剩下两个人头。

台下观众的欢呼声开始沸腾。

"一波！一波了！"牛肉酱喊道。

"nice，兄弟们！一波了！"小新跟着大喊，"还有最后一局！"

兵线就在身前，对面只剩下了雷克塞一个人，根本无力回天，出门想要骚扰，被小新追着砍回了泉水，最后被莫甘娜在泉水里定住，收掉了人头。

至此，这已经是俞苑苑第二次在 S 赛上于泉水中收走人头了。

"让你对我隔空放大招！"俞苑苑再一次用金身站在泉水里，看着队友们点爆了水晶。

阿莫和西林在解说间也按捺不住激动："2：0！AM 拿下了半决赛第二局的胜利！让我们恭喜 AM！这一场打得太精彩了！"

西林清了清微微沙哑的嗓子："其实这一局的 Rosso 也非常厉害了，硬是拖到了大后期，但是我们看到，AM 用理论上来说在大后期不如 Rosso 的阵容赢下了这局比赛！恭喜 AM！"

连着赢下两局，全场沸腾，因为以现在 AM 的气势和状态来说，Rosso 想要让二追三几乎是不可能的，弹幕甚至已经有人开始提前庆祝。但谁也没想到 AM 的全员并没有放松，大家回到休息室以后，开始反省阵容。

俞苑苑皱着眉说："下次不能拿这么有中期特征的阵容了，Rosso 的实力还是有的，我们拖到大后期太难受了。这局能赢我觉得是运气，他们的失误被我们抓住了，而我们的失误他们正好没抓住，但是下次就不一定会这样了。"

其他人都深有同感，楚嘉年也在观战的过程中意识到了这个问题，但还是点名表扬了俞苑苑："苑苑意识不错，虽然已经拿下来了两局，但是大家都不要放松，争取第三把结束就下班。"

小新："……以前我让大家不要膨胀的时候，为什么没有夸奖？"

楚嘉年转过头，给了他一个"你说呢"的表情。

小新：……行吧！不就是欺负我们单身狗嘛！哼唧！

小新不服输，还想反抗，故意提了一句："年哥啊，也没别的意思，就是提醒一下你，还记得夏季赛拿冠军那天发生了什么吗？"

休息的时间很短，小新说完这句，场控就来通知上场了。

例行加油完，俞苑苑塞满了英雄和操作的脑子还有点蒙。

直到上台坐下，检查完外设以后，她脑子里才灵光一闪。

她是不是说过，如果拿到 S 赛的冠军，她就答应和楚嘉年订婚？

她的目光从屏幕的一侧滑出去，象征着 S 赛最终荣耀的奖杯就在斜前方肉眼可及的地方。俞苑苑像被灼伤一样收回了视线，深吸了一口气，平息自己突然狂跳的心脏。

订婚啊……

不待她多想，游戏开始的提示音在耳机里响了起来。

俞苑苑顿时将注意力重新集中在了面前选英雄的界面上。

订什么婚！不如先把面前的这些人打爆！


第三局比赛。

欧美赛区战队的风格与亚洲战队相比还是有一些区别，作为电竞选手来说，毫无疑问都想赢，纵使他们心里也知道翻盘的可能性不大，但脸上依然挂着笑容，并没有大家想象中的死气沉沉。

赛点局，Rosso 并没有放弃，从 BP 环节开始就火药味十足，两手摇摆弄得 AM 也非常难受。他们甚至在第一局用宝石、琴女的套路被血虐之后，第三局依旧破釜沉舟地拿出了魔腾打野这种顺风超神、逆风超鬼的英雄。但是到底比不过气势正盛、一往无前的 AM。

这一局，雪饼出其不意地拿了一手小炮。对面虽然研究过雪饼的英雄池，也知道他的小炮比较牛，但是毕竟整个夏季赛雪饼只拿出来过一次小炮，所以下意识地放掉了。而俞苑苑则拿到了妖姬，从一开场就 carry 了全场，到了中期，能一套直接越塔秒杀对面的中单和打野。

第二十八分钟，AM 将经济优势拉到了八千块。

在 AM 五个人重新集结在中路，带着大龙 buff 向前推进的时候，全场的观众都知道这就是最后一波了，挥舞着 AM 队旗的现场观众们从座位上跳起来尖叫和欢呼，而 AM 就在这样浩荡的声势中，拆了 Rosso 的水晶。

台下观众的尖叫声几乎能掀翻房顶，五个人的名字从场馆各处不断地响了起来。俞苑苑站起身来，跟在小新身后去和 Rosso 的队员们握手。

Rosso 的队员们显然也知道这场胜利对于 LPL 赛区来说意味着什么，一个个都说着"恭喜"。这一圈手握过去，现场的气氛太过热烈，一波一波的"LPL"最后汇聚成了一片声浪，五个人都不约而同地红了眼眶。站在台前鞠躬的时候，也比平时的时间要更多一点。

牛肉酱肚子上肉多，鞠躬的动作让他很难受，但是这会儿他什么都顾不得了，只想认认真真地给这些支持 LPL、在 LPL 低谷的时候不放弃、在 LPL 攀登高峰的时候一直陪伴的观众们好好地鞠一躬。

整个 LPL 赛区的观众和解说们都沸腾了。

阿莫的嗓音已经喊哑了："推掉了！3：0！AM 零封了 Rosso 战队，拿到了第二张进入决赛的门票！LPL 赛区提前预定了本届 S 赛的冠亚军！！！"

西林的声音甚至带着哭腔："在当年的鸟巢里，我们看的是韩国内战，在洛杉矶的斯台普斯中心，我们看的还是韩国内战，但是今年，我们要在韩国上演我们 LPL 自己的内战！我从来没有一刻像现在这样期待 LPL 的内战在韩国上演！"

弹幕也都在热泪盈眶。

LPL，真正建立了属于自己的王朝！

这场比赛之前我还不敢说，但是现在我就是想要喊一声：LPL 就是第一赛区！宇宙第一赛区！

大家快看看场上的这五个人，还有没有上场的大灭，以及 CMCG 的那几个人，记住他们，他们将要创造 LPL 的未来。

我爆哭，这是属于 LPL 的时代，我终于能对我的外国小伙伴们高喊一声：我们 LPL 就是最强的！

无数人热泪盈眶，S 赛决赛的门票早就售罄了，一票难求。而因为 LPL 今年的成绩实在是太好了，所以不少城市的电影院都提前出了预告，将于三天后的下午直播英雄联盟全球总决赛 AM vs CMCG 的天王山之战。

赛后的 AM 反而相比之前放松了不少。要说研究对手，LPL 赛区战队之间肯定研究得最透彻，不说别的，AM 和 CMCG 的训练赛简直是三天一小约，十天一大约，你来我往，互有胜负，两边知根知底到看 ban 位都能猜到对面要用什么。

因为要给决赛造势，第一天的休息日双方照例要去拍宣传片。一般来说要拍宣传片的时候，俞苑苑都会在前一天特意早睡，然而这一天，一直到半夜了，俞苑苑还拿了一张纸，埋头在训练室写写画画。

楚嘉年给大家拎了一大份夜宵过来，顺便还买了各种口味的奶茶和果茶，本来以为俞苑苑早就去睡了，没想到一推开门就看见她愁眉不展地盯着纸，仿佛遇见了什么奥数难题。

牛肉酱的鼻子何其灵敏，头都不回就知道奶茶来了："年哥，给我留一杯巧克力味儿的！"

"有没有香芋的？"雪饼凑过来。

大家都伸头翻找自己喜欢的口味，唯独向来听到"奶茶"两个字就两眼放光的俞苑苑却恍若未闻，依旧盯着眼前的那张纸。

楚嘉年拎了一杯红茶拿铁放在她面前问："看什么呢？"

面前被一团阴影笼罩，俞苑苑这才回过神来："我在思考哪个中单比较出其不意，能打 CMCG 个措手不及。"

楚嘉年觉得有趣："中单来来回回就那么多个，无论你拿哪个，对面都有应对的策略。"

"也不一定，他们那边肯定有出场次数的排序，比如我的丽桑卓、佐伊、妖姬，还有瑞兹这几个英雄他们肯定比较警惕，当然还有刀妹。但是如果我……拿个小法，或者拿个劫，对面肯定就很蒙。"

"……蒙完以后抓死你，还想拿劫？全明星赛上你爱用什么用什么，打比赛你想拿劫，除非现在一夜回到 S3（第三个赛季）。"楚嘉年抬手扣了一下她的额头。

话虽这么说，但他也仔仔细细地看了俞苑苑列出来的英雄列表，然后目光在拉克丝上停了下来。

说起来，他当时刚准备挖她入队的时候，她似乎就在直播讲解拉克丝这个英雄。虽说这是一个新手中单和辅助入门英雄，但是并不代表职业赛里不能出现这个体系。

俞苑苑注意到了他的目光，倒吸了一口气问："年哥，你确定？"

楚嘉年说："这不就是你从来都没上过的压箱底吗？"

俞苑苑感慨道："……做个人吧，年哥。"

楚嘉年：？？？

大灭在旁边听见了，凑过来看了一眼，眼神有点奇妙："这不是我在OPE早期的时候拿出来过的阵容吗？"

楚嘉年："说到这里，我们还有一个问题没有解决。决赛你和小新谁上？"

一般来说，这种情况下，小新肯定会出声让大灭上，但是这次，他难得没有说话，半晌才开口："我服从教练的安排。"

大家一时之间也安静了下来。

小新是AM创队开始就一直在队里的老人，和大家的感情自然深厚，而大灭曾经是所有LOL玩家从玩游戏起就仰望的存在，是很多玩家心中的支柱，是从S1坚持到现在的老将，且不论从夏季赛这一路走来建立的友谊，最关键的是，小新还年轻，而大灭……

无论成败，S赛的决赛，都将是大灭最后一次出现在这个职业赛场上了。

从这个角度来说，大家觉得应该让大灭上，但……这毕竟是S赛的决赛。

谁不想在决赛上痛痛快快地打一场呢？

大家你看看我，我看看你，都不知道该说什么好。

大灭当然也明白这个道理，他一看就知道大家在想什么。他单手搭上了小新的肩膀，笑了起来："我也听从教练的安排。这是团队的荣誉，谁合适就让谁上。可别因为我老弱病残就可怜我啊，反正我已经在想冠军皮肤要什么了。"

他这么一说，小新的眼眶立马就红了："灭哥，我……"

大灭把他往怀里一带，笑道："少叽叽歪歪的，我像你这么大的时候，字典里可没有'谦让'两个字。"

小新吸了吸鼻子，使劲点了点头。


第二天，大家又起了个大早，这一期的决战因为是LPL赛区的天王山之战，整个LPL赛区的赛方也很沸腾。楚嘉年这边也在暗地里出力，经费前所未有的充足，大家暗暗准备玩一手大的。

后期剪辑师早就剪辑好了两支队伍从出道以来的高光时刻素材，制作团队也请来了拳头御用的顶尖队伍，最后的拍摄地点定在了历史悠久的昌德宫和时尚中心明洞两个地方。

选择这两个风格截然相反的地方的原因，一方面是想要表达出电子竞技作为第九十九个正式体育运动项目，将带给大家和传统竞技项目一样永不言败、越挫越勇的体育精神，并且为国争光；另一方面是想表现出电子竞技与传统竞技的不同之处，这是以现代电子技术与设备为依托的运动项目，是在虚拟环境中进行的新型竞技方式。

是以所有人都在这套宣传片中换了两套衣服，一套广袖流仙，一套队服。

所有人都知道决赛前要拍宣传片。之前俞苑苑都会在微博发一点花絮，但是这次不知道出于什么原因，包括俞苑苑在内，两支队伍都没有任何风声透露出来，只有楚嘉年的微博更新了两个字。

AM.Cain：真美。

围观群众：

猝不及防的一口狗粮。

虽然只有"真美"两个字，但是你以为我不知道你在说谁吗？？？

盲猜年哥是在说宣传片！！！

纳命爷会不会回一个"真帅"？

我有一个大胆的想法！会不会是说宣传片里的纳命爷？我韩国的朋友说在昌德宫附近看到了赛方的大巴车！猜测昌德宫是取景地！

在网友的期待和众说纷纭中，决赛开赛前一天，宣传片终于在各大平台投放了出来。

点开视频，入眼先是拳头标志性的logo，画面骤黑，随即画面如画卷一般缓缓展开。

湖边小亭中，石桌上有棋局铺开，纵横的十九条线段上，一只修长白皙的手持黑子率先落子，随着玉石与桌面碰撞发出清脆的撞击声，画面骤切，《英雄联盟》原画里的英雄们各自为阵，而天空中则逐次浮现出AM与CMCG连同替补在内的七个人的身影。

又是一声撞击声，白子落，有人露出一双冷漠的眼，一身黑衣劲装，手持长枪从黑暗之中走出，他站在演武场上，信手挽了两个枪花，枪头幻化出虚无的火色，直指前方，是小新。

画面切到另一个视角，一身青衣的男生在武器架前挑挑拣拣，最后拎起了一柄三板斧，扛在肩上，一步跳上了演武场，仰头挑眉一笑，向小新和从他身后走出来、同样一身黑衣的瑞格勾了勾手指挑衅。这是 CMCG 的打野。

镜头拉远，再聚焦到某处，奥利奥低头系好铠甲然后昂首，最后整理了一下衣服，翻身上马。而 Haven 则已经在马背上，牵着马绳，身后尘土飞扬，似有千军万马追随其后。

背景乐越发激烈，逐渐有金戈铁马声起。棋局演至中期，镜头拉近至刚刚落下的黑子，黑子染出一团墨韵，最后勾勒出了长桥红花，少女持伞遮面，身上是繁复的深红色古服，眉眼娟秀，仿佛名门淑女，款款而行。镜头拉近到少女的面部，伞沿轻抬，露出俞苑苑的脸，少女脸上清浅的笑容开始加深，与世无争的眼神中逐渐凝聚杀意，长袖翻飞，她抬手拉住了自己胸前的衣服，猛地向空中一扬——繁复的古服被褪下，露出了一身出征前的血红色肃杀法袍。她并未挽发，长发翻飞，大步前行时，一卷书册落入怀中，单手在空中虚握，抓住了一柄法杖。画面绕着她的周身飞快旋转，法杖重重落地，如凤凰展翅一般的无尽法力以少女为中心向四周迸裂开来！

已是在战场。

牛肉酱驱战车冲入战场，雪饼站在车上，弯弓射箭，气势如虹，无数敌人在他的箭下停住脚步，而他则拎起了一支特制的箭，在手中捻了捻，随即搭弓。

长箭飞射，却被一只伸出的手拦停在了半空。木兮与俞苑苑作类似扮相，同样是巫师长袍，他拦住那支箭后，轻巧上前两步，握住箭身，然后折断，随即对着镜头微微一笑。

CMCG 的辅助半跪在弩箭旁，将弩箭交至 ADC 与替补 ADC 的手中，ADC一箭向着俞苑苑的方向射出——牛肉酱从战车上翻滚而下，持盾挡在了俞苑苑面前，然而在他之前，已经有人长剑出鞘，将箭斩落，是大灭。

棋局还在继续，落子声越发急促，两方的厮杀声中加入了说各国语言的解说高昂激动的声音。《英雄联盟》里厮杀的背景逐渐与金戈铁马的战场融为一体。S 赛至今，两支队伍都有非常多的亮眼表现，一场又一场的胜利象征着他们的强大，连着转过七八个高光时刻，西林的声音率先响起："让我们恭喜CMCG！！！战胜 LCK 最后的希望……"

阿莫嘶哑的声音盖掉了他的后半句："推掉了！3：0！AM 零封了 Rosso战队，拿到了第二张进入决赛的门票！LPL 赛区提前预定了本届 S 赛的冠亚军！！！"

天旋地转，画面骤然只剩下了最纯净的黑与白，棋局已经布好，两支战队的所有队员都身着古服，站在对立棋子的位置，傲然看向对方。镜头转动，大家又穿回了战队的T恤队服。

镜头再转，棋盘消失，变成了车水马龙的繁华与夜色。楚嘉年站在俞苑苑身后，为她穿上了战服的外套，俞苑苑向前一步，身后出现了其他六个人，气势大盛。俞苑苑抖抖衣服，举手向前做了一个射击的动作，再现了她本次S赛宣传照上的造型。

而CMCG的队员们同样气势汹汹，有的双手抱胸，有的单手插在口袋里，木兮站在最前面，单手捶了捶自己心脏也是队徽的位置，眼神逼人，不可一世。

两队的队标在双方身后缓缓绽开，最后定格成了一幅永恒的画面。

宣传片结束。

这个特效，这个画面感……一人写血书这两个队出个电竞大电影！！！不说别的，演技都很在线啊！

感觉到了熊熊燃烧的经费……太好看了呜呜呜！

我为自己是LPL赛区的粉丝而感到骄傲！！！

谁赢我都买皮肤！！！

纳命爷真美！！！真的美！！！我年哥诚不欺我！！！

灭爹和酱酱为纳命爷挡箭那个镜头我爆哭！太燃了好吗！还有年哥给纳命爷披上战服！嘤嘤嘤！！！

木兮帅炸了！！！


"LOL全球总决赛宣传片"的话题顿时上了热搜，各大电竞号都开始疯转，网上瞬间炸开了锅。而AM和CMCG依旧被关在小黑屋里，做着赛前最后的准备工作。

牛肉酱翻着自己的转发下面粉丝们的赞美，心中美滋滋，顺口问道："你们觉得今晚CMCG还会请我们去吃烤肉吗？"

"烤你还差不多，还烤肉。"雪饼翻了个白眼，"吃的时候顺便问问明天的战术吗？"

俞苑苑转过头："我觉得我们可以先商量一个假战术，到时候骗他们。"

楚嘉年对俞苑苑的想法非常赞同："最好是说三个战术，两个假的一个真的，假中带真才是最高境界。"

两人心有灵犀地相视一笑。

众人：……救命！这笑容里都是阴谋！

因为之前的几次比赛之前，CMCG都会来请大家吃烤肉，所以一时之间都快成了习惯。但这次两家要做对手了，谁也不觉得 CMCG 还会来。

然而大家都想错了。

五点半，Haven 准时从训练赛小黑屋的门口探出了头问："兄弟们，烤肉约吗？"

AM 众人：？？？

半个小时后，还是熟悉的地方，熟悉的位置，CMCG 大家庭和 AM 大家庭排排坐。

气氛一时有点诡异。CMCG 的经理人清了清嗓子，先开了口："咳咳，我们其实也害怕尴尬的，但是 Haven 有句话说得对，比赛是一时的，友谊是一世的，所以我们还是来了。"

来都来了，楚嘉年也点了点头："对，我们训练赛也打了这么多次了，决赛只不过是高级一点的训练赛，比赛是明天的事情，今天我们该吃吃该喝喝，一切照旧。"

CMCG 的经理人："没错，都是老对手了，大家明天都是靠实力，不存在什么琴女、宝石、中路妮蔻、EZ。"

楚嘉年眼中光芒一闪："下路也肯定是有 ADC 的。"

CMCG 的经理人推推眼镜："自然也不会有双游走。"

大灭会心一笑，跟上话题："四保一那都是老掉牙的事情了，在我们 AM 不存在的。"

CMCG 的 ADC："下雨愁不愁，我不用大头。"

俞苑苑撑着下巴："空放大招封路是不能赢团战的。"

Haven："嘿，那肯定的，就像双人中路线早就被淘汰了一样。"

牛肉酱：……我时常因为不够装，而觉得与你们格格不入。

两支队伍你来我往，看似说说笑笑云淡风轻，实则气氛剑拔弩张，眼中杀气弥漫。牛肉酱吸吸鼻子，老老实实地坐着，大气都不敢出，直到一声巨响打断了大家的表演。

大家一起看向声源处，牛肉酱委屈地抱着肚子说："是它不听话。"

俞苑苑"扑哧"一声笑了出来。

这一声笑带动了全场的气氛，大灭吆喝了起来："来来，都吃都吃啊。"

牛肉酱非常配合："对对，不能和吃的过不去！"

这几句下来，Haven 也开始操刀烤肉，气氛逐渐热络起来，而小新已经偷偷拍了一张照片发在微博。

AM.Xin：决赛前夜。

配图里，两边的人都面带笑容，牛肉酱更是满嘴流油，总之每个人看上去都非常快乐。

粉丝们：

决赛前夜你们不好好准备比赛，居然跑来见对手？？这什么操作？？？

身为 AM 粉，我刀都拔出来了，结果你们去和对面握手言和吃烤肉了？？

好了好了，我算是看懂了，LPL 粉一家亲啊，都别撕。

牛肉酱这样能瘦，我就跟他姓牛！

等等，牛肉酱不是姓宁吗？

我决定了，明天决赛看完就去吃烤肉，好馋。


吃完烤肉回到酒店，时间还早，大家还是要训练到深夜。等到都坐好，关上门，牛肉酱打了个饱嗝，这才问道："年ához啊，没别的意思，我就想问问咱们刚说的那些套路里面，哪个是真的？我们明天要怎么搞他们？"

楚嘉年："都是瞎说的，没一个真的。四保一，我们保谁？哪个位置不能C？需要保吗？空放大招那都是 S3 的事情了，现在拿出来不被喷死？"

俞苑苑颤颤巍巍地举手："那下路没有 ADC 呢？"

楚嘉年："就算这个版本 ADC 确实比较弱，但该有还是要有的，不然让雪饼当法王吗？"

雪饼弱弱举手："没别的意思，就是我来 AM 之前当过一年法王……法师的。"

俞苑苑冷哼一声："中上换线是我的极限了，让我去双人路，我可能真的会带大家上'灵车'。"

牛肉酱："呜，我做错了什么！"

俞苑苑："我，俞苑苑，独来独往，是一个没有感情的法王。"

小新立马接上："我，小新，和我灭爹一起，纵横峡谷，是两个没有感情的野王。"

奥利奥、雪饼和牛肉酱：……我们要叫什么王？请给我们起个名字，在线等，挺急的！

# 第二十二章
圆梦

//

QING BEN XIA GU SHAO NV

决赛的当天，大家坐在休息室里，脸上紧张与兴奋之色并存。场控来通知上台以后，大灭率先伸出手："兄弟们，S赛的奖杯就在那儿了！"

经过各种决断，第一场决定让小新上，后续根据赛况再换人。小新搭上手来，深吸一口气："加油了，兄弟们！"

"加油——"

"加油加油加油！AM加油！"

搭完手桥，大家抱着外设开始往外走。小新继承了大灭的习惯，也换了一套粉色的外设，和他粉色的头发非常搭配。

俞苑苑看了一眼："小新啊，如果不是知道我们现在要上台打比赛，我甚至觉得你是在用头发给这款外设做代言。"

小新一捋头发："承你吉言，年哥前两天告诉我 × 蛇确实联系他了，想找我和灭爹做代言。"

俞苑苑有点牙酸："啧啧，所以你这是今天就上岗了？"

小新挑挑眉："我也是为了到时候好说广告词嘛。"

两个人说说笑笑，很快就到了出口。

此时此刻，大屏幕上，宣传片刚刚播放到尾声，在全场观众的欢呼声中，S赛的主题曲响彻了整个场馆。俞苑苑踮脚往外看了一眼，只见观众席上入眼是一片正红，两边的粉丝分别派出了两名持旗手，一名挥舞国旗，另一名则挥舞自家战队的队旗。

俞苑苑望着在空中翻飞、猎猎作响的鲜红国旗，鼻尖有点酸。

其他几个人也是这样，大家一时之间都望着国旗出神。

半晌，俞苑苑轻声道："你们有没有觉得，自己真的是在……为国争光？"

小新吸了吸鼻子："虽说以前口号喊得好，但电竞本来就小众，所以感触还是不深，但是现在……"

牛肉酱突然开口："我们的国旗，真好看啊。"

奥利奥和雪饼点点头，重重地发出"嗯"的一声。

S赛的主题曲放至高潮，主持人在台上朗声道："让我们欢迎来自LPL赛区的Administrator战队——"

奥利奥深吸一口气："要上了，兄弟们。"

牛肉酱在最后一个，振臂高呼："走你！兄弟们！为国争光！"

五个人依次上台的时候，台下的欢呼声到达了一个高峰。CMCG的队员已经站在了各自的位置上，两边的队员似乎经过昨晚的烤肉局以后，都有了某种奇特的默契，个个都仰着头，谁都没有看对方一眼。

逐次介绍完每个队员以后，大家回到了屏幕后。

楚嘉年上来的时候，现场又是一阵欢呼。宣传片里，大家都认出了下棋的手是他和CMCG的教练的，而他为俞苑苑披上队服战衣的镜头也被截成了小动图，被粉丝放了千千万万遍，赚足了目光，他原本就如日中天的名声又再上了一层楼。

楚嘉年一戴上耳机，听到的就是俞苑苑的感慨："听听粉丝们的欢呼，不知道的人还以为是……"

楚嘉年："是什么？"

俞苑苑机智地改口："是英明神武、卓尔不凡的年哥哥出场了。"

牛肉酱："……为什么我在赛场上也要听这种彩虹屁？"

解说席这边，因为半决赛时阿莫和西林说过他俩的解说使AM的胜率很高的话，赛方害怕粉丝多心，所以狠心拆散了两个人，这场的解说变成了阿莫和另一名颇有名气的解说三初，为了平衡男女比例，还特别请了琶弥来。

三个人的解说间里，琶弥站在最中间，阿莫和三初一人一边。三初非常能搞事，上来先清了清嗓子说："大家好，我是'三·西林·初'，很高兴能和我的搭档阿莫、琶弥组成'消炎三巨头'组合，来为大家解说S赛历史上第一次出现的LPL内战决赛！"

阿莫和琶弥都被他逗笑，公正地回顾了一遍两支队伍在夏季赛、季后赛和S赛的成绩，然后画面切回了场上。

BP 环节开始。

CMCG 起手就直接 ban 掉了让他们有心理阴影的丽桑卓，然后按掉了小新的奥拉夫和牛肉酱的塔姆，等于顺便 ban 掉了有塔姆才会选的 ADC 寒冰和韦鲁斯。AM 这边 ban 得也很快，先按掉了非 ban 必选的塞拉斯，然后 ban 掉了对面中下路手感很好的佐伊和卡莉丝塔。

因为两边确实很熟悉了，基本上看到这个 ban 的位置就知道 CMCG 起手八成是拿打野，果不其然，一楼，CMCG 锁了这个赛季的打野三杰之雷克塞。

小新毫不犹豫地点名了打野三杰之皇子，而因为上一次莫甘娜摇摆效果奇好，所以 AM 在二楼再次锁了莫甘娜。

CMCG 锁了瑞兹和杰斯，显然是瑞兹走中，杰斯走上了。

既然那边的中上路确定了，AM 这边干脆决定三楼给俞苑苑。俞苑苑想了想："妖姬还是刀妹？"

小新："我觉得妖姬可以。"

楚嘉年点点头："锁妖姬吧。"

第二轮 BP。

AM 这边 ban 掉了对面的辅助用过的琴女和卡尔玛，而 CMCG 则回敬了锐雯和吸血鬼。

奥利奥最后指定了牧魂人，觉得自己可以来一波单带，而 CMCG 这边因为上中野强度很好了，所以拿了 EZ 和牛头，而雪饼想了想，亮了一手女警。

雪饼："你们觉得这个怎么样？"

这个赛季他基本都没有用到女警这个英雄，但是这并不代表他的女警不行，而女警、莫甘娜组合对上 EZ 和牛头可以说毫不吃亏。

"可以，锁吧。"楚嘉年点点头。

于是最后阵容锁定下来。

AM 这边是：上单牧魂人，打野皇子，中单妖姬，ADC 女警，辅助莫甘娜。

CMCG 则是：上单瑞兹，打野雷克塞，中单杰斯，ADCEZ，辅助牛头。

"牛头八成会游走，女警也带个传送吧。"楚嘉年在摘下耳机前叮嘱道，"加油。"

楚嘉年和 CMCG 的教练握手下台，比赛正式开始。

五个人一起出现在了泉水里，牛肉酱看着妖姬在泉水转了两个圈，突然反应过来了什么，问："纳命啊，你是不是特地呼应了一下宣传片里手握法杖的造型？"

俞苑苑嘻嘻一笑："说哪里的话，我就是想秀。"

众人：？？？

敢在决赛开始之前就说自己想秀的，估计除了俞苑苑也没别人了。

然而接下来的比赛里，俞苑苑充分向所有人展示了什么叫"欧神立的flag（目标）不会倒"。

前期两边打得都很谨慎，两边的换血非常激烈，但是因为决策果断及时，所以一直到十五分钟都没有产生人头。台下观众的惊呼声一浪高过一浪，结果最后两边都是多次丝血逃走，感觉仿佛在刀尖上舔血。

拉扯太过厉害，一血迟迟不产生，大家却都没有心浮气躁，耐心十足。

俞苑苑清完线切了一眼视野，下路正打得火热，她不动声色地开始向下路移动。而换血到最后的结果，依然是EZ和女警都到了击杀线，老牛顶在最前面，而EZ则向二塔撤去，此时，妖姬已经走到了龙坑后面。

她看着EZ的后退路径，毫不犹豫地点了爆裂果实，跳墙然后Q中了EZ，随即闪W到了EZ身上，入二塔秒收了EZ的人头，然后二段退回了原地！

First blood！

"Nice！"雪饼赞道。

"开张了，开张了，都注意了啊，我要秀起来了！"俞苑苑一边往回走，一边笑道。

而EZ交待掉，牛头也没有了闪，视野里CMCG的打野则出现在了上路，所以雪饼和牛肉酱无压力地收掉了下路一血塔。

而CMCG则收掉了峡谷先锋，一头撞上了中路塔。刚才的对线中，两边的中路塔都有血耗，这一头撞下去，再加上杰斯的几下平A，AM的中路塔顿时被破了。

"我们来了，我们来了。"雪饼回家出了无尽，俨然是一个女警"霸霸"，"中路团一波！"

于是，小新先与EZ和牛头在中路相遇，皇子一个旗插在了EZ脸上，再盖大招，直接把EZ盖成了丝血。妖姬赶到，率先收下了EZ的人头。

牛肉酱随即赶到，一个Q稳稳地放在了牛头脚下，禁锢住了牛头。CMCG的打野雷克塞从地底下冒出来，牛头同时开大招，解掉控制，杰斯也从上路赶到，想要反打，然而妖姬爆炸输出，在雷克塞从地底下冒头后不到两秒，就再次收下了雷克塞的人头！

Double kill！

而这一切还没有结束，在团战中被打到残血的老牛越过草，还想翻山越岭地逃跑，妖姬眼疾手快地击中老牛，再收下一个人头。

Triple kill！

皇子在妖姬追老牛的时候拦下了杰斯，然而皇子到底是残血，被杰斯追着A掉。杰斯掉头想走，然而妖姬、莫甘娜和传送下来的牧魂人已经包抄上来，杰斯分身乏术，俞苑苑走位躲过杰斯最后挣扎的一炮，反手再收掉一个人头。

Quadra kill！

四杀！

三初这一波解说下来，嗓子冒烟，但还在忍不住地喊道："太秀了！四杀！妖姬现在没人能挡得住了！知道什么是 unstoppable（不可阻挡）吗？妖姬在线表演势不可当！"

芭弥也被刚才的一波惊心动魄的操作惊到，呼吸急促地笑道："这是有了宣传片的加持吗？感觉今天的妖姬真是格外秀啊。"

弹幕本来还在刷"厉害厉害""纳命爷天秀"什么的，结果没想到三初的彩虹屁这么霸道，顿时开始狂笑。

我本来以为"消炎组合"的彩虹屁已经登峰造极了，没想到我还是天真了。

三初这是变成三·西林·初以后，连西林的性格都继承了吗？？？

阿莫的搭档这个位置可能有毒。

俞苑苑扬眉一笑："兄弟们，我之前说什么来着？我秀起来了啊，这波过去我就无敌了，你们懂的！"

大家一边喊"nice"，一边笑。

这波过去，俞苑苑的手感已经上来了，接下来的团战里更是势不可当，充分发挥了诡术妖姬乐芙兰里的"诡术"二字，神出鬼没，光是 AM.Naming 已经主宰比赛的标识就出现了四五次，最后硬生生将杀人书叠到了二十五层，赏金挂到了一千块的高峰。

第二十八分钟，AM 势不可当地冲上了 CMCG 的高地，率先拿下了第一局的比赛。

第一局的 MVP 毫无疑问给到了超神的俞苑苑身上，秀成这样的妖姬实在是太罕见了。基本上可以预测，决赛结束以后，峡谷里肯定会涌现一大批妖姬。

牛肉酱说出自己的猜想后，俞苑苑直起身，看向楚嘉年："年哥，我申请赛后发个微博。"

楚嘉年还在想下一局的 BP，闻言抬起头来："什么微博？"

俞苑苑："我为排位中一夜之间突然出现这么多妖姬表示歉意。"

众人：？？？

没想到楚嘉年思考了片刻说："如果赢了，就让官博发。如果输了，估计也没人拿妖姬。"

俞苑苑眼睛一亮。

众人：！！！

我们的官博要皮起来了吗？！


短暂的休息后，第二局很快开始。大家重新回到了场上。

"这局我肯定没有快乐的妖姬了。"俞苑苑叹了口气，调试好设备，她在电竞椅上左右转动着身体，"不高兴，我觉得我还能用她杀十个。"

"不仅这局没有，以后你也很难拿到妖姬了。"楚嘉年这局上来得早，闻言给她头上一个栗暴，"这就膨胀起来了？"

俞苑苑捂着头："不敢不敢，我错了错了。"

摄像正好拍到了这一幕，观众老爷们慧眼如炬，立马脑补出了事物的本质。

我赌五包辣条，这肯定是纳命爷飘了，年哥这是在打醒她，让她做个人吧！

你们快看年哥看纳命爷的眼神啊，也太宠了吧！

试问谁不喜欢纳命爷这样的大宝贝呢！！

没别的意思，就想问下有没有人和我一样记得夏季赛决赛的时候这俩人立的目标？

S 赛的决赛是两支 LPL 的队伍，就算是最黑的"黑子"也找不到黑点，甚至还有人黑到深处自然爱，洗心革面，一起加入了这场 LPL 的狂欢之夜。

第二局的 BP 环节在提示音中开始，这一局，CMCG 果然被上把的俞苑苑打趴下了，上来就毫不犹豫地直接 ban 了妖姬，丽桑卓也没有放给她，而 AM 则直接按掉了雷克塞。

AM 先拿了一个加里奥的摇摆位，而 CMCG 则直接连着锁了牛头和皇子组合，显然不打算再把皇子放给小新了。

对面亮了这两个，AM 肯定要拿卡莉丝塔了，不然对面的前期就太强了，至于对皇子，雷克塞不在了，目前版本第一梯队的打野里，只剩下了盲僧。

三楼，CMCG 选了一手薇恩。

第二轮 BP。

CMCG 当然要拆散暗影岛组合，ban 掉了锤石，然后 ban 掉了一个飞机。

俞苑苑："这是不给我活路吗？逼着我用加里奥打中吗？还是让我选厄加特？那英雄太丑了，我不要刚刚用完小姐姐就用大蜘蛛啊啊啊！"

CMCG 在四楼亮了一个吸血鬼，俞苑苑眼睛一亮："可以用刀妹打吸血鬼？"

楚嘉年："吸血鬼上中都有可能，奥利奥能拿刀妹吗？"

奥利奥："必须能。"

雪饼："但是吸血鬼也有可能走中啊，还有什么能 counter 吸血鬼的中上摇摆英雄吗？"

"中上摇摆可能不行，但是我仔细想了想，我是不是很久没用过蛇女，导致江湖上已经没了我的传说？"俞苑苑眨了眨眼睛。

牛肉酱："噗！"

楚嘉年简直要被她逗笑了："……江湖上有没有你的传说我不知道，但是蛇女可以拿。"

蛇女一出来，基本能确定是蛇女走中了，大家都在猜 CMCG 最后一手要拿什么，没想到最后一个位置，CMCG 出其不意地拿了一个大眼。

大家都有点震惊，这英雄出现在职业赛场上的概率几乎是零。导播调出来的英雄出场率、ban 率、胜率的数据上，赫然也都是百分之零。

俞苑苑："不是，大眼？这什么意思？木兮这是要跟我比手长吗？"

牛肉酱同仇敌忾道："说好的都没有套路呢？"

话虽这么说，BP 已经定了下来，游戏照常开始。

阿莫赞道："这场 BP 可以说很精彩了，CMCG 在第一把失利的情况下，立刻在 BP 的思路上做了调整，并且拿出来了一手之前从来没出现过的阵容。"

三初点点头："而且 CMCG 这套阵容到了后期伤害真的爆炸。就算大眼笨重一点，但是只要注意入场时机，还是能给对面一个串烧啊。"

芭弥接上："不过说起来，纳命也是很久都没有拿过蛇女这个英雄了，我记得上次看到还是夏季赛和 MSI 的时候。"

"熟练度肯定是够的，而且前中期蛇女应该是比大眼要好打一点的。"阿莫道，"就看皇子怎么抓中，怎么盘活这个阵容了。果然还是要拿纳命开刀啊。"

芭弥感慨道："CMCG 还是刚啊，一般队伍不都是拿相对容易突破的点开刀吗？"

三初笑了出来："道理是这样没错，但是你告诉我，AM 哪个点弱？说实话我是说不出来,我估计CMCG是觉得突破谁都难,不如找个看上去好像最难的,万一能抓到对面崩呢?"

阿莫跟着笑着说:"总之,这把CMCG要做的就是想尽一切办法拖后期,到时候牛头先手打团,皇子盖,吸血鬼再上来,薇恩基本上在旁边收割就可以了。"

就在解说的各种分析中,比赛开始。

最后AM这边拿到的阵容是:上路刀妹,打野盲僧,中路蛇女,ADC卡莉丝塔,辅助加里奥。

CMCG这边则是:上路吸血鬼,打野皇子,中路大眼,ADC薇恩,辅助牛头。

这一场与上一场的阵容不同,AM当然也知道要打前中期,所以开局就打得很凶,三路都在向前压线。

三级,小新偷偷绕了下路的后,静静地蹲在下路的三角草里。

而CMCG这边没想到他这么早就会来,一个疏忽,没有在草里插眼。

压线压得很凶的卡莉丝塔和加里奥带着兵线进了塔,对面想要收一下兵线,没想到后面的盲僧已经Q了上来!

薇恩几乎毫无抵抗能力、率先倒下,雪饼完美地躲开了牛头的控制,追在后撤的牛头身后,点掉了牛头。

First blood!

Double kill!

雪饼连拿两个头,梦幻开局,瞬间富得流油。

雪饼点塔吃了塔皮,开始回城:"这把我C啊,都稳住了!"

俞苑苑切了一眼页面,被惊住了:"雪哥,做个人吧,对面薇恩只吃了两个兵?牛肉酱都三个兵呢,你们下路凶得过分吧?"

雪饼笑了一声:"怎么,只许你秀?"

俞苑苑:"不敢不敢,这场的舞台让给雪佛爷。"

然而前期丢了两个人头以后,CMCG就打得非常谨慎而沉稳。虽说前期下路大优势让整个游戏都进入了AM最喜欢的进攻节奏里,且前期AM拿下第一条龙和峡谷先锋的时候,CMCG甚至选择了直接让掉,但是一直到十分钟,都没有更多的人头产生。

薇恩在下路被欺负得太惨,所以CMCG这边选择了上下路换线。上路的Haven和奥利奥发育非常均衡,连补刀的数量都没什么区别,但是换线以后,对上竞技优势太大的卡莉丝塔,吸血鬼也不敢太冲。而换线被发现以后,小新直接选择了在上路放峡谷先锋。

"咚！"

峡谷先锋一头撞掉了上路一塔的半层塔皮。

薇恩和牛头在塔下点峡谷先锋，而俞苑苑却偷偷绕了后，直接进塔冲着两个人喷了一口大招！

奥利奥会意地直接在两个人头上盖了大招，刀锋起舞，蛇女的控刚刚结束，刀妹的 E 如影随形，几乎在同时又将两个人晕在了原地！

两个人在塔下两进两出，轮流抗塔，最后一人一个收下了薇恩和牛头的人头。

雪饼发出"啧"的一声："这个薇恩这把有点惨啊，毫无游戏体验感。"

俞苑苑收了人头，美滋滋地往回走："谁又能想到呢，想要针对我，结果自己的上下路没了。"

随着她的话，奥利奥给了上路塔最后一刀，一血塔轰然坍塌。

拿了上路一血塔，下路局势又这么好，AM 全队都有点上头，俞苑苑还在中路和大眼拉扯，而回家补了装备的雪饼和牛肉酱已经气势汹汹地去了上路，想要顺便拿了二塔。

小新也绕了后，准备去接应一下。

卡莉丝塔配合小兵，很快把二塔也点到了半血，而薇恩急急忙忙从泉水赶出来，算着距离点卡莉丝塔。到底是在塔下，雪饼没有太刚，等小新绕过来。

小新到的时候，对面的吸血鬼也到了，加里奥一个大招准备盖下来直接开团，没想到牛头一个大招撞到他身上，直接把他的大招给打断了！

"走走走！"大招没开起来，牛肉酱瞬间反应过来。

然而已经来不及了，技能已经全交的加里奥被留在了原地，已经赶到的 Haven 配合薇恩，一路把卡莉丝塔也给追死了。最后只有小新一个人摸眼逃跑，俞苑苑扭上来接应他，没想到皇子带着大眼从前方包抄了过来。

奥利奥在下路收兵，一看情况不对，说："我 TP 我 TP！"

俞苑苑："别来！能走能走！"

然而已经来不及了，奥利奥 TP 到了盲僧刚才 TP 的眼上，正好撞在了追上来的 Haven 和薇恩脸上！

地形对刀妹非常不利，奥利奥极限反手甩大招，咬牙想要换血，看能不能收掉一个，然而 Haven 和薇恩根本不给他机会，很快就收掉了他的人头。而被包抄的俞苑苑和小新还在往外突围，皇子没了双招，技能也放光了，小新最后掩护俞苑苑交了闪现突围，自己也交待在了野区。

CMCG 打了一波漂亮的一换四，接近完美团，几乎瞬间拉平了 AM 在前期取得的优势。

队内语音一时之间有点安静。

作为唯一幸存者，俞苑苑自觉担任起了振奋大家的角色："都飘了啊这是，稳住稳住，别急，慢慢来，没事。"

其实就算她不说，大家也知道自己这一波太上头了，不过听完这句"没事"，大家这才缓过神来。小新呼出一口气："没事，没事，问题不大。"

雪饼笑了一声："虽然我死了，但是我拿全了六个塔皮，对面薇恩比我差了起码两千经济，他们还是没得玩，都别慌。"

大家的心情都平复下来，重新上线。

大家都在你一言我一语地互相安慰，俞苑苑突然不说话了，大家一切视角，就看到蛇女不知道什么时候自己默默回到了刚才差点团灭的位置，带了兵线拆了二塔，而薇恩再次来拦，俞苑苑直接开了疾跑（召唤师技能的一种）！

她三两步追上了想要翻滚的薇恩，一口剧毒迷雾喷在薇恩脚下，再接大招，将薇恩石化在原地，连了 Q。薇恩结束石化的时候已经只剩三分之一血，毫不犹豫交了闪现，往高地塔下面跑。但有了 Q 技能加速效果的蛇女跑得飞快，追在薇恩身后点，最后跟进塔下，一发双生毒牙打满了伤害，直接带走了薇恩。

而在此期间，重新上线的卡莉丝塔已经点掉了对面的中路一塔。

这下 CMCG 上中下三线全破，薇恩又被抓死，就算刚才 AM 在那波团战出现了一点问题，现在也变得不那么重要了。

打到这个地步，CMCG 基本挡不住 AM 进攻的步伐了。大龙处团战，AM 打了一个零换三，三个人头都给到了雪饼头上，卡莉丝塔简直富到流油。

五个人带着大龙 buff 上高地的时候，CMCG 的五个人还想最后阻止他们一次，然而卡莉丝塔点塔的速度太快了，刀妹又在上路单独带了兵线进来，CMCG 两边都无法顾及。大眼走位失误，又被俞苑苑抓住，在侧翼一套带走，俞苑苑转身还收了吸血鬼的人头，而刀妹更是以一对二，拆了上路塔，还带走了薇恩和牛头。

第二十三分钟，AM 打爆了 CMCG 的水晶。

全场下来，硬是没给大眼任何拿人头的机会，大眼距离拿人头最近的一次，因俞苑苑开了金身而被她反杀了。

雪饼点着水晶，脸上面无表情，眼中写满了"我累了"，说："虽然我很肥，虽然我有足足一千块的赏金，堪比上一把的苑苑，但我就像是一个没有感情的拆塔机器。"

俞苑苑笑出声，一本正经道："众所周知，《英雄联盟》是一款 MOBA 类拆塔竞技游戏，而你，峡谷的英雄，来自暗影岛的复仇之矛卡莉丝塔，英勇无畏地完成了你的使命！"

雪饼：……可去你的吧！

水晶点爆，五个人在台下的欢呼声中起身。

AM 回到休息室，连着两场下来，大家都开始活动手腕，按摩师也适时跟上，在短暂的休息时间里为大家放松。俞苑苑的肩颈一直不太好，这会儿半躺在椅子上，被按摩师按压得龇牙咧嘴："第三局还是好想拿妖姬啊，我今天妖姬的手感真的绝了。"

说话间，第二场的 MVP 出来了，依旧是俞苑苑。

"想想就得了，不过对面肯定不会在你身上浪费三个 ban 位，这把很有可能会把丽桑卓放出来，放出来就一选。"楚嘉年拉了把凳子，坐在她旁边，帮她活动手腕。

俞苑苑拼命点头："这样的话，决赛我就用到了妖姬、蛇女和丽桑卓三个英雄，要挑哪个做皮肤呢？"

楚嘉年刮了一下她的鼻尖："收住你的脑洞，刚才你们差点浪输。"

牛肉酱一抬头，就看到俞苑苑这样躺着，身后是按摩师，身前是楚嘉年，架势大得惊人，顿时做了个夸张的表情："你们快看，苑苑像不像太后？"

俞苑苑挑眉看过去："小酱子，怎么说话呢？"

牛肉酱不服："我好歹也得是个御前一等侍卫。"

前两局都拿下来，大家心里多少也有点数，CMCG 想要翻盘的概率着实很小了，楚嘉年斟酌了一下，看向小新。

他还没开口，小新已经站起身来，活动了一下手腕，对大灭说："灭哥，我感觉我手有点疼，下局换你吧。"

大灭看向小新。

谁都知道小新的手恢复得很好，整个 S 赛打下来几乎毫无问题，没道理到了最后几场突然出状况，他这么说，当然是想要把这个位置不动声色地让给大灭。

虽然他的"不动声色"还是稍显笨拙了一些，但也弥足珍贵。

很快到了上场时间，大灭站起身来，和小新抱了一下，互相拍了拍肩膀。

小新："灭哥，输赢就看你的了，FMVP（总决赛最有价值选手）能不能有，就看你这一场了！"

大灭刚刚还有点振奋的心被他一句明明是鼓励的话浇得透心凉："愿望是

美好的，但是你觉得我能从苑苑手里抢过来吗？她已经是两场的 MVP 了。"

俞苑苑向他比了一个瞄准射击的挑衅动作："来抢啊。"

照理来说，谁都想拿这个奖，但这个东西没有办法强求，比如辅助位很难拿 MVP，所以牛肉酱就很佛系，而奥利奥因为在 MSI 上五杀了，觉得自己已经站上了人生的巅峰，也很佛系。至于代表了 ADC 的雪饼……自从他上把那么肥，最后还是沦为没有感情的拆塔机后，雪饼表示想要提醒大家回忆一下他的外号——雪佛爷。


第三局比赛很快开始，上台的时候，台下的红旗挥舞的气势更盛。旗手似乎看到了俞苑苑望过来的眼光，振臂高呼了一声："纳命爷！"

俞苑苑低头一笑。

另一边，CMCG 连输两场以后，气氛有点低迷，经理特意找了心理辅导老师来给大家加油打气。老师确实非常有水平，虽然上了点年龄，对游戏本身并不了解，但是他懂竞技精神。

"无论输赢，只要站在这个舞台上，我们就是在为国争光了，大家都是好样儿的！"老师给大家鼓着劲，"竞技精神是什么，是拼搏。我们拼搏了吗？刚才每一个人没有用尽全力吗？我们永不言输，永不放弃，这就是我们要做的事情。哪怕真的是最后一场，也要好好打，这可是 S 赛，是输是赢，都是要写在电竞历史的史书上面的！你们已经是创造历史的人了！都给我振作起来！"

老师的每一句话都沉甸甸地压在大家的心头。木兮先做了检讨："中路纳命太猛了，我本来觉得自己进步很大，没想到她成长得比我更快……起码夏季赛的时候，我还觉得有得打，这两场我感觉完全被她碾压。"

"小新手伤好了以后状态似乎比以前还好。"打野也开了口，"但是我感觉下一场可能灭爹要上了。"

Haven 看着自己的手，深吸了一口气："不管怎么样，能够站在这里，能战胜 MONT，已经证明了我们的实力。前两场对线我也尽力了，虽然有遗憾，但也没有出现失误，起码……我觉得对得起我自己。"

大家的眼眶都有点红，第一场的拉扯其实打得很精彩了，但是中路的妖姬实在是太厉害了，他们无力回天。而第二把，本来想要和第一把一样打拉扯，没想到小新会那么早就去蹲下路。

场控来催上场，BP 教练先站了起来，伸出手说："赛点局了，我们还有机会，都给我稳住了！CMCG！"

"加油！"

"加油加油加油——"

第三局比赛开始。

这一局，CMCG 依然挑选了数据上来看胜率比较高的蓝色方，先手 ban 了塞拉斯，然后犹豫片刻，按掉了皇子和妖姬。AM 这边则按掉了杰斯、奥拉夫，最后按掉了一个莫甘娜。

CMCG 按掉皇子可以说在所有人的意料之中，毕竟大灭的皇子所有人都领教过厉害，而妖姬果然是不可能放出来给俞苑苑的，塞拉斯同理。但是 AM 按掉莫甘娜这一手就很耐人寻味，显然是不想让对面拿到莫甘娜、女警组合。

CMCG 起手先拿了放在外面的雷克塞。

AM 这边看到丽桑卓还在果然先抢了，然后锁了一个相对不太害怕雷克塞的薇恩。

pick 权来到 CMCG 这边。

"这局我觉得他们会掏压箱底的宝贝。"俞苑苑一动不动地盯着 pick 位。

她话音未落，CMCG 的二楼亮了一个乌鸦斯维因！而三楼则亮了阿卡丽。

阿莫倒吸一口气："可以啊 CMCG，这是终极摇摆啊，你们现在敢说谁在上路谁在中路吗？有谁记得木兮玩过乌鸦吗？"

芭弥飞快在心里翻着赛事小本本："木兮玩没玩过乌鸦我不知道，但是 Haven 我记得拿过，但他用阿卡丽也是 carry 过全场的，所以真的说不好到底是谁走哪一路啊。"

三初赞道："可以可以，从这手 BP 就可以看出来，CMCG 还是那支我们熟悉的队伍，越挫越勇，绝境之中也不放弃希望。"

三楼，因为有了薇恩，所以 AM 这边不出大家意料地锁了一手布隆。

第二轮 BP 开始。

对面还没拿下路英雄，所以 AM 这边 ban 掉了寒冰和卡莉丝塔，而 CMCG 的 ban 依然很有意思，他们按掉了千珏和船长。

"千珏按掉了，我好像也只能拿盲僧了。"大灭笑道，"我怎么感觉打野来来回回就是这三个英雄。"

"不然你还想拿什么打雷克塞？"楚嘉年道，"看对面拿什么吧。"

雪饼想了想还在外面的下路英雄，猜测道："他们想拿什么？卡莎和牛头？"

"我觉得很有可能了。"俞苑苑赞同道，"这个组合比较稳。"

然而短暂的停顿后，CMCG这边四楼、五楼同时亮了英雄烬和塔姆！

雪饼："哟！"

牛肉酱："哟！"

别说他们两个人了，整个赛场都沸腾了起来。

烬这个英雄在整个赛季包括S赛都没有出现过，而CMCG拿出这一手，显然是再一次打算剑走偏锋，打对面一个出其不意。

雪饼："这对线有点意思啊。"

俞苑苑："你们听听他说的这是人话吗？"

"别听了，你们先看看CMCG这是什么文艺复兴阵容。"奥利奥吐槽道，最后剩下他的counter位，"我拿啥？我拿个鳄鱼你们觉得能行不？"

俞苑苑的印象里没见过奥利奥这个英雄，但是既然奥利奥自己提出来，那肯定是不弱的，从对线来看，鳄鱼肯定是可以的。

最后鳄鱼锁定。

CMCG的乌鸦拿得出人意料，而AM这边的鳄鱼同样如此。上中路的乌鸦和阿卡丽连续做了好几次调整以后，最终决定乌鸦走中，阿卡丽走上。

于是阵容最终是——

AM：上单鳄鱼，打野盲僧，中路丽桑卓，ADC薇恩，辅助布隆。

CMCG：上单阿卡丽，打野雷克塞，中路乌鸦，ADC烬，辅助塔姆。

阿莫朗声道："各位观众老爷，让我们进入英雄联盟全球总决赛的决赛现场。现在是BO5的第三局比赛，AM率先拿到了两分，来到了赛点。这一局，如果AM再次拿下，就将举起总决赛的奖杯，如果CMCG扳回一分，那么就将来到第四局，每一局都至关重要，而最重要的是——"

三初会意接上："无论是什么样的结果，最后的奖杯，都将落在我们LPL赛区！"

弹幕：

LPL！！LPL！！

就我一个人注意到奥哥的英雄海吗？

CMCG绝境求生！！乌鸦可以的！！！

加油！！！冲呀！！！无论是AM还是CMCG！！！

去年S赛上面CMCG的烬超级帅的啊！！！四发子弹弹无虚发，你们还记得吗？啊啊啊啊啊！

等一个丽桑卓皮肤，我觉得这就是纳命爷最招牌的英雄了，你们没有意见吧？

我有意见！纳命爷的佐伊和妖姬我都想投票！！

快醒醒，还没结束呢。


欢迎来到《英雄联盟》！

在台下观众爆发出的欢呼声中，五个英雄分别出现在了两边的泉水里。

牛肉酱在泉水里原地转了个圈："兄弟们，最后一把了！"

俞苑苑看着他的样子，忍不住笑道："这游戏什么时候出个孔雀，保证适合你。"

牛肉酱没懂："啥？"

雪饼没好气："她意思是你现在的样子像在开屏。"

牛肉酱："……"

开屏的牛肉酱跟在雪饼身后上了线。本来以为 CMCG 的下路会和之前两把一样平稳发育，没想到拿了烬和塔姆组合的二人组很显然开场就想搞事情，而在一级的情况下，烬对线非常强势，薇恩根本打不过对面，嗑着血瓶开始后退。

"雷克塞下去了，退退退！"大灭往河道里连点。他刷野之前似有所感，先往下路河中草里插了个眼，果然照到了这会儿对面打野正在往下赶，显然想要如法炮制上一把小新的盲僧抓崩下路的做法。

薇恩在布隆的掩护下后撤，雷克塞看到没机会了，转头回了自家野区。

然而下路压线可能压得太舒服，刚刚到三级，烬和塔姆再次将兵线推到 AM 的塔下，然后两个人并肩站在了草里，想要趁这个机会强势地打一波，为队伍开一个好局。

这个时候，牛肉酱插在草里的眼刚刚消失，牛肉酱和雪饼并没有意识到消失的烬和塔姆没有回家而是藏了草里，毫无反应地补着兵，向着草的方向靠近。

观众们屏住呼吸，捏住了拳头，心想这下雪饼和牛肉酱要完。

牛肉酱还是有警惕性的，奈何身上已经没有眼了，只好探了一下草丛，结果刚进去就踩中了烬的陷阱，被施加了减速效果。下一秒，烬和塔姆的技能都砸在了他身上！

布隆秒开了盾，牛肉酱说："你走你走，卖了卖了！"

雪饼第一反应就是上来打，在布隆身后连着点了几下烬，眼看就能爆出来被动，他急忙说："再撑一下，撑一下！"

塔姆伸出舌头想要卷薇恩，结果雪饼极限走位翻滚躲开了塔姆的这一下！

也就是因为这一下没中，再加上烬和布隆的技能都交了，所以局势一下子扭转！

"打打打！能打能打！"雪饼嗑着血瓶说。虽然只有三分之一的血线，但是他果断回头，在烬的身上打出了W技能，瞬间使对方晕眩！

牛肉酱毫不犹豫地在点下治疗后，闪现跳到了烬身上！

雪饼的Q技能也已经冷却完毕，他跟在牛肉酱身后，越过塔姆用闪现追上烬，补足了最后两下平A伤害。

First blood!

此时的塔姆虽然还有三分之二的血，但是离自己的塔太远了，在往回走的路上，被布隆和薇恩追着点死了。

Double kill!

"nice，雪佛爷！"俞苑苑赞道。

大灭说："一会儿我再来抓一波！抓死他们下路！"

雪饼乐呵呵地带着牛肉酱回城出了装备并回道："来来来。"

"又是开局！又是下路先丢人头！"阿莫高呼道，"这一波反打真的是太漂亮了，挑不出任何毛病，AM的下路真的是太稳了！"

"其实CMCG的这一波蹲草处理毫无毛病，最关键就是塔姆的那一下没有吃到薇恩，如果吃到的话局面可能就会改写了。"三初遗憾道。

下路两开花，中上打得也很激烈，不过乌鸦还是韧性十足，俞苑苑连着硬换了两波血，也没有对乌鸦造成实质性的伤害。

而上路的鳄鱼则在刚刚到六级的时候，被雷克塞闪现上来顶了一波，被收掉了人头。大灭在下路蹲了一会儿，也没有找到更好的机会。丢了两个人头以后的CMCG打得非常谨慎，大灭强上了一次未果以后离开了下路。

平稳发育到十分钟，从观众视角看，雷克塞和盲僧几乎是在同一时间分别来到了中路河道草的两侧埋伏了下来。

木兮和俞苑苑的走位都开始卖失误。

俞苑苑走位有点变形，甚至为了吸引木兮往前两步，漏掉了一个兵。而木兮更是不遑多让，在这种情况下还接了俞苑苑两下平A，一副"我的手突然抽筋了"的样子。

观众都给看笑了。

大灭经验何等丰富，一眼就看出来这个情况肯定是对面的打野也在草里，于是先下手为强："我上了！"

俞苑苑瞬间转身，闪现开大招，将乌鸦冻在了原地。雷克塞反应也很快，立刻也跟了上来，但是盲僧 Q 上来，一套先带走了乌鸦。接下来的局面就变成了二打一，雷克塞基本没有什么还手之力，就被丽桑卓一矛收掉了人头。

这下 CMCG 的中期彻底没得打了，除了上路还算有线权，中下野三路都崩了。AM 前期拿了火龙拿水龙，拿完水龙拿峡谷先锋，一头撞破了被俞苑苑点到还有一半血的中路一塔。

而上路在此期间又被抓了一次，奥利奥成了全队唯一的被击杀点。

大灭切了一眼视野问："鳄鱼怎么回事？说好的史前巨鳄呢？"

奥利奥："失误失误，这个 Haven 有点猛啊，不然你还是上来蹲一波？"

大灭一边嫌弃，一边往上走，结果走到一半遇见了一个正在啃河道蟹的雷克塞，显然是打算啃完河道蟹再往上走，于是和雷克塞正面碰撞换血了一波，赶走了雷克塞。大灭说："就帮你到这里了！"

结果，他才往回走了没几步，就看到 CMCG 上下路换线了！

在下路被打崩的烬和布隆来了上路，也想从奥利奥身上薅点羊毛，然而烬才上线没多久，俞苑苑已经悄无声息地绕了后。

"我大招还有五秒好，奥哥压兵线过来准备进塔。"俞苑苑冷静道。

奥利奥看她的站位就会意了，要论峡谷演技，没人比得过光是锐雯就打了三千八百场的奥利奥。烬和塔姆显然想要将他引入塔下，一边后退一边点兵，而就在这个时候，烬突然听到自己身后好像有什么声音——俞苑苑冰爪传送到塔下，一次性定住了两个人！

鳄鱼开大招上前，在塔下先收掉了烬的人头，塔姆甚至都没来得及吃烬！去而复返的盲僧一脚踹了过去，打满伤害。俞苑苑走出塔外，反身一矛，收掉了塔姆的人头。

只拿到了一个助攻的大灭说："我来干什么？抗塔吗？"

俞苑苑："灭哥，你有点浪。"

大灭："十五分钟经济领先快七千了，还不允许我浪一下了？"

俞苑苑面无表情道："前辈，年哥之前说什么来着？要稳重。"

大灭："……哦。"

打到这个局面，整个游戏都进入了 AM 的节奏里，CMCG 已然无力回天，队员们都有点悻悻的。

第二十分钟，AM 已经拆到了 CMCG 的下路高地塔。奥利奥在之前野区的团战里，率先被 CMCG 集火秒掉，但是 AM 剩下的四个人并没有打算走，而是打算继续团一波。

俞苑苑因为再次在塔下开大招而只剩下了血皮，转身准备撤，然而烬突然停住了回家的脚步，反身开了大招！

"救命救命！酱酱救我！灭哥救我！雪佛爷雪佛爷，救我！"俞苑苑和烬的距离有点近，又被地形卡住，疯狂左右摇摆逃窜。

砰！烬打出第一发子弹，擦着丽桑卓的头发丝过去，没有命中。

砰！第二发子弹打出。只有一半血线的雪饼及时挡在了俞苑苑面前，然而挨这一下之后，他也只剩下了血皮。

砰！第三发子弹打出。大灭摸眼跳到了俞苑苑面前，再挡一记重击。

最后一下，必定是暴击，俞苑苑暴露在视野里，躲无可躲，大灭和雪饼血线都很低了，布隆还有一点距离，显然救是来不及了，而对面的烬显然是铁了心要杀她——砰！

耳机里响起了闪现的声音，几乎就在第四发子弹发出的同一时间，布隆闪现到了俞苑苑面前，替她挡住了最后一发子弹。

俞苑苑鼻尖发酸，感动得热泪盈眶："各位的救命之恩，小的没齿难忘！"

大家轮流挡了子弹，血线都低到不行，开始回城。牛肉酱乐呵呵道："好说好说，小事一桩。"

雪饼也笑着说："这不是应该的嘛。"

大灭："正常操作。"

而弹幕则彻底惊呆了。

AM 这也太……我的天，我要哭了。

我相信那个位置不管是谁，其他几个人都会来帮忙挡子弹的！！！

呜呜呜酱酱闪现挡子弹的样子太帅了，我爱酱酱一辈子！！！

ADC 给中单挡伤害，就问问你们谁敢信。

这才是团队！！！这是个团队的游戏啊，我要哭了，太感人了。

这一波回城以后，奥利奥也复活了，五个人直奔大龙而去。大灭一个眼插下去，直接照出来了五个人。

CMCG 果然在这个时间差里偷龙！

而此时，大龙的血量已经只有二分之一了！

"抢抢抢，必须抢！"奥利奥吼道，"鳄鱼可以死，大龙必须拿！"

鳄鱼气壮山河地跳进了龙坑，布隆紧随而上，俞苑苑在第一时间就穿墙过去开了大招，直接定住了四个人！

薇恩在一侧疯狂输出，大灭追着唯一没有被控到的烬，烬才反身拉开大招，就被大灭一拳捣死了。

俞苑苑的大招接连招收掉了乌鸦的人头，塔姆一口吃掉了阿卡丽，扔向圈外。阿卡丽开了霞阵，隐匿身形，而雷克塞在塔姆的帮助下，先拿下了鳄鱼的人头！

龙只剩三千五百血了！

打团战的同时，所有人都揪心看着龙的归属！

两千血！

两道惩戒依次落下！

"谁拿到龙了？"牛肉酱吼道。

他话音刚落，屏幕上就显示出来了。

大灭的惩戒抢到了龙！

而雷克塞和塔姆也没能在俞苑苑和薇恩的双重围堵下离开，俞苑苑先后收下两个人头。Haven 的阿卡丽在如此绝境之中硬是拼掉了大灭的人头，闪现想要跑，但此时俞苑苑的魔爪已经冷却好，她追了上去，向着草里盲扔了 Q！

Triple kill!

ACED!

"兄弟们！一波了！"大灭虽然屏幕黑了，但是丝毫没有担忧。

第二十八分钟，俞苑苑和雪饼开始一起点 CMCG 的水晶。

"赢了赢了！！！"牛肉酱一边拍桌子，一边喊得嗓子都快哑了，"冠军！冠军啊！！！"

"我们是冠军！"CMCG 大势已去，奥利奥不等水晶彻底爆掉就跳了起来。

而俞苑苑和雪饼坚持在点水晶——阿莫和三初紧紧盯着水晶，一起在解说室倒计时："三、二、一，让我们一起说——我们是冠军！！！"

"让我们恭喜 AM 战队！以 3：0 拿下决赛！"

三初的声音已经哽咽："虽然决赛之前就说过了，我们已经预定了冠军，但是这一刻，才是真正的 LPL 举起冠军奖杯的一刻！"

而琶弥的尖叫声也传入了所有人的耳中："恭喜 AM！！！"

弹幕已经被铺天盖地各种颜色的"恭喜 AM"和"恭喜 LPL"密密麻麻地覆盖了。

大学男生的宿舍楼里全部都是尖叫，播放 S 赛的电影院里人声鼎沸，多少人在真正见证这一刻的时候还是泪流满面。现场的国旗和 AM 的队旗翻飞飘舞，所有人都在用嘶吼发泄自己心中的激动。

场上，俞苑苑还有点愣："我们是冠军了？"

回应她的是已经从后台跑上来拥抱她的楚嘉年，他一把将她抱在怀里，向来冷静自持的楚嘉年眼眶有点红，声音也带着平时不多见的激动："我们是冠军！！！我们拿到了！！！"

俞苑苑的眼眶瞬间就红了，她在楚嘉年的怀里使劲点头："答应你的事情我做到了……所有的奖杯，我……我一个不差地拿回来了……"

她哽咽地说着，楚嘉年的肩头很快就晕开了一片潮湿。

而另一边的大灭已经捂住脸，肩膀一耸一耸的，显然已经泣不成声。以英雄联盟全球总决赛的冠军奖杯作为退役前的最后一站，这是对他这段职业生涯最好、最梦幻的结局了。在此之前，他想过无数种自己黯淡退场的样子，唯独没有想到，自己还有机会等到这一天。

小新也和楚嘉年一起走上了舞台，他将大灭从桌子上拉起来，在大灭的耳边大声道："灭哥，我们去拿奖杯！！！"

大灭哭成这样，自己也不太好意思，用手臂抹掉眼泪，吸了吸鼻子，重重地拍了拍小新的肩膀。

大家排队去和CMCG的五个人握手，CMCG的几个人虽然心中难过，但还是为AM高兴，Haven拍了拍奥利奥的肩膀："兄弟，牛。"

木兮："恭喜你们。"

大家情绪都太激动，只能冲他们傻笑。

阿莫和三初在解说间深呼吸平复情绪，而琵弥在刚才高昂的尖叫后喊破了嗓子，情绪起伏过大，又哭又笑。

台下最前排侧面的位置，AM全体队员的家人都坐在那边，拿着各自孩子的应援牌，疯狂挥舞。楚家全家都来了，林嫣岚和楚父都知道夺冠是自己小儿子最大的愿望，在看到AM赢的刹那，林嫣岚的泪水夺眶而出，依偎在楚父的怀里泪如雨下。

而俞父和俞母都在之前的加油中喊哑了嗓子，自己的女儿在追梦道路上，无论受到过多少诋毁都一直坚持前行。如今圆梦，他们心中充满骄傲，至于当初认为打游戏是不务正业的那一点想法，早就在翻飞的红旗和震天的欢呼声中化为乌有。

AM的七个队员和楚嘉年向着舞台最前方的奖杯走去。

俞苑苑紧紧握着楚嘉年的手。

金色的雨在几个人站定的刹那从天而降,几个人一起伸出手。

"三、二、一。"俞苑苑大声道,"我们是——"

奖杯被大家一起举起。

"冠军!!!"所有人的嘶吼声一起响起。

"我们是冠军!啊啊啊啊啊啊!!!"

阿莫声音沙哑,大声道:"捧起属于你们的奖杯吧——AM!英雄联盟全球总决赛的冠军,属于AM战队!"

弹幕有人泣不成声地发了两段话。

这支战队,上单坐了三年冷板凳,打野一个是ADC转型,一个是征战八年从未登顶的老将,中单是今年才挖来的女大学生,ADC被所有人说没有血性,辅助是从城市赛上来的,老板是个手伤没法上场的中单,就是这样一个组合,一路披荆斩棘,从LPL开始杀出重围,拿了今年整整一年的大满贯。

恭喜AM圆梦,恭喜灭爹圆梦,恭喜年哥圆梦,恭喜奥哥圆梦,恭喜小新圆梦,恭喜雪饼、牛肉酱圆梦,恭喜纳命爷圆梦!!!

金色的雨在所有人的欢呼声中落下,画面永恒地定格在了AM战队高举S赛奖杯的这一刻。


S赛后有很长一段时间的休赛期,大家针对设计哪个英雄的皮肤兴致勃勃地讨论了好久,但是真正出原画和设计稿,也要等明年初了。

最终,俞苑苑以三场场均最高KDA的优秀表现,当之无愧地拿下了FMVP,并且在社交媒体上发出了自己和FMVP奖杯的合影,非常快乐地把自己的微博和微信头像都换成了左肩扛S赛奖杯,右肩托FMVP奖杯,笑得一脸灿烂的照片。

而大灭也在回国后不久就通过AM的官博和私人微博宣布了正式退役的消息,并且表示自己虽然退役了,但也是从台前转幕后,从AM.Damie变成了李辰骞,还会继续为电竞世界发光发热。

大家心中虽然不舍,甚至有不少人都泪洒当场,但也知道大灭确实到了退役的年龄。

不久后,大灭又发了和皮皮终于修成正果的领证照片,照片上两个人幸福的笑容让所有人都感到欣慰。

回到国内以后,俞苑苑当然要回到学校继续上课,还要补上自己之前落下的课程，而赛后第一次回学校，她还有点紧张，照例让楚嘉年陪她。

大家早就收到了她要回来上课的消息，正好又是上次参加 MSI 回来后的那位老师的课。老师特意和俞苑苑提前沟通，让她在课前和大家聊聊天，分享一下自己的心情，俞苑苑欣然答应了。

消息传出去，阶梯教室从早上六点开始就有人来占座，最后连走廊里都站满了人。

七点五十五分，俞苑苑和楚嘉年的身影一起出现在教室门口的时候，整个教学楼响起了比上次从 MSI 归来还要热烈的欢呼声，还有人专门做了条幅。一眼望去，穿 AM 战队应援队服的人比比皆是。

楚嘉年站在了教室侧面，看着俞苑苑走上讲台。

俞苑苑站定，拿起准备好的话筒，清了清嗓子说："大家好，我是俞苑苑。今天很荣幸，应老师的邀请，来和大家做一点自由交流。大家有什么问题，可以开始提问了。"

台下又响起一阵掌声和欢呼声。

一个女生问道："请问纳命爷，拿到 S 赛冠军奖杯有什么感想？"

俞苑苑笑了笑："当然是很高兴，很兴奋，觉得为国争光了嘛，好几天都缓不过劲来，总觉得是场梦。有次我半夜三点跑到了我们的奖杯陈列室，去看看 S 赛的奖杯还在不在。"

大家哄堂大笑。

又有人问道："请问能透露一下大家都想选哪个英雄的皮肤吗？"

俞苑苑回头看了一眼楚嘉年，小声问道："能说吗？"

楚嘉年点了点头。

两个人的互动被大家看在眼里，全场发出笑声。

俞苑苑得到许可，想了想："我决赛用了妖姬、蛇女和丽桑卓嘛，可能更倾向妖姬或者丽桑卓，我还没有想好。我只知道小新想要皇子，其他人也还没确定下来。"

期间林林总总又有很多人发问，俞苑苑一一回答了。时间快要到了的时候，问了第一个问题的女生再次拿起了话筒："我们都记得夏季赛决赛的时候，纳命爷说过，S 赛拿到冠军就答应年哥的求婚，请问现在……"

她的话没说完，全场就又掀起了此起彼伏的起哄声，俞苑苑瞬间红了脸，求救似的看向楚嘉年。

楚嘉年镇定一笑，走上前来牵住了俞苑苑的手，接过她手里的话筒。

"谢谢大家对我们的关注，接下来的日子里，AM战队会比过去更加努力拼搏，争取能够延续LPL赛区的辉煌。毕竟……如果不好好打游戏，我们就要回去继承家业了。"

　　他顿了顿，在所有人善意的笑声中，露出了一个温柔的笑容，他抬手揉了揉俞苑苑的头发，转头看向大家："所以，希望大家能一如既往支持我的战队和……我的未婚妻。"

——正文终——

# ✦ 番外一

芋圆韩服路人王时期

//

*QING BEN XIA GU SHAO NV*

迷上了名叫《英雄联盟》的 MOBA 类推塔竞技游戏的时候，俞苑苑刚刚十五岁，鼠标都操作得不太熟练的小姑娘人菜瘾大，驰骋峡谷，变成了峡谷人见人怕的鬼见愁。

见识了队友们无数种不带脏字的骂人花招后，俞苑苑屡战屡败，屡败屡战，一边哭，一边撸着袖子想好好儿地练习。结果好不容易上到了黄金段位，还没来得及发力，天天沉迷游戏的少女就被保守古板的家里人发现了。

啪！网线断了，电脑没了，只剩下个形单影只的键盘给她没事搓着玩。

留下的原因还是她小时候抓周抓到的是键盘，所以暂且放着图个吉利。

俞苑苑还真搓了，搓到 QWER 和 DF 键都褪色，看不清上面的字了，甚至连按键本身的回弹都出了些问题的时候，俞苑苑终于十七岁了。

十七岁的俞苑苑终于完成了高考，以一个十分稳妥的成绩考上了让全家都满意的大学，终于重新拥有了属于自己的电脑。

她迫不及待地将那个熟悉的客户端重新下载了回来，深吸一口气后，双击点开，开始了又一轮的驰骋。

夜以继日、昼夜颠倒了足足一个半月以后，挂着黑眼圈的少女顺利上了大师段位，几乎在同时，她听说了韩服高手如云。

于是，她挥舞着双手，开了加速器，踏出国门，开始输入自己韩服的注册名。她先试了自己名字的缩写、自己在国服游戏 ID 的缩写，再试了诸如 Lilith 一类的 ID，发现都被占用后，干脆咬了咬牙，胡乱输了个拼音外加数字进去。

nibaba111。

这个时候的俞苑苑还不知道，这个名字将登顶韩服第一，成为多少人心中神话般的存在。

如果知道的话，她或许……

算了，就算知道，这名字也挺不错。

虽然不懂韩语，但键位和图标都一样，操作也没有区别，所以这并不影响俞苑苑打游戏。

怎么说呢，打韩服的感觉和打国服不太一样。

俞苑苑也不知道别人是不是和她一样，但她在看到满屏幕不认识的字符，而自己在里面大杀特杀的时候，总有一种奇特的感觉。

具体表现为，她的闺蜜喊她出门参加同学聚会，她婉拒后，闺蜜十分惊讶地打了电话过来："都快两个月没见你了，你干吗呢？"

俞苑苑字字如山："为国争光。"

闺蜜："？？？"

可不就是吗，她在韩服再创新高，不仅上了王者，还上了积分排行榜。

昨天她还刷新看了看，她似乎已经进了韩服前五。

后来好说歹说，闺蜜还是把俞苑苑捞了出来，聚餐中，吃到一半，闺蜜的男朋友姗姗来迟，闺蜜的脸色顿时变得不太好。

"你还知道来？"闺蜜冷笑一声，"不打你那个破游戏了？"

俞苑苑听到"游戏"两个字，神色微微一顿。

闺蜜的男朋友也戳了戳筷子："来晚是我的错，但是游戏……你不懂。"

闺蜜跳了起来："我是不懂游戏，但我懂你不应该挂了我十八次电话，不应该和我逛街到一半因为什么'五排四缺一'甩下我转身就走。就知道打《英雄联盟》，我看你也没打成个英雄啊！"

"有本事你来试试，让我看看你能不能行。"闺蜜的男朋友显然也动了火气，颇有些口不择言。

闺蜜深吸一口气，被气到下一秒就打算说分手，俞苑苑却开口了。

"做错了事情，道歉很难吗？"她有些疑惑地看向男生，"难道一定要给你看看她上她也行，才能和你交流吗？"

男生还没说话，俞苑苑已经挽起了袖子："那我替她和你打，solo 还是排位你选，如果输了，你就删号卸游。"

顿了顿，她又想起了什么，补充道："不对，LOL不能删号，那就改名吧，改成'我是个尿包'吧。"

闺蜜：？？？

闺蜜男朋友：？？？

直到坐在网吧后，闺蜜和一群看热闹的同学在看着俞苑苑借了同区的号娴熟地登录，再让人眼花缭乱地调整了铭文以后，还有点反应不过来。

"你真行？"闺蜜和她咬耳朵，"要行，就打爆他狗头。不行咱们就跑。"

然后，俞苑苑就在闺蜜的目瞪口呆里，气定神闲般操纵着剑姬给对面的亚索挂了个引燃，再在一个闺蜜看不懂的回血阵里，将她的男朋友斩落，完美收剑。

闺蜜：！！！

男生不可置信地看着面前的"失败"两个大字说："我不服，再来！"

俞苑苑一直闭门造车，虽然知道自己的段位确实已经很拿得出手了，但直到这个时候她才发现，原来面对面solo是这么让人热血上头的感觉。

于是，她笑眯眯道："好哦。"

然后，男生再次被她按在地上爆捶了一顿。

闺蜜乐不可支："哈哈哈哈哈，这就是你的水平吗？就这？我看你也别改ID了，早日退游吧。"

言罢，她又转身搭上了俞苑苑的肩膀："我发现游戏打得好也还蛮帅的嘛，我决定了，起码也要找一个和你水平差不多的男朋友！"

这个下午，小小网吧里，很多人闻讯而来，甚至还有人临时打电话喊兄弟过来围观。

所有人都里三层外三层地围在了一个纤细少女背后，看着她以一人之力，单挑了整个网吧的玩家。

"打这么好，怎么不去打职业啊？"有人喃喃问道。

俞苑苑的同班同学应道："那怎么可能，她可是考上传媒大学了的，要好好读书的。"

有人觉得可惜，也有人觉得艳羡。

这个时候，他们还不知道，这个考上了名牌大学、看起来像是学校里最常见的那种好学生的乖巧少女，未来真的会穿上战队的队服，挽起袖子，站在电竞最高的那个舞台上，一往无前，再捧起整个LPL都梦寐以求的巨大奖杯。

俞苑苑看了看时间，转头看向已经看呆了的老板："请问有加速器吗？到了我冲分的时间了。"

番外一／芊圆韩服路人王时期

老板听懂了，火速给她开了，顺口问了一句："哎，对了，你韩服什么段位要冲分啊？"

俞苑苑一边登号一边随口说道："王者啊。"

一旁有男生倒吸一口冷气，一边觉得自己输给韩服王者也不丢人，一边忍不住问道："多……多少分了？"

俞苑苑打开面板，一千三百八十分赫然在目。

全网吧都沸腾了。

那可是足足一千三百八十分！

一片鬼哭狼嚎和尖叫声中，有人拍了拍俞苑苑的肩膀："牛啊，这可真是为国争光啊。"

闺蜜有些不明所以，却也看懂了这是很厉害的样子，并且后知后觉地明白了俞苑苑之前说自己在"为国争光"的意思。

老板欲言又止地看向了俞苑苑闺蜜："小姑娘啊，这怕是……"

闺蜜："什么？"

"要找到和她差不多厉害的男朋友，怕是不容易啊。"老板拍了拍她的肩膀，笑道，"不过，未来的事情，谁又说得准呢？"

## ✦番外二
小夫妻日常

和楚嘉年订婚了以后，对方委婉地提过一次要不要同居。

两人的关系已经非常亲密且稳定了，同居其实也是顺水推舟的事，并不是不可以，但俞苑苑冷静地思考了一下自己的作息：半夜回到房间还要打两把游戏，玩到兴头上的话，还会点个小龙虾和烧烤……简直桩桩件件都和楚嘉年对她的叮嘱背道而驰。

于是，俞苑苑美其名曰"以事业为重"，实则心虚地拒绝了他。

楚嘉年觉得，自己可能唐突了些，明里暗里给俞苑苑道了好几次歉。俞苑苑于是越发心虚，终于在某次吃火锅后，小声告诉他实情。

岂料，楚嘉年气定神闲道："你以为我不知道吗？"

俞苑苑大吃一惊："……你知道吗？"

楚嘉年抬手刮了一下她的鼻子，又露出了一个高深莫测的笑容。

俞苑苑语塞片刻，有些扭扭捏捏道："那……既然你都知道了，同居也……也不是不可以……"

"还是等婚后吧。"楚嘉年十分温柔地看着她，"我虽然确实很想天天都……但已经等了这么久，也不在乎再等等。"

俞苑苑总觉得他的那个"很想天天都……"后面的余韵十分意味深长，但直觉告诉她不能细问。

楚嘉年看着眼神闪躲的俞苑苑，十分清楚她想到了什么，忍不住转头笑了一声，然后在她控诉的目光里，俯身下来，飞快地亲了亲她，有些促狭地低声道："就是你想的那个意思。"

俞苑苑：！！！

她还要再说什么，楚嘉年的吻已经堵住了她的话。

之前楚嘉年就很爱亲她，等到订婚了以后，他比之前更肆无忌惮了些。一开始他亲她的时候，还有理由，比如"你看着我的样子太可爱了"，又或者"我觉得你刚刚看我的那一眼像是在和我撒娇"。到了后来，楚嘉年已经不找理由了。

俞苑苑问过一次："现在你亲我都不找借口了吗？"

楚嘉年又亲了她一下："显然你也知道是借口……"

俞苑苑：……也是哦。

总之，这一等，竟然就真的等到了俞苑苑退役和领证后，他们一步到位，变成了合法同居，而新房的地址……

俞苑苑欲言又止地看着面前。

R市寸土寸金的市中心，十个指头数得完的世外桃源别墅群里，一栋属于AM的训练部，一栋……成了他们的新家。

怎么说呢，虽然楚嘉年很贴心地让他们的新家和AM的基地错开了两栋（以这里的楼间距和植被的茂密程度来说，甚至看不到AM那栋），但俞苑苑心底还是有些微妙。

"R市的好房子不少，但比这个还好的倒也不多。当时，我家本来就买了两套，一套做基地了，一套一直闲置着，也算是新房子。"楚嘉年把钥匙递到俞苑苑手上，"不过，写在你名下的当然不止这一栋啦，二号新房在城南新区的湖中岛，回家要先坐船的那种，我婉拒了我妈好几次，但她觉得非常好。"

俞苑苑下意识道："湖中岛？听起来好像是不错……"

"确实不错。"楚嘉年颔首，"虽然有厨师随时待命，但点不到外卖，听不到人声，晚上四野俱寂，一片漆黑……"

俞苑苑顺着他的话想了想没有外卖的漆黑日子，没有一秒犹豫，接话道："那还是这里好。"

楚嘉年微微一笑："开门看看吗？"

俞苑苑有些忐忑地抬手开门。

房子显然是彻底重新装修过的，风格是她喜欢的纯法式，奶白色的木质回旋楼梯在阳光下散发着家的味道，家具都已经摆放到位了，窗帘垂落下来，只是这样看着，都会让人忍不住嘴角上扬，开始想象住在这里的样子。

楚嘉年带着她从一楼看到三楼，再在三楼的大落地窗前从俞苑苑身后抱住她，带着笑意问道："喜欢吗？"

俞苑苑侧头看他，眼中亮晶晶的："当然喜欢。"

楚嘉年有些感慨，笑了笑说："当初我也没有想到，这幢房子真的会迎来一个女主人。它可真是幸运极了。"

俞苑苑当然听懂了，他说的是房子，其实是在说他自己。

她刚想要说什么，余光却看到了一抹有些眼熟的红色。

从这个角度看出去，竟然正好能看到当初他们"相亲"的那间肯德基。

这么多年过去了，肯德基也重新装修了好几次，却依然屹立不倒，明晃晃地立在那儿，落在俞苑苑眼里，让她忍不住想到了当时初遇时的场景。

"从事电子类工作的楚先生，"她压着笑意，正儿八经道，"你好，我是忍常人所不能忍的俞苑苑。"

楚嘉年显然也想起了自己当时说过什么过分的话，他失笑一声，再俯下身，在俞苑苑耳边道："那倒要看看俞小姐有多能忍常人……所不能忍了。"

俞苑苑有些不明所以地发出"嗯"的一声。

下一秒，她就被楚嘉年压在了身后的落地窗上。

他抬起她的下巴，深深地吻了上去。俞苑苑很快就被亲得有些手脚发软，挂在了他身上，在天旋地转中，被对方抱起来，放在了一旁还空空如也的梳妆台上，被更深入地吻了起来。

俞苑苑被吻到发出了一点细碎的呻吟，她一边迷迷糊糊地想着这难道就是传说中的实践出真知？楚嘉年的吻技真是蒸蒸日上，一边又想到了他最后那句话，在短暂的浑浑噩噩地思考后，突然反应过来。

电光石火间，她倏地明白了一件事。

此一时，彼一时，现在这个情况下，谁比谁更难忍，还说不定呢！

俞苑苑有些促狭地决定先下手为强。

于是，她抬手搂住楚嘉年的脖子，更热烈汹涌地回吻了回去。

唇齿交错中，俞苑苑突然松开了楚嘉年，然后在对方错愕的眼神中猛地跳下了梳妆台，飞快地向门口冲去："这次换你忍一下！要加油哦，楚先生！"

楚嘉年："……"

他看她可能忘记了一些自己泪眼模糊又哑着嗓子求饶的事情，而他不介意让她重新想起来。

嗯，多少次都可以。

——全文终——